MUSÉE

LITTÉRAIRE

ET

SCIENTIFIQUE

DE

L'ÉCOLE ET DE LA FAMILLE

Religion, Morale, Littérature, Sciences, etc.

PAR MM.

PH. THOMAS LEFEBVRE

Ancien principal de collége,
Officier d'académie, membre de plusieurs
sociétés savantes.

FERDINAND PIÉROT-OLRY

Professᵣ de sciences naturelles à Paris,
membre de différents cercles littéraires
et scientifiques.

DEUXIÈME VOLUME

PARIS

LAROUSSE ET BOYER, LIBRAIRES-ÉDITEURS

49, RUE SAINT-ANDRÉ-DES-ARTS.

MUSÉE

LITTÉRAIRE ET SCIENTIFIQUE

DE

L'ÉCOLE ET DE LA FAMILLE

Chaque exemplaire est revêtu de la signature des éditeurs.

PARIS. — TYPOGRAPHIE DE PILLET FILS AÎNÉ, RUE DES GRANDS-AUGUSTINS, 5.

MUSÉE
LITTÉRAIRE

ET

SCIENTIFIQUE

DE

L'ÉCOLE ET DE LA FAMILLE

Religion, Morale, Littérature, Sciences, etc.

PAR MM.

PH. THOMAS LEFEBVRE
Ancien principal de collége,
Officier d'académie, membre de plusieurs
sociétés savantes.

FERDINAND PIÉROT-OLRY
Profr de sciences naturelles à Paris,
membre de différents cercles littéraires
et scientifiques.

DEUXIÈME VOLUME

PARIS

LAROUSSE ET BOYER, LIBRAIRES-ÉDITEURS

49, RUE SAINT-ANDRÉ-DES-ARTS.

1862

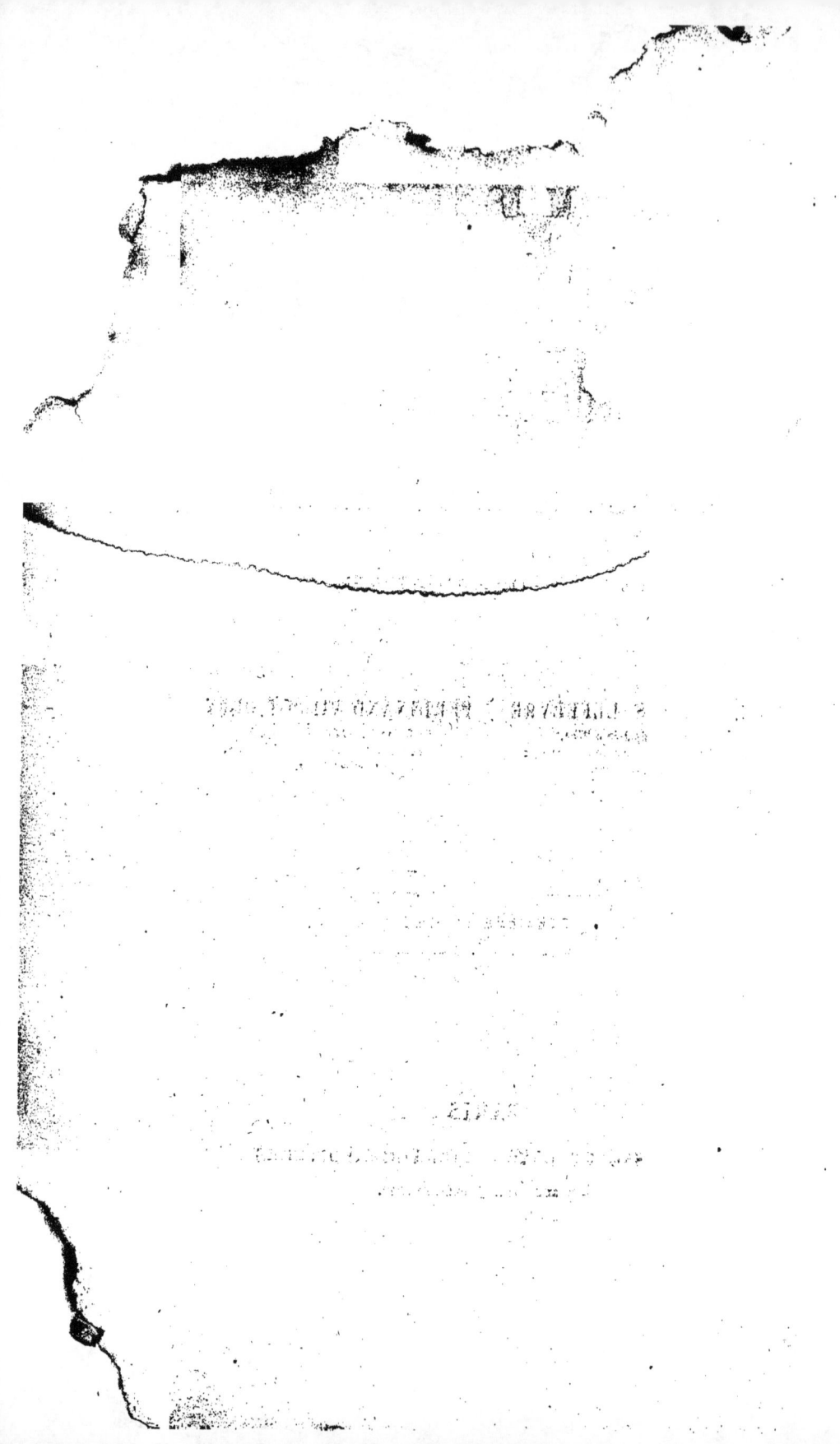

HISTOIRE D'UN LIVRE EN FORME DE PRÉFACE

C'était dans le temps qu'un libraire et un imprimeur juste-
ment célèbres (voyez le *Dictionnaire des Contemporains*) faisaient
retentir toutes les lignes des chemins de fer des sons plus ou
moins harmonieux de leur trompette, se mêlant aux sifflements
aigus des locomotives, soit dit sans épigramme ; c'était le temps
surtout où pullulaient ces feuilles à dix centimes (deux sous!)
que nous avons vues éclore au souffle jaloux de la concurrence,
et se pousser dans le monde des lecteurs de la rue avec l'audace des parvenus, se coudoyant les unes les autres pour
s'ouvrir un passage. La foule en était grande. Dans cette sorte
de *course au clocher*, comme disent nos gentlemen-riders, dont
l'argot menace d'envahir les pages de nos livres ; dans cette
course ressemblant quelque peu à la danse Macabre, dont les
acteurs n'étaient que des squelettes légèrement vêtus d'un
suaire troué par les vers, plus d'un imprudent jockey à veste
rouge, blanche ou bleue, équestre parodie du drapeau de la
France, a été désarçonné et est resté étendu tout meurtri sur
le turf. Que sont devenus tous ces infortunés?

> Hélas ! ils ont vécu ce que vivent les roses :
> L'espace d'un matin.

Disons-le sans vouloir insulter à notre vieux Malherbe, qui
serait peut-être peu flatté du rapprochement, s'il n'était pas
mort depuis deux cent trente-deux ans.

II.   1

Eh bien! qui le croirait? ce fut dans ce temps-là que nous conçûmes la pensée de lutter contre tous ces petits journaux, dont quelques-uns s'étalent encore aujourd'hui dans nos rues, tendant humblement la main aux dix centimes de l'ouvrier, de l'ouvrière, du patronet à la mine onctueuse, de l'apprenti peintre-badigeonneur tout fier de son chapeau de papier, du cocher de fiacre qui, du haut de son siége, aspire aux convulsions épileptiques de nos héros de roman, et enfin du commissionnaire rêvant dans ses loisirs, au coin de la borne où il s'abrite, à entasser sou sur sou pour acheter... une bibliothèque, peut-être? Non pas, mais un morceau de terre où il plantera un jour ses choux. — Halte là! nous dira quelqu'un, Pierre ou Paul, Jean ou François; il n'y a pas que ces sortes de gens qui se délectent encore de la lecture de ces feuilles! — Nous le savons bien, et nous y ajouterions les garçons épiciers ou droguistes, s'il n'était pas temps de laisser à leur sucre, à leur chicorée et à leur racine de guimauve ces pacifiques et peu lettrés industriels. Nous avions donc eu la pensée de glisser aussi quelques-uns de nos petits papiers au milieu des autres, où ils auraient passé inaperçus, sans doute, mais non pas sans laisser sur leurs traces quelques parcelles d'un miel pur, à l'aide duquel nous espérions attraper quelques mouches bien avisées.

Notre plan était tout tracé : plaire et instruire, *delectando pariter que monendo*, selon le précepte d'un grand maître [1]. Plus de romans, de récits honteux puisés dans la sentine de l'histoire, de ces tableaux qui font rougir l'innocence, de ces leçons pernicieuses se déguisant sous les oripeaux d'un style frelaté; opposer enfin à la perversité du goût le goût pur et sain qui respire dans nos meilleurs écrivains; à la débauche de l'esprit, la raison en compagnie des grâces, sans recherche, sans afféterie; à l'ignorance, la science, mais la science dépouillée de ses aspérités, de ses maussades formules dont l'aspect seul fait dresser

1. Horace, *Art poétique.*

les cheveux sur la tête ; animer enfin nos pages d'un souffle religieux, voilà ce que nous avions essayé de faire. Nous avions appelé à notre aide la morale l'histoire, la géographie, les sciences physiques : fables, contes, anecdotes, vers et prose, tout avait été créé ou mis à contribution. L'image devait nous prêter son puissant concours, l'image, que nos graveurs sur bois ont rendue si chère aux petits et même aux grands. Les articles s'entassaient dans nos cartons, impatients de voir le jour et de disputer le terrain à leurs devanciers. Nous nous étions mis à la besogne avec une sorte d'amour du bien public ; elle avançait, plus de vingt numéros étaient prêts ; nous nous frottions les mains ; après avoir puisé dans nos tabatières, nous aspirions avec délices la poudre de Nicot, car nous ne faisons usage ni de la pipe belge, ni du cigare aristocratique... donc tout allait au mieux.

Mais tout à coup, du haut de nos espérances, au beau milieu des charmantes illusions d'un succès promis par la perfidie de l'amour-propre, nous sommes tombés à la voix de nos éditeurs, qui sont venus nous dire d'un ton qui n'avait rien de superbe, où perçait évidemment le regret : Vous n'irez pas plus loin!... Qu'on juge de notre désappointement ! Nous nous empressons néanmoins de les interroger ; les si, les mais, les car, les pourquoi, les oui et les non se croisent, s'entre-choquent dans l'air ; enfin le calme s'établit, et nous apprenons que de nos feuilles il faut faire un *livre!* un livre de quatre cents pages !... C'était une lourde tuile qui nous tombait sur la tête. Il fallut pourtant se résigner, et, comme le livre devait être écrit dans le même esprit que les feuilles, nous nous disposâmes à les ajuster au goût de nos éditeurs. Ce sont de fort honnêtes gens (l'éloge n'est pas commun), ils sont animés du plus grand zèle pour les intérêts bien compris de la jeunesse ; que faire avec de pareils hommes? ce que nous avons fait. Nous avons repris tous nos articles les uns après les autres ; ceux-ci ont été allongés, ceux-là réunis, les uns ont été rapprochés, les autres éloignés ; plusieurs sont venus se joindre tantôt aux premiers, tantôt aux seconds, et, les ciseaux aidant, nous avons coupé à droite, à gauche, toujours dominés par notre pensée première. Qu'est-il résulté de ce remaniement, de ce travail, dont ne peuvent se faire une idée que ceux qui s'en sont occupés ou qui ont mis comme nous, ainsi qu'on le dit communément, les mains à la pâte? Il en est résulté un livre.

Quel est ce livre? le nôtre. Et l'histoire promise dans l'avant-propos du premier volume? celle que je viens de vous raconter.

Ce livre sera-t-il seul? Vous voyez bien que non, puisqu'en voici un second qui en annonce un troisième dont tous les éléments sont prêts. Sept viendront à la file, et

Quand nous serons à dix, nous ferons une croix,

pour finir par un de ces vers de Molière qui sont restés et qui resteront dans la mémoire de tous les gens d'esprit et de goût. Savez-vous, nos chers lecteurs, que c'est une excellente chose que de se retremper ainsi aux bonnes sources? Vous le savez, eh bien! je vous en félicite.

PH. T. L.

MUSÉE

LITTÉRAIRE ET SCIENTIFIQUE

DE

L'ÉCOLE ET DE LA FAMILLE

I

LA RELIGION DANS L'ÉDUCATION

La religion dans l'éducation est un moyen qui pénètre, qui soutient, qui éclaire, qui anime tous les autres moyens. Elle ne se borne pas à corriger les fautes, elle atteint les défauts : en purifiant la conscience, elle réforme la nature ; en donnant la foi, elle fortifie la raison ; en touchant le cœur, elle forme et ennoblit le caractère.

C'est la religion seule qui fait de l'éducation tout entière une école de respect. Sans contredit, ce fut une observation attentive et profonde qui arracha, malgré les préjugés du temps, au protestantisme philosophique, cette belle parole : *Le catholicisme est la plus grande, la plus sainte école de respect qu'ait jamais vue le monde*[1] !

Mais en même temps que la religion fait de l'éducation tout entière une école de respect, elle en fait une école de vérité et de vertu, une école de bonheur.

Et je ne sais pas s'il se rencontre dans la vie des jours plus sereins, des fêtes plus heureuses, des souvenirs plus doux et plus purs que ceux d'une enfance vertueuse, élevée dans une maison d'éducation chrétienne, sous les auspices de la religion, sous le charmant empire des vertus et des joies qu'elle inspire. Là tout est vrai, tout est noble, tout est simple, tout est

1. M. Guizot.

riant, tout est paisible, tout est aimable, tout est l'ouvrage et l'inspiration d'une sagesse céleste ; tout marque une autorité qui est au-dessus de l'homme ; tout fait sentir je ne sais quelle influence bienheureuse et sainte qui ennoblit, qui élève, qui embellit toutes choses.

Je me souviens d'un jour de ma vie où je fus très-vivement frappé de cette pensée ; me permettra-t-on de le rappeler ici ? C'était au matin d'une *grande promenade* qui devait conduire nos enfants à un pieux et lointain pèlerinage, à Notre-Dame des Anges, dans la forêt de Bondy. Cette fête leur avait été donnée pendant le mois de Marie, après de grands travaux littéraires où ils avaient montré une application extraordinaire, et obtenu tous des succès étonnants pour leur âge. Nous étions partis dès quatre heures du matin, et avant le lever du jour nous cheminions déjà à travers la campagne.

Tous étaient transportés de cette fête que le travail et la religion leur avaient préparée de loin, et marchaient avec allégresse, en rangs pressés, trois à trois, chantant le cantique du départ. Les oiseaux chantaient aussi de tous côtés. Je bénissais Dieu en voyant cette nombreuse jeunesse, si innocente et si joyeuse, si fervente et si pure. Tout à coup le soleil apparut à l'horizon, et son disque resplendissant fit briller sur nous tous les feux du plus beau jour. Toute la troupe alors poussa un cri de joie : Le soleil ! le soleil ! et ils se mirent à chanter les beaux vers de notre grand lyrique :

> Dans une éclatante voûte,
> Il a placé de ses mains
> Ce soleil qui, dans sa route,
> Éclaire tous les humains.
> Environné de lumière,
> Cet astre ouvre sa carrière
> Comme un époux glorieux
> Qui, dès l'aube matinale,
> De sa couche nuptiale
> Sort brillant et radieux.
> L'univers, à sa présence,
> Semble sortir du néant :
> Il prend sa course, il s'avance
> Comme un superbe géant.
> Oh ! que tes œuvres sont belles,
> Grand Dieu ! quels sont tes bienfaits !
> Que ceux qui te sont fidèles
> Sous ton joug trouvent d'attraits !
> Ta crainte inspire la joie ;
> Elle assure notre voie ;

Elle nous rend triomphants;
Elle éclaire la jeunesse,
Et fait briller la sagesse
Dans les plus faibles enfants [1].

Cette scène si simple et si grande ne s'effacera jamais de mon souvenir : je me sentis jeté dans une douce et profonde méditation. Ce beau ciel, cette campagne verdoyante, ces flots de lumière, cet astre rayonnant, ce religieux cantique, Dieu si présent, ces enfants si joyeux sous ses regards ; tout cela m'apparut comme la vive et magnifique image de ce que la religion était pour ces chers enfants ; et tandis qu'aux rayons de ce beau soleil ils marchaient et chantaient toujours, je me pris à dire à deux de leurs maîtres qui étaient auprès de moi :

« Messieurs, croyez-vous qu'il y ait en ce moment sur la terre des enfants plus heureux ? croyez-vous qu'il y en ait beaucoup de meilleurs et qui soient plus bénis du Ciel ? ne vous semble-t-il pas que la religion, dans leur éducation, est comme ce beau soleil ? »

Oui : elle illumine, elle vivifie, elle élève, elle anime et adoucit tout ; tout se conserve et s'embellit par elle ; tout s'obscurcit, se déprave et périt loin d'elle.

C'est la fraîcheur et le pur éclat du matin dans l'âme des plus jeunes enfants !

C'est la force et la splendeur du midi dans les heures plus avancées de la vive jeunesse !

Son absence fait les ténèbres de la nuit, l'engourdissement du sommeil ou la mort.

Lumière d'intelligence pour l'esprit, flamme de vie pour le cœur, puissance encourageante et redoutable pour la conscience, loi immuable pour les mœurs, autorité douce et ferme pour le caractère, grâce et secours pour la vertu ; qui ne comprend tout ce qu'elle peut sur le développement des facultés intellectuelles, sur la *discipline* et l'affermissement des facultés morales, sur les soins physiques et la conservation de la santé et des mœurs, et par conséquent sur l'éducation tout entière ?

Extrait de *l'Éducation*, par Mgr DUPANLOUP.

1. J. B. Rousseau, liv. I, ode 2e.

II

LA NEIGE

La NEIGE résulte, comme la pluie, du refroidissement des nuages; mais sa formation exige que la température de ces amas de vapeurs tombe au-dessous de zéro degré. La vapeur, en se condensant alors, se congèle et se cristallise. Si la cristallisation s'opère dans un air calme, la neige se présente sous des formes parfaitement géométriques. Elle affecte presque toujours celle d'une étoile à six rayons, inclinés les uns sur les autres de 60°, sur chacun desquels viennent s'implanter d'autres petites aiguilles de glace faisant aussi des angles de 60° avec les premières. Cette forme type peut ensuite se modifier d'une infinité de manières, en conservant l'empreinte de l'hexagone régulier, qui paraît être la figure fondamentale des cristaux neigeux. Le volume de la neige est ordinairement cinq ou six fois celui d'une masse d'eau de même poids. Elle tombe presque toujours très-lentement, à cause de la grande surface que présentent les flocons; aussi arrive-t-elle à terre avec la température de la couche inférieure. Tel nuage neigeux qui donne de la neige pour les montagnes n'envoie souvent que de la pluie dans les plaines adjacentes, parce que la neige fond durant sa chute à travers les couches d'air de plus en plus voisines du sol.

On rencontre de la neige rouge dans différentes localités. Saussure en a trouvé sur les Alpes; Ramond, dans les Pyrénées; le capitaine Ross, sur les côtes de la baie de Baffin; plusieurs navigateurs en ont aperçu dans la Nouvelle-Schetland et sur les glaces flottantes des régions polaires. M. le botaniste Francis Bauer a reconnu, à l'aide du microscope, que leur matière colorante était identique, et qu'elle résultait de la présence d'une sorte de champignon (*uredo nivealis*) qui pousse sur la neige.

La neige s'accumule pendant l'hiver et fond aux approches du printemps; dans certains lieux elle ne disparaît que durant les ardeurs de l'été. Enfin il existe des localités où elle se maintient constamment; on la désigne alors sous le nom de *neige perpétuelle*. Il ne faut pas croire pourtant que la même neige dure toujours; car s'il en était ainsi, son épaisseur augmenterait d'une manière indéfinie, ce qui évidemment ne saurait avoir lieu. Les couches inférieures se fondent par la chaleur du sol, tandis que les couches supérieures, plus ou moins entamées par les agents atmosphériques, se dissipent en vapeur. Les neiges perpétuelles se renouvellent donc sans cesse. Elles se présentent à des hauteurs plus grandes sous l'équateur, à de moindres élévations dans nos climats. On les trouve à 4,800 mètres dans les Andes (sous l'équateur), à 2,670 mètres dans les Alpes, et à 1,060 mètres vers l'extrémité méridionale de la Norwége.

Considérons maintenant l'utilité de la neige. L'expérience prouve que la neige sert d'engrais à la terre : les plantes les mieux nourries et les plus vertes sont toujours celles qui croissent à la base, sur le penchant ou dans les prairies situées au pied des montagnes presque continuellement couvertes de neige. La Providence a voulu de plus que, quand le froid à la surface est assez grand pour nuire à la végétation, ce froid, qui rend la pluie inutile et détruirait la vie végétale, devînt l'instrument de sa conservation. Il gèle la pluie, la fait tomber en neige pour retenir la chaleur intérieure de la terre, lui donner une humidité suffisante et former cette admirable et ingénieuse enveloppe qui, par sa faible conductibilité, préserve la plante contre l'inclémence de l'hiver. En effet, lorsque le temps est très-froid, si l'on enfonce profondément dans la neige un thermomètre, il indique une température plus élevée que celle qu'il marquerait, s'il se trouvait simplement appliqué à sa surface. Ce fait explique, d'une part, comment certaines personnes ont pu sans périr demeurer ensevelies plusieurs jours sous la neige ; de l'autre, il rend compte de l'instinct qui porte certains animaux à se blottir sous la neige pour se garantir du froid : usage également familier aux Lapons surpris dans leurs excursions par des ouragans. Loin d'être une cause de refroidissement du sol qu'elle recouvre, la neige atténue donc, au contraire, l'affaiblissement de température qu'il éprouverait sans cette enveloppe conservatrice. La neige trempe ensuite la terre plus que les pluies, parce que son évaporation est moindre : aussi, dans les années où la neige a longtemps couvert le sol, les fontaines sont-elles plus abondantes qu'à l'ordinaire. Est-il rien qui démontre mieux la sagesse de prévision du Créateur, et l'influence bienfaisante qu'il étend sur tout l'univers?

FERDINAND P. O.

III

LES LETTRES ONT LE BEAU POUR OBJET

La littérature n'est pas un territoire certain, qui soit borné par d'autres territoires, et qui ne puisse s'agrandir que par une injuste invasion. Rien de l'homme ni de l'univers ne lui est étranger et interdit. La morale étudie le bon, la philosophie cherche le vrai ; en s'appuyant sur l'une et sur l'autre, les lettres ont le beau pour objet. Mais le beau est partout, en nous et hors de nous, dans les perfections de notre nature et dans les merveilles du monde sensible, dans l'énergie indépendante de la pensée solitaire et dans l'ordre public des sociétés, dans la vertu et dans les passions, dans la joie et dans les pleurs, dans la vie et dans la mort; et si la nature, à votre gré, en est avare. il vous est donné de le multiplier par l'imagination, de le prodiguer, de surpasser la vérité par la fiction et l'histoire par la fable. Voilà la dignité et voilà l'universalité des lettres : nées de notre capacité de connaître le beau, elles n'ont de limites que celles des facultés par lesquelles nous le possédons et le goûtons.

Le beau se sent et ne se définit point. Qu'on l'appelle tour à tour le sublime, le pathétique, le noble, le gracieux, il lui manquera toujours plus de noms qu'il n'en aura reçu.

Il y a des arts merveilleux qui expriment le beau par des formes, des couleurs, des sons; ils en ont fait un objet des sens, ou plutôt ils se servent des sens pour le révéler à l'âme. Les lettres expriment le beau par l'instrument intellectuel du langage ; c'est pourquoi le style fait partie de la littérature, et c'est pourquoi aussi il y a une science du style et même des mots, qui semble la représenter, quoiqu'elle ne soit que son auxiliaire.

Les lettres ne sont pas de tous les temps; elles ont besoin d'esprits longtemps exercés à la contemplation du beau, et devenus assez sensibles à sa présence pour le discerner rapidement par cet instinct sévère qu'on appelle le goût. Là où le goût n'est pas formé, il pourra se concevoir, se dire des choses admirables; mais il n'y aura point de littérature digne de ce nom ; il n'y en aura point non plus avec des langues pauvres et incertaines.

Quoique la nature du beau soit immuable, la littérature n'est pas toujours la même. Elle suit la religion et le gouvernement, les révolutions lentes ou brusques des mœurs, les mouvements des esprits, leurs affections inconstantes et leurs pentes diverses, et c'est ainsi qu'elle est l'expression accidentelle de la société.

ROYER-COLLARD. Discours de réception à l'Académie française.

IV

L'EMPEREUR ET L'ABBÉ

OU LES TROIS QUESTIONS

Je veux vous raconter une histoire bien drôle. Il y avait une fois un empereur; l'empereur était jaloux. Il y avait aussi un abbé tout à fait grand seigneur; dommage seulement que son berger était plus fin que lui.

L'empereur n'avait souci ni du chaud ni du froid; souvent il dormait avec sa cotte d'armes sous la tente; à peine avait-il souvent du pain noir, de l'eau et du boudin; plus souvent encore il souffrait rudement et de la faim et de la soif.

Le petit abbé se choyait mieux : il se comportait plus vaillamment à table; sa face dodue resplendissait comme la pleine lune; trois hommes se donnant la main n'auraient pu faire le tour de son ventre.

Aussi l'empereur lui cherchait souvent noise. Chevauchant un jour par une chaleur d'été brûlante, avec grosse escorte de cavalerie, il rencontra l'abbé qui se promenait devant son abbaye.

« Ah! la bonne fortune, pensa-t-il en lui même; et il salua l'abbé en ricanant. — Serviteur de Dieu, comment vous en va? tout à fait bien, ce me semble.

« M'est avis pourtant que les heures vous pèsent; vous me remercierez bien de vous avoir donné de la besogne. On dit que vous êtes l'homme le plus rusé du monde, que vous entendez presque croître l'herbe.

« Or donc, pour amuser vos deux grosses joues, je vous donne trois jolies noix à casser. Je vous laisse, à compter d'aujourd'hui, trois mois, au bout desquels je veux vous voir répondre à ces trois questions :

« Premièrement, lorsqu'au milieu de mon conseil de princes je siégerai sur mon trône, dans tout l'apppareil impérial, vous me direz, en vrai connaisseur de monnaies, combien je vaux jusqu'au dernier liard;

« Secondement, vous me calculerez et me direz en combien de temps je puis faire, à cheval, le tour du monde, pas une minute de plus ni de moins; je sais que tout cela n'est qu'un jeu pour vous;

« Troisièmement, ô perle des savants, vous devinerez, à l'épaisseur d'un cheveu près, ma pensée, que je vous confesserai ensuite loyalement; mais dans cette pensée il ne devra pas y avoir de vrai la moindre chose.

« Et si vous ne me résolvez pas ces trois questions, je vous ferai mener à travers tout le pays, sur un âne, la queue dans la main en guise de bride. »

La-dessus l'empereur s'éloigne au trot en riant. Le pauvre abbé travaille de la tête à se la rompre. Pas de coquin qui endure plus d'angoisses devant la fatale corde.

Il dépêche vers une, deux, trois, quatre universités, interroge une, deux, trois quatre facultés, paye des droits et des frais tant et plus, et point de docteur cependant qui résolve ces problèmes.

Au milieu des tremblements et des brisements de son cœur, les heures croissaient vite en jours, les jours en semaines, les semaines en mois; déjà arrivait le terme. Le pauvre abbé voyait tantôt jaune, tantôt vert.

Désespéré, pâle, les joues creuses, il cherchait au milieu des champs et des bois les lieux les plus retirés. Dans un sentier à peine battu, il rencontra, assis sur une roche, son berger Jeannot Bindik.

« Seigneur abbé, dit Jeannot, qu'est-ce qui peut vous chagriner? En vérité, vous voilà maigre bientôt comme une ombre. Vous vous traînez à peine; il vous est certainement arrivé quelque chose.

— Ah! bon Jeannot Bindik, tu n'as que trop raison de dire qu'il m'est arrivé quelque chose. L'empereur m'a donné une rude étoffe à coudre; il m'a mis entre les dents trois noix que Belzébuth lui-même aurait bien de la peine à casser.

« Premièrement, lorsqu'au milieu de son conseil de princes il sera assis sur son trône, dans tout l'appareil royal, il faudra que je lui dise, en vrai connaisseur de monnaies, combien il vaut jusqu'au dernier liard.

« Secondement, je devrai lui calculer et lui dire en combien de temps il peut faire, à cheval, le tour du monde, et pas une minute de plus ou de moins; il s'imagine que tout cela n'est qu'un jeu pour moi.

« Troisièmement, malheureux que je suis, il faudra que je devine, à l'épaisseur d'un cheveu près, sa pensée, qu'il me confessera ensuite loyalement; mais, dans cette pensée, il ne devra pas y avoir de vrai la moindre chose.

« Et si je ne lui résous pas ces trois questions, il me fera mener, par tout le pays, à rebours sur un âne, la queue dans la main en guise de bride.

— Et rien de plus? s'écria Jeannot en éclatant de rire. Seigneur, demeurez en paix; je me charge de tout. Prêtez-moi seulement vos habits. De la sorte je promets de donner pour vous les véritables réponses.

« Bien qu'il soit vrai que je n'entende mot au latin, ce que vous, messieurs les docteurs, ne vous procurez pas avec votre argent, je l'ai hérité, moi, du ventre de ma mère.

L'abbé, d'aise, sauta comme un chevreau. Jeannot, avec le manteau et le rabat, était beau comme un abbé véritable. Et vite il se rend à la cour de l'empereur.

L'empereur était sur son trône, au milieu de ses princes, magnifique, le sceptre en main, la couronne en tête, et dans tout l'appareil impérial.

« Maintenant, seigneur abbé, en vrai connaisseur de monnaies, dites-moi combien je vaux jusqu'au dernier liard.

— Majesté, Jésus-Christ a été vendu pour trente écus de Judée : à cause de cela je ne donnerais de vous (si haut que vous vous estimiez) que vingt-neuf florins, car il faut bien que vous valiez un florin de moins que lui.

— Hum ! dit l'empereur, la raison se laisse entendre, et a de quoi corriger un orgueil sérénissime. Sur mon honneur impérial, je ne me serais jamais cru à si bon marché.

« A présent il faut me calculer et me dire en combien de temps je puis faire, à cheval, le tour du monde, mais pas une minute de plus ou de moins ; je sais que tout cela n'est que jeu pour vous.

— Majesté, si vous partez le matin au même instant que le soleil, et l'accompagnez en chevauchant toujours aussi vite que lui, je parie ma cape que vous l'aurez fait en deux fois douze heures.

— Ah ! dit l'empereur, excellente avoine ! vous nourrissez les chevaux avec des *si* et des *mais*. L'homme qui a inventé le *si* et le *mais* a certainement fait de l'or avec de la paille hachée.

« A présent réunissez vos forces pour la troisième question, autrement il faudra que je vous condamne à l'âne. Qu'est-ce que je pense qui soit faux ? dites-le tout de suite, mais point de *si* ni de *mais*.

— Majesté, vous pensez que je suis l'abbé de Saint-Gall ?

— Sans doute, et il n'y a rien de faux là-dedans.

— Pardon, Majesté, votre idée vous trompe : je ne suis que son berger, Jeannot Bindik.

— Quoi ! démon, tu n'es pas l'abbé de Saint-Gall ! cria de toute sa force l'empereur, comme s'il fût tombé du ciel, mais avec une joviale surprise ; eh bien, tu le seras désormais. Je veux t'investir de l'anneau et de la crosse. Ton prédécesseur montera sur l'âne et trottera.

— Avec votre permission, Majesté, je resterai comme je suis. Je ne sais ni lire, ni compter, ni écrire ; je ne comprends pas le plus petit mot de latin ; ce que Jeannot n'a pas appris, Jean ne peut plus l'apprendre.

— Bon Jean Bindik, c'est bien grand dommage ; mais demande-moi une autre grâce. Ta joyeuse farce m'a fort réjoui, et je veux te réjouir à mon tour.

— Majesté, je n'ai pas besoin de tant de choses ; mais puisque vous voilà

disposé à répandre vos faveurs sur moi, je vous demande pour toute récompense le pardon de mon révérendissime seigneur.

— Bravo ! mon ami, je vois que tu portes le cœur comme la tête, de la
façon la plus droite; ainsi donc, je pardonne à ton seigneur, mais à la
condition suivante :

« Nous ordonnons à l'abbé de Saint-Gall de ne plus faire garder désormais ses troupeaux par Jean Bindik, et de pourvoir gratuitement à tous ses
besoins jusqu'à la douce et heureuse mort que le ciel lui enverra. »

* * *

V

LA MORT D'ISAIE

A plantá pedis usque ad verticem, non est
in eo sanitas...
(ISAIE, chap. I, v. 6.)

De la plante des pieds jusqu'au haut de la
tête, il n'y a rien de sain dans lui.
(Trad. DE SACY.)

Du sommet d'une roche stérile où il s'était traîné avec un douloureux
effort, les yeux tournés vers le ciel, mais l'oreille frappée d'un bruit lointain que les échos répétaient en gémissant, le fils d'Amos, Isaïe, chargé
du poids de plus de cent années, et que menaçait la colère d'un roi impie
et cruel, était plongé dans un silence extatique.

Ni les flots de la mer se brisant à ses pieds contre le rivage, ni les ondulations de sa blanche chevelure, qu'agitait un vent impétueux, rien ne
pouvait détourner ses regards d'un point du ciel d'où il lui semblait qu'allaient descendre les anges pour toucher encore une fois d'un charbon ardent ses lèvres décolorées.

Le pressentiment de sa fin prochaine avait saisi son cœur, et, comme
pour se rapprocher de la demeure céleste, il avait cherché la solitude :
heureux s'il eût disparu dans une tempête aux yeux des hommes contre
lesquels avait grondé avec douleur sa voix éloquente ! Les trônes étaient
tombés autour de lui, les murailles des villes s'étaient écroulées, les princes
avaient péri, les pieds des peuples avaient été meurtris par les fers qu'un
farouche vainqueur y avait attachés; lui seul était encore debout au milieu de tant de ruines amoncelées.

Mais s'il ne devait pas voir les temps heureux que sa bouche inspirée avait prédits, près de sept siècles avant qu'ils brillassent sur le monde, cette Jérusalem *triomphante* enfin et *plus belle*, cet Emmanuel, enfant divin d'une Vierge dont il avait admiré la beauté à travers les voiles de l'avenir, les temps étaient accomplis!... la terre était muette; les oiseaux de la montagne se taisaient, les herbes s'affaissaient sur leurs tiges épuisées : tout inspirait la crainte et l'horreur; tranquille et résigné, Isaïe attendait le moment suprême.

Il avait osé, le courageux vieillard, dans une cour orgueilleuse et corrompue, porter ses pas intrépides et jeter à la face de Manassès ses impiétés et ses crimes.

Issu du sang des rois, neveu d'Amasias, Isaïe ne voyait qu'avec horreur les abominations de la maison royale. Obéissant aux inspirations du Dieu d'Israël, il retraça aux yeux de Manassès le hideux tableau de ses iniquités ; il dit les hauts lieux qu'il avait bâtis, les autels dressés à Baal, son amour des divinations, les augures qu'il avait consultés, les pithons qu'il avait institués, quels flots de sang innocent il avait répandus, jusqu'à en remplir toute la ville de Jérusalem!

« Tremblez donc, s'était écrié le sublime prophète! Tremblez, Manassès !... Voici ce que dit le Seigneur : « J'étendrai sur Jérusalem le cor-
« deau de Samarie et le poids de la maison d'Achab ; j'effacerai Jérusalem
« comme on efface ce qui est écrit sur des tablettes ; je passerai et repas-
« serai souvent le style par-dessus, afin qu'il n'en demeure rien ; j'aban-
« donnerai les restes de mon héritage et les livrerai entre les mains de
« leurs ennemis, et tous ceux qui les haïssent les pilleront et les ravage-
« ront. »

Il avait dit, et le prince avait un instant baissé la tête sous cet épouvantable anathème ; puis, se relevant soudain, il avait repris toute sa fureur.

Le prophète s'était donc retiré dans la solitude, sur la roche stérile. Bientôt ces bruits qu'il avait entendus dans le lointain se rapprochèrent; des cris retentirent le long du sentier, et les satellites du tyran se jetèrent sur Isaïe et l'entraînèrent devant Manassès.

« Qu'il meure ! » Et les bourreaux toujours dociles à la voix qui demande du sang, saisissent le prophète en l'injuriant, et l'investissent de cordes noueuses.

Le front toujours calme et serein, le fils d'Amos attend. Manassès s'agite inquiet sur son trône; il semble hésiter; il ne sait de quel supplice faire périr le noble vieillard; tout à coup il appelle le chef des bourreaux; les ordres sont donnés.

Deux poutres sont liées ensemble ; on y pousse violemment Isaïe ; ses pieds, ses mains sont attachés ; sa tête est inclinée vers la terre qui va boire son sang ; une scie de bois est apportée, et le corps d'Isaïe est coupé en deux parts sans qu'un seul cri s'échappe de cette bouche qui s'était tant de fois ouverte pour proclamer les oracles du Seigneur.

Mlle FUSON, institutrice.

N. B. Dans ce sujet, où presque tous les détails devaient être pris seulement dans la situation des personnages, puisque l'histoire du supplice d'Isaïe n'est point authentiquement constatée, l'auteur s'est inspiré de la lecture du prophète et du IVᵉ livre des Rois, chap. XXI. (*Note des éditeurs.*)

VI

QUELQUES PENSÉES RECUEILLIES DANS DUGUET

« Duguet, dit M. Léon Feugère, est un de ces auteurs, aujourd'hui trop oubliés, qui ont montré, en réalisant ce précepte dans leurs écrits, la parfaite justesse du vers d'Horace :

Scribendi recte sapere est et principium et fons.

Avant donc que d'écrire apprenez à penser.

BOILEAU.

« Duguet a bien écrit parce qu'il a sagement pensé. Né en 1649 et formé par les excellents modèles qui entourèrent sa jeunesse, il acquit de bonne heure ce style simple, net et judicieux, qui plus que jamais doit être l'objet de nos études ; c'est le caractère de ses nombreux ouvrages. Ses idées sont aussi pures qu'élevées ; et il a dans son langage quelque chose de ce charme, fruit d'une persuasion profonde, qui inspire le goût de la vertu. Duguet mourut à quatre-vingt-quatre ans, en 1733. »

—

Tandis que la sagesse du monde consiste trop souvent à soupçonner et à rendre le bien même suspect, la sagesse chrétienne doit consister dans une grande connaissance de la vertu et dans une heureuse simplicité qui ignore le mal.

—

Il y a dans le cœur des véritables serviteurs de Dieu une espèce de miséricorde curieuse et inquiète, qui songe à tous les maux que nos semblables peuvent souffrir et à tous les biens que nous pouvons faire.

—

Il faut prévenir et presque deviner les nécessités et les afflictions des pauvres.

—

Il y a une injustice manifeste à négliger la vertu connue ou qu'il serait aisé de connaître ; car il faut pour cela que l'amour des solides biens soit éteint en nous et que notre cœur soit insensible aux motifs dignes de le toucher.

—

On ne saurait empêcher que la louange ne suive la vertu : on ne saurait empêcher non plus qu'une joie pure ne se répande dans la conscience quand on fait le bien.

—

Quand on est vivement touché de ses besoins et de sa faiblesse, on est dans une disposition continuelle de prière, et l'on regarde sans cesse celui qui est tout à la fois la lumière, la force, le guide, le libérateur de ceux qui l'invoquent.

—

C'est le caractère même de la grandeur des princes d'être consacrés au bien public. Il en est d'eux comme de la lumière, qui n'est placée dans un lieu éminent que pour se répandre partout.

VII

L'ÉTOILE

Il y avait une fois un enfant qui s'agitait beaucoup ; son imagination naissante le faisait rêver à mille choses diverses. Cet enfant avait une petite sœur, sa compagne fidèle. Tous deux passaient leur temps à contempler la création et à s'émerveiller. Ils admiraient la beauté des fleurs, ils admiraient l'élévation et la couleur du ciel, ils admiraient la profondeur des eaux argentées, ils admiraient la puissance et la bonté de Dieu qui avait fait ce monde charmant.

II.   2

Parfois ils se disaient : « Si tous les enfants de la terre mouraient, les fleurs, les eaux et les nuages auraient-ils du chagrin? » Dans leur tendre ingénuité ils le croyaient, « car, ajoutaient-ils, les boutons ne sont-ils pas les enfants des fleurs, les ruisseaux vagabonds qui descendent de la colline ne sont-ils pas les enfants des eaux, les lueurs qui brillent au firmament ne sont-elles pas les enfants des planètes? »

Il était évident que ces nouveau-nés de la création auraient de l'ennui de ne plus voir leurs compagnons de jeux, les enfants de la terre.

Il y avait surtout une belle étoile brillante qui avait coutume d'illuminer les cieux avant toutes les autres, — près du clocher de l'église, au-dessus du cimetière. Elle était plus grande et plus étincelante que ses sœurs; — et chaque soir, accoudés à la même fenêtre, ils la guettaient attentivement. Le premier des deux enfants qui l'apercevait s'écriait : *Je vois l'étoile!* et le plus souvent ils criaient ensemble, tant ils connaissaient bien l'heure de son arrivée. C'est ainsi qu'ils devinrent amis. Ils ne manquaient pas de la regarder une dernière fois, quand ils se mettaient dans leurs lits, afin de lui souhaiter une bonne nuit; puis dès qu'ils sentaient le sommeil venir, ils s'endormaient en disant :

« Gentille étoile, Dieu te bénisse. »

Hélas! il vint trop vite le temps où un seul enfant la regarda! alors qu'il n'y avait plus qu'un visage dans ces deux lits, tandis qu'une petite tombe auparavant inconnue était creusée parmi les tombes, pierre mignonne sur laquelle l'étoile dardait ses plus doux rayons.

Ces rayons étaient si brillants, ils semblaient indiquer un chemin si étincelant de la terre au ciel, que quand de son lit solitaire l'enfant survivant rêvait de l'étoile, il croyait voir alors un grand nombre de personnes attirées par elle sur cette route des élus. Puis l'étoile s'entr'ouvrait et lui montrait un monde éblouissant de lumières, où des anges plus nombreux encore attendaient ces personnes pour les recevoir.

Mais ces anges hospitaliers tournaient leurs regards de feu vers les nouveaux venus, et quelques-uns d'entre eux suivaient les longs rayons dans lesquels ils se tenaient et venaient s'enlacer autour de leurs cous; ils les embrassaient tendrement et les emmenaient au festin de lumières, et tous semblaient si heureux, que l'enfant endormi pleurait de joie dans son berceau.

Parmi les bienheureux l'enfant aperçut sa sœur, cette petite figure malade, dont son oreiller avait reçu si longtemps les soupirs. Toutefois, l'ange de la sœur restait à l'entrée de l'étoile et demandait aux arrivants :

« Mon frère est-il ici?

— Non, lui répondit-on. »

Et alors le rêveur étendit les bras et s'éveilla en s'écriant :

« Sœur, je suis ici, prends-moi. »

Et, éveillé, il vit à travers ses pleurs l'étoile qui illuminait sa chambre former de longues raies de feu au milieu de ses larmes.

A partir de ce moment, l'enfant considéra l'étoile comme une future patrie où il irait quand son heure serait sonnée; car il songea qu'il n'appartenait pas seulement à la terre, mais aussi à cet astre brillant vers lequel l'ange de sa sœur était allé.

Il survint à l'enfant un frère nouveau, un petit chérubin souriant dans ses langes; et il était petit à n'avoir pas pu dire une parole, quand il étendit son corps frêle dans les angoisses d'une mort prématurée.

Une fois encore l'enfant rêva de l'étoile ouverte, de la légion des élus, de l'immense quantité d'arrivants qui suivaient les rayons des anges et s'illuminaient aux reflets de leur brillant éclat.

Et l'ange de la sœur dit aux nouveaux venus, comme la première fois :

« Mon frère est-il venu ? »

Et il lui fut répondu :

« Pas celui-là... un autre. »

Et pendant qu'il voyait l'ange du nouveau-né défunt dans les bras de l'ange de la sœur, il s'écria encore :

« O sœur ! je suis ici, prends-moi. »

Et elle sembla se tourner vers lui et sourire.

Et l'étoile brillait à son réveil.

L'enfant grandit, il étudia, il chercha la science dans les livres; quand un vieux serviteur vint à lui et lui dit :

« Ta mère n'est plus; j'apporte sa bénédiction à son enfant bien-aimé. »

Cette nuit encore il vit l'étoile et sa glorieuse population ; — et l'ange de la sœur défunte demanda une dernière fois :

« Mon frère est-il venu ?

— Non, répliqua-t-on, c'est ta mère. »

Un cri puissant d'allégresse fit retentir l'étoile, car une mère était réunie à ses deux enfants. Et le pauvre rêveur, étendant ses bras, s'écriait en s'éveillant :

« O mère ! ô sœur ! ô frère ! me voici, prenez-moi. »

Et tous trois lui répondirent :

« Frère, pas encore. »

Et l'étoile brillait comme par le passé.

C'est ainsi que l'enfant devint homme, puis vieillard ; son visage si uni se rida, ses pas chancelèrent, son dos se courba; — et une nuit qu'il était étendu sur son lit, entouré des enfants qui lui étaient nés à son tour, il s'écria ce qu'il avait crié longtemps auparavant :

« Je vois l'étoile !

— Il se meurt, chuchotèrent ses fils.

— Oui, répondit-il, je me meurs ; ma vieillesse se détache de moi comme un haillon, et je me sens monter vers l'étoile jeune comme un enfant. —

« Et maintenant, ô Père tout-puissant ! je te remercie d'y avoir reçu les êtres chéris qui m'y attendent. »

Et l'étoile brillait !

Elle brille aujourd'hui sur son tombeau.

Traduction libre de CHARLES DICKENS.

VIII

CONSIDÉRATIONS GÉNÉRALES SUR LA VAPEUR

Les machines à vapeur sont devenues, depuis un petit nombre d'années, d'une application si générale dans les arts, que leur histoire et leur description doivent trouver place dans les ouvrages d'éducation.

Le jeu de ces appareils est fondé sur le développement de la force élastique de la vapeur d'eau par la chaleur. L'expérience démontre que l'eau en ébullition, à l'air libre, donne une vapeur capable de vaincre la pression atmosphérique, ou, en d'autres termes, assez puissante pour faire équilibre à une colonne d'eau de trente-deux pieds. Cette force s'accroît ensuite rapidement avec la température ; elle est double à 122 degrés, triple à 135 degrés, etc. Il est donc bien naturel qu'on ait cherché à utiliser un moteur aussi énergique.

Remarquons avec Arago [1] que la vapeur d'eau, comme toutes les forces naturelles et artificielles, avant de devenir vraiment utile aux hommes, a souvent été exploitée au profit de la superstition. Les chroniques nous avaient appris que, sur les bords du Wéser, le dieu des anciens Teutons leur marquait quelquefois son mécontentement par une sorte de coup de tonnerre, auquel succédait immédiatement après un nuage qui remplissait l'enceinte sacrée. L'image du dieu Bustérich, trouvée, dit-on, dans des fouilles, montre clairement la manière dont s'opérait le prétendu prodige.

1. Arago, *Eloge historique de James Watt,* dans l'*Annuaire des longitudes* de 1839.

Le dieu était en métal; la tête creuse renfermait une amphore d'eau. Des tampons de bois fermaient la bouche et un autre trou situé au-dessus du front. Des charbons adroitement placés dans une cavité du crâne échauffaient graduellement le liquide. Bientôt la vapeur engendrée faisait sauter les tampons avec fracas; alors elle s'échappait violemment en deux jets et formait un épais nuage entre le dieu et ses adorateurs stupéfaits!

Dans nos mœurs plus positives, la puissance de la VAPEUR remplace généralement, avec une supériorité incontestable, la force de l'homme, des animaux, des eaux et des vents. Installée sur nos navires, elle supplée au centuple les triples, les quadruples rangs de rameurs de nos pères. Quelques kilogrammes de charbon suffisent à l'homme pour maîtriser les éléments, se jouer du calme, des vents contraires et des tempêtes. Il n'est rien dont la machine à vapeur ne soit capable; on dirait de la géométrie et de la mécanique personnifiées. Elle file, elle tisse, et plus régulièrement qu'aucun ouvrier, car elle n'a ni distraction ni fatigue. En trois coups elle fait des souliers : un premier cylindre, garni d'un emporte-pièces, découpe la semelle et l'empeigne; un autre y ouvre des trous, dans lesquels un troisième enfonce de petits clous qu'il rive aussitôt, et le soulier se trouve achevé. Elle tire de la cuve des feuilles de papier que l'on prolongerait de plusieurs lieues s'il était nécessaire, et leur communique par l'impression le privilége de porter au loin la pensée de l'homme.

La vapeur enfin fait disparaître les distances. Nous la voyons, traînant à sa suite des milliers de voyageurs et de nombreux convois de marchandises, courir sur les voies ferrées avec beaucoup plus de vitesse que ne pourrait le faire le meilleur cheval chargé seulement de son svelte jockey. L'emploi de ce nouvel effet mécanique n'a pas seulement produit une révolution dans toutes les parties de l'industrie; il agit encore comme un levier moral irrésistible qui doit activer les progrès de la science et de la civilisation.

Les machines à vapeur, écrit un savant économiste[1], semblent véritablement appelées à changer la face du globe. De hardis et généreux penseurs ont prétendu qu'aujourd'hui le monde marchait à grands pas vers l'association universelle. Eh bien! ce merveilleux ordre de choses, que leur faisait rêver leur amour pour l'humanité, ne pourra bientôt plus être qualifié de chimère. Cette civilisation nouvelle que seules d'abord avaient pressenties quelques âmes supérieures, ce nouvel équilibre politique et social qui maintenant commence à préoccuper nos hommes d'État, n'auront pas d'agent matériel plus usuel, plus puissant que les grandes lignes et les

1. Michel Chevalier, *Des intérêts matériels en France.*

appareils à vapeur. Car c'est à eux qu'il appartient essentiellement de transformer les rapports des hommes et des choses, de rapprocher les provinces des provinces, les peuples des peuples. C'est par de grandes lignes que circule au loin la pensée humaine sous la forme la plus propre à la propagation, c'est-à-dire en *chair et en os*.

En poste, continue le même écrivain, on ne fait guère plus de trois lieues à l'heure, et c'est un mode de transport à l'usage seulement d'une imperceptible minorité de privilégiés. Or il faut qu'un chemin de fer soit bien grossièrement établi pour que l'on ne puisse y circuler avec une vitesse moyenne de six lieues à l'heure, c'est-à-dire trois fois plus grande que celle des diligences. A ce compte, au moyen des voies ferrées, un pays trois fois plus large que la France, et par conséquent neuf fois plus vaste, se trouverait, sous le rapport des communications et pour les relations des hommes entre eux, dans la même situation que la France actuelle, dépourvue de chemins de fer. En supposant une vitesse de dix lieues à l'heure, c'est-à-dire quintuple de celle des diligences ordinaires, le rapport de un à neuf se change en celui de un à vingt-cinq. Le rapprochement des hommes et des choses s'accélère dans la même proportion. Ainsi, avec des chemins de fer de dix lieues à l'heure, un territoire vingt-cinq fois plus grand que la France, ou quatre fois et demie aussi étendu que l'Europe occidentale, serait centralisé au même degré que notre pays et pourrait s'administrer aussi vite.

Grâce à la vapeur, Paris n'est plus qu'à six heures du Havre, et des côtes de l'Océan, à trois heures vingt minutes de Lille et de nos frontières du Nord. Aujourd'hui, le voyageur qui part de Paris le matin peut aller se coucher à Lyon et se trouver le lendemain à la bourse de Marseille. De Strasbourg à Brest, on compte 1,064 kilomètres : c'est la France dans sa plus grande largeur. Eh bien ! ce voyage, qui n'exigeait pas moins de sept à huit jours, se fait actuellement en trente heures.

On comprend combien ce rapide et commode moyen de circulation est favorable au commerce, aux relations de famille et d'amis, et quelle précieuse économie de temps et d'argent il procure aux voyageurs. On ne saurait donc trop lui accorder de sympathie. Aussi lorsque, pour la première fois, des chemins de fer vont être livrés à la toute-puissance de la vapeur, ce sont de belles et grandes solennités ! Les habitants des campagnes et des villes accourent en foule. Là se trouvent des chefs d'État, des ministres, des sénateurs, des députés, des magistrats, des industriels, des savants, des poëtes, des artistes ; c'est une fête vraiment nationale. Et sur ces grandes conquêtes de l'intelligence humaine, on voit ensuite de pieux évêques appeler les bénédictions du ciel.

Les États-Unis d'Amérique sont, de tous les pays, celui qui a entrepris et réalisé les réseaux de chemins de fer les plus gigantesques. Con-truits peut-être avec moins de solidité que les nôtres, ils présentent dans la distribution intérieure de leurs wagons, des avantages que nous n'avons pas. Aussi les chemins de fer américains sont-ils remarquables par leur rapidité et le confort qu'ils offrent au voyageur.

La transformation en convois de chemin de fer, des diligences qui parcouraient nos routes, ne s'est pas opérée sans protestations de la part des masses. On a craint les dangers qu'entraîne l'emploi d'un fluide aussi peu maniable que la vapeur, et quand, s'abandonnant à une vitesse de soixante kilomètres à l'heure, on vient à songer aux nombreuses victimes des accidents (heureusement fort rares) de nos voies ferrées ; lorsque surtout on se rappelle l'épouvantable catastrophe de Versailles, l'esprit s'ouvre involontairement à de mortelles inquiétudes. Et pourtant, de tous les moyens de transport, les locomotives sont celui qui présente le moins de chances d'événements fâcheux. En effet, quand on recherche avec impartialité les causes des désastres, on les trouve toujours dans l'imprudence des employés ou la négligence des mécaniciens. L'art de la construction des machines se trouve porté aujourd'hui à un tel degré de perfectionnement que leur jeu est parfaitement régulier ; elles ne sauraient par elles-mêmes occasionner de graves accidents. On doit donc voir dans les chemins de fer une des conditions de grande sécurité pour les voyageurs. Avec eux on n'a plus à craindre le versement de ces lourdes diligences, dont le mode de chargement constitue à lui seul un péril incessant ; on n'a plus à redouter les écarts des chevaux ni l'effet de la peur et tant d'autres causes qui préludaient aux plus déplorables résultats.

« Je ne chercherai point, dit M. G. Bresson, dans le journal *la Science pour tous*, à montrer combien est petit le nombre des morts qu'on a eu à enregistrer depuis l'établissement définitif des chemins de fer. Le rapport entre le nombre d'individus atteints par un accident quelconque, et le nombre des voyageurs transportés, est de beaucoup inférieur à celui que fournissent les véhicules ordinaires. Qu'on écarte toutes les imprudences des voyageurs et des employés, et l'on ne courra pas plus de danger à faire cent lieues en chemin de fer qu'à faire cent pas dans une promenade. Il y a quelque chose d'imposant et de terrible dans un accident sur chemin de fer, et c'est le retentissement donné mal à propos à des événements déplorables qui entretient la crainte dans l'esprit des populations. Il en est des dangers de la locomotion par la vapeur comme de ceux de la foudre : l'imprévu, le terrible, l'effroi, ne les font apercevoir qu'à travers un prisme trompeur ; le bruit qui les accompagne les rend plus redoutables ; et si, comme dit fort bien Arago, le roulement du tonnerre accompagnait tous les petits accidents auxquels l'homme est sujet, nous vivrions dans une crainte perpétuelle, nous serions toujours dans l'attente d'un événement sinistre. »

Pour terminer, nous réfuterons, avec M. Payen [1], une opinion qui n'a eu que trop de cours parmi les classes industrielles. Les machines à vapeur, dit-on, établissent une concurrence défavorable aux hommes. Cette sorte de défiance jalouse est fondée sur une grande erreur : car les ouvriers gagnent beaucoup plus dans la direction des machines mues par la vapeur, en employant leur intelligence, qu'ils ne pourraient le faire s'ils utilisaient seulement leurs forces physiques, comme les animaux. Beaucoup d'enquêtes ont établi cette vérité. Nous citerons un seul des faits nombreux qui la rendent évidente.

Avant 1784 on n'employait en France que 7 millions de kilogrammes de coton brut pour le convertir en fil. Cette quantité de matière première donnait de l'ouvrage à cinquante-trois mille ouvriers. Depuis que l'on a introduit la filature mécanique, on importe trente millions de kilogrammes de coton, qui occupent quatre cent mille individus beaucoup mieux rétribués. La journée d'une femme filant du coton ne lui rapportait pas plus de 25 à 30 centimes, tandis qu'aujourd'hui des enfants mêmes, employés plus utilement à diriger un grand nombre de broches ou de machines qui fabriquent le fil, ont un salaire beaucoup supérieur, puisque le travail qu'ils surveillent l'emporte considérablement sur l'œuvre manuelle qu'ils pourraient exécuter.

On sait d'ailleurs que le commerce est la principale cause de la puissance et de la richesse de l'Angleterre. Or le commerce est surtout fondé sur l'industrie, et l'industrie elle-même repose aujourd'hui sur l'emploi des machines. De plus (et cette considération peut s'appliquer à toutes les nations en voie de progrès), les machines à vapeur, qui donnent le mouvement à presque toutes les autres, utilisent les dépôts abondants de houille et de charbon de terre qui se trouvent dans la Grande-Bretagne, alimentent son commerce, favorisent sa navigation, multiplient sa puissance et ses richesses bien au delà de ce que son territoire semblait lui promettre.

FERDINAND F. O.

1. *Cours de chimie élémentaire à l'usage des gens du monde.*

IX

PETITES FLEURS

La tranquillité du cœur fait une longue jeunesse.

—

A l'âme heureuse comme la nature est belle, comme les hommes semblent bons !

—

La religion est la poésie du cœur.

—

La femme a cela de commun avec les anges, que les êtres souffrants lui appartiennent.

—

Le premier indice du bonheur domestique est l'amour de sa maison.

—

La piété est une sagesse sublime.

—

Il est des regards emplis de magnifiques éclairs et qui commandent les hommages.

—

La vie s'allume et s'aimante à la vie ; elle s'éteint par l'isolement.

—

Imitez la colombe : jetez souvent un brin d'herbe à la fourmi qui se noie.

—

Une vertu est un diamant sur le front.

—

L'amitié est le plus noble besoin des âmes les plus belles.

—

Piété douce, résignation et grâces, trois beaux joyaux de la femme.

—

Le calme est la volupté de l'esprit ; c'est surtout le bonheur du sage.

—

Un amour pur est une seconde enfance, même pudeur, même joie d'un rien.

—

Il n'y a rien qui rafraîchisse le sang comme d'avoir su éviter de faire une faute.

—

Être vertueux, être artiste, c'est tout !

Mlle ANNA MARIE.

X

CONSIDÉRATIONS SUR LES LETTRES

Nous avons dit, dans notre premier volume (*page 3, vers la fin*), que nous nous efforcerions d'ouvrir le cœur de l'idolâtre et du chrétien pour en mieux sonder les profondeurs, et pour faire voir dans quelles autres sources l'esprit humain a dû se plonger pour se rajeunir. C'est cette partie de notre tâche que nous venons remplir aujourd'hui.

Amour de soi-même et des autres, amour de la patrie ; c'est tout l'homme, ou du moins ce sont les trois principales affections dans le cercle desquelles se renferme sa vie, en laissant, pour les examiner ailleurs, ses rapports avec Dieu.

Eh bien ! quelle action ces trois affections impriment-elles aux actes de l'idolâtre et du chrétien ? cette action est-elle la même dans ses résultats ?

Le premier, attaché à la terre, tout plein de l'idée ambitieuse de la supériorité de sa nature, rapporte tout à lui, et, se plaçant toujours au centre de l'horizon au delà duquel sa faible vue ne peut s'étendre, il se complaît dans le spectacle de lui-même, jette sur le reste un regard de dédain, un regard d'amour sur sa propre excellence. En lui tout est vanité, et à travers le voile d'une modestie étudiée, l'on voit percer son orgueil ; c'est le manteau du philosophe.

Que les pensées du second vont bien plus haut ! Se dégageant, pour ainsi dire, des liens terrestres, humiliant sa faiblesse et sa misère devant la majesté du Créateur, la première victime qu'il sacrifie à Dieu, c'est son orgueil. Il est humble de cœur, mais dans ce cœur il n'y a point de bassesse.

Le poëte des premiers âges [1] proclame fastueusement qu'il est homme, et que rien de ce qui regarde l'homme ne lui est étranger. Quelle est donc cette sublime philanthropie ! il la tient tout entière dans les bornes de son intérêt privé; sa main est prodigue, mais son cœur est avare, et sa libéralité est la fille de sa prévoyance pour lui-même ; il pleure sur les maux d'autrui; mais c'est comme malgré lui qu'il s'attendrit; son amitié est inactive, sa clémence est calculée, et, fier du degré de civilisation où il est enfin parvenu, il flétrit du nom de barbare tout ce qui n'est pas d'Athènes ou de Rome.

C'est ici que triomphe le chrétien ; sa charité est sur la terre une seconde providence. C'est elle qui attache véritablement l'homme à l'homme par un nœud sacré qu'il n'oserait briser ; c'est elle qui, dans la victime de la pauvreté et des infirmités, triste apanage de notre faiblesse, lui montre, non pas sa propre image, mais la personne de Dieu même ; c'est elle encore qui, franchissant toutes les distances, effaçant les frontières qui divisent les peuples, les fait souvenir qu'ils sont frères et qu'ils sont appelés à une même fin. Elle marche, et soudain, partout où il y a une douleur à calmer, une larme à essuyer, voyez courir, voyez voler sur ses pas, sans crainte des périls, sans espoir de récompenses, des hommes courageux, des femmes magnanimes, qui savent trouver des remèdes pour tous les maux, guérir les souffrances du corps et fermer les blessures du cœur.

Sans doute, et qui pourrait le nier? les anciens ont donné mille fois les preuves les plus éclatantes de leur amour pour la patrie... Cette flamme sacrée ne brûle-t-elle pas aussi dans le cœur des chrétiens? Elle y est d'autant plus vive, que, plus dociles à la voix du devoir, ils ambitionnent moins une fugitive renommée. Ce n'est pas l'immortalité du nom, ce n'est point, après la mort, une chimère qu'ils poursuivent, une stérile gloire qu'ils cherchent dans une action grande et généreuse ; ils veulent revivre encore, mais c'est dans la partie la plus noble d'eux-mêmes. Que leur importe que leur vie disparaisse sans laisser de traces, pourvu qu'elle ne se perde pas dans une honteuse inertie. La patrie!... ce n'est pas pour eux cette enceinte de murailles où s'élève le toit paternel, ce n'est pas cette terre qui les a vus naître et qui les a nourris, et pour laquelle les *Décius* se dévouèrent autrefois. Leurs yeux se tournent vers le ciel; c'est là qu'ils retrouveront cette patrie que ne déchirent point les discordes civiles, que les armes ennemies ne sauraient bouleverser; ce séjour de l'éternelle paix où, voyageurs et étrangers sur la terre, ils adressent leurs vœux,

De cette différence entre les résultats moraux de ces deux doctrines

1. Térence.

devait sortir une différence nette et tranchée dans les ouvrages de l'esprit.
Examinons donc maintenant, non plus ce qu'ont pensé, mais ce qu'ont dit,
ce qu'ont écrit, dans les mêmes circonstances et pour des causes analogues,
les hommes des deux religions.

César est irrité contre Ligarius ; Théodose a juré la perte du peuple
d'Antioche... Voilà deux grands caractères, deux fortes natures à fléchir ;
mais ce n'est pas une tâche qui dépasse les facultés puissantes de ceux qui
vont l'entreprendre... Cicéron s'avance le premier dans la lice : quelle
fécondité ! quelle heureuse adresse ! comme il chatouille et caresse le sentiment de la véritable gloire dans le cœur du guerrier ! Quel choix de mots
et quelle pureté d'expressions ! on est convaincu quand il parle ; on comprend que la clémence vaut mieux que la gloire des armes, et l'on ne s'in-
digne point, quand il place, pour ainsi dire, au rang des dieux, l'homme
qui sait pardonner... L'orateur chrétien vient à son tour. Si l'un a triomphé
par les charmes de la parole, l'autre triomphera également, mais par la sage
circonspection et la délicatesse de ses pieuses leçons. Celui-là a plus d'art,
celui-ci plus de sensibilité. Où aurait-il pris, en effet, ailleurs que dans un
cœur chrétien, ce mélange heureux de respect, de piété, de fermeté sans
rudesse, cette éloquence simple de l'âme qui commande au prince qui
l'écoute ? quel sublime langage, quand il lui rappelle, non l'exemple d'un
homme, mais le Christ lui-même pardonnant à ses bourreaux, quand il
annonce à Théodose qu'il peut espérer de Dieu le pardon qu'il aura d'abord
accordé à la ville rebelle !

Changeons de théâtre ; entrons dans les écoles de la philosophie. Quel
est cet homme qui, brillant de l'éclat de la pourpre, entouré des faisceaux
consulaires, ou sous l'ombrage de ses frais bosquets et plongé dans les
délices, nous parle avec tant d'esprit du mépris des honneurs et de la nécessité de mettre un frein aux passions ? C'est Sénèque ! l'ambitieux Sénèque,
toujours jaloux de la faveur populaire, prêchant la morale au sein des
voluptés, et, tout gorgé de richesses, vantant la médiocrité ; c'est Sénèque
enfin, le panégyriste du parricide Néron !... Quel est cet autre qui, du fond
de la solitude, voit en pitié les fêtes et les jeux de Rome, et livre à ses passions révoltées les plus rudes combats ? Plein de génie, riche de tous les
dons de la science, saint Jérôme confirme par l'autorité de son exemple, la
sévérité de ses principes. Il foule aux pieds tous les plaisirs, toutes les
gloires ; et pourrait-il prêter à la voix de l'ambition une oreille complai-
sante et facile, celui qui n'a que l'eau pour boisson, et pour lit une pierre ?

Les villes et les empires ont dû plus d'une fois leur salut à l'éloquence.
Elle s'arma de la foudre de *Démosthènes* contre *Philippe*, des larmes de
Véturie contre *Coriolan*, du génie de *Cicéron* contre *Catilina* ; Athènes et

Rome furent sauvées. Mais voilà que des champs de la Scythie accourt un homme ou plutôt un monstre féroce. L'incendie et le meurtre l'accompagnent ; il se fait appeler le *Fléau de Dieu* ; l'univers se tait épouvanté et devient le théâtre de ses sanglantes fureurs... Il s'approche, il menace la ville éternelle. Que du haut de la roche Tarpéienne Jupiter fasse donc gronder son tonnerre ! il est temps !... Mais l'empire de l'erreur s'est écroulé ; depuis longtemps les foudres sont muettes... L'éloquence chrétienne prépare contre l'ennemi un trait plus sûr d'atteindre son but. Le pontife du Dieu vivant s'est levé ; il s'avance, il aborde le redoutable *Attila*, lui parle, et ce farouche guerrier, à l'aspect duquel tremblaient les légions vaincues, se laisse désarmer par les discours simples et touchants de *saint Léon*, et Rome enfin respire de sa crainte.

Comparons maintenant deux orateurs contemporains, deux rivaux dignes l'un de l'autre, *Symmaque* et *saint Ambroise*. Une grande question a été soulevée : relèvera-t-on l'autel de la Victoire, de cette divinité si chère aux Romains ? Le premier déploie toutes les richesses de l'art et de l'esprit le mieux cultivé ; le second, mettant toute sa force dans sa haute raison, expose la vérité, avec grâce sans doute, mais avant tout avec précision et simplicité. Les pensées de l'un sont plus brillantes, de l'autre les arguments sont plus serrés. Symmaque défend son culte, qui tombe en ruines, avec une élégance de style toute merveilleuse. Quelle vivacité dans ses mouvements, quand il nous fait entendre les cris de Rome redemandant cet autel de la Victoire, autrefois si fidèle ! Mais aussi avec quelle force saint Ambroise combat son adversaire ! avec quelle sublimité de raison il le poursuit et le presse ! quelle noblesse ! quelle majesté ! c'en est fait ; Rome enfin doit établir l'édifice de sa grandeur sur l'autel d'un seul Dieu !... Quelle fut l'issue de ce débat fameux ? La Victoire se rangea du côté de celui qui la combattait, et abandonna celui qui s'était armé pour elle.

On croira peut-être que, tout effrayée de la sévérité des mœurs chrétiennes, l'aimable poésie craint de toucher les cordes de cette lyre harmonieuse dont les accords sont désormais consacrés à chanter la vérité ?... Comme si le poëte chrétien devait tant regretter la douceur de ces mensonges dont l'ingénieux *Homère* amusait le monde à son enfance, alors qu'il se riait des dieux pour plaire davantage aux hommes ! comme si *Virgile*, dans un siècle plus éclairé, plus poli, n'avait pas déjà donné une forme plus décente aux divinités homériques, et n'avait pas puisé d'autres beautés aux sources de la philosophie ! comme si cet échafaudage du système mythologique ne provoquait pas, dans les compositions modernes, l'ennui, la satiété et quelquefois même le dégoût !... A mesure que les idées religieuses étendirent leur empire, un champ plus vaste s'ouvrit devant le

poëte. Ce n'est plus la colère d'un seul homme qu'il va chanter; ce n'est
plus une ville que les efforts réunis des rois renverseront de fond en
comble; c'est le tombeau du Christ que les armes de toute l'Europe iront
conquérir; c'est Jérusalem, la commune patrie des chrétiens, c'est l'Asie que
les soldats de la croix arrachent à la puissance des infidèles. Ce n'est plus
le temps de rappeler

> L'épouvantable nuit,
> Qui vit Pergame en cendre et son règne détruit;

ce n'est plus

> Ce long enfantement de la grandeur romaine.

La muse, aux sommets sacrés d'Oreb, chante les merveilles de la création, la chute du premier homme, jonche de fleurs la couche du premier
hyménée, peint les terribles combats des armées célestes, le mal et la mort
triomphants sur la terre. Quelle matière plus magnifique, si le poëte peut
soutenir son vol à la hauteur des régions qu'il va parcourir ! O poésie ! art
vraiment divin ! il ne tiendra pas à la religion chrétienne que tu ne brilles
d'un éclat aussi pur qu'autrefois ! C'est vous que j'en prends à témoin,
ombres de Corneille et de Racine ! dites-nous si le Dieu qui parle du haut
du mont Sina et de la montagne de Sion, n'inspire pas au poëte d'aussi
beaux chants que le fils de Latone sur son fabuleux Parnasse ! Dites-nous
s'il convient d'accuser de stérilité une religion qui vous a dicté *Polyeucte*
et *Athalie!*

C'est l'éloquence surtout qui, dans les temps modernes, doit à la religion
chrétienne de lutter avec honneur contre les anciens. Que dis-je ? de les
surpasser. Y a-t-il, en effet, rien qui s'allie mieux à l'éloquence que la foi
du chrétien ? Fondée par la parole, elle se conserve et fleurit par elle, et la
religion chrétienne est, en quelque sorte, le triomphe continuel de l'éloquence. La France se glorifie à bon droit des illustres orateurs qu'elle a
produits. Si quelque chose du sang français bout encore dans nos veines,
levons-nous d'admiration et de respect devant les grands noms que les
autres peuples nous envient... Voilà *Bourdaloue* qui, les yeux fermés, mais
intérieurement éclairé d'une lumière divine, explique les oracles du Très-
Haut ! Sévère, et marchant toujours droit à son but, il presse de ses raison-
nements l'adversaire qu'il enveloppe dans des lacs dont il ne peut se
défaire ; Bourdaloue, plus étonnant peut-être par la belle ordonnance de
ses compositions que par son élégance et sa grâce ! c'est une gloire qu'il a

laissée à *Massillon*, et dont *Fléchier* s'est peut-être montré trop jaloux. Voyez Fénelon : il sourit avec bonté ; il n'a rien dit encore, et les cœurs sont domptés ; il parle, et des flots de lait et de miel semblent sortir de sa bouche. Quel est celui qui s'élève, comme un roi au-dessus d'eux tous ? rapide comme la foudre, il tonne, frappe, renverse et se fait un jeu d'abattre, en passant, toutes les grandeurs humaines, et admirable par une noble simplicité, tantôt il s'élève dans les cieux, tantôt il abaisse son vol vers la terre, mais toujours sans enflure et sans bassesse ; il efface ses rivaux par l'énergie de son âme, la sublimité de son génie ? C'est *Bossuet*, ou plutôt c'est l'éloquence elle-même.

Aussi, loin de dégénérer et de s'amoindrir sous les ailes de la religion chrétienne, les lettres y ont acquis plus de force et de grandeur. Attachons-nous à leur culte ; c'est la seule idolâtrie qui nous soit permise aujourd'hui.

PH. T. L.

XI

PENSÉES.

C'est un fléau que ces grands nouvellistes qui cherchent partout où répandre les contes qu'ils ramassent.

—

Je ne vois rien de plus condamnable qu'un ami qui ne nous parle pas franchement.

—

C'est être bien ennemi de soi-même que de fuir les remèdes salutaires.

—

Rien ne reprend mieux la plupart des hommes que la peinture de leurs défauts.

—

La mauvaise conduite des jeunes gens vient le plus souvent de la mauvaise éducation qu'on leur donne.

—

C'est être d'un naturel trop dur que de n'avoir nulle pitié de son prochain.

MOLIÈRE.

XII

LE FER

Il est un métal sombre, sévère, moins estimé que l'or, et qui au fond est le seul instrument du travail et de la bravoure; c'est le FER. Ayant le choix, peu d'hommes préféreraient un morceau de fer à un morceau d'or, et pourtant le monde vivrait parfaitement sans l'or et ne pourrait subsister un instant sans le fer. Les peuples les plus anciens l'ont connu et s'en sont servis. L'Écriture sainte nous parle d'un fameux forgeron qui se nommait Tubalcaïn et qui vivait avant le déluge. Il est même à présumer que notre grand-père Adam avait une petite forge pour faire des aiguilles et des ciseaux à sa femme. et pour se faire à lui-même des couteaux, des outils, des socs de charrue. Car, en le condamnant à gagner son pain à la sueur de son front, le bon Dieu n'a pas pu le laisser sans aucune connaissance, sans aucune instruction; avant huit jours il serait mort de faim. De même donc que Dieu lui avait enseigné la parole pour s'exprimer, de même dut-il lui révéler les propriétés du blé pour en faire du pain, et celles du fer pour cultiver le blé.

Cette révélation était d'autant plus nécessaire que rien au dehors n'annonce et ne trahit ces qualités merveilleuses. Tandis que l'or charme l'œil par l'éclat de ses paillettes, le fer se présente en petits grains noirs, mêlés au sable ou à la terre; ailleurs il est uni à la roche elle-même, à laquelle il communique une couleur rougeâtre. Comment un homme ignorant et borné aurait-il l'idée de fondre ce minerai pour en tirer les instruments de son travail? L'histoire, d'ailleurs, confirme pleinement cette supposition. Les peuples civilisés ont connu de tout temps l'emploi du fer; ceux au contraire qui l'avaient oublié et qui avaient été réduits à se servir de couteaux, de flèches, d'outils en pierre ou en coquillages, étaient tombés dans une profonde et incurable barbarie, et n'ont jamais été capables d'une pareille découverte.

La chaleur est le grand agent dont Dieu se sert pour animer et développer tous les êtres; c'est par elle que les champs se couvrent de verdure, que le petit oiseau éclôt sous l'aile de sa mère, que les hommes et les plantes vivent et respirent. Le froid durcit, roidit, brise tout; la chaleur rend les corps souples, maniables, flexibles. C'est par l'action de la chaleur que la séve des arbres s'anime, monte et redescend, et produit les bois, les uns légers et flexibles, les autres plus lourds et plus solides, tous propres à quelque service utile. Mais le bois qui, au premier abord, semble suffire aux besoins de l'homme, n'est qu'un corps imparfait, s'usant facilement, se brisant ou se fendant au moindre choc, ne pouvant résister au frottement de la terre ou de la pierre. Comment lui reprendre cette provision de chaleur qu'il a prise au soleil pendant les longs jours d'été ? Comment lui reprendre, pour la communiquer à un corps plus solide, cette flexibilité de la séve qui produit également la longue et droite tige du sapin, le robuste tronc du chêne, les minces rameaux et les feuilles transparentes de la vigne vierge ? C'est là le secret de la fabrication du *fer*.

En brûlant, le charbon de bois rend au minerai qui lui est mélangé sa chaleur et sa flexibilité primitives. Les petits grains noirs se dépouillent de la terre et du sable qu'ils renferment encore ; ils deviennent des gouttes liquides qui se réunissent par leur poids au fond du fourneau, et qui de là coulent en flots éblouissants de blancheur, incandescents comme le feu lui-même. Dans ce premier état, le fer fondu prend le nom de *fonte ;* il remplit exactement les moules qu'on lui prépare, et reproduit aussi fidèlement l'image ou la statue d'un grand homme que le plus vulgaire objet de ménage. Les marmites, les casseroles, les grilles des monuments, les caractères d'imprimerie, les canons de la marine, et mille autres objets sont en fonte. Pour la préparer en grande quantité, on construit d'immenses fourneaux, à juste titre nommés hauts fourneaux, véritables fournaises où le feu brûle sans s'éteindre pendant des années entières, dont la gueule absorbe tous les jours d'immenses provisions de charbon et de minerai, et qui coulent en une seule fois jusqu'à des pièces de 50,000 kilogrammes. Les briques réfractaires dont ils sont formés finissent par s'user sous l'action de cette chaleur perpétuelle ; peu à peu elles tombent en poussière ; alors il faut éteindre le fourneau à demi-usé, le laisser refroidir quelques semaines, et le remplacer par un successeur plus valide. Un seul haut fourneau coûte environ 40,000 francs.

Si la fonte a l'avantage de reproduire facilement toutes les images, comme tout ce qui se fait vite et sans beaucoup de peine, elle a de graves inconvénients. Elle se brise comme du verre et elle est d'une telle dureté qu'elle n'est plus susceptible d'aucun travail. De là la nécessité d'une préparation plus longue, plus laborieuse, où le feu communique au fer une nouvelle flexibilité, et où l'ouvrier l'assouplit et le purifie en l'arrosant de ses sueurs. Alors commence l'œuvre du forgeron : remise au feu de forge, la fonte y tombe en blocs informes ; chacun d'eux est saisi avec des tenailles et traîné sur l'enclume. Un marteau gigantesque l'y frappe à coups redoublés, l'écrase dans tous les sens, en fait sortir en gerbes d'étincelles la terre et la crasse qui y restent mêlés, et resserre violemment tous les grains du métal. Remis au feu, puis ramené sous le marteau, il finit par s'allonger et devient une véritable barre de fer. Plus le travail est long et persévérant, plus le fer sera pur, fin, flexible, applicable aux usages les plus variés, sans perdre néanmoins sa dureté et sa solidité primitives. Le maréchal en fabrique des fers pour les chevaux et les bœufs, et des bandes pour les roues, et grâce à cette protection, attelages et voitures peuvent voyager nuit et jour sur des routes pierreuses ou pavées. Le serrurier en tire les gonds sur lesquels nos portes et nos fenêtres tournent pendant des siècles, les verroux et les serrures qui bravent la violence des voleurs. D'autres forgent les outils destinés à travailler la terre, le bois ou la pierre, le soc de la charrue sans lequel il n'y a point de moissons, la pioche du laboureur, la bêche du jardinier, la faux et la faucille du moissonneur, la hache du charpentier, le ciseau du sculpteur et du tailleur de pierres.

Le fer étant flexible, la fonte fragile et roide, il fallait trouver entre elles un juste milieu pour les outils les plus solides, qui ne doivent ni plier ni se rompre, et qui réclament la pureté et la finesse du fer le plus parfait. Mêlé à un peu de charbon, et subitement saisi par le froid ou trempé dans l'eau, le fer y prend ces propriétés et passe à l'état d'*acier*. C'est en acier que se font les couteaux, les rasoirs, les ciseaux, à la fois minces et tranchants, les aiguilles destinées à traverser les étoffes les plus grossières ou à achever les plus belles broderies, et les ressorts déliés et parfaits des plus belles montres d'or.

Si nos soldats ne sont plus bardés de fer, cuirassés de la tête aux pieds comme au moyen âge, c'est toujours en fer que se font les fusils, en acier que se trempent les baïonnettes, les lances et les épées. C'est toujours le fer à la main qu'un peuple courageux cultive la terre et défend sa liberté, triomphe de la nature par son travail, de l'ennemi par sa bravoure.

Si nombreux que soient les emplois de la fonte, du fer forgé et de l'acier, ce n'est encore que la moitié du rôle que joue cet utile métal dans la vie des peuples civilisés. Sa souplesse sous le marteau étant presque sans limites, l'idée vint tout naturellement de l'étendre en feuilles minces ou de l'étirer en longs fils. De là les tôles et les fils de fer. Au lieu de fabriquer les plaques de tôle au marteau, ce qui serait d'une longueur interminable, on les obtient tout simplement au moyen de deux rouleaux ou cylindres, nommés laminoirs, qui, tournant sur eux-mêmes, saisissent et écrasent le fer rouge. De laminoir en laminoir, la plaque devient de plus en plus mince. Les plus lourdes et les plus fortes servent aux chaudières à vapeur, les plus légères se découpent en mille petits objets, boutons d'habits, boucles de bretelles, fermoirs de porte-monnaie, etc.; les moyennes sont employées en couvertures de bâtiment ou en batterie de cuisine. D'un seul coup de balancier, une machine fait une écuelle, un plat, une assiette ; ces objets, connus sous le nom de *fer battu*, sont ensuite plongés dans un bain d'étain qui les préserve de la rouille ; le fer-blanc reçoit la même préparation.

Des laminoirs analogues, mais ne laissant entre eux que de petits trous ronds de plus en plus rétrécis, saisissent la barre de fer rouge, l'arrondissent, l'allongent et la transforment en fil de fer. Il est curieux de voir de jeunes ouvriers de douze à quinze ans, saisir avec des pinces le serpent de feu qui sort des premiers rouleaux, le rendre aux seconds, puis aux troisièmes et en faire en quelques secondes plusieurs brasses de fil. Dans cette opération, le fer, écrasé plutôt qu'étiré, acquiert une nouvelle solidité, qui dépasse celle de tous les liens connus ; de là son emploi pour les ponts suspendus qui planent audacieusement sur les plus profondes vallées.

Du fil de fer se tirent les clous et les petites vis, si nécessaires au menuisier, au serrurier et à tant d'autres ouvriers pour fixer le bois, l'ardoise et les métaux eux-mêmes. D'ingénieuses machines saisissent le fil, le coupent en morceaux d'égale longueur et d'un seul coup lui forment une tête et une pointe. Si l'on veut en faire une vis, reste à y tracer cette rainure bien connue qui constitue sa force.

Depuis cinquante ans, le fer ne s'est plus borné à ces emplois séculaires ; d'autant plus apprécié que la science et la mécanique avaient fait plus de progrès, il est devenu la base et la matière de tous les métiers, de toutes les machines. Filatures, tissages, imprimeries, moteurs à vapeur, le fer a tout envahi. Puis sont venus les chemins de fer, remplaçant les routes pierreuses par des voies ferrées, les ponts de bois ou de maçonnerie par des voûtes en fonte, les chevaux et les bœufs par des locomotives toutes de fer. La marine a voulu suivre la même voie : des machines à vapeur de huit cents à mille chevaux de force ont succédé aux voiles qui restaient soumises au caprice des vents ; des plaques de tôle ont garni les flancs des navires ; enfin, dans la dernière guerre contre la Russie, la France a employé la première, pour bombarder les forts de l'ennemi, des batteries flottantes tellement cuirassées de fer qu'un boulet en pleine vitesse ne peut les entamer, et qu'elles peuvent venir sans danger réduire en poussière le plus dur granit.

Une seule chose semblait capable d'arrêter cet immense développement. La provision de chaleur menaçait de faire défaut ; le bois ne suffisait plus à cette production dévorante. Comment remplacer les belles futaies imprudemment détruites par nos pères? Comment multiplier ou activer cette lente végétation qui demande vingt à trente ans pour donner du bois de chauffage, cent à deux cents ans pour donner du bois de con-

struction? On aurait volontiers mis partout du fer à la place du bois ;
on commençait déjà à faire des charrues tout en fer, des charpentes en
fonte ; mais le fer lui-même demandait du bois pour être travaillé, coulé,
forgé, laminé. Dans sa merveilleuse prévoyance, le bon Dieu avait préparé un remède à l'imprudence des hommes. Ne laissant rien perdre dans
sa sagesse infinie, et sachant utiliser jusqu'aux débris de ses œuvres, il
avait enfoui sous terre d'immenses forêts, qui, laissées à la surface, auraient lentement pourri à l'humidité. Le déluge, qui au premier abord
ne semble qu'un châtiment, a eu ce bienfaisant résultat d'amener d'épaisses
couches de terre et de sable sur des contrées entières jusqu'alors boisées,
et de sauver ainsi pour les générations futures d'immenses provisions de
chaleur lentement faites par le soleil et par la végétation. Telles sont les
couches de houille que l'on exploite au nord et au centre de la France, et
où l'on retrouve parfaitement les tiges et les fibres du bois enfoui. Plus
forte et plus vigoureuse que la nôtre, cette végétation antédiluvienne a
laissé des couches de plusieurs mètres d'épaisseur, véritables carrières de
charbon de terre, où des milliers d'ouvriers creusent et taillent en toute
liberté.

Cette précieuse découverte a comblé le vide menaçant qui allait arrêter
la fabrication du fer. Plus fin et plus parfait, le fer au bois est resté jusqu'à présent réservé à tous les usages délicats, à tout ce qui exige un grain
régulier à la fois souple et solide ; les fers à la houille ont sur-le-champ
envahi tous les emplois ordinaires, et par une grande baisse de prix ont
encore surexcité la production. Sous cette impulsion, qui ne semble plus
devoir s'arrêter, toutes les industries se transforment ; celles même qui
semblaient de tout temps réservées aux bras de l'homme sont envahies
par la mécanique. Les semoirs, les faucheurs, les moissonneurs, les bat-
teurs en fer, les charrues à vapeur remplacent le travail isolé du laboureur, et la pauvre couturière a à soutenir la concurrence des machines à
coudre.

Ainsi, tandis que l'or reste voué à un stérile éclat et excite vainement
l'avidité des hommes, le fer a toujours été et sera de plus en plus l'instrument de la bravoure et du travail, l'arme de la paix et de la guerre.

ANONYME.

XIII

LE JOUR DE L'AN ET LES ÉTRENNES

Écoutez tous, petits et grands ! je vais vous parler du jour de l'an et des étrennes... Le jour de l'an ! c'était jadis une fête de famille, de paix et souvent de réconciliation. Nous y avons presque renoncé ; nous n'en avons conservé que les étrennes, les dragées et les bonbons. Ainsi le but moral de la fête s'est effacé avec la famille, qui s'efface de plus en plus, grâce à nos modernes philanthropes, qui semblent avoir érigé en principe que... faut-il le dire ?

Un père est un banquier donné par la nature !

Mais les bonbons et les dragées nous restent ; il y a de quoi se consoler. Je laisse donc là mes plaintes intempestives, et je me borne, en croquant des pralines, à vous dire tout simplement, avec l'histoire, ce que j'ai appris des étrennes et du jour de l'an, dans de vieux livres qui, publiés de nos jours, n'auraient pas, certes, le succès des mille et un romans de MM. Alexandre Dumas père et fils, et compagnie. Je m'en rapporte aux illustres directrices des *cabinets de lecture*, où l'on ne lit pas, mais d'où l'on emporte de quoi lire et se former le cœur et l'esprit... Amère dérision !

Qu'allez-vous penser de ce début ? que je suis triste et chagrin ? Pas le moins du monde. Voilà que le printemps revient avec le soleil et les beaux jours. Ma fenêtre est ouverte, l'air est tiède, une douce chaleur pénètre mes membres ; la brise matinale, fraîche et parfumée, caresse en se jouant les feuilles naissantes : c'est l'heure la plus agréable pour travailler, quand on s'est couché de bonne heure et quand on n'a pas fait de la nuit le jour... détestable habitude ! Si nos jeunes gens sont déjà vieux à vingt ans, n'en cherchez pas la cause ailleurs. Comme si nous avions à rougir de nos plaisirs, c'est aux ombres du soir que nous les demandons, quand *le ciel s'est habillé en Scaramouche..* comme dit Molière, dans le *Sicilien*.

La nuit, je dors ; le jour, je travaille.

Or tout le monde sait que les Romains donnèrent le nom de *strenæ*, étrennes, à quelques branches d'arbre coupées dans un bois consacré à *Strenua*, déesse de la force et du courage, et que l'on présentait à Tatius, roi des Sabins, le premier jour de l'an. On étendit ensuite ce nom à tous les présents qui se faisaient à pareil jour.

Il ne faut pas croire pour cela que l'usage de donner des étrennes au commencement de l'année n'était pas connu avant cette époque. Remontez encore plus haut dans les temps, et vous verrez que cet usage était suivi dans les Gaules avant le règne du contemporain de Romulus.

Le souverain pontife des druides se rendait, à certains jours marqués, dans une forêt consacrée aux dieux ; il y coupait le gui, à l'aide d'une serpette d'or, et les druides d'un rang inférieur le distribuaient ensuite au peuple, par forme d'étrennes, au commencement de l'année. Vous voyez que, dans la campagne de Rome, les choses se passaient à peu près de même que dans le pays chartrain, principale résidence des prêtres de la Gaule.

L'usage des étrennes était, d'après ce que je viens de dire, une espèce d'institution religieuse que les peuples du *Latium* adoptèrent, et comme ils n'avaient point de nom dans leur langue pour l'exprimer, ils lui en donnèrent un tiré de la chose même.

Cette institution une fois établie, on n'y remarque plus que quelques variations dans la forme et dans la nature des présents. Les personnes les moins riches donnaient le plus ordinairement des figues, du miel et des dattes recouvertes d'une feuille d'or :

Aurea porrigitur Jani caryota Kalendis.
(MART., lib. XIII, ép. xxvii.)

Les clients y ajoutaient pour leurs patrons quelque petite pièce d'argent, et c'est ainsi qu'ils se montraient reconnaissants en cette occasion des bons repas auxquels ils étaient libéralement invités pendant tout le cours de l'année, et que les Romains appelaient *recta cœna* (Suet. et Mart.), parce qu'ils étaient aussi complets que splendides. C'était assurément s'en tirer à bon marché, si nous comptons pour rien les petites servitudes imposées à la liberté.

Les étrennes s'élevaient plus haut, et, franchissant le seuil du palais impérial, elles allaient jusqu'à *Auguste*, offertes par le peuple, les chevaliers et le sénat. Comme l'empereur employait ces étrennes à acheter des statues pour la décoration des temples, il est vraisemblable que ces présents n'étaient autre chose que de l'argent. L'empereur était-il absent, on portait au Capitole les offrandes qui lui étaient destinées.

Tibère, qui tenait à se montrer généreux et magnifique dans le commencement de son règne, distribuait à ses amis, comme un appât à leur avidité intéressée, le quadruple des étrennes qu'il en avait reçues ; mais bientôt, fatigué de leurs importunités, qui se prolongeaient pendant tout le mois de janvier, il défendit que le temps des présents s'étendit au delà des calendes : tant pis pour ceux qui n'étaient pas en mesure pour ce jour-là, et tant mieux pour l'épargne de l'empereur ! C'était un homme fort habile que Tibère ; il s'entendait fort bien à arranger les choses au gré de son intérêt.

Voyez-vous, le premier jour de l'an, dans le vestibule du palais impérial, un homme au front large et menaçant, tendre la main à tous ceux qui se présentent ? C'est Caligula [1]. recevant l'argent qu'on verse à pleines mains devant lui. On est tenté, tant il y a de basse avidité dans un pareil acte, d'accuser l'historien d'exagération : mais il l'affirme en des termes qui ne laissent pas de place au doute.

Et pourtant ce tribut imposé par la tyrannie, l'imbécillité de Claude en délivra les Romains. Le peuple ne renonça pas toutefois à l'usage des étrennes ; il y voyait sans doute un des plus anciens, mais aussi un des derniers anneaux de la société civile. Un sentiment de conservation s'y rattachait. Malgré les édits de ses maîtres et, dans les premiers siècles de l'Église, il ne manqua pas d'envoyer des présents, intéressés peut-être, mais qu'importe ? aux magistrats et aux empereurs chrétiens.

A Rome, le premier jour de l'an, ainsi que le dernier, était consacré à Janus, le dieu au double visage. dont l'un regardait le passé, l'autre l'avenir. Sacrifices, danses, festins, se célébraient dans ce grand jour. Les uns se revêtaient d'habits neufs, les autres travaillaient dans l'espérance d'écarter loin d'eux la paresse durant le cours de la nouvelle année ; partout éclataient des vœux et des souhaits ; point de paroles de mauvais augure, point d'actes de rigueur ; la justice déposait ce jour-là son terrible glaive ; aussi quelles plaintes ne firent pas entendre les Romains, quand Tibère ne craignit pas, le premier jour de l'an, d'envoyer Sabinus au supplice [2] !

Les chrétiens conservèrent quelques-unes de ces superstitions, y en ajoutèrent même de nouvelles, et les choses en vinrent au point que le sixième concile, tenu en 680, fut obligé de condamner les calendes.

Mais quand les étrennes devinrent un signe d'amitié et l'expression de la reconnaissance, sans mélange de paganisme, l'Église cessa de les proscrire, et l'usage s'en est conservé jusqu'à nous.

Aux figues, aux dattes et au miel des Romains, symboles heureux d'une vie douce et tranquille, on a vu succéder chez nous, les sucreries et les bonbons. Au reste, on se visite, on s'embrasse encore, en dépit des attaques chagrines de quelques réformateurs maladroits. Mais, disent-ils, tous ces

---

1. Suet. *Calig.*
2. Tac. *Ann.*, lib. IV.

souhaits ne sont pas sincères, toutes ces démonstrations d'amitié ne partent pas du cœur ; les convenances, la politique, l'intérêt, le respect humain, dirigent les pas du plus grand nombre de ceux qui ne se sont pas encore affranchis de cet usage. Je ne le nie pas ; mais cette fête, quoi que vous en disiez, esprits moroses et superbes, est encore une occasion de rapprochements dans dans les familles, entre toutes les classes de la société. L'amour-propre se déguise la mortification d'une prévenance sous le manteau de l'usage. Au souffle de l'intérêt, quelque nuage s'est-il levé entre des parents, ne peut-il pas arriver qu'il se dissipe, quand les cœurs semblent s'ouvrir à l'espérance, et que les âmes se sentent émues et rejettent loin d'elles vos froids sarcasmes et vos amères railleries ?

Ne confondons pas avec les préjugés ces antiques usages consacrés par nos pères, et qui semblent n'avoir été institués que pour sanctifier les liens de la société. Ces liens ne sont bien souvent que des fils presque imperceptibles ; mais l'œil du législateur les aperçoit, son génie les dirige, et ce que la loi ne peut ni ne doit prescrire, son exemple l'autorise. Les lois font des citoyens, les vertus font les bons pères, les bons fils et les bons amis.

Cet article, commencé d'un ton peut-être fort léger en apparence, se termine par des réflexions graves et sombres ; mais les temps où nous vivons semblent l'exiger d'autant plus de jour en jour, que la famille, de jour en jour, est plus violemment attaquée par ceux dont le talent devrait la protéger contre la licence et la corruption.

Je ne veux pas m'expliquer davantage ; mais que ceux-là qui ont des oreilles m'entendent !

Tout usage consacré par la religion, la morale et le temps, a sa raison d'être et doit être respecté.

PH. T. L.

XIV

LES GENS DE LA CAMPAGNE AU TEMPS DE SAINT CHRYSOSTOME

ET LE PETIT JARDIN DE ROLLIN

Saint Chrysostome, au commencement de la XIX° homélie au peuple d'Antioche, félicite les bonnes gens de la campagne d'être venues célébrer la fête des martyrs. De là il prend occasion de les louer : « Ce peuple, dit-il, a un langage différent du nôtre, mais il est uni très-étroitement avec nous par le lien de la foi. Là, règnent la tempérance, la modestie, la pudeur. On ne voit point là de spectacles, de combats de chevaux ; loin de là les embarras de la ville. La vie laborieuse qu'ils mènent leur apprend la sobriété, la sagesse ; occupés à labourer la terre, ils exercent un art que Dieu a introduit avant tous les autres, car Adam, avant le péché, exerçait l'agriculture, non d'une manière pénible et laborieuse, mais comme en se divertissant. Là, vous verrez chacun d'eux tantôt atteler ses bœufs, conduire la charrue, enfoncer un sillon en terre ; tantôt, la faucille en main, couper les mauvaises racines ; puis, par d'utiles discours, arracher des esprits les mauvaises habitudes. »

Je commence, pour moi, à sentir et à aimer plus que jamais la douceur de la vie rustique, depuis que j'ai un petit jardin qui me tient lieu de maison de campagne, et qui est pour moi Fleury et Villeneuve [1]. Je n'ai point de longues allées à perte de vue, mais deux petites seulement, dont l'une me donne de l'ombre sous un berceau assez propre, et l'autre, exposée au midi, me fournit du soleil pendant une bonne partie de la journée, et me procure beaucoup de fruit pour la saison. Je n'ai point de ruches à miel, mais j'ai le plaisir de voir tous les jours les abeilles voltiger sur les fleurs et s'enrichir du suc qu'elles en tirent sans me faire aucun tort. Ma joie n'est pourtant pas sans inquiétude, et la tendresse que j'ai pour mon petit espalier, et pour quelques œillets me fait craindre pour eux le froid de la nuit, que je ne sentirais point sans cela. Il ne manquera rien à mon bonheur si mon jardin et ma solitude contribuent à me faire songer plus que jamais aux choses du ciel.

ROLLIN. (Lettre à M. Le Pelletier, avril 1697.)

1. Habitations de M. Le Pelletier : celui-ci avait été le successeur de Colbert dans la place de contrôleur général en 1683 ; mais il était loin d'avoir ses talents. Il le sentit, et, honnête homme comme il l'était, il se démit volontairement de sa charge six ans après. Il mourut en 1711.

Cette lettre, qui respire la plus aimable candeur, est un parfait modèle de style simple. Elle nous fait voir en même temps que si nous jugions des temps où vivait Chrysostome par les nôtres (1859), nous serions portés à croire qu'il a vu les gens de la campagne par les yeux de sa poétique et brillante imagination.

PH. T. L.

XV

JOYEUX PROPOS

Le 17 mai 1790, on proposa, dans l'assemblée constituante, de faire une monnaie de cuivre de mince valeur pour faciliter la circulation des assignats. — « Où prendra-t-on le cuivre? » demanda M. l'abbé Maury. — « Il n'y a qu'à employer, répondit M. de Murinais, les casseroles de tous ceux dont on a *renversé les marmites.* »

Il était difficile de faire une application plus juste et plus plaisante d'une expression proverviale, conservée d'ailleurs par l'Académie.

—

Un fermier, qui ne savait ni lire ni écrire et qui avait quelques épargnes, voulut faire donner de l'éducation à son fils et l'envoya dans un pensionnat. Après y avoir passé deux années, le jeune homme revint chez ses parents et rentra dans la ferme au moment où son père et sa mère se mettaient à table devant un plat de viande et un plat de légumes.

Après les embrassements d'usage, le fermier dit à son fils, tandis que la mère préparait un troisième couvert :

« Eh bien! garçon, as-tu bien employé ton temps? Es-tu devenu savant là-bas?

— Oh! que oui, père, répondit l'écolier avec suffisance.

— Sais-tu compter surtout, garçon? C'est là le principal.

— J'étais le plus fort en arithmétique, répondit encore le jeune drôle, et je puis vous donner la preuve que je sais faire des comptes que vous ne feriez pas vous même.

— Je ne dis pas non... Mais voyons la preuve de ton savoir.

— Voici : Combien croyez-vous avoir de plats sur votre table?

— Deux, répondit le père : un plat de mouton, un autre de pommes de terre.

— Eh bien! vous vous trompez... Il y a trois plats sur votre table.

— Pardi! je serais aise d'entendre ton raisonnement à l'appui de ce compte-là.

— Rien de plus facile; nous disons : plat de mouton, ça nous fait un; plat de pommes de terre, ça nous fait deux; j'additionne et je dis : un et deux font trois.

— C'est juste, dit le fermier. Pour lors, je vais manger un plat, ta mère mangera le second, et toi tu mangeras le troisième en récompense de ton savoir.

—

On meurt comme on a vécu. Un grand usurier étant à l'extrémité, son confesseur l'exhortait en lui présentant un crucifix d'argent. Le malade regarde fixement le crucifix, et dit à son confesseur :

« Monsieur, je ne puis pas prêter grand'chose là-dessus. »

—

Voici ce que racontait un marin qui a séjourné longtemps aux îles Marquises.

Un indigène se présente, accompagné de deux femmes, chez un missionnaire, et lui annonce son intention de se convertir à la religion catholique avec ses deux épouses.

« Deux épouses ! lui répond le missionnaire; mais, mon ami, la polygamie est défendue par le catholicisme. »

Le sauvage se retire sans souffler mot, revient quinze jours après n'ayant plus qu'une femme au bras, et réitère sa demande.

« Ne vous ai-je pas dit que vos deux épouses étaient un insurmontable obstacle ?...

— Je n'en ai plus qu'une, mon père.

— Comment?...

— J'ai mangé l'autre. »

x***.

XVI

ENVIE

L'envie, passion lâche, sombre, injuste et inquiète, est le chagrin qu'on ressent du bonheur, des succès et des avantages d'autrui.

Si l'on pouvait lire à découvert dans le cœur d'un envieux, on serait frappé d'un spectacle bien horrible. On y verrait échevelées, couvertes d'écume, la main armée de torches incendiaires et de serpents venimeux, les furies dont parle la mythologie païenne. Le cœur de l'envieux est un enfer véritable ; tout l'agite, le tourmente, l'inquiète. Tout ce qu'il découvre en autrui de talents, de vertus, de réputation, de prospérité, le pénètre d'une rage sombre ; il ne néglige aucun effort, aucun artifice

pour le flétrir aux yeux du public. Semblable à ces vers rongeurs qui dévorent les meilleurs fruits et les plus belles fleurs, l'envieux s'attaque avec
plus de fureur à ceux qui ont le plus de mérite. L'honneur des autres lui
semble être son déshonneur. L'estime dont ils jouissent lui fait mal; on
dirait que leur bonheur lui nuit et que leurs richesses l'appauvrissent; il
est moins tourmenté de ses propres maux que du bien qui arrive aux
autres. Il ne trouve de consolation que dans le lâche plaisir de chercher à
obscurcir, par la malignité des réflexions et des censures, le mérite et les
succès qui le blessent. Espèce de monstre dans la nature, il faudrait pour
donner la paix à son cœur qu'il pût voir le reste des hommes réduits à
traîner dans la poussière une vie étiolée et malheureuse.

Au fond de son âme l'envieux sent bien tout ce que sa passion a de méprisable; aussi la renferme-t-il soigneusement en lui. On avoue la haine,
on avoue le désir de la vengeance, parce qu'on peut trouver à les colorer
de quelque vain prétexte, mais l'envie est une maladie honteuse qu'on
voudrait cacher aux autres et se dissimuler à soi-même. On sent qu'elle
dévoilerait de la bassesse, et l'on se rend témoignage que les hommes sans
vertu et sans mérite portent seuls envie au mérite et à la vertu. Cependant,
quoi de plus injuste que d'envier le bonheur, le plaisir, la fortune, la
prospérité d'autrui. Toutes choses n'ont pu être distribuées également entre
les hommes : l'un a reçu plus, l'autre moins. Et si Dieu a agi de la
sorte, c'est afin que nos besoins mutuels mettent en relief les vertus dont
la pratique nous est prescrite.

Que les héritiers de la grande famille humaine n'en soient donc pas
attristés; que le murmure ne souille pas leurs lèvres; que la jalousie
n'effleure pas leur cœur. D'ailleurs ces grandeurs, ces richesses qui font
presque toujours l'objet des vœux empressés de la plupart des hommes,
cesseraient d'aiguillonner notre convoitise si nous étions plus sagement
inspirés. « Tu demandes aux dieux ce qui te semble bon, disait Diogène,
et ils t'exauceraient peut-être s'ils n'avaient pitié de ton imbécillité. »
Qu'est-ce, en effet, que cette grandeur qui m'enchante, que ces honneurs
qui me ravissent, que cette poignée d'or qui m'éblouit? Une ombre, une
fumée que le moindre souffle emporte. Rien sans doute de plus brillant
que les hautes dignités et les emplois honorables; élevé au-dessus des
autres hommes, on commande à ses semblables, on reçoit leurs respects et
leurs hommages. Mais sous cette enveloppe éclatante que de soucis, que
de chagrins, que de déceptions, que d'amères angoisses! Ces dignités et ces
emplois ne sont le plus souvent que de grands fardeaux et de vraies servitudes, ou, pour se servir de l'expression d'un ancien philosophe, d'honorables tortures.

On a très-bien comparé ceux qui occupent les plus hauts rangs à ces corps célestes qui ont beaucoup d'éclat et ne jouissent d'aucun repos. « Ornement plus riche et plus noble que tu n'es heureux, disait Antigonus en considérant sa couronne, si l'on savait combien de soins, combien de périls et de misères t'accompagnent, lorsque tu serais par terre, on ne daignerait pas seulement te ramasser. » L'empereur Charles-Quint fit le même aveu. Lorsqu'il se dépouilla de ses États en faveur de Philippe II, son fils, dans une assemblée composée des plus grands seigneurs de ses royaumes, il lui dit : « Mon fils, je vous charge d'un fardeau bien pesant. Je vous mets sur la tête une couronne dont les fleurons sont entrelacés d'épines bien piquantes ; elle n'est qu'un faux brillant. Je n'ai pas goûté dans la royauté une seule heure de repos ; je n'y ai eu aucun plaisir qui n'ait été empoisonné. » La fortune peut nous rendre plus puissants, mais non pas plus heureux. « Que ne puis-je, dit madame de Maintenon dans une de ses lettres, vous peindre l'ennui qui dévore les grands, et la peine qu'ils ont à remplir leurs journées ! Ne voyez-vous pas que je meurs de tristesse dans une fortune qu'on aurait peine à imaginer. Je suis parvenue à la plus haute faveur, et je proteste que cet état me laisse un vide affreux. » Madame de *Pompadour* ne tient pas un autre langage. « Je m'aperçois de plus en plus, dit-elle, que la condition des rois et des grands est bien triste. Qu'il faut payer cher la pompe, la gloire et les magnifiques bagatelles que le peuple ignorant a la sottise d'envier ! Pour moi, je vous avouerai que je n'ai pas eu six moments agréables depuis que je suis à la cour. Tout le monde s'efforce de me plaire, et presque tout le monde me déplait. Les plus brillantes conversations me donnent la migraine. Je bâille au milieu des fêtes, et j'éprouve sans cesse qu'il n'y a point de bonheur dans la vanité. » N'ambitionnez donc pas les distinctions et les honneurs : c'est y mettre un trop grand prix que de les rechercher avec empressement. Lorsque les emplois accordés par la Providence divine pour mettre en lumière les talents qu'elle vous a confiés, viennent s'offrir à vous, recevez-les avec reconnaissance, remplissez-les avec honneur, mais avec cet esprit de détachement des choses du monde que ne cesse de nous commander le divin Maître. Plus désireux de triompher de vous-mêmes que de vos concurrents, de vaincre votre ambition que d'éclipser vos rivaux, vous laisserez donc les autres briguer les grandes places, aimer à se revêtir de charges et de distinctions. D'ailleurs ne vaut-il pas mieux rester dans les fonctions dont nous sommes dignes que de gérer une charge dont les exigences outrepassent notre pouvoir. L'éclat des grands postes, qui rejaillit sur ceux qui les occupent, n'éclaire que leur honte s'ils sont incapables de les remplir. La fortune, ainsi que le soleil, fait briller les insectes, mais elle ne les rend pas moins

vils. Un sot dans l'élévation ressemble à un homme placé sur une émi-
nence, du haut de laquelle tout le monde lui paraît petit et d'où il paraît
petit à tout le monde. Au lieu d'une méprisable envie, il faut donner accès
dans son cœur à une noble émulation. Il y a émulation de vertu et émulation de talents. Alexandre, encore enfant, pleurait au récit des nouvelles
conquêtes de Philippe. « Mon père, disait-il, ne me laissera plus rien à
faire. » La plus juste et la plus éloquemment exprimée est celle de saint
Augustin, qui, après avoir entendu lire la vie de saint Antoine, dit à son
ami Alipe : « Qu'avons-nous entendu? Quoi ! nous verrons des hommes
sans lettres dédaigner la terre et ravir le ciel, et nous, lâches que nous
sommes, avec notre misérable science, nous nous roulons dans la fange,
esclaves de la chair et du sang ? Aurions-nous honte de les suivre? Eh !
n'en est-ce pas une plus grande de ne pas les imiter. »

FERDINAND P. O.

XVII

QUINZE ANS !

Vers à ma petite fille E. B., le dernier jour de sa quatorzième année.

Le ciel est pur; la brise parfumée
Courbe les fleurs qui s'ouvrent dans les champs,
Pour émailler la couronne embaumée,
    Enfant, de tes quinze ans.

Au point du jour, sous la verte feuillée,
Des gais oiseaux retentissent les chants;
Autour de toi vole leur troupe ailée,
    Qui fête tes quinze ans.

Le long des prés, vois le ruisseau limpide,
Avec amour rouler ses flots brillants;
Il court baigner, sur le gazon humide,
    La fleur de tes quinze ans.

Au ciel, là-haut, en chantant les louanges
Du Dieu sauveur, le père des enfants,
Les chastes voix de tes frères les anges
    Bénissent tes quinze ans.

Ainsi le ciel s'unit avec la terre
Pour célébrer les jours de ton printemps !
Aimable accord ! ineffable mystère !
  Qu'ils sont beaux tes quinze ans !

Mais ce bel âge, aurore de la vie,
Passe bien vite... Ah ! que jamais le temps,
Le temps jaloux, ne te fasse, Émilie,
  Regretter tes quinze ans !

PH. T. L.

XVIII

PENSÉES SUR LA JEUNESSE

Tout le plaisir des jours est dans leur matinée :
La nuit est déjà proche à qui passe midi.

MALHERBE.

—

Comme un zéphyr léger, la jeunesse s'envole,
Et les moments qu'on perd sont perdus pour toujours.

J. B. ROUSSEAU

—

  Heureux, dans sa jeunesse,
Qui prévoit les remords de la sage vieillesse ;
Mais plus heureux encor qui sait les prévenir,
Et commence ses jours comme il veut les finir !

L. RACINE.

XIX

LA PALESTINE

Les voyageurs distinguent en général dans la Palestine quatre parties :
la *Galilée*, la *Samarie*, la *Judée*, la *Pérée*.
  La *Galilée* au nord, sur les bords du lac de Génésareth, est une des contrées les plus fertiles de la Palestine. Tous les voyageurs parlent de la
beauté de son lac aux eaux limpides et poissonneuses.

En allant du nord au sud, on descend de la Galilée dans la *Samarie*. Une végétation luxuriante, les montagnes d'Ephraïm aux formes pittoresques, des vignes, des bois d'oliviers, des prairies verdoyantes, font encore aujourd'hui de cette région une des plus belles de la Syrie. Parmi les villes construites sur les emplacements des anciennes cités se trouve *Nabolouse* l'antique Sichem. Près de Naplouse, encore considérable par son commerce et son industrie, on montre au voyageur le tombeau de Joseph, sur lequel les musulmans ont bâti une petite mosquée.

La *Judée* s'étend à l'ouest du Jourdain jusqu'à l'Arabie pétrée, pays montagneux, pierreux, moins fertile que le reste de la Palestine. Là s'élevait *Jéricho*, (*la ville des palmiers*), à deux lieues du Jourdain et à six lieues nord-est de Jérusalem, dans une vaste plaine. Aujourd'hui elle n'est plus qu'un pauvre village habité par une cinquantaine de familles musulmanes et bédouines, qui vivent de brigandage comme un grand nombre des tribus du voisinage de la mer Morte.

JÉRUSALEM (*héritage de la paix*, en hébreu) rappelle les plus grands souvenirs de l'histoire. Le temps a bouleversé son sol ; la ville n'occupe plus l'ancienne enceinte, et le mont Sion en est exclu en grande partie ; mais à chaque pas se retrouve la trace des événements de l'histoire du peuple de Dieu. « Dans toute l'étendue de cette terre, dit M. de Saulcy, on reconnaît que les souvenirs bibliques sont impérissables. Là, rien de ce qui s'y rattache ne change, rien ne s'oublie, pas même un nom ; et ce sont les événements humains dont la mémoire a souvent été perdue. Ainsi les catastrophes terribles dont Jérusalem a été successivement le théâtre ont à peu près disparu du souvenir des hommes ; mais s'agit-il d'un fait même secondaire relatif à l'histoire du peuple hébreu, ce fait semble récent tant est précise et vivace la tradition qui l'a recueilli et transmis d'âge en âge. » Dans l'intérieur de la ville on voit le *Golgotha* (*lieu du crâne*) et le *Calvaire*; aux environs, la montagne des *Oliviers*, du haut de laquelle la vue embrasse un horizon magnifique. On descend du jardin des Oliviers, par quarante-sept marches de marbre, au tombeau de Marie. Près de là s'étend la *vallée de Josaphat*. « Les pierres du cimetière des Juifs, dit M. de Châteaubriand, se montrent comme un amas de débris au pied de la montagne du Scandale, sous le village arabe de Siboau ; on a peine à distinguer les masures de ce village des sépulcres dont elles sont environnées. Trois monuments antiques, les tombeaux de Zacharie, de Josaphat et d'Absalon, se font remarquer dans ce champ de destruction. A la tristesse de Jérusalem, dont il ne s'élève aucune fumée, dont il ne sort aucun bruit ; à la solitude des montagnes, où l'on n'aperçoit pas un être vivant ; au désordre de toutes ces tombes fracassées, brisées, demi-ouvertes, on dirait que la trompette du jugement s'est déjà fait entendre, et que les morts vont se lever dans la vallée de Josaphat. » Au nord de Jérusalem on trouve une grotte dans laquelle Jérémie a composé ses *Lamentations*, et à une petite distance de la grotte, le sépulcre des rois, le plus beau monument antique de la Palestine. M. de Saulcy a prouvé, dans une savante dissertation, que ce tombeau avait, dès une haute antiquité, servi de sépulture aux rois de Juda. On a transporté à Paris et déposé au musée du Louvre des pierres de ces tombeaux dans lesquels ont reposé les rois David et Salomon. Près d'Hébron est situé le sépulcre des patriarches : au-dessus s'élève une mosquée bâtie en l'honneur d'Abraham, que les musulmans ont nommé l'*Ami* de Dieu.

De l'autre côté du Jourdain, à l'est, s'étend la *Pérée*, terre raboteuse, peu peuplée, au sud de laquelle habitaient les Moabites, dont le triste pays occupait la côte orientale de la mer Morte. On a fait de la mer Morte les plus sombres descriptions : on a établi le contraste le plus saisissant entre le pays qui avoisine le beau lac de Tibériade, le pays où le Jourdain prend sa source, et les régions de la mer Morte où il se perd. Il paraîtrait, d'après le rapport des voyageurs qui ont exploré récemment les bords de ce lac, que ces descriptions sont inexactes. Les eaux de la mer Morte ne sont pas poissonneuses, mais elles sont limpides, d'une couleur agréable, et sur certains points, les rives sont parées d'une riante végétation. Sur d'autres, l'air est chargé de vapeurs sulfureuses; l'eau, âcre et salée, jette sur les bords du lac des morceaux de soufre et de bitume; des arbustes chétifs croissent péniblement sur un terrain couvert de sel gemme.

DAUBAN.

XX

L'HOMME SOUS LES DIFFÉRENTS CLIMATS

Sur quelques parties de la terre que nous arrêtions nos regards, nous sommes certains d'y trouver des hommes, soit civilisés, soit sauvages. Doué d'une force et d'une flexibilité qu'on ne soupçonnerait pas en lui, d'après la faiblesse apparente de son corps et les dangers qui environnent son berceau, l'homme s'avance en tous lieux sur la surface du globe avec la plus grande assurance, et il occupe à son gré telle ou telle latitude. Le pôle et l'équateur, les plus hautes montagnes et les abîmes les plus profonds des mines, toutes ces parties si contrastantes de la terre, c'est lui qui les rend animées. Le froid, le chaud, l'humidité, un air soit pesant, soit léger, son corps flexible et durable supporte tout. Il se propage partout, et partout, malgré ses altérations, il reste plus semblable à lui-même que les animaux qui lui ressemblent par leur extension sur le globe.

Si nous tournons d'abord les yeux vers le pôle boréal, nous trouvons, vers le 70e degré de latitude et même au delà, les Lapons, les Samoyèdes, les Jakutes, les Jukagres, les Groënlandais et un grand nombre d'autres peuples.

Maupertuis, qui a voyagé dans la Laponie, convient que la stérilité de cette région et la rigueur extrême de son climat semblent y avoir fait dégénérer l'espèce humaine; mais il ne trouve pas que la petitesse des Lapons aille au point où la font aller quelques voyageurs, qui les représentent comme des pygmées. « Parmi le grand nombre de Lapons et de Laponnes que j'ai vus, dit-il, je mesurai une femme qui me paraissait âgée de vingt-cinq à trente ans et qui allaitait un enfant qu'elle portait dans une écorce de bouleau. Elle paraissait de bonne santé et d'une taille bien proportionnée, selon l'idée que je m'étais faite des proportions de leur taille. Elle avait quatre pieds deux pouces cinq lignes de hauteur, et c'était certainement une des plus petites que j'aie vues, sans que cependant sa petitesse parût difforme, ni extraordinaire dans le pays.

« On peut s'être trompé, ajoute-t-il, sur la petitesse des Lapons et sur la grosseur de leur tête, si l'on n'a pas fait une observation que j'ai faite, malgré l'ignorance où ils sont presque tous, eux-mêmes, sur leur âge : les enfants, qui dès la plus grande jeunesse ont les traits défigurés et quelquefois l'air de petits vieillards, commencent de très-bonne heure à conduire les pulkas (ou traîneaux) et à s'occuper des mêmes travaux que leurs pères. Je crois que la plupart des voyageurs ont jugé de la taille des Lapons et de la grosseur de leur tête par celle des enfants; c'est sur quoi j'ai pensé souvent moi-même me tromper. Ce n'est pas que je veuille nier que les Lapons adultes ne soient en général plus petits que les autres hommes; mais je crois qu'on a diminué leur taille dans les relations qu'on en a faites, par l'erreur dont je viens de parler, ou peut-être seulement par le penchant qu'on a pour le merveilleux. »

Un pays tout voisin de la Laponie avait produit, dans le genre opposé, une véritable merveille. Le géant qui fut vu à Paris en 1735 était né dans un village peu éloigné de Tornéo. L'Académie des sciences l'ayant fait mesurer, on trouva sa hauteur de six pieds huit pouces six lignes.

Vers le 78e degré de latitude nous trouvons le Groënland, dont on ignore les bornes vers le nord. Le climat de ce pays est si rigoureux qu'on n'y voit point d'arbres, si ce n'est vers la partie du sud; encore n'y parviennent-ils qu'à une hauteur médiocre. Le froid excessif qu'il y fait gèle les liqueurs les plus fortes jusque dans les appartements les plus échauffés. Pendant plusieurs mois de l'année le soleil ne se montre pas du tout. Un crépuscule de plusieurs heures donne alors une clarté qui dédommage de l'absence du soleil. L'aurore boréale succède chaque jour au crépuscule. Elle brille tout l'hiver, et jette, la nuit, une lueur qui surpasse le plus beau clair de lune.

Ce pays affreux n'en est pas moins habité, dans l'espace de quarante lieues, par sept mille indigènes, suivant un dénombrement exact fait depuis 1746. La population était même autrefois beaucoup plus considérable : on y comptait près de trente mille habitants; mais en 1733 un jeune Groënlandais leur apporta de Copenhague la petite vérole, maladie jusqu'alors inconnue dans cette contrée. Cet horrible fléau enleva en peu de temps plus de trois mille âmes: depuis il a encore renouvelé ses ravages.

Les Groënlandais bravent les rigueurs d'un hiver presque continuel dans des maisons qui ont environ vingt pieds en carré, mais qui ne portent guère que quatre pieds d'élévation au-dessus de terre. Ces maisons sont construites de cailloux ou de morceaux de roc si bien liés avec de la terre et de la mousse, que le vent ne peut y pénétrer. Le toit est formé par des lattes posées sur le haut des parois et couvertes de gazon. L'entrée est creusée obliquement sous terre : une peau de veau marin y sert de porte. Toute la parenté, c'est-à-dire cinq ou six familles, est enfermée dans ces espèces de terriers; et cependant tout le monde y vit en bonne intelligence. Les Groënlandais, habitant une terre qui ne produit rien, ne vivent que de viande et de poisson. Malgré la rigueur de leur climat et la grossièreté de leur genre de vie, ils sont satisfaits de leur sort et pleins d'attachement pour leur patrie; ils s'estiment eux-mêmes fort au-dessus des Danois qui viennent commercer avec eux.

La Nouvelle-Zemble, qui s'étend jusqu'au 77e degré de latitude, et qui n'offre qu'un pays déplorable, couvert de neiges éternelles, où le voyageur Wood assure avoir creusé environ deux pieds en terre, et n'avoir trouvé que de la glace aussi dure que le marbre, est cependant, sinon habitée par des naturels, du moins souvent visitée par les Samoyèdes, qui en sont voisins et qui vont s'y occuper à la pêche et à la chasse.

La baie d'Hudson, située à peu près vers la même latitude, présente le coup d'œil le plus affreux. De quelque côté qu'on porte la vue, on n'aperçoit que des terres incultes et impropres à la culture, des rochers escarpés, des ravines profondes où le soleil ne pénètre point et qui sont toujours couvertes de neiges et de glaçons. Cependant les terres de cette baie sont peuplées, des deux côtés, de sauvages, qui font avec les Européens un commerce considérable de pelleteries.

La côte de Spitzberg, qui s'étend jsuqu'au 80e degré de latitude, et qui est la plus septentrionale des terres polaires arctiques, est fréquentée tous les ans par des vaisseaux de plusieurs nations, qui y viennent pour la pêche de la baleine. Chaque peuple a son port particulier ou son lieu de station, ses huttes, ses chaudières et les autres intruments nécessaires pour tirer l'huile de la baleine. On les y laisse pour l'année suivante, quand la saison force de quitter la place.

Si maintenant, quittant les pays du Nord, nous portons nos regards vers les latitudes australes, nous apercevons sur les bords du détroit de Magellan une race d'hommes que l'âpreté du climat n'empêche point de parvenir au plus haut degré de force physique. Je veux parler des Patagons, dont tout l'habillement consiste, dans un des pays les plus froids de la terre, en un sac de cuir qui leur couvre les parties naturelles, en un grand manteau de peaux de guanaques attaché autour du corps avec une ceinture.

Sur les bords opposés sont les Pecherais, qui supportent aussi le froid le plus vif, n'ayant pour tout vêtement que de mauvaises peaux de loups marins trop petites pour les envelopper, peaux qui servent également et de toits à leurs cabanes et de voiles à leurs pirogues. Bougainville, qui les a vus, avoue qu'il fut d'abord tenté de plaindre ces hommes qui, avec la privation de tout ce qui rend la vie commode, ont encore à souffrir la dureté du plus affreux climat de l'univers ; mais doit-on plaindre, ajoute-t-il, le sort d'un homme libre et maître de lui-même, sans devoirs et sans affaires, et content de ce qu'il a, parce qu'il ne connaît pas mieux.

Dans ces latitudes australes, entre le 58e et le 60e degré, le capitaine Cook a découvert à la vérité une chaîne d'îles où il n'a point vu d'hommes; mais nous ne connaissons encore que les côtes de ce pays, ainsi nous ne pouvons déterminer d'une manière certaine s'il est véritablement inhabité. Supposons pourtant qu'il le soit; il suffit, dit Zimmermann, que l'homme habite des contrées tout aussi froides que celles-là, pour être en droit d'en conclure qu'il pourrait également habiter cette extrémité de la partie antarctique du globe. On ne doit pas non plus, lorsque nous affirmons que l'homme est universellement répandu sur la terre, nous objecter cette partie intérieure de l'Afrique dont nous n'avons pas encore connaissance; car, sans parler de Battel qui, sans avoir jamais parcouru l'intérieur de cette région brûlante, a connu des nations qui y pénétraient, les relations récentes de Hougthon et de Mungo-Parck attestent bien évidemment que l'intérieur de l'Afrique est aussi peuplé que ses côtes.

Dès que la Guinée a des habitants, tout le reste de l'Afrique doit en avoir. En effet la Guinée est peut-être le pays de la terre où la chaleur se fasse sentir le plus vivement. Outre que le Sahara est plus éloigné de l'équateur, il est rafraîchi par les vents qui descendent de l'Atlas, dont les sommets sont tout aussi bien couverts de neige que nos Alpes. Quant au climat de l'Abyssinie, il s'en faut de beaucoup qu'il soit aussi chaud que celui de la Guinée. D'abord le vent le plus chaud, savoir celui de nord-est, venant de la Perse et de l'Arabie, se rafraîchit en traversant l'atmosphère de la mer Rouge. Ensuite le vent du nord, venant d'Égypte, passe une grande chaîne de montagnes où il perd beaucoup de sa chaleur. Pour les vents du sud et de l'est, ce ne sont que des vents de mer. Il n'y a donc que les vents d'ouest et de sud-ouest qui, parcourant une vaste région de terres échauffées, peuvent augmenter la chaleur en Abyssinie; mais ceux-là mêmes perdent leur ardeur en passant la longue chaîne de montagnes qui s'étend du Cap jusque vers l'Atlas.

Sur la côte de Guinée, au contraire, l'action du soleil est perpendiculaire aussi bien que sur l'Abyssinie; mais de plus les vents qui y arrivent, le seul vent d'ouest excepté, balayent tous auparavant des plaines immenses de pays également brûlants. Le vent de nord-est traverse au moins sept cents lieues de pays, tous perpendiculairement éclairés; celui d'est et celui de sud passent tout le continent d'Afrique avant d'arriver dans ces contrées, et ils ne peuvent qu'acquérir en route un accroissement de chaleur. Il y a bien à la vérité dans tous ces pays quelques chaînes de montagnes; mais elles sont placées entre des déserts sablonneux et des plaines, et ne sauraient par conséquent contribuer beaucoup à rafraîchir les vents embrasés qui les traversent.

Il est donc bien constant que l'homme peut également exister dans les confins des zones glaciales, et au milieu de cette zone torride, que les anciens croyaient inhabitée et inhabitable. L'influence réunie du climat, des aliments et des habitudes altère plus ou moins sa couleur et sa forme primitives, mais son organisation essentielle est partout la même ; son espèce est une ; et les grands caractères qui la distinguent éminemment de toutes celles du règne animal se retrouvent dans l'habitant de la zone chaude comme dans celui des zones froides. Partout l'homme fait usage de la parole et soumet le langage à des règles qui attestent la profondeur de ses conceptions. Partout l'homme invente et perfectionne, partout il dompte les animaux, laboure la terre, voyage sur les flots, mesure le temps et maîtrise le feu ; partout enfin il s'élève par la contemplation des merveilles de la nature à l'idée d'un Dieu créateur et conservateur de l'univers, et à l'espérance d'une vie à venir.

L. F. JAUFFRET.

MUSÉE LITTÉRAIRE

XXI

LA FOI, L'ESPÉRANCE ET LA CHARITÉ

PENSÉES ET RÉFLEXIONS

Dieu a rappelé l'homme à lui par les lois de la religion.

MONTESQUIEU.

—

Là où la foi dans l'ordre surnaturel n'existe plus, les bases de l'ordre moral et social sont profondément et de plus en plus ébranlées, l'homme ayant cessé de vivre en présence du seul pouvoir qui le surpasse réellement et qui puisse à la fois le satisfaire et le régler.

GUIZOT.

—

Le christianisme seul donne de la Divinité et de ses attributs l'idée la plus complète que les hommes puissent recevoir, et inspire tous les sentiments dont elle doit être l'objet ; seule religion au monde qui n'ait pas séparé les attributs inséparables de la justice et de la bonté, et qui enseigne à aimer Dieu sans cesser de le craindre, et à le craindre sans cesser de l'aimer.

DE BONALD.

—

Ah ! si la morale la plus pure et le cœur le plus tendre, si une vie passée à combattre l'erreur et à soulager les maux des hommes sont les attributs de la Divinité, qui peut nier celle de Jésus-Christ ? Modèle de toutes les vertus, l'amitié le voit endormi dans le sein de saint Jean ou léguant sa mère à ce disciple ; la charité l'admire dans la femme adultère ; partout la pitié le trouve bénissant les pleurs de l'infortuné ; dans son amour pour les enfants, son innocence et sa candeur se décèlent ; la force de son âme brille au milieu des tourments de la croix, et son dernier soupir est un soupir de miséricorde.

CHATEAUBRIAND.

—

Le monde cherche la paix et la liberté ; mais il les cherche sur la route du trouble et de la servitude. L'Église seule en fut la source pour le genre humain, et seule, dans ses mamelles outragées par ses fils, elle en conserve le lait intarissable et sacré. Quand les nations seront lasses d'être parricides, elles retrouveront là le bien qu'elles ne possèdent plus.

LACORDAIRE.

—

Combien parmi vous ne sont pas heureux, cherchant à l'être! pas heureux dans leur cœur, déçus, abusés qu'ils furent dans leurs recherches et leurs désirs!

C'est que loin de la foi les passions trompent et oppriment, l'indifférence pèse, les systèmes fatiguent et laissent vide; et la tranquillité apparente n'est pas la paix réellement sentie.

Non, avec les opinions et les incertitudes humaines vous ne fûtes pas heureux; avec elles jamais vous ne fûtes contents ni d'elles ni de vous.

Et je le suis, moi, de ma foi et de ses lois; je le suis de moi-même, quand je les prends pour règle, et j'ose bien vous défier de trouver parmi tous les disciples fidèles du catholicisme, un seul homme qui ait fait la même expérience et qui puisse vous dire franchement : Je ne fus pas heureux en suivant les enseignements catholiques; mon cœur s'est repenti d'avoir été fidèle à ses préceptes; j'éprouvai le remords et mon âme perdit le repos, son bonheur, en s'attachant aux leçons de Jésus-Christ.

Ah! cet homme, ce langage n'existent pas, ils n'existèrent jamais, j'en suis sûr par moi-même; et tous les prétendus systèmes, tous les vains prétextes viennent se briser contre cette épreuve de sentiment et d'expérience.

Puissiez-vous donc la faire vous-mêmes, cette douce expérience, vous surtout, jeunes encore et encore égarés, vous cependant nos espérances d'avenir! C'est le vœu le plus ardent de notre âme.

Alors vos jours déjà traversés par tant d'orages redeviendront purs et sereins ; et si la vie vous apportait encore, pendant que vous habitez la vallée de larmes, des vicissitudes et des peines, du moins vous saurez trouver le remède à vos maux et un appui consolateur dans l'infortune.

Ainsi, par la foi vivante, par ses convictions sincères, pourrez-vous ramener la vie au sein d'une société qui semble penchée vers sa ruine.

DE RAVIGNAN.

—

La foi, n'eût-elle aucun avantage pour la science et l'instruction, en aurait un immense pour la moralité universelle en maintenant les esprits inférieurs dans les sentiments de docilité et de subordination qui sont en eux une vertu, un devoir, un moyen de repos pour la vie, une condition indispensable à leur bonheur et à la sorte de mérite qui les peut honorer.

JOUBERT.

—

Il est dans le ciel une puissance divine, compagne assidue de la religion et de la vertu, qui nous aide à supporter la vie, s'embarque avec nous pour nous montrer le port dans la tempête; quoique ses yeux soient couverts d'un bandeau, ses regards pénètrent l'avenir. Quelquefois elle tient des fleurs naissantes dans la main ; quelquefois une coupe pleine d'une liqueur enchanteresse. Rien n'approche du charme de sa voix, de sa grâce, de son sourire. Plus on avance vers le tombeau, plus elle se montre pure et brûlante aux mortels consolés. La Foi et la Charité lui disent :

« Ma sœur !... » et elle se nomme l'Espérance.

CHATEAUBRIAND.

—

La gloire éternelle de Moïse sera d'avoir donné pour seconde base à sa législation l'amour de l'homme pour l'homme.

Ce ne fut pas assez pour ce vaste génie que de dire à Israël :

« Tout homme est ton frère. »

Il dit encore :

« N'égare pas l'aveugle.

« Ne raille pas le sourd.

« Détourne-toi de la route pour ramener le bœuf ou l'âne de ton frère qui est égaré.

« Laisse l'angle de ton champ pour la veuve, l'orphelin et l'étranger qui passe.

« Si tu as oublié une javelle dans ton champ, ne reviens pas sur tes pas pour la prendre ; laisse l'y pour les pauvres ! l'Éternel te voit.

« Ne glane pas ton champ, laisse des raisins à ta vigne, des fruits à tes arbres, pour les pauvres et pour les petits oiseaux du ciel que l'Éternel a créés !

« Tu béniras en mon nom l'étranger qui sera parmi toi, et tu le traiteras comme ton frère.

« Quand un de tes frères sera pauvre au milieu de toi, tu n'endurciras point ton cœur et tu ne resserreras point ta main à ton frère qui sera pauvre. Je suis l'Éternel ton Dieu ! »

La loi d'amour est allée plus loin. Elle a encore ajouté à cette prodigieuse législation. Écoutez :

« Aimez-vous les uns les autres, parce que la charité vient de Dieu.

« Celui qui aime est enfant de Dieu et reste dans la lumière.

« Supportez-vous les uns les autres.

« Pardonnez à ceux qui vous ont offensés, pour que Dieu vous pardonne.

« Aimez vos ennemis mêmes pour être véritablement les fils de votre Père céleste, qui fait luire son soleil sur les méchants comme sur les bons, et qui envoie sa pluie désaltérer le champ du pécheur comme celui du juste.

« Aimez-vous comme je vous ai aimés, jusqu'au dénûment le plus complet, jusqu'à la mort... jusqu'à la mort de la croix !... »

Tels sont les préceptes que nous voyons resplendir à chacune des pages de l'Évangile.

Tels sont les sublimes enseignements de cette humble paille de Bethléem, de ce glorieux pavois de la royauté du fils de Dieu, dont un roseau fut le sceptre et une couronne d'épines le diadème...

Aussi la charité est-elle le génie dominant de la loi révélée. C'est ce que Bossuet exprimait par cette parole profonde :

« La charité, c'est tout le christianisme. »

FERDINAND P. O.

—

La vraie charité fait l'aumône avec douceur, avec grâce, avec un charme indicible : l'aumône sourit à l'indigent qu'elle secourt, soit qu'elle berce les petits enfants avec les bras de Vincent de Paul, soit qu'elle serve les pestiférés avec les mains royales de Louis IX, soit qu'elle réchauffe les voyageurs avec les manteaux des religieux du Saint-Bernard, soit qu'elle veille le soldat mourant avec les yeux de la sœur de charité, cet ange visible des pauvres !

JOUBERT.

XXII

FRANÇOIS MOROSINI

Il n'est jamais entré dans notre plan de n'ouvrir les portes de notre Musée qu'aux hommes illustres de notre pays. Le volume précédent prouve évidemment que nos yeux ne sont pas restés étrangers aux rayons de sainteté, de gloire et de génie qui ont illuminé les têtes des personnages sur lesquels se sont attachés les regards des peuples dans l'antiquité religieuse et profane, dans le moyen âge et dans ces derniers temps. Nous avons vu là une sorte de fraternité : la piété, le génie et la gloire sont de la même famille, puisque tout cela vient de Dieu.

Aujourd'hui donc un des plus grands capitaines de son siècle, un homme dont la vie nous offre le spectacle le plus intéressant dans ses triomphes et dans ses disgrâces, dans ses victoires et dans ses défaites, nous fournira la matière d'un article auquel les limites de notre ouvrage nous interdisent de donner de justes développements. Ce n'est pas d'un Français que nous allons parler ; notre héros est né à Venise, pour laquelle il a combattu jusqu'à l'âge de soixante-seize ans, tant le feu du patriotisme animait son

corps, son esprit et son cœur. Mille fois heureux celui qui peut ainsi consacrer à sa patrie les dons brillants qu'il a reçus du Ciel!... il n'a pas seulement le droit de compter sur la reconnaissance de ses concitoyens, il peut
encore se rendre le noble témoignage qu'il l'a méritée; et ce témoignage
n'est-il pas une récompense aussi flatteuse qu'une statue érigée à sa gloire,
même de son vivant?

Né à Venise en 1618, d'une famille patricienne, François Morosini embrassa fort jeune la profession des armes. C'était un redoutable adversaire
que la Providence armait contre l'ennemi de la religion chrétienne; les
Turcs devaient éprouver longtemps la force de son bras, et dès l'âge de
vingt ans il en fit sentir le poids aux pirates qui infestaient l'Archipel.
Morosini déblayait ainsi la route qui allait bientôt s'ouvrir devant lui. En
1645 une flottille chargée de munitions naviguait tranquillement vers
la Canée [1]; elle fut vigoureusement attaquée par les Vénitiens, et de tous
les guerriers qui se signalèrent dans cette vive attaque, Morosini ne fut pas
le dernier.

Mais il fallait un commandement à son ardeur. Il obtint celui d'une
galère, donna la chasse aux Turcs, dispersa leurs vaisseaux, dont une partie
fut détruite. Une nouvelle flotte ottomane déploya ses pavillons autour de
Candie en 1648; mais Morosini l'avait suivie, et il la força de s'éloigner.
Ce service méritait une récompense, et la république, intéressée à encou-
rager l'homme qui lui prêtait un si puissant concours, le nomma général
des galères. Un plus grand théâtre s'offrit bientôt à l'illustre marin. En
1650, près de l'île de Naxos, longtemps chère à Bacchus, et dont les rivages
répétèrent les soupirs d'Ariane, abandonnée et trahie, selon la Fable, près
de Naxos, la victoire, grâce à l'habileté des manœuvres du général des
galères, se déclara en faveur des Vénitiens. Morosini se couvrit de gloire
dans cette mémorable journée, et il obtint le titre de commandant en chef
de la flotte vénitienne. La même année, comme pour consacrer son élévation, il s'empara d'une flotte turque, chargée de vivres et de munitions de
guerre. Que ne fit-il pas en 1664? Descendu dans l'île d'Égine, non pour
y admirer les ruines magnifiques du temple de Jupiter qu'on y voit encore
aujourd'hui, il y surprend treize vaisseaux ennemis et, poursuivant sa
route victorieuse, enlève plusieurs villes sur la côte de Morée. Non content
de ce premier succès, il revient l'année suivante à Égine et en détruit toutes
les fortifications. Tous ces échecs que subissait l'orgueil du croissant semblaient, par une suite naturelle du succès, animer le général vénitien d'une
nouvelle ardeur. Nommé en 1656 gouverneur de Candie, dont la flotte

1. Ville de l'île de Candie, sur la côte nord. Citadelle, port avec un phare.

turque bloquait le port, il eut la patriotique joie de voir les vaisseaux ottomans se disperser sous les efforts de son courage et abandonner l'Archipel.

Mais honteux de cette suite non interrompue de tristes revers, le grand vizir Koproli arma une flotte nombreuse et, parti de Constantinople, attaqua à l'improviste les Vénitiens, que commandait Moncenigo, et les battit complétement. Moncenigo perdit la vie dans le combat. Venise appela à le remplacer l'homme qui jusque-là lui avait donné la victoire, et Morosini fut nommé généralissime. Dès 1658, il prit l'île de Charcie. De nouvelles conquêtes se présentaient à son bouillant courage ; mais les vents en décidèrent autrement; une effroyable tempête détruisit ou dispersa la plus grande partie de ses vaisseaux, et Morosini, frémissant de voir ses espérances trompées, dut se borner à donner la chasse aux Turcs, sur lesquels il ne laissa pas néanmoins de remporter plusieurs avantages. Il voulut en 1660 reprendre une éclatante revanche; il tenta de s'emparer de la Canée, mais les troupes qu'il avait débarquées pour marcher contre la place, tandis qu'il l'attaquerait par mer, furent enveloppées et mises en fuite... Le héros n'avait pas eu le temps de prendre position : tout fut perdu. Emporté par la colère, qui n'est jamais une bonne conseillère, Morosini accusa de ce revers A. Barbaro, le traduisit devant un conseil, qui condamna à mort l'homme qui n'avait été que malheureux. Barbaro appela de ce jugement, fut absous à Venise, et Morosini, que l'orgueil blessé avait rendu trop sévère, fut rappelé en 1661. Le héros vénitien rentra dans le repos ; mais au bout de six ans il en fut retiré dans une grave circonstance.

Le grand vizir Koproli avait repris la mer et s'était rendu en personne au siége de Candie; cette place était un des plus fermes boulevards de la chrétienté. La partie était fortement engagée ; il ne fallait pas moins que le plus habile général pour diriger les opérations : Morosini y fut envoyé en 1667. Le siége de Candie, un des plus mémorables dont l'histoire fasse mention, consacra la gloire de Morosini. Pendant vingt-huit mois ses talents et son courage retardèrent la prise de la ville. Le récit des exploits de cet illustre guerrier, dit un historien, frappa toute l'Europe d'admiration. A deux diverses reprises l'élite des gentilshommes français courut partager ses dangers : La Feuillade et Beaufort y trouvèrent, l'un de la gloire, l'autre la mort. Le fameux *roi des halles* fut en effet tué dans une sortie (1669). Ces nobles exemples furent sans imitateurs. Morosini fut blessé, mais son ardeur ne se ralentit point. Abandonné de ses alliés, il eut encore à lutter contre la peste; le fer de l'ennemi avait singulièrement diminué ses forces; il soutint néanmoins un assaut général et repoussa les Turcs; mais enfin il fallut céder, et Morosini capitula pour sauver les restes de la population. Les conditions les plus honorables lui furent accordées, et, en outre de cent quarante pièces de canon qu'elle avait le droit d'emmener, la garnison reçut en présent du grand vizir, qui, tout Turc qu'il était, savait apprécier le courage et les plus nobles efforts, quatre pièces de bronze, comme un glorieux trophée. De l'aveu des Turcs, ils avaient perdu devant Candie deux cent mille hommes et les Vénitiens trente mille, dit M. Daru (*Hist. de Venise*, liv. XXXIII). Le général vénitien partit de Candie le 27 septembre 1669. Arrivé à Venise, il fut accusé pour avoir traité avec Koproli sans autorisation du sénat. Il se constitua prisonnier, et le peuple, toujours aveugle dans ses emportements, s'assembla en tumulte et demanda sa tête!... Morosini avait été malheureux, on l'accusait de trahison. L'histoire nous offre plus d'un exemple de ces déplorables injustices. Le héros avait été élevé pendant son absence à la dignité de procurateur de Saint-Marc; ses ennemis, envieux de sa gloire, voulaient le dépouiller, mais une voix éloquente, ainsi que nous l'apprend la *Biographie universelle*, parla en sa faveur, et il fut maintenu dans sa dignité. Le vainqueur de Marathon n'eut pas ce bonheur; il mourut dans les fers.

La guerre éclata de nouveau en 1684. Le généralissime met à la voile au mois de juillet, vient assiéger Sainte-Maure et s'en empare au bout de seize jours; il débarque dans le Péloponèse et s'en rend maître en deux campagnes; conquête importante qu'il s'assure en portant le fer et le feu dans les provinces voisines. Il met le siége devant Athènes, s'empare de la ville de Minerve[1], et cette victoire répand le plus brillant éclat sur ses armes et sur sa patrie. Elle ne fut pas ingrate cette fois, et le buste du héros fut placé dans une salle du palais, avec cette inscription : *A François Morosini le Péloponésiaque, de son vivant.*

Morosini était devenu trop considérable pour que ses concitoyens ne cherchassent point dans sa gloire un appui pour le gouvernement; aussi en 1688 il fut proclamé doge en la place de Giustiniani. La voix du peuple, cette même voix qui avait demandé sa tête, l'avait désigné au choix du sénat.

Le voilà monté au faîte des honneurs et de la puissance; la fortune l'y suivra-t-elle? Hélas! cette capricieuse divinité ne se démentit pas, et elle abandonna notre héros. L'élévation de Morosini fut le terme de ses prospérités. L'âge et les maladies avaient épuisé les forces de Morosini; il laissa la conduite du siége de Négrepont à Cornaro, et revint à Venise en 1689.

---

1. Pendant le siége une bombe tomba sur le Parthénon, dont les Turcs avaient fait un magasin à poudre, et dévasta ce temple, un des chefs-d'œuvre de l'architecture grecque. On dit encore que les Vénitiens, après leur victoire, brisèrent la statue de Minerve par Phidias, en voulant la tirer des décombres. (M. Vaïsse.)

Il avait alors soixante et onze ans. Les marques particulières d'estime que lui envoya le pape Alexandre VIII, un casque et une épée, ne lui rendirent pas la vigueur dont il allait avoir bientôt besoin. L'armée du Péloponèse souffrait de son absence; elle appelait à son aide les talents du doge. Pour la quatrième fois, il fut nommé généralissime, et il partit au mois de mai 1693, pour ne plus revenir. Il conduisit la flotte de la république dans l'Archipel; mais les Turcs reculèrent à son approche. Les flots de la mer ne furent pas rougis du sang des infidèles, et cette campagne resta veuve des triomphes du héros. L'hiver vint; Morosini rentra dans le port de Napoli de Romanie, et le vieux lion y succomba bientôt à la fatigue et à l'épuisement, le 6 janvier 1694, à l'âge de soixante-seize ans. C'était un jour de victoire qu'il aurait dû mourir, mais le ciel ne le voulut pas. Son corps fut rapporté à Venise et déposé dans un tombeau qui lui fut élevé par le sénat.

Peu d'hommes ont eu une carrière aussi bien remplie. Morosini, pendant plus de soixante ans, porta les armes pour la défense et l'honneur de son pays. Les Turcs eux-mêmes ont rendu hommage à ses talents, et la capitulation de Candie, loin de ternir sa gloire, en rehaussa l'impérissable éclat.

PH. T. L.

XXIII

LES ÉTUDIANTS DES UNIVERSITÉS ALLEMANDES

VERS L'AN DE GRACE 1820

Les universités allemandes se séparaient alors en deux classes : les *camarades* et les *compatriotes*. Les sérieux, les politiques, les philosophes, avaleurs de rois, se réunissaient dans une association immense qui comprenait tout le système universitaire allemand et qui portait le nom de *Durschenschaft* (famille des camarades). Il est inutile de dire que les camarades et leurs familles n'étaient point d'accord entre eux sur les détails de doctrine : ce qu'ils voulaient, c'était de jouer au jeu des révolutions; ils étaient tous d'accord sur cet article capital.

Les autres étudiants, qui prétendaient étudier dans le sens pratique du mot, qui prétendaient se divertir aussi suivant le penchant de leur âge, formaient des associations particulières, moins vivement poursuivies par la police des souverains, mais qui n'avaient pas non plus les coudées très-franches. Ces associations portaient le titre commun de *Landsmannschaft* (famille des paysans ou des compatriotes).

C'étaient en général des associations d'études et de plaisirs. Il y avait quelques petits mystères, car l'étudiant d'outre-Rhin a pour Croquemitaine les mêmes tendresses que nos innocents francs-maçons de Paris. Mais enfin les mœurs du compagnon étaient tout autres que celles du camarade. En politique il ne connaissait que les chansons et n'assassinait presque jamais Kotzebue [1].

Pour trouver le vrai compagnon d'université dans toute la poésie tendre et batailleuse de son caractère, il fallait violer le secret d'une famille de compatriotes et se faire recevoir *renard* ou conscrit dans le sanctuaire des grandes pipes et des grandes épées. L'air y était épais, la bière lourde; la gaieté ne s'y chauffait pas d'un bois précisément attique, mais il y avait là de la franchise, de la jeunesse, du cœur et de l'honneur.

Au bas bout de la table, sur la plus méchante escabelle, vous avisiez le nouveau débarqué, timide et triste, regrettant encore l'aile de sa mère, mais ayant appris à dédaigner déjà tout ce qui était *philistin*, c'est-à-dire tout ce qui n'était pas étudiant. Cet enfant naïf, ignorant, respectueux bon gré mal gré envers ses anciens, ce plastron, cette victime éternelle des anciennes plaisanteries scolastiques, nous l'avons nommé : c'était le renard. — Un peu plus loin le *renard enflammé* montrait déjà les promesses de ses moustaches; il avait mis un peu de hâte sur le rose trop féminin de ses joues; il jurait rondement par le diable et avait conquis le second grade universitaire. — Puis venait la *jeune maison;* (Dieu sait où ils allaient prendre leurs titres!) la jeune maison avait oublié le village, la jeune maison portait comme il faut le dolman fanfaron et les éperons d'acier. — Encore un semestre d'études, de bombances, de veilles et de duels, la jeune maison devenait *vieille maison*, puis *maison moussue*, ce qui était le comble! La maison moussue avait droit au titre vénérable de *renard d'or*.

Chacun pouvait franchir ces différents degrés par le fait seul de sa présence au cours et à la taverne : c'était une affaire d'ancienneté; mais il y avait d'autres honneurs qui ne se gagnaient pas si facilement.

Au-dessus de ces compagnons vieillis dans la poussière des cabarets et des écoles, il y avait de brillantes existences, dont la gloire, éclatant comme un coup de tonnerre, s'était faite en un jour. A ceux-là on ne demandait point la date de leur entrée dans la famille, dont ils formaient l'état-major : c'étaient les *renommistes* ou les *crânes*.

---

1. L'empereur Alexandre avait chargé Kotzebue de lui rendre compte de l'état de l'opinion publique en Allemagne. En s'acquittant de cette mission d'une manière peu favorable à la liberté, Kotzebue souleva contre lui les étudiants; un jeune fanatique, Sand, s'étant introduit chez lui à Manheim, le tua d'un coup de poignard (1819).

Pour arriver à cette noble position de crâne, il fallait passer par l'épreuve de l'un des trois *scandal*, à savoir : le *bier-scandal*, le *scandal pro patria* et le *scandal contra* (sous-entendu *philistinos*).

Pris en ce sens, le mot *scandal* peut se traduire par combat à outrance ; le *bier-scandal* était la lutte des choppes jusqu'à ce que le vaincu, mort ou bien malade, tombât sous les pieds chancelants du vainqueur ; le *scandal pro patria* était le tournoi entre étudiants ; il avait lieu seulement par permission expresse des anciens et lorsque la ville était trop étroite pour contenir deux crânes d'égale renommée. — Le *scandal contra* se renouvelait plus souvent et atteignait presque toujours des proportions tragiques : c'était la croisade de messieurs les étudiants contre les officiers de l'armée, leurs ennemis naturels.

Enfin, au-dessus des crânes eux-mêmes, on respectait notamment à l'université de Tubingue [1], dans le royaume de Wurtemberg, les épées *(degen)*, consuls qui étaient élus au nombre de trois par l'assemblée des maisons ou anciens et qui gouvernaient la république des compatriotes.

M. PAUL FÉVAL.

XXIV

LA GÉOLOGIE

Après avoir admiré sous le soleil, avec un respectueux attendrissement, les prodiges de la nature, si belle, si imposante, même dans ses plus sévères horreurs, l'homme a trouvé de nouveaux motifs de reconnaissance et d'admiration pour le Créateur dans la contemplation d'une nouvelle nature révélée à la science au sein même de la terre, qu'il foula si longtemps aux pieds, sans songer à en interroger les merveilles.

Nous avons vu naître et se développer de nos jours, comme une science entièrement neuve, entièrement distincte des connaissances antérieures, cette branche de l'histoire naturelle qui, consacrée uniquement à l'étude des masses composant dans leur ensemble le globe terrestre, a reçu le nom tout moderne de GÉOLOGIE.

Avant de soulever le voile qui nous dérobe le tableau des merveilles du

---

1. Tubingue (*Tubingen* en allemand), ville du Wurtemberg (forêt Noire), à 28 kilomètres sud-ouest de Stuttgard ; 7,600 habitants. Église Saint-Georges, vieux château dit *platz* (ou palais); université célèbre fondée en 1477.

monde souterrain, demandons à cette science nouvelle le fil conducteur qui devra nous guider dans nos explorations ; prenons une vue d'ensemble de notre sujet.

La surface extérieure du globe n'est point unie ; cette série d'aspérités que nous nommons chaînes de montagnes s'y rencontre de loin en loin ; le reste, à l'exception de quelques plateaux sensiblement dépourvus d'inégalités saillantes, offre çà et là des ondulations, des roches s'élevant au-dessus du sol, des coteaux, des collines, des vallées pour le lit des fleuves et des rivières. Les causes de cette diversité ont exercé à plusieurs époques la sagacité des naturalistes ; mais leurs conjectures, plus ou moins ingénieuses, manquaient toujours de base, jusqu'à ce qu'enfin on se fût avisé de sonder dans un but scientifique l'intérieur de la terre, exploré depuis si longtemps par l'industrie : là seulement se trouvait le mot de l'énigme.

Un enfant avait lu dans un *Traité élémentaire de géographie*, par demandes et par réponses :

« Qu'est-ce que le monde ?

— C'est un globe de carton sur lequel sont tracées les divisions de la terre. »

Un beau jour il se mit à creuser un trou dans le jardin de la maison. On lui demanda ce qu'il cherchait en fouillant ainsi le sol. « Je veux savoir, répondit-il, si la croûte de carton qui soutient tout le reste est à une grande profondeur, et ce qu'il y a sous le carton. » L'auteur qui rapporte ce fait ne raille pas la simplicité de l'enfant ; il rend justice, au contraire, à son intelligence : cet enfant avait l'instinct de la géologie.

Quel ne fut pas l'étonnement du monde savant lorsque Georges Cuvier vint ressusciter sous ses yeux tout un monde ignoré d'animaux encore reconnaissables dans plusieurs des couches concentriques de l'écorce solide du globe ! Ici les faits parlaient si haut, que toutes les théories durent se taire ; des théories nouvelles s'appuyant sur ces faits surgirent de toute part. Nous n'avons point à nous en occuper, les faits seuls sont dignes de notre attention ; c'est Dieu qui, voulant après tant de siècles nous révéler un aspect jusqu'alors inaperçu de sa toute-puissance, permet que quelques débris d'êtres autrefois animés tombent entre les mains d'un homme de génie, le mettent sur la trace d'une série de créatures successivement éteintes, et donnent une base positive à une science à peine dégagée des formes confuses de ses essais primitifs.

Le premier fait général que nous ayons à considérer, c'est qu'en sondant l'intérieur de la terre on trouve, dans plusieurs sortes de rochers, des traces évidentes de végétaux et d'animaux de différentes espèces, tandis que d'autres rochers en sont entièrement dépourvus. Ces derniers passent, dans l'opinion des naturalistes, pour plus anciens que les autres ; on les nomme pour cette raison *roches primitives*. C'est dans l'intérieur des roches primitives que nous descendrons pour contempler ces immenses dépôts de métaux précieux qui depuis tant de siècles ont été entamés par la main de l'homme pour constituer ce qu'il nomme ses trésors; l'or et l'argent n'existent que dans les roches primitives.

S'il était donné à l'homme de pénétrer au-dessous des roches primitives et de connaître ce que récèle l'intérieur de la terre, tout porte à croire qu'il y trouverait une masse énorme de matière incandescente, semblable à la lave qui s'échappe par l'ouverture des volcans. C'est l'opinion la plus généralement admise par les savants de nos jours; elle est fondée sur ce fait que la chaleur augmente sensiblement, et dans une proportion constante, à mesure qu'on descend au-dessous de la surface de la terre : de sorte qu'il est possible de calculer à quelle profondeur cette chaleur progressive devient une véritable incandescence. Dans cette hypothèse, les ouvertures des *volcans* sont les soupiraux par lesquels la masse intérieure communique avec le dehors. Lorsqu'elle bouillonne, elle produit les tremblements de terre; lorsqu'elle déborde, elle produit les éruptions des volcans. L'ensemble des matières en fusion rejetées par les volcans se nomme *lave*.

Immédiatement au-dessus des roches primitives sont les terrains houillers, ainsi nommés parce qu'ils contiennent d'immenses dépôts de houille ou de charbon de terre. C'est toujours dans le voisinage de ces dépôts qu'on trouve le fer, cette matière première de toutes les industries. Les mines de houille et celles de fer offriront à nos explorations des scènes du plus haut intérêt, tant sous le rapport des phénomènes naturels que rappelle leur formation que sous celui de l'art humain appliqué à l'extraction de ces inestimables trésors légués par la divine Providence à l'industrie des hommes. Là, de nombreux débris bien conservés, des feuilles, des fruits, des arbres entiers, nous donneront l'idée d'un ordre de végétation d'une puissance égale à celle qui décore actuellement les plus riches contrées du globe. Plus loin des crustacées, des poissons, des mollusques innombrables, signaleront à nos regards la première apparition de la vie à la surface du globe.

Les roches qui nous fournissent la chaux et le plâtre nous dévoileront, dans les déchirures de leurs larges flancs, tout un monde d'animaux entièrement différents de ceux qui existent de nos jours, quoiqu'ils offrent des analogies frappantes avec nos lézards, nos tortues, nos hippopotames, nos tapirs et nos éléphants. C'est encore dans les roches dont la pierre est susceptible de se convertir en chaux que nous aurons à visiter ces cavernes spacieuses, crevasses imperceptibles par rapport à l'ensemble du globe terrestre, mais vastes par rapport à notre petitesse, et où la nature déploie le luxe de ses décorations souterraines. Puis viendront les mines de sel marin, qui ne sont en réalité que de vastes cavernes, où le long séjour des eaux salées de l'Océan paraît avoir laissé des provisions de sel d'autant plus précieuses qu'elles se trouvent pour la plupart situées loin des côtes de l'Océan actuel, et qu'elles fournissent aux besoins de populations qui, par leur situation au milieu des terres, ne pourraient se procurer du sel qu'avec beaucoup de difficulté.

Remarquons que les trois grandes sections qui précèdent, savoir : les terrains primitifs, les terrains houillers et les terrains calcaires, se rapportent bien aux trois règnes de la nature. Nous ne trouvons, en effet, dans la première, que les minéraux, les végétaux dans la seconde, et des animaux dans la troisième.

On conçoit que nous aurions été condamnés à une ignorance complète touchant la croûte solide sur laquelle nous vivons et dont les savants évaluent l'épaisseur à quarante kilomètres, si les matières diverses de cette croûte s'étaient trouvées disposées par couches régulières les unes sur les autres, enveloppant la terre uniformément comme l'écorce d'une orange. Tout au plus l'homme aurait-il pu sonder la première de ces couches dans toute son épaisseur ; il n'eût pas même soupçonné l'existence de la seconde. Les travaux les plus considérables pour l'exploitation des mines descendent, en effet, tout au plus à quelques centaines de mètres au-dessous de la surface du sol. Mais heureusement pour la science, les diverses couches de roches, quoiqu'elles soient superposées les unes aux autres dans un ordre régulier, ont subi à diverses époques des bouleversements, des fractures qui les ont soulevées et déplacées, de manière à mettre pour ainsi dire sous la main de l'homme leurs jointures, leurs intersections, les éléments qui les composent, et surtout ces métaux si précieux à l'industrie et que l'homme n'eût jamais pu aller chercher aux profondeurs assignées à leurs dépôts. Les moindres coteaux, comme les plus grandes montagnes, n'ont pas d'autre origine probable que le phénomène de la rupture et du soulèvement de l'écorce solide du globe à des époques où elle avait des degrés très-différents de résistance et d'épaisseur. C'est grâce enfin à des perturbations effroyables, dont une seule aurait suffi pour anéantir la race humaine, si elle avait existé, que la Providence, dans son économie admirable, préparait pour l'avenir, à sa créature de prédilection, les ressources les plus précieuses.

(Extrait du *Monde souterrain*, DE LONGCHÈNE.)

XXV

MARIE DE BRABANT ET LA BÉGUINE DE NIVELLES

CHRONIQUE DU TREIZIÈME SIÈCLE

L'antique Cité était comme endormie en un profond silence; aux alentours du palais aucun bruit de pas ne se faisait entendre, et la façade de l'édifice se dessinait, avec ses noires tourelles, sur la terre éclairée par les rayons de la lune. A cet aspect de la demeure royale on devinait que le fils de Louis IX était allé, avec sa cour, se délasser de ses fatigues sous les vieux arbres du parc de Vincennes.

Cependant une vive lumière colorait le vitrage de plusieurs fenêtres au premier étage du palais; c'était là qu'était situé l'appartement de la reine, la belle et jeune Marie, la noble fille de Henri de Brabant (1274).

Une des fenêtres s'ouvrit; une femme parut sur le balcon; sa taille était élégante, son visage gracieux. Elle portait un *chapel* de velours noir, auquel s'attachait un voile de dentelle; sous des flots de cheveux qu'agitait une douce brise se cachaient ses belles épaules, et sa robe de soie bleue, traînante, doublée d'hermine, avait des manches amples et riches tombant jusqu'à ses pieds.

Elle regarda longtemps du côté droit de la Cité; mais, ne voyant venir personne, elle referma la croisée. L'épouse adorée de Philippe le Hardi, Marie, ce cœur aimant, plein d'avenir et de jeunesse, s'assit auprès de sa compagne favorite, Blanche d'Artois, aussi jeune et presque aussi belle qu'elle-même. Les deux chaînes d'or de Blanche s'agitèrent sur sa simarre violette et sans manches, et ce faible bruit fit tressaillir les deux dames, peu habituées à la solitude. Tout à coup on frappa à la porte de l'appartement.

« C'est Adenez, dit Marie, le gentil ménestrel; je lui ai fait dire de venir ce soir nous entretenir de son nouveau poëme : *l'Enfance d'Ogier le Danois.* »

Un valet entra et annonça le prince Louis, fils aîné du roi et de sa première femme, Isabelle d'Aragon.

« Je vous croyais à Vincennes, lui dit Blanche d'Artois.

— Nenni, belle dame, lui répondit-il, j'ai laissé partir mon père et ses fidèles barons, et suis resté pour vous et pour l'amour de messire de La Brosse.

— Il paraît que le chambellan vous a beaucoup pris en tendresse? demanda Marie de Brabant.

— Il me montre quelque intérêt ; Dieu veuille le maintenir dans ces bonnes dispositions !

— L'amitié d'un homme de si peu de naissance, ajouta dédaigneusement Blanche d'Artois, n'est pas pour vous un grand honneur.

— Quand il possède une âme au-dessus de son rang, un homme a droit au respect des autres, répliqua Marie d'une voix mal assurée et comme pour excuser la faiblesse de Philippe pour son ancien barbier ; — puis elle changea subitement de sujet de conversation.

— La belle Agnès viendra demain à la cour ; c'est une princesse spirituelle et gracieuse ; mais je crois que messire Louis ne l'aime plus depuis qu'elle est promise au jeune duc de Bourgogne. »

Le prince dit en soupirant :

« Quelles misères sont attachées aux grandeurs !... Les princes sont les premiers esclaves du royaume... Je voudrais être né dans une chaumière et vivre loin de la cour !

— Avez-vous envie de vous aller réfugier aux cordeliers de Paris, reprit Blanche malignement, vous, destiné au trône, et Louis dixième du nom ?

— Je ne sais ce que le sort m'a réservé ; mais alors la princesse Agnès serait peut-être autre chose que duchesse de Bourgogne.

— Avec une dispense ou une excommunication du pape, mon beau sire.

— On a vu des rois braver les censures de Rome, dit le jeune prince avec indifférence.

— Oui, mais ils ne le firent pas longtemps impunément. »

Louis s'approcha de la fille du duc de Brabant, mit un genou en terre ; la reine lui donna sa main à baiser... Mais dans le même moment une lampe, qui était suspendue au plafond, s'en détacha, tournoya quelques secondes au-dessus de la tête du prince, puis tomba lourdement sur le parquet... Le prince et les deux femmes se regardèrent en silence.

La comtesse d'Artois fit un effort pour parler, mais ses paroles expirèrent sur ses lèvres ; ce fut le fils de Philippe III qui se rendit le premier maître de ses impressions.

« J'ignore ce qui nous arrivera, dit-il en quittant la reine ; mais je crois que ce ne sera rien de bon.

— Dieu sauve mon âme ! reprit Marie, quelqu'un de nous périra ! »

Lorsque le prince fut parti, elle s'abandonna sur la terrasse à de mélancoliques rêveries ; combien fut plus profonde l'émotion qu'elle éprouva, lorsque, penchée sur la balustrade, elle vit un homme se glisser le long des murs du palais, et qu'elle reconnut dans cet homme son plus mortel ennemi, Pierre de La Brosse.

Pierre de La Brosse, issu d'une famille obscure, Tourangeau de naissance et barbier de Philippe sous le saint roi, s'était tellement insinué dans l'esprit de ce prince, que, lorsqu'il monta sur le trône, il le fit chambellan et bientôt après ministre. Mais un pouvoir balançait dans le cœur du roi le pouvoir du barbier, qui avait à lutter contre les charmes de Marie, entourée du triple prestige de la jeunesse, des grâces et des talents. Dès lors il résolut de la perdre et de renverser le seul obstacle qui s'opposât à son ambition, et, pour satisfaire sa haine, il ne calcula pas le nombre des victimes.

Le prince Louis mourut subitement; on disait qu'il avait été lâchement empoisonné : un homme accusait une femme d'avoir commis cet horrible crime. L'accusateur était Pierre de La Brosse; l'accusée, Marie de Brabant.

En entendant cette accusation, le roi fut troublé; et, flottant entre son premier ministre et Marie, il fait appeler l'infortunée reine. Elle paraît; le prince la menace du dernier supplice si elle est coupable de cette infamie, mais il lui permet de prendre pour son chevalier et son défenseur le duc de Brabant, qui avait offert de prouver l'innocence de sa sœur en combattant en champ clos contre un des affidés ou complices de l'accusateur.

Les deux champions sont en présence ; la reine attend avec anxiété la fin du combat; elle suit tous les mouvements des adversaires et compte tous les coups qui sont portés... Elle tremble, l'infortunée! comme si elle était criminelle, et la pâleur de son front révèle son trouble ; mais les apparences sont trompeuses, et Dieu seul pénètre dans les replis du cœur!...

Déjà des cris de joie se font entendre, le ciel s'est prononcé en faveur de Marie, le duc est vainqueur, ses ennemis sont confondus. Mais l'implacable La Brosse, ce tigre qui a flairé le sang, ne veut point lâcher sa proie, et il appelle du jugement de Dieu!... « Marie, dit-il, doit son salut à l'adresse et au courage du Brabançon ; un coup d'épée doit-il laver d'un crime? Que de fois l'innocence a succombé devant ces épreuves équivoques!.. » Il disait vrai, le fourbe ; mais sa punition devait venir d'ailleurs.

Il existe encore à Nivelles un vieux clocher en ruines, ouvert à tous les vents et servant de refuge aux oiseaux de nuit. L'entrée de ce clocher est fermée par des pierres, de la mousse et des ronces, qui indiquent au voyageur que la curiosité humaine doit s'arrêter là. C'est pourtant dans cet asile que, vers la fin du treizième siècle, une béguine, se vantant d'être favorisée du don de prophétie, se mêlait de prédire l'avenir aux mortels crédules qui la consultaient,

Un soir, que la nuit était plus sombre qu'à l'ordinaire, le cri des hiboux plus menaçant et plus plaintif, et que les vents mêlaient leur sauvage harmonie à la voix de la nature en deuil, la béguine méditait sur les événements qui venaient d'affliger la cour de France, sur les passions qui fermentent dans le cœur des grands et sur les crimes qui en sont la funeste conséquence... Elle se faisait ainsi illusion sur ses pensées et prenait, par un travers naturel de certains esprits, des inductions pour des réalités. Bientôt à travers les ombres elle vit un homme à cheval se diriger vers sa demeure. Déjà le bruit de ses pas retentit dans l'étroit escalier qui conduit au sommet du clocher, et l'étranger paraît à ses côtés.

« Femme, lui dit-il, je suis Pierre, évêque de Bayeux, parent de messire de La Brosse, je suis envoyé de la part du roi pour te consulter dans le fameux procès qui occupe en ce moment tous les esprits ; j'ai devancé de quelques instants l'abbé de Saint-Denis afin de connaître seul la vérité, me réservant d'en faire un noble usage. »

Alors la femme inspirée, se penchant vers l'évêque, lui parla tout bas pendant quelque temps ; puis ce dernier, l'ayant effrayée par des menaces et gagnée par des promesses, lui fit prêter ce serment : « Je jure devant Dieu et devant vous, mon père, de ne rien dévoiler de cet affreux mystère. »

En ce moment un autre personnage parut.

« Je suis Matthieu, abbé de Saint-Denis, dit-il ; je viens de la part de Philippe le Hardi pour savoir si la reine est coupable du crime dont on l'accuse.

— Dom abbé, dit la sibylle, j'ai dit à l'évêque de Bayeux tout ce que je sais sur cette affaire, et nul ne m'en fera dire davantage...

— *Par Dieu, qui me fit, j'en saurai la vérité et à tant ne la lairrai-je, mie,* s'écria Philippe en colère, en entendant l'évêque de Bayeux dire que la béguine lui avait défendu de rien révéler et qu'elle ne lui avait ouvert son cœur que sous le secret de la confession, *je ne vous ai pas envoyé pour la confesser.* »

L'évêque de Dol et un templier furent de nouveau députés vers l'oracle, qui, n'étant plus sous l'influence du parent de messire de La Brosse, répondit de l'innocence de la reine,

« *Dites au roi*, ajouta-t-elle, *qu'il ne croie pas ces mauvaises paroles qu'on lui dit de sa femme, car elle est bonne et loyale envers lui, envers tous les siens, de bon cœur et entier.* »

Quelque temps après, Pierre de La Brosse fut accusé d'avoir vendu le secret de l'Etat à l'Espagne ; il fut arrêté, conduit de Vincennes à Paris, jugé, condamné et pendu le jour même au gibet public, en présence des amis de la reine, qu'on soupçonna d'avoir sacrifié la justice à sa vengeance.

E. M.

N. B. Nous avions le projet d'ajouter plusieurs notes à cette chronique dont le style révèle le cœur et l'esprit d'une femme ; mais nous y avons renoncé, nous réservant de dire ailleurs quelle fut la confidence de la béguine à l'évêque de Bayeux.

PH. T. L.

XXVI

LA MAISON D'UNE ÉPOUSE EST UN TEMPLE SACRÉ

MOEURS ROMAINES AU TEMPS DE LA RÉPUBLIQUE

La tragédie de *Lucrèce,* par M. Ponsard, membre de l'Académie française, fut représentée le 22 avril 1843 sur le théâtre de l'Odéon.

La première scène, que nous allons reproduire en partie, est une peinture de mœurs qu'il est bon de ne pas oublier. Nous avons dit ailleurs que les droits de la femme à l'estime publique sont ses devoirs ; la femme de Collatin le redit ici en bons vers, ce qui ne gâte rien. Les mœurs romaines ont été assez décriées, et trop souvent avec raison, pour que, sans prétendre les réhabiliter, nous montrions ce qu'elles auraient toujours été, si les meilleures choses ne finissaient pas, sur notre pauvre terre, par s'altérer et se corrompre, et plus d'une fois par la faute de ceux-mêmes qui devraient le plus veiller à en assurer la conservation.

PH. T. L.

Au lever du rideau, Lucrèce, une quenouille à la main, est assise près d'une table placée entre elle et sa nourrice. Plusieurs esclaves groupées autour d'elle sont occupées à divers travaux. Une lampe est sur la table.

LUCRÈCE, à une de ses esclaves.

Lève-toi, Laodice, et va puiser dans l'urne
L'huile qui doit brûler dans la lampe nocturne.
Les heures du repos viendront un peu plus tard :
La nuit n'a pas encor fourni son premier quart,

Et je veux achever de filer cette laine,
Avant d'éteindre enfin la lampe deux fois pleine [1].

LA NOURRICE.

Lucrèce, écoutez-moi; car vous n'oubliez pas
Que je vous ai longtemps portée entre mes bras...
C'est pourquoi laissez-moi parler. Que vos esclaves
Filent pour votre époux les robes laticlaves :
Je les ferai veiller jusqu'au chant de l'oiseau
De qui la voix sacrée annonce un jour nouveau.
Mais vous, ma chère enfant, suspendez votre tâche :
Vous la reprendrez mieux après quelque relâche.
Faut-il donc que vos yeux s'usent, toujours baissés,
A suivre dans vos doigts le fil que vous tressez ?
Pourquoi vous imposer tant de pénibles veilles ?
Cherchez à vous distraire, imitez vos pareilles;
Et que, de temps en temps, des danses, des concerts,
Ramènent la gaîté dans vos foyers déserts.

LUCRÈCE.

Quand mon mari combat en bon soldat de Rome,
Je dois agir en femme, ainsi qu'il fait en homme.
Nourrice, nous avons tous les deux notre emploi :
Lui, les armes en main, doit défendre son roi;
Il doit montrer l'exemple aux soldats qu'il commande.
Mon devoir est égal, si ma tâche est moins grande :
Moi, je commande ici, comme il commande au camp,
Et ma vertu doit être au niveau de mon rang.
La vertu qui convient aux mères de famille,
C'est d'être la première à manier l'aiguille,
La plus industrieuse à filer la toison,
A préparer l'habit propre à chaque saison,
Afin qu'en revenant au foyer domestique
Le guerrier puisse mettre une blanche tunique,
Et rendre grâce aux dieux de trouver sur le seuil
Une femme soigneuse et qui lui fasse accueil...

---

1. La concision nuit dans ce vers à la clarté de la pensée. L'auteur a voulu dire, mais il ne nous semble pas avoir dit, que Lucrèce n'éteindra la lampe que lorsqu'elle aura épuisé deux fois la quantité d'huile qu'elle peut contenir.

PH. T. L.

LA NOURRICE.

Ce zèle rigoureux me semble aller trop loin :
La joie est de votre âge un innocent besoin...
L'honneur ne dépend pas d'un injuste caprice ;
Et quand le cœur est pur, il suffit.

LUCRÈCE.

Non, nourrice.
Ce n'est pas assez bien respecter la pudeur
Que d'avoir seulement son culte au fond du cœur[1]...

LA NOURRICE.

Eh bien ! soit. Prolongez cette retraite austère ;
Défendez aux plaisirs votre seuil solitaire ;
Mais, cessant d'ajouter la fatigue aux ennuis,
Que le travail au moins n'abrége pas vos nuits.
Le sommeil entretient la beauté du visage ;
L'insomnie, au contraire, y marque son passage.
Gardez que votre époux, de son premier regard,
Ne vous trouve moins belle au retour qu'au départ.

LUCRÈCE.

Tu me presses en vain : je veux rester fidèle,
Par mon aïeule instruite, aux mœurs que je tiens d'elle.
Les femmes de son temps mettaient tout leur souci
A surveiller l'ouvrage, à mériter ainsi
Qu'on lût sur leur tombeau, digne d'une Romaine :
« Elle vécut chez elle et fila de la laine. »
Les doigts laborieux rendent l'esprit plus fort,
Tandis que la vertu dans les loisirs s'endort.
Aussi celle qui prend l'aiguille de Minerve,
Minerve, applaudissant, l'appuie et la préserve.

---

1. Il y a une faute dans ce vers ; l'auteur devait dire :

Que d'*en* avoir seulement le culte au fond du cœur ;

mais la mesure ne l'a pas voulu. Nous avons cru devoir en avertir nos lecteurs et nos lectrices,
afin qu'ils ne s'autorisent pas de l'exemple d'un académicien :

L'académicien est grand, mais il est homme.

PH. T. L.

Le travail, il est vrai, peut ternir ma beauté,
Mais rien ne ternira mon honneur respecté;
Et si je dois choisir, injure pour injure,
La ride au front sied mieux qu'au nom la flétrissure.
C'est assez : le temps passe à tenir ces propos;
Quand la langue se meut, la main reste en repos.
Poursuivons notre tâche...

XXVII

PENSÉES DE FONTENELLE[1]

Une récompense infaillible pour la vertu, c'est la satisfaction intérieure.

—

Un grand obstacle au bonheur, c'est de s'attendre à un plus grand bonheur.

—

Il est vrai qu'une grande partie de notre bonheur ne dépend pas de nous : telle est, par exemple, la santé; mais il est faux que notre bonheur ne dépende point du tout de nous; car nous pouvons quelque chose à notre bonheur par notre façon de penser.

—

Il faut que les caractères ou faibles, ou paresseux, ou impétueux, ou violents, ou sombres, ou chagrins, renoncent tous au bonheur.

—

Afin que le sentiment du bonheur puisse entrer dans l'âme ou qu'il y y puisse séjourner, il faut avoir nettoyé la place et chassé tous les maux imaginaires.

—

1. Fontenelle est de tous les écrivains modernes celui qui a fourni la plus longue carrière : né en 1657, il mourut en 1757. Il était originaire de Rouen et neveu du grand Corneille. La réputation qu'il chercha dans presque tous les genres, il la trouva enfin, solide et véritable, dans l'alliance de la littérature avec la science, qu'il sut mettre à la portée du vulgaire des lecteurs.

LÉON FEUGÈRE.

Le plus grand secret pour le bonheur, c'est d'être bien avec soi : naturellement tous les accidents fâcheux qui viennent du dehors nous rejettent vers nous-mêmes ; et il est bon d'y avoir une retraite agréable ; mais elle ne peut l'être, si elle n'a pas été préparée par les mains de la vertu.

—

L'envieux est malheureux de son malheur et du bonheur d'autrui.

—

L'esprit a ses besoins : ce qui peut être connu lui est nécessaire.

—

Celui qui ne perd pas de temps en a beaucoup.

XXVIII

HISTOIRE DE LA PAYSANNE DURAND

DU VILLAGE DE JOUCAS (DÉPARTEMENT DE VAUCLUSE)

A côté des malheurs qui sont comme le fonds commun de la vie, il y a des catastrophes extraordinaires qui ne sont pas épargnées même aux plus simples et aux plus petits. Que fera l'âme humaine devant ces malheurs singuliers et presque romanesques? Quelle force aura-t-elle égale à l'épreuve? Et si dans ces aventures qui, encore un coup, sont de toutes les conditions, les âmes se fortifient et s'agrandissent; si la hauteur des sentiments atteint tout à coup la hauteur même de la catastrophe, et cela souvent dans les personnages les plus humbles et les plus obscurs; si le malheur enfin, ce terrible visiteur de toutes les demeures, rencontre jusque dans les plus modestes chaumières des cœurs dignes de la lutte qu'il leur prépare, n'admirerons-nous pas ces éclats inattendus de la dignité et de la force de l'âme? ne serons-nous pas heureux de voir et de montrer que les plus grands sentiments et même les plus délicats, ceux, par exemple, de l'honneur, ceux de la fierté de soi-même et des siens, sont à l'usage de toutes les âmes? Et si, même après la première surprise et la première admiration, quelques doutes viennent nous forcer d'étudier de plus près une grande et belle action, jusqu'à ce que la vérité, recherchée avec un soin scrupuleux, nous apparaisse plus grande et plus belle encore que la légende qui nous était d'abord arrivée ; si là enfin, comme toujours, l'histoire vaut mieux que le roman, ne ressentirons-nous pas je ne sais quelle joie vaillante et généreuse en racontant une de ces actions qui témoignent de l'impérissable grandeur de l'âme, cette grandeur que Dieu a mise partout, en bas ou en haut de la société, comme pour nous montrer que son monde n'est pas réglé comme le nôtre, et qu'il y a une autre hiérarchie que celle que nous faisons?

Toutes ces conditions se rencontrent, si je ne me trompe, dans l'histoire de la paysanne Durand, du village de Joucas, dans le département de Vaucluse[1].

En 1821 un affreux assassinat fut commis à Joucas sur la personne de la veuve Boyer. Un paysan de ce village, nommé Durand, fut accusé d'avoir commis le crime. Beaucoup de témoignages se réunirent contre lui ; cependant il fut acquitté à une voix de majorité. Quand le verdict du jury fut prononcé, la femme de Durand, lequel, pendant les débats, avait toujours protesté de son innocence, s'avança devant le siège des magistrats, et la main levée, prenant le Christ à témoin, elle s'écria : « Mon mari est acquitté, mais il n'est pas lavé ; il est complètement étranger, je le jure, au crime affreux qu'on lui a imputé par suite de machinations infernales, et je prends ici l'engagement solennel devant Dieu qui m'entend, et devant vous, messieurs, qui êtes les représentants de sa justice sur la terre, d'amener bientôt sur ce banc d'infamie les véritables auteurs de l'assassinat de madame Boyer. »

L'assemblée tout entière fut saisie d'attendrissement en entendant ces paroles énergiquement prononcées ; mais cette émotion ne fit que s'accroître quand on vit comment, pendant sept années entières, la femme Durand a partout épié et surveillé ceux qu'elle soupçonnait d'être les coupables, allant dans les foires, dans les marchés, causant, questionnant, interrogeant tout le monde, rassemblant patiemment tous les indices, et, chaque jour de marché, allant a Apt communiquer ses découvertes aux magistrats. Un jour enfin, en 1828, ayant surpris par hasard un signe d'intelligence entre les nommés Chou et Bourgue, qui plus tard furent condamnés comme étant les vrais assassins de la veuve Boyer, elle les vit s'acheminer vers une maison isolée, près du village de Joucas ; ils y entrèrent et s'y renfermèrent. Madame Durand pensa que si elle pouvait les entendre causer ainsi tête à tête, elle parviendrait à surprendre dans leur entretien le secret qu'elle poursuivait depuis si longtemps, le secret de l'innocence de son mari.

---

1. L'Académie française a décerné un prix de 3,000 francs à cette femme intrépide. (Rapport du 19 avril 1858.)

La nuit arrivait ; madame Durand se glisse près de la maison, gravit un mur, arrive près de la chambre où se tenaient les deux hommes, se suspend à un treillage en fer qui montait près d'une croisée, et, comme les contrevents étaient à demi fermés, elle voit et elle entend Chou et Bourgue qui avaient une de ces conversations qu'ont presque toujours entre eux les complices d'un crime [1]. Bourgue accusait Chou d'être bavard et d'avoir trop parlé ; Chou demandait de l'argent pour se taire, et Bourgue, qui était le plus riche des assassins et le gendre même de la victime, payait encore une fois le silence de son complice. Enfin madame Durand était maîtresse du secret des coupables ; elle pouvait justifier l'innocence de son mari. Dès le lendemain elle allait à Apt révéler tout au procureur du roi.

Une nouvelle instruction eut lieu, onze accusés furent traduits devant la cour d'assises à Carpentras ; deux de ces accusés, Chou et Bourgue, furent condamnés à mort, et les autres à des peines plus ou moins fortes ; enfin surtout l'innocence de Durand, l'ancien acquitté, fut heureusement proclamée. L'acquittement de Durand était de 1822 ; la condamnation de Chou et de Bourgue de 1829. Madame Durand avait donc mis sept ans à rechercher, à découvrir la vérité, qui devait réhabiliter son mari ; sept ans de peine, de fatigues, de dangers, de soins, d'intelligence, de courage, de dévouement, et au bout de sept ans un jour de joie et d'honneur !

Ainsi cette courageuse femme ne voulut point avoir pour mari, pour père de ses enfants, un acquitté, mais un innocent. Elle a senti que l'honneur était plus exigeant que la loi ; que si les tribunaux s'arrêtent où le doute commence, la conscience ne doit s'arrêter qu'à la vérité ; elle a senti enfin que c'est une triste innocence que celle qui n'a droit qu'à l'estime du code pénal. N'est-ce pas là, il faut le dire bien haut, la vertu qui soutient la famille et la société ? Que seraient en effet les familles et les sociétés qui, dans l'ordre des devoirs de l'homme ou du citoyen, se contenteraient toujours du nécessaire et n'iraient jamais jusqu'au superflu ? Je ne sais pas si en 1822, au tribunal, madame Durand a exprimé tout cela dans un engagement solennel, mais je sais ce qu'elle a fait pendant sept ans. Trouvez-moi une parole plus éloquente que sept ans employés jour par jour à revendiquer l'honneur de son mari et de sa famille !...

Je n'ai plus qu'une réflexion à faire. Chaque fois que je lis les rapports que l'Académie fait sur les prix de vertu, je me souviens involontairement des paroles de Dieu au prophète : « Allez dans les rues de Jérusalem, cher-

---

1. Tous ces faits ont été constatés de la manière la plus authentique ; il le fallait, car en les lisant on est porté à dire avec le poëte :

Le vrai peut quelquefois n'être pas vraisemblable.

chez, voyez si vous trouvez quelque part un homme qui fasse le bien et qui cherche la foi, et si vous le trouvez, je serai favorable à cette ville et je la défendrai. » Quelle puissance a donc l'intercession de la vertu ici-bas, puisqu'un seul homme de bien, un seul juste suffit à sauver toute une ville? Et notez qu'il ne faut pas même que le juste oppose sa prière à la sévérité de Dieu, pour que Dieu préfère sa miséricorde à sa justice. La présence du juste dans la ville est une intercession muette qui sauve les pécheurs sans qu'ils le sachent. S'ils le savaient, en seraient-ils plus reconnaissants? Non ! Dieu seul sait, dans sa miséricorde, pourquoi et à cause de qui il sauve Jérusalem. Ne nous y trompons pas cependant, ce sont les vertus humbles et cachées, ce sont les vertus modestes et persévérantes qui sauvent les sociétés ici-bas ; ce sont elles qui mettent dans le monde cette dose de bien nécessaire à l'équilibre moral du monde.

Extrait du rapport de M. SAINT-MARC GIRARDIN.

XXIX

VÉRONIQUE

Quand Jésus, gravissant la funèbre colline,
Se traînait accablé du fardeau de sa croix,
La foule, qui raillait sa couronne d'épine,
Criait en ricanant : « Salut au roi des rois ! »

Et chacun lui jetait sa pierre et son outrage...
Et de hideux vieillards lui crachaient au visage...

Alors pour essuyer le visage divin,
Une femme arracha son beau voile de lin.

Cette femme pleurait... —

                    Une sainte chronique
Raconte qu'à la place où tombèrent ses pleurs,
Le sol fut azuré par un tapis de fleurs.

Connaissez-vous la fleur qu'on nomme véronique?

ANDRÉ LEMOYNE.

XXX

LES DROITS DE L'HOMME

Dieu a donné le droit évangélique non sous la forme directe, mais sous la forme du devoir. Il ne nous a pas dit : Voici vos libertés; il nous a dit : Voici vos obligations. Cette différence est capitale. Ce n'est pas que le devoir ne renferme le droit, comme le droit renferme le devoir. Je ne puis avoir un devoir à votre égard sans que vous ayez un droit sur moi, et vous ne pouvez être lié par un devoir envers moi, sans que j'aie un droit sur vous. Mais le droit est la face égoïste des relations, tandis que le devoir en est la face généreuse et devouée, et c'est pourquoi il y a toute la différence du ciel à la terre, du dévouement à l'égoïsme, entre constituer une société sur le devoir ou la constituer sur le droit. Aussi l'Évangile, qui est la naturalisation même de la charité, n'a pas été une déclaration des droits de l'homme, mais une déclaration de ses devoirs; et de là suit tout le système de la défense évangélique contre la persécution païenne. Quand Bossuet, parlant d'une manière plus générale de la défense du droit, a voulu en donner la formule dans sa *Politique sacrée*, il a écrit ce mot admirable que tout le monde connaît : *Il n'y a pas de droit contre le droit*. Cependant, quelque énergique et vraie que soit cette parole, ce n'est pas encore la formule véritablement chrétienne ; la formule véritablement chrétienne est celle-ci : *Il n'y a pas de droit contre le devoir*.

Qu'on attaque donc le droit évangélique dans la personne d'un enfant, d'une vierge, d'un vieillard, ils sont tout armés. Le roseau répondra comme Pie VII, de si douce et si bienveillante mémoire : « Sire, je puis bien vous céder mon droit, mais je ne puis pas vous céder mon devoir; je puis bien vous aimer, vous admirer, jusqu'à vous livrer ma vie, mais je ne puis pas vous livrer ma conscience ; je puis bien, ô empereur ! perdre pour vous toutes choses, mais non pas mon âme, car mon âme, c'est l'éternité, et l'éternité, c'est plus que Dieu, c'est l'homme et Dieu tout ensemble. » Voilà notre défense à tous. Entre nous et les persécuteurs, ce n'est pas le droit qui fait obstacle, mais le devoir, ce n'est pas l'égoïsme, mais le dévouement; le droit est derrière le devoir, caché et couvert par le bouclier divin.

LACORDAIRE.

XXXI

LES SCIENCES PHYSIQUES

La PHYSIQUE (d'un mot grec *nature*), prise dans le sens large de son éty-
mologie, est la science de tout l'univers.

C'est ainsi que l'entendaient les anciens. S'attachant exclusivement dans
l'étude du monde à la contemplation des grands spectacles, ils n'avaient
pas craint d'embrasser la nature entière dans le jet immense de leurs
pensées. Aujourd'hui la science vise à plus d'exactitude et de précision,
elle s'applique de préférence à l'observation matérielle des phénomènes.
Aussi s'est-elle prodigieusement accrue de faits et de remarques, sans conserver néanmoins la même grandeur et le même intérêt.

De cette nouvelle manière de cultiver la physique il est résulté, pour
l'intelligence, le besoin de ces moyens artificiels, de ces lignes de démarcation qui reposent l'esprit et fixent la mémoire des faits. Dès lors la
science a été partagée en plusieurs branches qui, toutes en particulier,
forment autant de sciences distinctes, malgré leur commune origine et
leurs nombreux points de connexion.

Ces différentes sciences spéciales sont : la *minéralogie,* qui distingue et
décrit les divers matériaux de notre globe ; la *chimie,* qui les analyse ; la
géologie, qui cherche à pénétrer les mystères de leur formation ; la *zoologie*
et la *botanique,* qui comptent les innombrables habitants de la terre et des
eaux ; l'*anatomie,* qui nous apprend ce que sont leurs organes ; la *physiologie,* qui nous indique ce qu'est leur vie ; la *physique,* qui nous révèle les
lois générales de la nature ; enfin l'*astronomie,* qui pèse et mesure les
corps célestes.

Toutes ces sciences s'occupent à rassembler des faits pour la solution de
trois grands problèmes : ce qu'est l'univers, ce qu'il a été et ce qu'il sera.
Cette route est semée d'utiles et sublimes leçons.

Dans la pratique, la physique et la chimie ont reçu des attributions res-
pectives qu'il importe de bien caractériser.

La physique étudie les propriétés les plus générales des corps, les phénomènes naturels qui n'altèrent point leur composition.

La chimie, au contraire, envisage les corps sous le point de vue de leur
nature intime et sous le rapport des composés qu'ils peuvent former par
leurs actions réciproques.

Ainsi, lorsque l'examen auquel on soumet les corps regarde leurs poids, leur porosité, la propriété particulière à quelques-uns d'entre eux, nommés liquides, de presser également dans tous les sens, de se mettre de niveau dans les tubes communicants, on fait de la physique. La décomposition du bois dans l'acte de la combustion, la conversion du sang veineux en sang artériel, par son contact avec l'air dans les poumons, la formation de la rouille sur le fer, du salpêtre sur les murs des caves et des habitations humides, sont au contraire des phénomènes qui appartiennent à la chimie.

La MÉCANIQUE, l'une des parties de la physique, considère l'effet des forces sur les corps. Elle comprend deux subdivisions : la *statique*, qui traite de l'équilibre, et la *dynamique*, qui recherche les lois du mouvement des corps solides. Les substances fluides et gazeuses forment aussi deux sections de la mécanique, savoir : l'*hydrostatique*, qui s'occupe de leur équilibre, et l'*hydrodynamique*, qui a pour objet leur mouvement.

Est-il besoin de proclamer ici l'importance des sciences physiques dans l'éducation, et l'heureuse influence qu'elles ont de tout temps exercée sur le travail matériel des peuples ? — Il est généralement reconnu que l'étude des sciences physiques est, de toutes les connaissances humaines, celle qui entre le mieux en harmonie avec le sentiment religieux. L'Être éternel qui préside à l'équilibre des mondes, cette suprême intelligence qui, suivant l'expression de Platon, géométrise sans cesse, apparaît certainement plus grande et plus sublime à mesure que l'univers est mieux compris. Si la religion peut rencontrer quelque part une base sérieuse, c'est à coup sûr dans l'étude des lois naturelles. Les sciences physiques donnent en outre de la variété et de l'étendue à nos connaissances, de la fixité à notre jugement, de la promptitude à nos aperçus. On ne peut enfin contester que le perfectionnement et la richesse des arts ne dépendent, en grande partie, de la pratique des sciences naturelles et surtout de celle des sciences physiques. N'est-ce point à ces dernières que nous devons le sucre de betterave, l'opération du blanchiment des toiles par le chlore, l'usage de cette substance pour tenir les contagions prisonnières et en détruire le germe ; la densité qui nous permet d'apprécier la richesse en matière sucrée des betteraves, des miels, des raisins et de toute espèce de fruits ; cette précieuse aiguille qui nous a fait trouver un nouveau monde d'où l'or coule sur l'ancien en flots abondants ; l'emploi de la vapeur, comme force motrice et comme moyen de parcourir l'espace sans coursiers visibles ; son application au chauffage des appartements ; les filtres de charbon, si utiles pour assurer la salubrité des eaux ; les applications importantes des lois de l'équilibre des solides à la construction des machines ; les télescopes, les microscopes, qui nous permettent de lire dans l'infini ; l'usage de l'ammoniaque dans la météorisation, et comme remède aux piqûres et aux morsures venimeuses ; le daguerréotype, cette nouvelle science d'Isis, qui saisit la nature sur le fait et nous la rend avec la plus scrupuleuse fidélité de traits, de couleurs et de contours ; enfin l'application de l'électricité à la transmission de la pensée, merveille qu'on eût regardée, il y a cent ans, comme une extravagante rêverie, et qui est telle que deux personnes, dont l'une serait placée à Pékin et l'autre à Paris, pourront se communiquer leurs pensées instantanément comme deux amis assis sur un même banc ou sur une même causeuse. On sait en effet que la vitesse de l'électricité, supérieure encore à celle de la lumière, parcourt plus de trois cent dix mille kilomètres en une seconde. Le fluide messager ferait donc plusieurs fois le tour du globe entre la demande et la réponse de la conversation la plus animée, c'est-à-dire dans un temps inappréciablement court.

FERDINAND P. O.

XXXII

LA NOUVEAUTÉ

Au bourg où règne la Folie,
Un jour la Nouveauté parut;
Aussitôt chacun accourut,
Chacun disait : « Qu'elle est jolie !
Ah! madame la Nouveauté,
Demeurez dans notre patrie;
Plus que l'esprit et la beauté
Vous y serez toujours chérie. »

Lors la déesse à tous ces fous
Répondit : « Messieurs, j'y demeure. »
Et leur assigna rendez-vous
Le lendemain, à la même heure.
Le lendemain elle parut
Aussi brillante que la veille;
Le premier qui la reconnut
S'écria : « Dieux! comme elle est vieille! »

HOFFMAN.

XXXIII

MORALITÉ

Tout ce qui vient de Dieu porte un cachet sublime :
Les rayons du soleil, la montagne et l'abîme,
L'abeille murmurante et les oiseaux chantants,
Les trésors de la terre et ceux des mers fécondes,
La brise des forêts et l'haleine des mondes,
Les fleurs et les enfants!

Mme LOUISE COLET.

XXXIV

L'AVENTURE EFFRAYANTE

Un jour je voyageais en Calabre : c'est un pays de méchantes gens qui, je crois, n'aiment personne et en veulent surtout aux Français. De vous dire pourquoi, cela serait long ; suffit qu'ils nous haïssent à mort et qu'on passe fort mal son temps lorsqu'on tombe entre leurs mains. J'avais pour compagnon un jeune homme d'une figure charmante... Dans ces montagnes, les chemins sont des précipices ; nos chevaux marchaient avec beaucoup de peine ; mon camarade allant devant, un sentier qui lui parut plus praticable et plus court nous égara. Ce fut ma faute ; devais-je me fier à une tête de vingt ans ? Nous cherchâmes, tant qu'il fit jour, notre chemin à travers ces bois ; mais plus nous cherchions, plus nous nous perdions, et il était nuit noire quand nous arrivâmes près d'une maison fort sombre. Nous y entrâmes, non sans soupçon ; mais comment faire ? Là nous trouvons toute une famille de charbonniers à table, où du premier mot on nous invita. Mon jeune homme ne se fit pas prier ; nous voilà mangeant et buvant, lui, du moins, car pour moi j'examinais le lieu et la mine de nos hôtes. Nos hôtes avaient bien mines de charbonniers ; mais la maison, vous l'eussiez prise pour un arsenal : ce n'étaient que fusils, pistolets, sabres, couteaux et coutelas.

Tout me déplut, et je vis bien que je déplaisais aussi. Mon camarade, au contraire, il était de la famille, il riait, il causait avec eux ; et par une imprudence que j'aurais dû prévoir (mais quoi! s'il était écrit...), il dit

d'abord d'où nous venions, où nous allions, que nous étions Français ;
imaginez un peu ! chez nos plus mortels ennemis, seuls, égarés, si loin de
tout secours humain ! Et puis, pour ne rien omettre de ce qui pouvait nous
perdre, il fit le riche, promit à ces gens, pour la dépense et pour nos
guides le lendemain, ce qu'ils voulurent. Enfin il parla de sa valise, priant
fort qu'on en eût grand soin, qu'on la mît au chevet de son lit ; il ne voulait point, disait-il, d'autre traversin. Ah ! jeunesse ! jeunesse ! que votre
âge est à plaindre !

Le souper fini, on nous laisse ; nos hôtes couchaient en bas ; nous, dans
la chambre haute où nous avions mangé. Une soupente élevée de sept à
huit pieds, où l'on montait par une échelle, c'était là le coucher qui nous
attendait : espèce de nid dans lequel on s'introduisait en rampant sous des
solives chargées de provisions pour toute l'année. Mon camarade y grimpa
seul et se coucha tout endormi, la tête sur la précieuse valise ; moi, déterminé à veiller, je fis bon feu et m'assis auprès. La nuit s'était déjà passée presque entière assez tranquillement, et je commençais à me rassurer,
quand sur l'heure où il me semblait que le jour ne pouvait être loin, j'entendis au-dessous de moi notre hôte et sa femme parler et se disputer ; et
prêtant l'oreille par la cheminée, qui communiquait avec celle d'en bas, je
distinguai ces propres mots du mari : *Eh bien, enfin, royons, faut-il les
tuer tous deux ?* A quoi la femme répondit : *Oui*. Et je n'entendis plus rien.

Que vous dirai-je ? Je restai respirant à peine, tout mon corps froid
comme un marbre ; à me voir, vous n'eussiez su si j'étais mort ou vivant.
Dieu ! quand j'y pense encore !... Nous deux, presque sans armes, contre
eux douze ou quinze, qui en avaient tant ! et mon camarade mort de sommeil et de fatigue ! L'appeler, faire du bruit, je n'osais : m'échapper tout
seul, je ne pouvais, la fenêtre n'était guère haute, mais en bas deux gros
dogues hurlant comme des loups. En quelle peine je me trouvais, imagi-
nez-le si vous pouvez. Au bout d'un quart d'heure, qui fut long, j'entendis
sur l'escalier quelqu'un, et, par la fente de la porte, je vis le père, sa
lampe dans une main, dans l'autre un de ses grands couteaux. Il montait,
sa femme après lui, moi derrière la porte ; il ouvrit, mais avant d'entrer,
il posa sa lampe, que sa femme vint prendre, puis il entra pieds nus, et
elle dehors lui disait à voix basse, masquant avec ses doigts le trop de
lumière de la lampe : *doucement, va doucement*. Quand il fut à l'échelle, il
monta, son couteau dans les dents, et venu à la hauteur du lit de ce pauvre
jeune homme étendu, offrant sa gorge découverte, d'une main il prend
son couteau, et de l'autre... ah ! cousine... il saisit un jambon qui pendait
au plancher, en coupe une tranche et se retire comme il était venu. La
porte se referme, la lampe s'en va, et je reste seul à mes réflexions.

Dès que le jour parut toute la famille, à grand bruit, vint nous éveiller, comme nous l'avions recommandé. On apporte à manger, on sert un déjeuner fort propre, fort bon, je vous assure. Deux chapons en faisaient partie, dont il fallait, dit notre hôtesse, emporter l'un et manger l'autre. En les voyant, je compris enfin le sens de ces terribles mots : *Faut-il les tuer tous deux ?* Et je vous crois, cousine, assez de pénétration pour deviner à présent ce que cela signifiait.

P. L. COURIER. (Extrait de sa correspondance.)

XXXV

ARTS ET MÉTIERS

LE MARÉCHAL FERRANT

Dès que l'aspirant maréchal ferrant a fini son apprentissage, qui dure ordinairement de trois à quatre ans, il s'empresse de se faire recevoir compagnon du devoir. Il commence son tour de France sous la protection du grand saint Éloi, patron des forgerons, lequel n'a certainement jamais ferré un cheval, mais qui en aurait pu ferrer beaucoup, s'il l'avait eu pour agréable,

La boutique du maréchal est ordinairement riveraine d'une grande route ou d'une grande rue de faubourg. L'intérieur en est imposant : ce ne sont qu'enclumes formidables, marteaux dignes des bras des cyclopes, pour lesquels ils sont faits ; le tout éclairé par la lumière ardente et rouge que lance le soufflet de la forge.

C'est dans cet intérieur que se forgent les fers des chevaux, les essieux des voitures ou chariots, les bandes des roues ; mais généralement la besogne s'achève hors de la boutique, soit qu'il s'agisse du ferrage des chevaux, de celui des roues ou de quelque gros ouvrage, car tous les instruments aratoires sont du ressort du maréchal, et l'on peut dire qu'il est la providence des cultivateurs.

Le *maréchal ferrant*, cet homme si éminemment utile, a souvent le tort, il faut bien l'avouer, d'empiéter sur le domaine du maréchal expert ou vétérinaire ; il saigne, cautérise, pose les sétons, ordonne des remèdes, et souvent même se charge de leur préparation ; mais si l'étude lui manque, il a pour lui l'expérience, ce grand maître qui enseigne tant de choses ; si ses prescriptions ne sont pas toujours selon la science, elles ne sont presque jamais contre le bon sens, et en général il guérit plus de malades qu'il n'en tue. Y a-t-il beaucoup de médecins ou de vétérinaires dont on en puisse dire autant?

La profession de maréchal ne demande pas seulement beaucoup d'intelligence, elle exige en outre une force athlétique. On raconte à ce sujet que le comte de Saxe, dont la force physique passait pour surhumaine, traversant un jour un village, à cheval et sans suite, s'arrêta à la boutique d'un maréchal pour faire remettre un fer à sa monture.

« Je veux, dit-il, un fer bien forgé, exempt de paille; voyons ce que vous avez de mieux. »

Le maréchal lui en présente plusieurs; le comte en prend un, le casse entre ses doigts, sans paraître faire le moindre effort. Un second, un troisième ont le même sort.

« Je vois que vous n'avez pas ce qu'il y a de mieux, dit-il en souriant; mais je sais, au besoin, me contenter de ce que je trouve; mettez donc à mon cheval celui que vous croirez le moins mauvais. »

Le maréchal, qui n'avait pas paru surpris de la force prodigieuse dont le comte venait de faire preuve, se met à l'œuvre. La besogne terminée, le comte jette un écu de six francs sur l'enclume; l'artisan prend la pièce, et de ses larges doigts noirs il la casse en deux, comme un autre eût fait d'un morceau de carton.

« Si mes fers ne sont pas bons, dit-il, il paraît que votre argent ne vaut guère mieux. »

Le comte n'en pouvait croire ses yeux; il jette un second écu, un troisième, un quatrième, qui sont tous cassés comme le premier.

« J'ai perdu la partie, dit-il; ramassez les morts, mon garçon, et ne rudoyez pas ces deux louis, afin qu'ils restent entiers. Vous pouvez vous vanter d'être plus fort que le comte de Saxe. »

Ce comte était vraiment un homme extraordinaire; c'est lui qui, au moment de monter à cheval, faisait emplir de vin une de ses bottes fortes et vidait d'un trait ce gobelet de nouvelle espèce, qui contenait plus de six bouteilles : il appelait cela boire le coup de l'étrier.

Les bénéfices du maréchal ferrant sont peu considérables; aussi les ouvriers ne gagnent-ils guère que de vingt à trente francs par mois et la nourriture, et le maître, après une vie longue et laborieuse, se trouve heureux de s'être assuré un gîte et du pain jusqu'à son dernier jour. Quelle admirable résignation, et que de cœurs généreux battent sous les habits des artisans !

Almanach des métiers.

XXXVI

CURIOSITÉS SCIENTIFIQUES

POURQUOI ET PARCE QUE

Pourquoi, lorsqu'on va à la chasse et qu'on tire un oiseau de loin, vise-t-on au-dessus de l'animal ? — Comment arrive-t-il qu'une personne, en crachant par la portière d'un carrosse, et dans une direction transversale à la route, peut atteindre le villageois qui vient à la rencontre de la voiture ?

On démontre en *statique* (partie de la mécanique qui traite de la composition et de la décomposition des forces) que, quand deux forces agissent sur un même point matériel, suivant deux directions qui forment un angle, leur résultante est égale en grandeur et en direction à la diagonale du parallélogramme construit sur les lignes qui représentent ces deux forces.

La réponse aux deux questions précédentes découle naturellement de ce principe. En effet, la balle, en s'échappant du fusil, sera incessamment sollicitée par la pesanteur, dont l'intensité se combine avec l'impulsion donnée au projectile, pour faire suivre à ce dernier une direction mixte, moins élevée que celle qu'il semblait devoir parcourir, et plus rapprochée de l'objet qu'il s'agit d'atteindre. Cette direction, de forme circulaire, est communément appelée *trajectoire*. On conçoit que sa convexité augmentera avec son étendue et sa distance de la surface de la terre.

Pareillement, lorsqu'une personne crache par la portière d'un carrosse et dans une direction transversale à la route, les matières projetées, participant tout à la fois du mouvement de la voiture et de l'impulsion qu'elles ont reçue, ne suivront ni l'une ni l'autre de ces deux directions, mais bien la diagonale du parallélogramme construit sur les deux forces sollicitantes. Or c'est précisément dans cette diagonale que se trouve le villageois qui vient à la rencontre de l'équipage. Une semblable raison explique comment le charretier maladroit qui se jetterait transversalement au bas de sa voiture, croyant tomber sur le gazon de la route, viendrait, bien malgré lui, se heurter contre l'un des tas de pierres disposés sur la berge.

Pourquoi une personne borgne de l'œil gauche, se regardant au miroir, voit-elle une figure borgne de l'œil droit ?

Dans les miroirs plans, l'image d'un point lumineux paraît toujours derrière le réflecteur à une distance égale à celle de l'objet par rapport au miroir. En un mot, les images sont symétriques aux objets. Elles leur sont identiquement semblables. Ainsi, toutes les parties reproduites ont, par rapport à la surface postérieure du miroir, une même situation que les parties de l'objet relativement à la surface antérieure. C'est ainsi qu'une glace renverse les lettres comme si nous en tirions une contre-épreuve, ou comme si on regardait le papier à l'envers. Pour les redresser, il faut une seconde glace. Si, dans un miroir, il semble à la personne qui s'y regarde qu'elle écrit de la main gauche, ce n'est pas pour une raison différente. Enfin, on comprend de même pourquoi l'image d'un objet horizontal se trouve relevée par un miroir incliné de 45°. La symétrie exige, en effet, que l'image et l'objet fassent le même angle avec le réflecteur.

FERDINAND P. O.

XXXVII

LE DENIER DE LA VEUVE

LÉGENDE ÉVANGÉLIQUE

La foule des Hébreux au temple réunie,
Attentive écoutait le sublime génie
Qui, messager d'en haut, par ses simples discours
Des lois du monde entier venait changer le cours.
« O mes frères, disait le maître des apôtres,
Soyez bons ; aimez-vous toujours les uns les autres ;
Aimez-vous ; autrement, dans vos cœurs desséchés
La haine ne ferait germer que les péchés,
L'égoïsme hideux, la calomnie infâme,
Et l'avarice enfin, cette lèpre de l'âme.
Ici je vous le dis à tous en vérité,
La palme du salut naît de la charité.
Gardez-vous d'imiter ces publicains avides
Qui sous leurs toits jamais ne rentrent les mains vides.
La soif d'accumuler brûle leur triste cœur,
Et le pauvre, pour eux, est un objet d'horreur :
Le pauvre vaut pourtant qu'on l'aime et le révère ;
C'est un être sacré puisqu'il est votre frère.
Vous devez, s'il appelle, à son aide courir,
Le vêtir, s'il est nu, s'il a faim, le nourrir,
Et s'il est sans foyer, l'accueillir avec joie,
Comme un hôte chéri que le ciel vous envoie.
Trésoriers du malheur, réservez lui toujours
L'obole nécessaire au soutien de ses jours.

Le don le plus léger vaut la plus riche offrande;
Nul présent n'est petit quand la misère est grande,
Et récoltant beaucoup en ne semant que peu,
Par l'amour du prochain l'homme monte vers Dieu. »

Comme une douce pluie, amollissant la terre,
Gonfle de la moisson le germe salutaire,
Tel, du haut de la chaire où Jésus est assis,
Le Verbe, s'épanchant dans les cœurs endurcis,
Fait surgir la pitié; les assistants s'émeuvent;
Tous s'approchent du tronc; leurs offrandes y pleuvent.

Or, dans Jérusalem une femme vivait
Qui, veuve chaste et pure, en son sein conservait
D'un époux bien-aimé la mémoire fidèle,
Des plus douces vertus persévérant modèle,
Solitaire, habitait un tranquille séjour,
Gagnant par son fuseau le pain de chaque jour.
La nuit, quand tout dormait elle filait encore,
Et la lampe parfois veillait jusqu'à l'aurore.
Étrangère aux plaisirs, mais non point au bonheur,
Sa joie était de voir les fêtes du Seigneur,
Et, soignant l'indigent sur son lit de souffrance,
De verser dans sa coupe un baume d'espérance.

Placé tout près du tronc qui, dans ses vastes flancs,
S'applaudit d'entasser tant de dons opulents,
Jésus la voit venir, baisser un œil pudique,
Et, comme rougissant de son tribut modique,
A cette large aumône ajouter en secret
Le denier qu'au malheur sa vertu consacrait;
Puis elle se retire et, sous son toit modeste,
Du jour, dans le travail, va terminer le reste.
Sur cette pauvre veuve en ce concours pieux
Aucun des assistants n'avait jeté les yeux,
Et des Pharisiens les offrandes multiples
Seules avaient du Christ étonné les disciples.
Alors Jésus : « Amis! révérez avec moi
Celle qui fait le bien comme le veut la loi.
Les autres, étalant un luxe de largesse,
Donnent le superflu de leur vaste richesse;
Elle, du fond de l'âme aimant les malheureux,
Travaille, amasse, épargne et se prive pour eux.

Dans la balance, au jour de la dernière épreuve,
Pesé par l'Éternel le denier de la veuve
Aura plus de valeur que les mille trésors
Dont ce tronc charitable est comblé jusqu'aux bords.
L'humble de cœur à Dieu plaît mieux que le superbe,
Et souvent c'est l'épi qu'il préfère à la gerbe.
Le peu qui lui restait, la veuve l'a donné.
Si donc elle pécha, qu'il lui soit pardonné !
Du ciel par vos respects anticipez l'hommage,
Et saluez en elle une touchante image
Du pauvre qui, sensible à la douce pitié,
De son pain noir au pauvre accorde la moitié.
Ainsi la Charité, qu'elle glane ou moissonne,
Dans le champ des bienfaits ne délaisse personne,
Et de grains abondants pour remplir ses greniers,
Le puissant a de l'or, l'indigent des deniers.
De chaque œuvre témoin, Dieu la juge et dispense
Au mal son châtiment, au bien sa récompense.
Les avares sont tous réprouvés et maudits,
Et la clef de l'aumône ouvre le paradis. »

A. BIGNAN.

XXXVIII

BLOIS ET LE DÉPARTEMENT DE LOIR-ET-CHER.

Blois, le 23 septembre 1858.

C'est après avoir visité la grotte de Notre-Dame de la Balme que je
vous écrivais la lettre, trop longue peut-être, où j'ai cherché à vous donner
une idée du spectacle curieux qui venait de frapper nos yeux. Mon frère
et ma sœur me quittèrent à Lyon pour revenir à Paris; je pris ma route
d'un autre côté, et me voilà dans le meilleur hôtel de Blois, d'où je vous
écris pour que vous n'oubliiez pas trop vite celui que les exigences de sa
condition entraînent trop souvent loin de ceux qu'il aime. Il faut pourtant
s'y résigner, et d'ailleurs je n'ai point trop à m'en plaindre. Si la vie que
je mène a ses fatigues, elle a aussi ses agréments, et ma philosophie s'en
arrangerait assez bien sans de trop fréquentes et de trop longues absences.
Mon cœur en souffre, mais la raison me dit, comme la justice divine au
juif errant : « Marche !... » Plus heureux que lui, si j'en crois la légende,

je me reposerai enfin sur les bords de la Seine, près de mon père et de ma mère, la meilleure des femmes ; près de mon frère et de ma sœur, et aussi de quelques bons amis. Puisse le temps, toujours trop pressé dans sa course, me conserver d'ici là ceux que je ne nomme pas, mais qui me sont bien chers, car je leur dois le bonheur de les aimer !

En attendant, c'est près d'une fenêtre toute grande ouverte que je vous écris ; la Loire étend sous mes yeux ses belles eaux ; le ciel est pur et serein ; tout est calme autour de moi, et les petits oiseaux seuls chantent sous les feuilles des arbres plantés devant la maison.... Vive Dieu ! ne nous plaignons pas trop.

Que vous dirai-je de Blois (en latin *Blesæ*)? Qui ne vous a pas entretenu de cette ville historique ? Avant Grégoire de Tours (539-95), avant ce courageux défenseur de l'évêque Prétextat et de l'imprudent Mérovée contre Chilpéric Ier et l'horrible Frédégonde, la ville de Blois, qui devint plus tard, le séjour favori des Valois, était déjà considérable. C'est ici que naquit le bon roi Louis XII (1498-1515); c'est ici que se plurent à résider François Ier (1515-47), Charles IX (1560-74), qui, tout poète qu'il était, fit ou laissa faire la Saint-Barthélemi; le faible Henri III (1574-89), qui *devint lâche roi d'intrépide guerrier* (Voltaire), et dont le sang coula sous le fer du fanatisme.

Deux fois, pendant les guerres de religion, les états généraux s'assemblèrent à Blois (1577-1588), et c'est à cette dernière date que l'*édit d'union* fut proclamé une loi d'État, et que Henri III se proclama le chef de la *ligue;* mais ses mains étaient trop faibles pour tenir les rènes de l'État, et le crime fut sa force : force trompeuse, qui n'eut d'autres effets que 'la plus affreuse catastrophe.

Enfin, triste et dernier souvenir historique qui s'attache à cette ville, c'est à Blois que l'impératrice Marie-Louise se réfugia quand les ennemis, parmi lesquels était son père, s'emparèrent de la capitale, après un suprême et dernier effort de notre brave armée pour la défendre.

La ville est bâtie à mi-côte ; la Loire la traverse; au midi s'étend une plaine aussi vaste que fertile. C'est un des plus beaux sites de France, et je me demande pourquoi nos *touristes* vont chercher si loin ce qui n'est maintenant, grâce au chemin de fer, qu'à quelques heures de Paris. Mais c'est ainsi que nous sommes faits, et je crois qu'il y a plus d'amour-propre que de véritable sentiment des beautés de la nature dans cette curiosité qui nous pousse, loin de notre France, en Italie, en Suisse ou sur les bords du Rhin.

Je ne vous parlerai ni des rues ni des maisons de Blois. Les faiseurs de *géographies* vous diront que l'ensemble de ses édifices et de ses prome-

nades en fait un séjour délicieux. Je conviens que Blois peut être fort
agréable aujourd'hui pour ceux qui ne l'habitent qu'en passant; mais je
crois savoir aussi que les gens du pays ne pensent pas de même, en général. Malgré ses quatorze ou quinze mille habitants, c'est une petite ville,
m'a dit un de mes voisins, avec tous les désagréments des petites villes ;
mais mon cher voisin est peut-être un esprit mal fait; il ne faut pas trop
tenir compte de ses malins propos.

Pour moi, ce qui m'a frappé, c'est le pont en pierre qui fait communiquer les deux parties de la ville. Il est orné d'une colonne sur laquelle sont
écrits ces mots :

« Ce pont, commencé en 1717, achevé en 1724, fut le premier ouvrage.
public du règne de Louis XV. Des ordres imprudents *en* firent commencer *la* démolition au mois de novembre 1793. Il a été rétabli par
les soins de M. Corbigny, préfet de Loir-et-Cher, l'an 1804, le premier
du règne de Napoléon. » J'ai fait disparaître de cette inscription, en la
transcrivant, une faute de français; mais c'est peu de chose, et le pont n'en
est pas moins beau.

Les monuments les plus remarquables de la ville de Blois sont la pré-
fecture et le château. C'est dans ce dernier que le duc de Guise fut assas-
siné, en 1588, par ordre et sous les yeux de Henri III. Quel était ce duc de
Guise ? Voici ce qu'en dit l'auteur de la *Henriade :*

> Nul ne sut mieux que lui le grand art de séduire ;
> Nul sur ses passions n'eut jamais plus d'empire,
> Et ne sut mieux cacher sous des dehors trompeurs
> Des plus vastes desseins les sombres profondeurs.

Les embrassements de Henri III, sa participation au sacrement de
l'eucharistie, n'étaient que mensonges ; c'est odieux ; cela déshonore le
prince qui recourt à de honteux moyens pour surprendre et abattre son
ennemi ; mais ce qu'il faut admirer, c'est la réponse que Crillon fit au roi,
lorsque celui-ci osa lui proposer de servir ses sinistres projets : « Je me
battrai contre lui, dit-il, mais je ne l'assassinerai point ; il me tuera ou je
le tuerai ; mais mon honneur et celui de mon roi seront du moins à
couvert. »

Belles et nobles paroles que l'histoire ne doit pas oublier !

Les mœurs, le caractère et le langage des habitants de Blois ont dû se
ressentir du séjour que les rois y ont fait, suivis de leur cour et de tout
l'appareil dont s'environne la majesté royale ; mais suit-il de là nécessairement que ce soit à Blois qu'on parle le mieux la langue française ? Je ne le
crois pas ; l'éducation a détruit sans doute l'âpreté des mauvaises habi-

tudes; la politesse s'y fait remarquer jusque dans les choses les plus indifférentes; le langage s'est épuré par le contact avec les hommes bien élevés, il a une simplicité qui plaît; mais il y a loin de là à cette supériorité qu'on attribue au langage des Blaisois. Mercier a fait à cet égard une réflexion fort sage : « C'est une sottise, dit-il, que de dire : *on parle bien dans tel canton*. On parle bien partout, ou plutôt on ne parle bien nulle part, parce que les langues ne sont point aux hommes, mais à l'homme. La langue n'est point dans la manière de demander du pain ou d'appeler son chien ; elle est dans la peinture, dans l'expression des idées, et l'homme qui parle le mieux est l'homme dont l'imagination est la plus large. » Tous les habitants de Blois en sont-ils là? Ne serait-ce pas une prétention un peu exagérée?

Je ne vous dirai rien des dames de Blois; j'en ai connu qui étaient fort gracieuses. — Toutes le sont-elles ? — Je le crois ; mais je ne veux pas m'exposer, en vous l'affirmant, à la méprise d'un voyageur anglais, Smolett, historien et auteur du roman de *Roderick Random*, qui ayant eu, dit Voltaire, une petite difficulté avec son hôtesse. laquelle avait les cheveux un peu trop blonds, mit sur son album : « *Nota benè :* Toutes les femmes de Blois sont rousses et acariâtres. »

Que les environs de Blois sont charmants! quels admirables points de vue! comme presque tous les sites sont pittoresques! Partout des débris de monuments ou des monuments entiers qui charment le voyageur.

D'une montagne appelée la *Butte des Capucins* [1], et provenant de terres enlevées dans un lieu voisin pour former un chemin creux, on découvre le château de Chambord, sur lequel François Iᵉʳ épuisa toutes les ressources de sa puissance et du génie du Primatice. Les tours, les tourelles, les ornements dont il se compose lui donnent l'aspect d'une ville. On y compte, dit-on, plus de quatre cents chambres, mais je n'ai pas vérifié le fait; l'on peut y loger plus de douze cents chevaux. Dix-huit cents ouvriers y ont travaillé douze ans sans interruption. C'est sur le théâtre de ce château que furent représentées pour la première fois, devant Louis XIV, les charmantes comédies du *Bourgeois gentilhomme* et de *Monsieur de Pourceaugnac*. Louis XV, pour reconnaître d'une manière éclatante les services rendus à la patrie, fit en 1748 présent du château de Chambord au maréchal de Saxe. Les plaisirs, les grâces et la gloire l'habitèrent jusqu'à la mort du héros. Il avait été possédé auparavant par le roi Stanislas; il

---

1. Un honorable habitant de Blois m'a assuré, sans m'en fournir une preuve directe et certaine, que cette *butte* était l'œuvre de Charles de Blois qui, dans une disette, fit exhausser la butte des Capucins, afin de donner du travail et du pain aux malheureux qui en manquaient.

le fut depuis par le maréchal Berthier, et fut offert au duc de Bordeaux en 1822.

Dois-je vous dire maintenant que la ville de Blois a un évêché, un aqueduc romain, de nombreuses fontaines, une bibliothèque publique, une société d'agriculture? On y fabrique des gants, de la faïence, du vinaigre, du jus de réglisse, etc. C'est la patrie du médecin Bernier et de Denis Papin, célèbre physicien, qui le premier connut toute la puissance de la vapeur.

Parmi les villes du département de Loir-et-Cher on cite Romorantin, qui n'est pas, dit-on, sans agréments. On y trouve des manufactures de drap, une jolie promenade, quelques belles rues. C'est contre cette ville que l'artillerie fut mise en usage pour la première fois (1356). Un poëte a dit à ce sujet :

> Jadis avec moins d'art, au milieu des combats,
> Les malheureux mortels avançaient leur trépas ;
> Avec moins d'appareil ils volaient au carnage,
> Et le fer dans leurs mains suffisait à leur rage[1].

C'est à Romorantin, jadis capitale de la Sologne, que naquit Claude de France, femme de François Ier. En 1560 le chancelier de l'Hôpital fit rendre le célèbre *édit de Romorantin*, qui sauva la France de l'établissement de l'inquisition.

Je ne veux pas oublier Vendôme, sur le Loir, dont le collége fut fondé par les oratoriens. Il y a à Vendôme une belle église, un quartier de cavalerie établi dans une ancienne abbaye de bénédictins. Ce fut François Ier qui érigea Vendôme en duché-pairie en faveur de Charles de Bourbon, grand-père de Henri IV. C'est dans le château de cette ville que les principaux d'entre les seigneurs protestants s'assemblèrent deux fois pour jurer d'abaisser la puissance des Guises et concertèrent le plan de la conjuration d'Amboise (1560). Le chef ostensible des conjurés était Georges Bapai de la Renaudie; mais le véritable chef était le prince de Condé. Elle fut découverte par la trahison d'Avenelle, avocat de Paris; la Renaudie fut pendu, et le prince de Condé fut forcé d'affirmer par serment qu'il était étranger à cette conspiration. Horace, cet Horace que vous aimez tant, a eu raison de dire que c'est sur les instruments qu'ils emploient que retombe la peine de la sottise des princes.

Le département de Loir-et-Cher est un pays sain et fertile. Le sol n'a de

---

1. Qu'eût dit Voltaire, s'il avait connu les terribles effets de nos canons rayés. Magenta et Solferino ont prouvé (1859) les progrès que nous avons faits dans l'art de la destruction.

montagnes qu'autant qu'il en faut pour détruire la monotonie. Un riche habitant des environs de Blois, qui est venu se marier à Paris, dans votre cher quartier du Marais, m'a souvent entretenu des vignes et des jardins qui couvrent ces montagnes, des rivières qui serpentent au pied et des moissons qui entretiennent une nombreuse et belle population; on y compte, m'a-t-il dit, six cent soixante habitants par lieue carrée. Il est un tant soit peu gourmand, et ce n'est pas sans un sentiment de reconnaissance qu'il parle du gibier, du poisson, de la volaille, qui abondent dans cette heureuse contrée. Ne vante-t-on pas partout les excellentes crèmes connues sous le nom de *Saint-Gervais?*

Les habitants ont un penchant décidé pour l'agriculture, et ils semblent n'avoir pour le reste qu'un profonde indifférence. Doux, simples, modestes, amis du travail, ils n'ont pour guides, ajoute mon correspondant, qu'une conscience pure, et pour frein qu'une religion sainte. Il convient qu'on ne peut pas exiger d'eux de grands travaux d'esprit ni d'éclatantes actions, malgré quelques hommes plus ou moins célèbres qui sont nés parmi eux, entre autres le fameux Ronsard, que son siècle surnomma le prince des poëtes; sa gloire est bien tombée aujourd'hui.

HENRI BASSOT. (Extrait d'une correspondance inédite.)

XXXIX

BELLES PAROLES DU CHANCELIER DE L'HOPITAL

Celui que les faveurs de la fortune n'ont pas enivré supportera facilement une disgrâce; peut-être même, au sein de l'exil, se sentira-t-il plus à l'aise, plus content et plus libre, que lorsqu'il était entouré de toutes les séductions du monde et des cours. Un grand homme, au fond de sa retraite philosophique, le chancelier de l'Hôpital, cet homme *si pur sous le règne du crime*, a dit un poëte, mais que l'intrigue avait éloigné de la direction des affaires, disait à ceux qui paraissaient vouloir le consoler :

« Ce n'est pas moi qu'il faut plaindre, mais bien plutôt mes ennemis; je vis heureux et tranquille; ils ne pourraient en dire autant; ils me rendent à mes goûts les plus chers; ils m'ont placé loin des orages, au milieu de mes amis les plus fidèles, les plus constants, de ces amis de ma vieillesse comme de mon adolescence, de ces livres qui font mes délices. »

Cicéron pensait ainsi, et c'est à ses livres qu'il demanda de le consoler de la mort de sa fille.

XL

DES ÉCHOS

Tant que la masse d'air par l'intermédiaire de laquelle le son se propage est indéfinie, les ondulations sonores se développent et s'étendent autour du centre ébranlé, sans se confondre ni se détruire. Mais si les rayons sonores rencontrent un obstacle, comme le creux d'un rocher, le flanc d'une montagne, les arbres d'une forêt, la voûte d'une église, ils seront aussitôt réfléchis à la manière de la chaleur et de la lumière, c'est-à-dire en faisant l'angle de réflexion égal à l'angle d'incidence. Cela veut dire que la ligne de propagation d'un rayon quelconque, au moment où il vient se briser contre l'obstacle, et la direction suivie par ce même rayon, lorsqu'il se réfléchit en se portant en arrière, déterminent deux angles égaux.

La réflexion du son à la rencontre des obstacles qu'il vient frapper peut donner naissance à deux effets : une *résonnance* et un *écho*.

Pour déterminer les conditions nécessaires à la production d'un écho, observons, comme un fait de l'expérience, qu'il est à peu près impossible de prononcer nettement plus de dix syllabes en une seconde, ou bien une syllabe en moins d'un dixième de seconde. Or le son parcourt 337 mètres en une seconde, ou bien $33^m,7$ en 1 dixième de seconde, ou enfin $16^m,9$ en 1 demi-dixième. Si donc on se trouve à une distance de $16^m,9$, ou, en nombre rond, à 17 mètres d'un mur capable de réfléchir le son, et que l'on profère une syllabe, le son mettra, pour aller et revenir, juste le temps qui a été nécessaire (1 dixième de seconde) pour articuler l'émission de voix. La syllabe réfléchie arrivera donc à l'oreille à l'instant où la syllabe prononcée cesse de se faire entendre. Si le corps réfléchissant est à moins de 17 mètres de l'observateur, le son réfléchi se confondra avec le son direct, et on ne pourra les distinguer. Dans ce cas il y aura une *résonnance* dont l'effet sera de prolonger le son. Si au contraire, l'éloignement surpasse 17 mètres, les deux sons seront parfaitement distincts, et alors seulement nous aurons un véritable écho. « Telle est cette invisible divinité des antres et des roches, si vantée par les poëtes, et en qui toute voix et tout sentiment semblent se personnifier : plaintive avec la bergère qui se plaint ; joyeuse avec le jeune enfant dont la joie éclate ; menaçante avec l'homme dont le courroux se répand en menaces. »

Les résonnances se font entendre dans les lieux fermés et peu spacieux. Elles deviennent souvent incommodes pour les personnes qui écoutent un orateur, mais elles peuvent être favorables à l'orateur lui-même, en soutenant sa voix et lui donnant plus d'éclat. Les résonnances sont avantageuses dans les endroits où l'on se propose de faire de la musique.

L'écho répète les sons dans les proportions suivantes : à une distance de 17 mètres, il ne redit qu'une syllabe; à 34 mètres, il en reproduit deux ; à 51 mètres, trois, etc. Dans le premier cas, il est appelé monosyllabique; dans les autres, il est dit polysyllabique. Outre cette distinction, on remarque encore les échos simples et les échos multiples. Les premiers ne répètent qu'une fois les sons; les seconds les redisent plusieurs fois de suite, jusqu'à ce que leur affaiblissement progressif les ait anéantis pour l'oreille.

On trouve des échos à chaque pas : c'est surtout dans les bois, les pays de montagnes, etc., qu'ils sont le plus fréquents. Aussi les poëtes ont-ils placé l'habitation de leur prétendue divinité dans les vallées, près des rochers et des bocages. On cite dans diverses parties de l'Europe, des échos simples et redoublés extrêmement remarquables. Parmi ceux de la première espèce, il en est un qui redit nettement le premier vers de l'*Énéide*, de Virgile. On en signale un du dernier genre, celui du château de Simonetta, en Italie, qui répétait le même son jusqu'à quarante fois. Il était produit par deux murs parallèles, dans l'un desquels se trouvait une fenêtre d'où celui qui parlait entendait l'écho. Pour expliquer ce phénomène, et en général tous les échos multiples, on admet que des surfaces parallèles entre elles réfléchissent les sons absolument de la même manière que deux glaces, placées l'une en face de l'autre, multiplient les effets de la lumière. Cette comparaison se trouve justifiée par les principes de la géométrie et de la physique. Ajoutons enfin, qu'on rencontre des échos qui répètent le son avec fracas, tandis que d'autres le redisent avec un rire moqueur, ou lui donnent un accent plaintif, etc. Tout cela est dû à des circonstances locales qu'il est assez difficile d'assigner.

FERDINAND P. D.

XLI

LES ÉPIS D'UN GLANEUR

La réponse de Triboulet, le bouffon de François Ier, est connue de tout le monde. Il vint se plaindre au roi qu'un des seigneurs de la cour l'avait menacé de lui passer l'épée au travers du corps.

« Qu'il ne s'en avise jamais, répondit le roi, car un quart d'heure après je le fais pendre.

— O sire, si vous pouviez le faire pendre un quart d'heure avant! » se hâta de reprendre le bouffon.

—

L'air pur de l'enfance est toujours bon à l'homme; c'est comme l'air du pays natal.

—

CE QUE VAUT LA VIE D'UN HOMME AUX ÉTATS-UNIS

Un des passagers d'un bateau à vapeur, allant de la Nouvelle-Orléans à Natchez [1]. tombe dans le Mississipi.

« A-t-il payé son passage? demanda le capitaine.

— Oui, capitaine.

— Eh bien! *go ahead!* (allez de l'avant!) »

—

Ce n'est qu'au sixième siècle après Jésus-Christ que l'on connut les horloges à rouages; mais ce n'est qu'en 760 que l'on vit en France la première horloge de ce genre, offerte à Pépin le Bref par le pape Paul Ier. En 807 le calife Haroun-al-Raschild fit cadeau à Charlemagne de l'une de ces horloges, qui excita l'étonnement général. Douze petites portes représentaient la division des heures, et de chacune de ces portes sortaient de petites boules qui venaient tomber sur un tambour d'airain. A la douzième heure toutes ces portes étaient fermées par de gentils cavaliers. Vers le le milieu du dixième siècle, la fabrication de l'horlogerie se perfectionna sensiblement, et ce fut un Français nommé Gerbert qui y contribua. Il appartenait à une famille peu aisée d'Aurillac, et quoiqu'il eût embrassé la vie monacale, il s'adonna avec un grand succès à l'étude des mathématiques. Le premier il parvint à régler le mouvement des horloges par un balancier. Ce même Gerbert devint plus tard pape sous le nom de Silvestre II. Toutefois ce fut un Italien appelé Dondis qui, en 1334, donna la plus vive impulsion à l'art si précieux de mesurer le temps. Il fabriqua pour la ville de Padoue une horloge qui, outre les heures, marquait le cours annuel du soleil et des planètes. C'est en 1370 que la France fut dotée des horloges de Strasbourg et de Lyon, deux vrais chefs-d'œuvre. Enfin, pour compléter ces détails, nous ajouterons que sous Henri III

1. Ville des États-Unis, sur le Mississipi, à douze kilomètres nord-est de la Nouvelle-Orléans.

et au commencement du règne de Henri IV, on portait, suspendues au cou et plaquées sur la poitrine, des *montres-horloges* volumineuses. A la fin du même siècle on les réduisit à la dimension d'une amande, et c'est en 1676 que l'on put exécuter pour la première fois des montres à répétition.

—

Les pédants qui interdisent la plaisanterie ressemblent aux boiteux qui proscrivent la danse.

—

Il est un proverbe fort connu et fort désobligeant pour les braves habitants de la Champagne. Quatre-vingt-dix-neuf moutons et un Champenois, dit-on quelquefois, font cent bêtes !

Voici ce que l'on raconte à ce sujet : Les anciens maîtres de la Champagne avaient établi une taxe ou impôt à l'entrée des villes sur chaque centaine de moutons. Savez-vous ce que faisaient nos Champenois? Ils n'en faisaient jamais entrer à la fois que quatre-vingt-dix-neuf, et la taxe ne rapportait rien. Un jour le collecteur, furieux de trouver toujours le même nombre de moutons, saisit le berger, et le poussant avec son troupeau :

« Quatre-vingt-dix-neuf moutons et un Champenois, s'écria-t-il, font cent bêtes ! »

Le mot du collecteur était plus spirituel que juste.

—

Demandez à la religion ce qu'elle prescrit pour corriger les inégalités que le hasard, la force des choses ou nos fautes personnelles perpétuent dans le monde. Est-ce la violence qu'elle prêche ? Non, mais elle découvre aux yeux des peuples chrétiens cette divine figure du Christ, souffrant toutes les douleurs et expirant sur la croix, afin d'apprendre aux hommes la sublime vertu de la résignation. Et elle résume son code évangélique dans ces mots qui ont renversé le paganisme et fondé les sociétés modernes :

« Aimez-vous les uns les autres. »

—

Le jeune docteur Comus, présent à l'exécution de Charlotte Corday, vit le valet Legros soulever la tête séparée du corps, et lui appliquer un soufflet sur la joue. La figure se colora, les yeux se remplirent de larmes et semblèrent regarder le profanateur. Le peuple demanda vengeance de cet acte, et Legros fut conduit en prison par les gendarmes présents.

Le jeune docteur, désirant connaître la cause qui avait pu pousser ce barbare valet à commettre cet horrible sacrilége, obtint la permission de le visiter à l'Abbaye, où il était enfermé.

Le valet répondit à ses questions, et lui dit qu'étant un maratiste, il avait cru se venger.

« Mais, fit le docteur, se venger sur un mort est odieux !

— Oh ! répondit Legros, vous croyez donc que parce que la tête est séparée du corps elle ne vit plus?

— Non ; du moins si cela est, je l'ignore.

— Eh bien! si, comme moi, vous aviez été témoin de leurs grimaces et de leurs morsures, vous penseriez autrement [1]. »

—

Il est permis de se moquer un peu de l'orgueil, mais ce serait un grand malheur de décourager les orgueilleux. Ce sont des gens qui se chargent volontairement de presque toutes les corvées sociales, et qui se contentent pour récompense de l'approbation de ceux au-dessus desquels ils se croient si prodigieusement élevés.

—

Ici bas il faut accepter la vie comme un devoir; alors on est toujours satisfait. Quand on la prend comme un plaisir, on n'y trouve que des mécomptes.

—

La question des limites entre les États voisins donne lieu, dans l'Amérique du Nord, à des aventures bien singulières. Ainsi il existe sur les frontières de New-York et de Vermont une maison qu'on peut dire véritablement à califourchon sur l'un et l'autre État.

Celui qui la possède ne manque pas, bien entendu, d'abuser de sa position.

Il n'y a pas longtemps il fut poursuivi pour dettes par l'État de New-York, le shériff était à ses trousses dans sa maison même. Que fit-il? Il passa dans celle de ses chambres dont une moitié était sur l'État de Vermont; et ainsi il se trouva hors d'atteinte.

« Ma foi, dit-il au shériff qui était resté sur la porte, je suis bon diable; vous venez de loin et vous devez mourir de faim, dînons. »

L'autre accepta. On mit la table au milieu de la chambre, à cheval sur

_____

1. La sensibilité ne cesse pas immédiatement quand la tête a été tranchée. C'est la seule cause des mouvements nerveux que Legros avait remarqués.

la ligne de démarcation. Le poursuivi était du côté de Vermont et le poursuivant dans l'État de New-York.

Vous voyez que les mesures ne pouvaient être mieux prises.

Cependant le lendemain le débiteur était en prison. C'est que le shériff qu'il s'était donné pour convive, étant plus que lui de force à porter le vin, l'avait fait boire de telle façon qu'à la fin du repas il avait roulé sous la table jusque dans l'État de New-York.

Cela prouve que lorsqu'on est si près d'une limite il ne faut point passer celle de la sobriété.

—

Un de nos poëtes, A. de M., auquel on est souvent forcé de refuser son admiration, a écrit ce chant suave qu'on écoute avec délices et qui repose si bien le cœur !

<blockquote>
Que j'aime à voir dans la vallée
    Désolée
Se lever comme un mausolée
Les quatre ailes d'un noir moutier !

Que j'aime à voir près de l'austère
    Monastère,
Au seuil du baron feudataire
La croix blanche et le bénitier !

Que j'aime à voir dans les vesprées
    Empourprées
Jaillir en veines diaprées
Les rosaces d'or des couvents !

Oh ! que j'aime aux voûtes gothiques
    Des portiques
Les vieux saints de pierre athlétiques
Priant tout bas pour les vivants.
</blockquote>

—

La piété est une espèce de pudeur qui nous fait baisser la pensée, comme la pudeur nous fait baisser les yeux devant tout ce qui est défendu.

FERDINAND P. O.

XLII

LE PAUVRE A PIED, LE RICHE EN VOITURE

Voyez-vous s'avancer le long de la prairie
Ce voyageur qui suit une route fleurie?
Sans mesurer le temps, du site et du chemin
Il jouit, et son pied, libre dès le matin,
Foule légèrement les fleurs que fait éclore,
Aux feux naissants du jour, la diligente Aurore.
Il s'arrête, il médite, et, le sac sur le dos,
Il pèse de la vie et les biens et les maux.
La plante qui fleurit, le ruisseau qui murmure,
Le chêne au tronc noueux, l'orgueil de la nature,
Qui prête aux nids bruyants du peuple des oiseaux
Contre l'ardent soleil l'abri de ses rameaux,
Tout lui plaît, tout l'enchante, et la sainte prière
Vers l'auteur de tout bien monte pure et sincère.
Tel on vit autrefois plus d'un mortel fameux,
Dont les leçons encore instruiront nos neveux,
Le bâton à la main, héros de la sagesse,
La poursuivre bien loin des rives de la Grèce.

C'est ainsi que le pauvre, à pied, sans embarras,
Pourrait, béni du ciel, voyager ici-bas.
Mais non; vous l'entendez, perdu dans une ornière,
Blasphémer, sans rougir, accuser la poussière;
Tantôt... que dirait-il, si, caché tristement
Dans le fond de ce char que Herler mollement,
Herler des carrossiers certes le plus habile,
Suspend avec tant d'art sur un acier docile,
Il dormait sans rien voir du spectacle si beau
Dont la route en fuyant déroule le tableau?
Oui, sur les yeux du riche une rapide roue,
Où fortement graissé l'essieu tourne et se joue,
Du chemin, quel qu'il soit, défiant les cahots,
Appelle du sommeil les humides pavots,
Et la nature en est pour ses frais... O fortune,
Porte ailleurs de tes dons la faveur importune,
Si le pauvre, à ce prix, sur des coussins épais
Doit languir, et de Dieu renier les bienfaits!

Qu'il aille à pied !... du moins jamais l'affreuse goutte,
Triste enfant du loisir, que le loisir redoute
N'osera de ses bras, de ses genoux gonflés,
Tordre comme un serpent les muscles enroulés...

PH. T. L.
(Extrait d'une épître inédite.)

XLIII

L'ABBAYE D'ARDOREL

LÉGENDE — MCLXVII

Non loin de la ville de Castres, dans le Languedoc, s'élève un groupe de collines autrefois drapées de bruyères et de grands bois, mais qui ne présentent plus aujourd'hui qu'une nappe de fougères jaunies par le soleil du midi. Ces collines se déroulent en amphithéâtre autour d'un bassin couvert, au printemps, d'une riante verdure, et, dans l'été, de cette teinte grise que donne l'ardeur du soleil à la végétation des montagnes. Ces lieux sont maintenant peu fréquentés, et le voyageur qui suit l'étroit sentier serpentant au milieu des collines n'entend, pendant sa longue marche, que la clochette monotone du troupeau suspendu aux flancs des hauteurs, ou le coup de fusil du chasseur, que la brise lui apporte sourd et sans écho.

Au milieu du bassin était une abbaye antique et puissante, possédant de nombreux arpents de terre labourable et de pâturages ; ces richesses avaient enflé le cœur des moines d'Ardorel, et le prieur exerçait sur la contrée une autorité que chacun se serait bien gardé de lui disputer.

Sur ces entrefaites, le sire de Pin, châtelain d'un manoir féodal à peu de distance du monastère, revint du pèlerinage de la terre sainte, avec la réputation du plus intrépide chasseur de la contrée ; l'abbé, qui, de son côté, passait à juste titre pour aimer par-dessus tout un couple de beaux greffiers de Barbarie, devint bientôt son commensal, le compagnon de ses courses, l'hôte le plus assidu du château baronial de Pin.

Le jour de Pâques de l'année 1167 se levait pur et serein, imprégné des senteurs balsamiques du thym et du serpolet des montagnes. De la fenêtre de sa tour, le baron regarda l'aurore se lever dans la vallée, couverte, comme d'un léger voile de gaze, de la vapeur bleuâtre du matin. Son cœur battit de joie et d'impatience dans sa poitrine. « Oh ! se dit-il à lui-même, jamais plus beau jour n'a lui sur les bords du Sidabre. » Il appela ses varlets, commanda qu'on lui préparât son équipage de chasse, et pendant ce temps, il descendit lui-même dans sa cour pour ouvrir le chenil où ses chiens hurlaient d'impatience. Sa meute s'élança bondissante autour de son maître, et bientôt les bois dorés par l'aurore retentirent d'éclatantes fanfares et des aboiements des chiens et des cris des chasseurs.

Un grand bruit se fit entendre autour des murs du couvent : c'était un loup qui fuyait rapide comme une flèche, poursuivi par des limiers aux aboiements rauques et prolongés. Ce tumulte interrompit les moines, occupés à chanter leur office ; ils se regardèrent en murmurant les uns les autres, fort scandalisés de ce qu'un laïque profane osât courir les bois le très-saint jour de Pâques. Le prieur, après s'être signé trois fois, engagea ses frères à reprendre leur psalmodie et alla se placer devant la porte de l'église, dans l'intention de faire cesser le scandale. Le baron arriva bientôt, et du plus loin qu'il aperçut le moine :

« Holà ! lui cria-t-il, vite ton arbalète, et en avant ; le loup est lancé ; par saint Hubert, il fait bien de courir aujourd'hui, car ce sera sa dernière course.

— Baron mécréant, lui répondit le prieur, oses-tu bien chasser ainsi le très-saint jour de Pâques, contre l'ordre formel de notre sainte mère l'Église ?

— Par la messe, dit le baron étonné, ce n'est pas le langage que tu tiens, lorsque tu viens manger les meilleurs morceaux de ma table ; mais va chanter ton office, mon ami ; je te pardonne ton incartade, parce que tu as sans doute le cerveau troublé par quelque mauvaise fantaisie.

— Et moi, je te dis, reprit le prieur rouge de colère, que si tu ne cesses cet amusement profane, tu seras excommunié et maudit.

— Ah ! tu fais le mutin !... holà ! James et Robert, saisissez ce traître, et menez-le sanctifier le jour de Pâques dans le cachot creusé au-dessous de la grande tour. »

Et voyant que ses deux serfs hésitaient à mettre la main sur un homme d'Église, il ajouta :

— Eh bien ! que signifie cela, coquins ? Je vous jure ma parole de baron que si cet abbé vous échappe, je ferai pendre vos carcasses maudites à l'arbre le plus haut de cette forêt. »

Et se tournant vers les chasseurs :

« Cet enragé prieur nous aura fait perdre le loup. En avant tout le monde. Je proclame adroit veneur celui qui pourra le retrouver. »

Une bruyante fanfare accueillit ces paroles, et la chasse disparut dans la forêt, pendant que l'abbé, escorté par James et Robert, suivait le chemin du château, rappelant, pour injurier le baron, tout le latin qui lui restait dans la mémoire.

Le jour de Pâques de l'année 1168 se leva aussi beau, aussi doux que celui de l'année précédente ; mais quel autre spectacle présentait alors l'église d'Ardorel !... Les murs étaient tendus de draperies magnifiques en signe de réjouissance ; tous les moines étaient à leurs stalles, vêtus de leurs habits de cérémonie ; le prieur à l'autel, assis sur une espèce de trône ; à la dernière marche, un homme couvert d'une chemise de bure et une corde au cou, était prosterné contre terre. A un signe du prieur, il se releva et prononça distinctement ces paroles :

« Moi, Jean-Charles Audebert, baron de Pin, je demande humblement pardon au saint père prieur, aux moines d'Ardorel et à toute la sainte Église, de la faute que j'ai commise en retenant prisonnier injustement le prieur d'Ardorel, et pour ce je me soumets à la pénitence qu'il lui plaira de m'imposer. »

Et le baron reprit son humble posture.

Le prieur promena sur l'assemblée un regard qui exprimait l'orgueil satisfait ; puis, s'adressant au baron :

« L'Église te pardonne, à la condition qu'à pareil jour, à perpétuité, toi ou tes descendants, vous viendrez renouveler cette cérémonie dans cette église, devant moi ou mes successeurs ; à cette condition, ton excommunication sera levée et tu seras réintégré dans la possession de tous tes biens. »

Le baron fit le serment exigé. Et voici maintenant ce qui avait réduit son orgueil à se prosterner devant un moine. Le prieur, relâché de la tour où l'avait tenu le baron l'année précédente, avait fulminé contre le sire de Pin une excommunication qu'il étendait, comme une lèpre, à tous ceux de ses vassaux qui continueraient de lui obéir. Tel était le pouvoir de l'Église, à cette époque, que tout le monde l'avait abandonné, et que, pour conserver ses domaines, il avait été forcé de se soumettre à la pénitence publique ; et cet acte, il l'accomplit tout le reste de sa vie et légua cette humiliation annuelle à sa postérité.

Les ans et les siècles s'écoulèrent. Le dernier qui avait fléchi le genou et frappé sa poitrine devant les moines était un vieux seigneur surnommé le *Balafré*, à cause des nombreuses blessures qu'il avait reçues dans les guerres civiles ; mais il mourut peu de temps après l'époque fatale. Son fils Amaury revint alors de l'armée du roi, avec ses vassaux, pour prendre possession des domaines de son père. A une petite distance du château, il rencontra un homme vêtu de noir et portant sur sa tête une calotte de velours ; à côté de lui marchait un autre homme habillé aussi de noir, mais dont la calotte était de drap grossier. Or le premier, c'était le successeur actuel de l'ancien abbé d'Ardorel.

« Place à ton seigneur, chien à la tête pelée, lui cria Amaury ; ton règne a fini du moment où mon armure de fer et mon cœur d'airain ont remplacé une armure de fil et un cœur de boue. »

L'homme à la calotte de velours lui répondit avec un calme qui cachait une amère raillerie :

« Aux paroles que tu viens de dire, je n'aurais jamais reconnu le fils de ton père ; mais tu es jeune, et puis l'on dit que les jours portent conseil à la jeunesse ; ainsi je te salue, mon fils, et je t'attends à Pâques.

— Et moi aussi, reprit fièrement Amaury, je t'attends à Pâques. »

La nuit du samedi saint arriva ; mais au ciel tout était tendu de vastes nuages épais et noirs, et sur la terre tout était obscurité et ténèbres. L'air était sec, dur et froid ; un vent glacé du nord tantôt bruissait sourdement à travers les branches des châtaigniers, tantôt s'élançait par rafales, s'engouffrait dans les gorges et mugissait dans les montagnes. Tout à coup, au-dessus de la vaste abbaye, une lueur terne commença à colorer d'un rouge blafard les flancs des nuages, puis des tourbillons de fumée volèrent précipitamment dans l'air, emportés par le vent ; et bientôt des flammes s'élevèrent, actives et dévorantes, du sein de l'édifice. Tout le couvent était en feu ; l'incendie, excité par le vent, s'élevait en colonnes ardentes, dont la clarté se détachait sur le fond profondément noir qui l'environnait. Pendant que le feu mugissait, que les tours s'écroulaient, que les moines s'appelaient en fuyant les uns les autres avec des cris de détresse et de désespoir, un homme qui ne portait pas leur robe frappa sourdement sur l'épaule du prieur, et lui dit avec un sourire haineux :

« Tu m'as attendu à Pâques ; tu vois que je n'ai pas manqué au rendez-vous ; seulement, j'en ai un peu avancé l'heure. »

Et il disparut rapidement à travers les ruines.

Le feu dévora tout, ce fut à peine si les moines eurent le temps d'échapper à sa furie ; quant au jeune baron qui s'était ainsi dépouillé d'un héritage infamant, il ne reparut plus. Quelques habitants du pays crurent qu'en punition de son horrible vengeance, il était devenu la proie du démon du feu.

LÉONI.

XLIV

LES GONDOLES DE VENISE

Padoue est la sœur de Venise, mais cette sœur cadette a dérobé à son aînée le reste de vie qui l'animait encore. Son université, célèbre depuis le treizième siècle, attire un grand nombre d'étudiants, tandis que Venise voit tomber ses palais pierre à pierre, et le linceul des morts s'étendre chaque jour sur elle. Le canal de la Brenta, bordé de riches édifices, réunit les deux villes, et de légères barques sillonnent cette route facile, aux rives tapissées de fleurs et de gazons verts.

La journée était belle; de fraîches brises agitaient les vagues, qui venaient rompre leurs franges d'argent contre les poteaux rouges plantés dans les lagunes pour indiquer la route. J'avais pris une gondole à Fusina, et, mollement bercé par le mouvement uniforme qu'imprimaient à la barque les longues rames des *barcaroli*, je regardais, à demi couché sur des coussins de maroquin vert, les palais de Venise grandir à mesure que nous approchions, et baigner leurs escaliers blancs dans la mer.

Une gondole est bien la plus douce voiture que l'on connaisse ! Sans secousse, sans bruit, on peut mener en toute liberté son rêve, éveiller ses souvenirs qui dorment dans le cœur et dans la tête, et, les regards aux étoiles ou l'œil attaché sur les flots transparents, s'étendre avec paresse, comme un Turc de Constantinople qui s'est enivré d'opium sur les divans de quelque café. Puis, si vous avez fait glisser l'étroite jalousie dorée et la glace ornée d'armoiries, vous verrez passer discrètement auprès de vous d'autres gondoles dont la jalousie sera à demi-baissée, et vous jouirez alors du plus charmant spectacle.

Cependant la barque, menée par deux bras vigoureux, fuira légèrement en rasant le flot, comme un alcyon des mers; et alors, pour que l'illusion soit complète, pour que la rêverie emporte votre âme dans les espaces du ciel, la poésie descendra sur vous, et vos deux barcaroli, ralentissant le mouvement, se renverront les strophes harmonieuses du Tasse.

M. le comte EUGÈNE DE MONTLAUR.

XLV

PARIS

OU RESTEZ AU VILLAGE

Dans un ouvrage écrit avec la plus agréable simplicité, et qui n'est rien moins qu'un cours de philosophie morale et d'économie politique, puisqu'il résume tous les dogmes, tous les devoirs et tous les droits qui ont une base sacrée dans le consentement des âges, M. Symphor Vaudoré, ancien représentant de l'Orne, décrit ainsi Paris, tel qu'il est pour ceux qui y vont tenter l'aventure. Il y combat avec une vérité si lumineuse, avec une justesse si frappante cette déplorable frénésie qui pousse vers Paris tant de pauvres aveugles destinés à y vivre dans le dénûment et la misère, que nous ne pouvons résister au désir de lui ouvrir nos colonnes. Rien ne nous a paru plus touchant, plus vrai et mieux inspiré que les lignes suivantes :

« A Paris, dit-il, rien n'est rare comme un succès, et pour un heureux qui s'élève, mille imprudents traînent à grand'peine une existence lamentable. Même avec le courage, souvent le mérite y échoue. Les rangs sont si pressés, les vides sont si rares, il y a tant de solliciteurs ! Pas la moindre petite place dans le plus obscur des bureaux, dont une troupe d'affamés ne guettent ardemment la vacance ; pas un emploi si chétif dans l'administration la plus humble, dont les avenues ne soient envahies par une armée de pétitionnaires que soutient une armée de protecteurs !

« Partout la concurrence est la même. Le commerce et l'industrie sont également encombrés. On se presse, on se culbute ; c'est une mêlée, c'est une bataille. Il faut des efforts inouïs, cent démarches, vingt apostilles, pour obtenir une loge de portier ou pour devenir garçon de magasin. Les fabricants et les entrepreneurs manquent d'ouvriers moins que de commandes. Souvent les places publiques sont pleines de manœuvres inoccupés. Si les émeutes troublent la rue, s'il arrive une révolution, si la morte-saison se prolonge, voilà les travaux suspendus, les salaires réduits à rien, et tout un monde aux abois. A Paris, l'ouvrier n'a guère d'avances. S'il gagne plus qu'en province, il y dépense davantage ; ses besoins sont plus grands, ses habitudes sont plus coûteuses. D'un bond la misère est à lui et l'enlace dans son filet.

« Il faut avoir vécu de cette vie pour y croire. Il faut suivre pas à pas jusqu'au fond de leurs réduits les malheureux qui, sans fortune, sans position fixe et certaine, sans un état qui leur assure de l'aisance, s'en vont grossir à Paris le nombre des travailleurs et la liste des indigents.

« Voyons un peu ce qu'ils deviennent.

« Dans le plus misérable quartier de la ville, dans la rue la plus étroite et la plus sombre, dans la maison la plus triste, le nouveau débarqué choisit d'abord un logement qui ne soit pas trop cher pour sa bourse. C'est une salle humide et mal close, au bout d'une obscure allée; c'est une chambre nichée sous les combles, glaciale en hiver, brûlante en été, souvent infecte en toute saison. L'unique fenêtre de ce réduit donne sur la cour, cloaque de dix pieds carrés, qu'entourent de hautes murailles, où l'air ne circule pas, où le soleil luit à peine, et où viennent aboutir les égouts de trente ménages.

« Pas un arbre, pas un brin d'herbe, pas seulement un chant d'oiseau pour reposer les yeux, réjouir le cœur, élever à Dieu la pensée; mais des murs noircis, souillés et tombants, des fronts plissés, des faces blêmes; partout où pénètre le regard, un intérieur désolé; des enfants qui crient, des femmes qui pleurent, des ivrognes qui jurent, des libertins qui font l'orgie; sanglots déchirants, rires obscènes, chants infâmes, épouvantable concert du vice et de la souffrance, éternel murmure du désespoir et de la faim.

« Autour de cette ruche bourdonnante s'entassent et s'étagent, suivant l'état de leurs finances et le degré de leur misère, des locataires de toute origine et de toute sorte, accourus de tous les coins de la France et du monde, exerçant à l'envi tous les métiers; étrange pêle-mêle de fripons et de braves gens, d'honnêtes femmes et de femmes perdues, tous logeant sous le même toit, vivant sans se connaître sur le même palier, et dont le préfet de police lui-même ne dirait pas toujours le vrai nom.

« Tel est le voisinage habituel du pauvre ouvrier de province qui va chercher fortune à Paris; telles sont les scènes hideuses que contemple sa jeune famille.

« S'il se hasarde dans la rue, il ne peut pas seulement trouver, parmi tant de gens qui vont et viennent, une figure de connaissance : tous les visages lui sont indifférents; aucune main ne presse la sienne, et la foule est comme un désert où personne ne lui répond.

« Ces parents si bien établis, qui devaient l'aider de leur protection, sont eux-mêmes des malheureux moins dignes d'envie que de pitié. Sous le titre pompeux de concierge se cache un pauvre tailleur d'habits, logé gratuitement au rez-de-chaussée d'une méchante maison dont il surveille les locataires. Il n'a point de terme à payer, mais il a six bouches à nourrir et ses doigts pour seule ressource. Le marchand de vin tient à la barrière un cabaret fort suspect. Il offre à boire à son parent, tout en se plaignant des pratiques, et finit par lui souhaiter beaucoup de bonheur et de succès. L'employé du gouvernement conduit, à quarante sous par jour, une brigade de balayeurs : c'est le plus généreux des trois, car il propose à son protégé une place de simple soldat dans sa compagnie.

« Ainsi s'écroulent un à un les châteaux en Espagne bâtis sans frais au village. Le pauvre campagnard a beau s'agiter, offrir ses services de porte en porte et de boutique en boutique, lire les affiches, courir où se présente un emploi, d'autres courent plus vite encore. Il use en pure perte et son temps et ses souliers. Enfin, après bien des mécomptes, quand sa bourse est vide, son terme échu, et que le besoin l'aiguillonne, il trouve un travail incertain, une place chétive et mal rétribuée, planche de salut que la Providence lui envoie.

« Il est donc provisoirement sauvé de la faim, mais non pas de la misère, car le pain ne suffit pas dans un ménage : il faut du bois et du charbon ; il faut du linge et des vêtements ; le blanchissage est une dépense ; un verre d'eau coûte de l'argent, et tous les trois mois revient à jour fixe l'échéance du terme maudit.

« Sa vie n'est qu'une suite de souffrances et de privations. S'il y a chez le marchand de vin du vin frelaté, chez le charcutier des viandes gâtées, chez la fruitière des fruits de rebut, de l'huile rance chez l'épicier, c'est sa famille qui consomme ces détestables aliments. Je sais que la police y veille et qu'on a fait une loi sévère, afin de punir les fraudeurs ; mais que peuvent les commissaires et les agents de surveillance contre les ruses de l'intérêt jointes à l'appât du bon marché ?

« Ajoutez à tant de misères la triste contagion du vice et le scandale des exemples. Peu de nouveaux venus y résistent. On prend vite les habitudes et les mœurs du monde où l'on vit. Lancé tout à coup dans une société perdue, n'ayant plus pour le retenir, ni les larmes de son vieux père, ni les remontrances de son curé, ni la bonne réputation de sa famille, le conscrit dépaysé s'abandonne ordinairement à la conduite des camarades, et, mettant la honte de côté, il suit ses parrains en toutes choses. Il va comme eux à la barrière, fréquente les mauvaises maisons, noie ses remords dans l'ivresse, et cherche à perdre dans l'orgie le souvenir de ses douleurs.

« D'autres périls attendent sa femme et ses enfants délaissés. Qui veillera sur eux au fond de leur réduit ? qui préservera ses garçons du ver rongeur et solitaire dont les compagnons de leurs jeux portent déjà la flétrissure et dont la trace est visible jusque sur des fronts de cinq ans ? qui sauvera la pudeur de ses filles et protégera leur vertu ? qui les préservera des piégés tendus à leur misère et à leur vanité, je n'ose dire à leur innocence, par la volupté qui les convoite et qui va bientôt les saisir?

« Ah! lorsqu'on fera briller à leurs yeux la promesse d'une existence heureuse, pleine de fêtes et de plaisirs : riches toilettes, somptueuses demeures, bals et spectacles magnifiques, est-il bien sûr qu'elles résistent à de pareilles séductions? Pauvres enfants sans expérience, sans éducation solide, dont la vie s'écoule sans joie, et qui ne peuvent mesurer l'abîme où tombe, après quelques jours de folie, toute femme déshonorée! La fin d'une telle carrière répond à son commencement. Mal logé, mal vêtu, mal nourri, tourmenté par l'inquiétude, épuisé par les excès, le campagnard perd cette fleur de santé que donnent l'air et le travail des champs. Son regard s'éteint, ses joues se creusent, ses jambes chancellent; il est vieux à quarante ans. Sa femme est toujours languissante, ses enfants peuvent à peine se traîner. Si le travail lui fait défaut, si son petit emploi lui manque, où recourir dans sa détresse? Ses voisins sont des malheureux; le boulanger lui refuse crédit, la charité ne connaît encore ni son nom ni sa demeure. Alors, quand il a vendu ses outils et ses meubles, quand il a mis en gage son dernier habit et son dernier drap, quand il a partagé son dernier morceau de pain entre ses enfants affamés, l'infortuné perd la raison, et l'idée de la mort le saisit .. Plusieurs y succombent, hélas! et vont se jeter à la rivière, seul crime irréparable, puisqu'il exclut le repentir!

« Heureux dans cette extrémité douloureuse celui qui ne désespère pas du Ciel, et qui se souvient à temps de l'église de son village! Souvent, au plus fort de ses angoisses, une douce main frappe à sa porte. C'est une sœur de charité qui vient à la découverte et cherche des maux à guérir; c'est une femme du grand monde qui se dérobe au plaisir pour aller discrètement visiter les pauvres honteux ; c'est un jeune homme, ardent aux bonnes œuvres, qui se distrait de ses études en consolant les affligés; c'est un membre actif et zélé du bureau de bienfaisance voisin, qui parcourt lui-même son quartier pour mieux répartir les secours ; car, il faut bien le reconnaître, Paris, le foyer des grands vices, est le foyer des grandes vertus, et dans cette montagne aride le voyageur altéré rencontre plus d'un filet d'eau.

« Chacun s'empresse donc autour de la famille éplorée. Celui-ci procure un vêtement, celui-là donne du pain, un troisième fournit du bouillon. Le médecin du dispensaire soignera désormais les malades, et les remèdes seront délivrés gratis. Pour de pauvres délaissés, voilà presque du bonheur.

« Ces secours extraordinaires ne peuvent se prolonger beaucoup, vu le grand nombre des misérables; mais on a remis mes gens sur pied, on tâche de leur procurer de l'ouvrage, et surtout de leur fournir de quoi retourner au pays, bienfait qui couronne les autres. Fasse le Ciel qu'ils en profitent, et que, méprisant les sots conseils de l'amour-propre, ils reprennent sans délai le chemin de leur hameau ! »

Restez au village, dirons-nous donc aux habitants des campagnes ; c'est là qu'est le repos, la paix de la conscience, la vie honnête... L'existence à Paris n'est le plus souvent que mensonge, misère et regrets pour celui qui vient l'y chercher. Cela n'est pas seulement particulier à la bonne ville de Paris, mais on doit le penser en général de tous les grands centres de population. Les villes sont des marâtres qui dévorent leur progéniture. La campagne est une mère qui nourrit ses enfants de son lait.

Restez au village ! — C'est si beau d'être en face de notre grande et imposante nature. Au lieu de ces murailles noires, badigeonnées, infectes, que l'on appelle des rues, il est si doux de contempler ces montagnes élevées, ces collines vertes, ces troupeaux qui obéissent à l'homme, et qui lui apportent, comme au roi de la création, leur laitage, leur laine, leur force, leur vie. On y respire si à l'aise, on y est si en liberté !

Restez au village. — Là on se connaît ; là il n'est pas besoin d'une grande fortune pour être influent, pour être estimé ; il suffit d'être honnête. Etes-vous malheureux, il ne faut pas alors implorer l'aide et l'appui des passants. La main de vos voisins s'ouvre toute seule pour vous porter l'assistance dans vos maladies, le pain pendant votre misère. Fuyez la ville, ô vous surtout fille du village ! Ne rêvez point le luxe et les plaisirs des brillantes cités, ne désertez pas la ferme, ne vous laissez pas tromper par les apparences, n'allez pas où l'on étouffe, restez où l'on respire. Dieu vous a donné des joies pures, de douces espérances, des besoins modestes ; ne les échangez pas contre les joies factices, les espérances désordonnées et les besoins insatiables d'un monde nouveau ; soyez, jeune fille, la fleur de pleine terre, éclatante et robuste, poussant dans sa saison, à ciel découvert et à l'air libre. Ame simple, vivez doucement, modestement et heureusement.

Au village enfin on a son père, son frère, ses oncles, ses amis ; on a le prêtre qui nous a baptisés, l'église où l'on a fait sa première communion, le cimetière où reposent nos vieux parents. Et même lorsque nos proches sont retournés à Dieu, nous ne sommes point seuls, parce que nous avons pour famille nos souvenirs !

FERDINAND P. O.

XLVI

LE PORTRAIT

CONTE

Parmi les peintres de voiture
Crouton était au premier rang ;
Mais, en dépit de la nature,
Il songe à devenir plus grand.
De l'écriteau jusqu'à l'enseigne
L'artiste a déjà pris l'essor,
Et bientôt son talent dédaigne
Le mouton blanc et *l'aigle d'or* ;
Voulant même atteindre à la gloire
Dans le genre le plus parfait,
Il s'élève jusqu'au portrait,
Pour être un jour peintre d'histoire.
Mais ses croquis ressemblaient peu :
Les traits n'avaient pas d'harmonie ;
Son pinceau, timide et sans feu,
Faisait des têtes sans génie ;
Il n'entendait pas les reflets
Des couleurs et de la lumière,
Et sa brosse, très-routinière,
Qui peignit longtemps des volets,
Sentait sa première manière.

Un vieux chasseur, mal satisfait
D'une si plate enluminure,
Refusait le prix d'un portrait
Qui paraissait lui faire injure.
« Il est vrai qu'il n'est pas flatté,
Lui dit l'auteur de cet ouvrage ;
Mais par son ton de vérité
Il a droit à votre suffrage.
Vous prétendez qu'il ne vaut rien ;
Eh bien, sans discuter ensemble,
Prenons pour juge votre chien :
Il est honnête, et son maintien,
Ses yeux, sa voix nous diront bien
Si votre portrait vous ressemble. »

Or le vieux chasseur y consent,
Puis sort pour chercher la justice,
Qui, par humeur contre le vice,
Aboyait alors au passant.

De Crouton voyez la malice :
Pendant que notre homme est absent,
Le fraudeur use d'artifice;
Et, pour prendre à son trébuchet
Un juge ignorant en peinture,
Du gibier qui pend au crochet
Il frotte sa caricature.

Le chien de chasse était gourmet
Et sensuel de sa nature;
Cet odorant et doux fumet
Donnait du prix à la figure.
En s'avançant vers le tableau,
Il flaire, il semble s'y connaître,
Se penche, allonge son museau
Et lèche le nez de son maître.
« Vous voyez qu'il n'hésite pas,
Lui dit Crouton, prenant courage :
Votre chien tranche nos débats;
Je m'en tiens à son arbitrage. »

Voilà le monde; et tous nos soins
N'empêchent pas qu'on ne nous gruge,
En graissant la patte aux témoins,
En trompant l'équité du juge.

ROUX DE ROCHELLE.

XLVII

JEAN BARTH, CHEF D'ESCADRE

« C'est un Jean Barth ! » dit-on en parlant d'un de ces hommes intrépides qui ne reculent devant aucun danger et qui semblent jouer avec la mort. Que leur importe le nombre des ennemis? ils ne les comptent pas; les obstacles, ils les surmontent; et, ne consultant que l'intérêt de la patrie, ils vont droit devant eux, toutes les fois qu'il y a pour elle gloire et profit. Ils ne connaissent d'autres règles que le devoir et l'obéissance. Avec eux, la chose est déjà faite si elle est possible ; mais est-elle impossible, elle se fait ; et l'on dirait, à en juger par leur fermeté et leur audace, qui s'emporte parfois jusqu'à la témérité, qu'il ne peut pas en être autrement. Cette confiance naïve en eux-mêmes est un des traits les plus saillants de leur caractère. Que le chef de l'État leur dise, par la bouche de Louis XIV : « Je vous ai nommé chef d'escadre, » ils répondront, par celle de Jean Barth : « Sire, vous avez bien fait. » Les courtisans riront peut-être de ce mot, qu'ils mettent sur le compte d'une sotte vanité ; mais le roi, quand il s'appelle Louis le Grand, n'a garde de s'y tromper, car il comprend que c'est la réponse d'un homme qui, sentant ce qu'il vaut, a déjà pris avec lui-même l'engagement de justifier, par de nouveaux et de plus importants services, la confiance de son maître.

Quel était donc cet homme dont le nom est devenu le symbole de l'intrépidité ? C'était le fils d'un simple pêcheur ; mais sa renommée s'est répandue dans toute l'Europe, et il a fait voir aux Anglais, dans plus d'une rencontre, tout ce que le courage et la détermination peuvent opérer de prodiges. La crédulité populaire, surexcitée par l'admiration, a adopté sur cet homme extraordinaire bien des contes, bien des récits fabuleux ; il n'en est pas besoin pour rehausser sa gloire ; la vérité est assez merveilleuse pour qu'on n'ait pas ici recours au mensonge.

Jean BARTH (d'autres écrivent Jean Bart) naquit à Dunkerque, en 1651. Il servit pendant quelque temps dans la marine étrangère ; mais Français et bon Français avant tout, il s'empressa de revenir dans sa patrie, dès que la guerre eut éclaté avec la Hollande. On le vit alors équiper un corsaire et bientôt faire assez de mal à l'ennemi pour que déjà les yeux se tournassent sur lui, et qu'au bruit de ses nombreux exploits Louis XIV, ce juste appréciateur du véritable mérite, l'appelât dans la marine militaire, bien qu'aux termes des règlements, on n'y admit que des nobles ; mais sa noblesse était dans son courage.

Ce fut le chevalier de Forbin, son compagnon et son rival de gloire, qui conduisit Jean Barth à Versailles. Le chevalier joignait à une naissance illustre une éducation polie ; Jean Barth n'avait ni l'une ni l'autre. Les gens de la cour, ne voyant en lui que des manières grossières et maladroites, que le ton brusque du marin, qui ne savait d'ailleurs ni lire ni écrire, le désignaient sous le nom de l'ours. « Allons voir, disaient-ils l'ours de M. de Forbin. » Mais cet ours était un lion dans le combat. Devenu chef d'escadre en 1691, à l'âge de quarante ans, il se signala par les plus belles actions.

Trente-deux vaisseaux de guerre, anglais et hollandais, bloquaient le port de Dunkerque ; Jean Barth en sortit avec sept frégates et, dès le lendemain, s'empara de quatre navires anglais richement chargés pour la Russie, et brûla plus de quatre-vingts bâtiments ennemis, fit une descente à Newcastle, et revint avec un immense butin. Vers la fin de l'année 1692 il sortit de nouveau de Dunkerque avec trois vaisseaux de guerre, rencontra la flotte hollandaise de la Baltique, chargée de grains, attaqua résolûment et mit en fuite l'escorte qui la protégeait; seize navires marchands furent les trophées de sa victoire : c'était ainsi qu'il se vengeait des épigrammes de Versailles.

En 1693, Jean Barth, commandant le vaisseau *le Glorieux*, de soixante-quatre canons, se trouva, sous les ordres du maréchal de Tourville, à la journée de Lagos, où les Français prirent leur revanche du désastre de la Hogue (1689) sur l'escadre et les flottes marchandes parties d'Angleterre pour l'Espagne, l'Italie et le Levant. Quatre-vingt-sept navires de commerce, plusieurs vaisseaux de guerre furent pris ou brûlés, et la perte des alliés dans cette occasion fut évaluée à plus de vingt-cinq millions de livres. Mais, comme si Jean Barth eût craint de ne pas être assez distingué de ses autres compagnons de gloire, il se détacha du corps de l'armée et courut vers Faro, où il fit échouer six bâtiments hollandais, richement chargés, qui furent livrés aux flammes. L'année suivante fut signalée par des succès aussi beaux, mais plus utiles.

La disette était grande en 1694, Jean Barth sut en préserver son pays. Malgré la vigilance des Anglais, il fit d'abord entrer dans Dunkerque une flotte considérable, chargée de grains ; il courut ensuite au-devant d'un convoi plus nombreux, qui apportait en France les blés du Danemark et de la Pologne. Le contre-amiral Hidde, avec huit vaisseaux de guerre, s'en était emparé ; déjà il était à la hauteur du Texel, près d'entrer dans les ports de Hollande ; il n'y avait pas un moment à perdre ; c'en était fait de ce riche convoi. Mais l'ennemi n'avait pas compté sur l'activité de Jean Barth. Quoique celui-ci n'eût avec lui que six vaisseaux d'un rang inférieur à ceux de son ennemi, il l'attaque sans hésiter, enlève le contre-amiral à l'abordage, et ramène toute la flotte marchande à Dunkerque. Ce fut en récompense de cette brillante action que Louis XIV lui accorda des titres de noblesse.

En 1696 Jean Barth trompa encore une fois les Anglais, qui l'attendaient à la sortie du port, avec une escadre trois fois plus forte que la sienne. Il rencontra la flotte hollandaise de la Baltique, composée de cent dix voiles et protégée par cinq frégates. Les Français s'emparèrent de l'escorte et d'une quarantaine de navires; c'était encore une belle victoire.

Mais, dans le temps que notre héros conduisait ses prises à Dunkerque, treize vaisseaux de ligne hollandais se montrèrent prêts à engager la bataille; l'intrépide marin se vit forcé de renoncer en frémissant à un combat inégal, et se contenta de brûler la plus grande partie de ses prises. La retraite de Jean Barth fut un acte de prudence qui dut étonner de sa part; mais le citoyen fit à sa patrie le sacrifice de la gloire du guerrier.

La paix seule pouvait interrompre les exploits du célèbre marin. Elle fut conclue à Riswick (1697), et Jean Barth passa les dernières années de sa vie dans sa ville natale, où il mourut d'une pleurésie, le 7 avril 1702. La France dut le regretter; car la guerre de la succession d'Espagne allait ouvrir une nouvelle carrière à son expérience et à son courage. Il n'avait que cinquante ans, et son tempéramment n'avait rien perdu de sa force. On a publié la vie de cet illustre marin. Paris, 1790, in-12.

PH. T. L.

XLVIII

LE VIOLON CASSÉ

FABLE

Un jour tombe et se brise un mauvais violon;
On le ramasse, on le recolle,
Et de mauvais il devient bon.
L'adversité souvent est une heureuse école.

X. B.

XLIX

TÉNACITÉ DE LA VIE CHEZ LES ANIMAUX.

La vie peut, chez certains animaux et dans certains cas, se soutenir plus ou moins longtemps sans aucune nourriture solide. Elle dure plusieurs mois chez les polypes à bras; au delà d'une année, au dire de Treviranus, chez les limaçons; plus de six mois chez quelques insectes et chez les araignées; des années entières chez les poissons dorés de la Chine; quatre mois chez les crocodiles; six mois chez les salamandres; six ans chez les tortues;

de cinq à dix ans chez les protées, et davantage encore chez les cra-
pauds emprisonnés dans des blocs de pierre. Les petits passereaux ne peuvent rester un jour sans nourriture ; les grives soutiennent l'abstinence
trois jours ; les poules six jours, et les gros oiseaux de proie deux et trois
semaines. Les taupes, tirées de terre, périssent au bout de douze heures ;
les souris, privées de nourriture, meurent au bout de trois jours ; les la-
pins, de dix à douze jours ; les chiens, de trois à cinq semaines ; les chats,
de quinze jours ou de trente-deux, si on leur donne à boire ; les chevaux,
de dix-huit à vingt-sept ; les phoques, d'un mois ; les tatous, de deux
mois.

Haller a réuni un certain nombre d'exemples d'hommes qui sont restés
très-longtemps sans prendre de nourriture ; mais souvent il s'est agi d'im-
posteurs qui voulaient provoquer la curiosité publique.

Les femmes supportent plus longtemps le défaut d'aliments. Les fous
le subissent aussi plus aisément. On en cite un qui, pendant trois semaines,
ne prit aucun aliment, aucune boisson, et ne fit que se laver la bouche
avec de l'eau. On sait le drame de la mort d'Ugolin et de sa famille, raconté par Dante. Les plus jeunes fils succombèrent dans les quatre premiers jours de leur emprisonnement, les plus âgés le cinquième et le
sixième, et le père le huitième. Une famille ayant été ensevelie sous une ava-
lanche, où elle n'avait pour toute nourriture que de l'eau de neige et le lait
d'une chèvre enfouie avec elle, un petit garçon âgé de trois ans mourut
le douzième jour, tandis que deux femmes vécurent ainsi cinq semaines,
jusqu'au terme de leur libération, si nous en croyons les *Transactions
philosophiques.*

(Journal pour tous.)

L

MONSIEUR DE MALESHERBES.

Le vrai modèle d'une vertu antique se retrouve de nos jours dans la
personne de M. de Malesherbes, de ce sage dont on ne peut prononcer le
nom sans respect et sans verser des larmes d'admiration et de douleur.
Vertueux sans orgueil, savant sans pédanterie, ministre sans ambition,
cet illustre magistrat, ami des hommes, des lois, des lettres et des arts,
distingué dans tous les genres et ne se doutant pas de sa gloire, fut toujours le soutien du peuple tant que le roi fut puissant dans son palais ; il

ne devint courtisan qu'au moment où le prince fut en prison. Appui de la liberté nationale contre les abus de la monarchie, et défenseur du monarque contre la tyrannie populaire, sa probité resta intacte au milieu de la corruption générale ; son courage, inébranlable lorsque la crainte était universelle. Il périt (1794) lorsque le crime régna ; la mort la plus héroïque couronna la plus belle vie, et l'infâme échafaud sur lequel il monta sans émotion fut le dernier degré d'où son âme pure s'élança vers l'immortalité,

Le comte DE SÉGUR.

LI

DES SYNONYMES.

Une analyse sévère ramène à un très-petit nombre les racines primitives dont se compose une langue. Ce sont les éléments mêmes de la pensée ; mais, grâce à l'activité humaine, la variété sort de cette unité ; les expressions se multiplient avec les choses ; le discours tend, par un perpétuel effort, à comprendre toutes les qualités des objets. Or les objets se ressemblent sans se confondre, et, s'ils ont certaines qualités communes, ils en ont d'autres par où ils diffèrent : de là les *synonymes*, expressions analogues, mais non pas exactement les mêmes.

Il y a plus : comme tout objet a une individualité propre, il faudrait à la rigueur un terme spécial pour désigner chaque objet. Évidemment les trésors de la langue ne sauraient suffire à une semblable nécessité ; c'est pourquoi un seul et même mot s'applique ordinairement à tous les êtres d'une même espèce. Mais plus une langue est riche, plus elle abonde en synonymes, parce qu'elle s'adapte d'autant mieux à l'infinie diversité de nos sentiments et de nos conceptions.

D'autre part, l'histoire des synonymes d'une langue est l'histoire même de cette langue, et par conséquent l'histoire du peuple qui en fait usage. La signification des termes, en effet, ne reste pas invariable. Elle suit en quelque sorte le cours du temps, et c'est une très-judicieuse remarque de Sénèque (lett. CXIV), « que la langue se corrompt avec les mœurs [1]. » On

---

[1]. Sénèque dit, dans cette lettre CXIV : *Ubicumque videris orationem corruptam placere, ibi mores quoque a recto descivisse, non erit dubium.* — On trouve, quelques lignes plus haut : « *Hoc, quod audire vulgo soles, quod apud græcos in proverbium cessit : talis homi-*

peut ajouter encore que la langue s'ennoblit avec elles. Le siècle de Périclès fut celui de Platon, de Sophocle et de Démosthènes ; Virgile et Cicéron fleurirent au temps d'Auguste ; Racine et Boileau firent l'ornement de la cour de Louis XIV. Que l'on considère au contraire une période de décadence, le langage y devient insipide, incolore, absurde ; l'éloquence n'est plus qu'une vaine déclamation, qui frappe les oreilles sans émouvoir le cœur ; il y a dans la parole la même incohérence que dans la pensée ; les expressions y perdent leur empreinte, comme des médailles qui ont longtemps circulé entre des mains grossières.

Étudier les synonymes d'une langue, ce n'est donc pas s'enclore dans le cercle vide des mots , c'est entrer d'une manière intime en rapport avec les choses. Aucune étude n'est plus instructive. On n'y apprend pas uniquement à connaître les lois éternelles de l'intelligence et les secrets ressorts du discours ; on y aperçoit, comme en un miroir, les traits qui caractérisent une époque.

FÉLIX NOURRISSON.

———

LII

LA CUISINE CHEZ LES PATAGONS

Une des ménagères du chef (il avait quatre femmes) dirigea les opérations culinaires, aussi simples, aussi primitives que la hutte où elles avaient lieu.

La vieille sorcière fit tomber du haut d'un des piquets qui soutenaient la tente, un quartier de quelque animal, chien, guanaco ou de toute autre espèce : le champ restait ouvert à l'imagination. Elle brandit à droite et à gauche, d'un vigoureux poignet, un vieux couteau de cuivre, jusqu'à ce que ledit quartier fût partagé en plusieurs morceaux. Prenant ensuite un certain nombre de baguettes fourchues, dont les pointes étaient aiguisées, elle garnit ces pointes de morceaux de chair et enfonça les extrémités opposées dans la terre, près d'un feu très-suffisant pour enfumer et flamber la viande, mais trop faible pour la rôtir. Dans tous les cas, les appétits des Patagons

---

nibus fuit oratio qualis vita. » C'est le mot de Solon dans Diogène de Laërce ; c'est encore celui de Platon : οἷος ὁ λόγος, τοιοῦτος ὁ τρόπος. » Buffon a dit également, presque dans les mêmes termes : « Le style, c'est l'homme. »

PH. T. L.

étaient trop voraces pour attendre une pareille opération. La noire cuisinière enleva donc la viande crue de la fumée et la déchira en morceaux plus menus avec ses sales mains. Puis ses convives s'en emparèrent avidement. On m'en jeta un morceau; mais qu'en pouvais-je faire? La famille du géant, comme une meute de chiens affamés, dévorait tout ce qui lui était échu, et du meilleur cœur. Enfonçant leurs grandes dents blanches dans cette chair qui avait à peine vu le feu, ils donnaient tous les signes de la plus complète jouissance animale.

(Extrait et traduit d'un livre anglais : Trois mois chez les géants.)

LIII

L'AMITIÉ

Il y a de temps en temps de rares amitiés qui viennent réjouir et consoler le cœur; purs rayons qui descendent du ciel pour se reposer dans des âmes généreuses et sympathiques. Tantôt elles sont inspirées par la fraternité religieuse, tantôt par la fraternité du talent, de la misère quelquefois, et ce sont les plus chaudes, les plus palpitantes, les moins périssables. Depuis que la société s'est matérialisée, que l'intérêt a remplacé la première impulsion de la nature, le sentiment que le Christ enseignait aux hommes avec un accent de douceur ineffable : « Aimez-vous les uns les autres, comme je vous ai aimés, » on fait profession de ne plus croire à l'amitié. Malheureux qui repousse la consolation de la vie; qui, mesurant toutes choses avec des mesures de la terre et jamais avec des mesures du ciel, ne veut pas croire qu'une main amie puisse le soulager de son fardeau durant la route! Il est deux cultes que l'homme ne doit jamais mépriser : le culte hospitalier de la famille, le culte consolateur de l'amitié.

L'ami, c'est le pilote dans les orages; la famille, c'est le port après la tempête. Qu'on me trouve deux noms plus doux, plus consolants sur la terre que ceux de sœur et d'ami! Prononcez-les près du malheureux, près du mourant, et il ressuscitera comme l'herbe fanée sous le vent et la rosée du ciel. Si le souffle suprême ne s'est pas encore détaché, il rouvrira les yeux, et, le sourire aux lèvres, il tendra les bras à l'ange de la mort.

C'est que l'amitié, c'est l'espérance, et l'espérance ne nous abandonne pas, mais retourne se confondre avec nous dans le sein de Dieu. C'est que ce nom est une bénédiction; c'est qu'il est doux comme celui d'une mère,

comme celui d'un ange, et ravissant comme l'arc-en-ciel après les tour-
mentes et les angoisses; comme une fraîche oasis où, pauvres voyageurs
du désert aride, nous nous reposons.

J. M. DAUSSY.

LIV

ROSE DE LIMA

Les livres saints nous disent du prophète Élisée, que les animaux féroces
servaient de ministres à l'exécution de ses menaces, tandis que les animaux
familiers se jouaient sous ses pas. Avec les uns comme avec les autres, il
chantait la gloire du Très-Haut. Tout dans la création était en harmonie
avec son âme, à qui la sainteté avait rendu la puissance primitive d'Adam
avant sa chute, alors que, dans le paradis terrestre, il se jouait avec les
êtres vivants dont il était le maître! Le lion comme la gazelle, le vautour
comme la colombe, tous reconnaissaient la souveraineté de l'homme dans
l'état d'innocence paradisiaque.

Presque tous les saints de la loi ancienne, comme de la nouvelle, ont
offert à notre admiration le même phénomène : la puissance de l'homme
sur les animaux ; les récits de la vie mystique sont pleins de ces narrations
merveilleuses. « On raconte de Rose de Lima, dit un célèbre auteur allemand, que, dans la dernière année de sa vie, pendant le carême, lorsque
le soleil se couchait, un petit oiseau à la voix ravissante volait vers
sa chambre; puis, se plaçant sur un arbre qui était proche, il attendait
qu'elle lui donnât le signal de commencer à chanter. Rose, dès qu'elle avait
aperçu son petit chantre ailé, se préparait à chanter les louanges de Dieu,
et défiait l'oiseau à cette lutte mélodieuse dans un cantique qu'elle avait
composé pour cela. « Commence, cher petit oiseau, lui disait-elle, com-
« mence tes mélodies ravissantes ; que ton gosier, plein de chants, les verse
« en abondance, afin que nous louions ensemble le Seigneur. Tu loueras
« ton Créateur et moi mon Sauveur, et tous deux nous bénirons notre Dieu.
« Ouvre ton gosier plein de chants, afin que nos voix se rencontrent dou-
« cement dans un cantique d'allégresse. »

« Aussitôt l'oiseau se mettait à chanter, parcourant tous les tons, montant toujours plus haut; puis, se taisant, il attendait que la vierge chantât
à son tour, Rose de Lima chantait alors les louanges de Dieu d'une voix
ravissante ; et, lorsqu'elle avait fini, l'oiseau reprenait le chant, puis se

taisait tout à coup, comme s'il en avait reçu le signal. La sainte recommençait à chanter les ineffables perfections de l'Être divin, tantôt emportée par l'inspiration, tantôt exhalant son amour par de tendres soupirs, jusqu'à ce que son silence donnât de nouveau le signal du chant au musicien ailé. C'est ainsi que tous deux célébraient alternativement les louanges de Dieu, pendant une heure entière, avec un ordre parfait. Enfin, vers la sixième heure du soir, l'oiseau s'envolait, comme s'il eût achevé son travail, pour le reprendre le lendemain. » (Görres.)

Les lions ont vécu familièrement avec les solitaires du désert; ils ont respecté Daniel jeté au milieu d'eux dans une fosse profonde; les ours, plus sauvages encore, ont vengé l'injure faite à Élisée par des enfants impies et railleurs, tandis que des oiseaux ont apporté du ciel le pain mystérieux à Élie, et que des essaims d'abeilles ont déposé leur miel sur les lèvres des saints au berceau.

ᴹᵐᵉ B. D'ALTENHEYM (GABRIELLE SOUMET).

LV

LE MARÉCHAL MASSÉNA

NÉ A NICE EN 1754, MORT EN 1817.

Dans le cimetière de l'Est ou du Père La Chaise, derrière le coteau d'où se découvrent les tours et la plaine de Vincennes, reposent, l'un près l'autre, le vainqueur de Dantzick et le vainqueur de Zurich.

Ces deux héros ne s'étaient cependant rencontrés qu'une fois sur le même champ de bataille; mais leur audace, leurs services, leurs destinées furent les mêmes; et les guerriers qui viendront s'asseoir entre les deux sépultures de Lefebvre [1] et de Masséna auront peine à dire lequel des deux renferme le plus brave. Masséna toutefois partage avec Moreau la seconde place parmi les capitaines illustres que la révolution a fait sortir de l'obscurité.

> Avec nos libertés sa fortune commence,
> Et ses premiers combats annoncent un héros.

[1] Né à Rufach en 1755, mort en 1820.

> Les rochers d'où le Var précipite ses flots
> Sont le premier théâtre où brille sa vaillance.
> Des périls les plus grands son orgueil est jaloux;
> Et sa fougueuse impatience
> Partout à l'ennemi porte les premiers coups.
> Jamais à son aspect le destin ne balance.
> Au pied des Apennins, sur le pont de Lodi,
> Dans les marais d'Arcole, aux champs de Rivoli,
> La victoire est partout où Masséna s'élance.
> Tout s'émeut, tout s'enflamme au feu de ses regards;
> Son audace surprend ses compagnons de gloire;
> Et leur chef le proclame, au milieu des hasards,
> L'enfant gâté de la victoire.

Cette tête ardente qu'enflammait le génie de la guerre, ce cœur brûlant de patriotisme, ce corps infatigable, ce bras invincible, ne sont plus qu'une poussière inanimée.

Deux soldats, deux hôtes de cet hospice célèbre, qu'à l'exemple de Pisistrate la magnificence reconnaissante de Louis XIV voulut consacrer au courage malheureux, étaient debout près de la pyramide funèbre qui annonce à l'étranger que le héros a cessé de combattre. D'une voix altérée par la douleur, ils s'entretenaient des victoires du grand capitaine dont ils avaient suivi les drapeaux.

> Ils contaient ses exploits aux monts de l'Helvétie,
> Quand Charle et Suwarow, maîtres de l'Italie,
> Dévoraient en espoir la terre des Français.
> Masséna dans Zurich arrêta leurs succès,
> Confondit leur orgueil, et sauva la patrie;
> Aux bords de la Limmath leurs bataillons surpris
> Laissent leurs étendards et leurs lauriers flétris.
> Vers les monts du Tyrol l'effroi les précipite.
> Les rochers, les vallons, les fleuves sont rougis
> Du sang des Austriens et du sang moscovite.

> D'autres périls bientôt appellent leur vainqueur.
> Du haut des Apennins la France menacée,
> Du héros helvétique implore la valeur.
> Une armée indocile, abattue, affaissée,
> Aux cris de Masséna retrouva sa vigueur.
> Il triomphe un moment, mais le nombre l'accable;
> Et dans les murs génois contraint de s'enfermer,

Aux nombreux assaillants qui pensent l'opprimer
Il oppose partout un bras inébranlable.
Albion tonne en vain du haut de ses vaisseaux;
L'Autriche vainement tonne au pied des murailles :
Masséna sans pâlir répond à leurs assauts,
Sur les monts d'alentour sème les funérailles,
Et d'un œil intrépide il voit tous les fléaux
Que vomit dans ses murs le démon des batailles.
C'est un roc immobile assailli par les eaux.
Des soldats épuisés il soutient la constance,
D'un peuple mutiné réprime l'insolence;
Et la seule famine a dompté le héros.
Mais l'Anglais vainement lui présente des chaînes,
Il brave de l'Anglais les menaces hautaines;
A ses vainqueurs tremblants il impose des lois;
Il prédit aux Germains leurs défaites prochaines;
Et, libre de voler à de nouveaux exploits,
Montrant avec orgueil les restes d'une armée
Que la faim dévorante est près d'anéantir,
Il sort, en menaçant, d'une ville affamée
Où son courage altier n'avait plus qu'à mourir.

Il faudrait le génie d'Homère pour décrire dignement tant d'actions
héroïques : les bords de l'Adige franchis sous les yeux des Autrichiens, le
prince Charles battu dans Vérone et à Caldiero, ne trouvant de refuge que
dans la Hongrie; le royaume de Naples conquis pour la seconde fois; les
Russes et les Anglais, venus pour le défendre, cherchant un asile dans les
vaisseaux qui les ont apportés; la vigoureuse assistance qu'il prête au
vainqueur d'Eckmühl et de Ratisbonne; son intrépidité dans les plaines
d'Essling, où quarante mille Français, séparés du corps de l'armée par le
Danube, soutiennent les efforts de cent mille Autrichiens; sa conduite
brillante à la bataille de Wagram, où, retenu dans sa calèche par une bles-
sure dangereuse, il arrête la terrible colonne qui pensait le rejeter dans le
fleuve; et cette dernière campagne où, après avoir poussé Wellington jusqu'aux murailles de Lisbonne, victorieux partout, mais affaibli par ses
victoires, harcelé par une population soulevée, affaibli par tous les fléaux,
en proie à tous les besoins, dénué de tout, sans espoir, sans ressources, ne
conservant enfin que son audace, il se replie à pas lents devant un ennemi
qui, malgré la supériorité de ses forces, n'ose presser sa retraite, et qui,
satisfait des lauriers que la fortune lui donne, craint de perdre ses avantages
en cherchant à les mériter.

M. VIENNET, de l'Académie française.

LVI

LA VANITÉ DES CHOSES HUMAINES

L'homme, par ses désirs sans cesse tourmenté,
Sur le terrain mouvant de la prospérité
Bâtit, triste jouet d'une folle espérance,
Cent châteaux merveilleux, où son outrecuidance
Se pavane... souvent, avant la fin du jour,
Et l'homme et ses châteaux ont passé sans retour.

PH. T. T.

LVII

L'ERMITE DU CAP MALÉE

En nous rapprochant du cap Malée, distant de Cerigo de cinq à six lieues, nous aperçûmes à travers les rochers éboulés une sorte de ruine qu'on nous dit avoir été pendant quelques années la retraite d'un pauvre ermite. Il vivait là de ce que venait déposer sur la côte la charité des matelots. M. Bory de Saint-Vincent rapporte avoir vu cet ermite lors de son *expédition scientifique de Morée*, en juillet 1829. « Quand nous fûmes, raconte-t-il, à un jet de pierre seulement de la côte terrible, mais devenue traitable, le canot de notre bâtiment à vapeur fut mis à l'eau. Une corbeille ayant aussitôt été remplie de biscuit et de farine, provisions auxquelles je fis ajouter une cruche d'huile, les canotiers purent, non sans peine, à travers les récifs écumeux, déposer l'offrande sur une noire avance de rochers, à l'instant même où le soleil, se dégageant de l'horizon, inonda de clartés lancées de tout son disque l'immense hauteur au pied de laquelle je demeurais en admiration. L'ermite sauvage, averti sans doute au fond de son antre, par les brillants rayons du jour, que l'heure de la prière était venue, apparut tout à coup. Il nous sembla voir une de ces figures que peignaient si bien Zurbaran et Van Dyck, frappée de lumière sur un fond de ténèbres, encadrée par de vieilles briques, et dont la chevelure, la barbe et le cilice en haillons offraient une même teinte bistrée... Pendant la courte halte qu'avaient nécessitée la mise à flot et la rentrée du canot, le solitaire s'était agenouillé du côté de l'orient sans paraître d'abord s'occuper de nous;

mais quand l'épaisse fumée de notre mât de tôle l'avertit que le pyroscaphe se mettait en route, il se releva, et, abaissant vers nous ses regards, il parut nous adresser quelques démonstrations de reconnaissance, auxquelles l'équipage, accouru sur le pont, répondit par un respectueux salut : puis, quand nous nous éloignâmes davantage, se redressant avec une singulière dignité, il montra, de l'index de sa main droite étendue, le ciel resplendissant, où s'éleva son regard. Ainsi détaché sur cet escarpement, on eût pu le prendre pour quelque vieux tableau demeuré suspendu contre le mur grisâtre d'une basilique en ruine. »

L'ermite avait disparu depuis quelques années au moment de mon passage ; mais les matelots, qui aiment toutes les choses extraordinaires, montrent encore de loin l'espèce de grotte où il résidait.

J. A. BUCHON. (La Grèce continentale et la Morée.)

LVIII

DE L'INSTINCT CHEZ LES ANIMAUX

Le sentiment de la conservation porte souvent les animaux à venir chercher un appui auprès de l'homme. Plusieurs animaux et insectes feignent la mort dans l'occasion pour échapper au péril. On a vu un chien qui, par ses gesticulations significatives, fit entendre à une famille que le feu était à la maison ; la même remarque a été constatée chez un chat. L'instinct des animaux les plus féroces les rapproche pareillement de l'homme, lorsqu'ils se trouvent en proie à une violente douleur. Chacun connaît l'histoire d'Androclès, de cet esclave fugitif à qui un lion vint dans sa retraite présenter sa patte blessée par la présence d'une épine, et qui accompagna ensuite son médecin dans les rues de Rome. Un fait du même genre fut un jour fourni par un oiseau. M. Chaubard, naturaliste distingué et connu de l'auteur de cet article, se trouvait assis en compagnie de deux dames à côté d'une fenêtre ouverte, lorsqu'une hirondelle vint se poser sur le giron de l'une de ces dames. Après l'avoir caressée de la main, on la posa de nouveau au lieu où elle s'était abattue, pensant qu'elle allait prendre son vol ; mais comme elle continuait à y demeurer avec une sorte de persistance, on s'imagina qu'elle était peut-être blessée ; on la visita, et on découvrit une grosse hippobosque (hippobosca hirundinis, L.) cramponnée avec ses griffes à l'aisselle d'une des ailes de la pauvre bête. On l'arracha, on remit sur le giron l'oiseau, qui, délivré de son opiniâtre ennemi, s'envola à tire d'ailes.

Nous passerons rapidement sur le merveilleux instinct qui préside au rapprochement des sexes chez les animaux et assure la reproduction de l'espèce. Chacun sait que le ver luisant, qui projette sa clarté le long des chemins et au milieu de l'obscurité silencieuse d'une belle nuit, cherche, par l'éclat dont il brille comme une perle, à attirer à lui l'attention et les tendresses d'un époux.

Je côtoie un bois : j'entends deux oiseaux qui se répondent l'un à l'autre ; je les vois se rapprocher peu à peu ; je reconnais que ce sont deux serins. Après avoir sauté quelque temps de branche en branche, je les vois se poser l'un auprès de l'autre, commencer à se becqueter et en venir à de petites agaceries : les caresses redoublent ; rien de plus expressif que tout cela ; l'heureux couple s'unit. Le mâle gazouille tout bas ; la femelle l'écoute et lui répond par intervalles. Ils ne doivent plus se séparer, et tous deux vont travailler de concert à bâtir le nid qui recevra le fruit de leurs amours. Ils l'ont construit, la femelle a pondu, et elle couve. Le mâle se tient auprès d'elle et semble vouloir charmer par ses accents l'ennui de l'*incubation*. Les petits éclosent ; le père et la mère pourvoient à leur éducation et les soignent tour à tour. Je les entends demander la pâture ; ils l'ont reçue ; ils se taisent.

Quant aux soins à donner à leurs petits, l'instinct des différentes espèces se borne à placer ceux-ci dans des endroits où ils puissent trouver à leur naissance des aliments convenables. Les mères ne se méprennent point à cet égard. Le papillon de la chenille du chou ne va point pondre sur la viande, ni la mouche de la viande sur le chou.

Le cousin qui voltige dans l'air a d'abord été habitant de l'eau. C'est aussi sur l'eau qu'il va déposer ses œufs. L'amas qu'ils composent ressemble à une petite nacelle que l'insecte sait mettre à flot. Chaque œuf présente la forme d'une quille. Toutes les quilles sont verticales et adossées les unes aux autres. Le cousin ne pond qu'un œuf à la fois. On ne devine pas comment il parvient à faire tenir sur l'eau le premier œuf ou la première quille. Son procédé, très-simple, n'en est que plus ingénieux. Ce petit animal porte en arrière ses plus longues jambes ; il les croise, et c'est dans l'angle qu'elles forment alors qu'il reçoit le premier œuf et le tient assujetti. Un second œuf est bientôt déposé comme le premier, puis un troisième, un quatrième, etc. La base de la pyramide s'élargit ainsi peu à peu, et elle se soutient enfin par elle-même.

Certaines espèces sont si attachées à leurs œufs, qu'elles les portent partout avec elles. L'araignée *loup* renferme les siens dans une petite bourse de soie dont elle charge son derrière. Vient-elle à le perdre ou vient-on à le lui enlever, sa vivacité et son agilité naturelles l'abandonnent; elle semble tomber dans une espèce de langueur. Est-elle assez heureuse pour recouvrer le précieux dépôt, elle s'en saisit à l'instant, l'emporte et fuit. Dès que les petites araignées sont écloses, elles se rassemblent et s'arrangent adroitement sur le dos de leur mère, qui continue encore quelque temps à leur donner ses soins et à les transporter partout avec elle jusqu'à leur première mue. Lorsqu'on la surprend ainsi couverte d'une centaine de ces petits êtres, il est amusant de les voir tous sauter précipitamment de son dos et se sauver en tous sens.

Diverses mouches solitaires ne se font pas moins admirer par leur prévoyance à amasser des provisions pour leurs petits, que par l'art qui brille dans les nids qu'elles leur préparent. L'abeille *maçonne*, ainsi nommée parce qu'elle sait, comme nous, l'art de bâtir, exécute en maçonnerie des ouvrages qui sembleraient devoir surpasser de beaucoup les forces d'une mouche. Avec du sable, choisi grain à grain et lié avec une sorte de ciment bien préférable au nôtre, elle construit à sa famille une maison, à la vérité très-simple, mais également solide et commode. Elle est divisée entièrement en plusieurs chambres ou logettes adossées les unes aux autres, et qui ne doivent point communiquer ensemble. Une enveloppe générale, qui est pour ainsi dire un mur de clôture, les renferme toutes et ne laisse au dehors aucune ouverture. Il faut, pour voir les cellules, briser ce mur, dont la dureté est très-grande. Ces nids sont très-communs sur les faces des maisons; ils y paraissent comme des monticules ovales, d'un gris différent de celui de la bâtisse. L'architecte de ces petits bâtiments a soin de déposer dans chaque chambre un œuf et d'y renfermer en même temps une provision de cire ou de *pâtée*, qui est la nourriture appropriée à ses rejetons.

Comme il est certaines mouches qui ont été instruites à aller pondre leurs œufs dans le corps des animaux vivants, il s'en trouve d'autres qui les déposent dans l'intérieur des végétaux. Il n'est aucune partie de ces animaux ou de ces végétaux qui ne serve de retraite et de pâture à un ou plusieurs insectes. Une mouche pique la feuille du chêne; elle y fait naître une *galle*, au centre de laquelle un œuf est immédiatement logé. Cet œuf singulier croît comme un animal. En se développant il gonfle la galle; le petit qui en éclot trouve ainsi en naissant le logement et la nourriture dus à la sollicitude de sa mère.

Peu d'oiseaux ont excité la curiosité des naturalistes comme le coucou, et sur aucun on n'a avancé des choses aussi contradictoires. Le docteur Jenner fut le premier à nous fournir des données certaines sur les mœurs et les habitudes de cette classe d'animaux. Il est admis maintenant, comme un fait incontestable, que le jeune coucou expulse du nid qui lui a donné l'hospitalité les occupants plus faibles qui en étaient les possesseurs naturels. Cette opération a lieu généralement le second jour après qu'il est éclos ; ou bien, si le jeune intrus vient au monde avant ses compagnons, il se met en devoir de se débarrasser des œufs. Parfois il est arrivé que le père et la mère des coucous se sont chargés eux-mêmes de faire évacuer le terrain.

Le cri monotone du coucou est très-connu ; cependant cet oiseau émet quelquefois, lorsqu'il vole en ligne droite, un son assez semblable à une cadence délicate et prolongée obtenue sur la flûte. Son chant se fait entendre dans les premiers jours de mai ; et il commence à cette époque ces courses qui ont pour but l'envahissement de quelque nid étranger. Elles paraissent être comprises par les bergeronnettes et autres oiseaux de la famille des gobe-mouches, qui font dans les airs une véritable émeute autour de lui. Je ne l'ai jamais vu manger pendant le jour, ce qui ferait croire qu'il recherche sa nourriture le soir ou le matin, quand les phalènes sont sur le vol. On ne saurait douter qu'il ne soit insectivore, puisqu'il dépose son œuf dans le nid des oiseaux qui ne se nourrissent que d'insectes. Il y a des naturalistes cependant qui lui attribuent des goûts carnassiers, et qui disent qu'il mange les petits oiseaux et dévore les œufs. Le coucou pond probablement plus d'un œuf dans la saison ; car la nature a trop de soin de la conservation des espèces pour courir ainsi la chance de les voir exterminer totalement. Le colonel Montagne a ouvert un coucou qui avait quatre œufs dans l'ovaire. Blumenbach dit que la femelle pond six œufs dans le printemps, à différents intervalles. Elle a probablement la faculté de retarder la ponte jusqu'à ce qu'un nid convenable se rencontre sur sa route. Elle met à contribution le domicile des linottes, des mésanges, des rouges-gorges, etc., et surtout celui des bergeronnettes.

Nous voudrions pouvoir rétablir la réputation du coucou, qu'on a assimilé à l'autruche pour le manque d'affection maternelle. Quant à cette dernière, il est maintenant prouvé qu'elle ne quitte ses œufs que quand le soleil a atteint toute sa force, et parce qu'alors la chaleur additionnelle de son corps leur serait préjudiciable.

La pie est encore un oiseau digne d'attention par la ruse et l'instinct dont elle fait preuve. Son nid est bâti avec une excessive précaution : ainsi il se trouve fortifié extérieurement avec des bûchettes flexibles et du mortier de terre gâchée ; elle le recouvre en outre dans son entier d'une enveloppe à claire-voie de petites branches épineuses et bien entrelacées. On n'y remarque qu'une seule ouverture, que la plus sage prudence a pratiquée dans

le côté le mieux défendu. Le fond du nid est moelleux. Elle a continuellement l'œil au guet sur ce qui se passe au dehors. Son intelligence et sa
ruse sont extrêmes : elle sait distinguer, assure-t-on, un homme armé d'un
fusil d'avec un autre ; aussi prend-elle alors instantanément la fuite. Son
penchant au larcin est un fait avéré, et elle cache quelquefois avec tant de
précaution les objets soustraits, qu'il est difficile d'en faire la découverte.

Les hirondelles sont souvent en guerre avec les moineaux, et dans ces occasions elles font preuve d'une sagacité remarquable. Un couple de ces premières avait construit son nid dans l'encoignure de la fenêtre d'une maison
inhabitée. Un beau jour, un moineau s'avisa d'en prendre possession, et
l'on vit les pauvres hirondelles faire des efforts inouïs pour rentrer dans
leur demeure, à laquelle elles restaient accrochées. Leur persévérance fut
vaine ; le moineau tint bon et ne voulut pas déguerpir. Les hirondelles,
complétement épuisées, quittèrent le terrain ; mais ce fut pour revenir,
fortifiées par plusieurs autres de leurs compagnes. Chacune apportait dans
son bec un peu de terre glaise, avec laquelle ces industrieux oiseaux se mirent en devoir de boucher l'ouverture du nid et d'y renfermer le moineau
usurpateur. Livré à ses tristes réflexions, ce malheureux finit bientôt par
mourir misérablement. Une telle anecdote, qui peut paraître improbable,
est garantie par l'auteur anglais à qui nous l'empruntons.

Kalm, dans ses *Voyages en Amérique*, nous cite un trait non moins intéressant : « Deux hirondelles, dit-il, avaient construit leur nid dans une
écurie ; la femelle pondit ses œufs, et se disposait à les couver lorsqu'elle
vint à mourir. La personne qui les avait observées débarrassa le nid de
l'oiseau mort. Elle vit alors le mâle voltiger continuellement autour de sa
demeure, se poser sur un objet voisin et jeter un cri plaintif. Il se décida
enfin à se mettre lui-même sur les œufs ; mais, cette occupation lui paraissant probablement un peu gênante, il partit un matin, et revint dans la
soirée, suivi d'une autre compagne, qui se chargea de couver les œufs et
d'élever les petits. »

En examinant la tête d'une hirondelle vivante, il est impossible de ne
pas être frappé de l'air d'intelligence et de vivacité qui la distingue de tout
autre oiseau.

Les oiseaux, et tous les animaux en général, surveillent leurs petits
avec un soin jaloux. Ils les transportent d'un lieu à un autre lorsque leur
sûreté peut être compromise, et ils négligent souvent leur propre conservation afin d'assurer celle de leurs petits. Cependant nous n'hésitons pas à
accorder aux oiseaux, sur les quadrupèdes, la prééminence en affection
paternelle. Chez les oiseaux, cette affection est commune au mâle et à la
femelle, tandis que dans la classe des mammifères la femelle seule en est

douée. Outre le soin de nourrir sa progéniture, elle a souvent à la défendre contre la férocité du mâle.

« Un chat de mon voisinage, raconte le savant naturaliste d'outre-mer, avait jeté des yeux de convoitise sur un nid de merles; pour mieux l'atteindre, il grimpa sur le haut d'une palissade; la mère, à son approche, vola au-devant de lui, et, dans son agitation, fit entendre les plus douloureux cris de détresse et de désespoir. Le mâle, de son côté, montrait une inquiétude extrême, et élevant aussi la voix, il descendit à plusieurs reprises sur la palissade, juste en face du chat; non-seulement celui-ci ne put s'élancer vers sa proie, mais il eut toutes les peines du monde à se maintenir sur l'espace resserré qu'il occupait. Enfin le merle se jeta sur lui, se percha sur son dos, puis à l'aide de violents coups de becs, il le fit dégringoler et demeura seul maître du terrain. Dans une autre occasion où la même scène se renouvela, le merle fut une seconde fois victorieux, et notre chat tellement intimidé qu'il renonça complétement à l'espoir d'emporter le nid d'assaut. Après chaque bataille, le merle célébra sa victoire par un chant, et plusieurs jours après il poursuivait autour du jardin le malheureux chat, lorsque celui-ci s'avisait de quitter la maison. Il est venu à ma connaissance que deux merles ont suivi un enfant jusqu'au logis même, en lui administrant des coups de bec sur la tête, parce qu'il emportait avec lui le nid contenant leurs petits. »

La pauvre petite mésange bleue (*ægithus cæruleus*), qui n'a ni le bec ni les griffes assez forts pour repousser les agressions de l'ennemi le plus faible, essayera néanmoins d'intimider ses persécuteurs par ses menaces. Elle construit presque invariablement son nid dans un trou de mur ou de tronc d'arbre, et, la petitesse de son corps lui permettant de s'insinuer par les fentes les plus étroites, elle est ordinairement à l'abri de tous ceux qui pourraient la molester. Un enfant maraudeur veut-il la surprendre, elle réussit à l'effrayer : au moment où il introduit un doigt dans le trou au fond duquel elle cache son nid, elle pousse une espèce de sifflement si extraordinaire et ressemblant si peu aux notes habituelles des oiseaux, que l'enfant retire promptement sa main, dans la crainte d'y rencontrer quelque reptile.

On ne réfléchit guère sur la misère et l'anxiété que l'on cause aux oiseaux en les privant de la petite couvée qu'ils ont élevée avec tant de soins et de tendresse. J'ai lu quelque part ces lignes dans un ancien auteur : « Le parent cruel qui encourage son enfant à dérober à un oiseau ses petits, mérite qu'on lui vole à lui son propre nid, et qu'on le laisse sans enfants. »

Nous terminerons par quelques mots sur la tendance de certains animaux à vivre en société et à se prêter un mutuel appui.

Qu'un troupeau de bœufs paisse dans une prairie: un loup paraît-il, le troupeau forme aussitôt un bataillon et présente les cornes à l'ennemi. *Cette disposition guerrière le déconcerte et l'oblige à se retirer.*

Les moutons, exposés aux ardeurs de la canicule dans une plaine découverte, se rapprochent les uns des autres, de manière que leurs têtes se touchent : ils la tiennent inclinée contre terre, et hument l'air frais qui s'échappe par-dessous.

Les canards sauvages, appelés à changer de climat, se rangent de façon que leur vol forme un coin ou un V renversé, comme pour fendre l'air plus facilement. Le canard qui occupe la pointe conduit le vol, le sillon aérien. Au bout d'un certain temps, il est relevé par un autre; celui-ci l'est à son tour par un troisième, etc. Chacun prend ainsi sa part de tout ce que cette fonction peut avoir de pénible.

Il est bien connu que les oiseaux qui vivent en communauté placent une sentinelle sur un arbre élevé, afin qu'elle puisse donner l'alarme en cas de danger. Quelle forme de langage ou quel instinct a déterminé cet oiseau à faire le guet, dans le but de protéger ses semblables, alors qu'il se sentait probablement aussi affamé que ceux qui mangeaient en toute tranquillité près de lui?

Un papillon dépose ses œufs, vers le milieu de l'été, sur une feuille de prunier; le nombre de ces œufs est d'environ trois à quatre cents. Au bout de quelques jours, il sort de chacun d'eux une très-petite chenille. Loin de se disperser sur les feuilles voisines, toutes demeurent rassemblées sur celle qui les a vues naître: le même esprit de société les unit. Elles se mettent aussitôt à filer de concert une toile, d'abord très-mince, mais qu'elles fortifient ensuite peu à peu en y ajoutant de nouveaux fils. Cette toile est une vraie tente dressée sur la feuille, et sous laquelle les jeunes chenilles trouvent un abri. A mesure qu'elles grossissent, elles étendent leur logement par de nouvelles couches de feuilles et de soie. Les espaces compris entre ces couches sont les appartements, mis tous en communication par des portes ménagées à dessein. C'est dans ce nid qu'elles passent l'hiver, couchées les unes auprès des autres, sans mouvement, jusqu'à ce que le retour du printemps les ranime et les invite à aller ronger les feuilles naissantes. Enfin, vers le mois de mai, la société se dissout; chaque chenille tire de son côté, et va passer le reste de sa vie dans la solitude. Alors, devenues plus fortes, l'état de société ne leur est plus nécessaire; elles cessent d'avoir besoin d'une habitation commune.

D'autres chenilles vivent à la manière des *Arabes* et des *Tartares*, sous des tentes qu'elles dressent dans les prairies, et quand elles ont consommé toute l'herbe des environs de la tente, elles lèvent le piquet et vont camper ailleurs. On conçoit que souvent elles s'éloignent beaucoup de leur domicile, et par différents détours; cependant elles savent toujours le retrouver et s'y rendre au besoin. Ce n'est pas la vue qui les dirige si sûrement dans leur marche, cela est bien prouvé. La nature leur a donné un autre moyen de regagner le gîte, et ce moyen revient précisément a celui qu'employa Thésée pour sortir du labyrinthe. Nous pavons nos chemins; nos chenilles tapissent les leurs. Elles ne marchent jamais que sur des tapis soyeux. Tous les chemins qui aboutissent à leur nid sont couverts de fils de soie. Ces fils forment des trames d'un blanc lustré, qui ont au moins deux ou trois lignes de largeur. C'est en suivant à la file ces traces qu'elles ne manquent point le gîte, quelque tortueux que soient les détours dans lesquels elles s'engagent. Si l'on passe le doigt sur la trace, on rompra le chemin et on jettera les chenilles dans le plus grand embarras. On les verra s'arrêter tout à coup à cet endroit et donner toutes les marques de la crainte et de la défiance. La marche demeurera suspendue jusqu'à ce qu'une chenille plus hardie ou plus impatiente que les autres ait franchi le mauvais pas. Le fil qu'elle tend, en le franchissant, devient pour une autre un pont sur lequel elle passe. Celle-ci tend en passant un nouveau fil; une troisième en tend un autre, etc., et le chemin est bientôt réparé. — De même que les chenilles républicaines, les fourmis ne s'égarent point. Comme ces premières, elles laissent des traces partout où elles passent. Ces traces ne sont pas sensibles aux yeux; elles le seraient plutôt à l'odorat : on sait que les fourmis ont une odeur pénétrante. Quoi qu'il en soit, si l'on passe le doigt à plusieurs reprises sur un mur le long duquel des fourmis montent et descendent à la file, on les arrêtera tout court, et on s'amusera quelque temps de leur embarras. Il en sera de ces processions de fourmis comme de celles des chenilles.

Si le temps ne nous pressait, nous parlerions ici des chenilles *processionnaires*, qui vivent sur le chêne. Voyez-les au soleil couchant : elles sortent de leur nid et marchent en procession, sous la conduite d'un chef, dont elles suivent tous les mouvements. Les rangs ne sont d'abord que d'une chenille, puis de deux, de trois, de quatre et même d'un nombre plus grand. Après avoir pris leur repas sur les feuilles des environs, elles regagneront leur nid dans le même ordre, et cela se continuera pendant toute la vie de l'intéressant animal. Nous devrions pareillement consacrer quelques lignes aux industrieuses abeilles; à ce ver à soie qui donne tant à notre luxe; aux oiseaux de passage; à ces légions innombrables de volatiles qui, à époque fixe, émigrent d'un pays dans une contrée très-éloignée, et savent, au printemps suivant, retrouver le fleuve, l'arbre, le nid, le soleil paternels. Mais nous devons aujourd'hui nous arrêter ici. Seulement nous emploierons le court espace qui nous reste à bénir de nouveau l'admirable économie de la Providence, qui, par une surveillance incessante sur les animaux, les met en mesure d'agir de la manière la plus conforme à leurs besoins, et cela à l'instant même que cette action devient nécessaire. Qu'à l'étonnement dont nous avons été tant de fois saisis, se joignent ensuite les sentiments de la plus vive gratitude pour le Dieu puissant et bon qui n'a fait surgir tant de merveilles que pour le plaisir et le bonheur de l'homme.

FERDINAND P. O.

LIX

LA BOUTEILLE DE VIN DE CHAMPAGNE ET LE VOLEUR

Un vieillard respectable habitait avec un seul domestique une petite maison de campagne située à une lieue de Tulle, dans un endroit très-retiré.

Vers le milieu de la nuit, il fut à demi réveillé par quelques aboiements; mais, comme ce bruit ne dura qu'un instant, il n'y fit pas attention. Bientôt cependant il entendit forcer un des volets de sa cuisine, et tout effrayé il se leva. Ne possédant aucune arme chez lui, il cherchait un moyen de se sauver, lorsque Dieu lui inspira l'heureuse idée de faire usage d'une bouteille de vin de Champagne, dont la bruyante explosion imite en quelque façon celle d'une arme à feu. Le voilà donc en embuscade auprès de la fenêtre. Au moment où l'un des voleurs, après avoir, à l'aide d'un diamant de vitrier, enlevé une vitre, se préparait à pénétrer à l'intérieur de la cuisine, le courageux vieillard, en invoquant le saint nom de Dieu, donna une forte secousse à sa bouteille, et le bouchon, suivi d'une grande quantité de liquide, frappa au milieu du visage le voleur, qui poussa un cri et tomba du haut de son échelle sur l'angle d'une pierre de taille placée dans la cour. Le vieillard, plein de reconnaissance envers le Tout-Puissant, entendit distinctement le bruit des pas d'un individu qui se sauvait et les gémissements de celui qu'il venait d'asperger. Il prit une lumière, descendit dans la cour, et y vit deux cadavres, celui de son chien et celui du voleur, dont la tête était horriblement fracassée.

Mlle CLARA DE PÉTIGNY.

DÉVOUEMENT DU BOURGMESTRE VAN DER WERF

C'était en 1574. Les Espagnols assiégeaient Leyde depuis quatre mois ; la population était décimée par la famine. Des vieillards exténués, des mères tenant dans leurs bras leurs enfants, se rassemblent devant la maison du bourgmestre ; une foule exaspérée les suit et mille voix s'élèvent pour demander du pain. Van der Werf paraît, le regard fier, la contenance ferme ; il répond qu'ils peuvent le lapider et prendre son corps pour se nourrir, heureux si sa mort prolonge la défense de la ville. Cette réponse héroïque change l'abattement en enthousiasme. Il suffit souvent de l'exemple d'un seul homme pour élever les multitudes à la gloire, ou pour les plier à la bassesse ; voilà pourquoi le caractère de ceux qui gouvernent est d'une grande importance pour les nations.

Aux paroles généreuses prononcées par Van der Werf, les mécontents se précipitent aux remparts ; ils crient aux Espagnols qu'ils mangeront leur main gauche, qu'ils ne garderont que la droite pour les combattre, et qu'ils brûleront la ville plutôt que de la leur livrer. Cet élan enfante des miracles de valeur ; les assaillants sont repoussés et Leyde est débloquée quelques jours après.

C'est en récompense de cette résistance sublime que le stathouder Guillaume le Grand établit à Leyde une université où professèrent tour à tour Grotius, Descartes, Scaliger et d'autres hommes célèbres. Dans la salle où est le tableau sur ce trait d'héroïsme de Van der Werf, on voit le portrait contemporain du grand homme. Dans une armoire sont conservées des armes précieuses prises aux Espagnols, et les pigeons empaillés qui servaient de leur vivant de courriers entre la ville assiégée et le prince d'Orange.

Mme LOUISE COLET.

LES CHIENS

« Un chevalier du nom de Macaire fut un jour pourchassé par un chien qui lui sauta à la gorge ; on eut bien de la peine à faire lâcher prise à l'animal. Chaque fois qu'il le rencontrait il l'attaquait et le poursuivait avec la même fureur. L'acharnement de ce chien, qui n'en voulait qu'à cet homme, commença à paraître extraordinaire; on se rappelait l'affection qu'il avait marquée à son maître. Ce maître avait disparu. En plusieurs occasions le chevalier Macaire avait donné des preuves de sa haine contre Aubry de Montdidier. Quelques autres circonstances augmentaient les soupçons. Le roi, instruit de tous les discours qu'on tenait, fait venir ce chien, qui paraît tranquille jusqu'au moment où, apercevant Macaire au milieu d'une vingtaine d'autres courtisans, il tourne, aboie et cherche à se jeter sur lui. Dans ce temps-là (vers la fin du quatorzième siècle, 1371)[1], on ordonnait le combat entre l'accusateur et l'accusé, lorsque les preuves du crime n'étaient pas convaincantes : on nommait ces combats *jugements de Dieu*, tant l'on était persuadé que le Ciel aurait fait un miracle plutôt que de laisser succomber un innocent. Le roi (Charles V, le Sage), frappé de tous les indices qui se réunissaient contre Macaire, jugea qu'il *échéait gage de bataille*, c'est-à-dire qu'il ordonna le duel entre le chevalier et le chien. Le champ clos fut marqué à l'île Notre-Dame, qui n'était alors qu'un terrain vague et inhabité. Macaire était armé d'un gros bâton, le chien avait un tonneau percé pour sa retraite et ses relancements. On le lâche; aussitôt il court, il tourne autour de son adversaire, évite ses coups, le menace tantôt d'un côté, tantôt d'un autre, le fatigue et enfin s'élance, le saisit à la gorge, le renverse, et l'oblige de faire l'aveu de son forfait en présence du roi et de toute la cour. »

« Tel est le récit de Saint-Foix, et il ajoute que ce combat était peint sur une des cheminées de la grande salle du château de Montargis, » dit M. Roger de Beauvoir, à qui nous empruntons ces quelques lignes de transition de l'anecdote du chien à la lettre qui va suivre, de M. de Jouy. « Des critiques judicieux, Jules Scaliger entre autres et le P. Montfaucon, rapportent aussi ce trait, tendant à établir que les chiens ont plus de cœur que les hommes. Ce chien, contemporain de Philippe-Auguste ou de Louis VII[2], était resté plusieurs jours au pied de l'arbre où son maître s'était vu assassiner; la faim seule l'avait chassé de sa fosse. On a prétendu que ce chien était un lévrier; le fait est peu probable : les lévriers n'ont pas de nez; par conséquent, s'ils caressent un maître, s'ils se trouvent à son lever, à son coucher,

---

1. Voir Bouillet.

2. Il y a ici un anachronisme : la mort d'Aubry de Montdidier est de 1371, et les règnes de Louis VII et de Philippe-Auguste sont, l'un de 1137 à 1180, et l'autre de 1180 à 1223. La différence est de cent quatre-vingt-onze ans pour le premier, et de cent quarante-huit ans pour le second.

ce n'est que par habitude, comme de simples courtisans. Ils ne s'attachent pas, ils n'aiment pas, ils méprisent. Tel est, même chez les chiens, l'orgueil des castes. Après tout, ceci est la faute des rois, dit en plaisantant l'auteur que nous copions, et surtout de Dagobert, qui logea le premier ses chiens au Louvre. »

L'anecdote du chien d'Aubry de Montdidier a fourni la pièce du *Chien de Montargis*, qui eut un succès énorme ; on s'y étouffait. M. de Jouy partit de là pour insérer une lettre piquante d'un bourgeois de Paris dans son *Ermite de la chaussée d'Antin* (1812) :

« Monsieur l'ermite, s'écrivait-il à lui-même, il en est qui étudient l'histoire des mœurs dans celle des arts ; ceux-là veulent la trouver dans les progrès des sciences et des lettres, d'autres dans les fastes du théâtre ; moi, je l'ai trouvée dans l'histoire des chiens, à partir de ceux du roi Dagobert, jusqu'à la petite chienne que vient de perdre, l'autre soir, madame Hamelin, laquelle offre cinquante napoléons de récompense.

« J'ai déjà rassemblé tous mes matériaux, le plan de mon ouvrage est fait, et, lorsqu'il paraîtra, j'ose croire que l'hypothèse sur laquelle il est fondé, ne paraîtra pas plus ridicule que beaucoup d'autres. On y verra figurer successivement (pour ne parler que des deux derniers siècles) ces *chiens-burgos* qui, sous Louis XIV faisaient les délices de la cour et de la ville, ces *chiens-loups* que le régent aimait avec passion et dont la faveur ne se soutint pas après la chute du *système*, ces petits *chiens-sious* si chers à madame de Pompadour, et dont quelques douairières de Saint-Germain ont conservé l'espèce, ces *gredins* que madame Dubarry avait mis à la mode et qui disparurent avec elle. Vinrent ensuite les énormes *danois* qui couraient devant les voitures tout exprès pour culbuter les piétons, comme J. J. Rousseau en fit l'expérience.

« A ceux-ci succédèrent les *danois mouchetés* du comte de Livry, qu'une convention tacite semblait avoir si bien réservés à la noblesse, qu'un bourgeois se serait peut-être donné un ridicule en paraissant en public avec un chien de cette espèce. Les premiers symptômes de la révolution ont paru en France avec les *terriers anglais*, lesquels ont fait place aux *dogues* de 93, auxquels ont succédé les *carlins* de l'an VII, les *griffons* de 1805, et finalement les *chiens couchants* de l'époque actuelle.

« Voilà, comme vous voyez, une succession établie. J'ai lieu de croire que vous serez étonné du parti que j'en tire pour assigner à chaque siècle de notre histoire la nature relative à l'état de ses mœurs. Je suis fâché, monsieur l'ermite, que les bornes de votre feuille ne me permettent pas de vous développer avec plus de détails une idée féconde en résultats et en observations utiles ; mais du moins j'en ai dit assez pour préparer à mon livre l'accueil que ne peut manquer de recevoir un ouvrage original, dans un temps où l'on n'est pas blasé sur ce genre de mérite.

« Je vous salue de tout mon cœur,

» CÉSAR-CASTOR-TAÏAUT. »   PH. T. L.

LXII

PORTRAIT DE CHARLEMAGNE

A Aix-la-Chapelle, dans la salle dite *salle du conseil*, sont réunis des portraits d'empereurs, d'impératrices et de papes. Le portrait qui attire surtout les regards, c'est celui de Charlemagne. Cette salle du conseil est un des ornements de l'hôtel de ville, construit en 1353, sur les dessins de l'architecte Gerhard Chorus. Il fut élevé, dit madame Collet, à qui nous empruntons ces détails, sur les ruines mêmes du palais impérial de Charlemagne, que celui-ci avait fait bâtir en 780. Le glorieux fils de Pepin le Bref avait alors trente-huit ans, et en avait déjà régné douze.

L'immortel empereur est là, couronne en tête, avec sa longue barbe blanche, sa mine martiale. De sa main droite il soutient le globe du monde, et de sa main gauche le sceptre et l'écu aux fleurs de lis de France et aux armes d'Allemagne. Ce portrait est du quatorzième siècle; l'artiste qui l'a fait est inconnu. La tête a été reproduite d'après une médaille frappée du temps de Charlemagne. Rappelons en passant, puisque l'occasion s'en présente, que notre mot Charles, en latin *Carolus*, vient de l'allemand *Karl,* viril, et que si ce nom est commun à un très-grand nombre de personnages historiques, il n'a jamais mieux convenu à personne qu'à notre vingtième roi de France.

A l'aspect de cette tête noble et fière, on se souvient involontairement du portrait qu'en trace Éginhard, l'historien du prince et l'époux d'Emma, fille de l'empereur, si tout ce récit n'est pas une fable :

« Il était gros, dit le chroniqueur, et robuste de corps; sa taille était élevée, quoiqu'elle n'excédât pas une juste proportion; car il est certain qu'elle n'avait pas plus de sept fois la longueur de ses pieds. Il avait le sommet de la tête arrondi, les yeux grands et vifs, le nez un peu long, de beaux cheveux blancs et la physionomie *riante et agréable. Aussi régnait-il dans toute sa personne, soit qu'il fût debout, soit qu'il fût assis, un air de grandeur et de dignité; et quoiqu'il eût le cou gros et court et le*

ventre proéminent, il était si bien proportionné, que ces défauts ne s'apercevaient pas. Sa démarche était ferme, et tout son extérieur présentait
quelque chose de mâle ; mais sa voix claire ne convenait pas parfaitement
à sa taille. Sa santé fut constamment bonne, excepté pendant les quatre
années qui précédèrent sa mort. Il eut alors de fréquents accès de fièvre ;
il finit même par boiter d'un pied. Dans ce temps de souffrance il se trai-
tait plutôt à sa fantaisie que d'après les conseils des médecins, qui lui
étaient devenus presque odieux, parce qu'ils lui défendaient les rôtis, auxquels il était habitué, pour l'astreindre à ne manger que des viandes bouillies. Il se livrait assidûment à l'équitation et au plaisir de la chasse. C'était
chez lui un goût national ; car à peine trouverait-on dans toute la terre un
peuple qui pût rivaliser avec les Francs dans ces deux exercices.

« Les bains d'eaux naturellement chaudes lui plaisaient beaucoup. Pas-
sionné pour la natation, il y devint si habile, que personne ne pouvait lui
être comparé. C'est pour cela qu'il fit bâtir un palais à Aix-la-Chapelle, et
qu'il y demeura constamment pendant les dernières années de sa vie, jusqu'à sa mort. Il invitait à prendre le bain avec lui non-seulement ses fils,
mais encore ses amis, les grands de la cour, et quelquefois même les soldats de sa garde, de sorte que souvent cent personnes et plus se baignaient
à la fois. »

Ce curieux passage a été tiré de la traduction de M. Alexandre Teulet.

On trouve encore rassemblés dans cette salle du conseil les portraits de
Marie-Thérèse, du prince de Lorraine, duc de Toscane, mari de l'impératrice, de l'empereur Napoléon Ier, de l'impératrice Joséphine.

PH. T. L.

LXIII

NOUVELLE

C'était vers le milieu de décembre 1858. La soirée était sombre, le vent
soufflait avec force, et la neige tombait en épais flocons dans les rues de la
capitale.

Un jeune employé d'une importante maison de banque, et que nous appellerons Paul Sainte, suivait, soigneusement enveloppé dans son manteau, la rue de Grenelle Saint-Germain, rendue plus solitaire encore par le
froid qui sévissait. Il marchait depuis quelques instants, quand son attention

fut attirée par ces mots : « La charité, s'il vous plait, mon bon monsieur ! »
dits de la façon la plus lamentable.

La voix qui suppliait ainsi était celle d'une pauvre femme blottie dans
l'enfoncement d'une porte cochère. Son accoutrement accusait bien la plus
affreuse misère ; mais à la manière gauche et empruntée dont elle secouait,
plutôt qu'elle n'en jouait, une méchante serinette posée à ses pieds, on
reconnaissait la mendiante improvisée, la femme qui avait dû lutter longtemps contre un sentiment de pudeur naturelle, avant de se résigner à
venir prendre le public pour confident de ses souffrances.

Deux pauvres petites créatures, les épaules à peine couvertes de quelques lambeaux de vêtements, se tenaient immobiles, les mains jointes et
la tête basse, de chaque côté de cette malheureuse. Elles plaidaient ainsi,
par leur air si tristement résigné, mieux que n'eût pu le faire la plus belle
éloquence, les intérêts d'une impérieuse nécessité.

Aux regards suppliants de la mendiante, notre jeune commis ne put
se défendre d'un vif sentiment de commisération, et sa main, toujours
sympathique à la souffrance, tendit à la pauvresse une modeste pièce d'argent. Paul Sainte était sans ambition ; mais si, une fois dans sa vie, il se
surprit à regretter de n'être point né riche, ce fut assurément ce jour-là.
Aussi, pour ajouter à son aumône, ne s'éloigna-t-il de l'infortunée
qu'après lui avoir adressé quelques-unes de ces bonnes paroles qui font
rentrer dans le cœur l'espérance et la joie. Il n'ignorait pas d'ailleurs que
les pauvres ont souvent plus besoin d'affection que de pain, et qu'ils ne
semblent d'ordinaire si fort à plaindre que parce qu'ils sont en proie au
découragement et à la tristesse.

LE CARREFOUR DE LA CROIX-ROUGE

Le lendemain de la rencontre dont il vient d'être parlé, on eût pu voir
un jeune homme simplement mis s'enfoncer dans l'une des rues étroites
qui avoisinent le carrefour de la Croix-Rouge, s'arrêter en face d'une maison délabrée, et monter un escalier noir et tortueux auquel une corde, attachée par des anneaux scellés au mur, servait de rampe. Le chemin qui
conduit à la maison du pauvre est sale et étroit, se disait notre commis,
car c'était lui, mais ayons bon courage et avançons : les pauvres ont faim,
et la faim n'attend pas.

Lorsqu'il eut atteint le dernier étage, il poussa une porte à demi fermée, et pénétra dans une chétive mansarde qu'éclairait faiblement une fenêtre aux carreaux raccordés avec du papier huilé et des tampons de vieux
chiffons.

Dans un coin, se trouvait un matelas posé par terre, et sur ce matelas était étendu un homme tellement pâle qu'on eût pu croire qu'il venait de mourir, si de temps en temps une plainte douloureuse ne fût sortie de sa poitrine oppressée. Une pauvre femme, assise près de lui, soutenait sa tête ; à l'autre extrémité de la chambre, un jeune garçon d'environ cinq ans se tenait tout grelottant sur une espèce d'escabeau. A ses côtés, un monceau de haillons composait un méchant lit à une petite fille moins âgée encore. Par un étrange contraste avec le dénûment qui l'entourait, cet ange de la terre souriait du sourire des anges du ciel !

Oh ! c'était un spectacle navrant que celui de cette grande misère ! et une âme moins sensible que celle de notre visiteur n'eût pu le regarder sans défaillance.

Paul Sainte sut de Marguerite, l'épouse dévouée du pauvre moribond, que Jacques Grandin, son mari, exerçait l'état de charpentier, et qu'un soir d'octobre, alors qu'elle venait d'apprêter le modeste repas de famille, on le lui avait ramené plus mort que vif. En établissant un échafaudage, une planche avait glissé sous ses pieds : il était tombé de la hauteur de trois étages. Aussi, quand on le releva, avait-il tout le corps meurtri et gravement contusionné. Jusqu'à ce fatal événement, tout avait été à souhait dans le ménage, et un commencement d'aisance, qui s'augmentait chaque jour, semblait devoir assurer une prospérité durable. Mais, on le pense bien, les économies amassées avec tant de peine, disparurent en peu de mois, employées aux pansements de tout genre. L'hiver vint, et au lieu de se mieux porter, le malade sentit ses forces diminuer. Aussi le soir même où nous avons trouvé Marguerite demandant l'aumône, il n'y avait plus un sou à la maison ; les meubles de la chambre, et après eux les pauvres hardes, tout avait été vendu pièce par pièce ; il ne restait plus rien à ces pauvres gens, si ce n'est l'affligeante perspective d'être durement expulsés de leur réduit.

« Ah ! monsieur, reprit la pauvre femme en sanglotant et se couvrant la figure de ses deux mains, ce n'est là qu'un côté de notre infortune. Nous avions une fille, l'innocence même, que la calomnie vient de nous ravir. Adèle, qui depuis trois mois se prive de repos afin de chasser notre misère, Adèle se trouve en ce moment associée à des malfaiteurs... Adèle est en prison !... Oui, monsieur, cette pauvre enfant sera désormais une voleuse, et la honte qu'on fera peser sur elle retombera sur son malheureux père et sur ces deux petits que voilà !... »

Après cet aveu Marguerite se prit à sangloter de nouveau. Le mot terrible de prison lui revenait sans cesse à l'esprit. Il lui semblait déjà sentir s'imprimer sur son front le stigmate de l'infamie.

En ce moment la voix affaiblie et pleine de fièvre du malade se fit entendre. L'infortuné Jacques appelait sa fille, qu'il s'était accoutumé à voir à son chevet comme un ange de consolation : « Adèle ! Adèle ! disait-il, est-elle là ?... viendra-t-elle bientôt ?... »

Paul avait les larmes aux yeux, et la part si vive qu'il prenait à cette immense douleur lui gagna toute la confiance de Marguerite. Voici donc ce qui s'était passé : A la vue de ses pauvres parents ainsi tourmentés par la faim et par le froid, Adèle Grandin, dont le travail ne pouvait suffire, s'était un jour résignée à aller offrir à l'un des locataires, joaillier et prêteur sur gages, la petite croix d'or qui brillait à son cou, relique pieuse et touchante de sa première communion. Mais sur le point d'entrer chez l'usurier, le cœur lui avait manqué, et elle s'en était revenue en toute hâte et avec la rougeur de la honte. Cette démarche, quelque peu mystérieuse, n'avait pas échappé aux regards malveillants de certains voisins, et comme, par une sorte de fatalité, un vol avait été commis ce jour-là au préjudice du joaillier, les soupçons tombèrent sur la pauvre fille, qui fut immédiatement arrêtée et conduite en prison.

Paul Sainte comprit qu'en face d'un coup aussi terrible, il fallait à la famille éprouvée autre chose que des paroles. Il sortit donc, vivement préoccupé et cherchant dans son esprit le moyen le plus propre à sauver la famille Grandin du déshonneur dont elle était menacée.

L'HOTEL DE LA CITÉ BERGÈRE

A quinze jours de distance des événements que nous avons racontés, une scène bien différente se passait dans une des élégantes habitations de la cité Bergère. Il y avait bal chez M. de Bulligny, le patron de Paul. On fêtait la venue d'une année nouvelle. Partout ce n'était que brillants convives, que riches uniformes. Les femmes, avec leurs toilettes, avec leurs diamants, leurs fleurs, leurs robes soyeuses, concouraient surtout à disposer les âmes à l'ivresse et au bonheur. Ce soir même tous les employés de la maison avaient été l'objet d'une généreuse libéralité. Aussi, la bourse garnie de pièces d'or, s'étaient-ils triomphalement dirigés vers l'Opéra. Deux des plus heureux cherchaient à entraîner Paul Sainte, qu'ils aimaient parce qu'ils le savaient bon, généreux, ayant le cœur sur la main, et rempli de zèle pour son service. Ils voulaient d'ailleurs le tirer d'une sorte de douce tristesse qui depuis quelques jours le rendait silencieux et rêveur. Mais Paul sut s'excuser et s'arracher à leurs étreintes. La situation malheureuse de la pauvre famille Grandin lui revenait sans cesse à la pensée.

« Pauvres gens ! se disait-il, qui tous souffrent les plus dures privations,

pendant que j'ai le cœur satisfait et de l'argent par surcroît ! Allons partager avec eux notre bonheur. Retournons les voir, et puisque notre patron
a le cœur si généreusement doté aujourd'hui, frappons un grand coup. Il
connaît le procureur impérial, dont il est même un peu parent. Réclamons
l'intervention de son concours pour la mise en liberté de l'infortunée
Adèle. »

La charité chez les grandes âmes est prompte à l'œuvre. La bonne pensée qui avait soudainement brillé dans le cœur de notre jeune homme
reçut donc sur-le-champ son exécution. Il regagna en hâte l'hôtel de la
cité Bergère et se présenta chez M. de Bulligny. Celui-ci eut à peine connu
la nature du service qui lui était réclamé, que, se tournant vers un des
convives : « Voici, cher cousin, lui dit-il, une affaire qui est de votre ressort. Nous nous associons à ce jeune homme pour vous demander l'élar-
gissement d'une pauvre fille, la providence de ses parents, et qui, à cette
heure et pendant que nous dansons, pleure sur la paille de son cachot une
faute qu'elle n'a point commise... — Vos désirs sont pour moi des ordres,
répondit gracieusement le magistrat, dont l'âme, quoique fortement trem-
pée, s'inclinait facilement vers la miséricorde. Faites apporter du papier
et de l'encre ; je transmettrai au directeur de la Conciergerie l'ordre qui
doit combler vos vœux. »

Heureux du succès de sa démarche, plus heureux encore du bonheur
qu'il venait de ménager à des âmes désespérées, notre excellent jeune
homme se dirigea vers le triste réduit avec lequel nous avons fait connaissance.

A peine y était-il entré que deux garçons d'hôtel apportèrent dans une
corbeille d'abondantes provisions, des viandes froides, des pâtisseries et
plusieurs bouteilles d'un vin généreux. La surprise serait difficile à peindre. Paul contribuait à l'augmenter par sa réserve impassible. Bien plus,
il semblait même partager l'étonnement de ses protégés et déroutait ainsi
toutes les conjectures.

Après avoir développé la blanche nappe qui contenait les provisions, et
étalé ces dernières avec un ordre parfait, les serviteurs se retirèrent discrètement. Un profond silence suivit leur départ, et il paraissait devoir se
prolonger, quand tout à coup une voix retentit dans l'escalier : c'était celle
d'Adèle ! Marguerite l'avait reconnue aussitôt et s'était précipitée vers la
porte. Quelques secondes après, la mère et la fille tombaient dans les bras
l'une de l'autre et confondaient leurs larmes et leurs embrassements.
L'heureuse fille était brillante de bonheur. Elle courut ensuite à son père,
qui, par un suprême effort, s'était déjà rapproché d'elle et lui disait de sa
voix la plus caressante : « Adèle bien-aimée, c'est bien toi, n'est-ce pas ?

Mais comme il y a longtemps que je ne t'ai vue! Il me semble que j'ai bien souffert et que j'ai fait des rêves affreux! — Oui, mais voici le réveil, repartit Adèle en souriant doucement à Paul et en embrassant de nouveau son père sur le front. — Mieux encore, il faut l'espérer, ajouta Paul : c'est le bonheur!... »

ÉPILOGUE

Le 1er mai 1856 la chapelle de la Vierge, à l'église de Saint-Sulpice, se parait de ses plus beaux ornements. Paul et Adèle venaient y faire consacrer les sentiments d'une sainte et chaste affection. L'amour chez eux n'était en effet ni une faiblesse avilissante, ni une folie risible, ni un caprice passager. C'était une de ces tendresses touchantes qui n'éveillent dans l'âme que des émotions pures et douces.

Le lendemain des noces Paul reçut de M. de Bulligny, qui avait secrètement suivi les rapports de son subordonné avec la famille Grandin, un billet ainsi conçu : « Je vous félicite, mon cher Sainte, de l'exquise délicatesse avec laquelle vous savez exercer la charité. En unissant Adèle à votre sort vous avez voulu, je n'en doute pas, honorer la piété filiale et l'héroïque patience. A mon tour, je veux récompenser celui qui sait si noblement servir la cause des malheureux. Je triple vos appointements, et je vous associe désormais à mes opérations financières. »

A dater de ce jour, la famille Grandin cessa de connaître la vie de gêne et de privations. Jacques, parfaitement remis de son accident, n'a pas renoncé au travail, mais il a déposé sa hache de charpentier pour se placer à la tête de quelques-unes de ces splendides constructions qui s'élèvent comme par enchantement de tous les points de la grande ville. Sa rare intelligence lui a déjà ménagé de beaux succès. Adèle, toujours bonne, toujours dévouée, a deux petits garçons, deux vrais chérubins, aux cheveux blonds comme de l'or tout neuf, aux grands yeux bleus, dans lesquels on lit tout plein de tendresse. C'est le portrait de leur mère, ce sont ses façons avenantes, c'est son parler si doux, son sourire si bon. Quand, après les occupations de la journée, Paul Sainte vient demander au foyer un peu de repos et de douce quiétude, c'est pour lui un moment bien heureux de soulever tour à tour dans ses bras Émile et Ferdinand, ou de les voir venir triomphalement présenter leurs joues aux baisers de leur père. Il faut ensuite voir Adèle jouir du délicieux spectacle de ces ébats. Comme son regard s'anime! comme il dit bien toute la félicité de son âme! Ah! c'est que cette nature d'élite n'est pas seulement la gracieuse providence de tout ce qui souffre et pleure, mais elle comprend que la femme n'a été créée et mise au monde que pour aimer, après Dieu, un mari, des enfants, et rien autre chose. Le bonheur qui découle de la tendresse maternelle, vous l'avez éprouvé, mères qui me lisez, quand vous aviez un petit ange de six mois roulé dans votre tablier. Chaque baiser que vous lui donniez ne vous rendait-il pas heureuse comme une reine, et chaque boucle de sa petite tête blonde ne vous semblait-elle pas plus précieuse qu'un trésor?

FERDINAND P. O.

LXIV

DU VIN

LE GÉNÉRAL CAMBRONNE

Le VIN, a dit énergiquement un ancien, se mêle aux mœurs de ceux qui le boivent; c'est-à-dire que la gaieté, la vivacité, la franchise, dont il semble contenir en lui le principe, mais dont il n'est sûrement que l'aiguillon, s'introduisent, grâce à lui, dans les mœurs, et en deviennent les traits essentiels. Aussi est-il naturel que le caractère des peuples qui jouissent des bienfaits du vin éprouve à la longue des modifications heureuses, et prenne, à certains égards, de la supériorité sur ceux auxquels le même avantage n'est pas accordé. Mais ici, comme toujours, à côté d'un grand bien se montre l'une des plus tristes misères de l'humanité. L'effet exagéré du vin, c'est l'*ivresse*, dont l'habitude constitue un des vices les plus honteux pour l'âme, les plus dégradants pour le corps, l'*ivrognerie*.

On trouve dans un manuscrit arabe une peinture assez originale des effets du vin. « Lorsque Noé eut planté la vigne, y est-il dit, Satan vint l'arroser avec le sang d'un paon; lorsqu'elle poussa des feuilles, il l'arrosa du sang d'un singe; lorsque les grappes parurent, il l'arrosa du sang d'un lion; et lorsque le raisin fut arrivé à maturité, il l'arrosa du sang d'un pourceau. Le fruit de la vigne, abreuvée du sang de ces quatre animaux, en a pris les différents caractères: ainsi, au premier verre de vin, le sang du buveur devient plus animé, sa vivacité plus grande, ses couleurs plus vermeilles; dans cet état, il a l'éclat du paon. Les fumées de cette liqueur commencent-elles à lui monter à la tête, il est gai, il saute, il gambade comme un singe. L'ivresse vient-elle à le saisir, il est un lion furieux. Enfin est-elle à son

comble, semblable au pourceau, il tombe, se vautre à terre, s'étend et
s'endort. »

Considérons un instant l'homme sous ce dernier état.

L'ivrognerie absorbe à tel point toutes les facultés de l'intelligence et des
sens, que l'ivrogne devient incapable de guider ses pas et d'écouter la raison.
Chancelant comme un épileptique, il s'expose aux plus douloureuses blessures et même à une mort honteuse. Son aspect hideux, ses traits décom-
posés et livides, ses yeux hagards, ses idées sans suite, sa marche oblique
et tortueuse, les mots entrecoupés qui échappent à ses lèvres couvertes
d'écume, ses gestes grotesques, en font un objet de dégoût et de mépris
pour les spectateurs et un jouet pour les enfants.

Combien de malheureux qui, faute de comprendre la vraie dignité
de leur nature, s'exposent ainsi tous les jours à la perte du plus noble
privilége de l'homme, la raison ! Que de honteux délires, que de fré-
nésies, quel déplorable spectacle, propre à soulever l'indignation avec
la pitié, pour celui qui pourrait embrasser d'un regard, sur toute la
terre, la misérable troupe des aliénés volontaires ! Aussi à plaindre qu'à
blâmer sans doute, ils croient trouver un refuge contre leurs chagrins,
leurs fatigues, leurs peines journalières, dans la suspension passagère de
la conscience de la vie. C'est toujours autant de gagné sur l'ennemi,
disent-ils. Les infortunés ! Mais celui qui respecte sa vie n'en cherche pas
l'oubli. Loin de demander au vin cette surexcitation qui jette l'âme
tantôt dans l'imbécillité, tantôt dans la dureté, et nous conduit bien souvent
jusqu'à l'idiotisme, il s'en rapprochera, au contraire, comme d'un aliment
énergique, propre à accroître la vigueur du corps, le ressort de l'âme, et à
lui permettre ainsi de supporter sans faiblir la charge de son existence.

Il suffit à l'homme le plus estimable de boire une fois jusqu'à l'ivresse,
pour commettre les actes les plus extravagants, les plus infâmes, pour
ruiner toute la confiance qu'on avait en lui, pour se répandre en paroles
outrageantes ou indiscrètes, pour se susciter d'éternels ennemis, des chagrins cuisants, enfin pour remplir sa maison de deuil et de désespoir.
Quel exemple plus frappant de cette triste vérité qu'Alexandre le Grand
pleurant sur le cadavre de Clitus, son serviteur et son meilleur ami, assas-
siné à la suite d'une orgie ! D'ailleurs n'est-ce pas à ce vice honteux que ce
conquérant dut sa mort, arrivée à la force de l'âge, au sein de la plus brillante prospérité ?

Tous les peuples ont voué un mépris profond à cette passion avilissante.
Les Lacédémoniens, pour inspirer à leurs enfants l'horreur de ce vice infâme, faisaient paraître devant leurs yeux un esclave qu'on avait forcé à
s'enivrer et dont les actes honteux, les paroles incohérentes et abjectes

étaient propres à leur fournir une vive image des résultats fatals de l'excès des boissons.

Une ferme volonté pourra toujours nous mettre à même de résister aux séductions du vin. En voulez-vous une preuve manifeste? laissez-moi vous raconter l'histoire suivante, dont le héros n'est autre que le célèbre Cambronne.

Cet illustre guerrier, chacun le sait, débuta dans le métier des armes par les grades les plus humbles. En 1795, n'étant encore que caporal, il se trouvait en garnison à Nantes. Quoiqu'à peine âgé de vingt ans, Cambronne se livrait fréquemment à la déplorable habitude, assez commune d'ailleurs chez nos soldats, de boire avec excès et de s'enivrer. Sous l'influence du vin, son caractère déjà si opiniâtre s'exaltait à outrance et se roidissait dans un sentiment de susceptibilité ombrageuse, contre les plus légers obstacles. Un jour que les vapeurs du vin avaient envahi son cerveau, il s'oublia jusqu'à frapper de son bras nerveux un officier qui lui donnait des ordres en les accompagnant, sans doute, d'une réprimande assurément bien méritée. Traduit devant un conseil de guerre l'infortuné caporal fut condamné à mort.

Cependant un homme veillait sur Cambronne et le couvrait à son insu de la plus généreuse sollicitude. C'était son propre colonel, qui n'avait pas été sans apprécier tout ce que le cœur du futur général renfermait de bonté spontanée et d'initiative.

Il alla donc trouver un représentant du peuple qui remplissait alors à Nantes les fonctions de commissaire du gouvernement.

« Commissaire, lui dit-il, je viens vous demander la grâce du caporal Cambronne.

— Vous n'y pensez pas, colonel, repartit avec vivacité le représentant; une telle faveur serait la ruine de la discipline. Il faut un exemple. Cambronne a mérité la mort, Cambronne mourra. »

Toutefois le digne solliciteur sut si bien faire, il mit tant d'émotion, dans ses paroles, qu'il parvint à triompher complétement de la rigueur qui dictait cette réponse. La grâce de Cambronne fut signée, mais à une condition cependant; c'est que Cambronne ne se griserait jamais plus...

Heureux du résultat de sa démarche, le colonel courut à la prison et fit demander son protégé.

« Eh bien ! mon pauvre enfant, te voilà sous le poids d'une faute bien grave.

— Hélas ! oui, colonel. Aussi voyez ce qui m'en arrive. J'ai déjà perdu la liberté ; demain je perdrai la vie... et l'honneur !

— Peut-être... Sois moins prompt à te laisser aller au découragement. Ne désespère pas encore entièrement.

— Comment, peut-être? mais je dois mourir, car les lois militaires sont nflexibles.

— Non, mon ami, tu ne dois point mourir encore... Voici ta grâce que m'a accordée le commissaire du gouvernement. Mais une condition y a été attachée...

— Une condition ! Et quelle est cette condition? Oh ! dites, mon colonel, rien ne me coûtera pour sauver ma tête.

— Cette condition, c'est que tu t'engageras à ne jamais plus t'enivrer.

— Ah ! colonel, ce que vous me demandez là est impossible !

— Comment, impossible?...

— Oui, mon colonel; car, voyez-vous, pour ne plus m'enivrer, il faudrait que je ne busse plus de vin. Or la bouteille et moi nous nous aimons trop !... Et c'est à tel point que quand une fois c'est commencé, il faut que ça finisse. Pas moyen de s'arrêter !

— Mais, malheureux ! ne pourrais-tu donc t'engager à ne plus boire de vin ?

— Plus du tout ?

— Sans doute, mordieu ! Songe qu'il y va de ta vie, et que si tu refuses, demain on te fusillera ! »

Cambronne baissait la tête et murmurait tristement à part lui : « Ne plus boire de vin, ne plus jamais, jamais boire. Oh ! la mort n'est pas pire !...

« Mais, se prit-il à dire tout à coup ; mais mon colonel, si je vous faisais la promesse que vous exigez de moi, qu'est-ce qui vous en garantirait l'exécution ?

— Ta parole d'honneur! Elle me suffirait, car je te crois incapable de la violer jamais. »

Cambronne était ému... Cette preuve de confiance l'avait touché et le rappelait soudainement à sa dignité d'homme et à ses devoirs de soldat. Levant alors la main :

« Moi, Cambronne, dit-il d'un ton solennel, je jure en présence de Dieu, qui m'entend, de ne jamais plus boire de vin. »

Puis, se tournant vers son libérateur :

« Eh bien! mon colonel, êtes-vous content maintenant?

— Oui, bien content !... Je n'attendais pas moins de toi. Aussi viens que je t'embrasse... Demain tu rentreras au quartier pour y reprendre tes fonctions. Désormais sois bon soldat et consacre à la patrie cette vie qu'elle te rend aujourd'hui. Fais-la belle et glorieuse pour l'honneur de la France et pour le mien. »

Vingt-cinq ans après le *caporal* Cambronne était devenu le *général* Cambronne. A la suite de la chute de l'empire, et après avoir couronné ses nombreux faits d'armes par cette héroïque retraite de Waterloo, où, à la tête de la garde, il combattit avec un si merveilleux courage, Cambronne avait pris sa résidence à Paris. Là, aimé des siens et honoré de tous, il goûtait peut-être pour la première fois cette douce paix, ce calme pur qu'on demanderait vainement aux pompes et à l'éclat des grandeurs humaines.

Son vieux colonel, chargé d'années et brisé par de longs et pénibles services, s'était également fixé à Paris. Ayant eu connaissance de la présence de Cambronne, il se fit une fête de l'avoir à dîner. Le colonel avait réuni pour cette circonstance plusieurs de ses anciens frères d'armes. Cambronne fut l'objet des plus touchants égards.

Sur la fin du repas, le maître de la maison offrit à son illustre convive un verre de vin conservé pour les grandes occasions et dont la qualité était hors de prix.

Cambronne jeta sur le colonel un regard sévère et froid. Puis d'un ton vif où se peignait l'étonnement :

« Que me présentez-vous là, lui dit-il ?

— Mais du vin du Rhin, général, et du bon. »

Et comme Cambronne semblait s'irriter de ces paroles :

« Mais, général, je vous assure qu'il est d'une qualité rare. Il a plus de cent ans et il serait, je crois, fort difficile de trouver son pareil. En douteriez-vous ? Goûtez plutôt, et vous...

— Pour qui prenez-vous donc Cambronne? s'écria celui-ci en frappant sur la table. Et Nantes ! et la prison ! et ma grâce ! et mon serment ! mon serment !... Vous avez donc oublié tout cela, mon cher ami? Ah ! sachez que depuis ce jour pas une goutte de vin n'a touché mes lèvres. Je vous l'avais juré et j'ai tenu ma parole. »

Le colonel, rendu à ses souvenirs, demeurait pénétré d'admiration en présence de cette fidélité énergique de son ancien caporal. Aussi se garda-t-il bien d'insister. En portant un toast à Cambronne, il se félicita au contraire une fois de plus d'avoir su conserver un tel soldat et surtout un tel homme à la France.

Vous le voyez, il est toujours possible de se corriger de ses vices : il suffit de vouloir. On a dit du mot *impossible* qu'il n'est pas français; ajoutons qu'il est encore moins chrétien. *Tout est possible à qui veut fortement.*

FERDINAND P. O.

LXV

MORT DE LAVATER

Après la bataille de Zurich, gagnée le 26 septembre 1799, par Masséna, contre les Russes commandés par le général Korsakow, les Français entrèrent pour la seconde fois dans la ville, qu'ils avaient déjà occupée victorieusement l'année précédente. Au milieu du désordre de l'action, Lavater avait quitté sa demeure pour porter charitablement des secours à ses concitoyens blessés, lorsque, à la suite d'une courte altercation avec un soldat, il fut atteint d'un coup de feu, des suites duquel il mourut en 1801. M. Thiers (*Histoire de la révolution française*, liv. XLIII) met ce meurtre sur le compte d'un soldat suisse; M. A. H. Lemonnier croit avoir de solides raisons de penser que le soldat était français. Quoi qu'il en soit Lavater, dit M. Bouillet, offrait le modèle de toutes les vertus; il unissait à une piété exaltée une éloquence douce et persuasive. On lui reproche seulement une grande crédulité et un penchant extrême pour le mysticisme.

PH. T. L.

LXVI

LE GLAND ET LE CHÊNE

Au pied du large tronc de cet arbre superbe,
Vois-tu, mon fils, ce fruit qui se cache dans l'herbe,
Vain jouet qu'en passant va ramasser ta main,
Puis jeter au hasard sur le bord du chemin?
En son sein attiédi si la terre l'enferme,
Si d'un fertile humus elle en nourrit le germe,
Et, fragile embryon dans sa coque endormi,
Le garde des assauts de l'insecte ennemi,
Il grossit par degrés, s'enfle, se développe,
Puis il sort, en brisant sa grossière enveloppe,
Faible plante d'abord, humble et frêle à tel point
Que l'œil dans le gramen ne la distingue point.
Mais bientôt à grands flots y circule la séve,
Et le voici déjà qui, plus hardi, s'élève

Au-dessus du gazon, et, sous l'azur des cieux,
A sa jeune verdure il sourit gracieux.
Le soleil de ses feux avec amour l'éclaire,
Et l'oiseau vient chercher son rameau tutélaire,
Et la brise y murmure, et, joyeux arbrisseau,
De son naissant ombrage il couvre le ruisseau.
Chaque année, à sa force une force nouvelle
S'ajoute, et tout entier l'arbre enfin se révèle !
C'est le roi des forêts, c'est le chêne orgueilleux,
Qui vers le firmament dresse un front sourcilleux,
Et qui, perçant du sol les entrailles profondes,
Plonge jusqu'aux enfers ses racines fécondes.
C'est le rival du cèdre et l'honneur des hameaux,
Qui nourrit et protége et cache en ses rameaux,
Sous son écorce épaisse, à l'abri de son ombre,
De mille êtres divers les familles sans nombre,
Et défiant la foudre et l'aquilon fougueux,
De l'astre du jour même intercepte les feux.
C'est l'arbre consacré par d'antiques miracles,
L'arbre de la féerie et des divins oracles,
Le trône de justice au pied duquel les rois
Des peuples assemblés venaient régler les droits ;
L'arbre où le sage va rêver loin du tumulte,
Dont chaque siècle accroît le vénérable culte,
Qui vit cent âges d'homme et voit des nations
Se succéder sans fin les générations.

Ainsi naît et grandit l'arbre de la science ;
Chaque homme avec la vie en reçoit la semence
De la main de Dieu même, et l'enfant ingénu
En porte dans son sein le trésor inconnu.
Mais d'un maître prudent si la sage culture,
Si l'assidu travail seconde la nature,
Le germe saint éclôt, et le jet qu'il produit,
Chaque saison nouvelle, étale un nouveau fruit.

Nourri de leur saveur, l'esprit se fortifie,
De la tache d'Adam le cœur se purifie,
Et l'âme avec amour sur des ailes de feu
S'élève et prend son vol au sein même de Dieu.
De la création, là, sondant le mystère,
L'homme voit et sait mieux les choses de la terre,
Et celles que le ciel dérobe en ses splendeurs,
Dont son chant inspiré célèbre les grandeurs.

Ce n'est plus un mortel, non, non, c'est un prophète,
Un sage, un philosophe, un savant, un poëte!
C'est Orphée entraînant les rochers et les bois,
Et soumettant la Thrace au joug sacré des lois ;
C'est Homère, en des chants qui ravissent les âmes,
Dénouant le tissu de ses immenses drames ;
Aristote enfermant dans son vaste cerveau
Et la science antique et le savoir nouveau,
Roi qui sur les esprits de siècle en siècle règne ;
C'est Socrate, martyr de la foi qu'il enseigne,
Et Platon, ce messie aux Grecs prédestiné,
Qui des rayons du Christ s'avance illuminé ;
C'est l'aigle altier de Meaux et son rival modeste,
Des peuples et des rois le précepteur céleste,
Et l'austère Pascal, ce sublime inventeur,
Par qui l'air subjugué cède à la pesanteur ;
C'est Newton des cieux même expliquant la structure,
Et Buffon, ce génie égal à la nature,
Et Cuvier sous nos yeux de ses mains recréant
Les vieux mondes plongés dans la nuit du néant...
Tous des fruits abondants de leur noble industrie
Dotent le genre humain, fécondent leur patrie,
Au charme des beaux arts, à l'attrait des beaux vers
Enchaînent sans efforts tous les instincts pervers,
Et subjuguent l'orgueil du cœur le plus farouche ;
Et leur nom glorieux, passant de bouche en bouche,
D'âge en âge s'accroît d'un honneur mérité
Et fixe les regards de la postérité.

GINDRE DE MANCY.

LXVII

L'ARMÉE FRANÇAISE

ET LES RELIGIEUX DU MONT SAINT-BERNARD

Le 20 floréal de l'an VIII de la république française, l'armée de réserve franchissait les Alpes. Bonaparte, qui allait jeter des fers à l'Italie avec des proclamations de liberté, semblait vouloir escalader les hauteurs du grand Saint-Bernard pour faire l'apprentissage du trône ; car les replis de la redingote grise du général laissaient apercevoir déjà le manteau de pourpre de l'empereur. Les bulletins de ses triomphes avaient popularisé son nom, et l'étendard aux trois couleurs commençait à devenir pour tous les partis un signe de ralliement; c'était un fanal dans la tempête. Quarante mille Français gravissaient les flancs du Saint-Bernard, pour se précipiter sur Marengo; mais cette armée qui marchait à la victoire offrait presque l'image d'une déroute, tant le passage de la montagne était hérissé d'obstacles et de périls! point d'ordre, point de rangs! les soldats s'avançaient l'un après l'autre, appuyés sur leurs fusils ou sur de grands bâtons ferrés, à travers des sentiers roides et raboteux, bordés par une double ceinture de rochers et de précipices; leurs pieds si fermes dans les champs de bataille, glissaient sur la neige, et plusieurs roulaient au fond de l'abîme; Bonaparte faillit lui-même y tomber... un pas de plus, que serait devenue l'Europe? Ici, on voyait des mulets plier sous le poids des armes et des bagages; là, les obusiers et les canons, couchés dans des arbres en forme d'auges, ou étendus sur des traîneaux à roulettes, ne se remuaient qu'avec peine. Les soldats marchaient confondus pêle-mêle avec les officiers et les généraux, et cette égalité militaire semblait encore un reste du nivellement politique que la révolution avait prétendu établir partout. Malgré les fatigues et les dangers de la route, l'armée conservait cette gaieté toute française qui, n'abandonnant jamais nos soldats dans les plus grands désastres, joue avec les périls et plaisante avec la mort.

Après une longue et pénible marche, on parvint jusqu'au plateau de la montagne où s'élevait l'hospice, destiné à être une caserne de passage. Le contraste du bruyant appareil d'une armée et de la retraite paisible d'un cloître; ici, les grenadiers qui, épuisés de fatigue, bivaquaient sur la pierre et sur la neige ou se groupaient autour des foyers; là, ces religieux qui s'occupaient du soin de les réchauffer et de les nourrir; les jurements des uns, les prières des autres; ces grands chiens au poil fauve ou blanc, qui aboyaient de surprise; ces mulets qui agitaient leurs grelots sous les voûtes sonores; ces drapeaux, ces canons rangés au pied d'une croix; ces lits de camp dressés dans une église; l'uniforme des généraux confondu avec la robe de serge des moines; enfin Bonaparte serrant la main d'un simple prêtre du Seigneur de cette main qui plus tard osa opprimer un pape; tout cela formait un spectacle singulier dont le Saint-Bernard ne devait être qu'une seule fois le théâtre. Dans les étroites cellules, dans les longs corridors, dans les salles, dans les cours de l'hospice, aux bords du lac, partout le même tumulte; ces vieilles murailles, qui jusqu'alors n'avaient entendu que les pieux cantiques des cénobites ou les chants de reconnaissance des pèlerins, retentissaient des clameurs de l'armée française.

Quand le soleil eut éclairé de ses derniers feux la dernière pointe du *Montmort*, à la fin du banquet, tous les chefs se séparèrent pour prendre un repos nécessaire après une journée laborieuse. Un capitaine resta seul assis près du foyer, enveloppé dans son large manteau bleu, et plongé dans une méditation qui ne paraissait pas être pour lui sans quelque charme ; c'était un de ces esprits sérieux qui, comme Vauvenargues, sont doués de la faculté de se recueillir au milieu des camps. Il se demandait comment on pouvait ne pas admirer la vertu, lorsqu'on voyait ses pieux athlètes vivre, combattre et périr pour elle ; arracher leur jeunesse à tous les plaisirs, à toutes les douceurs de la vie, pour en subir toutes les privations, toutes les austérités ; renoncer volontairement à l'amour paternel, et servir uniquement la grande famille de Jésus-Christ ; ne déserter un moment le haut de la montagne, qu'afin de mendier quelques secours avec lesquels ils pourront à leur tour pratiquer l'aumône ; se condamner aux fatigues les plus dures, s'exposer aux dangers les plus cruels, dans l'espoir de sauver les voyageurs ensevelis au fond des précipices ou foudroyés par le tonnerre glacé des avalanches ? Telle est, se disait-il, la vie de ces solitaires, héros par instinct, et grands hommes par habitude. Quelle religion de l'antiquité offre l'expérience d'une si belle abnégation ? n'appartenait-il pas seulement au législateur de Nazareth de fonder la base de sa doctrine sur la noble idée du dévouement et du sacrifice ? Dans la saison des grandes neiges, les religieux s'arment de leurs bâtons ferrés, s'enveloppent de longs manteaux noirs, remplissent leurs corbeilles de toutes les provisions nécessaires ; puis on les voit se mettre en marche, précédés de leurs *maroniers* et de ces dogues intelligents qu'ils instruisent à sauver les hommes avec autant de soin que dans les colonies on leur apprend l'art horrible de chasser aux nègres. Ici les animaux suivent l'instinct de leur bonté naturelle, et participent à l'active charité de leurs maîtres, tandis que dans un autre climat ils servent de complices à la rapine et à la barbarie, puisqu'il est vrai que si la perversité humaine abuse de tout, il n'est rien dont la vertu, éclairée par la religion, ne puisse faire jaillir la source d'un bienfait. La petite caravane revient rarement de sa pieuse expédition sans ramener quelque conquête : tantôt un vieux voyageur qu'elle a trouvé enseveli dans le fond d'un abîme, tantôt une jeune femme, trahie par ses forces, gelée par le froid, et endormie d'un sommeil qui serait devenu un sommeil éternel, ou un malheureux paysan qui, près de mourir, songeait en pleurant à sa vieille cabane, à sa femme chérie et à sa pauvre famille. Quelquefois un enfant, porté par un des chiens, en le serrant avec ses deux bras arrondis, semble vouloir lui témoigner sa reconnaissance, et arrive jusqu'au seuil de l'hospice, balancé sur le dos de ce libérateur d'une nouvelle espèce.

Ces tableaux si extraordinaires, et toutefois si fréquents, arrachent des pleurs involontaires à ceux qui n'ont pas dépouillé tout sentiment humain. On aime à voir ces bons pères revenir tout blanchis par la neige, mais vainqueurs des éléments; car pour combattre les frimas dont ils sont assiégés, au milieu de toutes les glaces des hivers, une flamme éternelle brûle dans leurs cœurs, et c'est au foyer de la religion que s'allume cette flamme. Avec quelle ardeur ils emploient auprès des malheureux tout ce que l'art inventa de remèdes puissants et ingénieux, tout ce que l'amitié inspire de douces et consolantes paroles! mais souvent ils ont la douleur de voir leurs soins inutiles; alors, après une messe célébrée pour le repos de l'âme des trépassés, on dépose leur corps dans la chapelle funèbre, sorte de pyramide chrétienne, où les cadavres, rangés comme les momies de la vieille Égypte, doivent leur conservation, non point au secours du baume, mais à la vivacité de l'air des montagnes. Chose étonnante! cet air, qui fait périr les vivants, conserve les morts pendant de longues années. Lorsque l'action dévorante du temps a fini par triompher, les chairs se dessèchent, et bientôt il ne reste plus que de la poussière et de la cendre...

L'officier en était là de ses méditations, et il allait évoquer d'autres souvenirs, quand, aux premières clartés du soleil, le tambour battit le signal du départ; il courut à la tête de son régiment, et descendit avec l'armée française dans la plaine de Marengo.

A. DIGNAN.

LXVIII

DU SOL

SON ÉTAT PHYSIQUE

Le SOL étant un assemblage des débris des roches formant l'écorce du globe, les diverses matières qu'étudient les géologues peuvent s'y trouver mélangées en proportions extrêmement variables : il y a des sols contenant de la poudre d'or, du fer, du cuivre, du soufre, des débris végétaux et animaux; mais ces matières n'y entrent en général qu'en proportions excessivement faibles, et, bien que leurs effets soient souvent très-appréciables; on peut dire que le sol est spécialement composé des trois principes terreux : *argile, sable* et *chaux.*

Suivant que l'un ou l'autre de ces principes domine, les sols sont dits argileux, sableux ou sablonneux, calcaires ou crayeux. Ils jouissent de propriétés bien caractérisées et ont des influences différentes sur les plantes cultivées.

Rien n'est plus important pour le cultivateur que de connaître les diverses espèces de terres qui forment la couche arable des champs. De cette connaissance peut dépendre souvent sa fortune ou sa ruine, surtout s'il est exposé, comme les fermiers, à changer de domaine, à transporter ses cultures sur un canton différent de ceux qu'il a précédemment cultivés.

Les conditions et les opérations de culture devant changer, en effet, selon les diverses espèces de sol, on comprend sans peine qu'un fermier se ruinerait infailliblement s'il continuait sur un sol sablonneux, par exemple, le mode de culture qui lui a réussi dans la ferme qu'il vient de quitter et qui se composait de terre à sol compacte, fort, argileux. Il est donc utile d'appeler l'attention des jeunes habitants des campagnes vers l'observation des différents terrains, et de les habituer à distinguer les diverses natures de sol de leur canton.

Faudra-t-il recourir pour cela aux analyses chimiques et à l'emploi des réactifs, ainsi que les savants et les géologues le pratiquent dans leur laboratoire? Pas le moins du monde. Le premier inconvénient serait, pour l'agriculteur, de s'exposer à des erreurs considérables dans des opérations délicates et difficiles, auxquelles il n'est pas exercé et pour lesquelles il n'a pas toujours les moyens d'action nécessaires; ses connaissances doivent être très-simples, très-élémentaires, et se borner à celles qu'on peut acquérir au moyen des sens et de l'observation directe, ce sont celles que possèdent les paysans de bon sens, les agriculteurs praticiens. Ils les doivent à l'observation attentive, à de fréquentes comparaisons, à une longue expérience.

La marche qu'ils ont suivie est précisément celle qu'il faut suivre avec les enfants. C'est en leur faisant voir, toucher les différentes natures de sol, en leur faisant observer l'aspect qu'ils présentent, les végétaux qu'ils produisent spontanément, en les leur faisant comparer les uns aux autres, qu'on parviendra à leur en donner une idée nette et une connaissance suffisante. Seulement, pour réussir, il faut apprendre aux enfants à faire un bon usage de leurs sens et à bien diriger leurs observations. Ceci n'est pas aussi facile qu'on pense.

En attendant, nous revenons à la connaissance des terres et nous empruntons à un journal d'agriculture étranger une série d'indications qui nous paraissent parfaitement à la portée des écoles, et que nous allons reproduire presque textuellement et sous la forme d'aphorisme.

On reconnaît les différentes espèces de terres :

1° *Au toucher*. Si vous prenez entre les doigts de la terre et qu'elle soit rude au toucher, elle contient plus ou moins de *sable*. Si elle est douce, très-maniable, elle en contient peu ; si elle est grasse au toucher, elle contient de l'*argile* en excès. Un sol très-*sablonneux* est facile à labourer, à herser et à rouler dans tous les temps ; dans le cas contraire, il est *argileux*.

2° *Par l'ouïe*. Quand vous écrasez entre les dents une pincée de terre, ou quand vous la triturez dans une écuelle, si elle fait entendre un certain craquement, cette terre est *sablonneuse*.

3° *Par l'odorat*. L'*argile* peut se reconnaître à une certaine odeur qui lui est propre. Pour cela, prenez une motte de terre et rapprochez-la des narines en aspirant fortement ; si vous sentez l'odeur dont nous parlons, cette terre est de l'*argile ;* si vous ne sentez aucune odeur, le sol est *sablonneux* ou *calcaire*.

4° *Par les yeux*. Quand vous labourez par un temps humide, si la terre adhère fortement aux instruments aratoires, elle contient de l'*argile ;* moins elle est adhérente, plus elle renferme de *sable*, de *chaux* et d'*humus*.

Lorsque vous labourez, et que les tranches ou les mottes de terre sont luisantes et restent sans s'émietter pendant quelque temps, le sol est *argileux, compacte* et *fort ;* si, au contraire, ces tranches s'émiettent facilement, le sol est *marneux* ou *calcaire*. Un sol qui est labouré par un temps humide et qui ne donne pas de tranches luisantes est un sol léger, c'est-à-dire une terre sablonneuse ou formée d'un sable *siliceux*. De grosses mottes produites par les labours, des fentes et des crevasses, par une grande sécheresse, annoncent un sol *fort* et *compacte*.

Un terrain sur lequel l'eau reste stagnante à la surface, après un temps de pluie, contient beaucoup d'*argile ;* c'est un terrain propre au *drainage ;* si, au contraire, l'eau s'infiltre pendant la pluie même, il y a peu d'argile et beaucoup de *sable* ou de *chaux*.

Si un terrain a une couleur blanchâtre, il contient de la *chaux* ou du *plâtre*. La couleur jaunâtre ou rougeâtre indique la présence du fer avec de l'*argile* ou de la *chaux ;* l'humus se reconnaît à une couleur noirâtre ou brun foncé. Cette dernière nuance annonce dans les vallées et les bas-fonds un sol marécageux ou *tourbeux*.

Si vous faites bouillir de la terre avec de l'eau, et que la liqueur soit d'un jaune brun, c'est qu'il y a de l'*humus ;* si le liquide reste incolore, il y a peu ou point d'*humus*.

Si vous versez sur un morceau de terre du fort vinaigre ou de l'esprit de sel (*acide hydrochlorique*) et qu'il se produise une effervescence ou un bouillonnement, cette terre contient de la *chaux* ou de la *marne*; l'absence de ce signe indique un terrain où la chaux manque.

Une végétation vigoureuse de trèfle, sainfoin, luzerne, indique un sol *calcaire* ou *marneux*. Un sol est *léger* lorsque le sarrasin, le seigle, les pommes de terre, les carottes, y réussissent bien. Là où le froment et l'épeautre prospèrent, on peut ranger le sol parmi les terrains forts et argileux. La présence des laîches, des prêles, des scirpes, prouve un sol humide; celle des tussilages, du pas-d'âne, de la sauge sauvage, de l'arrête-bœuf, de la lupuline, un sol plus ou moins calcaire. L'absence de ces plantes annonce un sol pauvre en chaux.

Ces observations n'ont pas sans doute une exactitude rigoureuse et absolue; mais elles seront utiles aux agriculteurs pour l'étude des divers assolements, et des travaux et amendements.

Tout argile, le sol serait éminemment dur et sec en été, et les racines seraient sans force pour s'accroître et nourrir la plante; en hiver, l'eau resterait stagnante, pourrirait les racines et favoriserait certaines mauvaises plantes.

Tout sable, le sol, inconsistant, ne pourrait soutenir les plantes, et l'eau n'y serait que par exception en quantité suffisante pour que les plantes s'y nourrissent.

Tout chaux, le sol brûlerait les végétaux.

Les mélanges sagement faits par la nature dans les bouleversements antédiluviens du globe et par certains phénomènes actuels donnent, à des degrés différents, les qualités physiques convenables aux sols.

Extrait du Bulletin de l'instruction primaire.

LXIX

PETITE GALERIE MORALE

Par une belle soirée d'automne, j'étais à ma fenêtre qui donne sur le port. La flottille des pêcheurs rentrait : tout à coup le vent tombe, le flot s'arrête; aux voiles succèdent péniblement les rames. Que d'efforts, quel travail, que de plaintes assourdies dans le port, tandis que sur la falaise tout est joie, plaisir, bonheur! Voilà le monde : c'est un rêve à double étage, que le soleil ou l'ombre partage en deux zones.

La patrie d'une femme, c'est le pays où elle devient mère : rien n'acclimate comme un enfant.

—

On a souvent de l'esprit aux dépens du cœur.

—

Rabelais plaidait à Paris une affaire relative à la faculté de médecine. Un des juges ayant trop légèrement dit que l'affaire n'était pas mûre, puisqu'elle n'avait point assez de sacs de procès, Rabelais acheta une quantité de sacs qu'il remplit de cendres et intitula : *Requête de la faculté de Montpellier.* Il envoya ensuite porter ces sacs dans la salle du grand conseil, en présence du roi, qui ne sut rien refuser à cet argument.

—

Une faute rendrait peut-être l'homme meilleur, s'il était possible de s'en tenir là ; le vice est une faute continuée.

—

Dans sa course bienfaisante, l'amitié ne se montre qu'une fois à chaque mortel. Malheur alors à qui la repousse ! Triste et abattue, elle cache sous sa blonde chevelure ses traits décolorés, et d'un vol languissant retourne au sein de la Divinité, d'où elle est descendue.

—

Nous avons toujours pensé que ceux qui veulent que la raison soit toute de glace, sans élancements et sans amour, coupent les ailes à l'intelligence, et qu'ils sont impuissants à s'élever à la religion du beau et du vrai.

FERDINAND P. O. *Mes lectures.*

———

LXX

LA CATHÉDRALE D'AIX-LA-CHAPELLE

La ville d'Aix-la-Chapelle est dominée par une verte montagne appelée le *Lonsberg.* Cette montagne est couronnée d'un belvédère d'où l'on découvre l'étendue de la ville et des paysages environnants. La situation d'Aix-la-Chapelle est pittoresque, et il ne lui manque que le Rhin pour ceinture. Mais elle a ses sources d'eau thermale, qui ont déterminé sa fondation dans l'antiquité et ont assuré sa prospérité de siècle en siècle..

Son nom latin, *Aquis Granus*, signifiait les eaux de Granus, parce que les Romains s'y étaient établis sous le commandement de leur chef Granus. Ces eaux salutaires et renommées furent aussi un des motifs qui déterminèrent Charlemagne à choisir Aix-la-Chapelle pour une de ses capitales. C'est là que le grand empereur mourut (814) et voulut avoir son tombeau. Il fut enterré dans la cathédrale ou église du Dôme, dont lui-même avait commencé la construction. Le pape Léon III consacra cette église en 804. C'est un des monuments historiques et religieux les plus importants de l'Allemagne, non-seulement parce qu'il renferme les restes de Charlemagne, mais aussi par ses fameuses reliques, qui furent long-temps en vénération dans toute la chrétienté.

Cette cathédrale, aujourd'hui fort dégradée, est obstruée de trois côtés par des maisons qui nuisent à l'aspect de l'ensemble. Sa construction d'ailleurs est irrégulière : elle semble avoir été bâtie sans plan, et se compose d'un pâté de bâtiments sans harmonie entre eux, mais tous d'une architecture curieuse. L'église n'a pour ainsi dire pas de façade; on y entre par une porte latérale qui conduit au dôme. C'est au milieu de ce dôme qu'est le tombeau de Charlemagne, désigné seulement par une dalle de marbre noir. Au-dessus pend un grand lustre en cuivre doré d'assez mauvais goût, don d'un empereur d'Allemagne. A droite est la chaire en chêne sculpté, toute décorée de figurines; cette chaire, œuvre de Gerhard Chorus, date de 1353.

Le chœur, en face du trône, n'a de remarquable que ses vitraux. A gauche du chœur est la chambre des reliques. Les *petites reliques* sont enfermées dans trois châsses d'or ou d'argent doré, d'un très-beau travail, et où scintillent des pierreries.

Quant aux *grandes reliques*, on ne les laisse voir au public que tous les sept ans, du 10 juillet jusqu'au 29. Alors les croyants arrivent par troupes de la campagne d'Aix-la-Chapelle et des contrées voisines. En dehors de ces solennités, les souverains ont seuls le droit de se faire ouvrir la caisse qui renferme les grandes reliques. Cette caisse, en or ciselé, est rehaussée de pierreries. Les reliques ont une première enveloppe en étoffe de soie, puis deux autres de tissus d'or et d'argent émaillés de perles fines. Ces étoffes et d'autres richesses furent données à l'église, en 1529, par Isabelle, infante d'Espagne.

L'ouverture et la fermeture de cette caisse ont lieu avec un cérémonial de rigueur, en présence du chapitre de l'église et du conseil de la ville. Ces reliques consistent en une robe blanche portée par la Vierge, et qui a cinq pieds et demi de longueur ; ce sont ensuite les linges dans lesquels Jésus fut enseveli ; puis le vêtement que portait saint Jean-Baptiste au moment où on le décapita...

La caisse des grandes reliques renferme encore la pièce de toile que Notre-Seigneur portait autour des reins le jour de son crucifiement.

Outre son trésor de reliques, la cathédrale d'Aix-la-Chapelle renferme de grandes richesses en argenterie, en vaisselles et en étoffes précieuses, qui sont les dons de divers souverains, tels que Charles-Quint, Marie Stuart, Agnès, reine de Hongrie, Isabelle, infante d'Espagne, l'empereur Joseph Ier, l'empereur Henri II et autres princes. Au milieu de ces trésors, et comme le plus ancien, on regarde avec intérêt le cor de chasse de Charlemagne, portant cette inscription : *Dein Ein*.

En sortant de la chambre des reliques, je suis suivie par un bedeau qui s'obstine à m'accompagner durant ma visite des chapelles latérales, dans la nef, derrière le dôme. C'est partout, sur le tombeau de Charlemagne, comme autour des autels où l'on prie, une malpropreté inouïe : des crachats, des papiers déchirés et souillés ; une couche de poussière s'étend sur les dalles ; des araignées filent leurs toiles dans les plis des sculptures et dans les cadres des tableaux.

Sur les autels des chapelles sont des christs nus et sanglants étalant leurs plaies béantes ; beaucoup d'images de la Vierge et de saints sont également en bois sculpté et colorié, et éveillent l'ardeur des dévots qui brûlent à leurs pieds des cierges jaunes ; les gouttes de cire qui en découlent augmentent les souillures qui couvrent les dalles. Des mendiants et des femme pauvres sont prosternés les bras en croix ; la saleté de leurs haillons et celle de l'église révoltent les regards.

C'est dans la galerie supérieure du dôme, en face du chœur, qu'on voit un sarcophage de marbre antique, appelé le *sarcophage d'Auguste*. C'est là aussi qu'est placée la chaise ou fauteuil de pierre qui servit au couronnement de Charlemagne et des empereurs d'Allemagne ; et ici encore sur ce siége mémorable les araignées tissent leurs toiles.

Je dis au bedeau :

« On ne nettoie donc jamais cette église ?

— Jamais, madame, » me répond-il avec naïveté.

Enfin je reste seule accoudée aux balustres de la galerie. Insensiblement décroît et cesse le murmure des prières ; les bruits de pas ne se font plus entendre, et la nef se remplit de silence et de solitude. A la lueur d'un jour incertain et mystérieux on sent dans cette église comme une saveur de mort et de néant.

Que survit-il des bruits et des gloires de la terre ?

Un jour aussi ils méditèrent dans cette église, les trois hommes qui, à la distance de plusieurs siècles, ont le plus remué le monde.

Le nom des trois empereurs a retenti dans ces murs et hors de ces murs. Maintenant tout se tait autour de leurs ombres; les peuples ne leur font plus cortége; ils ont pris leur place distincte, mais bornée, dans l'histoire, ce grand ossuaire des renommées. Des empires fondés par eux il reste à peine quelques vestiges, et d'eux-mêmes rien !... si ce n'est un nom que bien des peuples ignorent.

Il est là réduit en un peu de poussière ce premier des trois empereurs, ce Charlemagne fantastique qui se perd presque pour nous dans l'obscurité des légendes. Un soir il entendit retentir sur la dalle de marbre qui le recouvre les pas du second des grands empereurs. Charles-Quint, élu à l'empire, faisait sous ce dôme sa veillée d'armes.

Il erre sous ces profonds arceaux, reparait et s'arrète au centre, où dort Charlemagne... Puis je vois Charles-Quint, vieux, cassé, moine à Saint-Just, et ranimant, comme se plaisent à le faire tous les mourants, les souvenirs de sa vie...

Tout à coup quelque chose de lumineux rayonne vers le dôme et se place au milieu, sur le cercueil de Charlemagne. Je crois voir debout, les mains derrière le dos, le troisième des grands empereurs. C'est le feu de ses yeux qui éclaire l'espace autour de lui, et tandis qu'il marche, l'irradiation se fait plus large. Il entend sous ces voûtes deux noms retentir; il voit sur toutes les dalles flamboyer ces deux noms : Charlemagne! Charles-Quint! Il pèse leur grandeur et mesure leur fortune et leur destinée. N'est-il pas désormais leur vainqueur? n'a-t-il pas conquis leurs royaumes? n'est-il pas le maître de leur poussière, et ne pourrait-il pas, au gré de son caprice, la jeter au vent?

Mais lui-même, quelle sera sa fin? que deviendront ses cendres?

En ce moment la figure de Napoléon s'assombrit; son regard cesse d'éclairer les profondeurs de l'église, l'ombre du troisième des grands empereurs disparait; je la vois s'évanouir au loin dans les brumes de l'océan Atlantique...

On remarque dans plusieurs chapelles de la nef supérieure d'anciens et très-beaux tableaux, mais qui s'écaillent et se dégradent sous une couche de poussière et d'humidité. Même détérioration dans les sculptures et dans les marches du large escalier qui conduit à la galerie du dôme. Au bas de cet escalier est une galerie extérieure qui entoure l'église.

Mme LOUISE COLET,

LXXI

LE LUXE

Autrefois les prédicateurs et les moralistes pouvaient tonner contre les riches et condamner le luxe avec une violence qui n'est plus dans nos mœurs ; mais que les temps sont changés ! Ces paroles menaçantes s'adressaient à un état social qui n'est plus le nôtre ; elles seraient peut-être imprudentes et dangereuses aujourd'hui que le travail, qui est la vie des nations, est alimenté surtout par les produits *inutiles*, aujourd'hui que le luxe des riches assure le pain des pauvres. Et que deviendront les milliers d'ouvrières, les femmes, les jeunes filles qui, jusqu'au fond de nos campagnes, assises avec calme au sein de la famille, au coin de leur foyer, travaillent du matin au soir à la dentelle et à la broderie et y trouvent un salaire, modique sans doute, mais nouveau, inattendu, providentiel, qui leur manquait autrefois, et qu'elles ne pourraient remplacer ? Que deviendront ces femmes trop faibles pour les rudes travaux de la terre, et qui n'ont plus la ressource de filer le chanvre et le lin, quand vous aurez prouvé aux riches habitantes des villes qu'elles ne doivent plus se parer de dentelles et de broderies ? Faut-il encore reprocher aux riches les splendides étoffes de soie et de velours, aujourd'hui que le travail de la soie apporte le pain quotidien dans un million de chaumières ? Nous avons cependant été témoins de ces non-sens, et nous en avons subi les conséquences. Il faut donc accepter le luxe comme une condition nécessaire de notre état social. Il faut être de notre temps, et ne pas ajouter aux souffrances réelles le venin mortel de l'envie, source fétide de maux plus irréparables.

Ce n'est pas, à vrai dire, du luxe que vient le mal de notre société actuelle ; ce n'est pas d'en haut. Le mal vient des efforts insensés que font ceux qui sont en bas pour arriver au niveau de ce luxe et pour s'y maintenir à tout prix. Inquiets et chancelants sur un des échelons fragiles de cette échelle qui s'appelle la fortune, vous regardez en haut, c'est ce qui vous rend si pauvres ; voulez-vous être riches ? regardez au-dessous.

Des hommes ont arraché aux profondeurs de la mer des perles fines ; aux entrailles des rochers, l'or et le diamant : c'est pourquoi tout le monde veut avoir des perles, de l'or et des diamants. Si seulement un homme pouvait posséder une étoile, qui donc pourrait se passer d'une étoile !

DE SAINT-GERMAIN.

LXXII

LA VILLE D'AIX

La ville d'Aix, en Provence, a toutes les poétiques tristesses des capitales déchues. L'herbe croît librement dans les rues et festonne de sa pâle verdure des pierres qui datent peut-être de Marius ou de César. Quelques-unes de ces rues sont si solitaires, qu'on y entend à midi le bruit de ses pas, et que le rare promeneur qu'on y rencontre a l'air aussi étonné de vous y voir que de s'y trouver.

La ville est pleine de beaux hôtels ayant appartenu à de grandes familles, glorieusement inscrites sur le nobiliaire du roi René. Mais soit que ces familles les aient quittés ou qu'elles soient éteintes, ces demeures jadis si splendides semblent maintenant abandonnées. Les murs extérieurs, rongés de salpêtre, couverts de mousse, font l'effet de ces manteaux de riche étoffe, mais troués ou rapiécés, sous lesquels se cache à demi le fier délabrement d'un homme ruiné. L'intérieur, lorsque le regard s'y aventure, vous glace par sa physionomie taciturne ou ses douloureux contrastes. Sur la façade, où des sculptures souvent curieuses dénoncent la main de quelque artiste inconnu, le temps et l'abandon ont mutilé les figures, éraillé les corniches, rouillé les gonds et les ferrures, brisé les châssis des fenêtres, attristé de tons sombres et humides ces belles teintes méridionales, qu'on dirait un rayon de soleil fixé sur la pierre.

Si parfois l'on y surprend quelque trace de mouvement et de vie, c'est pour accroître plutôt que pour démentir cet ensemble mélancolique. Ainsi, dans cette cour dont les proportions grandioses font rêver de fêtes et de carrousels, un cordier tisse son chanvre, mêlant au bruit monotone de son rouet le monotone refrain de sa chanson. Dans ce jardin dont les buis alignés au cordeau et les quinconces symétriques rappellent les traditions de Lenôtre, un pauvre paysan, voûté sur sa bêche, cultive humblement des choux et des salades. Sur cet escalier dont la coupe superbe éveille des souvenirs de magnificence, mais dont les marches inégales tressaillent et chancellent sous le pied, un marchand de bric-à-brac a installé son arrière-magasin; on s'y heurte contre un fouillis de dressoirs vermoulus, de cadres ciselés, de lambeaux dépareillés de lampas et de brocatelle, de dieux et de déesses coupés dans des tapisseries de haute lice, de vieilles armures gisant pêle-mêle avec des porcelaines ébréchées, de portraits de famille vendus à l'encan, ancêtres orphelins de leurs héritiers ; et le cœur se serre à la vue de tous ces débris, double témoignage des vanités de ce monde offert à l'indifférent qui passe et ne profitera pas de la leçon.

ARMAND DE PONTMARTIN.

LXXIII

ROSSINI [1] ET LES AUTRICHIENS

Les événements politiques avaient replacé l'Italie sous l'influence autrichienne. Depuis dix grands mois les héros de la république Cisalpine rongeaient leur frein ; mais une nouvelle imprévue ranima les audaces patriotiques : Napoléon, débarqué à Cannes, marchait sur Paris et allait reprendre son trône aux Bourbons.

D'un bout de la Péninsule à l'autre éclate un cri de révolte.

Joachim fait cause commune avec les plus exaltés et compose un hymne d'indépendance que l'Italie tout entière chante en chœur.

Malheureusement trois semaines plus tard l'avant-garde des troupes d'Autriche pénètre dans les murs de Bologne, et le général Stephanini

---

1. Célèbre maëstro, né à Pesaro, États de l'Église, le 29 février 1792, d'une famille d'artistes nomades. Joseph Rossini, père de Gioacchino, jouait du cor à l'orchestre de l'un de ces théâtres improvisés qui parcourent les foires. Sa mère remplissait les rôles de seconde chanteuse. Assis auprès de son père, sur un banc de l'orchestre, Gioacchino faisait, à l'âge de sept ans, la seconde partie de cor. On s'aperçut que le jeune Rossini était doué de grandes dispositions musicales et d'une voix merveilleuse. Un professeur de musique de Bologne offrit à ses parents de le prendre gratis dans son école, persuadé que cet élève lui ferait honneur. Il ne se trompait pas. Joachim sut en quelques mois les règles du chant et fit sur le piano des progrès rapides. Il sortit des mains de ce maître à l'âge de quatorze ans, ayant déjà la renommée d'un accompagnateur très-habile. Son père, au lieu de perfectionner son talent précoce, l'exploita sur-le-champ pour augmenter le bien-être de sa famille. Gioacchino rentra dans la troupe nomade, où la mue qui éteignit subitement jusqu'à la dernière note de sa voix, et son trop peu d'expérience sur le piano accompagnateur, l'obligèrent à redevenir simple exécutant et à jouer de la trompette.

« Au diable le métier, s'écria-t-il un jour. *Vi rinunzio !* j'y renonce ! je veux être compositeur.

— Imbécile ! repartit Joseph Rossini, furieux, en administrant au pauvre jeune homme un violent coup de pied. Va donc, *disgraziato !* (malheureux). Tu aurais pu devenir le premier trompette de Naples, et tu ne seras que le dernier compositeur d'Italie. »

Presque tous les pères des hommes célèbres les ont encouragés au début de cette façon touchante.

Aujourd'hui l'auteur de *Guillaume Tell*, couvert de gloire et millionnaire, habite Paris pendant l'hiver, Passy pendant l'été, où il plante ses choux et hausse les épaules quand on lui parle de musique.

dresse des listes de proscription, en tête desquelles il a soin d'inscrire le nom de l'illustre auteur de la *Marseillaise italienne.*

« Sauve-toi ! sauve-toi, mon fils ! disait en pleurant le père Stanislas à son ancien élève. Ils te passeraient par les armes, je te le jure, absolument comme si tu n'étais pas le plus grand compositeur d'Italie. Va-t'en ! ne fais pas mourir ton vieux maître de frayeur et de désespoir !

— Bah ! dit Joachim, gageons que le général me donne un sauf-conduit !

— Malheureux enfant ! n'y compte pas. Il est impitoyable.

— Allons donc ! c'est un Autrichien ; je le mystifierai, ou je ne veux plus m'appeler Gioacchino Rossini ! »

L'intrépide jeune homme se présente effectivement, à deux heures de là, chez le commandant en chef des forces militaires.

« Général, dit-il, en lui offrant un rouleau de papier noué de rubans aux couleurs de l'Autriche, j'ai cru devoir rendre hommage à notre magnanime empereur François et mettre en musique le *Retour de l'Astrée* (pièce de vers du poëte Monti, composée en 1814 pour flatter le pouvoir autrichien). Je vous apporte cet hymne, que les fanfares de vos régiments exécuteront si tel est votre bon plaisir. »

Le chef autrichien déroule gravement le papier, s'assure par ses propres yeux que les paroles de la cantate sont bien celles que dit Gioacchino, prend une plume et trace rapidement sur une feuille de ses tablettes :

« Sauf-conduit pour le signor Rossini, patriote sans importance.

« STEPHANINI. »

Cela fait, il détache la feuille et la remet en souriant au jeune maëstro, qui vient retrouver son professeur.

Il lui crie du plus loin qu'il l'aperçoit :

« Mystifié l'Autrichien ! *Oh ! chè bella commedia !* ô l'excellente farce ! Que je voudrais être auprès d'eux lorsqu'ils vont exécuter ma musique ! »

Sans répondre aux questions inquiètes de son vieux maître, il l'embrassa et se hâta de partir pour Naples, où Barbaja, le roi des *impresarii*, l'invitait à se rendre.

Le lendemain un grand scandale eut lieu.

Tout Bologne entendit les fanfares allemandes jouer la *Marseillaise italienne*, que Joachim avait donnée à Stephanini sans en retrancher une note, et après avoir seulement écrit sous la musique les vers du *Retour de l'Astrée*.

On chercha partout l'audacieux maëstro, mais il était hors d'atteinte.

Nous avons entendu Rossini lui-même raconter devant nous, en 1843, ce tour pendable.

E. DE M.

LXXIV

VARIÉTÉS.

Prier,
Aimer,
Travailler,
Ne rien regretter,
Ne rien envier,
Une vie simple;
Là est le bonheur.

—

Charité bien ordonnée commence par soi-même : — C'est un affreux dicton, l'odieuse maxime de l'insensibilité et de l'absence de toute commisération! Voilà pourtant ce que tant de gens répondent aux supplications des malheureux. Grand Dieu! où seraient la générosité et le sublime oubli de soi-même qui constitue le dévouement, si cette impitoyable sentence devenait la loi de toute une société.

—

Thomas Morus étant seul à se promener sur une terrasse voisine de l'endroit où l'on enferme les fous à Londres, un de ces insensés s'échappa, vint à l'endroit où était Morus, et l'ayant joint : « *Jette-toi là-bas,* lui dit-il, *afin que j'aie le plaisir de t'y voir arriver diligemment.* » Le chancelier n'était pas le plus fort; il paya d'une présence d'esprit admirable, il dit au fou : « Mon ami, ce n'est une chose ni divertissante ni curieuse de voir tomber un homme en bas; mais si tu veux, je te ferai voir mieux; je vais y descendre, je sauterai ici-haut tout d'un coup et sans l'aide de personne, et je suis sûr que tu en seras étonné. » Le fou fut frappé de la proposition; il y consentit et resta sur le bord de la terrasse à attendre le chancelier, qui ne se pressa pas de remplir sa promesse.

—

Une remarque curieuse à faire est l'accroissement prodigieux de la population depuis le commencement du siècle. La comparaison des quatre chiffres que nous donnons ci-dessous fera mieux ressortir le peu de proportion qui existe entre eux :

En 1700, la France comptait 19,669,320 habitants.

En 1762, — — 21,769,163 —

En 1801, — — 27,349,003 —

Et aujourd'hui le chiffre des habitants de la France dépasse 37 millions.

Cet accroissement paraît dû à l'introduction de la vaccine, qui, venant diminuer les chances de mort, a eu, par ce résultat, une action indirecte sur le nombre des naissances. Quant à la vie moyenne, la vaccine l'a certainement prolongée, car avant la révolution elle n'était que de vingt-huit ans et demi, et présentement elle est de trente et un ans et demi.

—

Une des chaussures de Marie-Antoinette s'échappa de ses pieds au moment où cette infortunée reine gravissait les marches sanglantes de l'échafaud. C'est un soulier fait en forme de mule, recouvert de soie noire, mais usé et misérable comme la chaussure d'une mendiante. L'élégance de son contour, sa proportion fine et déliée, contrastent d'une manière frappante avec cette usure et cette misère. Ce soulier se voit au Louvre, dans le musée des souverains. On aime à constater que si, le dimanche, au milieu des curieux, une voix s'élève et dit : *Voilà le soulier de la reine!* la foule s'arrête, muette et plongée dans une longue série de souvenirs.

—

La vie est courte, et pourtant que d'hommes meurent trop tard !

—

Un spirituel écrivain a dit en parlant des oiseaux :

« La chanson et les oiseaux ont toujours été chers aux Français ; les oiseaux parleurs surtout les intéressent. L'oiseau parleur est né français et le Français n'est en somme qu'un oiseau parleur. Que l'oiseau gazouille des chansonnettes, que le Français chantonne des gazouillements, c'est à peu près la même chose, et tous les deux ils ont tête légère, allure sautillante, insouciance fébrile, générosité évaporée se gaspillant gaiement au vent de toutes les abnégations, dédain des fanges de la terre avec des élans éperdus vers les libres espaces des airs, du ciel, de la lumière. »

—

La révolution avait réduit madame Helvétius, d'un état de fortune très-brillant, à une médiocrité très-étroite, dont elle savait pourtant faire la médiocrité de l'âge d'or. Elle n'avait rien perdu de sa gaieté douce et de cette tranquillité inaltérable qu'elle possédait dans le temps de son plus grand éclat. « Vous ne savez pas, disait-elle un jour à Bonaparte, dans le jardin d'Auteuil où elle était retirée, combien il reste de bonheur dans trois petits arpents de terre. »

FERDINAND P. O. Souvenirs de lecture.

LXXV

DES VERS EN PROSE ET DE LA PROSE EN VERS

DIALOGUE

Notre siècle, comme chacun le sait, est éminemment progressiste; les bornes, excepté en politique, se déplacent hardiment, et le dieu *Terme*, devant lequel tous les autres dieux se retirèrent autrefois avec respect dans la ville éternelle, le dieu Terme est devenu ridicule; il n'est pas d'artisan, quelque mince que soit son industrie, qui ne lui donne un coup de pied en passant. Voyez plutôt l'interminable liste de nos brevets d'invention.

— Pourquoi n'en serait-il pas de même en littérature?... — Cela s'est fait, me dira-t-on... — Oui, mais il n'y a rien eu de complet; le cœur a failli aux metteurs en œuvre :

Des remparts menaçants l'audace est suspendue!

VIRGILE.

Le temps est venu enfin où, s'affranchissant du joug étroit d'un passé sans gloire, la littérature doit briser d'indignes liens; le temps est venu aussi où le brevet d'invention va élever ses ailes dorées au-dessus de l'horizon industriel, et emporter tout radieux, dans les bruyantes régions de la réclame intéressée, les noms heureux des inventeurs.

Ce riche partage sera le mien, je l'espère... Arrière donc ces langes à tissu serré où nous végétions en maillots!... Arrière!... Et si Dieu me prête vie, la gloire, *gardez-vous d'en douter* (Voltaire), la gloire, agrandissant pour moi *l'antre du feuilleton* (V. Hugo), viendra couronner ma tête d'une auréole de papier d'un superbe format, aux *Débats* emprunté!...

Plongé dans cette ravissante extase, je parlais ou plutôt je pensais tout haut, et il me semblait que déjà je me baignais dans les flots empourprés du riant Pactole qui roulait devant mes yeux ses éblouissantes paillettes, lorsque je reçus la visite d'un de mes voisins, que j'aime à entendre discourir, avec autant d'esprit que de goût, ma foi ! sur la littérature ; mais dont en ce moment je redoutais, pour le beau système que je venais de bâtir, la sévère et froide raison.

Il souriait ; mais ce sourire, que tout le monde lui connaît, et qui ne fait que légèrement crisper un des coins de sa bouche, ce sourire fit tomber tout à coup mon exaltation.

« Eh quoi ! me dit-il, vous faisiez des vers !... votre regard est enflammé, votre chevelure en désordre ; tout m'atteste que l'inspiration, avec son souffle brûlant, a passé par ici ce matin... Je m'en vais et vous laisse avec elle... je me reprocherais de vous avoir interrompu dans *le plus bel endroit* (Molière). »

Il faisait un pas vers la porte, qu'il n'avait pas fermée. Devenu plus calme, je le priai de s'asseoir.

LUI.

Vous faisiez certainement des vers !... Je ne sais pas même si je n'ai pas entendu, du bas de l'escalier, le dernier hémistiche : « *aux Débats emprunté.* »

MOI.

Des vers !... de la prose !... En êtes-vous encore au temps de ce bon monsieur Jourdain, pour qui tout ce qui n'était pas prose était vers, et tout ce qui n'était pas vers était prose ?... Mon cher voisin, il m'est venu une idée !...

LUI.

Il en vient à bien d'autres, et je ne vois pas pourquoi...

MOI.

Ne plaisantons pas, je vous prie. Le sujet est de nature à fixer toute votre attention. J'espère que, lorsque vous y aurez réfléchi, loin de me détourner de mon projet, vous me pousserez vous-même à l'exécution.

LUI.

Nous verrons bien (Molière).

MOI.

D'ailleurs, à faire tomber devant le génie les stupides barrières qui arrêtent sa marche, à faire cesser une distinction injurieuse entre deux choses que le bon sens, s'il eût été toujours consulté et suivi, n'aurait jamais séparées, il y aura peut-être pour moi honneur et profit... (Je ne regardais plus mon voisin en disant cela, et l'exaltation revenait peu à peu.) — Puis j'inscrirai mon nom parmi les noms brillants que la renommée, cet écho passager d'un monde curieux, révèle chaque jour à la France étonnée!...

Mon voisin s'agitait sur sa chaise; ses doigts s'élevaient et s'abaissaient en cadence; il me regardait avec les yeux les plus singuliers du monde, et, après avoir comme dissipé un nuage qui était venu s'asseoir lourdement sur son front, il me dit :

LUI.

Mon cher voisin, savez-vous pourquoi les maîtres à danser ont toujours quelque chose de gauche dans la tournure?... c'est qu'ils dansent en marchant.

MOI.

Que voulez-vous dire?

LUI.

Qu'il vous suffise maintenant de savoir que je crois vous avoir compris. Parlons de votre projet.

MOI.

Volontiers, quoique je me défie un peu de vos paradoxes... témoin certains *Dialogues*... mais je suis en mesure de vous répondre.

LUI.

Il ne s'agit pas de moi; oublions mes *Dialogues*, dont vous m'avez dit pourtant beaucoup de bien... Votre système, voyons...

MOI.

Vous le savez, c'est une rude besogne que d'écrire en français et surtout en vers. Bien des gens, riches d'idées, ont succombé à l'effort de les produire. Eh bien! moi, déterminé par les exemples que donnent tous les jours nos plus illustres écrivains, les B., les X., les M. et les V. H., j'ai résolu d'introduire, en l'enseignant publiquement, un système qui lèvera toutes les difficultés. Je me suis même décidé à prendre prochainement un brevet d'invention ou de perfectionnement; j'en discutais l'opportunité quand vous êtes entré.

LUI.

Un brevet d'invention ou de perfectionnement!...vous n'êtes pas industriel, et...

MOI.

Non, je suis homme de lettres. La littérature...

LUI.

Ne la rabaissons pas jusque-là.

MOI.

Je ne la rabaisse pas, je l'élève; j'étends son vol, je le mets à la hauteur du siècle. Écoutez tout ce qui se dit, lisez, mon cher ami, tout ce qui s'imprime...

LUI.

Dieu m'en garde!... Je suis condamné par métier à lire beaucoup d'ouvrages nouveaux; mais *beaucoup*, ce n'est pas *tous*, et je m'en félicite.

MOI.

N'est-il pas temps, mon voisin, d'arranger les choses de telle sorte que, sans tenir comte d'un passé trop timide, la prose et les vers ne soient plus qu'une seule et même chose?

LUI.

Ta! ta! Ce serait tout brouiller, tout confondre.

MOI.

Erreur!... Qu'est-ce qui constitue en partie la beauté du style? L'harmonie, le nombre, la vivacité de l'image, la délicatesse, la grandeur ou la noblesse du tour. La mesure, dans les vers, n'est rien ou presque rien, et elle peut d'ailleurs se trouver tout aussi bien dans la prose que dans les vers. Quand les mots s'arrangent pour ainsi dire d'eux-mêmes sous la plume, dans un certain ordre, pourquoi troubler cet ordre et chasser par respect un bon vers de la ligne?

LUI.

Je m'aperçois que chez vous l'exemple suit de près le précepte ; mais ne craignez-vous pas, mon voisin, de gêner ainsi la marche de votre prose, cette dame de vive et verte allure ? Ne craignez-vous pas de lui donner un air apprêté ; et, par un effet contraire, ne courez-vous pas le risque de rendre les vers lâches en y mêlant des lignes de prose ? Le discours mesuré et le discours libre, dit un critique [1] dont j'emprunte les pensées et les paroles, ne peuvent point s'allier ; le mélange de l'un et de l'autre les dénature tous les deux. S'il m'était permis de détourner le sens de quelques mots sublimes de Bossuet, je vous dirais : Vous n'aurez plus, avec votre système, ni vers ni prose, et il vous restera *un je ne sais quoi qui n'aura de nom dans aucune langue.*

MOI.

Je n'en conviendrai jamais, mon voisin. Au surplus, si vous y tenez beaucoup, la distinction matérielle pourra subsister, la disposition des lignes rester ce qu'elle est, pour ne pas trop effaroucher certains esprits ; mais la distinction essentielle, celle des genres, celle à laquelle on s'est jusqu'ici fortement attaché, devra disparaitre entièrement. C'est une réforme que notre temps appelle.

LUI.

C'est tout simplement impossible.

MOI.

Tout entier à vos Grecs et à vos Romains, à tous vos vieux auteurs du dix-septième siècle, vous ne laissez jamais vos yeux, on le voit, s'égarer sur les mille et une productions nouvelles qui décorent chaque jour les rayons de la boutique de nos libraires.

LUI.

Je vous en demande pardon ; mais je choisis. Je ne suis pas même aussi arriéré que vous le pensez, et si, par exemple, un vers s'est glissé dans une page de prose, je ne jette pas pour cela les hauts cris. Les *Annales* de Tacite commencent par un vers hexamètre, et Molière, dans la comédie du *Sicilien,* n'a pas craint de dire (scène Ire) : *Le ciel s'est habillé ce soir en*

---

1. Clément, *Essais de critique,* chap. XIII.

Scaramouche; mais ce qui est insupportable, c'est d'écrire un livre tout entier en vers blancs, quoique dans certains cas ils aient leur mérite ; mais ce qui n'est pas moins insupportable, c'est qu'on ne rougisse pas, en brisant la mesure, de mettre la rime, tout le long d'une pièce, au bout de lignes qu'on ose appeler des vers.

MOI.

Cependant ce que vous appelez *prose* a les mêmes inversions, presque les mêmes hardiesses que ce que vous appelez *vers*. La prose, si prose il y a, a les mêmes avantages que le vers, la rime exceptée. Il est juste enfin de la débarrasser des entraves qui, en alourdissant le vol de la pensée, nous privent des charmes d'une heureuse fusion.

LUI.

On l'a dit autrefois, vous le dites aujourd'hui ; mais ce n'est pas une raison pour que notre prose et nos vers soient absolument la même chose. Notre langue poétique est tout à fait distincte de la prose. Comparez Boileau à la Bruyère, Racine à Fénelon, et vous en serez bientôt convaincu, car vous avez de l'oreille et du goût. Quoi que vous ayez dit, les tours, les inversions, l'harmonie, ne sont pas et ne peuvent pas être les mêmes dans les deux langages. Les vers ont une autre mesure, un autre nombre, une autre cadence que la prose. Je suis certain même qu'il serait impossible de construire en prose un très-grand nombre de vers de nos excellents poëtes, et de faire de la poésie de la meilleure prose de nos orateurs, en y mettant la rime. Essayez de mettre en vers le *Télémaque, Paul et Virginie, Atala et René,* certains chapitres de *Notre-Dame de Paris,* puis vous m'en direz des nouvelles.

MOI.

Nierez-vous que nous ayons une langue poétique ?

LUI.

C'est comme si vous me demandiez de nier Racine. Quant à la prose poétique...

MOI.

Je vous arrête... Mon système est prouvé. Si vous m'accordez que nous avons une langue poétique, vous m'accorderez que nous avons une prose poétique ; donc je puis faire des vers en prose ou de la prose en vers.

LUI.

Je ne le vois pas du tout pour mon compte. Dans l'espace de vingt-quatre heures [1] nous avons tour à tour la lumière et l'obscurité. L'obscurité et la lumière sont-elles la même chose? L'obscurité est l'absence de la lumière. La prose est l'absence de la poésie, quoi qu'on en ait dit, quoi qu'on en dise même encore, et une *prose poétique* n'est qu'une sorte de singerie. Confondez l'obscurité et la lumière, vous n'aurez tout au plus que le crépuscule, cette heure douteuse où, n'étant pas nuit, il n'est pas jour; confondez le langage libre et le langage mesuré, et vous n'aurez rien. Votre mélange rappellera involontairement une fable de la Fontaine, et l'écrivain chauve-souris pourra répondre à qui le pressera trop vivement :

Je suis oiseau, voyez mes ailes.

ou :

Jupiter confonde les chats.

Au surplus, il est incontestable que cette *recette*, car ce n'est qu'une recette, est tout simplement l'aveu net et franc que fait un homme de son impuissance à écrire en vers. Il est bien entendu que je ne prétends pas parler de vous.

MOI.

Je vous remercie de cette obligeante exception, si toutefois il n'y a pas quelque peu d'ironie qui se cache au fond de votre pensée, mon ingénu et candide voisin. Mais comme une théorie n'a de force qu'autant qu'elle s'appuie sur des faits, ce sont des faits, et des faits bien constatés, que je veux appeler à mon aide.

LUI.

Voyons les faits.

MOI.

Je vais vous lire, si vous le permettez, deux morceaux d'un genre tout à fait différent; l'un dans un style élevé, grave, soutenu; l'autre d'un style simple et familier. Je vous prierai ensuite de me dire lequel est en vers, lequel est en prose.

---

1. Clément, *Essais de critique*, chap. XIII.

LUI.

Cela devient de plus en plus divertissant. Lisez, je vous écoute.

MOI.

Ne tenez pas compte de la rime ; on ne l'a ni recherchée ni évitée. Je tiens seulement à la mesure, puisque cette mesure est un trait aussi caractéristique dans le vers que le nombre, la cadence et l'harmonie.

LUI.

Ce que vous dites là, mon cher voisin, n'est pas d'une exactitude parfaite ; mais passons, et ne différez pas plus longtemps le plaisir que je me promets de votre lecture.

MOI.

M'y voici. C'est d'abord un discours prononcé dans une circonstance solennelle. La question est celle-ci : Est-ce par la rigueur, est-ce par une indulgente bonté, qu'il convient de convertir à la loi du Christ les peuples idolâtres ?... Je dois aussi vous prévenir, pour éviter toute chicane, que les différentes mesures, et surtout celle de huit pieds, vont successivement frapper votre oreille.

> « Berthélemi, dit-il, ne consultons ici [1]
> Que les intérêts de Dieu même ;
> Car l'homme n'est rien devant lui.
> Ces peuples sont ses ennemis,
> Et ses ennemis éternels,
> S'ils meurent dans l'idolâtrie.
> Comment donc celui qui demain
> Sera l'objet de sa colère
> Peut-il être aujourd'hui l'objet de son amour ?
> Qu'ils se fassent chrétiens, la charité nous lie.
> Mais jusque-là Dieu les exclut
> Du nombre de ses enfants.
> C'est à ce titre d'ennemis
> Des gentils et des infidèles,
> Et de conquérants pour la Foi,
> Que ce monde nous appartient.
> Le souverain pontife en a fait le partage. »

1. Marmontel, les *Incas*, livre I.

Puis viennent soixante-douze lignes de la même force, lesquelles réunies aux dix-sept que je viens de vous lire, forment un ensemble de quatre-vingt-neuf vers.

LUI.

Je trouve là tout ce que je savais bien y trouver, et ce que l'on trouvera toujours dans un ouvrage écrit de ce style, c'est-à-dire l'ennui de la prose symétrisée avec le dégoût des vers les plus prosaïques.

MOI.

Aimez-vous mieux quelques pensées détachées? Je vais vous en donner; *on en a mis partout*, comme disait Boileau en parlant de la muscade.

> « Oui, l'homme oisif pèse à la terre [1],
> Et l'orgueilleux la fait gémir. » —
> « Aujourd'hui c'est la mort, et demain, c'est la vie. »

Quelle profondeur de pensée! quelle vivacité! quelle énergie de style!... Est-ce de la prose, mon voisin? sont-ce là des vers?
Ailleurs un prêtre dit, en parlant de Dieu :

> « Mon esprit est le sien, ma voix est son organe,
> Je parle, et c'est lui qu'on entend. »

Voyez ce tableau gracieux :

> « Ses yeux étaient baissés, mais ses longues paupières
> En laissaient échapper des feux étincelants. »

Il est peut-être difficile de se faire une idée de ces *yeux baissés qui laissent échapper des feux ;* mais ce n'est pas de cela qu'il s'agit.
Qu'importe que les mots s'allongent à la suite les uns des autres sans que rien les sépare; qu'importe que vous les distinguiez en deux lignes symétriques au moyen d'un alinéa : la pensée est exprimée, et le problème est résolu.

LUI.

Vous le croyez?... *j'en suis fort aise* (La Fontaine)... Eh bien?...

Le même, *ibid.*

MOI.

Je ne danserai pas; mais je vous lirai l'autre pièce que je vous ai promise [1] :

« Ils avaient massacré jusques aux derniers rangs, notre beau bataillon des chasseurs d'Orléans. Le brave colonel Montagnac tombe en tête. Il mourut en disant : Que rien ne vous arrête !... combattez, mes amis, et laissez là mon corps. — Il fut enseveli sous trois cents Français morts. L'arrière-garde encore résistait avec peine; nous étions quatre-vingts, et notre capitaine, l'intrépide Giraud : — Vous qui restez debout, cria-t-il, suivez-moi jusqu'à ce marabout. — Nous volons sur ses pas; cinq sont tombés en route... D'abord, nous retranchant derrière la muraille, nous pouvons nous défendre et braver la mitraille dans une cour, formés en quatre pelotons. Mille balles sifflaient dans l'air; le capitaine prit à son lieutenant, le jeune Chapdelaine, une ceinture rouge; avec un mouchoir bleu, il en fit un drapeau; puis, à travers le feu, au haut du marabout, j'allai planter moi-même ce signal, espérant qu'avant l'heure suprême un régiment français pourrait l'apercevoir. Je descendis; je revins, pour mieux voir, une lunette en main. Rien !... pas un seul des nôtres n'apparaissait au loin !... Je rejoignis les autres... Pendant qu'Abdel-Kader avec ses cavaliers nous entourait, plusieurs des nôtres, prisonniers, étaient là dans son camp. A l'un d'eux il commanda de venir décider notre petite bande à se rendre. Il ne nous restait qu'une chance incertaine : quitter le marabout et fuir. On tint conseil; on fixa le départ au retour du soleil. Dès l'aube nous partons, le capitaine en tête. Nous renversons un poste avec la baïonnette; nous formons un carré, l'un par l'autre affermis, et nous nous dérobons aux groupes ennemis... etc., etc. »

Il y a bien quelques rimes par-ci par-là, et quelques fautes de français ; mais, je vous l'ai dit, négligeons-les, et répondez à ma question : Laquelle de ces pièces est en prose ? laquelle est en vers ?

LUI.

Ma foi ! mon cher voisin, il me paraît difficile d'y répondre. Les deux pièces, prose ou vers, ne valent absolument rien. J'ajouterai même qu'il n'y a pas ici trace de poésie. Je crois que le premier écrivain... Ce fragment n'est pas de vous ?

1. *Le Marabout de Sidi-Brahim,* par Mme Louise Colet.

MOI.

Non pas, assurément.

LUI.

Je crois que le premier écrivain a dû porter la peine de cette ridicule affectation, et le plus froid accueil être fait à son œuvre par les gens de goût [1]. Quant à l'autre, que voulez-vous que j'en dise? Il a gâté autant qu'il était possible une chose belle et héroïque, et il faut qu'il y ait en lui un grand fonds d'amour-propre pour s'aviser de jeter de pareilles balivernes dans le public... c'est inimaginable.

Toutefois je ne serais pas étonné que ceux qui sont intéressés au succès d'un pareil genre vinssent à proclamer par-dessus les toits le nom glorieux de votre prosateur-poëte ou de votre poëte-prosateur, comme il vous plaira, mon voisin.

MOI.

Vous ne vous trompez pas. Cette riche monnaie d'or, que dans vos superbes dédains vous regardez sans doute comme du vil billon, a cours aujourd'hui.

Voilà pourquoi, donnant un plus libre essor à l'esprit français, j'ouvrirai dès demain mon école, et j'y enseignerai à tout venant *l'art de faire des vers en prose et de la prose en vers.*

Mon voisin se leva. Il ne me parut pas content; mais mon parti était pris.

PH. T. L.

LXXVI

FRAGMENT D'UN PÈLERINAGE POÉTIQUE EN SUISSE

Entre la Germanie et la France, aux confins
Des deux vastes États, ses belliqueux voisins,
Bâle m'ouvre la Suisse, et déjà la contrée
Par un attrait nouveau me charme dès l'entrée;

1. Voir les journaux du temps.

Là commencent les monts du Jura verdoyant :
Près d'un site sévère est un aspect riant ;
Suspendu sur des rocs, c'est un castel gothique,
Ruine féodale ; ailleurs, un pont rustique
Sur la Byrse fougueuse ; et puis c'est le vallon
D'Arlesheim, son chalet, sa *grotte d'Apollon*,
Sa tour au bord du lac, ravissantes demeures,
Où le sage au repos livre ses douces heures ;
De Sainte-Marguerite enfin c'est le coteau,
Sa large perspective, et, pour fond du tableau,
Les monts de la Souabe, agreste paysage
Tranchant le bleu du ciel dans un lointain sauvage.

Riche par le travail, simple avec dignité,
Bâle chérit la paix ; ce n'est plus la cité
Qui jadis opposa, dans un hardi concile,
Aux lois du Vatican l'autorité civile.
Vers ce temps orageux, lorsque l'Helvétien,
A peine délivré du joug autrichien,
Vit flotter d'Armagnac les étendards serviles,
En un jour glorieux, Bâle eut ses Thermopyles,
Dignes d'une autre Sparte et d'un Léonidas.
Pour immortaliser ses courageux soldats,
La Grèce avait des arts, des palmes, des poëtes ;
Aux monts helvétiens les Muses sont muettes.
Du génie oublieux tu n'as rien obtenu,
Modeste champ d'honneur, toi, presque méconnu,
Saint-Jacques ! tes guerriers, leur dévouement, leur gloire,
Ont trop peu d'une page au livre de l'histoire.
Ah ! tant que la vertu vivra chez les mortels,
Tant qu'elle aura sur terre un culte et des autels,
Tout homme au noble cœur bénira de ses larmes
De vaillants citoyens qui meurent sous les armes,
Défenseurs de leur sol foulé par l'étranger,
L'arrosant de leur sang, s'ils n'ont pu le venger.

La gloire des combats jette un éclat splendide ;
Mais, victoire ou défaite, hélas ! c'est l'homicide ;
Le deuil suit les vaincus et maudit les vainqueurs ;
Des vertus, des talents les modestes honneurs,
Moins brillants, valent mieux que cette renommée
Conquise trop souvent par l'injustice armée.
Bâle, dans ton église aux gothiques arceaux
Dorment d'illustres morts... Penché sur leurs tombeaux,

J'en évoque les traits de ces hommes célèbres,
Dont j'ai tout près de moi les dépouilles funèbres;
Par un élan hardi, ma pensée à ces morts
Restitue un moment leurs âmes et leurs corps.
Celui qui dans un jour de verve et de saillie
Fit l'éloge moqueur de l'humaine Folie,
Cet Érasme disert, cet éloquent docteur,
De tant de bons écrits laborieux auteur,
Il me semble le voir, assis à son pupitre,
Des *Colloques* fameux écrivant un chapitre;
Il m'apparaît pensif, le regard incliné,
Tel que dans un chef-d'œuvre Holbein l'a dessiné.
Le charme se poursuit; il m'aide à reconnaître
Ammerbach et Froben, près d'Érasme leur maître;
Je vois les Bernoully, grands esprits, nobles cœurs,
Qui surent allier la science et les mœurs.

Non loin des murs bâlois gît une ville entière,
Morte, et qui de son peuple enferme la poussière.
La cité que jadis la gloire visita,
Sépulcre maintenant, eut le nom d'*Augusta*,
Quand, maîtresses du Rhin, les légions romaines,
Déployant sur ces bords leurs aigles souveraines,
Contenaient le Gaulois, s'imposaient au Germain,
Et les civilisaient les armes à la main.
Les Romains ne sont plus, leur splendeur effacée
Est comme dans les cieux la comète éclipsée;
Leur pouvoir à la terre a laissé pour débris
D'informes monuments par les siècles flétris :
A peine sur ces bords j'en reconnais la trace,
Et de la ville auguste un bourg a pris la place;
Le toit de l'indigent se montre aux mêmes lieux
Où brillèrent jadis les demeures des dieux.
Dérision du sort et vanité de l'homme!
De pauvres laboureurs ont hérité de Rome.

Tel est l'arrêt commun, tout succombe ici-bas,
Ce qui reçut la vie appartient au trépas;
Contemplons la nature, elle seule est durable,
Et pour elle toujours le temps est réparable.

M. A. H. LEMONNIER.

NOTES HISTORIQUES ET GÉOGRAPHIQUES

N. B. L'étendue et l'importance de ces notes, que nous avons empruntées au même auteur, ne nous ont pas permis de les mettre au bas des pages, comme nous l'avons fait ailleurs.

1er v. — *Entre la Germanie, etc.*

La situation de Bâle, au point précis où se touchent la Suisse, la France et l'Allemagne, avantageuse sous le rapport du commerce, est en même temps très-pittoresque. Assise sur le Rhin, qui la divise en deux parties inégales, la ville a pour horizon deux chaînes de montagnes, le Jura et les Vosges. La Pfalz, terrasse construite derrière la cathédrale, offre un aspect remarquable. Ce rempart élevé est baigné par le Rhin, qui, décrivant une courbe magnifique, coule majestueusement, large et rapide vers la France. Le spectateur contemple à sa droite les derniers échelons du Jura, qui s'abaisse vers le Rhin; à sa gauche une portion de la fertile Alsace, encadrée dans les *Vosges lointaines;* devant lui, sur l'autre rive du fleuve, de riches campagnes terminées par des monts boisés qui sont des ramifications de la forêt Noire. L'ensemble de ce tableau est saisissant, et si Bâle est de ce côté la porte de la Suisse, on peut dire que le voyageur conçoit dès l'entrée une heureuse idée du pays.

7e et 8e v. — *C'est un castel gothique, ruine féodale;*

Des débris de ce genre couronnent plusieurs des hauteurs du Jura qui avoisinent la ville de Bâle, et elles impriment à la contrée un caractère spécial. Ce sont d'anciennes forteresses tout à fait démantelées, de vieux castels qui étaient jadis occupés par ces barons ou burgraves, *burg-graffs,* c'est-à-dire comtes-propriétaires, dont le droit de suzeraineté ne fut guère qu'une longue oppression. Il est aisé de se figurer l'effet que produisent dans le paysage ces ruines si avantageusement posées, ces murs croulants, envahis par la ronce et le lierre, et apparaissant comme les spectres de la féodalité à travers les rochers et les bois du Jura.

9e v. — *Sur la Byrse fougueuse, etc.*

La Byrse prend sa source au pied de la roche dite Pierre-Pertuis; une inscription latine conservée sur cette roche constate que son percement fut opéré par les Romains pour servir d'entrée aux pays des Rauraques, une de leurs colonies. Le parcours de la Byrse, le principal ornement de ces vallées, est d'environ soixante-quatre kilomètres.

9e et 10e v. — *Et puis c'est le vallon d'Arlesheim, etc.*

A côté du village d'Arlesheim, à huit kilomètres de Bâle, s'ouvre un petit vallon formé de collines boisées et traversé d'un cours d'eau. Du flanc des collines se dressent des roches moussues dont les anfractuosités affectent les formes les plus capricieuses. La nature avait prédestiné ce vallon à devenir un délicieux jardin paysager, pourvu qu'un art discret sût employer tant de ressources. Le goût qu'il fallait à cette œuvre se rencontra chez le baron de Gleresse, qui, de concert avec madame Balbina d'Andlaw, dessina en 1785 les jardins d'Arlesheim. Les eaux concentrées au fond de la vallée, y formèrent un lac; des sentiers furent adroitement pratiqués dans les bois; sur des quartiers de rocs en surplomb furent gravées des inscriptions en l'honneur d'Apollon et des poëtes bucoliques, etc., etc. Le nouveau possesseur a négligé cet attrayant domaine, destitué aujourd'hui de ses anciens ornements; mais le vallon a conservé son charme, parce qu'il est inhérent à la nature, qui ne change pas.

19ᵉ v. — *Qui jadis opposa, dans un hardi concile, etc.*

Le concile de Bâle, convoqué en 1431, dura dix-sept ans. Il succédait à celui de Constance, et se proposait de poursuivre l'œuvre interrompue de la réforme des mœurs du clergé, de corriger les abus, etc.

31ᵉ v. — *Saint-Jacques! tes guerriers, etc.*

Le combat de Saint-Jacques fut livré le 26 août 1444, à deux kilomètres de Bâle. Les confédérés suisses, au nombre de quinze cents hommes, y tinrent tête à la majeure partie d'une armée de trente mille Armagnacs, sous le commandement du Dauphin, qui fut depuis Louis XI. Rendus téméraires par leurs premiers succès, les Suisses traversèrent la petite rivière de la Byrse, qui les séparait seule de l'armée ennemie. Bientôt coupés et cernés au hameau de Saint-Jacques, ils n'eurent plus qu'à se rendre ou à périr; ce fut ce dernier parti qu'ils adoptèrent : « Nos âmes à Dieu, disaient ces héros en tombant, *et nos corps aux Armagnacs!* » Ils moururent, dit un écrivain contemporain, vaincus à force de vaincre. De ces quinze cents hommes, dix qui sauvèrent leur vie par la fuite et trente-deux blessés qui guérirent restèrent seuls de ce carnage. Le Dauphin perdit six mille hommes; il n'osa pénétrer dans le pays : « Si des centaines, disait-il, nous ont fait nager dans notre sang, que ne feront pas des milliers? » — En 1823 les Bâlois ont érigé en l'honneur de ces héros un modeste monument imitant une flèche d'église gothique.

51ᵉ v. — *Celui qui, dans un jour de verve et de saillie, etc.*

Érasme, né à Rotterdam en 1467, termina sa carrière à Bâle, où il s'était retiré dès 1521. Sa mort eut lieu en 1536, le 14 juillet. — Érasme fut le savant le plus universel et l'écrivain le plus spirituel de son temps; il n'a pas peu contribué à la renaissance des lettres. Son *Éloge de la folie* est une satire fine et ingénieuse des divers états de la vie. L'auteur s'attache à démontrer plaisamment qu'il n'est personne qui ne prenne une part quelconque à la folie générale, qui, suivant lui, mène toutes les affaires d'ici-bas. Ce fut, dit-on, pendant son séjour à Londres, chez Thomas Morus, qui lui avait donné un appartement dans sa maison, qu'Érasme composa en huit jours ce livre singulier. Les *Colloques (Colloquia)* ne sont lus maintenant que par les amateurs de la belle latinité.

60° v. — *Ammerbach et Froben, etc.*

Le savant professeur Boniface Ammerbach et l'imprimeur Jérôme Froben étaient disciples et amis intimes d'Érasme. Ammerbach fut son légataire universel et Froben son exécuteur testamentaire, de concert avec Nicolas Bischoff, autre imprimeur bâlois non moins renommé en ce temps-là.

61° v. — *Je vois les Bernoully, etc.*

Les Bernoully, au nombre de huit, ont successivement cultivé avec beaucoup de distinction diverses branches des mathématiques. Une famille où, pendant une longue suite d'années, se conserve de père en fils un semblable mérite, accompagné de vertus traditionnelles, offre un exemple assez rare pour attirer l'attention.

65° v. — *La cité que la gloire autrefois visita, etc.*

A huit kilomètres de Bâle, sur la rive gauche du Rhin, est un village appelé *Augst :* c'est le nom germanisé de l'antique *Augusta Rauracorum,* cité jadis considérable, dont une humble bourgade occupe l'emplacement. La Rauracie comprenait les vallées du Jura, qui s'étendent depuis le Rhin jusqu'à Pierre-Pertuis et Porentruy, c'est-à-dire à peu près tout le territoire qui fut depuis l'évêché de Bâle. Auguste, qui avait compris l'importance de cette contrée, située entre la Germanie, l'Helvétie et les Gaules, y envoya une colonie romaine sous le commandement de Munatius Plancus. Ainsi fut fondée Augusta, qui devint la capitale du pays des Rauraques. Ces mots *Rauraques, Rauracie,* durs à l'oreille, désignent l'âpreté d'un sol montagneux; *Rauh,* en langue celtique, signifiait âpre, sauvage. La ville d'Auguste n'eut guère que cinq cents ans d'existence; elle fut saccagée par les Huns au cinquième siècle, et Bâle dès lors, n'ayant plus de rivalités voisines, prit beaucoup d'accroissement. Dans l'état où sont présentement les ruines d'Augusta et faute de notions certaines, on ne peut former que des conjectures sur l'étendue que cette ville put avoir. Des antiquaires ont pensé que son enceinte devait être de quatre kilomètres, et qu'elle possédait un théâtre où douze mille spectateurs pouvaient prendre place. Il est du moins à peu près avéré qu'on y voyait encore au seizième siècle de vastes débris de monuments; ils sont maintenant presque effacés du sol, et dans ce qui reste, on a peine à reconnaître les traces d'une grande ville. Quoi qu'il en soit, les fouilles qu'on y a faites ont produit pour résultat des milliers de médailles romaines, beaucoup de figurines en bronze et en or, des fragments de mosaïque et de vases, et des ustensiles divers. Ces antiquités ont été en partie dispersées; pourtant on en a recueilli une quantité notable, qui se conserve à la bibliothèque de Bâle.

LXXVII

COMMENT TROIS JEUNES FILLES FURENT GUÉRIES

L'UNE DE SA VANITÉ

ET LES DEUX AUTRES DE LEUR PENCHANT A LA VENGEANCE

Parmi mes compagnes de classe se trouvait une jeune Anglaise, fille d'un baronnet, que des affaires avaient conduit en France et qui avait fini par s'y fixer. Il eût été difficile à l'œil le plus observateur de découvrir dans Arabella Croft (c'était le nom de ma compagne) la moitié de l'esprit et de la beauté qu'elle y voyait elle-même, et cependant chacun avouait qu'elle était spirituelle et jolie. Arabella avait seize ans, son instruction était presque achevée, et chaque heure du jour était maintenant employée à étudier ses airs et ses attitudes. La pauvre fille ne s'apercevait point qu'avec ses prétentions à toutes les supériorités, elle eût pu poser à la classe de dessin pour une tête de la Vanité. L'expression *vous êtes aussi orgueilleuse qu'Arabella Croft* était consacrée dans le pensionnat, et l'on en avait fait une sorte de proverbe.

Mais un tel défaut ne pouvait se manifester sans blesser souvent l'amour-propre des autres. Deux de ses compagnes, qu'elle avait plus particulièrement blessées, résolurent de saisir la première occasion favorable pour se venger. Elle ne tarda pas à s'offrir.

La fête annuelle de la ville arriva et les réjouissances publiques furent annoncées. Notre bonne maîtresse, qui ne nous refusait aucune distraction innocente, décida que nous irions à l'assemblée. Dès que cette nouvelle fut connue, Arabella ne songea plus qu'aux moyens d'éclipser ses compagnes. Elle étudia de nouvelles attitudes, disposa ses plus brillantes parures, et se sentit fière d'avance de l'effet qu'elle allait produire. Mais ses deux ennemies avaient remarqué ces préparatifs, et elles se mirent en mesure d'humilier à leur tour celle qui les avait humiliées tant de fois.

Le grand jour arriva, et Arabella partit avec ses compagnes dans tout l'éclat de sa toilette. Un élégant chapeau ombrageait son frais visage; une robe de mousseline, taillée d'après la mode la plus nouvelle, entourait sa taille de plis aériens; des bas à jour d'un travail précieux dessinaient un pied merveilleusement chaussé et remarquable par sa petitesse. Avec moins d'envie d'être belle, Arabella eût été charmante; mais la vanité lui ôtait la meilleure partie de sa beauté, le naturel ! Elle ne savait pas que l'élégance vraiment gracieuse est celle qu'on ne remarque point.

Cependant sa toilette recherchée ne tarda pas à attirer tous les yeux ; elle s'en aperçut et sentit son cœur se gonfler de joie. Elle marcha quelque temps sous les regards, comme une reine qui entre triomphalement dans son royaume, uniquement occupée de l'effet qu'elle produisait. Elle finit pourtant par s'apercevoir que la foule l'avait séparée de sa conductrice. Seulement deux de ses compagnes, celles-là mêmes qui avaient résolu de punir son orgueil, la suivaient à quelques pas en riant. Dans ce moment un gros marchand qui passait avec sa femme s'arrêta, et dit en regardant la robe d'Arabella :

« Voilà une bien belle mousseline !

— Et un chapeau qui a dû coûter gros ! » fit observer la femme.

Arabella releva la tête comme un cheval de race que l'on flatte de la main.

« Tiens ! reprit tout à coup le mari, elle a un trou au bout de son bas. »

Miss Croft rougit jusqu'au front : ses élégants bas de soie avaient, en effet, au bout du pied un large trou, mais comment un passant avait-il pu le deviner !... Elle hâtait le pas pour échapper à de nouvelles observations, lorsque des voix répétèrent bientôt autour d'elle :

« Elle a un trou au bout de son bas ! »

Arabella, stupéfaite et confuse, voulut fuir ; le cri moqueur la suivit et grandit sur son passage. Elle sentit alors sa vue se troubler, elle s'arrêta éperdue et regarda autour d'elle ; ses compagnes étaient déjà loin. Elle s'efforça de les rejoindre ; mais les railleries devenaient à chaque instant plus nombreuses. Arabella vit alors avec épouvante qu'en voulant éviter la foule, elle avait quitté la partie de la promenade fréquentée par le monde élégant, et qu'elle ne se trouvait presque plus entourée que d'ouvriers, de femmes du peuple et de petits vauriens en guenilles.

« Voyez, voyez, s'écria une vieille femme, ça porte chapeau, ça fait la brave, et ça a un trou au bout de son bas !

— Dites donc, mamzelle, voulez-vous que je vous vende une aiguille ? demanda une petite mercière à la mine éveillée.

— Une aiguille ! reprit une autre, c'est bon pour nous !... Des demoiselles, est-ce que ça sait coudre ? On passe la journée à se donner des airs, et on garde des bas percés ; c'est au bout, ça ne paraît pas. »

Tout cela se disait en même temps et au milieu des éclats de rire. Arabella, hors d'elle, voyant la foule qui grossissait toujours, s'ouvrit un passage et se précipita dans une boutique.

La marchande, qui avait tout vu de son comptoir, lui apprit alors la causé de ces moqueries en retirant l'écriteau qu'elle avait au dos, et sur lequel se trouvaient ces mots : *Elle a un trou au bout de son bas.* Arabella reconnut l'écriture de l'une des deux jeunes filles qui la suivaient lorsqu'elle s'était égarée dans la foule, et comprit enfin le tour qui lui avait été joué.

Cependant les huées, un instant interrompues, recommencèrent tout à coup au dehors : miss Croft, épouvantée, se pencha vers le vitrage de la boutique, et aperçut les deux pensionnaires qui s'étaient si cruellement vengées d'elle en butte, à leur tour, aux railleries. Placées à peu de distance d'Arabella, elles n'avaient point tardé à s'effrayer des résultats de leur ruse, et avaient voulu fuir; mais leur victime venait de disparaître, on la cherchait, et en apercevant deux jeunes filles troublées, qui essayaient de s'échapper, quelqu'un avait dit : « Les voilà ! » Tous les yeux s'étaient aussitôt tournés de leur côté.

« C'est la blonde qui avait l'écriteau ! s'écriait l'un.

— Non, c'est la brune ! »

Et les polissons, charmés de trouver une occasion d'insulte, reprenaient en chœur :

« Toutes les deux !... elles ont toutes deux des trous au bout de leurs bas ! »

Les deux jeunes filles se trouvaient dans la même situation qu'Arabella un instant auparavant; et leur humiliation eût pu se prolonger longtemps, si notre maîtresse de pension, qui les cherchait avec inquiétude, ne les eût enfin rejointes. Elle se hâta de les faire entrer dans la boutique où s'était réfugiée miss Croft.

Là, quelques mots suffirent pour la mettre au fait de ce qui s'était passé. Arabella et ses deux compagnes étaient debout devant elle, la tête basse et versant des larmes. Elle fit d'abord approcher les deux dernières.

« Vous avez été punies de votre faute par votre faute même, dit-elle; remerciez Dieu de vous avoir rendu la leçon aussi claire. Vous saurez maintenant que lorsqu'on est sans pitié pour les autres, on n'a pas le droit d'en attendre pour soi-même. Vous avez voulu humilier, et vous avez été humiliées; vous avez cherché la vengeance, et vous l'avez trouvée amère ! Rappelez-vous qu'il en est ainsi de toutes les mauvaises passions, et que presque toujours on souffre plus d'y avoir satisfait qu'on n'eût souffert pour y résister !

« Et vous, Arabella, continua-t-elle, n'oubliez pas que vous êtes de moitié dans leur faute, car ce sont vos dédains qui leur ont inspiré cette *mauvaise action.* Vous le reconnaîtrez un jour, il est rare qu'un vice n'en crée point d'autres autour de lui. Quand il est trop repoussant pour être contagieux, il devient l'occasion d'un vice contraire qu'on lui oppose. Vous avez eu de l'orgueil avec vos compagnes, et elles ont senti naître la rancune dans leur cœur ; vous avez été dure, elles se sont montrées vindicatives ! »

Puis, les regardant toutes trois, immobiles de honte et de douleur :

« Je ne demande point, reprit-elle, que vous vous tendiez la main dans ce moment, car je ne veux point dérober une réconciliation à votre repentir. On ne répare point ses fautes par un élan de cœur ; il faut y réfléchir mûrement, prendre avec soi-même un engagement sérieux, et expier le passé par l'avenir. Vous avez beaucoup à vous pardonner réciproquement ; mais vous avez surtout beaucoup à vous faire pardonner par Dieu et par ceux qui vous aiment. »

Le lendemain, les trois jeunes filles vinrent trouver notre maîtresse de pension en se tenant par la main ; toutes trois pleuraient. Elle les embrassa avec un sourire tendre, et leur répéta les belles paroles du Christ : *Allez, et ne péchez plus*.

Mme N. SOUVESTRE. Trois mois de vacances.

LXXVIII

LA SŒUR DE CHARITÉ

Qui ne porte sa pensée avec une profonde vénération sur le ministre de nos autels ! qui n'éprouve pas un religieux et touchant respect pour ces saintes filles formées à l'image de Dieu, auquel souvent elles ont consacré jeunesse, beauté, naissance, fortune, tous biens périssables, il est vrai, mais qui tous ont leur séduction ! qui ne contemple avec admiration ces anges qui, descendus du ciel, s'exilent sur la terre avec le doux nom de mère et de sœur, parce que ces titres renferment tout ce qu'il y a de tendresse et d'amour dans le cœur de la femme ; parce que ce sont les premières affections de l'homme quand il ouvre ses yeux à la lumière ; parce que ses premières douleurs sont calmées par sa mère, parce que c'est sa mère qui recueille son premier sourire. Près d'elle se glisse la suave image de l'être qui a grandi avec lui, de la compagne de ses jeux, de la première confidente de son enfance, de celle qui, dans l'âge où l'orage gronde au cœur de l'homme, trouve toujours d'ineffables paroles pour le consoler.

C'est à cause de ces affectueux liens de la nature, pour être l'appui de tout ce qui souffre, pour que tout infortuné croie puiser une consolation dans la famille, qu'elles ont pris le doux nom de mère et de sœur, ces filles célestes que la pensée d'un grand saint créa, pour que, dans la sublimité de leur amour du prochain, elles se fissent de tous les chrétiens des fils et des frères. Aucun nœud ne les retient dans le cercle de la famille, elles n'ont pas enchaîné leur existence à un seul être, mais dévouées à tous, elles ont fait de l'univers le foyer de leur charité, leurs regards s'élèvent vers le ciel, où elles trouvent l'Époux divin, et, s'abaissant sur la terre, elles disent avec lui : « Laissez venir les petits enfants jusqu'à moi. »

Partout, de quelque genre d'infortune et de misère qu'il s'agisse, de quelque déchirant tableau que le regard soit frappé, une femme bientôt apparaît, figure céleste marquée du sceau divin, la sœur de charité. Animée du plus saint zèle, elle renonce à toutes les joies du monde partiel pour le servir et l'aimer tout entier ; elle offre tous les jours à Dieu cette vie d'abandon, comme une expiation de ses péchés, car l'humble servante du seigneur, la fille de saint Vincent, croit pécher quand elle est éloignée un seul instant de la demeure des malheureux.

C'est donc dans une maison de pauvre apparence qu'il faut chercher la divine charité ; elle y veille auprès du lit du malade qui s'imagine que l'hospice le tuera ; c'est près de cet infortuné qu'elle passe ses plus belles années ; c'est en réponse aux incohérentes pensées de ce malheureux qu'elle prodigue avec la même douceur, avec la même piété, les soins, les services les plus repoussants, sans être jamais rebutée ; elle revient, d'une humeur toujours égale, près de l'exigeant malade ; et s'il touche à sa fin, elle s'agenouille auprès de son lit, le réconcilie avec Dieu à son heure dernière, lui ferme les yeux, et donne des larmes au pécheur repentant.

Le matin on la trouve dans la modeste retraite que la commune a cédée à la pauvre religieuse, qui tient école à un essaim de petites filles, troupe quelquefois indocile et qui soupire après le moment où l'horloge sonnera midi pour se précipiter hors du lieu où l'on essaye de former son cœur aux charmes de la religion et de la vertu. Elle ne se plaint pas, la pauvre sœur, mais son regard baissé dérobe les pleurs que devine seul son Créateur.

Le soir, riche des dons qu'elle a demandés, car elle ne possède rien, elle erre dans les rues étroites, elle frappe aux portes délaissées, et elle introduit dans le séjour de la misère quelques moments de bonheur ; là parfois, en ranimant le foyer éteint faute de bois, en vêtant l'enfant qui se meurt sur le sein de sa mère, elle a senti une larme mouiller sa main, une voix s'est mêlée au murmure de la pluie et de la tempête, et s'est écriée : « Ma sœur, Dieu vous bénisse ! » Ces mots sont arrivés à son oreille comme un harmonieux concert pour lui faire oublier ses heures de peines, et au retour le vent lui a semblé moins violent et la neige moins froide.

Le comte CHARLES DE VALORY.

LXXIX

SUR LA MISÉRICORDE DE DIEU

Mon âme s'élève avec confiance vers le Dieu de miséricorde. Son plus beau titre n'est-il pas celui de *Père des hommes?* il n'en est pas moins aussi le seigneur, le maître de toute la nature. Il parle, et les mondes rentrent dans le néant. Une mer de félicité entoure son trône. Oh! puisse une goutte de cette mer humecter mon palais, afin que je me fasse une idée de cette félicité qu'il réserve à ceux qui l'aiment!..

Tu sais le nombre des jours que je dois encore passer sur la terre, ô mon Dieu! ils sont écrits dans ton livre; et dans ce livre de ta prévoyante sagesse sont écrites aussi toutes mes pensées; chacune de mes actions y tient sa place. Pourquoi faut-il que les bonnes y soient en si petit nombre?.. Mais si la miséricorde et le pardon sont tes attributs, Seigneur, pardonne-moi, j'espère en toi; que la terre s'écroule, j'espère en toi; que je sois réduit en poussière, ma poussière ne cessera d'espérer en toi!...

Traduit de l'allemand d'Eckartshausen.

LXXX

PHÉNOMÈNES ÉLECTRIQUES

Chacun a été témoin de ces phénomènes dont l'éclair et le bruit illuminent tout à coup et font retentir l'atmosphère, frappant d'une mort instantanée les êtres qu'ils ont atteints, bouleversant parfois les édifices qu'ils sillonnent de leur feu; accidents rares, il est vrai, depuis que la découverte de Franklin préserve nos monuments et une partie de nos habitations.

Un effet utile, moins connu sans doute, mais plus constant, découle de ces grands chocs électriques.

Cet effet réside dans les combinaisons qui s'effectuent entre certains éléments gazeux contenus dans l'air atmosphérique; des vapeurs s'engendrent alors, se condensent et sont précipitées avec les eaux pluviales; bientôt celles-ci pénètrent dans le sol, entraînant l'engrais formé par la détonation. Les plantes assimilent et solidifient ces liquides azotés, produisant avec eux de nouvelles substances nutritives dont les animaux, à leur tour, pourront disposer.

Ainsi donc les catastrophes que le tonnerre occasionne sont des exceptions, tandis que ses bienfaits entrent régulièrement dans les lois divines qui régissent et maintiennent [les magnifiques harmonies de la nature.

On peut reproduire dans les laboratoires les principaux effets du tonnerre, mais seulement en miniature; et cela est peu regrettable, car jusqu'ici ces expériences curieuses n'ont réalisé aucune application économique.

Mais sous une forme bien différente, étudiée plus récemment, l'électricité commence à rendre d'immenses services aux hommes.

C'est qu'elle peut agir tout autrement par un courant continu : dans un silence profond, invisible, plus vite que l'éclair, dont la lueur parcourt près de quatre-vingt mille lieues par seconde, l'électricité manifeste alors son passage en donnant à une foule d'objets inertes jusque-là, le pouvoir d'attirer et de fixer d'autres objets, comme s'ils les eussent, par une volonté forte, choisis d'avance.

Déjà les courants électriques, dirigés tantôt au sein de liquides froids, tantôt au travers de masses en fusion ignée, peuvent séparer économiquement les métaux purs et ductiles des minerais bruts.

Par d'autres procédés encore, le métal pur que le galvanisme dépose, se moule sur les plus minimes insectes, en reproduisant leurs formes et sans altérer leurs délicats organismes; ce moulage à froid reproduit maintenant de jolies figurines et des statues.

Depuis l'application de ces propriétés remarquables, on peut apercevoir dans des ateliers vastes et paisibles quelques ouvriers livrant à ces courants inaperçus, au milieu de bains immobiles, des pièces de métal ou d'alliages économiques. Celles-ci attirent aussitôt d'innombrables particules d'or et d'argent, dont la couche augmente au gré de l'opérateur, et précisément dans les points où il veut épaissir le métal précieux.

Quand on voit sortir de ces bains magiques tant d'objets brillants, destinés à répandre l'usage d'ustensiles salubres, des bijoux, des ornements aux formes attrayantes, qui élèvent et épurent le goût, des bronzes dorés, des services de table, qui embellissent nos modestes demeures et les châteaux des princes, on se sent heureux d'appartenir au siècle qui enfante de telles merveilles.

Plus heureux encore si l'on songe qu'une des conséquences de ces innovations est de restreindre chaque jour l'emploi des anciens procédés de dorure, de ces procédés qui, exhalant des vapeurs délétères, détruisent peu à peu la santé des hommes chargés de ces pénibles travaux.

Ces applications nombreuses, émanées de Genève, de Londres et de Paris, composent une brillante auréole autour du nom de Volta.

On a trouvé une application bien plus étonnante encore des courants électriques.

Donnant l'impulsion première à l'aide de quelques petits vases où s'opère une dissolution chimique, on dirige l'électricité vers un fil de métal, et, quelle que soit sa longueur, un courant aussitôt le parcourt avec une vitesse telle, qu'entre le départ et l'arrivée jusqu'à trente lieues et le retour au travers du sol, il ne s'écoule pas un instant déterminable pour nous : aussi l'effet cesse-t-il presque subitement, dès qu'on supprime, à l'extrémité de cette ligne, la communication avec le petit appareil producteur du courant.

On peut donc à volonté arrêter et reproduire ces courants électriques.

En circulant à l'extrémité de la ligne, autour d'une barre, ils en font un aimant qui attire aussitôt et soulève un levier, puis le laisse retomber dès que le courant cesse de l'animer. On voit combien il est facile, à toutes les distances, de transmettre des nombres, des lettres, placés à intervalle fixe, des lignes de longueurs inégales, des chocs sonores et par conséquent tous les signaux, tous les mots obtenus des lettres de l'alphabet, et de plus, en frappant sur un timbre, un bruit qui appelle l'attention.

Dès lors de nombreuses combinaisons se sont offertes aux méditations des hommes spéciaux, et déjà ils ont établi, sur différents systèmes, des correspondances instantanées ; on peut, au moyen de lettres, de mots et de phrases successives, envoyer les nouvelles libres ; tandis qu'à l'aide d'une reproduction facile des signaux par de petites figures, on transmet les documents mystérieux ; ces derniers sont traduits exclusivement par les personnes initiées au système encore inimitable de la télégraphie française.

Sous la forme de courants muets, l'électricité opère, comme on le voit, des prodiges appliqués aux besoins et aux plaisirs des hommes, à la sûreté publique, aux travaux des administrations centrales. Parmi les occasions si fréquentes, et que chacun devine, d'expédier des avis rapides sur les lignes des chemins de fer, nous citerons un seul exemple remarquable : une terrible catastrophe fut annoncée sans détails, en Angleterre ; au bu-.

reau du départ correspondant avec le lieu où se trouvait un pensionnat, on vit accourir des mères éplorées; elles lurent aussitôt cette réponse providentielle, revenue à l'instant même de plusieurs lignes, par le télégraphe électrique : *Tous les enfants sont sauvés.*

Ainsi, de nos jours, l'homme peut transmettre à toutes les distances sur les continents qu'il habite, malgré les intempéries des saisons et l'obscurité des nuits, ses avis, ses ordres et son action, plus rapides que l'oiseau voyageur, que le vent des orages, que la lumière des cieux.

PAYEN, de l'Académie des sciences (article écrit en 1846).

LXXXI

DE LA FANTAISIE

A PROPOS DU COLOSSE DE RHODES.

Je l'ai vu, ce fameux colosse de Rhodes !... mais rassurez-vous, ami lecteur, je ne suis pas tout à fait de ce temps-là, et, pacifique habitant du Marais, je ne suis point allé, bravant les flots de la Méditerranée et de l'Archipel, remuer la poussière des siècles passés pour en exhumer quelques débris de cette antique statue, que les anciens avaient eu la bonhomie de mettre au nombre des sept merveilles du monde. La belle merveille, qu'un énorme bloc d'airain massif, de trente-trois mètres de haut, et dont les pieds, posés sur deux môles, formaient l'entrée du port, et étaient assez éloignés l'un de l'autre pour que les plus gros vaisseaux passassent, à pleines voiles, entre ses jambes ! Le gigantesque n'est pas le beau. C'était la figure d'Apollon ou du Soleil !... Qu'est-ce que cela me fait ? Les Sarrasins, dit-on, ou plutôt les tremblements de terre, assez fréquents dans une île au sol volcanique, en ont fait bonne justice. Je ne m'en plains pas ; le monde n'y a rien perdu ; il y a gagné au contraire une bonne leçon d'humilité donnée à cet incorrigible orgueil de l'homme, qui sans cesse élève de grands monuments que le temps jette, un beau jour, à bas, et dont les restes mutilés vont dans nos musées se couvrir d'une moisissure verdâtre, habitée par des milliers d'insectes microscopiques...

Ce colosse de Rhodes, ce colosse de l'île des Roses, je l'ai sous la main, ou plutôt sur la tête. Ne se dresse-t-il pas, tout près de chez moi, brillant de l'éclat de l'or dont il est revêtu, fier de sa grande taille, portant au bout du bras un phare aux couleurs variées, la tête embellie de trois pointes qui me rappellent le *dieu à la belle chevelure*, dit Homère? C'est un marchand de lits en fer qui s'est avisé, dans la rue de Rambuteau, de se donner cette enseigne que tout le monde regarde.

Je me suis souvent demandé quel rapport il y a entre des lits en fer et le colosse de Rhodes; je ne l'ai point trouvé. C'est sans doute ma faute; car c'est une forte tête que cet honorable marchand, et il n'a pas dû sans de bonnes raisons percher cette statue au-dessus de son magasin.

Mais, sans me fatiguer à chercher bien loin une explication douteuse, comme presque toutes celles de nos savants, n'est-il pas plus simple d'admettre que ce colosse n'est qu'un caprice, qu'une fantaisie?

Qui, dans le monde, n'a pas de ces fantaisies-là. J'ai les miennes, vous avez les vôtres, ce monsieur n'a-t-il pas pu avoir la sienne à son tour?

C'est une si charmante chose, en effet, que la fantaisie, cette fille gracieuse de l'imagination, avec laquelle il ne faut pas la confondre !... L'imagination crée sans cesse, la fantaisie crée aussi, mais ses créations sont des bulles de savon que fait évanouir le moindre souffle. La fantaisie n'est pas non plus l'humeur, qui tient au caractère et s'irrite facilement de ce qu'elle entend ou de ce qu'elle voit; mais elle est la sœur aînée du caprice, changeant comme elle, mais changeant par l'effet du dégoût ou du dédain.

Combien la fantaisie est plus aimable!... la voyez-vous, la tête couronnée de roses, deux petites ailes délicatement attachées à ses blanches épaules, une baguette flexible à la main, poser à peine le pied sur le nuage où elle vole plutôt qu'elle ne marche? la voyez-vous, cette fée badine, touchant à tout, se jouant de tout, défaire le soir ce qu'elle a fait le matin, habiter aujourd'hui dans un palais qu'elle abandonne demain pour une chaumière, briser une couronne, puis en rassembler les fleurons dispersés (terrible fantaisie que celle-là !)? la voyez-vous tourmenter de cent façons la gaze qui l'enveloppe, l'allonger, la raccourcir, l'attacher à des cercles d'acier, l'arrondir en un *ballon de six mètres de tour* (Berville), ainsi qu'auparavant elle l'avait resserrée en un sac étroit? Ici, rêveuse et solitaire, elle se perd dans les mille toiles d'araignée qu'elle a filées elle-même; là, elle rit en mouillant ses lèvres à une coupe d'or; et plus loin, elle pleure *sur les pas de quelque mère en deuil* (Delille). C'est elle qui se loge, amoureuse et folâtre, dans la tête du poëte, qu'elle mène à sa guise, dans les doigts du musicien courant sur les touches d'un clavier sonore; c'est elle qui pétrit l'argile, aiguise le ciseau du sculpteur, et, toujours libre, toujours indépendante, charge de couleurs inattendues la palette du peintre; elle plaît, mais son art de plaire est de n'en point avoir, et de n'y penser pas.

La réalité, sa jalouse ennemie, n'a aucune de ses grâces fugitives, aucune de ses mobiles inspirations ; l'une est sérieuse et grave, l'autre enjouée et étourdie ; celle-là cherche le beau et le vrai ; celle-ci n'en a point de souci, et un mensonge qui l'amuse a plus de charmes à ses yeux qu'une vérité qui l'instruit, il est vrai, mais qui l'ennuie ; il n'y a point de pavots dans le jardin qu'elle cultive. La réalité se plaît sur la terre, elle ne s'assied pas, au séjour des vapeurs, sur un trône fantastique, et si elle monte dans le ciel, c'est pour y contempler Dieu dans son éblouissante splendeur ; la fantaisie voltige dans les airs, les peuple de sylphes aimables, doux messagers de sa volonté. La réalité se déchire les pieds à rouler des cailloux, les mains à arracher des épines ; la fantaisie sème partout des fleurs et des pierreries ; ces pierreries, il est vrai, sont le plus souvent du strass, ces fleurs se décolorent bien vite ; mais qu'importe, puisque ce n'est qu'un jeu pour elle. Attachez à ces fleurs, attachez à ces pierreries une idée de continuité et de persistance, ce ne sera plus des mains de la fantaisie qu'elles seront tombées. Enfin, la réalité est positive ; l'idéal qu'elle poursuit revêt toujours des formes permanentes et solides ; l'idéal de la fantaisie, c'est une vapeur insaisissable.

La Fable nous parle de Protée, *ce vieux pasteur des troupeaux de Neptune*, qui revêtait diverses formes, et toujours changeant, *arbre, flamme, fontaine, s'efforçait d'échapper à la vue incertaine des mortels indiscrets* (J. B. Rousseau). La fantaisie est un Protée ; mais, pour ajouter à ses grâces piquantes, c'est un Protée femelle.

Qui entreprendrait de distinguer entre elles toutes les nuances de la fantaisie ? C'est l'écharpe d'Iris, où se montrent toutes les couleurs. Cœur et esprit, voilà tout l'homme. Eh bien ! fouillez dans ce double trésor ; divisez, subdivisez, analysez avec l'exactitude du chimiste chacune des fantaisies qui s'y cachent, la liste de ces fantaisies de l'esprit et du cœur dépasserait de beaucoup celle des ouvrages de nos plus féconds romanciers, mais elle serait aussi peut-être plus agréable à parcourir ; il y aurait là plus d'un curieux mystère qui se dévoilerait à nos yeux ; nous y trouverions la clef d'or qui nous ouvrirait les réduits secrets où il nous est interdit de pénétrer. Interrogez votre femme et votre fille : si elles daignent vous répondre, vous serez tout ébahi de connaître enfin les mille et une causes d'effets qui jettent sans cesse votre prudhomie dans les plus merveilleux étonnements.

La fantaisie a toutefois un caractère qui lui est propre et auquel il est facile de la reconnaître : c'est qu'elle ne s'attache qu'à des objets qui n'ont d'autre valeur que celle qu'elle veut bien leur prêter.

La règle, si cette observation peut mériter ce nom, la règle s'applique au plus grand nombre de cas, soit au moral, soit au physique. S'il en était autrement, il n'y aurait plus de fantaisie.

Je me rappelle à ce sujet une anecdote que je vais vous raconter; elle est historique, comme l'on dit, et j'y ai été acteur.

Or, une dame était qui, dans une petite ville de province, trompant ses ennuis par la musique, n'avait aucun goût pour la médisance. Je note ce point là, car c'est un fait assez rare, et la médisance est un des éléments de la vie sur les bords de la Loire ou du Cher, peut-être même un peu sur les bords de la Seine. Un jour j'allai l'entendre, et je l'entendis avec infiniment de plaisir : elle comprenait la musique, ce qui n'est pas commun, et elle avait une grande légèreté de main. Tout allait bien jusque-là; mais la fantaisie s'était mise de la partie; à côté d'un goût charmant s'était glissé, chez la musicienne, un goût qui l'était moins, et par conséquent le plus écouté et le mieux suivi. Je me disposais à me retirer, quand la dame s'avisa de m'ouvrir un cabinet, ou plutôt un vaste salon encombré d'antiquailles, vraie boutique de marchand de bric-à-brac, tout un monde d'objets inutiles que recouvrait une couche épaisse de poussière, car il avait été sévèrement défendu à la servante d'y jamais promener son balai.

Tout cet ambitieux étalage de vieilleries me laissa, je l'avoue à ma honte, indifférent et froid. On avait peut-être compté sur de grandes exclamations, sur des ravissements, et je restai muet. La dame en fut piquée; mais elle sut bientôt se ménager avec adresse l'occasion de me tirer de mon indifférence et de ma froideur; elle le croyait, du moins.

« Est-ce que vous ne saluerez pas, en passant, ce curieux petit objet? dit-elle, en m'indiquant du doigt et d'un air pincé, sur une pierre grise et sale, un morceau de terre à forme allongée pardevant, arrondie par derrière, renflée vers le milieu, avec une cavité assez profonde, et armé d'un bec également creux. Je l'examinai consciencieusement dans tous les sens, et, n'y trouvant rien que de très-vulgaire et de très-commun :

« Qu'est-ce cela? lui dis-je.

— Ah! monsieur, s'écria-t-elle, quel homme êtes-vous donc? Quoi! ne s'exhale-t-il pas de cet objet une sorte de parfum d'antiquité qui en révèle tout le prix? Ceci, monsieur (sa voix était devenue solennelle), n'est autre chose que la lampe qui éclaira le tombeau de la première vestale enterrée toute vivante pour avoir oublié ses devoirs!... Est-ce que cela ne vous émeut pas?...

— Pardon, madame, je plains la pauvre jeune fille, et si ces abominables Romains...

— Il s'agit bien de cette malheureuse!... c'est la lampe, monsieur, c'es la lampe qui doit vous intéresser avant tout!... mais monsieur n'y voit sans doute qu'une terre cuite... »

Elle disait vrai ; je n'y avais vu qu'un morceau de terre cuite grossièrement travaillée, et quand j'appris que trois mille francs avaient été donnés pour l'acquisition de cette terre glaise, qui valait à peine dix centimes, deux sous! je ne pus m'empêcher de gémir d'une fantaisie aussi coûteuse. Je priai le ciel, en descendant l'escalier, de me sauver des piéges d'une enchanteresse (c'est de la fantaisie que je parle) qui m'aurait bientôt ruiné.

Ce récit n'infirme en rien ce que j'ai dit de la fantaisie. Je n'ai pas cherché à établir, en effet, que la fantaisie fût de la famille du sens commun. Donnez à la lampe de la vestale les proportions d'un foudre d'Allemagne, il se présentera des gens qui la hisseront, comme le colosse de Rhodes, au haut de la façade d'une brasserie ou d'un cabaret, avec cette inscription : *A la lampe de Virginia !*

C'est en Allemagne que trône la fantaisie. Que de systèmes elle a fait bâtir à tous ces buveurs de biére! mais, chose singulière! c'est moins sur les habitudes et les mœurs que sur les esprits qu'elle y exerce son empire. La légende, ce poëme de la fantaisie, est devenue comme la foi du peuple de l'Allemagne. Les Anglais sont humoristes; leur jaloux orgueil se blesse des plus petites choses ; mais l'Allemand est pacifique; donnez-lui des nuages et des vapeurs, et il se compose un monde qui l'amuse, autant qu'un Allemand peut s'amuser. C'est dans ce pays seul que le célèbre Hoffmann a pu trouver, dans l'entraînement des plus bouffonnes fantaisies, les contes que nous savons tous.

En France, la fantaisie a un autre caractère; moins triste que chez les Anglais, moins sentimentale et moins vaporeuse que chez les Allemands, elle tient de notre génie. Les mœurs, les habitudes, la mode surtout, et peut-être aussi la politique, reçoivent ses ordres ou se prêtent complaisamment à ses jeux... Je m'arrête ; le sujet m'entraînerait plus loin que je ne veux aller ; et, pour finir comme j'ai commencé, je crois que de toutes les fantaisies qui ont pu jamais tomber dans la tête d'un homme et d'un marchand, la plus ébouriffante fut celle de faire du colosse de Rhodes l'enseigne d'un magasin.

PH. T. L.

LXXXII

LE VOYAGE AU BOUT DU MONDE

HISTORIETTE

J'avais neuf ans, de bonnes jambes, une mauvaise tête et douze sous dans ma bourse. Je ne me rappelle plus quel crime j'avais commis ; peut-être avais-je mangé les confitures de ma mère ou battu ma sœur. Quoi qu'il en soit, mon crime devait être grand, car mon père m'attacha par le pied à une table, et là, les fenêtres ouvertes, m'exposant aux risées de mes camarades, il m'appliqua trois coups de martinet.

Ma pénitence faite, je me levai tout furieux et dis :

« Je m'en vais !

— Va-t'en, dit mon père... tu fais pleurer ta mère tous les jours ; nous serons fort heureux d'être débarrassés d'un mauvais sujet comme toi.

— Adieu ! dis-je.

— Adieu ! répliqua mon père. »

Je crus qu'on m'empêcherait de sortir. Mon père fit un signe aux domestiques, et les portes s'ouvrirent toutes grandes devant moi. Je m'en allai, un peu sot de l'aventure. Au bout de la rue, je détournai la tête pour voir si l'on courait après moi : personne. Un moment le désir me prit de retourner sur mes pas ; la honte me retint. Oh bien ! pensais-je, je vais courir le monde. Ils pleureront de ne plus me revoir, et cela les désolera ; je leur apprendrai à me mettre en pénitence. Et puis je ne suis pas fâché d'être libre. Il y a longtemps que j'ai envie d'aller voir derrière la montagne, là-bas où se couche le soleil. Je suis bien aise de savoir comment le soleil se couche.

Au bout du village était la maison de ma nourrice, j'y entrai. Fanchette, ma sœur de lait, cousait, toute petite, auprès du lit de son plus jeune frère. En me voyant elle quitta bien vite son ouvrage pour me sauter au cou.

« Veux-tu me suivre ? lui demandai-je.

— Je veux bien, me dit-elle ; où çà ? dans le bois ?

— Bien plus loin que ça, Fanchette !

— Jusqu'à l'étang des saules ?

— Plus loin encore : je m'en vais faire un grand voyage.

— Tout seul ?

— Non, si tu m'accompagnes.

— Mais encore, ajouta Fanchette, il faut que tu me dises jusqu'où?

— Jusqu'au bout du monde !

— Mais où c'est-il ça, le bout du monde?

— Je crois, lui dis-je, que c'est là-bas derrière la montagne où se couche le soleil.

— Et puis quand nous serons là ?

— Quand nous serons là, nous ne reviendrons plus ! »

Fanchette me regarda toute triste.

« Et ma mère? dit-elle.

— Eh bien ! continuai-je, si tu aimes mieux ta mère que moi, reste; je m'en vais. Adieu ! »

Je partis. J'avais à peine fait cinquante pas que Fanchette, rouge comme une cerise, était déjà à mes côtés. Comme elle avait couru, la pauvre enfant !

« Eh bien, lui dis-je, tu consens donc à me suivre?

— Oh ! non, me répondit-elle en pleurant, ma mère me battrait; et puis je ne veux pas quitter mon petit frère qui dort; il n'aurait qu'à se réveiller et à ne trouver personne ! Je t'aime bien, mais je ne te suivrai pas.

— Pourquoi cours-tu après moi? »

Elle fit une longue pause.

« Tiens, me dit-elle, prends ça. »

Elle pleurait en me tendant la main.

« J'ai pensé, dit Fanchette, que tu pars sans argent; je t'apporte ce que j'ai : ça t'aidera à faire ton voyage. »

Je regardai : c'était un sou! Cette preuve d'amitié de Fanchette m'attendrit profondément; je tirai mes douze sous de ma poche.

« Tiens, ma bonne sœur, lui dis-je, ta mère est pauvre, et moi, mes parents sont riches. Prends mes douze sous pour t'acheter une robe.

— Et ton voyage! dit-elle.

— Ah ! mon voyage?... Je commence à me sentir fatigué. Veux-tu t'asseoir là, sur l'herbe?

— Je ne demande pas mieux, si tu me promets de revenir avec moi. »

Je la conduisis sous un bouquet de bois, au revers du chemin.

« Tu pleures, me dit Fanchette, qu'est-ce qui te cause de la peine?

— De ne pas t'emmener avec moi jusqu'au bout du monde.

— Nous irons quand nous serons bien grands, bien grands, » me répondit-elle.

En rentrant le soir mon père me donna le fouet : je ne l'avais pas mérité, Fanchette peut le dire.

ANONYME.

LXXXIII

L'AURORE

Salut à la clarté radieuse et féconde
Dont l'astre universel vient réveiller le monde,
    D'un air doux et riant ;
Salut à ce foyer de céleste lumière
Devant qui tout mortel a foi dans sa prière ;
    Salut à l'Orient !

Que ton œuvre est sublime, ô roi de la nature !
Si tu fais à nos yeux éclater la peinture
    D'un matin solennel,
Par delà ce rideau, que ton sourire embrase,
Je crois saisir, ainsi qu'à travers une gaze,
    Ton regard éternel.

Quelle joie aussitôt en mon sein vient d'éclore !
Pour se précipiter au-devant de l'aurore,
    Franchissant l'horizon,
Mon âme qu'éblouit cette vision sainte,
Dans un pieux transport voudrait briser l'enceinte
    De sa triste prison.

Mais, tant que brûle en nous le flambeau de la vie,
Par un ordre divin, l'âme au corps asservie
    Est esclave des sens :
Monde, ciel étoilé, tout passe devant elle ;
Dieu garde aux seuls élus de sa gloire éternelle
    Ces tableaux ravissants.

Ah ! sans nous élancer vers ce monde suprême
Dont la félicité n'est point un vain problème,
    Un décevant espoir,
Courbons un front docile, en attendant l'usage
De ces biens dont le ciel offre deux fois l'image,
    Le matin et le soir.

    Le matin, quand l'aube naissante
    Descend vers nous du haut des monts,
    Comme une vierge caressante
    Que dès l'enfance nous aimons ;

Dans l'air embaumé qu'on respire,
La fille des cieux semble dire
A qui l'aime au gré du hasard :
« Peux-tu ne m'être pas fidèle?
Vois si je me montre plus belle
A l'œil du roi qu'à ton regard! »

Le soir, à l'heure du mystère,
Quand le ciel avec majesté
A fait succéder sur la terre
Le silence à l'activité;
Couvrant jusqu'au moindre murmure,
La grande voix de la nature
Crie à tous les infortunés :
« Ce repos que je livre au monde,
Diffère-t-il d'une seconde,
Pour vous et les fronts couronnés? »

Ah! devant de pareils miracles,
Devant ce ciel intelligent,
Prions, car ce sont des spectacles
Dont n'est point exclu l'indigent.
Disparaissez, vaines idoles!
Conscience, qui me consoles,
Vaste azur de l'immensité,
Aurores, soirs et nuits d'orages,
Dans vous seuls je vois les images
De l'auguste Divinité.

DURAND, menuisier à Fontainebleau.

LXXXIV

DE LA POLITESSE

Le mot *politesse* est grec d'origine, et il signifie *manières de ville*, par opposition à *rusticité*, manières de campagne.

La politesse est peut-être de toutes les qualités humaines celle qui contribue le plus à l'agrément de la vie. On est poli dans l'affection, dans l'indifférence, dans la haine; on l'est pour tous les sexes, pour tous les âges; on l'est à l'égard de ses chefs, de ses inférieurs, de ses égaux. La politesse est une application constante de l'amour de ses semblables; c'en est une peut-être de l'amour de soi ; c'est le développement de la *bienveillance* dans ses nuances les plus fines, dans ses plus exquises délicatesses. La politesse adoucit les aspérités du caractère, ajoute à l'amitié, tempère la haine, prévient les mauvais procédés et orne les bons. On peut dire avec vérité que si l'affection fait le bonheur de la vie, la politesse en fait le charme.

Elle est toujours née sous l'influence d'une double cause : la culture de l'intelligence et le mélange des sexes. Partout où les arts ont prospéré, partout où les femmes ont occupé le rang qui leur est dû, la politesse est venue répandre et multiplier ses bienfaits.

C'est chez les Grecs que la politesse semble avoir apparu pour la première fois. Athènes fut son séjour de prédilection, Athènes la ville de Minerve, la capitale du goût, des sciences et des arts. Si la politesse était uniquement fille du développement intellectuel, elle eût dès lors atteint son apogée. Mais chez les Athéniens une condition manquait : les femmes n'y étaient point honorées. Placées en dehors de la vie commune, leurs fonctions se bornaient à donner des enfants à leurs maris et à surveiller la domesticité. Cette dégradante position eut sur les mœurs publiques une action funeste. Tout ordre social où les sexes n'occupent point un rang à peu près parallèle est un ordre social imparfait et boiteux. La place des femmes doit être grande. Ce sont elles qui polissent les formes, qui donnent de l'aménité aux caractères; elles ont sur le cœur de l'homme l'influence que les beaux-arts ont sur son esprit; et sans elles il ne peut exister qu'une demi-civilisation.

La remarque que nous faisons ici sur les Grecs, on peut l'appliquer aux Romains.

Pour amener une amélioration, il fallait une crise de l'espèce humaine; cette crise arriva quand le christianisme parut.

C'est lui qui effaça toute distinction injurieuse et éleva la condition de la femme. Grâce à lui, elle devint ce qu'elle doit toujours être, l'égale, l'amie, la compagne de l'homme. Elle fut la mère, et non pas seulement la nourrice de ses enfants, et sa douceur communicative apprit au sexe le plus fort que le bonheur est dans l'intimité.

Vers l'époque des croisades une nouvelle crise eut lieu dans notre vieille Europe. Alors la politesse venait de passer avec les sciences d'une religion à une autre; alors les chrétiens grecs avaient civilisé les Arabes musulmans. Formés à l'école des vaincus, les sectateurs de Mahomet y avaient puisé cette courtoisie exaltée, ces formes séduisantes qui répandent tant de charme sur l'histoire des premiers califes. Conduits en Orient par un élan religieux, nos vaillants et grossiers ancêtres furent ravis d'y trouver une civilisation si brillante et reçurent de Saladin et de ses Arabes des leçons de bon goût, de galanterie et de savoir-vivre. L'imitation fut prompte et les succès rapides. Ces heureuses semences furent rapportées dans notre Europe, et un peu plus tard elles y furent encore fécondées par la domination en Espagne des Arabes et des Maures. C'est grâce à cette série d'événements, grâce à ces enseignements d'un peuple à l'autre que nos mœurs un peu rudes se sont adoucies; et c'est ainsi que la *politesse* a fait le tour du monde à la suite des arts et du respect pour les femmes.

. Une troisième circonstance a dû augmenter parmi nous ces égards mutuels qui constituent la politesse. Cette circonstance, c'était l'habitude de porter l'épée. Quelque vaillant qu'on soit, on ne se soucie point de prodiguer tous les jours sa vie, et nos pères étaient polis pour rendre plus rares les occasions d'être braves.

C'est à l'action combinée de ces trois causes que l'Europe a dû ses mœurs, et notre pays sa prééminence. Aussi galants que les Espagnols, aussi instruits que les Anglais, aussi duellistes que tout le monde, nous devions nécessairement obtenir la première place. C'est chez nous que toutes les noblesses venaient faire autrefois l'apprentissage des belles manières; c'est nous qui étions les arbitres en fait de goût et de convenances. Pendant le dernier siècle une phrase avait cours dans les salons de l'aristocratie européenne. On disait :

« Il faut se rendre en Angleterre pour y penser, en Allemagne pour y passer, en Italie pour y séjourner, en France pour y vivre. »

Cette idée est vraie, cet éloge était mérité. Monarque, gentilshommes et bourgeois, tout le monde se piquait d'avoir des formes, et chez nous la politesse était devenue une qualité du sol.

De tous nos rois le plus remarquable en ce genre, ce fut le grand Louis XIV, qui se faisait un point d'honneur de rester découvert devant toutes les femmes sans exception, Louis XIV qui régna soixante ans par le goût, par les arts, par les bonnes manières, Louis XIV enfin qui, dans toutes les phases de sa longue carrière, enveloppé des plis de son manteau royal, put toujours défier les regards et être admiré.

L'impulsion était donnée, et la conduite licencieuse de son successeur ne put arrêter le mouvement des mœurs publiques et en altérer l'élégance.

C'est donc dans notre heureuse patrie que la *politesse* et la *bonne grâce,* sa sœur, se sont... ou plutôt s'étaient fixées. On y trouvait, pour me servir de l'expression de J. J. Rousseau, *ces manières élégantes et simples, également éloignées de la rusticité tudesque et de la pantomime ultramontaine.*

Un éloge si brillant de nous par un des nôtres serait contestable, si nos rivaux ne l'avaient ratifié en l'imitant. L'imitation est un aveu, et le meilleur de tous ; les étrangers y ont joint des louanges écrites.

Le *célèbre* lord Chesterfield écrivait à son fils :

« Il faut convenir que les Grâces ne sont pas originaires de la Grande-Bretagne, et que nous tenons ici du diamant brut beaucoup plus que du diamant poli. Depuis que la barbarie les exila de Grèce et de Rome, elles semblent avoir choisi un refuge en France, où leurs temples sont nombreux et où leur culte domine. »

Ailleurs il s'exprime ainsi sur le même sujet :

« J'ai souvent dit et je pense qu'un Français qui, avec un fonds de vertu, de savoir et de bon sens, possède les manières et la politesse de son pays, est la perfection de la nature humaine. »

Telle était l'opinion exprimée par un illustre personnage et partagée par l'Europe entière, à une époque peu éloignée de la nôtre. Avons-nous conservé pure et sans tache cette aimable qualité? Avons-nous recueilli ce charmant patrimoine? Je n'ose répondre affirmativement.

Une révolution a eu lieu parmi nous, il y a cinquante ans passés, et cette révolution a bouleversé nos mœurs et modifié profondément nos habitudes. Le code civil, qui en est l'expression, a divisé, subdivisé le sol, et les gens de loisir sont devenus très-rares. Ce sont eux cependant, ce sont les grands propriétaires qui donnent naturellement l'impulsion en ce genre. La politesse commande une foule de soins délicats, d'attentions fines, qui réclament chaque jour de nombreux instants. Presque tout le monde travaille, et les gens occupés n'ont guère le temps d'être polis.

Aussi la politesse n'est plus chez nous qu'un souvenir. Ce que la chevalerie, Louis XIV et les arts avaient seulement amené, nous l'avons perdu rapidement ; et Chesterfield, j'en suis certain, ne saurait pas nous reconnaître.

Pourquoi faut-il qu'un sans façon grossier ait remplacé l'urbanité de nos pères? Une chose qui a dû contribuer puissamment à cette altération de nos mœurs, c'est que les femmes ont perdu, j'allais dire volontairement, une partie de leur influence. Dans les réunions autrefois si douces, où les deux sexes se confondaient, elles ont laissé prendre une habitude funeste. Elles se rangent d'un côté, les hommes de l'autre ; et il y a aujourd'hui deux camps dans nos salons. Si j'osais donner un conseil au sexe, je lui dirais que, dans cette occurrence, il n'a point montré son habileté connue. La politique et la bourse l'ennuient, l'odeur du cigare lui déplaît, à la bonne heure ! Mais était-ce une raison pour tout abandonner? Il fallait lutter et entrer en campagne ; il fallait chasser bravement l'ennemi ou capituler avec lui. Les femmes n'ont su adopter ni l'une ni l'autre tactique ; elles ont donné partout leur démission !

Qu'elles y prennent garde ! Pour elles et pour nous, cette conduite est dangereuse. Elles ont été jusqu'ici des instruments de civilisation, et c'est par elles que nous sommes devenus des hommes ; si elles nous délaissent, nous serons avant peu des sauvages.

CASIMIR BONJOUR.

LXXXV

TES PÈRE ET MÈRE HONORERAS

La Providence, qui veille sur ses enfants comme un bon pasteur sur ses tendres agneaux, en a confié la garde à la sagesse des parents. La plus vive tendresse les sollicite à ce soin pieux, et le bien-être de leurs frêles rejetons est une condition indispensable du bonheur des pères et des mères. Dieu, par cette prévoyante subordination, veut donc que les enfants vouent une obéissance passive et entière aux auteurs de leurs jours. Seuls, les parents, mûris par une longue expérience, doués d'une raison forte et sage, sont capables de discerner ce qui, tant au moral qu'au physique, convient à leurs descendants de ce qui est de nature à leur nuire. Sans leur sage tutelle, l'enfant, cédant aveuglément et sans réflexion à ses appétits, à ses désirs, à ses précoces passions, le plus souvent se donnerait la mort en voulant se nourrir. Sans aucun doute, il compromettrait ensuite gravement sa destinée en courant avec témérité à la recherche du bonheur. Obéissance pleine et entière, tel est donc le premier devoir d'un enfant selon le cœur de Dieu. La révolte contre l'autorité des parents n'est permise que dans le cas, presque impossible, où, dépravés, ils voudraient porter l'enfant au mal par l'infraction de quelque devoir impérieux. Oh ! alors, mais alors seulement, il faut refuser l'obéissance. Quiconque ordonne un suicide moral perd tout droit au commandement. Ainsi hors de l'excitation au mal, soumission parfaite, vénération extrême et respectueuse envers ceux qui, dans ce monde, représentent l'Être tout-puissant devant l'autorité duquel toutes les volontés doivent fléchir, tous les fronts s'incliner jusqu'à terre.

Outre une respectueuse obéissance, l'enfant doit encore amour et affection aux auteurs de ses jours. Quoi de plus juste que ces nobles sentiments ? Ne sont-ce pas les sueurs, les veilles, les pénibles épargnes du père qui lui procurent et la nourriture et le vêtement ? Tous les efforts de cet homme généreux et dévoué ne tendent-ils pas à mettre son enfant dans le sentier du bien et de la vertu, à lui procurer une jeunesse filée d'or et de soie, à l'élever vers une position heureuse, à enrichir son intelligence par une éducation, une instruction solides, à lui léguer la fortune la plus brillante possible?

Et la mère, n'a-t-elle pas droit à une espèce d'idolâtrie? Qu'on songe aux mille soins dont elle a entouré notre berceau, aux tendres alarmes pour notre santé, lesquelles ont tant de fois troublé son sommeil, à ses poignantes angoisses dans nos dangers, et on comprendra qu'une mère doit être placée dans le cœur de l'homme tout de suite après Dieu, qui l'a faite si tendre, si généreusement dévouée.

Aimons donc et respectons religieusement nos parents. Quelle est admirable la conduite de mademoiselle de Sombreuil, qui dans ces jours sinistres où la France en deuil vit massacrer les prisonniers de Paris et des environs, ne craignit pas de boire un verre de sang humain pour sauver les jours de son père! Que ce beau mot d'Alexandre, recevant une longue lettre d'Antipater dans laquelle ce lieutenant se plaignait d'Olympias, la mère du conquérant, ne s'efface jamais de notre mémoire « Antipater ne sait pas qu'une seule larme de ma mère efface dix mille lettres semblables. »

Mais si jamais il importe d'entourer nos parents de vénération et d'amour, c'est à l'époque où, courbés sous le poids des années et des infirmités, leurs forces et leur énergie déclinent à mesure que les nôtres augmentent. Le sourire que nous rappelons alors sur leurs lèvres flétries, le contentement que nous portons dans leur cœur est pour eux le plus salutaire des plaisirs. Disons-nous sans cesse : Ces têtes blanches qui sont là devant moi, qui sait si dans peu elles ne dormiront pas dans la tombe? Ah! tant que nous avons le bonheur de les voir, honorons-les et procurons-leur des consolations au milieu de la vieillesse, dont les maux sont si grands. Acquittons-nous généreusement de la dette contractée dans nos premières années. D'ailleurs les bénédictions d'un père, d'une mère prononcées sur la tête d'un fils reconnaissant, sont toujours sanctionnées de Dieu, tandis que l'anathème céleste plane sur la tête de l'enfant ingrat, dont les descendants exécuteront impitoyablement et au centuple les malédictions fulminées par le Très-Haut contre son abominable méchanceté. N'oublions jamais que l'amour filial est la première racine du chêne de la patrie, qui doit résister à toutes les tempêtes de la politique. Il est le seul fondement inébranlable des sociétés : c'est sur lui que repose le plus ancien empire du monde, la Chine.

ANONYME.

LXXXVI

PENSÉES MORALES

Il y a des gens qui gaspillent leur esprit, comme d'autres gaspillent leur fortune ; ils ne savent se faire honneur de rien.

—

L'orgueil ne pardonne pas plus un bienfait qu'un outrage.

—

On se montre en général beaucoup plus reconnaissant des services à rendre que des services rendus.

—

Si les grands ont de l'exigence, les petits ont de la susceptibilité ; c'est toujours l'orgueil sous des noms différents.

—

Allier le vice au talent, c'est traîner la gloire dans la fange.

—

La plupart des hommes sont comme les échos des montagnes : ils répètent le bien et le mal, sans jamais savoir ce qu'ils disent.

—

Les sots peuvent être souvent embarrassés, mais ils ne sont jamais timides.

—

Pour combattre la gloire qui l'offusque, la médiocrité appelle la calomnie à son secours.

Le baron DE STASSART.

LXXXVII

LE VÉRITABLE ROBINSON

OU SELKIRK A L'ÎLE JUAN-FERNANDEZ

Il est peu de lectures d'un intérêt aussi réel, aussi sérieux, si l'on peut employer ce terme, que celle de *Robinson Crusoé;* malgré soi, on partage les souffrances, les espérances de cet homme, seul dans l'île où il est le maître absolu, où la nécessité, cette ingénieuse conseillère, lui a suggéré tant d'inventions. Quelques écrivains ont dit que le roman de *Robinson* était le résultat d'un pari, et que son auteur, Daniel de Foë, mis au défi d'écrire un roman intéressant sans le faire traverser par une intrigue amoureuse, aurait produit cette œuvre aujourd'hui si populaire.

Au reste, Daniel de Foë n'avait eu qu'à s'inspirer d'un type qu'il avait sous les yeux, qu'à mettre en scène les aventures réelles d'un marin anglais, Alexandre Selkirk.

Selkirk avait navigué au commencement du dix-huitième siècle, avec Dampier, dans les régions de l'océan Pacifique qui touchent à l'Amérique du sud. Vers la fin de 1704, il y était revenu en qualité de contre-maître, sur le *Cinque-Ports*, dont le capitaine s'appelait Stadling. A la suite d'une altercation, d'une insubordination du contre-maître, ce capitaine, en vue de l'île Juan-Fernandez, l'y fit déposer, lui laissant un hamac, un fusil et une livre de poudre, une hache, un couteau, des habits de rechange, un chaudron, quelques instruments et quelques livres de marine, et enfin une Bible et des livres de prières.

Nous ne chercherons pas à dépeindre les impressions et les angoisses de cet homme abandonné sur une plage déserte, à plus de deux cents lieues des terres connues, en face d'une solitude dont il ne pouvait prévoir le terme; mais au désespoir vinrent succéder les nécessités de la vie, et leur satisfaction, sans le calmer complétement, sut du moins en distraire le marin délaissé.

Une autre pensée vint, du reste, le consoler un peu de son étrange situation; le *Cinque-Ports* avait une voie d'eau assez considérable, et Selkirk, supposant que la perte en était à peu près certaine, dut se trouver, dans son malheur, favorisé du ciel, puisque grâce à son abandon, il échappait à une catastrophe imminente.

Selkirk fit en peu de temps la reconnaissance de ses domaines, car l'île où il se trouvait n'avait guère plus de cinq lieues de long, et elle était en général assez étroite; sa plus grande largeur était de deux lieues. Aride, pierreuse, privée d'arbres dans sa partie méridionale, elle était, du côté opposé, assez pittoresque; des montagnes, dont quelques-unes inaccessibles, s'y dressaient jusqu'à une certaine élévation; des arbres à l'éternelle verdure, ombrageaient leurs flancs; de riantes vallées, traversées par de frais ruisseaux, complétaient le coup d'œil. Au reste, notre navigateur connaissait déjà les lieux; il avait visité l'île de Juan-Fernandez, dans un de ses voyages précédents.

C'est en 1572 qu'un navigateur, Juan Fernandez, avait découvert cette île, appelée encore à présent par les Chiliens *Mas-à-Tierra*, la plus rapprochée de terre, par opposition à une autre plus petite, placée dans son voisinage, et qu'ils nomment *Mas-à-Fuera*, la plus au large. Juan Fernandez faisait souvent le voyage du Pérou au Chili, et réciproquement. Les marins, comme l'avaient fait, dans les temps primitifs, les navigateurs de la Méditerranée, et plus tard les Génois et les Portugais, le long de l'Afrique australe, ne s'aventuraient guère hors de la vue des côtes du continent américain. Plus hardi, plus entreprenant, supposant avec quelque justesse qu'au large il ne rencontrerait pas les vents qui contrariaient, avec une certaine régularité, sa navigation le long du rivage, Juan Fernandez se résolut à gagner la haute mer, pour accomplir sa traversée habituelle; c'est ainsi qu'il découvrit l'île à laquelle il donna son nom. Il fit plus, il en obtint la concession, et vint s'y établir avec quelques familles; mais découragés, soit par l'extrême rareté des relations avec le reste du monde, soit par tout autre motif, Juan Fernandez et ses compagnons abandonnèrent définitivement leur île, n'y laissant, pour trace de leur passage, que quelques chèvres, qui multiplièrent prodigieusement. Les navires qui passèrent plus tard dans ces parages ne manquaient pas d'aller s'y approvisionner d'eau et de chèvres; quelques rats évadés de leur bord, quelques chats oubliés ou abandonnés dans l'île en accrurent considérablement la population animale.

C'est à ces trois variétés de l'ordre des quadrupèdes que Selkirk eut à disputer la possession de son île; il commença par user, aussi parcimonieusement que possible, sa poudre à tuer des chèvres; il se nourrissait de leur chair, dont il faisait un bouillon qu'il trouva assez bon, quand il se fut habitué à se passer de sel; il l'assaisonnait avec diverses espèces de poivre. De la peau de ces chèvres, Selkirk se fit des matelas.

Notre marin ne pouvait consommer, on le comprend, toute la chair des chèvres qu'il tuait, car au bout de quelques jours elle entrait en putréfaction; il l'utilisa pour se faire des amis; ces amis, ce furent les chats, qui l'avaient d'abord accueilli d'une façon assez farouche, assez sauvage, mais

qui, trouvant qu'il y avait quelque chose à gagner avec leur nouvel hôte,
lui rendirent service pour service, et le délivrèrent des rats qui, la nuit,
troublaient son repos et lui rongeaient les pieds. Selkirk compta bientôt
une centaine de chats, devenus familiers, avec lui et qui venaient lui
demander leur pâture quotidienne.

Selkirk n'avait rien à redouter, on le voit, des êtres de l'île appartenant
au règne animal; il n'y trouva pas la moindre bête venimeuse. Le croirait-
on, il redouta l'homme, dans ces lieux où l'homme ne semblait passer qu'à
regret. Il prit, pour construire son habitation, les précautions qu'il eût
prises pour élever une forteresse. Au haut d'un abrupte sentier de rochers
se trouvait un joli petit plateau ombragé d'arbres, couvert de verdure; il
s'y construisit deux huttes à l'aide de morceaux de bois de piment et de
longues herbes dont il les recouvrit; il en tapissa l'intérieur de peaux de
chèvres : l'une de ces huttes fut sa chambre à coucher, où il installa un
bois de lit de sa façon et les matelas de peaux de chèvres dont nous avons
parlé plus haut; l'autre, sa cuisine.

Ses aliments se composaient, nous l'avons dit, de viande de chèvre; il
faut y ajouter des écrevisses grosses comme des homards, qu'il faisait gril-
ler, des navets qui croissaient avec assez d'abondance dans l'île, Dampier
en ayant semé une certaine quantité quelques années auparavant, enfin une
variété de petites prunes noires qu'il ne cueillait qu'avec assez de difficultés, car les arbres qui les portaient étaient dans une situation inaccessible;
il faut ajouter aussi le lait de ses chèvres apprivoisées. Pour faire du feu,
notre véritable Robinson n'avait, à la façon des sauvages, qu'à frotter deux
morceaux de bois de piment l'un contre l'autre.

Les privations menacèrent bientôt assez durement le marin abandonné :
au bout de deux ou trois mois de courses, de marches, souvent sur un sol
pierreux, sur des aspérités de rocher, ses chaussures s'en allèrent en
lambeaux; il dut marcher pieds nus, ce qui fut un cruel apprentissage
pour lui; mais bientôt il s'y habitua, la plante de ses pieds s'endurcit
à ce point que, quand il dut reprendre des chaussures, ce fut en quelque
sorte une obligation pénible pour lui. Sa livre de poudre s'épuisa; mais
Selkirk avait déjà, par un exercice continuel, acquis une indicible
agilité; elle était telle qu'il attrapait les chèvres à la course, dans les endroits les plus escarpés. Un jour, en se livrant ainsi à la chasse aux
chèvres, il fit une effroyable chute du haut d'un précipice; il ne reprit ses
sens que vingt-quatre heures après, et il trouva morte sous lui la chèvre
qui lui avait ainsi conservé la vie. Pendant son séjour dans cette île,
Selkirk tua cinq cents chèvres. Maître absolu dans son île, où il se trouvait seul, Selkirk, le croirait-on, par une singulière prévoyance, tenait à

constater ses droits de propriété sur les chèvres qu'il capturait à la course, et dont il apprivoisait les chevreaux : il leur faisait, à cet effet, une marque sur les oreilles. Trente ans plus tard, le navigateur Anson, relâchant à Juan-Fernandez, y rencontrait encore quelques-uns de ces animaux portant la marque du matelot anglais.

Les vêtements de Selkirk firent bientôt comme ses chaussures, ils l'abandonnèrent. Notre marin avait conservé, de la civilisation, l'habitude d'être vêtu; il chercha donc à la satisfaire de son mieux, et se fit tailleur. Quatre choses seulement lui manquaient pour l'exercice de cette profession nouvelle, une aiguille, des ciseaux, du fil et de l'étoffe. Il parvint, après un travail qui dut exiger de lui beaucoup de temps et beaucoup de patience, à enlever la tête d'un clou, à percer un trou dans la partie la plus grosse de ce clou, et voilà son aiguille ; son couteau lui tint lieu de ciseaux ; il tailla des effilés dans la peau des chèvres qu'il avait abattues, et voilà son fil; enfin, il tailla ses vêtements dans cette peau, et parvint à s'habiller, à se couvrir la tête avec le costume que Daniel de Foë n'a pas manqué de conserver à son Robinson.

Daniel de Foë a représenté son héros imaginaire lisant sa Bible et chantant des psaumes dans la solitude; c'est en effet ce que faisait Selkirk. Dans son abandon des hommes, ses pensées s'étaient naturellement reportées vers la religion : puis, ce chant des psaumes, dans lequel il trouvait, disait-il, une véritable satisfaction, n'était-il pas un moyen de charmer cette solitude en parlant, en ayant en quelque sorte un interlocuteur mystérieux auquel il pouvait s'adresser, bien que celui-ci ne lui répondît pas? C'était, après tout, un ingénieux moyen de ne pas perdre l'usage, l'habitude de la parole.

Le couteau de Selkirk s'usa à son tour, comme le reste; ici encore, notre marin sut se sortir adroitement d'embarras, en redressant sur la pierre, en aiguisant en pointe des morceaux de cercles de fer qu'il avait à sa disposition.

Selkirk, après un certain temps de cette vie solitaire, en était arrivé à une telle indifférence pour le monde qu'il avait connu, qu'il redoutait presque l'apparition de navires européens, du moins celle de navires espagnols; il haïssait en effet les Espagnols autant qu'il les appréhendait. Pendant les quatre ans et quatre mois qu'il passa dans l'île Juan-Fernandez, le contre-maître des *Cinque-Ports* vit deux navires y jeter l'ancre; il s'approcha avec précaution et les reconnut comme appartenant à cette nation. Alors, il prit la fuite, car il avait été aperçu, et il se réfugia, pour se cacher, sur un arbre au pied duquel les Espagnols vinrent faire de l'eau et tuer des chèvres. Selkirk eût préféré, disait-il, mourir dans son désert, que de se rendre aux Espagnols ; il n'eût pas éprouvé les mêmes répugnances pour se faire connaître aux Français.

Le 1er février 1709, Selkirk avait allumé du feu pendant la nuit : ce feu fut aperçu par des navigateurs anglais, Woodes Rogers et L. Cooke, et le lendemain, au jour, ils découvrirent cet homme, à qui ses habitudes de quatre années, son costume de peaux de bêtes, son teint bruni par le soleil et sa longue barbe devaient donner une bien étrange physionomie. Selkirk, reconnaissant des compatriotes, était venu avec joie au milieu d'eux ; et cependant on pouvait toujours constater sur sa physionomie une grande expression d'indifférence pour ce monde dans lequel il rentrait.

Quand il revint en Angleterre, où il fut l'événement du jour, cette indifférence semblait l'avoir peu abandonné, et Steele disait de lui : « Son regard était sérieux, quoique serein ; il paraissait donner peu d'attention aux objets environnants, absorbé qu'il était dans sa pensée ; revenu au milieu du tumulte des hommes, il regrettait le calme de la solitude. » Steele revit quelques mois après Selkirk, et il lui trouva alors l'air beaucoup moins sauvage. Après avoir occupé pendant quelque temps l'attention et la curiosité publiques, l'ex-souverain de l'île Juan-Fernandez fut à son tour oublié, et sa gloire passa comme tant d'autres.

Depuis un siècle et demi, l'île Juan-Fernandez a peu changé de physionomie, mais ses hôtes se sont renouvelés. Les Espagnols, inquiétés par les flibustiers, et sachant que ceux-ci allaient dans cette île pour s'y approvisionner de chèvres, y laissèrent un grand nombre de gros chiens ; ces chiens affamés, ne trouvant rien pour satisfaire leur faim, eurent bientôt détruit celles-ci, ainsi qu'on l'avait prévu, excepté un petit nombre d'entre elles qui parvinrent à se réfugier sur des rochers et des pics complétement inaccessibles. Ces chiens se détruisirent ensuite entre eux.

On se demandera comment la nation à qui appartenait Juan-Fernandez, n'a point trouvé d'hommes assez aventureux pour venir habiter une contrée qui peut facilement être mise en état d'offrir toutes les ressources de la vie animale, une contrée qui produit des arbres à piment d'une très-belle venue, et dont les productions en arbres et en bois pourraient être bien aisément augmentées. Tout ce qu'a su faire le gouvernement chilien, c'est d'y jeter ses condamnés, d'y créer un lieu de transportation, dont l'entretien ne lui coûte pas beaucoup. En effet les transportés, une fois jetés sur ce sol, y vivent comme ils peuvent, de pêche, de chasse aux phoques, y font ce qu'ils peuvent, et s'en échappent quand ils le peuvent sur les baleiniers qui viennent y relâcher de temps à autre.

Journal illustré des voyages et des voyageurs.

LXXXVIII

LES AÉROLITHES

ÉTOILES FILANTES

La chute des pierres appelées *aérolithes* est l'une des questions les plus propres à intéresser le naturaliste et le physicien. Nous nous garderons donc bien d'en [river les lecteurs du *Musée de l'école et de la famille*. Pour entrer en matière nous emprunterons à un savant ouvrage de géognosie la description suivante de ce curieux phénomène.

« Les AÉROLITHES arrivent dans notre atmosphère sous la forme d'une masse ou *bolide*, d'un volume en général peu considérable; ils s'enflamment brusquement et paraissent alors comme un globe lumineux qui se meut avec une extrême rapidité, et dont la grandeur apparente est souvent comparée à celle de la lune; tantôt elle est plus petite, tantôt elle va à deux ou trois pieds. Dans leur parcours, ils lancent souvent comme des étincelles, et entraînent à leur suite une queue brillante qui paraît être de la flamme retenue en arrière par la résistance de l'air. La très-vive clarté que répandent ces aérolithes se soutient pendant une ou deux minutes. En disparaissant, ils laissent d'ordinaire un petit nuage blanchâtre qui ressemble à de la fumée et se dissipe au bout de quelque temps. Après l'extinction de la lumière, on entend une ou plusieurs fortes détonations pareilles à celle d'un canon de gros calibre. Elles sont suivies d'un très-fort roulement semblable à celui de plusieurs tambours ou de plusieurs voitures roulant sur le pavé; il se prolonge pendant quelques minutes et suit la direction du bolide. Là où celui-ci passe et immédiatement après son passage, on entend dans l'air des sifflements et un bruit occasionnés par la chute de pierres qui tombent avec rapidité et qui frappent avec force la terre, dans laquelle elles s'enfoncent plus ou moins. » (D'Aubusson.)

Quoique toutes les traditions populaires, de même qu'un grand nombre de témoignages dignes de foi, ne dussent laisser aucun doute sur l'origine des pierres météoriques, les savants, pendant plusieurs siècles, se refusèrent à croire à l'existence d'un phénomène qu'ils ne pouvaient expliquer. Ce fut seulement en 1794 que Chladni, physicien allemand, osa, dans un travail dédié à ses collègues, se ranger sans détour du côté de la prétendue superstition populaire. Il tenta de démontrer que cette superstition, comme tant d'autres, avait un sérieux fondement. Le premier pas était

fait, et l'attention des savants se trouvait tenue en éveil par le beau
mémoire de Chladni, lorsque, le 26 avril 1803, une pluie de pierres des
plus remarquables vint à tomber en plein jour sur la petite ville de
l'Aigle en Normandie. L'Institut nomma une commission, qui se rendit
sur les lieux; son rapport dissipa les derniers restes d'incrédulité. Le
témoignage des faits confirmant ainsi l'hypothèse de Chladni et les traditions populaires, les aérolithes entrèrent désormais dans le domaine de
la science.

Il était évident que les pierres tombées et observées à l'Aigle venaient du
ciel; mais il restait à expliquer le fait. Les hypothèses suivantes furent
proposées.

1° On supposa d'abord que la matière dont sont formés les aérolithes
avait été soustraite à notre globe comme la vapeur l'est aux liquides, c'est-
à-dire dans un état de division infinie. On admit ensuite que, réunie en
nuages dans les parties supérieures de l'air atmosphérique, cette même
matière s'y était agglomérée, réunie en masses, et qu'elle tombait par son
propre poids à la surface de la terre. Quant à son écartement de la direction verticale, direction qu'elle devrait suivre en vertu de la gravité, on
l'attribuait aux courants atmosphériques; ceux-ci la faisaient dévier et
l'amenaient à frapper ainsi la terre obliquement. Cette manière de se
rendre compte du phénomène qui nous occupe a reçu le nom d'*hypothèse
atmosphérique*.

2° On a supposé ensuite que les météorites étaient des corps lancés par
les volcans de la lune. La force de projection aurait été telle qu'ils se seraient écartés de cet astre au point de gagner la sphère d'attraction de
notre planète. Cette attraction l'emportant alors sur l'attraction lunaire,
aurait déterminé la chute directe de ces corps, ou les aurait entraînés autour de notre globe dans un orbite curviligne. Mais, comme dans ce dernier cas l'atmosphère terrestre retardait incessamment leur marche, ils ont
dû progres ivement s'approcher de la terre et finir enfin par tomber à
sa surface. Cette hypothèse est l'*hypothèse lunaire,*

3° On a admis enfin que les aérolithes sont des corps planétaires, qu'ils
se meuvent dans des orbites autour du soleil; que ces orbites coupent l'orbite annuel de la terre; et que, quand celle-ci arrive au point d'inter-
section, ils la rencontrent directement et tombent à sa surface. Ou bien
encore, les aérolithes pénètrent-ils dans notre atmosphère, ils sont immédiatement retardés dans leur marche par la résistance de ce fluide, et
amenés jusqu'à nous par l'attraction terrestre.

Cette hypothèse rattache le phénomène ordinaire des aérolithes à celui
des *étoiles filantes*, qui ne sont très-probablement que des corps analogues

aux aérolithes, et nullement de prétendus météores atmosphériques, des soi-disant traînées de gaz hydrogène enflammé.

Afin d'expliquer par la théorie précédente l'apparition comme la chute simultanée d'un grand nombre de météorites, cas quelquefois observés [1], on a pensé que ces corps planétaires circulent autour du soleil par groupes composés de nombreux individus, qu'ils se meuvent ensemble avec des vitesses égales ou à peu près égales, dans des orbites parallèles, qu'ils conservent ainsi, pendant fort longtemps, leur position relative, et traversent l'espace comme une bande d'oiseaux.

Pour justifier le dégagement de lumière dont un aérolithe s'accompagne, on suppose que, pendant la marche rapide du corps, l'air qui se trouve dans son orbite est condensé au point qu'il devient lumineux lui-même. D'autres astronomes croient que cet air acquiert une chaleur assez grande pour rendre le bloc incandescent, ou peut-être pour y produire cette combustion superficielle dont on voit des indices dans le noircissement et l'élévation de température de sa surface. Il existe encore une autre hypothèse fort plausible et des plus ingénieuses. On la doit à Poisson, l'éminent géomètre français. Elle a pour but d'expliquer l'évolution de lumière et de chaleur observée pendant le passage des aérolithes au firmament. Poisson regardait comme probable l'existence d'une atmosphère d'électricité autour de la terre et au-dessus de l'atmosphère d'air. Il supposait que le météorite, en traversant cette atmosphère électrique, décomposait le fluide naturel, absolument comme le frottement d'une machine électrique le décompose entre le verre et le coussin, et qu'il résultait de cette décomposition un dégagement de chaleur et de lumière.

Le phénomène dont nous entretenons le lecteur est connu depuis la plus haute antiquité. Anaxagore fait tomber les aérolithes du soleil, qui lui-même ne serait, suivant lui, qu'un immense aérolithe. Du temps de ce philosophe, une pierre noirâtre, de la dimension d'un char, tomba près du fleuve Ægos-Potamos, en Thrace. C'est le premier aérolithe dont les historiens anciens aient fait mention. Cette pierre se voyait encore dans le même lieu à l'époque de l'empereur Vespasien; Pline dit avoir vu lui-

---

1. Dans la nuit du 12 au 13 novembre 1833, une étonnante apparition d'étoiles filantes ou bolides fut observée en Amérique. Ces météores, dit Arago, dans l'*Annuaire du bureau des longitudes*, se succédaient à de si courts intervalles qu'on ne put les compter; des évaluations modérées en portèrent le nombre à plusieurs centaines de mille. On les aperçut le long de la côte orientale de l'Amérique depuis le golfe du Mexique jusqu'à Halifax, depuis neuf heures du soir jusqu'au lever du soleil, et même dans quelques endroits en plein jour, à huit heures du matin. Tous ces météores partaient d'un même point du ciel, situé près de l'étoile du Lion, et cela, quelle que fût d'ailleurs, par l'effet du mouvement diurne de la sphère, la position de cette étoile.

même un aérolithe tomber dans la campagne des Vocontiens, dans la Gaule narbonnaise. Cybèle était adorée en Galatie sous la forme d'une pierre tombée du ciel; le soleil, à Émèse en Syrie, recevait un culte semblable sous la même forme. Suivant une tradition populaire au Mongol, il existe dans une plaine, non loin des sources du fleuve Jaune, dans la Chine occidentale, un fragment de roche noire de quarante pieds de haut, tombé du ciel. Un savant anglais, Howard, a dressé une liste chronologique de toutes les pierres tombées du ciel, depuis les temps les plus reculés jusqu'en 1818. Chladni a continué cette liste jusqu'en 1824.

Des observations faites en Allemagne par le professeur Brandes à ses élèves, ont donné jusqu'à 80 myriamètres (200 lieues de poste) pour la hauteur de certaines étoiles filantes. La vitesse de ces météores s'est trouvée quelquefois de 48 kilomètres (12 lieues) par seconde : c'est à peu près le double de la vitesse de translation de la terre autour du soleil. Ainsi, dit Arago, alors même qu'on voudrait prendre la moitié de cette vitesse apparente pour une illusion, pour un effet de mouvement de translation de la terre dans son orbite, il resterait six lieues à la seconde pour la vitesse réelle des bolides, vitesse plus grande que celle de toutes les planètes supérieures, la terre exceptée.

Au moment de leur chute, les pierres tombées du ciel sont, non-seulement chaudes, comme brûlées, mais elles répandent encore une forte odeur de soufre. Les mêmes principes chimiques entrent dans leur composition. Ce sont : du soufre, de la silice, de la magnésie, du fer, du nickel, du manganèse, du chrome. Une remarque importante à faire, c'est que le fer et le nickel s'y trouvent à l'état métallique, condition qui n'a lieu dans aucune des agrégations minérales que l'on rencontre à la surface de la terre.

Le poids des aérolithes varie depuis quelques grammes jusqu'à plusieurs centaines de kilogrammes. Celui que Pallas découvrit en Sibérie, dans l'année 1771, est estimé peser 800 kilogrammes. Dans le Brésil, il y en a un qui, dit-on, pèse 7,000 kilogrammes. Un autre, trouvé sur les bords de la Plata, ne pèserait pas moins de 30,000 kilogrammes. Ceux de 100, 150 et 200 kilogrammes sont très-communs.

On ne connaît guère, dit le savant annotateur du docteur Lardner, que trois exemples d'incendies allumés par des bolides. Le premier date du 13 juin 1759. Dans sa chute, le météore incendia une grange où un mendiant était venu se réfugier. Le malheureux fut arrêté comme auteur du fait et conduit à Bordeaux. Malgré ses dénégations, malgré les explications qu'il fournit (et surtout peut-être à cause de ces explications mêmes), il allait être puni du dernier supplice, quand l'abbé Nollet, dont la réputa-

tion de physicien était alors européenne, lui vint en aide. Nollet, frappé
des réponses du mendiant, se rendit sur le théâtre du sinistre (Captieux,
près Bazas) et retrouva l'aérolithe dans les décombres de la grange. Le
parlement de Bordeaux renvoya le mendiant et proclama son innocence.

Nous terminerons cet article par l'extrait suivant d'une lettre qu'adressait à M. Petit, directeur de l'observatoire de Toulouse, M. l'abbé Laffont,
vicaire à Aurignac, à la date du 9 décembre 1858 :

« Un phénomène ravissant vient d'avoir lieu tout à l'heure (sept heures
du matin) sur notre ville, et a mis toute la population en émoi. C'est un
magnifique aérolithe qui est venu nous visiter de près. Le globe lumineux
s'est montré d'abord vers le nord-est, à 10 degrés environ au-dessus de
l'horizon. Il a paru de la grosseur d'une bombe et s'est porté avec rapidité
vers le sud-ouest, décrivant, durant deux minutes, une courbe immense
de 120 degrés environ. Parvenu, dans cette direction, à la hauteur de
50 degrés, il a paru un instant immobile ou comme se balançant dans
l'espace. Alors un jet considérable de fumée et de feu s'est dégagé de son
noyau principal, et, trois secondes après, on entendait une détonation
immense, suivie d'un roulement sourd comme le bruit lointain d'une
grêle. Il pourrait se faire qu'on eût à constater quelque part la chute de
quelques milliers de pierres célestes.

« *Quoiqu'en plein jour*, la ville a été comme en feu pendant le passage
du globe lumineux. A la fin on n'a plus rien vu dans le ciel qu'un nuage
blanchâtre de vapeurs à l'endroit de la détonation, et une traînée de cette
même vapeur sur toute la ligne suivie par l'aérolithe. Le ciel était, en ce
moment, légèrement dentelé de nuages au-dessous desquels le météore est
peut-être passé. Le spectacle a été celui d'une magnifique bombe décrivant
sa courbe avec éclat ; mais la détonation a été bien plus terrible. Notre
population est encore dans le saisissement que de pareils phénomènes
font toujours éprouver ; l'imagination vivement frappée et la superstition
exagérant la chose, on a cru voir dans le ciel, au sein du gros nuage,
mille spectres épouvantables et un homme de feu. »

Deux gros fragments de cet aérolithe furent trouvés dans les communes
d'Aussun et de Clarac, canton de Montréjeau. M. l'abbé Fourment, professeur au séminaire de Polignan, assista à l'extraction du fragment d'Aussun, qui avait pénétré dans la terre à la profondeur d'un mètre et quelques
centimètres en creusant une ouverture de trente à quarante centimètres
de diamètre. Il pesait environ 45 kilogrammes, et il fut brisé par les habitants, qui voulurent en avoir chacun leur part. M. l'abbé Fourment put
en sauver deux assez gros fragments pour le séminaire de Polignan. Il
avait une forme arrondie; sa surface était noire et lisse. Sa pâte, assez

semblable à celle des roches volcaniques, présentait l'aspect d'un mélange de diverses substances minérales de couleur cendrée.

Quant au fragment de Clarac, il tomba sur un toit de chaume qu'il traversa en brisant deux bâtons superposés l'un à l'autre et servant de chevrons. Le choc qui en résulta amortit la vitesse, l'aérolithe ne pénétra pas dans le sol. Mais les personnes accourues pour le voir ne purent le toucher, tant il était chaud au premier moment. Il pesait de 8 à 10 kilogrammes avant d'être brisé et partagé entre les habitants du village.

FERDINAND P. O.

LXXXIX

NE M'OUBLIEZ PAS!

Parmi les fleurs dont le printemps enrichit sa corbeille, comme l'on disait au temps du premier empire, il en est une qui aime, sur les bords des fleuves et des rivières, à réfléchir sa tête d'azur dans leur limpide cristal. Tout le monde la connaît, mais tout le monde ne sait pas d'où lui vient son joli nom; je vais vous le dire.

C'était sur les bords du Danube ; le ciel, pur et serein, souriait à la terre, et la terre, par la voix des petits oiseaux, par les douces senteurs des plantes et des herbes qui montaient vers lui, telles qu'un hymne et un pieux encens, témoignait sa joie et sa reconnaissance. Un jeune homme et sa fiancée se promenaient sur le gazon qui tapissait en cet endroit les rives du fleuve, sous l'abri de chênes séculaires dont les branches inclinées vers le sol leur versaient l'ombre et la fraîcheur. Toutes leurs pensées étaient au jour solennel qui devait bientôt les unir l'un à l'autre.

> O les charmants discours! ô les divines choses!
> *Qu'ils se disaient tous deux*, en la saison des roses!
>
> SÉGRAIS.

Tout à coup la jeune fille aperçoit une fleur d'un bleu céleste qui se balance sur les vagues prêtes à l'entraîner; elle admire son éclat et plaint sa destinée. Puis, par l'effet d'une de ces fantaisies follettes qui se jouent du cœur des jeunes filles et se plaisent à le lutiner avec une malicieuse opiniâtreté, elle veut avoir la fleur... Le fleuve était profond et rapide ; le jeune homme s'y précipite, saisit la tige fleurie, mais bientôt roule au fond des eaux... on dit que, par un effort suprême, il jeta la fleur sur le rivage, et qu'avant de disparaître pour jamais, il s'écria : « Aimez-moi, *ne m'oubliez pas !* » La petite fleur a pris de là son nom.

PH. T. L.

XC

LUCULLUS ET LE CERISIER

Lucullus, consul et proconsul dans les derniers temps de la république romaine, est plus célèbre encore par son amour du luxe et de la bonne chère que par ses victoires. L'Europe lui doit le cerisier, originaire du royaume du Pont ; c'est du moins l'opinion commune.

> Quand Lucullus, vainqueur, triomphait de l'Asie,
> L'airain, le marbre et l'or frappaient Rome éblouie ;
> Le sage, dans la foule, aimait à voir ses mains
> Porter le cerisier en triomphe aux Romains.

DELILLE.

« Cependant, dit le marquis de Marnésia, il est impossible de parcourir nos forêts sans être convaincu, par la multitude des cerisiers qu'on y rencontre, que cet arbre est indigène. Peut-être que, dans le royaume du Pont, son fruit a été perfectionné par le moyen de la greffe, et que Lucullus en enrichit les Romains. Longtemps barbares et guerriers, nos pères savaient détruire, et négligeaient le premier, le plus heureux des arts, celui de cultiver. »

PH. T. L.

XCI

LE PATÉ DE PERDRIX

La pièce de *Zaïre*, la cinquième par ordre de date, et, par ordre de mérite, une des meilleures de Voltaire, fut représentée pour la première fois le 13 août 1732. Après avoir peint dans *Œdipe* la fatalité antique, dans *Brutus* l'inflexibilité républicaine d'un père immolant son fils à la patrie, Voltaire, alors âgé de trente-huit ans, pour répondre aux reproches de plusieurs dames qui le blâmaient de n'avoir pas mis assez d'amour dans ses tragédies, composa le plan de *Zaïre* en un seul jour et acheva la pièce en vingt-deux. Le succès fut grand et mérité : l'intérêt soutenu de l'action, la réunion de tout ce que la nature et les passions ont de plus puissant pour émouvoir, la vérité des sentiments, le charme du style, la catastrophe terrible du cinquième acte, touchèrent profondément les spectateurs et firent couler tant de larmes, qu'on aurait pu appliquer presque partout dans les loges cet hémistiche fameux de la pièce :

Zaïre, vous pleurez.

Les acteurs contribuèrent pour leur part à ce légitime succès. Le rôle d'Orosmane fut joué par Dufresne avec une supériorité de talent qui n'a été dépassée depuis que par Lekain. Fils d'un comédien, dont le plus grand mérite fut de donner le jour à cinq des premiers sujets de la scène française, Dufresne, élève de Ponteuil et successeur de Beaubourg, avait débuté au théâtre par le rôle d'Oreste dans *Électre*, et le public ébloui l'avait ensuite applaudi dans Œdipe, dans l'Aman de la tragédie d'*Esther*, dans le don Pédre d'*Inès de Castro*. Taille noble et haute, yeux éloquents, regard enchanteur, il possédait aussi ces belles manières qui servaient alors de modèles aux hommes du grand monde. Répudiant l'héritage de Beaubourg, ses gestes outrés, ses cris d'énergumène, il avait rendu aux spectateurs étonnés la noble déclamation de Baron.

Zaïre, on le sait encore, c'était mademoiselle Gaussin, c'était sa voix touchante, son œil noir, sa grâce irrésistible. Elle était fille d'une ouvreuse de loges aux Français et d'un laquais de Baron. Cette élève de Melpomène savait aussi remplir les personnages grotesques, et par le rôle de Cassandre elle avait prélude à celui de Zaïre. L'acteur et l'actrice firent merveille, et le poëte enchanté consacra leur triomphe dans ces vers :

Quand Dufresne et Gaussin, d'une voix attendrie,
Font parler Orosmane, Alzire, Zénobie,
Le spectateur charmé, qu'un beau trait vient saisir,
Laisse couler des pleurs, enfants de son plaisir.

Cependant il arriva de *Zaïre* comme de presque toutes les tragédies de Voltaire, qui mettait quelquefois une année à corriger une pièce qu'il avait faite en quelques jours. Le parterre releva certains endroits qui méritaient sa censure, et le grand poëte, docile, comme toujours, à ces sortes de critiques, se remit promptement à l'ouvrage pour satisfaire le public et rendre sa pièce aussi parfaite que possible. Mais il avait compté sans les comédiens! Quoi! ceux-ci s'étaient fatigués à étudier leurs rôles, à loger dans leur mémoire quelques centaines de vers, et un impertinent auteur venait tout déranger d'un trait de plume! Dufresne surtout se montra intraitable : ce comédien, qui représenta au naturel le comte de Tufière dans le *Glorieux* de Destouches, dont il avait laissé, dit-on, le manuscrit pendant trois ans rongé par les rats, Dufresne croyait sans doute, à l'exemple de Baron, que la nature peut bien produire de temps à autre un foudre de guerre, comme Alexandre ou César, un grand poëte comme Corneille ou Molière, mais qu'il fallait mille ans au moins pour enfanter un homme tel que lui. Aussi refusa-t-il tout net les corrections proposées par l'auteur. Mais il avait affaire à forte partie. Voltaire ne se décourageait pas ; chaque jour il allait frapper à la porte du comédien ; mais les *gens* de Dufresne, comme il les appelait, avaient reçu le mot d'ordre et répondaient au poëte désappointé que leur maître était sorti. Voltaire leur laissait ses corrections, sans que Dufresne les lût ou y fît la moindre attention. Qui pourrait peindre l'impatience, l'irritation d'un poëte sensible à l'excès, et qui, voyant le côté faible de sa pièce, voulait la prémunir contre les exigences de la critique ou les caprices de la foule? C'est alors que ne sachant plus à quel saint se vouer, si toutefois il invoqua jamais leur assistance, il eut recours à ce suprême expédient.

Il y avait alors à la Comédie française mademoiselle Quinault cadette, qui brillait comme son frère Dufresne, mais dans un genre différent. C'était une femme d'esprit et de société, qui inspira à Lachaussée son *Préjugé à la mode* et à Voltaire son *Enfant prodigue*, où elle excella dans le rôle de la baronne de Croupillac. Mademoiselle Quinault avait, deux fois par semaine, un dîner qu'on appelait le *dîner du bout du banc*, et parmi ses convives habituels, d'un monde assez mêlé, on remarquait le chevalier d'Orléans, grand prieur, Destouches, Fagon, Duclos, Collé, Moncrif, Crébillon fils, Pont de Veyle, Voisenon et le comte de Maurepas. Voltaire, qui assistait quelquefois à ces réunions, apprit que les convives habituels de mademoiselle Quinault s'étaient transportés chez son frère pour célébrer, dans un grand repas, le triomphe éclatant qu'il venait d'obtenir dans la pièce de *Zaïre*. Dufresne et mademoiselle Gaussin, placés à côté l'un de l'autre, étaient les héros de la fête. La conversation s'engagea naturellement sur le grand événement du jour.

« Messieurs, dit la mordante soubrette, mademoiselle Quinault, j'ai fait une belle peur à Voltaire quand il m'a lu son manuscrit : je lui ai dit qu'il devait intituler sa pièce : *la Procession des captifs*. Si vous l'aviez vu pâlir à ces mots et me jurer qu'il allait brûler sa tragédie!...

— Ah! tout grand homme qu'il est, interrompit Voisenon, on le fait

tourner comme les ailes d'un moulin à vent; d'ailleurs il se défie de
son succès, et il a bien peur de devoir aux grands yeux noirs de mademoiselle Gaussin, au jeu des acteurs et au mélange nouveau des plumets
et des turbans, ce qu'un autre croirait devoir à son mérite.

— Il est certain, dit galamment le comte de Maurepas, que mademoiselle Gaussin a de fort beaux yeux noirs. Hier, messieurs, à la représentation, au moment où Zaïre pleurait près de son amant, j'ai vu la sentinelle,
placée sur le devant de la coulisse, laisser tomber son fusil et fondre en
larmes.

— Parbleu, dit Dufresne, il devrait bien nous laisser tranquille, votre
M. Arouet. Il lui a pris la belle envie de faire des changements à nos rôles
pour satisfaire un ingrat public qui nous abreuve de dégoûts! Triste état
que le nôtre, messieurs! Quant à moi je préférerais à mon métier celui
d'un gentilhomme qui mangerait tranquillement douze mille livres de
rente dans son vieux castel. Oui, ajouta-t-il en s'animant, n'ai-je pas été
obligé dernièrement de rappeler à l'ordre un spectateur insolent qui m'a-
vait crié : « Plus haut. — Et vous, lui dis-je, plus bas. »

On en était là du dîner et de la conversation, lorsque tout à coup un
personnage inconnu fut introduit dans la salle à manger. D'une main il
tenait un papier soigneusement enveloppé, et de l'autre un paquet d'un
plus gros volume. Le papier fut remis à mademoiselle Gaussin.

« Qu'est-ce donc? qu'est-ce donc? dit toute la société.

— Des vers, répondit Dufresne, en se penchant d'une façon un peu
indiscrète sur l'épaule de l'actrice.

— Eh bien, lisez-nous-les, lui dit-on, si mademoiselle Gaussin le
permet. »

Et Dufresne, d'une voix sonore et accentuée, se mit à lire les vers qui
commencent ainsi :

> Jeune Gaussin, reçois mon tendre hommage,
> Reçois mes vers au théâtre applaudis;
> Protége-les : Zaïre est ton ouvrage,
> Il est à toi, puisque tu l'embellis.
> Ce sont tes yeux, ces yeux si pleins de charmes,
> Ta voix touchante, et tes sons enchanteurs,
> Qui du critique ont fait tomber les armes;
> Ta seule vue adoucit les censeurs.
> L'illusion, cette reine des cœurs,
> Marche à ta suite, inspire les alarmes,
> Le sentiment, les regrets, les douleurs,
> Et le plaisir de répandre des larmes...

« Bravo! bravo! s'écria-t-on de toutes parts à la fin du morceau. ·

— Quel dommage, reprit Voisenon, que Voltaire soit absent aujour-
d'hui!... »

Mais l'attention des convives se tourna sur la table du repas, où venait
d'apparaître le second paquet du mystérieux messager, qui déjà s'était
éclipsé. C'était un magnifique pâté de perdrix dont la vue redoubla les
acclamations de tous les assistants. L'ouverture s'en fit avec pompe, et l'on
vit douze perdrix tenant chacune dans leur bec plusieurs billets qui, semblables à ces feuilles prophétiques des sibylles, contenaient tous les vers
qu'il fallait ajouter, retrancher ou changer dans le rôle de Dufresne.

Quel était l'auteur du présent venu dans des circonstances si favorables?
Il n'était pas difficile de le deviner. Chacun loua cette façon noble et ingénieuse de faire accepter des corrections. Dufresne se rendit, les acteurs se
remirent à l'étude. Mademoiselle Gaussin, flattée de l'hommage de Voltaire, reparut sur la scène avec une voix plus attendrie, avec une sensibilité plus pénétrante ; le public fut content de voir qu'on avait eu égard à
ses remarques ; mais il ignora longtemps que c'était à un pâté de perdrix
que *Zaïre* devait une partie de son succès.

LETE

XCII

JEANNE D'ARC AU VIEUX MARCHÉ DE ROUEN

Le 30 mai 1431 se leva, jour le plus auguste et le plus sombre qui eût
paru sur la terre depuis le jour où la croix fut plantée au Golgotha.

Jeanne vit de grand matin entrer dans sa prison l'appariteur qui venait
la citer à comparaître devant les juges, sur le vieux marché de Rouen,
pour s'entendre déclarer relapse, excommuniée, hérétique; puis le domi-
nicain Martin l'Advenu, chargé de « lui annoncer la mort prochaine, et
de l'induire à vraie contrition et pénitence, et l'ouïr en confession. » Quand
elle sentit si près « la dure et cruelle mort dont il lui fallait mourir tout à
l'heure, » la nature se souleva; la jeunesse et la vie débordèrent dans ce
cœur de vingt ans. En prenant notre chair, elle avait pris notre faiblesse,
et l'ange de la guerre, pour la seconde fois redevint une femme. « Elle
commença à s'écrier douloureusement et piteusement, à se *distraire* [1] et

---

1. Tirer en sens divers.

arracher les cheveux : « Hélas! me traitera-t-on ainsi horriblement et
« cruellement, qu'il faille que mon corps net en entier, qui ne fut jamais
« corrompu, soit aujourd'hui consumé et rendu en cendres! Ha! ha! j'ai-
« merais mieux être décapitée sept fois, que d'être ainsi brûlée... Ah! j'en
« appelle devant Dieu, le grand juge, des grands torts qu'on me fait. »

Cauchon parut accompagné de sept ou huit des assesseurs. Dès qu'elle
l'aperçut :

« Évêque, s'écria-t-elle, évêque, je meurs par vous! »

Le misérable voulut encore lui remontrer :

« Ah! Jehanne, prenez-en patience. Vous mourez pour ce que vous
n'avez tenu ce que vous nous avez promis [1].

— Hélas! si vous m'eussiez mise aux prisons de cour d'Église, et rendue
entre les mains de concierges ecclésiastiques et non de mes ennemis, ceci
ne fût pas advenu; c'est pourquoi j'appelle de vous devant Dieu. »

Jeanne reçut l'eucharistie, « avec grande abondance de larmes. »

L'heure était arrivée. Déjà le funèbre cortège s'assemblait dans la cour
du château. On passa à Jeanne la chemise longue qui devait être son dernier vêtement; on lui posa sur la tête une mitre sur laquelle étaient peints
des diables et des flammes, avec les mots : « Hérétique, relapse, apostate,
idolâtre; » puis on la fit monter sur une charrette à quatre chevaux, entre
l'appariteur Massieu et le confesseur l'Advenu; Isambard de la Pierre
s'adjoignit à l'Advenu et ne quitta plus Jeanne jusqu'à la fin.

En ce moment un grand tumulte s'éleva. Un homme pâle, effaré, était
monté sur la charrette et adressait à Jeanne des paroles entrecoupées et
des gestes suppliants. C'était l'Oiseleur, l'infâme agent des machinations
de Pierre Cauchon, qui demandait pardon à sa victime. Les Anglais voulaient le mettre en pièces, et il ne dut la vie qu'au comte de Warwick.

Le cortège se mit en marche. Huit cents hommes d'armes escortaient la
charrette ou faisaient la haie. Toutes les troupes anglaises étaient sur pied.
Le peuple se pressait sur le passage de l'escorte et sur la place du Vieux-
Marché. Une foule immense était accourue de toutes les villes et de toutes
les campagnes environnantes. Le deuil était sur tous les visages.

Sur le Vieux-Marché s'élevaient trois échafauds et l'horrible bûcher!

Quand Jeanne aperçut l'instrument du supplice, une dernière plainte
s'échappa du fond de ses entrailles :

« Rouen! Rouen! mourrai-je ici!... Ah! Rouen, j'ai grand peur que tu
n'aies à souffrir de ma mort! »

---

1. Jeanne, captive, avait revêtu des habits d'homme que, pendant son sommeil, ses ennemis avaient substitués aux siens.

Elle se calma : elle écouta « paisiblement et avec grande constance » le sermon de Nicole Midi, chargé de la prédication dernière. Le prêcheur termina par la formule : « Jeanne, allez en paix !... l'Église ne peut plus vous défendre !... » A ces mots Jeanne s'agenouilla et commença à haute voix une longue et ardente oraison. Tous les sentiments de la terre, toutes les passions, même glorieuses et nécessaires au combat de la vie, se sont transformées dans cette âme déjà presque dégagée de ses liens. L'ange de la guerre a déposé ses foudres pour se revêtir de la douceur du Christ. Jeanne réclame les prières de tous ceux de son parti « et de l'autre ; » elle leur pardonne à tous le mal qu'ils lui ont fait, pardon qui embrasse deux rois et deux royaumes! Elle s'élève au ciel d'un élan si touchant et si sublime, qu'un moment elle semble emporter sur ses ailes ses ennemis eux-mêmes. Tous pleurent, jusqu'à Cauchon, jusqu'au cardinal d'Angleterre !...

Surprise des sens. L'émotion sainte glisse à la surface de ces âmes perdues. Il faut achever l'œuvre. Winchester fait un signe, et Cauchon obéit. L'évêque lit la sentence...

Les juges étaient descendus de leur estrade. Jeanne, délaissée de tous, appela le Christ; elle demanda la croix. Un Anglais en fit une avec un petit bâton. Elle la baisa et la mit dans son sein ; puis elle pria l'appariteur et le frère Isambard « d'aller en l'église prochaine (Saint-Sauveur) » et de lui apporter le crucifix « pour le tenir élevé tout droit devant ses yeux jusqu'au pas de la mort... Elle l'embrassa moult étroitement et longuement... »

Dix mille personnes fondaient en pleurs; tout ce peuple qui ne sut trouver pour Jeanne que des prières et non des armes !... Les cœurs de pierre, tout ce qu'il y a de plus insensible au monde s'était ému... Pas une fibre humaine ne remua chez les gens de guerre. Capitaines et soldats frémissaient d'impatience. « Nous ferez-vous dîner ici? » disaient-ils ironiquement. Les chefs, sans attendre l'ordre du bailli, dépêchèrent deux sergents pour prendre Jeanne sur l'échafaud où elle avait ouï le sermon et la sentence. Elle descendit. Les hommes d'armes l'entraînèrent avec furie. Le bailli vit bien qu'ils n'auraient pas la patience d'entendre son arrêt, et, pour toute sentence, il fit un geste de la main, en criant :

« Menez! menez! »

Un long gémissement répondit dans la foule aux clameurs féroces des Anglais. Beaucoup de gens d'église et autres s'enfuirent, n'en voulant pas voir davantage.

Jeanne était debout sur le bûcher, entre Isambard et l'Advenu, élevant vers le ciel des invocations mêlées de larmes... Tout à coup, au moment où le bourreau l'attache au fatal poteau, on l'entend à plusieurs reprises appeler saint Michel d'une voix éclatante. La forme sous laquelle sa vocation lui a été révélée reparaît à la dernière heure. Le bourreau approche avec sa torche. Elle jette un cri... puis elle parle vivement à son confesseur. A travers le tumulte de la place on entend confusément des paroles retentissantes :

« Mon Dieu!... Jésus! Marie!... *Mes voix!... mes voix!...* »

Quel fut ce testament suprême de la Pucelle? Dans quel sentiment d'elle-même sortit-elle de ce monde?...

La Providence a permis que l'homme qui reçut ses dernières paroles ait survécu vingt-cinq ans pour rendre témoignage.

« Oui, *mes voix* étaient de Dieu... Tout ce que j'ai fait, je l'ai fait par l'ordre de Dieu... Non, *mes voix* ne m'ont pas déçue!... Mes révélations étaient de Dieu! »

La flamme montait. L'Advenu et Isambard ne l'apercevaient pas. Ils ne voyaient que Jeanne. Ce fut elle qui vit le péril pour eux et qui les fit descendre. Les deux moines restèrent au pied du bûcher et tinrent jusqu'à la fin la croix de Saint-Sauveur élevée devant les yeux de la martyre... On n'entendit plus que des invocations entrecoupées de cris arrachés par l'horrible tourment d'une longue agonie. L'échafaud, construit en plâtre, avait été élevé à une hauteur inusitée, pour que la flamme fût plus lente à envelopper la condamnée et que le supplice durât plus longtemps. On n'entrevoyait plus Jeanne qu'à travers des nuages de fumée. Soudain le vent écarta ces tourbillons ardents. Jeanne poussa un cri terrible, le cri du Messie expirant sur la croix : « Jésus! » Puis elle pencha la tête et rendit son âme au Dieu qui l'avait envoyée.

Un soldat anglais, qui la haïssait « merveilleusement, » avait juré de mettre de sa main un fagot dans le bûcher quand on la brûlerait. Tandis qu'il exécutait son serment, Jeanne jeta ce dernier cri, qui fit retentir toute la place. L'Anglais tomba en défaillance. Il avait cru voir, à l'instant où Jeanne rendit l'âme, « partir de la terre de France » et s'envoler au ciel une colombe blanche, la colombe du Saint-Esprit.

Ainsi finit cette femme à laquelle les fastes du genre humain ne présentent rien de comparable. Elle n'avait pas vingt ans.

Quand on songe à sa victorieuse carrière et à la monstrueuse ingratitude qui la couronna, ne peut-on dire du Messie de la France comme du Fils de l'Homme : *Il est venu parmi les siens, et les siens ne l'ont pas connu.*

D'après HENRI MARTIN.

XCIII

L'OISEAU TOMBÉ DU NID

STANCES [1]

En vain tout rit d'espoir, tout en vain sur la terre
    Pour toi fleurit!
Tu ne reverras plus ton nid, ta douce mère,
    Pauvre petit!

Sur la roche stérile où les vents et l'orage
T'ont jeté, sans pitié pour tes cris douloureux,
Tu vas mourir, hélas! loin du riant bocage!...
Adieu le gai printemps, et ses fleurs et ses jeux!

Jeune chantre des bois, ta couronne flétrie
Roule, léger duvet, sur l'herbe d'alentour;
Tu vas mourir, hélas! avant que sur ta vie
Ait brillé le rayon d'un innocent amour!...

A ton œil enchanté la vie était si belle,
Ton ciel si bleu d'azur, si frais ton horizon!...
Tu vas mourir, hélas! seul de ta mort cruelle
Le pâtre gémira dans l'ombre du vallon.

Pourquoi pleurer?... Ton chant d'un dur pèlerinage
Peut-être aurait, plus tard, maudit le triste cours...
On rêve le bonheur, on l'attend... le volage
Trompe l'homme et l'oiseau, qu'il laisse pour toujours!...

En vain tout rit d'espoir, tout en vain sur la terre
    Pour toi fleurit!
Tu ne reverras plus ton nid, ta douce mère,
    Pauvre petit!...

PH. T. L.

---

1. Personne, que je sache, n'a encore traité ce joli sujet; je le regrette, et je regrette surtout de n'avoir pu mieux faire; mais à chacun sa force et sa mesure. Toutefois il me semble que, même dans l'état où la voici, il serait possible de mettre cette pièce en musique pour qu'elle prît sa place sur le pupitre de nos jeunes lectrices.

XCIV

DE LA BONNE ET DE LA MAUVAISE HUMEUR [1]

> « ... Facile omnes perferre et pati;
> ..... Ita facillime
> Sine invidia laudem invenias et amicos pares. »
> (Térence, *Andr.*, a. I, sc. i.)
>
> Souffrir et supporter sans humeur ceux avec
> qui l'on vit, c'est le moyen de mériter des éloges
> sans avoir d'envieux, et de se faire des amis.

Ne vous effrayez pas de mon titre; je ne suis pas médecin, et les causes physiques *de la bonne et de la mauvaise humeur* ne m'ont jamais coûté la plus légère étude. Loin de moi toute discussion pathologique; c'est seulement au point de vue des relations sociales que je veux vous entretenir de cette double disposition d'esprit et de cœur qui nous rend aimables ou odieux.

Dans un beau jour d'été le ciel est serein, et cette douce sérénité est l'image de la bonne humeur; mais aux jours de la saison des pluies et des neiges voyez-vous cette brume épaisse qui obscurcit et infecte l'air? c'est la mauvaise humeur. Il est donc vrai, comme l'a dit un philosophe, que si l'âme de l'homme est un ciel, son humeur en est la température.

Voilà qui est bien; mais d'abord n'allons pas, s'il vous plaît, confondre la *bonne humeur* avec la *belle humeur*, et prendre pour *mauvaise humeur* la *gravité* et le *sérieux*. Il y a là un air de famille qu'il faut savoir démêler. Comment faire? Le moyen est simple : définissons les termes.

Qu'est-ce que la bonne humeur? Par rapport à celui qui en est doué, elle consiste à maintenir son âme à l'abri des troubles où peut la jeter une trop grande sensibilité pour les maux extérieurs, une triste fantaisie; par rapport aux autres, c'est un penchant naturel à leur épargner le plus de déplaisirs et à leur procurer le plus de satisfaction qu'il est possible dans les limites de l'honnêteté. La bonne humeur tient donc au caractère; elle

---

1. L'auteur de cet article agitait depuis longtemps dans sa tête les idées qu'il y va déposer, quand un jour, dans une de ces pérégrinations toujours chères aux bibliomanes, il mit la main sur un livre où le même sujet était traité, mais, il faut bien l'avouer, d'une manière sèche, glaciale, surtout lourde et traînante. Le fond était bon, la forme était moins heureuse; c'est la forme qu'il a changée et rajeunie d'un bout à l'autre.
(Voir le discours du citoyen Herluison, 30 thermidor, an IX de la république.)

n'étouffe pas dans l'homme la sensibilité, mais elle la règle; elle n'arrête pas les mouvements de l'âme, mais elle les dirige. Il y a dans le monde enchanté de la poésie une fontaine merveilleuse qui traverse la mer sans en prendre l'amertume ; eh bien! la bonne humeur est une autre Aréthuse : avec elle l'âme, malgré les chagrins plus ou moins vifs qu'elle essuie, n'a jamais conçu un sentiment de trouble et de malveillance. C'est un grand bien, n'est-ce pas? Mais d'où cela peut-il venir? De ce qu'elle donne à l'homme l'empire le plus parfait sur lui-même, et qu'elle établit ou conserve entre ses facultés un heureux équilibre.

Qu'est-ce maintenant que la belle humeur? C'est l'expansion, quelquefois un peu bruyante, de la joie ou du plaisir, ces deux sensations qui vont si bien à l'homme. Elle a son prix assurément, mais elle ne doit pas prétendre à la même estime, et d'ailleurs elle n'est pas toujours de mise.

Il en va tout autrement avec la bonne humeur ; elle est de tous les temps ; elle est compatible avec tous les devoirs, avec toutes les situations, parce que, pour le dire encore une fois, elle a sa source dans l'empire qu'un homme exerce sur sa sensibilité, dont elle assujettit les mouvements aux lois de la raison et au grand principe de l'humanité.

Entendez-vous, dans un festin dont l'amitié a fait les frais, le rire mêler ses innocents éclats aux saillies vives et piquantes qu'inspire la liqueur charmante qui *réjouit le cœur de l'homme*, au moment où le philosophe lui-même s'écrie avec Horace :

> « *Misce stultitiam consiliis brevem* ;
> *Dulce est desipere in loco.* »
> Od. 12, l. IV.

> « Par un peu de folie égayons la sagesse;
> Quand il est de saison le délire est si doux ! »
> Daru.

Votre cœur s'épanouit, et cette heure est pour vous pleine de charme. La bonne humeur y donne gaiement la main à la belle humeur, et toutes deux sont de bonne compagnie, sans que l'une rejette les fleurs dont l'autre se couronne. Les circonstances viennent-elles à changer, la bonne humeur n'oublie pas que chaque chose a son temps ici-bas, que les devoirs se succèdent, et que la bienveillance ne passe pas avec les choses qui passent.

Devient-elle pour cela la mauvaise humeur? Non pas assurément. Celle-ci ne devrait pas avoir place dans le monde. Est-il jamais temps en effet de se tourmenter soi-même en vain et de chagriner autrui ? Vous avez, je le sais, de grandes affaires à traiter, une vaste entreprise à suivre dans ses mille détails; la science vous appelle par le curieux attrait de ses profonds mystères; soyez grave, soyez réfléchi, silencieux même; mais quel besoin avez-vous d'être maussade, triste, sauvage? Un importun se présente, oubliant que les gens oisifs sont le fléau des gens occupés; je ne vous dirai pas : qu'il soit le bien venu! mais de deux mots propres à le congédier, choisissez le moins dur et celui qui le blessera le moins. — Votre cœur a reçu un coup qui le fait saigner encore ; je vous plains, et je respecte la solitude à laquelle vous vous condamnez; mais si je viens toutefois à en franchir le seuil, pardonnez-moi d'essayer de vous arracher à ces noires vapeurs qui ressemblent à celles du lac Averne, au-dessus duquel les oiseaux ne pouvaient s'aventurer sans que la respiration les abandonnât. — Ne doit-on jamais excuser la mauvaise humeur? Il est plus d'un cas, j'en conviens, où elle est peut-être excusable; mais, prenez-y garde! c'est m'accorder ce que je vous demande, quand vous avouez qu'elle a besoin d'excuse.

On voit des hommes, et je suis peut-être de ce nombre, pour qui ne rien faire est le comble de la félicité; il y a plus, c'est que vous-même, mon cher lecteur, mon voisin et moi, nous n'avons pas d'horreur pour cette molle indolence dont Épicure, le plus délicatement voluptueux des mortels, faisait le partage des dieux. Aussi quels flots de mauvaise humeur viennent nous assaillir en rejaillissant sur les autres, quand nous sommes forcés de nous arracher à ce délicieux repos dans lequel nous croyions trouver le souverain bien!

Un autre me dit : Moi, je ne veux pas ne rien faire! — C'est bien, je vous loue; mais que voulez-vous faire? — Une foule de choses. — C'est encore mieux, mais c'est beaucoup ! — Je veux faire de ces choses qui ne me tiennent pas comme un forçat à la chaîne, que je puisse quitter, reprendre pour les quitter encore, de ces choses enfin qui ne me fatiguent pas l'esprit et ne troublent pas ma digestion. — Vous l'entendez : il veut faire des riens, et si nous sommes assez mal avisés pour lui enlever le grand plaisir qu'il s'en promet, attendons-nous à un de ces accès qui l'emportent jusqu'à l'impolitesse. Sa mauvaise humeur est d'autant plus grande que la cause en est plus frivole. C'est naturel, et la civilité obtient fort difficilement qu'on fasse au devoir le sacrifice d'un goût futile. Brisez par mégarde la tige d'une fleur que ce maniaque se plaît à cultiver, marchez sur la patte d'un chien favori, dérangez le petit plan de promenade qu'il avait arrangé, ou bien obligez-le à faire une chose à laquelle il ne s'attendait pas, au milieu de ces belles préoccupations, et vous viendrez me dire ensuite de quel air et avec quelle aménité vous avez été reçu, pour avoir oublié que nous tenons en général à nos manies, et surtout à notre volonté, quand elle s'égare.

Que n'aurais-je pas à dire, par exemple, si je le voulais, de la mauvaise
humeur de la plupart des gens de lettres? Je n'exprime qu'un vœu : fasse
le ciel qu'ils soient moins exposés que les autres à cette maladie!... Mais
ce vœu sera-t-il exaucé? La mauvaise humeur s'abstiendra-t-elle jamais de
pénétrer dans leurs cabinets de travail? Ce serait une fort bonne chose, car
elle y cause des ravages plus grands qu'ailleurs. La mauvaise humeur d'un
homme vulgaire se passe avec l'occasion qui l'a produite; mais celle de
l'homme de lettres s'empreint souvent dans ses écrits. « Les poëtes sont
irritables, » disait Horace : *Genus irritabile vatum;* et sous ce nom de
poëte il comprenait tous ceux qui manient la plume et la palette, le burin
et le ciseau, ceux également qui font résonner sous leurs doigts les touches
d'un piano... Les choses sont ainsi, et si j'ai soulevé un coin de la portière
de velours ou de serge qui les sépare de la foule, je n'ai pas tout dit du
moins. Si j'avais consigné ici les doléances des femmes imprudentes et des
présomptueux qui se sont jetés dans les liens de l'hyménée, c'eût été un
beau tapage, vraiment!... Mais je m'arrête.

Aussi bien nous voilà logiquement amenés à la troisième cause de la
mauvaise humeur, à la vanité. L'orgueil est un ballon gonflé de vent, tout
le monde le sait; si vous le piquez, il en sort, sinon toujours des tempêtes, au moins un froid courant de mauvaise humeur. Rappelons-nous
l'homme au sonnet mis si plaisamment sur la scène par maître Poquelin; rappelons-nous comment il fait payer à Alceste sa franchise et sa candeur. Combien de gens à sonnet dans le monde! Tâchez de les éviter en
vous souvenant que de la mauvaise humeur à la haine il n'y a souvent
qu'un pas.

Cette infirmité morale est ordinairement le partage des petites âmes et
des petits esprits, qui n'ont point assez de force pour ne pas se plaindre des
coups qu'on leur porte. Ils semblent se complaire au contraire à compter
rigoureusement les épines qui ont effleuré leur chair; ils y reviennent
sans cesse, ils en aiguisent les pointes au lieu de les émousser. C'est une
boisson amère qu'ils avalent à petites gorgées, tandis qu'il serait plus sage
de vider la coupe d'un seul trait, ou de faire comme les malades prudents
à l'égard de certaines pilules, qu'ils se gardent de mâcher.

L'avare est un être vil, le médisant est à craindre, le glorieux est ridicule; joignez la mauvaise humeur à ces belles qualités-là, il résultera de
ce mélange je ne sais quel composé détestable. La mauvaise humeur obscurcit la vertu même, tandis que la bonne humeur rend au moins suppor-
tables les défauts d'un homme.

Mais qu'ai-je fait? A censurer ainsi la mauvaise humeur, dont je n'ai
pourtant pas dit tout le mal que j'en pense, est-ce que je ne m'expose pas

au reproche d'y succomber en l'attaquant? Il n'en est rien, je vous prie de le croire, et dans les circonstances les plus diverses de ma vie j'ai tâché d'avoir quelque chose du calme de Socrate, dont la femme Xantippe, à bout de mauvaises paroles, arrosa, dit-on, la tête d'un vase rempli d'eau. Le choc des événements peut renverser un homme, mais, semblable au sage de Sénèque, il doit essayer de se relever et combattre à genoux. Tout le monde, je l'avoue, ne peut pas prétendre à conserver cet empire sur sa raison; mais, parce que nous ne pouvons pas contenir les élans indiscrets de notre sensibilité, nous faut-il blesser celle des autres? La loi naturelle nous le défend; elle fait de la bonne humeur un des liens de la société. Si vous brisez ce lien, vous n'avez plus qu'à vous enfoncer dans un désert pour y converser avec les ours; mais prenez garde aux ongles dont ils sont armés.

Respirons enfin dans la contemplation du spectacle que nous donne la bonne humeur; respirons comme le voyageur qui, sortant d'une solitude aride, trouve des eaux limpides, des bords fleuris et un délicieux ombrage. Non, les autres beautés de la nature n'égalent pas cette douce sérénité qui brille sur le visage d'un homme dont l'âme n'est agitée par aucun sentiment de malveillance. Y aurait-il de la témérité à dire que la bonne humeur est l'image de la vertu, qui se peint dans l'extérieur de celui en qui elle réside? Nous savons que la vertu la plus parfaite paye en quelque chose son tribut à la faiblesse humaine, et que la mauvaise humeur se met quelquefois de la partie. La vertu et la bonne humeur ne sont pas inséparables; mais elles sont faites l'une pour l'autre. Mille fois heureux donc ceux qui, fermant l'oreille aux protestations de la paresse, de la vanité et de l'égoïsme, conservent l'égalité d'âme, trouvent le plaisir dans le devoir, entretiennent un mutuel accord entre leurs affections et leur conscience!

Les talents et les vertus deviennent plus aimables avec la bonne humeur, qui, en même temps qu'elle en assure la puissance, les rend plus généralement utiles. Loin de nous l'humeur austère d'un Caton, d'un censeur qui n'a des yeux que pour voir le mal, une langue que pour faire gronder le reproche! Mais venez à nous, venez vous tous dont un gracieux sourire orne les lèvres, dont la bouche ne s'ouvre que pour de douces paroles! Vos leçons ne paraissent pas seulement vraies, elles sont touchantes, car elles ne respirent que le zèle du bien et l'amour de vos frères.

Partout où brille la bonne humeur, la vie est plus facile; cette enchanteresse opère le bien par des moyens qui n'appartiennent qu'à elle. Elle n'a pourtant ni baguette magique ni coupe remplie d'un philtre décevant; ce n'est pas Circé, ce n'est pas Mélusine; mais c'est la plus séduisante des Grâces; des fleurs qui parent sa tête partent les douces effluves d'une sorte de sympathie magnétique.

Quelle force l'autorité paternelle ne tire-t-elle pas de cette disposition d'esprit et de cœur! Un poëte a dit : « Le premier qui fut roi fut un père adoré. » Cette royauté sainte repose sur le respect qui naît de la vertu calme et toujours bienfaisante. Le père, aux yeux du fils, dès que celui-ci peut discerner le bien et le mal moral, est la raison vivante, dont il est l'organe, et la bonne humeur est le solide appui de son autorité. La tyrannie a dit, par la bouche d'un empereur romain : « Qu'on me haïsse, pourvu qu'on me craigne; » mais c'est Dieu qui a dit : « Aimez-vous les uns les autres! »

C'est surtout dans l'homme public que l'égalité d'âme ou la bonne humeur produit les meilleurs effets. Avec elle en effet règnent l'ordre et la paix; le bonheur ne se fait pas longtemps attendre.

A quelque degré de l'échelle administrative ou judiciaire, scientifique, militaire ou sacerdotale qu'un homme soit placé, il représente l'État, dont la majesté se fait voir dans sa personne. Homme de la loi, au nom de laquelle il parle ou agit, quels que soient les mille canaux par lesquels elle passe pour arriver à son but, il doit être calme, impartial comme elle, et s'élever au-dessus des misérables passions qui agitent la foule. Il a son Olympe par delà tous les nuages. Sa fermeté n'inspire la crainte qu'à ceux qui ont de bonnes raisons pour la redouter; sa bienveillance répond aux vœux des citoyens, sa complaisance les charme, son urbanité ôte au refus son amertume et donne un nouveau prix au succès. Son égalité d'âme ne se dément jamais, et l'on reconnaît toujours en lui l'homme délicat et sensible qui accueille avec bonté ceux qui vont à lui.

La bonne humeur n'est pas seulement pour l'homme public une perfection désirable, elle est encore une qualité nécessaire. — Elle est rare, dira-t-on peut-être. — Je ne le nie pas; mais plus une chose nous impose de sacrifices, plus nous devons nous appliquer à n'y pas manquer. C'est ici que la paresse, la vanité et l'égoïsme tendent mille piéges à l'imprudent qui ne regarde pas où il doit mettre le pied. Un grave magistrat, dans une allocution publique, a fait naguère une obligation étroite à tous ceux que leurs fonctions mettent en communication officielle avec les citoyens, d'user dans ces rapports obligés de la douceur de manières, du ton d'urbanité, qui sont l'apanage des gens bien élevés. La leçon était bonne, et, disons-le à regret, elle était nécessaire. A-t-elle été écoutée? Souhaitons-le pour tout le monde. — Mais que ceux du moins auxquels le magistrat s'adressait se souviennent que le devoir et l'héroïsme, si je puis le dire, dé la bonne humeur sont de se maintenir envers les caractères les plus difficiles et les plus fâcheux. Quel mérite y a-t-il à rester calme quand les choses vont comme d'elles-mêmes et que les personnes sont aimables?

Heureux toutefois l'homme qui n'abdique un moment la bonne humeur que pour un motif honorable!...

Le président de Harlay [1] était souffrant, et le médecin avait ordonné une potion, avec injonction au valet de service de ne la présenter que dans un moment où le président se trouverait sous l'influence d'une émotion quelconque. Le valet, fidèle à l'ordonnance, se promit bien de faire sortir son maître du calme qui lui était habituel. De fort grand matin, il entre dans la chambre de M. de Harlay, ouvre et ferme les portes, déplace les siéges avec fracas, tire brusquement les rideaux du lit. Le président s'éveille en sursaut et dit tranquillement : « Quelle heure est-il? donnez-moi du linge blanc. » Fâché de n'avoir pas réussi d'abord, le valet laisse prendre le feu au linge et l'apporte tout enflammé à son maître. « Ne vous êtes-vous pas brûlé? — Non, monsieur. — Eh bien! donnez-m'en un autre. » Le valet, désappointé, ne veut pourtant pas manquer son coup; il heurte, il renverse une table chargée de riches porcelaines et les brise. Le magistrat se retourne au bruit : « C'est dommage, dit-il, elles étaient belles. » Le valet ne savait plus à quoi se prendre, quand un homme demande à parler au président d'une affaire pendante au parlement. L'homme est admis; M. de Harlay l'écoute. Notre plaideur parlait avec feu, gesticulait à l'avenant et si bel et si bien, que son habit de soie faisait une sorte de sifflement importun et désagréable. Le magistrat, qui sentait son attention troublée par ce bruit, dit avec vivacité : « Monsieur, si vous voulez que je vous écoute, faites taire votre habit! » Le valet était là, la potion était toute prête; il voit son maître ému, et, profitant de l'occasion, il présente au président le breuvage ordonné.

Produisit-il l'effet qu'on en attendait? Peu nous importe; mais combien cette émotion était honorable! Elle ne venait ni d'impatience ni d'aucune cause semblable, mais de la crainte de ne pouvoir donner à une affaire l'attention qu'elle semblait demander.

1. On cite de ce grand magistrat une parole fort remarquable. Le 12 mai 1588, dans la journée des barricades, alors que le duc de Guise était véritablement roi dans Paris, Harlay, sollicité de reconnaître le pouvoir de l'usurpateur, resta fidèle à Henri III et osa dire au duc : « C'est grand'pitié quand le valet chasse le maître; au reste mon âme est à Dieu, mon cœur au roi et mon corps entre les mains des méchants; qu'on en fasse ce qu'on voudra. » Achille de Harlay, né en 1536, mourut en 1616, à l'âge de quatre-vingts ans. — Un autre Achille de Harlay, petit-neveu du précédent, s'est surtout rendu célèbre par son esprit fin et mordant.

Avouons, en finissant, que nous n'en sommes pas tout à fait là, et le valet du président courrait grand risque de payer cher les porcelaines, s'il s'avisait encore de les casser [1].

PH. T. L.

XCV

L'ANGLETERRE ET SES ROIS MARINS

Dès le règne des Saxons, un même siècle nous montre l'Angleterre gouvernée par quatre princes qui livrent et gagnent en personne des batailles navales. *Alfred* institue la marine britannique; il bâtit des galères plus grandes que toutes celles que l'on avait vues depuis les beaux temps de la marine des anciens; il triomphe des flottes comme des armées danoises, brise le joug étranger qui pesait sur son royaume envahi, purge les côtes britanniques des pirates qui les infestaient, et, souverain des mers étroites qui circonscrivent ses États, il se fait appeler le roi des détroits. En traitant de la marine commerçante, nous admirerons les vues d'Alfred, qui, dès le neuvième siècle, envoyait des vaisseaux vers le pôle boréal pour y rechercher un passage dont il pressentait l'importance : passage que, depuis cette époque jusqu'à nos jours, on a tenté souvent, mais en vain, de découvrir. Nous admirerons plus encore la belle loi d'*Athelstan*. Par cette loi tout négociant qui faisait à ses frais deux longs voyages sur la mer obtenait le rang et les titres nobiliaires, accordés partout ailleurs à la défense ou à la conquête du territoire. Apprendre à résider sur l'Océan, c'était en faire une province, et j'oserai presque dire une colonie britannique; et découvrir des mers inconnues, c'était reculer les bornes d'un empire qui déjà songeait à proclamer comme son droit naturel la domination des mers. *Edgard*, successeur d'Athelstan, déploya des forces navales encore plus formidables que celles du grand Alfred. Il les divisait en trois flottes permanentes, pour protéger l'est, l'ouest et le nord de ses États. Lui-même, au retour de chaque printemps, s'embarquait sur la flotte de l'est, parcourait la côte qui regarde la France, visitait les rades et les ports de la Manche, jusqu'à l'extrême frontière du sud; passait à bord

---

1. Cette anecdote est empruntée aux *Mémoires* de Dom Bonaventure d'Argonne, caché dans la littérature sous le nom de Vigneul-Marville.

de la flotte de l'ouest, faisait le tour de l'Irlande et des Hébrides; enfin joignait la flotte du nord, avec laquelle il revenait dans la Tamise.

Lorsque Edgard tint sa cour à Chester, il obligea les souverains d'Écosse, de Cumberland et de l'île de Man, avec cinq petits rois de l'ouest et du nord de l'Angleterre, à ramer dans une barque dont il tenait le timon; il descendit ainsi sur le fleuve Die jusqu'à l'abbaye de Saint-Jean-Baptiste; là ces monarques s'engagèrent sous la foi du serment à reconnaître, à défendre sa suzeraineté sur terre et sur mer. Telles étaient les prétentions d'Edgard, que ses édits portaient pour protocole : « *Moi, Edgard, roi d'Albion, souverain de toutes les îles circonvoisines et de l'océan qui l'entoure.* »

Le baron CHARLES DUPIN, sénateur, membre de l'Institut.

XCVI

CURIOSITÉS JUDICIAIRES ET HISTORIQUES DU MOYEN AGE

Un membre distingué de la société philotechnique de Paris, M. Emile Agnel, nous a fait l'honneur de nous adresser un exemplaire de la savante brochure qu'il a publiée dans le cours de l'année 1858, sous le titre placé en tête de cet article. Nous en avons extrait plusieurs passages que nous nous faisons un véritable plaisir de mettre, pour l'instruction de tous, sous les yeux de nos bienveillants lecteurs, afin que, par la comparaison du temps présent avec le temps passé, chacun applaudisse aux progrès des lumières et de la civilisation.

PH. T. L.

« Au moyen âge on soumettait à l'action de la justice tous les faits condamnables, de quelque être qu'ils fussent émanés, même des animaux.

« L'histoire de la jurisprudence nous offre, à cette époque, de nombreux exemples de procès dans lesquels figurent des taureaux, des vaches, des chevaux, des porcs, des truies, des coqs, des rats, des mulots, des limaces, des fourmis, des chenilles, sauterelles, mouches, vers et sangsues.

« La procédure qu'on avait adoptée pour la poursuite de ces sortes d'affaires revêtait des formes toutes spéciales; cette procédure était différente, suivant la nature des animaux qu'il s'agissait de poursuivre,

« Si l'animal auteur d'un délit, tel, par exemple, qu'un porc, une truie, un bœuf, peut être *saisi, appréhendé au corps,* il est traduit devant le tribunal criminel ordinaire ; il y est assigné *personnellement* ; mais, s'il s'agit d'animaux sur lesquels on ne peut mettre la main, c'est devant le tribunal ecclésiastique, devant l'officialité que l'on traduira ces délinquants *insaisissables.*

« En effet que voulez-vous que fasse la justice ordinaire contre une invasion de mouches, de charançons, de chenilles, de limaces? Mais la justice religieuse possède des moyens d'atteindre les coupables; il lui suffit de fulminer l'excommunication.

« Tels étaient, en matière de procès contre les animaux, les principes admis par la jurisprudence du moyen âge.

« Voici quelle était la marche que suivait la procédure.

« On incarcérait l'animal, c'est-à-dire le *délinquant,* dans la prison du siége de la justice criminelle où devait être instruit le procès. Le procureur ou promoteur des causes d'office [1] requérait la mise en accusation du coupable. Après l'audition des témoins et vu leurs dépositions affirmatives concernant le fait imputé à l'accusé, le promoteur faisait ses réquisitions, sur lesquelles le juge du lieu rendait une sentence déclarant l'animal coupable d'homicide et le condamnait définitivement à être étranglé et pendu par les deux pieds de derrière à un chêne ou aux fourches patibulaires, suivant la coutume du pays.

« Du treizième au seizième siècle, les fastes de la jurisprudence et de l'histoire fournissent de nombreux exemples sur l'usage de cette procédure suivie contre des pourceaux et des truies qui avaient dévoré des enfants, et qui, pour ce fait, avaient été condamnés à être pendus [2].

« Les jugements et arrêts sur cette matière étaient mûrement délibérés et gravement prononcés.

« L'exécution était publique et solennelle ; quelquefois l'animal paraissait habillé en homme. En 1386 une sentence du juge de Falaise condamna une truie à être mutilée à la jambe et à la tête, et ensuite pendue, pour avoir déchiré au visage et au bras et tué un enfant [3]. On voulut infliger à l'animal la peine du talion. Cette truie fut exécutée sur la place de la ville, en habit d'homme ; l'exécution coûta dix sous dix deniers, plus un gant neuf à l'exécuteur des hautes œuvres.

« Les formalités étaient si bien observées dans ces sortes de procédures,

---

1. Officier qui exerçait les fonctions du ministère public auprès de la justice seigneuriale.
2. M. E. Agnel rapporte quinze de ces sentences, depuis l'année 1266 jusqu'à l'année 1572.
3. Comme on le voit encore de nos jours dans certaines localités, les porcs et les truies, au moyen âge, couraient en liberté dans les rues des villages, et il arrivait souvent qu'ils dévoraient des enfants.

que l'on trouve au dossier d'une affaire du 18 avril 1499 jusqu'au procès-verbal de la signification faite au pourceau dans la prison où l'on déposait les condamnés avant d'être conduits au lieu d'exécution.

« On procédait par les mêmes voies judiciaires contre les taureaux coupables de meurtres. Les chevaux étaient aussi poursuivis criminellement à raison des homicides qu'ils avaient commis. Les registres de Dijon constatent qu'en 1389 un cheval, sur l'information faite par les échevins de Montbar, fut condamné à mort pour avoir *occis* un homme.

« Dès le treizième siècle, Philippe de Beaumanoir, dans ses *Coutumes du Beauvoisis*, n'avait pas craint de stigmatiser en termes énergiques l'absurdité de ces sortes de procédures : « Ceux, disait-il, qui ont droit de jus-
« tice sur leurs terres font poursuivre devant les tribunaux les animaux
« qui commettent des meurtres ; par exemple, lorsqu'une truie tue un
« enfant, on la pend et on la traîne ; il en est de même à l'égard des autres
« animaux. Mais ce n'est pas ainsi que l'on doit agir ; car les bêtes brutes n'ont
« aucune connaissance ni du bien ni du mal, et sur ce point c'est justice
« perdue ; car la justice doit être établie pour la vengeance du crime et
« pour que celui qui l'a commis sache et comprenne quelle peine il a mé-
« ritée. Or le discernement est une faculté qui manque aux bêtes. Aussi
« est-il dans l'erreur celui qui, dans la matière judiciaire, condamne à la
« peine de mort une bête brute pour le méfait dont elle s'est rendue cou-
« pable ; mais que ceci indique au juge quelle est, en pareille circonstance,
« l'étendue de ses droits et de ses devoirs[1]. »

« Cependant les critiques du célèbre jurisconsulte ne furent point écoutées, et ce mode de poursuite continua à être suivi dans tous les procès de cette espèce, qui devinrent si nombreux du quatorzième au seizième siècle.

« On pensait que le supplice du gibet appliqué à une bête coupable d'un meurtre imprimait toujours l'horreur du crime, et que le propriétaire de l'animal ainsi condamné était suffisamment puni par la perte même qu'il faisait de cet animal. En effet, à partir de la seconde moitié du seizième siècle, les annales de la jurisprudence ou les historiens ne nous offrent plus d'exemples de condamnations *capitales* prononcées contre des bœufs ou des pourceaux, à raison du meurtre d'un homme ou d'un enfant. C'est

1. Pour donner à nos lecteurs une idée du style de ce temps, nous transcrivons ici quelques lignes du texte même :
« Li aucun qui ont justices en lor terres, si font justice des bestes quant eles metent aucun a mort; si comme se une truie tue un enfant, il le pendent et trainent, ou une autre beste; mais c'est noiant à fere, car les bestes mues n'ont nul entendement qu'est biens ne qu'est maus; et por ce est che justice perdue. »

qu'à cette époque on avait presque renoncé à ce mode de procédure aussi absurde que ridicule contre les animaux, et que, pour la poursuite des faits dont ils s'étaient rendus coupables, on était revenu aux seuls et vrais principes sur cette matière, en condamnant à une amende et à des dommages-intérêts le propriétaire de l'animal nuisible. On ne faisait plus le procès à la bête malfaisante : on ordonnait purement et simplement qu'elle fût assommée.

« Avant de passer à un autre ordre de choses, nous devons citer le fait suivant, qui est rapporté en ces termes par le *Conservateur suisse :*

« La superstition persuadait jadis au peuple que les coqs faisaient des « œufs, et que de ces œufs sortait un serpent et même un *basilic.* Groff « raconte, dans sa *Petite chronique de Bâle*, qu'au mois d'août 1474 un « coq de cette ville fut accusé d'un pareil méfait, et qu'ayant été dûment « atteint et convaincu, il fut condamné à mort ; la justice le livra au bour- « reau, et celui-ci le brûla publiquement avec son œuf au lieu dit *Kohlen-* « *berger*, au milieu d'un grand concours de bourgeois et de paysans ras- « semblés pour voir cette bizarre exécution. »

« Cette condamnation se rattache évidemment aux procès de sorcellerie, qui furent si multipliés pendant le quinzième et le seizième siècle. En effet on reprochait aux sorciers qui voulaient se mettre en rapport avec le diable d'employer dans leurs pratiques, entre autres moyens d'évocation, les œufs de coq, sans doute parce que ces œufs étaient réputés renfermer un serpent, et que ces reptiles plaisent au diable. Il ne doit donc pas sembler étonnant que, dans un temps où la superstition outrageait à la fois la religion, la raison et les lois, un malheureux coq fût condamné au feu avec l'œuf qu'il était réputé avoir pondu, puisque cet œuf, dans l'esprit même des juges, était considéré comme un objet de terreur légitime, comme une production du démon [1]. »

---

1. Le savant Lapeyronie, dans les *Mémoires de l'Académie des sciences* pour l'année 1710, a donné des détails fort intéressants sur les prétendus œufs de coq. Il y démontre la fausseté de cette erreur populaire, qui était encore de son temps partagée par les gens du monde. Les œufs dont il s'agit sont des œufs de poule incomplets, dont le jaune s'est échappé dans le passage de l'*oviductus.*

XCVII

LE CHRIST, SON PORTRAIT

Dans une lettre[1] du consul Lentulus, dont l'authenticité a été révoquée en doute, sans que cependant on ait jamais pu prouver qu'elle fût apocryphe, les traits de notre Sauveur se trouvent décrits de la manière la plus circonstanciée. C'est sans doute d'après ce précieux document que les plus anciennes images du Fils de Dieu ont été faites. Lentulus habitait Jérusalem, et il écrivit sa lettre lorsque le Christ était âgé de trente ans. Voici de quelle manière il s'exprime :

« Il est arrivé dans nos murs, où il est encore, un homme très-extraordinaire ; on l'appelle Jésus ; beaucoup de personnes le regardent comme un prophète de vérité ; ses adeptes le nomment Fils de Dieu. Il ressuscite les morts et guérit les blessés. Il est d'un extérieur remarquable, de taille haute et tellement imposante, qu'il inspire à tous l'amour et en même temps la crainte. Sa chevelure est brune, de la couleur du fruit du noisetier lorsqu'il est mûr ; elle est épaisse et polie sur le haut de la tête, où elle est séparée à la mode des Nazaréens, puis elle retombe en boucles ondoyantes sur les épaules ; son front est large et son visage serein, sans rides ni taches et quelque peu coloré ; la bouche et le nez sont d'une forme parfaite ; sa barbe, qu'il laisse croître, est de la couleur de ses cheveux ; elle n'est pas très-longue et elle est séparée par le milieu ; ses traits respirent la persévérance et la candeur ; ses yeux sont grands et brillants, terribles lorsqu'il adresse des réprimandes, doux et remplis de bonté lorsqu'il exhorte. Une douce sécurité règne sur son visage, quoiqu'il soit toujours sérieux, car on ne l'a jamais vu rire, mais plus d'une fois pleurer. Il parle peu, mais tout ce qu'il dit est plein d'autorité ; enfin, tout en lui semble au-dessus de l'humanité. »

Extrait des *Leçons sur l'histoire et la théorie des beaux-arts*, par SCHLEGEL.

1. Elle se trouve à la bibliothèque du roi.

XCVIII

FIESOLE, PRÈS DE FLORENCE.

De toute l'Italie, Fiesole est la terre où l'azur des cieux est le plus brillant, où l'air est chargé des plus doux parfums, où la lumière a le plus de cette mollesse qui plaît tant aux âmes rêveuses. Rien n'est aussi tranquille que ses nuits, dont le chant des oiseaux interrompt à peine le repos. Il faut se réveiller à l'heure où se lève le crépuscule de Fiesole : devant la ville se déploie un vaste horizon formé par des fabriques dont les murailles éclatent de blancheur, par des pans de rochers noircis, des colonnes, des aiguilles antiques, des tuileries bâties en briques rouges. En ce moment, par un effet de perspective, la couleur des briques se change en rose clair ; ces rochers, ces débris de l'antiquité, semblent inondés d'une vapeur bleuâtre, tandis que les premiers rayons du jour peignent d'une teinte violette les blanches murailles qui ferment le dernier plan de ce tableau magique. L'abaissement des ombres par la distance, cette dégradation de couleur, ce mouvement de lumières qui, après mille ondulations capricieuses, vont se perdre dans un lointain vaporeux sur les eaux étincelantes de l'Arno, offrent un spectacle dont la poésie et la peinture ne rendraient qu'imparfaitement la splendeur.

Hésiode a célébré Fiesole sous la figure d'une des nymphes de la constellation des Pléiades ; elle existait avant Homère. Le paysan des bords de l'Arno lui donne tour à tour, dans ses chants, Hercule, Atlas, Japhet et Atyatis pour fondateur. Il vous montre les ruines de la maison de Cicéron, l'endroit où Catilina vint se réfugier, le champ où ce conspirateur expira percé de coups, le collége des augures, les temples de Jupiter, de Mars et de Diane. C'est la patrie des ruines ; on n'y peut faire un pas sans fouler de grands débris du temps : quelques-uns de ces débris servent aujourd'hui à parer les églises. A la voix d'un prêtre, la Divinité descend sur l'autel des sacrifices ; le sang de Jésus-Christ se consacre dans la coupe des libations ; peut-être la lampe qui jadis éclairait l'orateur romain éclaire-t-elle la célébration des mystères de notre foi ; l'urne lacrymale sert à supporter des roses ou d'autres offrandes au Seigneur de la jeune paysanne de la Doccia.

Il est peu de peintres, de poëtes ou de musiciens qui n'aient vu Fiesole. Le Tasse l'avait visitée quelques jours avant que la mort desséchât la couronne suspendue pour lui au Capitole. Salvator Rosa l'aimait avec passion et l'habitait une partie de l'année; aussi dans ses paysages trouvez-vous toujours quelqu'une des fleurs qui naissent à Fiesole. C'est là que Paësiello composa ce chant de la *Servante maîtresse* : « *Ah! Zerbina, penserate,* » dont le mouvement a quelque chose de la langueur de l'atmosphère. C'est là que Cimarosa écrivit les plus beaux airs de son *Mariage secret*. Ghirlandajo, à qui les jeunes filles de Florence donnèrent ce joli nom, parce qu'il avait peint avec une grâce infinie les guirlandes qui ornaient leurs chevelures, avait appris au crépuscule de Fiesole le secret de cette perspectiv aérienne, de cette lutte brillante de la lumière et des ténèbres, charme ineffable de ses compositions, qui l'avaient rendu le peintre des âmes tendres. On conserve à Fiesole les premiers essais de cet artiste qui, né un siècle plus tard, eût été le plus grand peintre de l'Italie.

Toute la mollesse du sol de Fiesole est passée dans les jeunes femmes; leur physionomie est empreinte d'un calme angélique; point de sourire sur leurs lèvres; des yeux d'un bleu plus éclatant que le ciel de la cité. Regardez cette jeune vierge : ne ressemble-t-elle pas à la vierge du Corrège? Entrez avec elle à l'église : ses lèvres sont muettes; le livre de messe n'est pas entre ses doigts, son cœur seul sait prier. Le dimanche, jour de joie et de fête, elle chante et joue, mais ce sont des chansons tristes; son instrument est un luth de Florence, dont elle tire des sons assez doux, mais vagues et langoureux. Elle vous dira qu'elle n'aime rien autant que le silence des nuits; que pour elle le plus beau spectacle est le lever ou le coucher du soleil; que les heures qui coulent le plus vite sont celles du crépuscule; que sa promenade chérie est la vallée du Doccia, les bords de l'Arno ou le mont Senario.

Voulez-vous que sa figure s'anime, que ses traits perdent leur langueur, que les ombres de la mélancolie s'évanouissent, parlez-lui de Fiesole : alors sa pensée, son expression, ses regards, tout deviendra poétique. C'est toujours Fiesole qu'elle ramène dans ses discours. Elle aime sa patrie pour ses fleurs, pour son soleil, pour ses nuages, pour ses nuits délicieuses, et voilà tout. Mais chez l'habitant de Fiesole, sombre, rêveur, abîmé dans ses pensées comme l'archange déchu, cet amour de la patrie prend sa source dans des rêves plus élevés; il aime sa patrie, parce qu'il y trouve le tombeau de son père, et que le sien doit y reposer un jour. Qu'il s'endorme jeune ou plein d'années, dans la joie ou dans la misère, il est content si le soleil de Fiesole échauffe sa tombe et ses ossements.

AUDIN.

XCIX

MORT HÉROIQUE DE MARC BOTZARIS

Marc Botzaris avait été atteint d'un coup mortel, et il fallait songer à la retraite : ainsi la perte d'un seul homme changeait les lauriers en cyprès.

Constantin Botzaris, qui avait ignoré jusque-là l'état de son frère, se précipite, suivi des principaux officiers de l'armée, vers le brancard sur lequel le héros était porté par ses palicares ; celui-ci leur tend la main et leur dit : « Mes frères, j'ai payé ma dette à la patrie, et je meurs satisfait ; je recommande mon épouse et mes enfants à votre amour et à celui de la nation. Soyez unis, fidèles à la patrie, humbles devant Dieu... Marchez sans peur à l'ennemi et accomplissez l'œuvre que j'ai commencée. » En achevant ces mots le généreux Botzaris cessa de parler, et les Hellènes, fondant en larmes, se désolaient, quand Constantin Botzaris, tirant son sabre, leur dit : « Pourquoi gémir, mes frères ? C'est en le vengeant qu'il faut honorer notre compagnon d'armes, ou mourir comme lui pour la patrie. » Tous, se levant à ces mots, courent vers un gros d'ennemis qui s'avançait, en tuent quatre cents, et vers le soir ils se retirent, avec le héros agonisant, dans un village dont la forte position les mettait à l'abri d'une surprise nocturne. Le lendemain on se dirigea vers Missolonghi. Parvenu à Képulo-Vryssou, fontaine sacrée, témoin du serment qu'il fit prêter à ses soldats l'année précédente, le héros, soulevant pour la dernière fois les voiles de la mort, près de couvrir ses paupières, adressa ces paroles à ceux qui l'entouraient : « Amis chers à mon cœur, cessez vos regrets ; je meurs satisfait, puisque la patrie est libre. Si vous voulez honorer ma mémoire, imitez les exemples que je vous ai donnés. Rappelez-vous qu'un État ne brise ses entraves et ne fonde son indépendance qu'au prix du dévouement et du sang d'un grand nombre de ses enfants. » Il expira en achevant ces mots, les yeux fixés au ciel, et les échos du mont Aracynthe, répondant aux gémissements de ses soldats, portèrent jusqu'au fond des lagunes de Missolonghi la nouvelle du trépas de l'aigle de la Selleide.

F. C. H. L. POUQUEVILLE, *Histoire de la régénération de la Grèce.*

C

DU COMMERCE DES ROMAINS

Romulus, qui voulait former une nation guerrière, défendit le commerce à ses sujets, et mit dans la même classe les marchands et les ouvriers. Ce n'est donc point au commerce que Rome dut ses premiers accroissements. Les Romains, soldats et laboureurs tour à tour, n'eurent d'autre ambition que celle d'augmenter et de conserver leurs conquêtes.

Cependant ils ne restèrent pas longtemps sans apprécier l'utilité du commerce; mais ils le firent exercer par des esclaves et souvent par des affranchis, *institores*. Ils établirent un collège de marchands, *collegium mercuriale*, l'an de Rome 259.

Mais, sous l'empire d'un préjugé qui remontait aux lois de leur fondateur, ils distinguaient les négociants, *negotiatores magnarii*, des marchands en détail, *mercatores, propolæ*. Il paraît même que cette distinction exista longtemps. Cicéron (*De offic.*, lib. I, cap. XLII) pense que les premiers sont dignes d'éloges, et trouve vile la profession des autres. Le passage est curieux à consulter. On concevra qu'avec de pareilles idées il n'était guère possible que les Romains fissent de grands progrès dans cette partie, persuadés que « de toutes les sources de la richesse l'agriculture est la meilleure, la plus féconde, la plus douce et la plus digne d'un homme libre. »

De ce qui précède, sans parler des foires, qui se tenaient de neuf jours en neuf jours (*nundinæ*), il faut conclure qu'il y avait à la vérité un commerce à Rome, mais non pas encore ce commerce établi sur de larges bases d'opérations.

Ce ne fut que vers l'époque de la première guerre punique que la mer fixa l'attention des Romains. Et cependant, dit M. de Théis, l'heureuse position de l'Italie, la variété de ses productions, la proximité de tant de pays riches et féconds, paraissaient les appeler à une supériorité qu'ils auraient due à leur industrie. Faut-il les en blâmer? Quel fut en effet le sort des villes de Sidon, de Tyr et de Carthage? Les Romains n'avaient-ils pas senti qu'un peuple agriculteur renferme en lui les éléments d'une force plus durable que celle que le négoce peut donner aux autres?

PH. T. L.

CI

RICHELIEU ET PIERRE CORNEILLE

Après avoir abaissé l'orgueil des grands de la nation, humilié la maison d'Autriche et abattu le parti protestant, le cardinal de Richelieu voulut ajouter une nouvelle célébrité à son nom : il prétendit joindre la gloire littéraire à celle dont son habileté politique l'avait déjà couvert. Non content d'avoir encouragé par des pensions et une faveur marquée les principaux poëtes de son temps, d'avoir fondé l'Académie française, il résolut de contribuer lui-même par des tragédies et des comédies à la prospérité de la littérature en France, et de se montrer ainsi l'égal des hommes de génie dont il s'était constitué le Mécène.

Dans ce but il s'était entouré des auteurs dramatiques le plus en renom à cette époque ; et lorsqu'il avait conçu le plan d'une pièce de théâtre il leur en donnait à chacun un acte à écrire ; puis il revoyait le tout, y faisait les changements qu'il jugeait convenables et y intercalait les tirades et les dialogues qu'il avait lui-même composés.

Les cinq collaborateurs du cardinal poëte étaient Claude de l'Estoile, Colletet, l'abbé de Boisrobert, Rotrou et Pierre Corneille.

Un jour celui-ci se présenta à l'audience du cardinal et lui lut quelques fragments d'un acte qu'il avait été chargé d'écrire. Richelieu, après l'avoir écouté avec une bienveillante attention, lui dit :

« Il me semble, monsieur, que vous n'avancez pas beaucoup votre besogne ; M. de l'Estoile a déjà terminé presque entièrement son acte, et pourtant, vous le savez, il ne peut travailler qu'à la lumière ; il est vrai qu'il lui arrive souvent de l'allumer en plein jour après s'être enfermé dans une pièce obscure. M. l'abbé de Boisrobert m'a apporté hier tout son travail fini, et même le voici, dit le cardinal en désignant du doigt un des nombreux cahiers manuscrits dispersés sur sa table ; d'où vient donc que vous êtes ainsi en arrière, monsieur ?

— Sans doute, monseigneur, ces messieurs ont plus de talent que moi ; car, je puis vous l'assurer, je fais tous mes efforts pour me montrer digne de la confiance que vous me témoignez, et si je n'y réussis pas, ce n'est point mauvaise volonté...

— Vous êtes par trop modeste, monsieur, les vers que vous venez de me lire sont bien loin d'appuyer ce que vous me dites maintenant, car ils sont irréprochables et valent pour le moins ceux de ces messieurs ; c'est un autre motif, que vous me cachez, qui nuit à l'exactitude de votre travail.

— Ah ! monseigneur, si j'osais...

— Allons, parlez sans crainte... confiez-vous à moi, dit le cardinal avec un sourire de bonté peu habituel à sa physionomie austère.

— Eh bien, monseigneur, puisque vous êtes assez bon pour vous intéresser à moi, je vous dirai tout avec franchise ; ce qui me poursuit et m'inquiète sans relâche, ce qui trouble mes idées quand je veux les rassembler pour rendre mon travail digne de vos faveurs, c'est... en vérité, monseigneur, je n'ose vous l'avouer...

— Parlez, monsieur Corneille, parlez sans crainte, je vous le répète ; nous trouverons peut-être un remède à vos maux.

— Eh bien, reprit le poëte en rougissant et en baissant les yeux à terre, je suis amoureux.

— Amoureux ! voilà donc ce secret que vous me cachiez avec tant de soin ; amoureux ! et de qui ?

— Hélas ! monseigneur, là est mon malheur ; c'est la fille de M. le lieutenant général d'Andely. Je ne suis qu'un humble faiseür de pièces de théâtre, je suis pauvre et ne puis obtenir la femme que j'adore ! Tel est le motif du trouble et du désordre qui m'agite. Vous le savez bien, monseigneur, je n'ai aucun espoir.

— Peut-être, » fit Richelieu en congédiant le poëte par un geste amical. Corneille s'inclina et sortit après avoir remercié le cardinal.

Peu de jours après le lieutenant général d'Andely reçut un ordre pressant de se rendre à Paris ; tout pâle, tout tremblant de crainte d'avoir offensé le terrible ministre, il courut au palais du cardinal.

Richelieu le reçut d'une manière très-affable, le fit asseoir près de lui et lui dit sans aucune préparation :

« Avez-vous des enfants, monsieur le lieutenant?

— Mais oui, monseigneur, j'ai une fille, répondit le lieutenant tout ébahi.

— Et cette jeune fille est âgée de...?

— Dix-huit ans, monseigneur.

— Avez-vous songé à la marier?

— Elle est encore bien jeune, ce me semble.

— Ce n'est sans doute pas l'avis de la jeune fille, hein?

— Hélas ! non, monseigneur, elle s'est enamourée de je ne sais quel écrivailleur qui lui a adressé des sonnets, des madrigaux, que sais-je enfin? Sa vanité flattée l'a attachée à cet homme, de sorte qu'elle ne veut plus entendre parler que de lui.

— Il faut le lui faire épouser puisqu'elle l'aime; c'est un mauvais système que de contrarier la volonté des enfants dans une chose aussi grave.

— Mais, monseigneur, ce jeune homme n'a rien, il est sans fortune, sans avenir.

— Monsieur le lieutenant général, puisqu'il faut vous parler net, Pierre Corneille est mon protégé; j'entends qu'il épouse votre fille, car il l'aime; allez maintenant, tel est notre bon plaisir. »

Le lieutenant effaré courut chez son gendre futur, et, par une longue série de détours les plus adroits, il lui annonça sa nouvelle résolution de lui accorder sa fille pour épouse, et finit par lui demander sa protection auprès du cardinal irrité contre lui.

A la nouvelle inattendue de ce bonheur, Corneille courut se jeter aux pieds du cardinal en lui disant :

« Ah! merci, monseigneur, comment pourrai-je jamais me montrer digne de tant de bontés ?

— Relevez-vous, monsieur Corneille, le chagrin nuisait à vos travaux poétiques; c'est pour que vous me fassiez désormais de beaux vers, et en grand nombre, que j'ai cherché à vous rendre heureux; vous ne me devez donc aucun remercîment, monsieur.

— Je tâcherai de ne pas tromper votre attente, » reprit modestement le grand Corneille.

Cependant cette amitié du grand cardinal pour le poëte Corneille ne dura pas longtemps. Cet homme de génie ayant un jour pris sur lui de faire quelques changements dans un acte de tragédie qu'il avait été chargé d'écrire, Richelieu s'en aperçut et lui dit sèchement que dans sa position il fallait avoir un esprit de suite; il ajouta même que les cinq auteurs devaient être unis entre eux comme les cinq doigts de la main. A quoi Corneille eut l'imprudence de répondre : « Il est vrai que les cinq doigts ne sont pas d'égale grandeur. »

Bientôt après le Cid parut. L'enthousiasme qui suivit la représentation de ce chef-d'œuvre, l'expression qu'il fit naître : « C'est beau comme le Cid, » tout cet immense succès enfin remplit le cardinal d'une telle jalousie qu'il finit par se déclarer ouvertement contre Pierre Corneille. Aussitôt mille jaloux croassèrent contre l'auteur du Cid.

Enfin Richelieu ordonna à l'Académie française de juger entre lui et Corneille. En attendant, ce dernier sut tenir noblement son rôle au milieu des injures et des grossiers outrages qui pleuvaient sur lui. Tandis qu'il réduisait à ces moyens extrêmes ses rivaux impuissants, il se bornait à dire de Richelieu :

Parlera qui voudra du fameux cardinal;
En prose comme en vers je n'en puis dire rien.
Il m'a fait trop de bien pour en dire du mal !
Il m'a fait trop de mal pour en dire du bien.

EUGÈNE CASSIN.

CII

LES BALAYEURS DE NUIT EN AFRIQUE

On rapporte bien des faits merveilleux, bien des récits singuliers dans les relations de voyages en Afrique ; mais aucun ne doit mieux peindre que celui-ci les contrées qui bordent la chaîne de l'Atlas, au sud des États de Tunis et de Tripoli.

Dans le Fezzan se trouve la ville de Mourzouk, qui a environ douze mille habitants, et qui est une des plus jolies cités africaines de l'intérieur, bien qu'elle soit au milieu du désert.

Mourzouk possédait autrefois des fortifications, des remparts assez bien établis, de même qu'Igerma, sa voisine, Fukna et Gadames. Aujourd'hui il n'en reste plus que les ruines, et la ville est ouverte comme un village de France ou une place démantelée par l'ennemi. Ses habitants, nègres musulmans, sont peut-être les hommes du monde les plus ennemis de la propreté, bien qu'ils soient extrêmement industrieux : aussi la ville est tellement remplie d'immondices le soir, qu'un Européen n'oserait, à quelque prix que ce fût, s'aventurer dans les rues. Tout ce qui peut infecter une cité, nuire à la propreté d'un logis, est jeté, quand vient la nuit, à quelques pas du seuil, et l'on ne s'en occupe plus.

Le lendemain cependant la rue n'est pas aussi encombrée qu'on eût pu le croire, car les balayeurs de nuit ont fait leur office et se sont consciencieusement acquittés de leurs fonctions.

Vers minuit, quand les habitants ont quitté les terrasses de leurs maisons, où ils vont prendre l'air frais de la nuit, et se sont laissés aller au sommeil, on commence à entendre au loin dans l'oasis de sourds grognements, comme ceux d'un chien. Peu à peu ces grognements se rapprochent, puis cessent tout à coup; on n'entend plus qu'une sorte de frémissement pareil à celui que produit un nombreux troupeau de brebis ou de chèvres en marche. C'est alors comme si l'on broyait des os, comme si des bêtes féroces et gloutonnes s'arrachaient une précieuse curée.

Vers le matin, une heure avant le lever du soleil, les grognements recommencent et s'éloignent. Les habitants, que ces bruits réveillent, se préparent à recommencer les travaux de la journée, apprêtent le repas du matin, s'ils font partie de quelque caravane, et se mettent en route dans le désert... Tout cela le plus naturellement du monde, comme s'il ne s'était rien passé d'extraordinaire.

Si un Européen étonné hasarde une question, on lui répond : « Ce n'est rien ; ce sont tout simplement les balayeurs de nuit qui ont nettoyé les rues de Mourzouk. »

Ces balayeurs de nuit sont les hyènes des environs, qui se sont réunies par centaines, s'invitant mutuellement au somptueux festin que les habitants de la ville leur ont préparé le soir.

Les mêmes scènes se renouvellent toutes les nuits dans de pareilles circonstances, et les nègres du Fezzan y sont tellement habitués, qu'ils n'accordent pas une seconde d'attention à un fait qui paraîtrait si extraordinaire à un étranger.

Ils craignent même si peu les hyènes, que les balayeurs de nuit ne les empêchent pas de sortir à quelque heure que ce soit ; seulement ils ont soin de s'armer d'un couteau ou d'un mauvais sabre.

ANONYME.

CIII

LES DROITS DE LA FEMME SONT SES DEVOIRS

FRAGMENT D'UNE ÉPITRE

La nature à chacun des mille êtres divers
Qui, par l'ordre de Dieu, peuplent cet univers,
A dit : « Voici ta place ! » et la place choisie
Ne le fut point, Delmas, ou par la fantaisie
Ou l'aveugle hasard ; une haute raison
En a décidé seule, et de chaque horizon
La borne est assez loin pour qui sait être sage,
Accepter son destin et bénir son partage.

De ta femme, entre nous, le sort est-il moins beau
Que le tien, quand, la nuit, aux pieds de ce berceau
Où souffre ton enfant, elle veille, elle prie ?
Quand de ta fille en pleurs, sa voix douce et chérie

Calme un tendre chagrin; quand du sort en courroux
Pour toi, pleine de cœur, elle brave les coups?
Que lui font les clameurs de ces sombres comices
Où, de l'ambition irritant les supplices,
Siége la Politique, et de sa triste main
Trace en lettres de feu son fatal bulletin[1]?
De ton bonheur sans cesse inquiète et jalouse,
Elle sait ses devoirs et de mère et d'épouse,
Les pratique, et craindrait, y manquant une fois,
D'outrager la nature et de blesser ses lois.

Ces lois-là ne sont pas un frêle échafaudage
Elevé sur le sable et qu'emporte un orage;
Dans le cœur de la femme un doigt les écrivit,
Et c'est le doigt de Dieu!... La femme les suivit,
Heureuse, à chaque pas de sa carrière obscure,
De répandre sur tout une lumière pure,
Un saint reflet d'amour, qui, du foyer du cœur,
Anime tout, à tout donne joie et bonheur!
De ton front fatigué qui jamais sut mieux qu'elle
En silence essuyer la sueur qui ruisselle?
Qui sait mieux partager l'éclat de tes succès?
Qui sait mieux, de l'Envie en émoussant les traits,
Te plaindre dans son cœur, et d'un sacré dictame
Goutte à goutte épancher la liqueur dans ton âme?
Ainsi Dieu lui donna, prodigue en ses faveurs,
D'embellir tes beaux jours et de sécher tes pleurs.

Vois comment sous son sceptre, en ta maison, où brille
Un ordre merveilleux, trésor de la famille,
Tout a son rang, sa place et son utilité!
Le bon goût est partout; à la frivolité
Rien ne s'y donne, et puis dans les jours de liésse,
Quand l'amitié fidèle autour de toi s'empresse,
C'est elle dont l'esprit facile et mesuré,
Pour chacun trouve un mot par le cœur inspiré,
Dans ton salon, soumis à sa grâce modeste,
Seule elle fait la loi, règle le ton, le geste;
Sous son œil tout s'incline, et son autorité
N'eut jamais à punir un sujet révolté,

1. Cette épître a été écrite en 1849, à l'époque où un poëte avait réclamé pour les femmes le droit de voter dans les élections.

Tant la bonté chez elle à la délicatesse
S'unit, et, sans effort, sans fracas, sans rudesse,
Sait commander à tous et même aux plus mutins !...
Oui, dussent en rougir nos fiers républicains,
Sans dépasser la borne où s'enclôt son domaine,
Par ses douces vertus la femme est toujours reine.
Laissons lui cet empire : il suffit à ses vœux...

PH. T. L.

CIV

LE CIMETIÈRE DU PÈRE-LACHAISE

Ce fut jadis un lieu de plaisir, et cette demeure d'un riche épicier de la capitale était déjà célèbre, sous le nom de la Folie-Regnaud, avant que les jésuites en fissent une austère retraite.

Je ne vous dirai point dans quelles mains est tombé ce domaine depuis le bannissement des jésuites jusqu'au jour où un décret lui assigna sa nouvelle et dernière destination. Une allée de tilleuls et quelques bosquets épars sont tout ce qui reste de ces jardins délicieux :

Aujourd'hui la mort y domine.
L'œil attristé du promeneur
Ne trouve plus sur la colline
Que des monuments de douleur.

Le cœur se resserre en entrant dans cette religieuse enceinte. Un large taillis d'arbrisseaux divers, d'où s'élancent par intervalles quelques arbres d'une nature plus vigoureuse, s'élève depuis la base jusqu'au sommet de ce coteau, et cet amphithéâtre est semé de plusieurs milliers de tombes, dont les marbres contrastent péniblement avec la verdure qui les environne. Ce spectacle pénètre l'âme d'une tristesse involontaire, d'un sentiment douloureux dont on a peine à se défendre ; mais, lorsqu'on approche de ces derniers asiles de l'homme, il s'y mêle je ne sais quelle douce émotion en respirant le parfum des fleurs que la piété des familles se plaît à cultiver sur la tombe de ceux qu'elles regrettent.

J'aime à voir ce pieux hommage,
Ces tributs d'amour et de deuil,

Que la douleur rend au cercueil :
C'est une vertu de notre âge.
J'aime ce culte des tombeaux,
Ces fleurs, ces jeunes arbrisseaux,
Qui les parent de leur feuillage,
Ces gazons où viennent s'asseoir
La fille et la mère éplorées,
Que d'un fils ou d'un père la mort a séparées.
L'illusion souvent calme leur désespoir;
Leur âme du passé se repaît en silence.
L'objet de leurs regrets vit dans leur souvenir;
Un rêve leur rend sa présence :
Cette vie à leurs yeux n'est plus sans avenir...

M. VIENNET, de l'Académie française.

CV

LE MARÉCHAL SUCHET, DUC D'ALBUFÉRA

Né à Lyon en 1772, mort en 1826.

De tant d'exploits qui ont rempli la vie du maréchal Suchet, dit l'auteur de sa notice biographique, il ne reste que le souvenir; mais ce souvenir sera durable, parce qu'il se lie à celui des vertus qui ont honoré son caractère. L'histoire, chargée de les recueillir, dira qu'il a dû son élévation à son mérite, et que toute son illustration lui appartient; qu'entraîné inopinément dans la carrière militaire, à l'époque où la jeunesse française fut appelée à la défense du territoire, il apporta au milieu des armes cette aptitude naturelle qui, en tout, présage les grands talents ; que, déjà chef de bataillon dans la campagne d'Italie, il était colonel à vingt-six ans, chef d'état-major à vingt-sept, lieutenant général à vingt-neuf; qu'il inscrivit glorieusement son nom, quelquefois avec son propre sang, sur les rives du Var et du Mincio, aux champs d'Austerlitz et d'Iéna, sur les murs de Lérida, de Tarragone, de Sagonte ; que, toujours habile et heureux, vainqueur dans les batailles et dans les siéges, il arriva, par une suite d'actions brillantes, au premier grade de l'armée; mais, en racontant ses actions, l'histoire ajoutera, pour en rehausser l'éclat, ou pour le légitimer aux yeux de la philosophie et de l'humanité, que partout où il porta ses armes,

il voulut et il sut adoucir les maux de la guerre. Sans jamais perdre de vue
l'objet principal du général en chef, qui est de conduire ses soldats à la
victoire, il faisait passer avant tout autre soin celui de les faire subsister,
ce qui souvent est si difficile, et de pourvoir à leurs besoins ; mais à ce
prix il exigeait d'eux la discipline, et, en maintenant l'ordre dans son
armée, il établissait facilement la justice parmi les peuples. C'était le but
qu'il voulait atteindre ; le succès couronna ses généreux efforts. Dès qu'il
fut appelé à commander en chef, il manifesta la justesse de son esprit et la
grandeur de son âme par la manière dont il sut gouverner. On le chargeait
de nourrir la guerre par la guerre : sa mission était de vaincre et de conquérir. Il se donna celle d'augmenter sa force par sa sagesse et de diminuer
les résistances par sa justice. Les Espagnols les plus éclairés furent choisis
pour administrer leurs provinces. Des propriétaires, des députés des chapitres, des négociants, des hommes de loi, étaient rassemblés pour voter et
répartir avec égalité les charges que la guerre imposait ; et l'année suivante, en redemandant des charges nouvelles, on leur présentait fidèlement l'emploi des précédentes, emploi toujours fait avec loyauté prudence,
économie, sous la surveillance ferme et éclairée du général en chef. C'était,
par une idée d'ordre qui mérite d'être remarquée, appliquer le régime des
budgets à une armée victorieuse et à un pays conquis. Par ces moyens la
conviction pénétrait dans les esprits, et la soumission devenait volontaire.
Aussi l'on peut dire qu'il était parvenu, en Espagne, à conquérir l'estime et
à gagner les cœurs des habitants, triomphe plus honorable que la conquête
même de l'Aragon et de Valence. Faut-il donc s'étonner que Napoléon, à
Sainte-Hélène, ait signalé le maréchal Suchet comme le plus habile de ses
généraux après l'illustre Masséna ?

ANONYME.

CVI

L'EPITAPHE ANTICIPÉE

ANECDOTE

Il y avait à peine un an qu'une femme célèbre par les grâces de son
esprit et les excellentes qualités de son cœur, mademoiselle Jeanne-Fran-
çoise *Quinault*, ou Quinault *la cadette*, sœur du superbe *Orosmane-Du*-

fresne, venait de quitter, à l'âge de quarante ans[1], le théâtre, où elle avait brillé de l'éclat d'un talent comique que mademoiselle Dangeville elle-même ne fit point oublier. La soubrette à la verte allure ne fut point alors réduite à ce triste état des reines déchues que les courtisans abandonnent avec la fortune qui s'en va : elle avait su se concilier l'estime et l'amitié de ses plus illustres contemporains; ils lui restèrent fidèles.

Comment, en effet, ne pas se rappeler ces délicieux soupers où elle les réunissait deux fois par semaine, et dont le plat du milieu était une écritoire où ses convives trempaient leurs plumes avec autant d'esprit que de gaieté!... Quels hommes, il est vrai, furent jamais plus aimables et plus éclairés! C'était ce qu'on a appelé la *Société du bout du banc*. C'est de là que sont sortis successivement les *Étrennes de la Saint-Jean*, le *Recueil de ces messieurs*, et cent autres bagatelles ingénieuses qui ont paru depuis dans les œuvres du comte de Caylus, lequel, au milieu de ses études archéologiques, n'avait pas manqué d'y prendre sa part.

Mademoiselle Quinault conserva, jusque dans un âge fort avancé, le privilége de vivre de cette vie douce et facile qu'elle s'était faite : c'est que l'esprit, le talent et un bon cœur tressent sur le front d'une femme une couronne dont le temps lui-même respecte les fleurs délicates. La beauté et la jeunesse passent vite, comme les roses; mais il n'y a point de vieillesse pour ces natures exquises qui ne lui jettent en proie que leur *gros bagage*, selon l'expression du centenaire Fontenelle, devenu un peu sourd, il est vrai, mais resté un des esprits les plus fins de son siècle. Mademoiselle Quinault était une femme de cet ordre là.

Or, en 1742, dans une de ces réunions dont une malice spirituelle et enjouée faisait presque tous les frais, elle voyait avec une sorte de triomphe, groupés autour d'elle, dans son salon, un grand nombre de ses anciens amis et quelques jeunes hommes qui s'étaient empressés d'y prendre la place de ceux que les exigences impérieuses des affaires, de la santé ou de l'âge y rendaient moins assidus. Là brillaient *Voltaire*, fort recherché alors par le ministère, qui l'avait persécuté jusque-là; *Pont de Veyle*, le frère de ce bon d'Argental, un de ces deux anges dont l'auteur de *Zaïre* se plaisait à baiser le bout des ailes; le marquis d'*Argenson*, qui, élevé au collége Louis le Grand avec Voltaire, resta toujours son ami; *Moncrif*, poëte et musicien, membre de l'Académie française; *Duclos* et l'abbé de *Bernis*, tous deux à peu près du même âge, dont le premier n'était encore connu que par quelques romans, et le second par de gracieuses poésies; *Crébillon* fils, qui a mérité que l'on dît de lui, comme d'une femme cé-

---

1. Née en 1701, elle quitta le théâtre en 1741 et mourut en 1783.

lèbre chez les Romains [1], que ses ouvrages sont souvent trop libres, sans doute, mais que ses mœurs étaient honnêtes; d'*Alembert* enfin, plus jeune que tous les autres, et que de savants *Mémoires* avaient déjà fait admettre à l'Académie des sciences.

Nouvelles de la cour et de la ville, anecdotes divertissantes, promotions inattendues ou qui semblaient impossibles, modes, politique, affaires religieuses, beaux-arts, chute ou succès des pièces nouvelles, acteurs injustement applaudis ou sifflés, tout ce qui sert d'aliment à cette chère médisance dont on dit grand mal, mais à laquelle on se laisse si facilement aller, excitait la verve de la maîtresse de la maison et de ses commensaux. Que de vives saillies! que de mots heureux! combien de vers faciles et gais! combien d'épigrammes piquantes et vengeresses du bon sens et du goût! C'était l'esprit dans toute sa fleur, avec son enjouement sans pédanterie; c'était la conversation avec son naturel, sa naïveté, son élégance, ses hardiesses, ses aperçus rapides, ses traits pleins d'originalité. Pourquoi faut-il que la turbulence de nos opinions, la confusion des rangs, et surtout ces convoitises, mères honteuses d'intrigues qui se dénouent trop souvent par des lâchetés ou des crimes, nous aient fait dégénérer, sous ce rapport du moins, de nos heureux devanciers! pourquoi faut-il que, dans notre aveuglement, nous éprouvions aujourd'hui une sorte de répulsion pour ces plaisirs délicats dont les jeux et les fêtes du monde ne sauraient effacer le souvenir et les charmes! C'est aux femmes, à celles surtout qui n'ont pas encore abdiqué leur empire, c'est aux femmes qu'il appartient de ressaisir un sceptre qu'elles ne devaient pas laisser tomber aux mains de gens qui ne savent plus nous parler que de *report* et de *sport*, deux logogryphes brutalement installés dans nos modernes salons.

Mais voilà que tout à coup, au milieu de cette causerie si animée, où l'esprit et le cœur s'épanchaient à flots bruyants, éclate une nouvelle qui jette mademoiselle Quinault et ses hôtes dans une grande suprise, et interrompt la conversation pendant quelques minutes, à la faveur desquelles néanmoins les idées se recueillent.

Un homme qui avait, à soixante-treize ans, commencé sa fortune par être roi de France, et qui le fut sans contradiction, selon la juste remarque de l'auteur du *Siècle de Louis XV*, un homme affectant toujours la plus grande modestie, vivant sans faste et sans éclat, même assez bon homme, à l'ingratitude près, le cardinal Fleury, disait la nouvelle, venait de passer de vie à trépas!... Jugez de l'impression que fit cette nouvelle sur tous ceux qui étaient là!... La philosophie, enfin, les lettres, les arts,

---

1. Sulpicia, femme poëte, qui florissait vers l'an 90 de J. C.

dont le cardinal avait redouté les influences pour le repos de son pacifique gouvernement, allaient prendre un essor plus vigoureux. Les esprits s'émeuvent, les cœurs battent d'une flatteuse espérance, les têtes s'échauffent, et la proposition est adoptée de faire, séance tenante, l'épitaphe du cardinal ministre... L'écritoire est là, les plumes courent sur le papier. L'un se rit de l'économie trop sévère de l'ancien évêque de Fréjus, l'autre lui reproche l'abandon de notre marine; celui-ci son défaut d'élévation dans le caractère; celui-là l'indignité d'avoir souffert, après la glorieuse retraite de Prague, que la guerre eût été reportée du fond de l'Autriche sur les bords du Rhin; tous plaisantent sur le prénom de cet autre Hercule[1], qui n'avait pas su, comme l'Atlas de la fable, porter sur ses épaules un fardeau moins lourd que le ciel... C'était un feu roulant de plaisanteries; vous auriez dit des écoliers se donnant carrière loin de leur maître absent. Quand le tour de Bernis est arrivé, le poëte, qui avait eu à se plaindre de la dureté de M. le cardinal, se lève et lit ce spirituel quatrain :

> Ci-gît qui, loin du faste et de l'éclat,
> Se bornant au pouvoir suprême,
> N'ayant vécu que pour lui-même,
> Mourut pour le bien de l'État.

« Bravo! s'écrie la troupe joyeuse, bravo!... » Les verres s'entre-choquent, et de Bernis est proclamé vainqueur!...

Mais *voici bien une autre fête!...* (La Fontaine.) Un second message arrive : « Le cardinal n'est pas mort!... » Les convives pâlissent; ils craignent d'aller à la Bastille expier entre quatre murs leur joie prématurée. Leur frayeur ne cessa qu'un an après, le 29 janvier 1743, c'est-à-dire à la mort du cardinal, qui s'éteignit au village d'Issy, laissant les affaires dans une crise qui altéra, dit Voltaire, la gloire de son ministère, mais non la tranquillité de son âme.

PH. T. L.

---

1. Le cardinal s'appelait André-*Hercule* de Fleury, né à Lodève, dans le Languedoc, en 1653.

CVII

PASCAL.

Si Pascal est un de nos grands auteurs, c'est que des principes austères et une conduite irréprochable ont été la source de ses généreuses inspirations. L'homme, le philosophe, l'écrivain, n'ont formé en lui qu'une seule personne. Visitez tous les recoins de sa vie, vous n'y découvrirez pas une seule de ces faiblesses où succombent parfois les plus robustes caractères. Une âme haut située comme la sienne n'est jamais descendue. Simple parce qu'il était grand, bon parce qu'il était fort, il abandonnait aux indigents le peu qu'il possédait, heureux de s'appauvrir en soulageant la pauvreté. Dans son mépris des biens et des honneurs, il s'est contenté d'être un homme de génie.

Qui ne connaît sa chaste et studieuse jeunesse, sa facilité à pardonner les offenses, cette humilité d'esprit qui lui faisait porter une ceinture de fer dont il meurtrissait sa poitrine lorsqu'il se surprenait quelque mouvement d'orgueil, son héroïque patience au milieu des douleurs contre lesquelles sa vie, toujours mourante, n'était qu'un éternel combat? S'il n'a point fléchi dans la lutte, c'est qu'il avait pour soutien une piété solide. Combien de fois ne l'a-t-on pas vu dans les églises, adorant des reliques, récitant des prières et communiant avec la candeur d'un enfant! Quel exemple il offrait en inclinant devant la sainte table un front partout ailleurs assez haut pour dominer la foule! Pascal a vécu, Pascal est mort comme doit vivre et mourir un chrétien.

A. BIGNAN.

CVIII

LE JEUNE MOUSSE

ÉLÉGIE

Quelle est la jeune voix qui se perd dans l'orage?
C'est le cri d'un enfant sur les flots courroucés,
Seul demeuré vivant d'un nombreux équipage.
Mais le calme renaît, et perçant le nuage,

Le soleil, de ses feux obliquement lancés,
Éclaire à son couchant les débris du naufrage,
Des câbles, des agrès rompus et fracassés...
Le hunier sort debout de la plaine écumante;
    Car, au moment de la tourmente,
Par un roc sous la vague en plongeant arrêté,
Le navire englouti sur sa quille est resté.
    Contre la mort qui te menace,
Pauvre enfant, quel refuge a pu te protéger?
Tout au plus haut du mât, dans un étroit espace,
Tu trouvas ton salut au poste du danger!
    Des flots son œil interroge la cime;
Il appelle à grands cris ses plus chers compagnons;
Mais, hélas! aux vents seuls il a redit leurs noms...
Aucun ne reparaît sur l'effrayant abîme.
Au loin portant la vue, en un trouble mortel,
C'est en vain qu'il implore un rayon d'espérance:
Suspendu, faible atome, entre l'onde et le ciel,
Malheureux, il est seul dans l'étendue immense!

        « Oh! qui viendra me secourir?
        Si jeune encor faut-il mourir?
        Vierge, qu'ici ma voix réclame,
        Marie, espoir des matelots,
        Ne permets pas, ô Notre-Dame,
        Que je périsse dans ces flots:
        Je veux, à ton saint nom fidèle,
        Sauvé des périls que je cours,
        Dévotement pendant neuf jours,
        Aller prier dans ta chapelle.
        Oh! qui viendra me secourir?
        Si jeune encor faut-il mourir? »

Et cependant, tranquille au fond de la Bretagne,
Sa mère alors, filant sa quenouille de lin,
Au bruit sourd du rouet que sa voix accompagne,
Chantait, à la veillée, un gothique refrain!...
Sous ses agiles doigts le fil se rompt soudain.
Un vague effroi s'élève en son âme inquiète;
Et, songeant à son fils, elle reste muette.
Grand Dieu! ses vœux pour lui seraient-ils superflus?
    Doit-elle en croire un sinistre présage?
Et, pâle, de ses mains se couvrant le visage:
« Peut-être, a-t-elle dit, mon enfant ne vit plus! »
Ton enfant?... sans secours, privé de nourriture,

Il succombe aux maux les plus grands !
Oh ! si lui-même, un jour, pouvait à ses parents
Raconter les horreurs de sa triste aventure...
Parfois, dans un délire ou propice ou fatal,
    Il croit de son pays natal
Aborder tout à coup la rive hospitalière.
L'écho redit les airs du fifre pastoral,
Et, sous les blancs pommiers qui couvrent sa chaumière,
Joyeux et de retour il embrasse sa mère.
Mais à ses maux rendu, mille images de deuil
Ont redoublé l'effroi dont son âme est atteinte :
Sous ses pieds chancelants s'ouvre un vaste cercueil ;
    Et, répondant à sa voix presque éteinte,
Le fulmar, dans son vol, rase le noir écueil,
Et, comme un son lugubre, aux vents jette sa plainte.
    La nuit fut longue ! aux clartés du matin,
Une voile blanchit à l'horizon lointain ;
La nef grandit, s'approche : ô jeune mousse, espère !
Tandis qu'un faible esquif, glissant sur l'onde amère,
Lui portait des secours si longtemps attendus,
Tout à coup retentit un cri mourant : *Ma mère !...*
Et l'enfant sur le mât alors n'apparut plus.

FIDÈLE DELCROIX.

La mort de ce malheureux enfant, l'objet des prières si ferventes d'une mère, laisse dans l'âme un sentiment pénible. L'auteur l'a compris, et, dans l'élégie intitulée *la Chapelle* il le ramène à bon port :

Elle (*la mère*) entend une voix s'écrier : « Me voici !
Me voici dans tes bras ! » O moments pleins de charmes !...
« Mon fils !... » En le pressant sur son cœur éperdu,
Cette mère, à son fils, objet de tant d'alarmes,
Répète avec transport : « Mon fils, tu m'es rendu ! »

Puis la mère et le fils bénissent dans leur joie touchante le nom de Marie :

« Étoile au doux rayon, espoir du nautonier. »

F. D.

CIX

LA JUSTICE AU CAIRE.

Au Caire, pays primitif et qui n'a pas encore eu le temps d'arriver à notre civilisation, il n'y a pas une armée de mouchards pour surveiller l'armée des voleurs ; d'ailleurs les plus minutieuses recherches, la surveillance la plus exacte, seraient facilement déçues. Le surveillé franchit les murs du Caire, et il est dans le désert. Or la justice a horreur du sable comme de l'eau ; toute mer l'épouvante : il fallait remédier à cet inconvénient. Les kadis, que cela regardait particulièrement, cherchèrent dans leur tête et trouvèrent un moyen ingénieux de distinguer les voleurs des honnêtes gens.

Quand un vol a été commis et que le voleur a été pris, ce qui arrive quelquefois, le kadi fait venir l'accusé, l'interroge, dresse sa procédure, et quand sa conviction est établie, ce qui est vite fait, il prend d'une main l'oreille du voleur, de l'autre un rasoir, et passe adroitement l'instrument entre sa main et la tête du prévenu ; assez habituellement le résultat de cette manœuvre est que le morceau lui reste entre les doigts, et que le prévenu s'en va privé d'une oreille.

On comprend combien un pareil procédé simplifie l'action de la police. Si un voleur déjà repris de justice commet un second vol, il n'y a pas de dénégation possible, à moins que l'oreille n'ait repoussé, ce qui est rare ; alors on coupe l'autre, en vertu de cet axiome de droit : *Non bis in idem.* Si le voleur est incorrigible et qu'il retombe une troisième fois dans la même faute, le kadi s'en prend alors au milieu du visage et coupe le nez comme il a coupé les oreilles : c'est alors aux bourgeois du Caire de se tenir pour avertis quand ils voient s'approcher d'eux une tête qui manque de quelques-uns de ses accessoires, car les propriétaires ont le ridicule de tant les regretter, qu'ils les cherchent dans toutes les poches qu'ils trouvent sur leur route. Au reste, si vous sentez au Caire une main dans votre poche, tirez votre poignard, coupez-la et allez-vous-en avec ; s'il y a des bagues aux doigts, tant mieux pour vous : vous pouvez être tranquille, le propriétaire ne les réclamera pas.

Mon interprète finissait de me donner cette explication, lorsque nous vîmes le kadi en exercice. Le kadi sort le matin, sans prévenir où il doit se rendre ; il prend son vol à travers la ville, et, suivi de ses exécuteurs, s'abat sur le premier bazar qu'il rencontre ; là il s'assied au hasard dans une boutique, vérifie les poids, les mesures et les marchandises, écoute la clameur publique, interroge le marchand pris en contravention ; puis, sans avocat, sans juge et surtout sans retard, prononce l'arrêt, applique le châtiment et se remet en quête d'un nouveau délinquant. Les peines alors changent de caractère : on ne peut pas, malgré la ressemblance, traiter les marchands comme les voleurs, cela ôterait la confiance au commerce ; aussi les condamnations sont-elles ordinairement, les plus douces, la confiscation ; les modérées, la fermeture des boutiques, et les sévères, l'exposition : on adosse le patient contre sa boutique, on lui fait lever les talons de manière à ce que tout le poids de son corps porte sur la pointe des pieds, puis on lui cloue l'oreille contre sa porte ou contre son volet. Ce supplice ingénieux dure deux, quatre ou six heures. Il est inutile de dire que le patient peut l'abréger en pratiquant une déchirure : mais cela arrive rarement ; les marchands turcs tiennent à leur honneur, et pour rien au monde ils ne voudraient ressembler à un voleur par l'absence du plus petit morceau d'oreille.

Je m'arrêtai devant un de ces malheureux qui venait d'être cloué à l'instant même ; j'allais m'apitoyer sur son sort, lorsque mon compagnon me dit que c'était un habitué, et que si je regardais ses oreilles de près je les trouverais comme des écumoires. Cela changea complétement mes dispositions à son égard ; il en avait encore pour sept quarts d'heure : c'était beaucoup plus qu'il ne m'en fallait pour faire son portrait.

Le tableau était tout composé. Le boulanger, cloué par l'oreille, se tenait debout, roide et tout d'une pièce, sur l'extrémité des gros orteils, et près de lui, assis sur le seuil, le garde chargé de l'exécution fumait une chibouque, dont la charge paraissait avoir été calculée sur le temps du supplice. Autour des deux personnages un cercle de curieux s'élargissait ou se rétrécissait, selon que de nouveaux venus arrivaient, ou que d'anciens s'en allaient. Nous prîmes place sur une des ailes, et je commençai mon travail.

Au bout de dix minutes, le boulanger, voyant qu'il n'y avait aucune pitié à attendre du public, parmi lequel d'ailleurs il reconnaissait peut-être quelques-unes de ses pratiques, se hasarda d'adresser la parole à son gardien :

« Frère, lui dit-il, une loi de notre saint prophète est que les hommes doivent s'entr'aider. »

Le gardien parut n'avoir rien à objecter contre ce précepte et continua tranquillement de fumer sa pipe.

« Frère, reprit le patient, m'as-tu entendu ? »

Le gardien ne donna d'autre signe d'adhésion qu'une large bouffée de fumée, qui monta au nez de son voisin.

« Frère, ajouta celui-ci, l'un de nous deux pourrait aider l'autre et être agréable à Mahomet. »

Les bouffées de fumée se succédaient avec une régularité désespérante pour le malheureux qui demandait autre chose.

« Frère, continua-t-il d'une manière dolente, mets une pierre sous mes talons, et je te donnerai une piastre, — silence absolu, — deux piastres, — pause, — trois piastres, — fumée, — quatre piastres...

— Dix piastres, » dit le gardien.

L'oreille et la bourse du boulanger se livrèrent un combat qui se refléta sur sa physionomie ; enfin la douleur l'emporta, et les dix piastres tombèrent aux pieds du gardien, qui les ramassa, les compta les unes après les autres, les mit dans sa bourse, posa sa chibouque contre le mur, se leva, alla chercher un caillou gros comme un œuf de mésange, et le plaça délicatement sous les pieds de son voisin.

« Frère, dit le patient, je ne sens rien sous mes pieds.

— Il y a cependant une pierre, dit le gardien en reprenant sa place et sa chibouque et en se mettant à fumer ; seulement je l'ai choisie proportionnée à la somme. Donne-moi un talari (cinq francs), et je te mettrai sous les pieds une pierre si belle et si bien appropriée à ta situation, que tu regretteras dans le paradis la place que tu avais à la porte de ta boutique. »

Le résultat de tout cela fut que le gardien eut ses cinq francs, et le boulanger sa pierre. Je ne sais pas, au reste, comment la séance se termina, mon dessin ayant été achevé au bout d'une demi-heure.

ALEXANDRE DUMAS.

CX

LA MORT DE DUROC

TUÉ A WURTCHEN, EN 1813

Vers le soir l'ennemi tire encore trois coups de canon, et un des boulets vient frapper un arbre près de l'empereur. Parvenu sur le plateau qui domine le ravin, Napoléon se retourne pour demander sa lunette, et ne voit plus que le duc de Vicence qui l'ait suivi. Le duc Charles de Plaisance accourt bientôt après ; il est pâle et dit un mot à l'oreille du grand écuyer.

L'empereur demande ce que c'est. Le duc de Plaisance a peine à parler ; il finit par dire que le grand maréchal vient d'être tué. « Duroc! s'écrie l'empereur, cela n'est pas possible, il était tout à l'heure auprès de moi! » Le page arrive avec la lunette, les aides de camp surviennent, et la nouvelle est confirmée. Le boulet qui a frappé l'arbre a ricoché d'abord sur le général Kirgener, ensuite sur le duc de Frioul ; Kirgener a été tué roide, Duroc n'est pas encore mort. Les docteurs Larrey, Yvan, et tout ce qui se trouve là d'officiers de santé sont accourus. Mais les efforts de l'art sont impuissants : le boulet a déchiré les entrailles!... On vient de transporter le mourant dans une des premières maisons de Makersdorf.

Cependant l'empereur a ordonné que la garde s'arrêtât ; on a fait dresser les tentes du quartier général dans un champ, sur la droite de la route, avant de descendre à Makersdorf. L'empereur revient de ce côté, il rentre dans le carré de la garde et y passe le reste de la soirée sur un tabouret, devant sa tente, les mains jointes et la tête baissée, gardant le plus morne silence. Le général Drouot fait demander des ordres pour l'artillerie. « A demain tout! » est la seule réponse qui s'échappe de son cœur oppressé. La garde a les yeux tristement fixés sur lui : « Pauvre homme! disent les vieux grenadiers, il a perdu un de ses enfants! » A la nuit close, quand toute l'armée a pris position, l'empereur sort du camp, accompagné seulement du prince de Neuchâtel, du duc de Vicence et du docteur Yvan. Il veut voir Duroc et l'embrasser une dernière fois. Cette scène a été déchirante.

Le baron FAIN.

CXI

VARIÉTÉS

LES LOIS SOMPTUAIRES

Un bon roi n'a jamais fait une loi somptuaire. Les tyrans seuls s'arrogent un droit de vie et de mort sur l'estomac de leurs sujets.

L'horrible Charles IX fit en 1563 une loi qui défendait de servir à un festin plus de trois services, entrée, rôti et dessert. Il poussa la barbarie jusqu'à défendre, sous peine de deux cents livres d'amende, de servir au même repas de la viande et du poisson. Charles VI, par un édit de 1420, défendit de servir à un repas plus de deux plats, indépendamment du potage : Charles VI est mort fou.

Le diadème des rois a une origine respectable et bachique à la fois. Les convives, chez les anciens, se serraient fortement la tête d'une bandelette pour prévenir les effets des vapeurs qui montent au cerveau. Comme les rois étaient toujours à table, on s'habitua à voir leur front paré de la bandelette des festins, qui bientôt devint l'insigne de la puissance comme celui du plaisir.

Chez les Romains, ces législateurs du monde, le jeûne était une peine infamante. Marcus Marcellus, voulant punir d'une manière terrible les soldats qui s'étaient laissé vaincre à la bataille de Cannes, les mit au pain sec.

N. B. Ces piquantes remarques sont extraites de l'*Almanach des gourmands*.

———

LA MUSIQUE APRÈS LE DINER

Au seizième siècle, tout repas était suivi d'un concert. On apportait les instruments avec le fruit. Ces instruments étaient la viole, le par-dessus de viole, la viole d'amour et la *viola di gamba*, la *viola di bracchio*, la *viola bastarda*, le luth, la guiterne, le théorbe, la harpe et l'orgue portatif. Ceux qui alors voulaient faire de la musique rétrospective ressuscitaient le rebec, le psaltérion et la doulcine du treizième et du quatorzième siècle.

On devine, lorsqu'on entend les airs charmants de cette époque, que les musiciens d'alors ne devaient pas se soucier de faire briller leur habileté personnelle aux dépens de l'ensemble. On était plus modeste, et pourvu que l'on eût bien fait sa partie dans l'exécution du morceau d'ensemble, on était satisfait.

Dans ces concerts sans prétention, on chantait des madrigaux et des chansons à cinq, six, sept voix. Les madrigaux de Palestrina, d'Orlando Tasso, de Marenzio, étaient les plus estimés ; les chansons de Maillard, de Jannequin, de Créquillon, etc., étaient les plus renommées.

Les plus grands seigneurs, et même les rois de France, ne dédaignaient pas de composer la musique et les paroles de ces morceaux de chant. Ainsi Charles IX composa pour Marie Touchet une chanson charmante, dont voici les paroles :

« Toucher, aimer, c'est la devise
De celle-là que plus je prise.

Rien qu'un regard d'elle à mon cœur
Darde plus de traits et de flamme
Que de tous l'archerot vainqueur
N'en saurait oncque appointer dans mon âme. »

On voit que les deux premiers mots de la chanson sont l'anagramme de Marie Touchet. Henri III et Henri IV composèrent aussi la musique de chansons galantes.

PAUL D'IVOI.

LES CHEVEUX

Dans tous les temps et chez toutes les nations les cheveux ont toujours été regardés comme le plus bel ornement de la tête; et lorsque Homère parle de cette beauté célèbre dont les charmes ornèrent toute l'Asie, il la nomme toujours *Hélène à la belle chevelure.*

Le prophète Isaïe menace-t-il les filles de Sion de la colère du Seigneur, il leur dit que le Dieu d'Israël les rendra chauves, et qu'il arrachera tous leurs cheveux.

La perte des cheveux était, chez les Romains, regardée par les femmes comme le malheur le plus sensible; aussi Martial, vomissant des imprécations contre une femme qu'il déteste, souhaite-t-il que le cruel rasoir la dépouille entièrement de sa chevelure.

Chez les anciens, l'usage de se couper les cheveux était un signe de douleur. Il n'est que trop vrai que, non-seulement en France, mais dans beaucoup d'autres pays, la privation des cheveux était une peine infligée par l'autorité publique.

Les cheveux, dans les premiers temps de notre monarchie, étaient en si grande vénération, que l'on n'avait pu trouver d'autre moyen de dégrader un prince qu'en le faisant raser. On jurait alors sur ses cheveux, et ce serment n'était pas moins sacré que celui que l'on fait aujourd'hui sur son honneur.

Lorsque l'on saluait une personne à qui l'on voulait témoigner beaucoup de considération, le comble de la politesse était de s'arracher un cheveu et de le lui présenter. Clovis, voulant témoigner à saint Germier combien il l'estimait, s'arracha un cheveu et le lui donna. Les courtisans, témoins de ce procédé honorable du monarque, s'empressèrent de s'arracher chacun un cheveu et de le présenter au vertueux évêque, qui eut en un moment de quoi se faire une perruque, et se retira enchanté des politesses de la cour.

J. B. B. SALGUES.

DIFFÉRENCE DES GOUTS CHEZ LES DIFFÉRENTS PEUPLES

Nous aimons une tête ovale, partagée en quatre divisions égales; les Caraïbes la veulent longue et plate, et serrent entre deux planches celle de leurs enfants, pour lui donner la figure de la pleine lune. D'autres peuples la demandent carrée; les Siamois l'aiment pointue, en pain de sucre.

Nous estimons les petites oreilles; les Chinois les admirent quand elles sont longues, plates et pendantes. Nous voulons des nez aquilins, saillants et bien détachés du visage; les habitants de Macassar les aplatissent sur la face de leurs enfants, et en mesurent la beauté sur la largeur. Un des agréments qu'ambitionnent le plus les femmes des Jaggas, en Afrique, c'est d'avoir quatre dents de moins, deux en haut et deux en bas; la femme qui n'aurait pas le courage de se les faire arracher serait perdue de réputation. Les Romains aimaient les sourcils réunis et un petit front; les Grecs voulaient les sourcils bien séparés et un front dégagé. Les Romains aimaient les petits yeux; les Grecs les voulaient gros et saillants, et jamais Homère ne donne un titre d'honneur à Junon sans l'appeler *Boopis* (déesse aux yeux de bœuf).

—

LA PROPRETÉ

Les Parisiennes sont à cet égard les premières femmes de l'Europe; mais elles sont encore bien éloignées de la scrupuleuse délicatesse des Grecques et des Romaines. A Rome et à Athènes, les femmes ne pouvaient ni cracher ni se moucher en public. Une Grecque enrhumée était obligée de rester dans son appartement, comme une Parisienne qui, le matin, faisait autrefois usage des célèbres grains de santé. La femme qui se serait permis de cracher en public en aurait été punie par le mépris ou par le ridicule. Les fonctions du mouchoir paraissaient tellement indignes du beau sexe, que l'infraction de la bienséance sur ce point suffisait seule pour désunir des époux.

On trouve dans Juvénal un passage qui prouve que l'habitude de se moucher, même dans l'intérieur de la maison, était quelquefois une cause de séparation. Le poëte nous représente un homme qui dépêche un esclave auprès de sa femme pour lui signifier son congé : « Madame, faites votre paquet et retirez-vous; vous ne plaisez plus à monsieur, vous vous mouchez à chaque instant. Sortez d'ici promptement, et dépêchez. Nous attendons une autre femme, dont le nez sera toujours sec. »

Les Romains étaient si délicats, qu'il n'était point permis chez eux de prononcer le mot éponge.

Qu'auraient-ils dit si leurs femmes se fussent avisées de porter dans leur poche une petite boîte remplie d'une poudre noire, et qu'elles eussent usé de ce cosmétique pour égayer leurs humeurs cérébrales ! « Oh ! trois et quatre fois maudit, s'écrie à ce sujet l'auteur de l'*Encyclopédie de la beauté*, l'Espagnol malencontreux qui, se promenant un beau matin dans le Yucatan, trouva cette plante trop fameuse, qui vint grossir le nez des belles et ternir la pureté de leur haleine ! »

Ce fut en 1560 que ce nouveau sternutatoire s'introduisit en Europe. Dès son origine il s'éleva jusqu'à la hauteur d'un nez royal. Catherine de Médicis le prit sous sa protection, et on l'appela l'*herbe à la reine*. Les médecins écrivirent pour et contre, et cent rames de papier devinrent le théâtre de ce combat. Plusieurs versèrent jusqu'à la dernière goutte de leur encre ; les malades respirèrent quelque tems. Enfin la guerre cessa, et le tabac sortit victorieux de cette grande épreuve, en telle sorte que de nos jours comme au temps de Molière,

« Le tabac est divin, il n'est rien qui l'égale ! »

LE MÊME.

CXII

LA VANITÉ

OU LES MONTAGNES ET LES HOMMES

J'ai toujours été persuadé que l'humilité est le sentiment qui convient le mieux à l'homme, que Salomon a raison de dire que tout est vanité, et que nous avons grand tort de faire les importants. Il y a quelques jours qu'en lisant un numéro des *Annales des voyages*, j'y trouvai un petit traité dont la lecture m'a pleinement confirmé dans ces modestes sentiments. Ce traité est de M. Méchel, membre de l'Académie des beaux-arts de Berlin ; il a pour objet la hauteur des montagnes de notre petit globe et celle de quelques autres montagnes de la lune, de Vénus et de Minerve. Nous sommes des êtres d'une stature si grêle, d'une dimension si exiguë, que, quand nos faibles regards se portent sur les sommets des Alpes ou des Cordillères, notre imagination reste étonnée ; la majesté de ces grandes masses, qui

semblent élever leurs fronts dans les nues et dominer sur la surface de la
terre, impose à notre faible intelligence. Nous croyons y voir le type suprême de la puissance et de la grandeur ; et quand nous pouvons comparer un héros au mont Atlas, qui soutient le ciel sur ses épaules, nous nous
imaginons avoir épuisé toutes les ressources du sublime. Pauvres et
ignorantes créatures que nous sommes ! Le petit globe que nous habitons
n'est qu'un point imperceptible dans l'univers, et nous nous croyons quelque
chose ! Lisons donc pour notre instruction les calculs de M. Méchel, et
jugeons-nous ensuite.

Je vois d'abord que le pays le plus riche en montagnes est l'Amérique,
que toutes celles de l'Asie n'excèdent pas 1800 toises, que les plus hautes
de l'Angleterre, de l'Écosse, de l'Allemagne, n'en ont pas plus de 800, que
la chaîne du Jura ne dépasse pas les mêmes dimensions ; mais l'Etna a
1713 toises, et le mont Blanc 2445. Le pic de Ténériffe, qui passait autrefois pour la plus haute montagne, n'est porté que pour 1901, et il fallait
faire la découverte du nouveau monde pour trouver mieux ; on a donc reconnu que le Chimboraço a 3356 toises de hauteur ; c'est une assez belle
élévation.

MM. de Humboldt et Bonpland ont essayé d'atteindre les sommets de ce
géant des monts ; mais leurs efforts ont été inutiles, et leur faible poitrine
n'a pu supporter l'impression de l'air environnant qu'à la hauteur de
3032 toises. A qui maintenant faut-il s'en rapporter, de MM. de Humboldt et
Bonpland ou de messieurs les aéronautes ? Le navigateur aérien Johnson
nous a déclaré qu'il s'était élevé à 3600 toises, et que là sa tête était devenue si prodigieusement enflée, qu'il avait craint un moment qu'elle ne
se transformât elle-même en ballon ! D'un autre côté, le navigateur aérien
Garnerin nous affirme qu'il s'est élevé à la même hauteur, et que l'atmosphère a agi sur sa tête en raison inverse, de sorte qu'au lieu d'enfler
elle s'est resserrée à un tel point, qu'il a tremblé de la perdre tout à fait.
Enfin un physicien, qui, par l'étendue de ses connaissances, le rang qu'il
occupait dans les sciences, et son caractère connu, était fort au-dessus de
tous les navigateurs mercantiles qui pour quelques écus se sont élancés
dans les régions aériennes, M. Gay-Lussac nous assure quelque part qu'il
s'est élevé à 3600 toises, qu'il n'a éprouvé aucun sentiment de froid, et
que l'unique phénomène qui l'a frappé n'a été qu'une respiration plus pénible, une plus grande accélération dans la circulation du sang. Pourquoi ce froid excessif sur les sommets des montagnes, et cette température
si douce dans l'atmosphère qui les avoisine ? S'il est vrai que l'air soit si
doux en France à une hauteur de 3600 toises, pourquoi cette température
n'agit-elle pas sur les montagnes ? pourquoi les neiges cessent-elles de

fondre à 1500 toisés au-dessus du niveau de la mer? pourquoi dans les régions de l'équateur restent-elles éternellement glacées à une hauteur de 2500 toises? Ce fait est constant. J'ai dit que tout est vanité sur la terre; je crains fort que la vanité ne monte au ciel avec les hommes. Un navigateur aérien qui s'élance de notre petit globe terraqué, pour planer dans les airs, croit qu'il est de son honneur d'exagérer les merveilles de son voyage, de nous étonner par la hardiesse de son vol. Revenons donc au livre de M. Méchel pour avoir des pensées moins fières.

Ce géomètre a calculé que si l'on représente la terre par un globe dont le diamètre serait d'un pied, le Chimboraço, qui est la plus haute montagne, n'aurait dans cette proportion qu'un quart de ligne de hauteur. Voyons maintenant quelle serait la taille d'un docteur : donnons-lui six pieds, qui égalent une toise ; le Chimboraço en a 3356, un homme est donc dans cette supposition 3356 fois plus petit que cette montagne ; mais cette montagne elle-même, représentée par un globe de 3 pieds de circonférence, n'aurait qu'un quart de ligne : voilà donc mon docteur réduit à la 3356e partie d'un quart de ligne. Or maintenant avisons-nous de faire les fiers et de nous pavaner.

J'aurais voulu que le sculpteur qui proposa à Alexandre de tailler le mont Athos pour lui faire une statue, eût pu avoir quelque connaissance des calculs de M. Méchel. Je ne sais pas précisément quelle est la hauteur du mont Athos [1]; mais supposons-lui une taille de 1700 toises, ce qui est une dimension fort honnête, il s'en suivra que, d'après M. Méchel, il n'aurait représenté sur son globe qu'un 8e de ligne, et le grand Alexandre que la 1700e partie de ce huitième; ne voilà-t-il pas de quoi faire l'important? Que dire maintenant des femmes qui exhaussent d'un demi-pouce les talons de leurs souliers pour paraître plus grandes, et des orateurs qui montent dans une tribune de trois pieds de haut pour se donner plus de dignité ? Les moralistes qui veulent réprimer notre amour-propre comparent notre globe à une fourmilière. Ces moralistes nous font trop d'honneur, c'est dans la classse des animalcules microscopiques qu'ils doivent nous ranger pour nous rendre la justice qui nous est due, puisque, dans la supposition de M. Méchel, il faudrait un très-bon microscope pour nous apercevoir.

N'est-on pas étonné, après cela, de tant de querelles ridicules pour lesquelles les hommes ne cessent de se déchirer; de tant de procès dont nous faisons retentir l'oreille de nos juges, et souvent pour l'intérêt d'un arpent de terre; de tant d'ambition et de mouvements pour nous procurer un

1. Les géographes lui donnent 115 kilomètres de circonférence à la base et 1940 mètres d'élévation. Le calcul de Salgues est fort exagéré, mais il l'a sans doute fait à dessein.

poste éclatant, un emploi distingué ? Je ne connais rien de plus propre à nous rendre sages que l'étude de la nature et les calculs du géomètre et de l'astronome. Que serait-ce si nous comparions la terre, ce petit grain de poussière, avec l'immensité des globes qui circulent dans l'espace? M. Méchel, après s'être occupé de nos montagnes, a aussi voulu calculer celle de quelques globes environnants.

On apprendra sans doute avec étonnement que ces globes sont beaucoup plus riches que nous en montagnes. Le diamètre de Vénus n'est que de 2748 lieues, c'est-à-dire qu'il est de 116 lieues moindre que celui de la terre, et néanmoins Vénus a une montagne de 2200 toises de hauteur. Mercure, dont le diamètre n'est que de 1166 lieues, en a une de 8170 toises, et la lune, avec un diamètre de 782 lieues, en a une de 4160 toises dans sa partie méridionale. Il est probable que les autres planètes ne sont pas moins richement pourvues; mais leur distance les soustrait à la puissance de nos instruments et à l'ambition de nos calculs.

J. B. S. SALGUES

CXIII

LA VOCATION DE SAINTE ODILE

LÉGENDE DE LA FORÊT NOIRE

Odile, héritière d'Attich, duc d'Alsace, avait été élevée dans le cloître de Meyenfeld, abbaye romane, que les sapins des Vosges entouraient de silence et de fraîcheur. Au poétique murmure de ces vieilles forêts, la jeune novice se sentait prise de dégoût pour le monde. Louer Dieu sous les voûtes de la chapelle, sous les rameaux des bois ou sur l'herbe parfumée qui borde les torrents; méditer dans une tranquille cellule, entendre expliquer les promesses du Sauveur, lui paraissait la vie la plus douce, la plus heureuse et la plus sage. Elle fit donc secrètement le vœu de ne pas quitter la solitude. Pourquoi ne pas attacher sa barque au rivage sans avoir connu les tempêtes? Pourquoi ne pas suspendre à son front le voile blanc des épouses du Christ? Son père cependant exigea qu'elle vînt habiter la cour. Elle obéit par piété filiale, mais cherchant sans cesse l'occasion de retourner au désert. Un grave obstacle s'y opposait : Odile était belle. Aux charmes du corps et de la figure elle joignait l'expression d'une âme angélique. Différents seigneurs avaient conçu pour elle un vif amour. Parmi eux se faisait remarquer un noble personnage d'Allemagne qui avait su gagner le cœur d'Attich. Le duc voulut qu'il devînt son gendre et pressa Odile de lui accorder sa main. Elle retardait toujours le moment, alléguait toujours des difficultés, dans l'espoir que son père changerait d'intention et la laisserait, comme une tendre colombe, établir son nid sous le toit d'une sainte demeure; mais le duc se montrait inflexible. La jeune personne vit que la fuite pourrait seule la soustraire aux dangers des affections terrestres. Elle se procura donc des habits de paysanne et se fit une joie de substituer ces pauvres vêtements à son splendide costume. Le jour allait paraître; les premiers rayons de l'aube éclairaient faiblement les cimes de la forêt Noire; quelques oiseaux chantaient encore d'une voix incertaine dans les arbres du jardin. Odile quitta le château et gagna heureusement la campagne. Les villageois se lèvent de si bonne heure qu'elle en rencontra sur la route; mais nul ne se douta qu'il voyait la fille de son suzerain : elle avait l'air d'une jolie paysanne qui allait par la rosée voir sa grand'mère malade et lui offrir son aide. Après une assez longue course elle atteignit les bords du Rhin, alors sauvages et incultes. Un batelier, qui avait sa hutte sur la rive droite, passait les voyageurs; sur la rive gauche, il fallait l'appeler au moyen d'un cornet pendu à un arbre par une chaînette de fer. A peine Odile eut-elle fait doucement résonner l'instrument agreste que le marinier sortit de sa cabane; les dernières notes allèrent expirer sous le feuillage des bois ou glissèrent le long du fleuve, tandis que le passeur montait dans sa barque. Lorsque la jeune personne fut sur l'autre rive, elle gagna en toute hâte la forêt Noire.

Cependant on avait bientôt remarqué son absence. Le duc monta immédiatement à cheval, expédia ses gens dans toutes les directions et, guidé par quelques vagues rapports, s'élança lui-même vers le Rhin. Il fit retentir avec impatience le cornet du marinier, qui se dit :

« Voilà un homme habitué au commandement! »

Il démarra le plus vite possible et fit force de rames.

« N'as-tu pas transporté sur l'autre rive une jeune personne? lui demanda le seigneur.

— Une simple villageoise, répondit le batelier, belle comme un séraphin et douce comme une chevrette.

— Elle portait le vêtement d'une paysanne, mais ses discours et ses manières n'avaient rien de rustique; tu as dû t'en apercevoir?

— Son air noble et sérieux m'imposait malgré moi : elle était si charmante que j'aurais bien voulu lui dire quelques mots agréables, mais je n'ai point osé.

— Elle avait l'œil noir, des cheveux bruns?

— L'œil noir comme une nuit pleine d'étoiles, les cheveux bruns comme les faînes des Vosges.

— C'est elle! s'écria-t-il. Allons, serf, passe-nous! »

Le batelier transporta le seigneur et sa suite à l'autre bord.

« Quelle direction a-t-elle prise? lui demanda le père, inquiet.

— Elle s'est acheminée vers l'orient, du côté de la forêt Noire. »

Attich traversa la plaine au galop et atteignit les premières pentes des montagnes.

En ce moment Odile, épuisée de fatigue, s'asseyait à mi-côte sur la mousse des rochers. Sa vue embrassait toute la majestueuse vallée du Rhin, au milieu de laquelle étincelait le fleuve. Sentant combien l'aide de Dieu lui était nécessaire, elle joignit les mains et supplia l'Éternel de lui accorder sa protection. Le repos et la prière lui rendaient ses forces, quand elle entendit au-dessous d'elle un bruit de voix et de chevaux. Surprise, elle regarde à travers les branches des pins et reconnaît les couleurs portées par les gens d'Attich. Aussitôt elle s'élance avec une ardeur nouvelle pour échapper à leur poursuite. Elle s'enfonce dans les broussailles, dans les futaies les plus épaisses, dans les gorges les plus désertes. La terreur précipite sa course. Mais bientôt elle se sent faiblir; un nuage passe sur ses yeux, elle va perdre connaissance. Un rocher autour duquel tourne le chemin la dérobe seule à la vue de ses persécuteurs ; une minute encore, et elle tombe entre leurs mains. Dans son désespoir elle invoque le ciel, lui demande de la sauver. Tout à coup la roche s'entr'ouvre, lui montre une grotte dans laquelle Odile cherche un refuge ; puis le bloc de granit se ferme derrière elle.

Comme ce miracle venait de s'opérer, elle entend le galop des montures et la voix d'Attich qui l'appelait par son nom.

« Mon père! mon père! me voici! » répond la jeune fille.

Le duc et sa suite font halte; leurs chevaux sont blancs d'écume.

« D'où viennent ces paroles? s'écrie le prince; ne dirait-on pas qu'elles sortent des entrailles de ce rocher? Ma fille! ma fille! où es-tu?

— Près de toi, mon père, mais sous la sauvegarde du Ciel, qui veut que j'accomplisse mon serment. Je suis la fiancée du Christ, et nul n'arrachera de mon front la couronne des vierges. O mon père! ne te mutine pas contre la volonté de Dieu; laisse-moi vivre doucement dans une de ces retraites sacrées qui nous donnent un avant-goût du paradis! »

Ne pouvant plus douter que la voix de sa fille ne sortît du roc impénétrable, le duc sentit un frisson mystérieux courir sur tout son corps. Il lui sembla, comme à Job, que le souffle du Très-Haut effleurait son visage.

« Que le Seigneur soit loué! dit-il. Je reconnais sa main puissante.

Viens, Odile, viens dans les bras de ton père. Je jure de ne plus contrarier tes désirs. »

Comme il achevait ce discours, le rocher s'ouvrit une seconde fois : Odile apparut au fond de la grotte, enveloppée d'une lumière céleste et le sourire des anges sur la bouche. Elle tendit les bras à son père ; mais le vieux seigneur, frappé d'admiration, n'osait approcher ; il se découvrit à son insu comme devant l'image d'une sainte. Il fallut qu'Odile se jetât elle-même à son cou en versant des larmes de joie et de tendresse.

Non-seulement le duc lui laissa prendre le voile, mais il bâtit pour elle le monastère de Hohenburg, dans les Vosges. Ce cloître existe encore. Il est placé au faîte d'une montagne d'où l'on aperçoit d'innombrables éminences toutes couvertes de forêts, la spacieuse vallée du Rhin, les sombres hauteurs de la forêt Noire et le dôme entier du ciel. Le lichen trace des arabesques sur les murailles, la hulotte niche dans les toitures ; le plus solitaire des oiseaux, l'engoulevent, fait résonner, le soir, au milieu des bruyères prochaines, cet étrange bourdonnement qui lui tient lieu de voix et qui a tant de similitude avec le murmure d'un rouet.

La grotte où sainte Odile s'était réfugiée demeura ouverte ; une source limpide comme l'éther jaillit de l'endroit que ses pieds avaient foulé. Le ruisseau qu'elle forme semble rouler des diamants sur un lit d'or et de perles ; les fleurs les plus délicates ornent ses rives. Le troglodyte place son nid parmi les rochers, au fond de cette douce retraite. Des milliers de pèlerins y viennent tous les ans chercher la santé. Ils invoquent la sainte, puis emportent de l'eau miraculeuse ou en font usage dans l'endroit même. Elle passe pour guérir plusieurs maladies, et entre autres les affections de la vue.

ALFRED MICHIELS, Contes des montagnes.

CXIV

LE TRAVAIL [1]

Du moment où vous entrez dans la société et que vous lui demandez son concours et son appui, vous devez vous attendre à ce que chacun de ceux qui la composent exige que vous travailliez pour lui, quand il travaille pour

1. C'est le même titre que plus haut, mais la chose est prise ici à un autre point de vue.

vous. On ne doit rien à qui ne donne rien, et les mêmes ne peuvent pas toujours se courber sur la rame. Le travail est donc une dette, et l'acquittement de cette dette un acte de justice. Rien ne peut vous mettre au-dessus de la loi commune. Si vous la violez, vous êtes coupable. Toute branche parasite tombe sans pitié sous le fer du jardinier intelligent. Si vous consommez sans rien produire, vous êtes la branche parasite : concluez.

Les législateurs les plus sages ont dans tous les temps porté des lois sévères contre les citoyens oisifs. Dracon les condamnait à mort; Solon, plus humain, les notait d'infamie. si pourtant l'infamie n'est pas pour tout homme généreux une peine plus forte que la mort. Chez les Égyptiens, tous les particuliers étaient tenus de se présenter chaque année devant les intendants des provinces, et de déclarer quels étaient leurs moyens d'existence; et ceux qui, privés des dons de la fortune, n'exerçaient point de profession qui pût les faire subsister, étaient impitoyablement séquestrés de la société. Ces lois étaient sévères, mais elles étaient justes et sages; elles ne devraient pas s'appliquer, dans nos codes, seulement à ces gens sans aveu, promenant de tous côtés leurs pénates errants, leurs vices et trop souvent leurs crimes.

Mais pourquoi cette sévérité? pourquoi la mort et l'infamie? Ces rigueurs ne sont plus de notre temps. La religion chrétienne, dont la charité est la touchante expression, a adouci nos mœurs; mais ne nous emportons pas contre la législation des Grecs et des Égyptiens : ils étaient persuadés que si le travail est la corne d'abondance arrachée par Hercule au front du fleuve Achéloüs, l'oisiveté est au contraire comme le sein fécond de la furie évoquée par le courroux de Junon, d'où les maux se précipitent en foule sur le monde. L'oisiveté, pensaient-ils, attaque la société à mort; c'est avec ses propres armes qu'il faut la combattre.

Les Lydiens, nation longtemps célèbre en Orient par son courage, les Lydiens, vaincus par le grand Cyrus, furent soumis à son empire. Le joug imposé par l'ennemi est insupportable à des hommes de cœur. Les Lydiens reprirent donc les armes, qu'ils n'avaient quittées qu'à regret; ils brûlaient du noble désir de recouvrer leur liberté perdue; la bataille fut terrible, mais la victoire, qui ne se range pas toujours du côté le plus juste, se déclara pour Cyrus. L'habile conquérant, voyant à quels hommes il avait affaire, leur enleva cette fois armes et chevaux, et, pour assurer à jamais son pouvoir, il ne rougit point de corrompre les mœurs de la nation, d'y introduire tous les arts du luxe, de faire succéder les jeux aux travaux et d'ouvrir des lieux de débauche. C'est l'historien Justin qui le dit en propres termes. Les Lydiens ne se révoltèrent plus, et ce peuple, autrefois industrieux et brave, fut vaincu par l'oisiveté et la mollesse.

J'ai rappelé cet exemple frappant des funestes effets de l'oisiveté pour
prémunir contre eux, par l'avilissement de tout un peuple, ceux qui seraient assez imprudents pour prêter l'oreille aux chants perfides de la
sirène. Si elle a pu perdre toute une nation, quels ravages ne peut-elle pas
faire sur les individus?

Et cependant il y a des gens qui viennent nous dire : Que fait un convive de plus à un banquet abondamment servi? — Celui qui vous invite à
ce banquet aujourd'hui compte que demain vous l'y appellerez à votre
tour, et vos celliers sont vides, et vos greniers attendent la moisson qui
devait les enrichir! — Faut-il donc toujours travailler? — Si votre tâche
est finie à midi, reposez-vous le soir; toutefois faites que votre loisir soit
occupé; car l'ennemi est là, et il prendra sa proie. — Les difficultés, la
fatigue rebutent le courage le plus déterminé!... — C'est une erreur; le goût
du travail en charme la peine; c'est comme un fruit savoureux dont on
veut sans cesse désaltérer sa bouche. — La nature a fixé pour chacun de
nous des bornes qu'il ne peut pas dépasser; quand ce terme est atteint, le
travail est un travail perdu!... — En accordant la première proposition,
on combat victorieusement la seconde, et il est facile de répondre : Il ne
suffit pas d'acquérir et de posséder, il faut conserver, et l'on ne conserve
que par l'exercice et la pratique. — Le travail est presque toujours ingrat!... — Il ne l'est pas pour la société qu'il enrichit et dont il assure le
bien-être; il le sera moins encore pour les individus, dans quelque sens
que vous l'entendiez. Il développe les forces du corps, qu'il rend agile, les
forces de l'esprit, pour qui le travail est assurément ce que la terre était
pour ce géant dont nous parle la mythologie, lequel sentait ses forces
renaître toutes les fois qu'il la touchait.

De tous les biens, a-t-on dit avec raison, le plus précieux après la vertu,
c'est la santé. Croyez-vous que le travail, s'il ne sort point des bornes pre-
scrites par la raison, travail du corps ou travail de l'esprit, ne contribue
pas à conserver ce précieux trésor, puisqu'il maintient entre nos organes un
heureux équilibre, et que surtout, père de la sobriété, il nous éloigne de
ces dangereux excès où l'oisiveté nous plonge, artisans ou artistes, qu'on
manie le soc de la charrue ou la plume, cet autre soc qui féconde les
champs de l'intelligence.

Ce ne sont pas des avantages à dédaigner que la santé et la force; mais
poursuivons :

Né pauvre, voulez-vous corriger les torts de la fortune? travaillez. —
Vous tenez à votre indépendance? Pour conserver cette fierté d'une belle
âme, travaillez. — Le hasard de la naissance vous a jeté dans une condition
au-dessus de laquelle vos sentiments vous appellent? C'est une ambition

généreuse; mais travaillez, si vous voulez arriver par le bon chemin. — Au nom de gloire votre cœur palpite; nouveau Thémistocle, les trophées de Miltiade troublent votre sommeil? Rappelez-vous ce vers du poëte :

> Aucun chemin de fleurs ne conduit à la gloire.

— Né riche et dans un haut rang, vous ne voulez point de gloire; mais l'ennui vous tue, la vie vous pèse; vos jours se traînent dans une fatigante uniformité; ou bien le monde, ses petites intrigues ourdies par de petites gens, ses perfidies, ses noirceurs, tourmentent, obsèdent votre âme? Pour fuir l'ennui, pour vous dérober à un spectacle odieux, appelez le travail à votre aide, et après avoir semé le bien autour de vous, mettez entre vous et le monde le mur magique dont vous entourera l'étude. Non pas que je vous conseille la solitude; elle n'est point une école de pure et de saine morale; mais faites-y entrer le travail avec vous, et le remède triomphera du mal.

Le travail en effet donne à la morale un souverain empire; il fixe nos idées, ne laisse point notre imagination s'égarer, ferme nos oreilles au cri des passions, contient leur fougue impétueuse, en amortit le feu sans l'éteindre, les dirige vers un but honorable; il nous donne cet esprit d'ordre et de suite qui sait régler l'emploi de tous nos instants, et nous défend de nous écarter de la ligne tracée par le devoir.

Ce que je viens de dire là, je le dis aussi à la classe ouvrière elle-même, dont les mœurs se corrompent d'autant plus facilement que l'éducation lui manque. N'est-il pas vrai que l'artisan qui nous inspire le plus de confiance, le plus honnête homme, le plus exact à remplir ses obligations, qui ne franchit point les bornes de la tempérance, qui veille le plus religieusement sur sa famille, est celui qui sait le mieux mettre le temps à profit, et qui ne dit jamais le soir, comme tant d'autres : « Ah ! que la journée a été longue ! »

Le travail fait plus encore ! Il peut rendre aux individus les vertus qu'ils ont perdues, quand leur âme toutefois n'est pas à jamais fermée à tout sentiment d'honneur. Quel serait le but, s'il en était autrement, de ces ateliers établis par la prévoyance du gouvernement dans les tristes lieux où, pour un temps exilé de la société, l'homme, frappé par la loi, expie les fautes qu'il a commises?

Mais si vous buvez un jour, hélas! à la coupe amère de la douleur, si jamais votre cœur est frappé d'un de ces coups terribles qui le mettent en pièces, de pareilles blessures ne se guérissent pas sans doute, elles saignent toujours... et pourtant c'est dans le travail que vous trouverez peut-être quelque consolation. Cicéron, car c'est par cet illustre exemple que je veux terminer, Cicéron, trahi par l'amitié, chassé de sa maison et du forum, perd une fille adorée... Que fait-il? Il n'attend de consolation ni du monde ni du temps; il se réconcilie avec ses livres, et son front, abattu par la douleur, se relève plus calme.

L'oisiveté, je le sais, nous semble marcher sur des fleurs; mais nous n'apercevons pas les épines qui s'y cachent : c'est le serpent dont parle Virgile. Le sourire que nous voyons sur les lèvres de l'oisiveté est un sourire perfide; elle nous tend les bras, gardons-nous de nous y jeter; elle briserait notre corps, elle détendrait tous les ressorts de notre âme. Alors le plus léger fardeau nous serait insupportable, le moindre effort nous serait pénible; alors nos champs resteraient sans culture, et le bon grain y serait étouffé par l'ivraie; alors pour nous plus de pensées grandes et fortes; alors adieu les arts, adieu les douces muses, les vertus et le bonheur!... À leur place la misère, l'ennui, le dégoût; à leur place l'opprobre, le vice et le crime!... Il faut choisir.

Nous aurions pu faire valoir une foule d'autres considérations; mais ces quelques lignes nous semblent suffire au but de cet ouvrage. C'est un grand et beau sujet que le *travail;* d'autres l'ont traité avant nous, qui n'en avons esquissé que quelques traits; d'autres le traiteront à leur tour, et tout ne sera pas dit encore.

PH. T. L.

CXV

ANECDOTES RECUEILLIES PAR M. MAIGNE

DANS SES CONVERSATIONS AVEC MADAME CAMPAN [1]

Joséphine, sous le consulat, fut engagée à dîner chez un fournisseur de l'armée qui était fort riche. Napoléon lui dit : « Je consens à ce que vous diniez chez des banquiers, ce sont des marchands d'argent; mais je ne veux pas que vous alliez chez des fournisseurs, ce sont des voleurs d'argent. »

—

1. M. Maigne était le médecin de la célèbre directrice de la maison d'Écouen.

Une dame de la maison de Saint-Denis me raconta que Napoléon, pendant les cent jours, visita cet établissement ; les élèves furent si heureuses de le voir, qu'elles l'entouraient, le pressaient en cherchant à toucher ses vêtements, et se livraient à une joie bruyante. La surintendante voulut leur imposer silence : « Laissez, laissez, dit Napoléon ; cela fait mal à la tête, mais bien au cœur. »

———

Madame Regnier, femme du procureur civil de Versailles, causait chez elle au milieu d'une compagnie nombreuse. Il lui arriva de laisser échapper dans la conversation quelque chose de déplacé, quoique de peu d'importance. Son mari l'apostropha devant tout le monde en lui disant : « Taisez-vous, madame, vous êtes une sotte. » Elle a vécu vingt ou trente ans après et n'a jamais proféré une seule parole, même avec ses enfants.

On simula un vol sous ses yeux, on essaya de la surprendre, jamais il ne fut possible de lui arracher un seul mot. Pour donner son consentement au mariage de ses enfants, elle inclinait la tête et signait au contrat ; on n'a pas vu de ténacité pareille. Sa bouche ne s'est jamais ouverte ; son amour-propre n'a jamais pardonné : il fallait que la dose en fût bien forte.

———

Je dînais un jour à la Malmaison avec le premier consul ; il remarqua la tabatière que je portais constamment, la prit et reconnut les traits de Marie-Antoinette : « C'est très-bien, très-bien, madame Campan, me dit-il en me regardant ; ce portrait fait votre éloge, je n'aime pas les ingrats. Il est bien naturel que vous teniez à conserver l'image de cette femme charmante. Ils ont voulu la perdre en 93 ; que n'auraient-ils pas perdu ? La naissance et les titres les exaspéraient, leur haine tenait de la rage. Vous seriez morte avec elle, j'en suis sûr, comme vous mourrez avec son portrait, »

———

N. B. Nous citerons encore ici quelques autres maximes de madame Campan. (Voir plus haut.)

Les courtisans tiennent à la personne du souverain, comme les nations tiennent au sol. Les courtisans vivent du souverain, comme les nations du territoire.

———

La bonne compagnie agit comme par attraction et par affinité ; malheur à celui qui l'abandonne ; il est déplacé partout, même dans la mauvaise.

———

Les ministres blessés sont comme les jolies femmes ; ils ne pardonnent pas aisément ; leur amour-propre est susceptible. Cependant on ne leur confie les places que pour qu'ils fassent usage de leur raison ; mais malheureusement pour les peuples, elles ne les dépouillent pas des faiblesses du vulgaire.

—

La politesse est une monnaie qui fait passer sous silence bien des imperfections. Il faut avoir soin, lorsqu'on sort de chez soi, d'en remplir es poches de diverses valeurs, afin de pouvoir en donner à chacun selon qu'il convient. L'homme qui ne voudrait en avoir que dans les grandes occasions trouverait rarement à s'en servir.

—

Quand l'autorité blesse et tourmente les hommes d'un talent supérieur, elle se crée des ennemis plus dangereux que ceux qui lui livrent bataille.

CXVI

DIOGÈNE [1].

QUELQUES TRAITS DE SA VIE

Diogène renfermait dans la morale toute la philosophie. Témoin des égarements où la raison avait entraîné les autres sectes, il ne donnait pour guide à la morale que l'instinct, oubliant, comme l'observe Cicéron, que la raison est l'instinct de l'homme. Il demandait donc aux animaux des

1. Fameux cynique né à Sinope, ville du Pont, dans la troisième année de la XCIe olympiade. Son père, nommé Isicius, était changeur. Ils altérèrent la monnaie. Isicius fut arrêté et mourut en prison ; Diogène prit la fuite et ne s'arrêta qu'à Athènes. Là, proscrit, déshonoré, sans argent, sans ressources, il se fit philosophe et philosophe moraliste. Pieds nus, barbu, déguenillé, un bâton à la main, une besace sur le dos, il se donnait en spectacle à la ville. Les risées qu'il excitait n'empêchaient pas qu'il ne fût pour les Athéniens un objet de curiosité et d'étonnement. On s'attroupait autour de lui, on l'interrogeait, on recueillait et l'on répétait ses saillies : les grands l'invitaient à dîner.

Diogène tomba, on ne sait comment, en esclavage. Il fut vendu à un Corinthien qui l'emmena dans sa ville, où le philosophe termina sa carrière. Diogène expira à quatre-vingt-dix ans, la même année qu'Alexandre. Les uns disent qu'il se laissa mourir volontairement en retenant son haleine ; d'autres assurent qu'il mourut d'indigestion pour avoir mangé un pied de bœuf cru.

règles de conduite. Une souris lui apprit à vivre à l'aventure, sans gîte assuré ; les loups lui démontrèrent l'inutilité des marmites. A leur exemple il dépeçait avec ses ongles et mangeait la viande crue, ce qui ne l'empêchait pas de s'asseoir, quand l'occasion s'en présentait, à la table des riches. Les chiens lui enseignèrent l'oubli de la pudeur ; il trouva bon d'imiter leur licence. Plaçant la grandeur de l'homme dans cet avilissement, il affectait de s'étonner qu'on ne l'imitât pas ; il s'en allait dans les rues armé d'une lanterne, disant qu'il cherchait un homme ; on l'entendait crier dans les carrefours :

« O hommes ! venez à moi. »

Puis il chassait à coups de bâton les passants qui répondaient à son appel.

« Vous n'êtes pas des hommes, leur disait-il.

— Et qu'est-ce donc qu'un homme ? lui demandait-on. Où en as-tu vu ?

— J'ai vu à Sparte des enfants ; des hommes nulle part. »

Belle réponse, si Diogène eût véritablement compris la dignité de l'homme ; mais sa conduite prouvait bien qu'il n'en avait qu'une fausse idée. Les Lacédémoniens et les Athéniens même qu'il insultait, sans avoir sur ce point des notions parfaites, lui en auraient remontré à beaucoup d'égards.

Diogène connaissait mieux les vices de l'homme que ses vertus. Un jour on le vit tendant la main à une statue en lui adressant mille supplications. Comme il n'en obtenait rien, il s'adressa à une autre statue, puis à une troisième, leur peignant sa détresse comme s'il eût espéré de les attendrir. Quelqu'un lui demanda ce que signifiait ce manége. Il répondit :

« Quand on a besoin des hommes on les trouve durs, froids, sourds, muets comme ces pierres ; je m'accoutume ainsi à leurs usages. »

L'entrevue de Diogène avec Alexandre est trop connue pour que nous la rapportions ici. Nous passerons également sous silence une foule d'anecdotes non moins répandues qui n'ajouteraient d'ailleurs aucun trait saillant à la physionomie du philosophe.

Nous devons cependant rappeler quelques-unes des maximes familières de Diogène :

« Riche ignorant, brebis à toison d'or. »

« Les honnêtes gens sont les portraits des dieux. »

« Vieillesse pauvre, malheur sans remède. »

« Si tu te maries jeune, c'est trop tôt ; vieux, c'est trop tard. »

« Revenir sur ses pas au moment de s'embarquer, quitter la table où s'assied un grand, rompre un mariage avant de le conclure, trois louables résolutions. »

Ces sentences, où le bon, le mauvais et l'incertain s'entremêlent et se confondent, ne sont pas seulement la fidèle expression de la sagesse de Diogène : elles résument sous ce rapport toute la sagesse antique.

AUGUSTE CALLET.

CXVII

LE LARYNX

Le *larynx* est l'organe de la voix, comme la langue, aidée des lèvres, est l'organe de la voix articulée ou de la parole. Le larynx est une espèce de boîte cartilagineuse, située à la partie supérieure et antérieure du cou, entre la base de la langue et la *trachée artère*. Cette dernière partie est un tuyau divisé inférieurement en deux gros troncs appelés bronches, qui se ramifient pour aller distribuer l'air sur tous les points de la masse pulmonaire. Dans l'intérieur du larynx et à sa partie la plus élevée, on remarque une petite ouverture oblongue ; c'est la *glotte*, qui produit le son vocal par ses changements de forme et de tension. Cette fente est limitée par de petits muscles, espèces de rubans, destinés à allonger ou à raccourcir, à relâcher ou à tendre ; on les appelle les *cordes de Ferrein*, du nom de cet anatomiste, qui les considérait comme produisant la voix à la manière des cordes d'un instrument. La glotte est surmontée d'une membrane cartilagineuse appelée *épiglotte*, comparée à une feuille de pourpier ; elle ferme l'ouverture du larynx au moment de la déglutition, afin que le bol alimentaire n'y pénètre pas ; hors ce moment l'épiglotte est toujours levée pour donner passage à l'air qui va aux poumons ou qui en revient. Le larynx chez l'homme présente une cavité plus grande que chez la femme ; il se développe surtout à l'âge de la puberté.

Il est évident, d'après cette description, que l'organe de la voix ne peut être comparé qu'à un instrument à anche libre, où la poitrine fait fonction de soufflet, la trachée de porte-vent, la glotte d'anche et la bouche du tuyau pour l'écoulement de l'air. Dans tous les cas, l'organe de la voix est un véritable instrument à vent, dont la partie principale est le larynx. En veut-on une preuve directe ? Chaque fois qu'il existe une plaie permettant à l'air de sortir sans passer par le larynx, la voix cesse à l'instant ; elle se reproduit dès qu'on rapproche les lèvres de la plaie : celle-ci est-elle pratiquée au-dessus du larynx, la voix subsiste sans que l'air ait besoin de passer par la bouche. De plus, l'air constitue le corps sonore comme dans les instruments à vent. Si en effet on le remplace par du gaz hydrogène, le timbre de la voix est tout à fait changé : il devient faible, glapissant et même criard.

Quant à la diversité des sons produits, elle est due au resserrement plus ou moins considérable de la glotte, à l'abaissement de l'épiglotte et à la disposition des lèvres, des dents, du palais, de la langue et des fosses nasales. Si ces dernières viennent à s'obstruer de manière que l'air ne puisse plus y passer, la voix prend un timbre particulier et l'on dit que l'on *parle du nez;* expression vicieuse, car c'est alors seulement que l'on ne parle pas du nez. Pour vérifier cette assertion, il suffit de comprimer les narines avec les doigts, de manière à les fermer entièrement : la voix prend à l'instant le timbre désagréable qu'on lui connaît. L'intensité du son dépend enfin du volume d'air expiré ou du degré d'ouverture de la glotte. L'air sonore, on le conçoit, se modifie dans de plus grands espaces, et il arrive, par rapport aux différents tons de la voix, ce qui s'observe lorsqu'on joue d'un instrument dans un endroit plus spacieux : les sons deviennent plus graves. Voilà pourquoi vers la quinzième ou la seizième année, époque à laquelle la glotte s'agrandit et s'élargit notablement, voilà pourquoi, disons-nous, la voix se fortifie et grossit. Dans la femme, elle demeure toujours plus faible et plus aiguë, parce que, dans le sexe, la glotte est à peu près d'un tiers moins grande que celle de l'homme. L'expérience a fourni, pour les limites de la voix chez ce dernier, cent quatre-vingt-douze et six cent trente-cinq vibrations par seconde, et pour celles de la voix de la femme cinq cent soixante-seize et mille six cent vingt. Les mammifères et les reptiles ont l'organe vocal disposé comme le nôtre. Chez les oiseaux, il se trouve à l'origine des bronches ; aussi lorsqu'on coupe le cou à un oiseau criard, à un canard, par exemple, très-loin de la tête, il continue son ramage comme auparavant.

Si nous avons partagé ici l'opinion générale qui considère le larynx comme un instrument anché, nous n'en pensons pas moins avec un religieux, savant médecin, que le larynx est un instrument *vital* dont les qualités sonores ou vibrantes sont dues au jeu très-varié des contractions musculaires. En vain objectera-t-on à cette théorie que le larynx d'un cadavre rend des sons, lorsqu'on souffle fortement par l'extrémité inférieure de la trachée, en même temps qu'on tient les muscles de la glotte plus ou moins bandés : nous ne voyons là qu'un rapprochement absurde et ridicule qui ne mérite pas les honneurs d'une réfutation sérieuse. « Quelle immense différence, dit éloquemment le P. Debreyne [1], entre les ravissantes modu-

---

1. Précis de *Physiologie humaine.*

lations de la voix vivante et le bruit rauque, effrayant et indéfinissable qui sort d'un larynx inanimé. Ce bruit cadavérique, c'est la voix de la mort : la distance donc qui le sépare de la voix vivante, c'est la distance de la mort à la vie. »

ANONYME.

CXVIII

VALENTIN DUVAL ET L'EMPEREUR D'ALLEMAGNE

ANECDOTE

Duval (Valentin-Jameray), savant numismate, naquit à Artonay, ville de Champagne, en 1695, et parvint, après une jeunesse fort laborieuse, au poste de chef du cabinet des médailles de l'empereur, à Vienne, où il mourut le 3 septembre 1775.

Duval, au sein des cours, ne perdit jamais rien de son indépendance. Il se rendait chaque jour dans le cabinet de l'empereur pour lui rendre compte de ses découvertes ou de ses acquisitions ; mais il en sortait sans attendre qu'on le congédiât. Un jour qu'il se retirait assez brusquement :

« Où allez-vous? lui dit l'empereur?

— Entendre chanter la Gabrielli, sire.

— Mais elle chante si mal...

— Je supplie Votre Majesté de dire cela tout bas.

— Et pourquoi ne le dirais-je pas tout haut ?

— C'est qu'il importe à Votre Majesté d'être crue de tout le monde, et qu'en disant cela elle ne serait crue de personne. »

L'abbé de Norcy, qui était présent à cette conversation, dit à Duval :

« Vous avez dit là une grande vérité à l'empereur.

— Tant mieux, répondit le philosophe ; je souhaite qu'il en profite. »

PH. T. L.

CXIX

ÉPITAPHE

Ci gît l'âne Martin... Hélas! la pauvre bête,
Qui souvent, comme un fier prélat,
Avec orgueil dressait la tête,
Naquit, vécut, gémit et mourut sous le bât !...
Compagnons d'infortune, honorons sa mémoire...
Eh quoi ! ce mot-là vous surprend ?
Orgueil, misère et bât, c'est toute notre histoire,
Et la mort nous attend

PH. T. L.

CXX

ANNONAY ET SES PAPIERS

Annonay est une ville très-ancienne. On prétend que son nom vient du mot latin *Annoniacum*, qui se traduirait par magasin à blé, parce que les Romains avaient établi sur ce point un de leurs grands dépôts d'approvisionnement militaire. Les maisons y sont, pour ainsi dire, disséminées sur plusieurs petits coteaux et dans des vallons, au confluent de deux modestes cours d'eau, la Cance et la Deaume. Avant de construire le grand pont suspendu de Tain à Tournon, M. Séguin avait construit sur la Deaume un petit pont de ce genre, comme pour essai. Cette ville, qui compte plus de dix mille habitants, s'est adonnée à la préparation des peaux pour la ganterie, qui est pour elle une affaire de cinq millions par an, à la filature de la soie et à la fabrication des papiers.

Le PAPIER est, dit-on, une invention venue de la Chine, et les premiers essais qui eurent lieu en Europe furent faits à Valence par les Maures. Cependant une tradition, adoptée par quelques écrivains, rapporte que, lors de la première croisade, quelques prisonniers français furent employés chez un Sarrasin qui fabriquait du papier. De retour en France, ils y rapportèrent cette industrie. Ils étaient, dit-on, au nombre de dix ou douze; mais la tradition n'a conservé que les noms de Montgolfier, Malmenaide et Fal-

guerolles, trois noms qu'on retrouve encore aujourd'hui dans la fabrication du papier.

Vous savez que le papier se fait avec de vieux linges, dont les chiffon-
niers font le commerce. Ces chiffons sont d'abord triés en plusieurs qualités,
selon qu'on veut faire du papier plus ou moins beau, ou même du carton.
On travaille chaque qualité séparément. On lave et on lessive pour enlever
les graisses et autres impuretés. Au lieu de broyer, comme jadis, les chiffons sous de lourds pilons, on les effiloque, en les faisant passer entre un
cylindre mobile et un billot immobile : le cylindre et le billot sont armés
de lames disposées de manière à se croiser et à agir comme feraient des
lames de ciseaux. Pendant l'*effilochage*, on conduit un filet d'eau à travers
la matière pour faciliter la trituration. On blanchit la pâte en y mêlant du
chlorure de chaux. Une heure suffit pour opérer ce blanchiment. Le collage,
qui ne se faisait autrefois qu'après la fabrication, se fait aujourd'hui dans
la pâte même ; on y introduit un peu d'alun et de la cire ou de la résine.
Quand la pâte est bien faite, sans flocons ni grumeaux, bien blanchie et
collée (si l'on veut obtenir du papier collé), on la porte dans une cuve
de bois, où des tuyaux de cuivre, chauffés par la vapeur, répandent de la
chaleur.

Autrefois l'ouvrier puisait à la surface de la cuve, avec une forme, un
peu de cette pâte très-liquide. La forme était un cadre mobile qu'il serrait
à deux mains sur un réseau de fils métalliques. Il imprimait une légère
secousse à la forme pour que cette petite quantité de pâte se répartît bien
également sur tout le réseau. Cela donnait une feuille de papier de longueur et de largeur déterminées par le cadre. En retournant la forme, on
appliquait la feuille sur un feutre de laine; feuilles et feutre, alternativement superposés, s'empilaient ainsi sur l'*égouttoir*, planche percée de
trous, établie au-dessus de la cuve ; le tout était ensuite soumis à l'action
d'une presse, qui enlevait encore de l'eau surabondante. On faisait sécher
les feuilles, en les séparant une à une, dans des étendoirs; après quoi, s'il
était besoin de coller, on trempait les feuilles par paquets dans un bain
tiède contenant le collage, et l'on faisait sécher de nouveau.

Aujourd'hui la pâte, très-liquide, constamment agitée par un moteur
mécanique, s'échappe de la cuve par une vanne dont on règle le mouvement à volonté. Elle passe dans une caisse munie également d'un *agita-
teur* et d'un *épurateur*, qui sépare les grumeaux et retient les ordures.
Elle arrive sur une toile métallique sans fin, à travers laquelle l'eau s'é-
coule : cette toile métallique est en outre pourvue d'un mouvement horizontal de *va-et-vient*, qui imite la secousse que les bras de l'ouvrier
donnaient à la forme pour bien étendre la pâte. Le papier, à cet état

rudimentaire, est entraîné sous un cylindre garni d'un feutre qui commence à le consolider; il passe de là sur un drap qui l'entraîne sous un double système de pression pour lui faire acquérir toute la solidité convenable, et effacer la trace des fils de la toile métallique. Un système de cylindres chauffés à la vapeur le reçoit à son tour, et il en sort tout séché pour s'enrouler sur un tambour, que l'on remplace par un autre, quand le premier est suffisamment chargé. En résumé, c'est un ruisseau pâteux qui sort incessamment d'une cuve, se solidifie en passant par une suite de machines, et ressort en beau papier d'une longueur infinie, qu'on n'a plus qu'à diviser par feuilles. Un travail qui jadis exigeait trois semaines, s'obtient en trois minutes. Le papier ne se faisait autrefois qu'avec les chiffons provenant du chanvre et du lin; on y mêle aujourd'hui les chiffons provenant du coton. On peut en fabriquer avec de la paille; on en a fabriqué avec l'écorce de certains arbres, le peuplier, le saule.

La ville d'Annonay, qui a contribué pour beaucoup au perfectionnement de la fabrication du papier, a vu naître l'invention des ballons. On raconte que madame de Montgolfier (morte en 1845 plus que centenaire), femme d'un fabricant d'Annonay, ayant placé un jupon sur un de ces paniers d'osier à claire-voie dont on fait usage pour sécher le linge, vit le jupon s'élever assez haut dans l'air. C'est de l'observation de ce fait que les deux frères Montgolfier sont partis, en 1783, pour leur premier essai d'un ballon. Ce fut dans le principe une enveloppe légère, mais d'un grand volume, où l'air intérieur était dilaté par le feu d'un réchaud fixé au-dessous de l'orifice. Le réchaud était chargé de paille et de laine hachées ensemble. Plus tard le physicien Charles imagina de gonfler le ballon avec du gaz hydrogène, quinze fois plus léger que l'air atmosphérique. Un tissu fut exprès fabriqué à Lyon et enduit d'un vernis particulier, de manière à pouvoir contenir ce gaz. Il ferma l'orifice du ballon par une soupape qui permet de donner issue au gaz, et par conséquent de faire descendre le ballon à volonté.

Mme AMABLE TASTU, Voyage en France.

CXXI

FÉERIES

Les fées ! que de poésie et de vieux souvenirs dans ce nom ! Il semble se colorier pour l'œil et se peindre sous mille facettes irisées, vu à travers le prisme de l'éloignement et du merveilleux. Où est votre écharpe, charmantes invisibles, votre écharpe nuancée, dont il suffisait de tenir le bout pour voler aux confins du monde ? Qu'avez-vous fait de vos chars de topaze, de rubis et d'or, emportés par des griffons ? Les rayons de l'arc-en-ciel ne ceignent-ils plus votre tête ? Les vapeurs du matin ne composent-elles plus votre léger vêtement ? Mais vous-mêmes, qu'êtes-vous devenues ? vous à qui appartenaient toutes les îles heureuses, vous qui renouveliez l'Éden à tous les coins de la terre. Adieu ! l'homme se fait raisonnable comme il peut ; il vous renvoie à sa nourrice, aux veillées rustiques. De nos jours il n'y aurait pas un auteur assez courageux pour commencer ainsi son conte : *Il y avait une fois...*

Cependant le sujet est antique et presque solennel... Bien avant la première olympiade (776 av. J. C.), les Orientaux avaient déjà rêvé l'intervention puissante d'habitants de l'air. Chez eux, par la conséquence d'une espèce de culte attaché aux femmes, ce fut le sexe féminin que prirent les génies. Leurs féris ou péris recevaient des sacrifices ; on leur vouait les enfants, les meubles, les troupeaux ; on leur mettait des offrandes en réserve. Chacun se croyait sous la protection d'une de ces capricieuses divinités. Agrandissant cette croyance, les Chaldéens en firent les anges et les démons, doctrine que les Juifs leur empruntèrent à la captivité de Babylone, et qui se conserva par la cabale. Les Grecs embellirent ce texte gracieux ; une foule d'esprits inondèrent leurs vallées, coulèrent dans les fontaines, grandirent dans les arbres, nymphes, naïades, dryades et napées, tant enfin que le plus mince joueur de flûte, le plus petit rameur de trirème pouvait avoir à son service bon nombre de divinités, chaîne fleurie de puissances qui partait du ciel et entourait la terre. Cependant la tradition de la fée, de l'enchanteresse, ne se perdait pas ; Homère avait intéressé aux philtres de la perfide Circé, et le terrible Polyphème n'est-il pas le type de ces géants que, plus tard, un chevalier, dûment admonesté par la fée sa marraine, devait pourfendre, en l'honneur de la dame de ses pensées.

Les fables des anciens ont passé jusqu'à nous et se sont infiltrées dans notre religion, dans les idées, les traditions populaires, en prenant un caractère chrétien. Les gnomes, si frileux, si ténébreux au fond de la terre ; les sylphes, aides de camp des fées ; les salamandres, répétition du mythe du phénix d'Arabie, ne sont pas d'invention nouvelle.

Faut-il rappeler les enchantements des mages de Pharaon, représentants vivants de la féerie? L'oracle de Delphes, appelé à expliquer les songes, à donner des destinées, devint encore une imitation du pays d'Isis; enfin on vit briller la science devineresse de Merlin. Ses oracles furent soigneusement recueillis ; on attribua des miracles à sa tombe; les armes qu'il avait consacrées avec quelques mots hébraïques, *Flamberge, Durandal*, étaient à toute épreuve. Cependant, si les magiciens présidaient à la guerre, les fées ne cessaient pas de prêter assistance aux chevaliers errants. Amies compatissantes, elles les laissaient en riant s'enfoncer dans un bois avec leur écuyer, et chevaucher à travers mille apparitions lugubres et fantastiques. Toutefois elles n'oubliaient pas leurs protégés. Au détour d'une allée sombre se dressait tout à coup un palais illuminé, bâti avec quelques conjurations, et dont la durée dépendait d'un anneau scellé sur une pierre, souvent l'anneau de Salomon. Là ce n'étaient que festins, musiciens invisibles, nains qui servaient, chasses, chevaux ailés, vêtements d'or, et puis colonnes de porphyre, murs d'agate, galeries de cristal.

Pendant les premiers siècles de la monarchie des Francs, un grand nombre de châteaux forts s'élevèrent, nous dit-on, sur les bords du Rhin; là régnaient les fées. Ces châtelaines recueillaient les débris de mille combats féodaux, donnaient des fêtes mystérieuses, ne se montraient aux vassaux et à leurs voisins qu'au milieu d'un solennel appareil, et, par leurs bienfaits, avaient droit d'entretenir une erreur innocente.

L'influence des fées ou des récits qu'on en faisait fut grande au moyen âge. Le peuple, sans moyens de distraction dans les longues soirées d'hiver, recourait aux légendes. On contait, et à force de conter, on croyait ; faut-il s'étonner alors que chaque manoir eût sa dame blanche et ses esprits qui le hantassent?

Les croisades répandirent encore plus l'amour de la féerie, et vraiment, à part quelques méchantes fées traditionnelles, telles que notre Mélusine, les reines de la baguette magique rendirent leur joug aimable et doux. Heureuse terre d'illusions ! Bientôt le *Roland furieux*, la *Jérusalem délivrée*, puiseront à cette source les récits d'incroyables aventures, et le *Don Quichotte*, parodie immortelle de l'*Amadis*, fera encore aimer les fées.

Le dix-septième siècle a vu le triomphe et le déclin de la féerie. Oh! les bons contes que les contes de Perrault! il avait trop bien chanté les fées;

on ne pouvait plus entrer en lice : voilà pourquoi ces immortelles sont aujourd'hui mortes ou à peu près.

Hoffmann n'est plus ; il avait bien desservi leur temple. Puisse la jolie Mab, ce gracieux rien qui fend l'air dans sa coquille de noix, et, avec Puck le sylphe, glisse sur la pointe des herbes en fleur, danser le soir avec ses compagnes autour du tombeau d'Hoffmann ! Certes il a mérité cette sarabande fantastique ; le *Chat Murr* est digne du *Chat botté.*

ALFRED DÉSESSARTS.

CXXII

DE LA PIÉTÉ FILIALE

Sénèque, qui n'avait pas lu les commandements de Dieu, bien qu'on suppose qu'il eut à Rome des relations avec l'apôtre saint Paul, Sénèque a dit, dans le chapitre XVII du livre IV du *Traité des bienfaits :* « Il n'existe pas de loi humaine qui nous commande d'aimer ceux à qui nous devons le jour *(nulla lex amare parentes jubet)* ; mais partout les hommes appelés à fonder sur la base sacrée des lois les destinées des peuples font planer les plus grands châtiments sur la tête des enfants ingrats. Que conclure de là ? Que nous portons cette loi sacrée en nous, qu'elle est universelle et placée hors du système d'instabilité qui régit les choses de la terre ; mais nous en conclurons aussi que la violation de cette loi est un crime, au jugement de Cicéron *(De amicit.,* n° 27).

En effet, dans le monde moral comme dans le monde physique, tout se tient, et c'est le plus beau spectacle que l'univers puisse offrir à l'observateur attentif. Brisez un des anneaux de cette grande chaîne, touchant par l'une de ses extrémités au trône même de Dieu, et de l'autre aux derniers termes de l'organisation sociale, vous remplacez une harmonie conservatrice par le trouble et la confusion. Ce furent là sans doute les motifs puissants qui déterminèrent les législateurs, puisque, en rompant les nœuds qui l'unissent aux auteurs de ses jours, l'enfant ingrat outrage d'un seul coup la société, la morale et l'humanité.

La société : il en détruit un des éléments constitutifs. La piété filiale, en effet, fixe nos pas autour du toit paternel, nous attache au passé par les tombeaux des ancêtres, au présent par la coupe du banquet maternel, et à l'avenir par la reconnaissance. Elle nous façonne, pour ainsi dire, à la pratique des devoirs que nous aurons un jour à remplir ; établit entre les hommes des rapports nécessaires, devient la première source de nos affections, et donne la vie et le mouvement à tout ce qui nous entoure. Suivez-en les progressions, vous la verrez s'étendre de proche en proche, embrasser enfin le cercle dans lequel nous sommes respectivement placés.

Quel tableau ne présente pas une famille bien unie! Un sentiment de bienveillance s'y répand partout, ôte au reproche son aigreur, donne plus de prix à la louange. Une sorte de solidarité morale en retient en général les différents membres dans les limites du juste et de l'honnête. Ils mettent en commun la défense de leur honneur et de leur réputation, et ils opposent un même bouclier aux traits de l'envie et de la méchanceté.

Mais sans la piété filiale les liens se détendent, la paix et l'union des cœurs s'anéantissent. Tout s'isole, et la porte s'ouvre à tous les désordres.

Quiconque secoue le joug d'une salutaire contrainte devient bientôt indocile à la voix de l'autorité. Les lois! l'homme de bien, l'homme courageux se plaît à leur obéir et fait de cette obéissance un de ses titres à l'estime publique; mais l'homme vicieux est lâche; c'est un esclave qui traîne sa chaîne en murmurant : ce n'est plus un citoyen.

Quel empire peut-il rester à la morale? quelle autorité à ses saintes maximes? Il faut en croire l'orateur romain : « La piété filiale est le fondement de toutes les vertus. » L'homme qui est assez malheureux pour étouffer ce sentiment dans son cœur n'a plus que de faibles gages à nous donner de ce qu'il doit à lui-même et aux autres. Les mœurs, si je ne me trompe, sont l'habitude du bien ou du mal dans la conduite ordinaire de la vie; et comme rien de bon ne sort d'une source empoisonnée, ne me demandez pas quelle route suivra celui qui ne craint pas de fouler sous ses pieds le premier et le plus saint de tous les devoirs.

Mais de tous les mauvais effets qui naissent de l'indifférence ou de l'ingratitude de l'enfant, le plus déplorable peut-être c'est d'étouffer en lui cet esprit d'humanité qui est dans la nature et d'où nos passions, nos vices et nos préjugés le bannissent. Que d'exemples de cette vérité s'offriraient à nous, si nous voulions ne pas voir seulement, mais regarder ce qui se passe autour de nous! Pour mon compte, j'ai remarqué plus d'une fois, dans la carrière que j'ai longtemps suivie, que l'enfant qui cesse d'entourer ses parents de respect et d'amour devient bientôt incapable d'une action généreuse, et révèle déjà par des actes, je dirai presque de férocité, ce qu'il doit être un jour. L'endurcissement, l'insensibilité, gagnent peu à peu toutes les parties de son cœur. C'est une terre qui ne produit plus que des herbes vénéneuses. En entrant dans le monde il se retranche derrière un système que s'est plu à élever une philosophie maudite; la loi ne peut l'y atteindre, il le sait, et l'éducation avec tous ses miracles est impuissante. Son âme est de marbre ; il repousse tout sentiment généreux, déchire la main qui le caresse, appelle prudence un acte de barbarie, et sa patrie elle-même n'est plus qu'un mot vague qui vient mourir sourdement dans son oreille sans émouvoir son cœur. Coriolan se laissant désarmer par les larmes de Véturie est à ses yeux un insensé qui devra porter plus tard la peine de sa faiblesse... Mais un jour peut-être la société, l'humanité indignement outragées se vengeront en retournant contre lui les armes avec lesquelles il a immolé ses frères.

Mais, hâtons-nous de le dire, ce crime a toujours été rare parmi nous. Il y a dans la générosité de notre caractère, il y a dans la noblesse de nos sentiments quelque chose qui y répugne. C'est un des bienfaits de notre éducation chrétienne et de notre instruction nationale.

PH. T.

CXXIII

MOSAIQUE

Caton a dit : « J'aime mieux celui qui rougit que celui qui pâlit. » Cette pensée est profondément juste. Celui qui rougit au souvenir d'une mauvaise action n'est qu'un homme égaré en qui n'est pas éteint tout sentiment de pudeur; celui qui pâlit est le coupable craignant d'être découvert. Diogène apercevant un jeune homme qui rougissait : « Bravo ! mon fils, lui dit-il, c'est la couleur favorite de la vertu. »

—

Autrefois la monnaie royale portait d'un côté une croix, et de l'autre une espèce de porte, soit de ville, soit d'église, soutenue par des piliers. De là cette dénomination de *croix* et *pile* donnée encore de nos jours aux deux côtés d'une pièce de cuivre, d'argent ou d'or.

—

Il y a un instinct plus fort que celui de la peur : c'est l'instinct de la curiosité.

—

L'araignée a eu des calomniateurs qui ont été jusqu'à l'accuser de recéler, comme la vipère, un venin redoutable qu'elle inocule par la piqûre. On en fait une empoisonneuse donnant la mort à l'homme qui l'avale par mégarde ou par imprudence. Rien de tout cela n'est vrai : dans nos climats, le venin des araignées n'a jamais été fatal qu'aux mouches et autres petits insectes qui viennent se prendre dans leurs toiles.

Disons ensuite que les araignées ont été considérées comme un mets délicieux par quelques personnes au-dessus des préjugés, entre autres par notre illustre astronome Lalande, qui en mangeait autant qu'il pouvait en recueillir. Il avait toujours dans sa poche une bonbonnière remplie de grosses araignées de cave; à chaque instant il la sortait pour en avaler une. Les dames, témoins du fait, étaient frappées de dégoût et d'horreur ! Lalande assurait qu'on ne pouvait manger rien de plus exquis; il trouvait à l'araignée un goût délicieux de noisette. — Un naturaliste très-connu, Boitard, écrivait en 1846; « Je connais encore maintenant un homme, du reste très-aimable, qui est fort enchanté quand un ami, invité par lui à dîner, lui fait la galanterie d'apporter, pour le dessert, une boîte pleine d'araignées et de cloportes. »

—

On a comparé le bonheur à une boule après laquelle nous courons tant qu'elle roule, et que nous poussons du pied quand elle s'arrête.

—

Le chant des oiseaux est si harmonieux, si touchant !... je l'ai entendu; mon cœur a tressailli, il a béni le Seigneur, puis j'ai cherché quelque chose de semblable dans la voix des hommes et je n'ai entendu que les cris de la discorde, de la haine et de l'envie. Dieu est tout amour... Mortels, pourquoi vous haïssez-vous?

—

Beaucoup d'hommes célèbres ont cru faire preuve de goût en déposant leur nom de famille, ridicule ou trivial, pour se montrer au public sous des noms harmonieux et sonores. Leclerc, Lebouvier, Jolyot, Chassebœuf, Carton, Poquelin, Arouet, Fusée, Carlet, Burette, sont aujourd'hui des noms qu'on ne prononce guère. Ils ont été pourtant les noms primitifs, les vrais noms d'autant d'hommes célèbres. Mais Leclerc s'est appelé M. de Buffon; Lebouvier a pris le nom de Fontenelle; Jolyot celui de Crébillon; Chassebœuf a mieux aimé signer Volney; Carton est devenu Dancourt; Poquelin est devenu Molière; Arouet s'est fait Voltaire; Fusée, Voisenon; Carlet, Marivaux, et Burette s'est fait Dubelloy.

Thomas Corneille, dont Boileau s'est moqué, avait pris le nom de

M. de l'Isle sur le titre de son grand *Dictionnaire géographique*. Boileau lui-même signait Despréaux. Mais, par exception, à ces deux hommes et en dépit d'eux, le public a conservé et consacré leurs noms véritables.

—

Le diplôme de bachelier ne fait pas plus un homme d'intelligence et de savoir que le certificat de moralité ne fait un honnête homme.

—

Autrefois on distinguait des saluts de petite, de moyenne et de grande cérémonie ; la courtoisie avait alors autant de nuances qu'il se rencontrait de degrés dans la hiérarchie sociale ; de même les gens du bel air connaissaient une foule de formules variées pour faire à leurs invités les honneurs de leur table. Jugez-en par cet exemple. Il est d'un homme qui, élevé sous l'ancien régime, devint un des hauts fonctionnaires du premier empire.

Le marquis de Chauvelin, étant préfet de Bruges, donnait à dîner au prince de Neufchâtel et à son état-major. Il employa pour servir du bœuf les formules suivantes :

« Monseigneur, aurai-je l'honneur d'offrir du bœuf à Votre **Excellence** ?

« Général, vous offrirai-je du bœuf?

« Capitaine, vous voulez du bœuf ? »

Et aux autres, en leur montrant le plat, il dit :

« Du bœuf?

« Bœuf ?

« ... Œuf? »

—

Il y a des plantes qui, par leurs qualités, je dirais presque par leur intelligence, sembleraient devoir être placées plus haut qu'elles ne le sont dans l'échelle des êtres. La sensitive ne se contracte-t-elle pas lorsqu'on la touche? Les tulipes s'épanouissent quand il fait beau et se referment quand le soleil se couche ou que le temps se met à la pluie. L'avoine sauvage, lorsqu'on la dépose sur la table, se remue souvent d'elle-même, surtout si on l'a préalablement échauffée dans la main. L'héliotrope enfin se tourne toujours vers le soleil.

—

Vivre, souffrir, mourir, voilà trois choses que n'enseignent guère nos universités, et qui cependant renferment en elles toute la science nécessaire à l'homme.

FERDINAND P. O. *Journal de lecture.*

CXXIV

LA CATHÉDRALE DE COLOGNE

LÉGENDE

Un archevêque de Cologne [1], qui vivait vers le milieu du treizième siècle, voulant bâtir une cathédrale qui surpassât en grandeur et en magnificence toutes les églises de la chrétienté, fit venir le plus habile architecte de la ville, et lui demanda le plan d'une cathédrale qui ne ressemblât en rien à aucune des cathédrales que l'on eût bâties jusqu'alors. L'architecte rêvait depuis longtemps à ce plan, écartant successivement toutes les combinaisons que lui présentaient ses souvenirs. Il était un jour assis sur le bord du Rhin, traçant sur le sable avec sa canne des lignes et des cercles, quand tout à coup il se lève transporté de joie :

« Je l'ai trouvé, s'écrie-t-il, oui, c'est cela !

— Cela ? répondit une voix à côté de lui ; c'est le plan de l'église de Strasbourg. »

L'architecte se retourne et voit auprès de lui un petit vieillard qui souriait en le regardant.

« Hélas ! il a raison, » dit le malheureux artiste ; et effaçant son premier plan il en essaya un autre. A peine l'eut-il achevé que le petit vieillard lui dit :

« Cela, c'est la cathédrale de Mayence. »

Et l'architecte, désespéré, effaça encore. Bref, à chaque plan nouveau qu'il dessinait, nouvelle exclamation du petit vieillard, qui lui nommait

1. Cet archevêque se nommait Conrad de Hochstedten.

La cathédrale de Cologne fut commencée en 1248, à une époque où le chœur et la nef de la cathédrale de Strasbourg allaient être terminés. On sait que le premier de ces édifices est une des œuvres les plus remarquables de l'ancienne architecture teutonique, un des monuments religieux les plus intéressants que les voyageurs puissent visiter en parcourant ces villes du Rhin, si riches en édifices du moyen âge.

« C'est en vain, dit un spirituel touriste, qu'à diverses reprises on a essayé d'achever la cathédrale de Cologne, et c'est en vain aussi que les savants d'Allemagne ont fait des recherches pour découvrir le nom de l'architecte. La cathédrale reste imparfaite et le nom inconnu. Le gouvernement prussien, depuis quelques années, fait travailler à cette église, mais je ne crois pas qu'il lève le sort attaché à sa construction. Il y a une puissance mystérieuse qui empêche qu'elle soit jamais achevée, une puissance aussi grande que le diable, et qu'on ne peut ni vaincre ni tromper avec des reliques et des prières : le manque d'argent. Il faudrait je ne sais combien de millions pour achever la cathédrale de Cologne. Voilà ce qui confirme d'une manière irrévocable la malédiction du démon. »

quelque illustre basilique, et l'architecte était obligé de convenir que son censeur avait raison.

Enfin exaspéré et de l'inutilité de ses efforts et des ricanements du vieillard :

« Par Dieu ! mon maître, s'écria-t-il, vous qui critiquez si bien autrui essayez donc à votre tour.

— Ce n'est point mon métier, répartit l'autre ; mais si je m'en mêlais, peut-être m'en tirerais-je pour le moins aussi bien que vous. »

Et prenant la baguette des mains de l'artiste il commença à tracer négligemment sur le sable les principales lignes d'une église tout originale et toute grandiose, puis les effaça aussitôt en ricanant.

« Vous êtes du métier ! s'écria l'artiste ébloui ; de grâce, achevez ce plan.

— Non, vous me le prendriez et vous iriez ensuite vous en faire honneur.

— Eh bien, vendez-le-moi ; voici tout ce que je possède, dix écus d'or. »

Et en disant ces mots il tendait haletant sa bourse au vieillard ; l'autre, éclatant de rire, le repoussa.

« Je ne vends pas mes plans, dit-il.

— Eh bien, je l'aurai pour rien, s'écria l'artiste éperdu ; achève ce plan ou tu es mort ! »

Et, le poignard levé, il se précipita sur le vieillard. Celui-ci d'une main saisit son adversaire, le renverse et lui arrachant sa dague :

« Tu vois, lui dit-il, que je suis plus robuste que toi ; cependant si tu veux mon plan, il est à toi.

— A quel prix ?

— Vends-moi ton âme... »

L'artiste, anéanti, eut encore la force de faire un signe de croix : le diable disparut.

Depuis cette apparition le pauvre artiste ne dormait plus et mangeait à peine ; vainement il essayait de prier ; sa pensée, tout à son œuvre, s'éloignait de Dieu, et son imagination lui rappelait toujours ce plan magnifique qu'il avait à peine entrevu et qui se représentait sans cesse à sa pensée, mais dont les lignes s'effaçaient aussitôt qu'il cherchait à les fixer. Un soir, épuisé de soucis et d'angoisses, il errait encore sur les bords du Rhin, lorsqu'il se trouva tout à coup devant le petit vieillard, qui dessinait toujours sur le sable : les lignes que Satan traçait brillaient sur le sol en lueurs phosphorescentes, puis s'éteignaient après avoir laissé apercevoir un splendide fouillis d'ogives, de colonnettes et de clochetons. La tentation était trop forte.

« Mon âme est à toi ! lui dit l'artiste d'une voix étranglée par la terreur.

— Eh bien, repartit le diable, viens me trouver demain à minuit ; tu me signeras la donation que tu me fais de ton âme, et en échange de ta signature, tu recevras le plan qui doit t'immortaliser. »

L'artiste rentra chez lui, fou de joie, de terreur, de remords. Il passa une nuit terrible, seul avec sa pensée égarée par la fièvre et le délire. Cependant quand vint le matin, s'agenouillant par un reste d'habitude, il sentit le calme renaître dans son âme avec le jour et la prière. Sa pieuse mère vint l'embrasser comme elle le faisait tous les matins avant d'aller entendre la messe à l'église des Saints-Apôtres.

« Ma pauvre mère ! se dit l'artiste en sanglotant, je serai séparé d'elle pendant l'éternité ! »

Il se lève, sort, va trouver son confesseur et lui avoue le pacte qu'il doit signer le soir même. Le prêtre, au lieu de s'indigner comme s'y attendait le pénitent, se mit à réfléchir.

« Ce serait donc une magnifique église ? lui dit-il.

— Oh ! mon père, ce serait la merveille du monde !

— Une église où l'on viendrait du monde entier en pèlerinage et qui attirerait sur Cologne les bénédictions du ciel ?

— Oui, mon père ; mais je suis damné, moi. »

Le prêtre releva son pénitent et l'embrassant :

« Le diable est bien fin, mon fils, lui dit-il, mais on dit que parfois les prêtres le sont encore plus. Prenez ce reliquaire, qui contient un morceau de la vraie croix. Quand Satan vous présentera le plan d'une main et de l'autre le contrat à signer, tâchez de saisir le plan, et en même temps touchez-le de la sainte relique. Allez, mon enfant, et que Dieu vous protège. »

Quelle que fût l'angoisse de l'artiste, les paroles du prêtre ramenèrent le calme dans son cœur. Il se sentit rassuré et attendit le soir avec confiance. A minuit il était au bord du Rhin ; le diable y était avant lui, toujours goguenard :

« Allons, dit-il, approche et ne tremble point ; voici le plan que je t'ai promis et voici le contrat que tu t'es engagé à signer.

— Mais ne me trompes-tu point ? » lui dit l'artiste.

Et il saisit le plan de la main gauche comme pour le considérer de plus près, tandis qu'il avançait de la droite la sainte relique qu'il avait apportée. Aussitôt Satan lâchant le plan poussa un cri épouvantable comme s'il eût été touché par un fer rouge et recula :

« C'est un prêtre qui t'a conseillé cela, lui cria-t-il d'une voix tonnante, c'est une ruse d'église ! Mais je m'en vengerai. »

Et il disparut.

Muni de ce plan, qu'il avait failli acheter si cher, l'artiste le montra
le lendemain à l'archevêque, qui en ordonna l'exécution immédiate. La
cathédrale s'éleva bientôt au milieu des airs, et l'on venait déjà de toutes
les parties du monde admirer cette naissante merveille. L'heureux architecte ne quittait point les travaux, pressant sans cesse ses ouvriers, se
chargeant avec délices d'une partie de leur tâche. Un soir il était resté
seul sur une des tours, et, absorbé dans une sorte d'ivresse, il avait laissé
venir la nuit sans s'en apercevoir, lorsque tout à coup il entend rire à côté
de lui : c'était Satan qui le contemplait en silence.

« Tu m'as trompé, lui dit enfin celui-ci, mais tu vas mourir ; écoute
bien encore : ton nom restera inconnu des siècles à venir, et ta cathédrale
ne s'achèvera pas. »

En disant ces mots il le précipita dans l'espace du haut de cette tour,
qui s'élevait déjà à la hauteur de plus de cent pieds. Heureusement le
pieux artiste avait eu le temps de faire un signe de croix ; son âme fut
sauvée ; mais selon la prédiction que le diable avait faite, son nom resta
inconnu et son œuvre inachevée.

(Extrait des Bords du Rhin, FRÉDÉRIC BERNARD.)

<hr>

CXXV

LA MER

L'Océan est cette vaste étendue d'eau qui couvre la surface du globe du
nord au sud et de l'est à l'ouest, de telle sorte qu'un vaisseau, en avançant toujours, revient, en tournant les obstacles qu'il rencontre, au point
d'où il était parti. Les continents et les îles sans nombre qui enveloppent
l'Océan n'en interrompent point la continuité. Les mers sont certaines
parties de l'Océan qui empruntent leurs dénominations générales aux
divers pays qu'elles baignent. Les subdivisions de ces mers forment les
golfes, les baies, les détroits figurés sur nos cartes.

On a calculé que la surface des eaux répandues sur la terre est d'environ neuf millions et demi de lieues carrées. Quant au volume des eaux
il est difficile de l'évaluer même approximativement, parce que dans
beaucoup d'endroits la sonde n'atteint pas le fond. Mais en supposant que
la profondeur moyenne de l'Océan soit d'un demi-mille anglais ou d'un
sixième de la lieue commune de France, on trouvera pour la masse des

eaux un volume de plus de deux millions trois cent soixante mille lieues cubiques. En d'autres termes, les eaux de l'Océan suffiraient pour combler deux millions trois cent soixante mille citernes d'une lieue carrée et d'une lieue de profondeur.

L'idée de la MER dans son imposante étendue confond l'esprit comme l'idée de l'infini. Loin des côtes et par un temps calme elle offre un spectacle monotone; mais dans ses moments de fureur les marins associent le sentiment de sa puissance à celui du danger, et dans nulle autre circonstance peut-être l'homme n'est appelé à faire sur lui-même un retour aussi solennel et aussi religieux.

Loin de soulager la soif, les eaux de la mer l'irritent par leur amertume et leur qualité saumâtre. Cette propriété a été attribuée à diverses causes : quelques physiciens ont prétendu que de vastes couches et des montagnes de sel gisent au fond de l'Océan; d'autres pensent que les fleuves, qui depuis tant de siècles emportent à la mer les détritus de végétaux et d'animaux qui tous contiennent une certaine quantité de sel, sont les véritables agents de ce phénomène. Dans cette hypothèse les corps se décomposent par l'action dissolvante des eaux; l'évaporation ne leur enlève que des parties qui constituent l'eau potable, pour les rendre à la terre sous la forme de pluie ou de courants. Que ces causes agissent isolément ou concurremment, c'est ce que la science n'a pas encore résolu. Mais nous en déduirons cette remarque, que la nature est un vaste laboratoire où tout se combine à l'infini, selon des règles constantes qui perpétuent dans leurs propriétés et dans leur ensemble les œuvres du Créateur.

Si la cause des phénomènes se dérobe souvent aux investigations de l'homme, leur fin, c'est-à-dire leur utilité, suffit pour nous faire admirer la sagesse providentielle. Le sel renfermé dans l'eau de la mer la préserve de ces altérations nuisibles auxquelles l'eau potable est exposée; il prévient en outre la congélation de ces grands réservoirs, si ce n'est sous les latitudes rapprochées des pôles.

L'aspect général de la mer varie suivant l'état atmosphérique et l'heure de la journée, mais il conserve toujours un caractère de grandeur, soit que le soleil du matin revête d'une teinte argentée le niveau de l'horizon, soit que, près de disparaître, ses rayons brisés par les vagues semblent s'y allumer comme les flammes d'un vaste incendie. Rien n'égale la beauté de ce spectacle dans les nuits polaires, lorsque quelque aurore boréale fait briller la surface des eaux d'une transparente et tranquille lumière. La couleur de la mer est ordinairement d'un gris pâle et bleuâtre, mais le moindre souffle de vent, la réflexion du ciel, la présence d'un nuage, celle des animaux et des végétaux qu'elle recèle, la nature même du fond, lui donnent occasionnellement des teintes qu'il serait impossible d'indiquer avec précision.

Quelquefois elle devient lumineuse, et c'est pendant la nuit que se manifeste surtout ce phénomène. On la voit briller en quelques endroits aussi loin que le regard peut s'étendre; parfois l'eau ne devient lumineuse qu'en se heurtant contre les flancs du navire ou lorsqu'elle est battue par l'aviron. Dans quelques mers ce spectacle est plus fréquent que dans d'autres. Il en est où il se manifeste lorsque certains vents soufflent; il en est enfin où on ne l'observe que sur une échelle plus réduite.

Le capitaine Bonnycastle, en remontant le golfe de Saint-Laurent, fut témoin de ce phénomène, avec des circonstances tout à fait surprenantes. C'était le 7 septembre 1826; à deux heures du matin, le pilote en second vint, tout alarmé, éveiller le capitaine. Le ciel était étoilé, mais tout à coup il parut chargé dans une certaine direction et une lumière soudaine et brillante, ressemblant à une aurore boréale, sortit de la mer. Cette lumière était si vive qu'elle éclairait tous les objets, même jusqu'au sommet du mât. Le contre-maître, après avoir donné l'alerte, mit la barre dessous, diminua de voiles et mit tout l'équipage à l'œuvre. D'un rivage à l'autre la mer était toute lumineuse, et les eaux, jusqu'alors paisibles, commencèrent à s'agiter. Les marins de l'équipage affirmaient n'avoir jamais rien vu de semblable. A cette clarté, on distinguait une foule de gros poissons dont les mouvements rapides semblaient annoncer la perplexité. Le jour parut et le soleil se leva; son disque était tout en feu. Le capitaine fit tirer un seau de cette eau; elle offrait l'aspect d'une masse lumineuse, dès qu'on l'agitait avec la main. On en mit une partie dans un vase découvert; elle conserva pendant quelques jours, mais à un moindre degré, cette qualité phosphorescente.

On a essayé d'expliquer la cause de ce phénomène, attribuée soit à des myriades de petits animaux dont le corps a la même propriété que celui du ver luisant, soit enfin à la radiation d'une matière phosphorique, telle que celle qui émane du maquereau et de quelques autres poissons pendant la nuit. Dans tous les cas, la radiation, qui augmente par le mouvement imprimé à l'eau, révèle suffisamment la présence d'un fluide phosphorique. Les marins pensent que lorsque la mer devient ainsi lumineuse, c'est le signe d'une tempête prochaine.

Dans les régions polaires la mer se présente sous un aspect qui diffère entièrement de celui qu'elle offre sous les autres latitudes. La glace y flotte sous la forme d'îles ou de montagnes. Quelques-unes de ces masses surpassent en étendue un grand nombre des îles figurées sur nos cartes; il en est qui s'élèvent à plus de mille pieds au-dessus du niveau de la mer et qui ont plusieurs lieues d'étendue. Généralement elles se succèdent et forment comme une chaîne sur un espace de plusieurs degrés. Les marins redoutent bien plus les glaces à fleur d'eau que celles qui s'élèvent au-dessus de la mer. Il est possible à un vaisseau d'éviter ces dernières, qu'on aperçoit de loin, mais il peut se trouver surpris au milieu des autres et y être retenu assez longtemps pour que l'équipage périsse de faim ; d'autres fois il est brisé en mille pièces entre ces masses flottantes.

Une montagne de glace est ordinairement d'un vert pâle ; quelquefois elle prend une teinte grise ou noirâtre. Cette glace est mélangée de terre, de pierres et de broussailles détachées du rivage. On trouve parfois sur les escarpements de ces vastes glaçons des nids d'oiseaux avec leurs œufs, quoiqu'à une distance considérable de la terre. Ils n'ont probablement atteint une telle hauteur que graduellement, les neiges et les pluies s'y congelant sans cesse, et quelques-uns sont peut-être aussi anciens que le monde.

Quelque intéressantes que soient les scènes qu'offre la surface de la mer, il est probable que ce qui se passe dans les profondeurs de ses abîmes exciterait encore à un plus haut degré la curiosité, si ces retraites n'étaient impénétrables aux investigations de l'homme. Cependant on est parvenu à dérober à la mer plusieurs de ses secrets. Ainsi il est d'abord certain que la configuration générale du lit de l'Océan ressemble à celle du continent : il s'y trouve des montagnes, des vallées, des collines, des bancs de roc, des précipices, des cavernes et des grottes. Un grand nombre de ces îles dont la mer est parsemée ne sont que les sommets de montagnes que l'eau laisse à découvert. Enfin les parties inaccessibles à la sonde sont sans doute des vallées, des fissures, des plaines profondément encaissées ; les écueils ou les bas-fonds situés près des rivages ne seraient à leur tour que les approches de ces éminences que nous appelons la TERRE.

Traduit de l'anglais.

CXXVI

TOUCHANT SPECTACLE D'UNE BELLE MORT

J'ai assisté il y a quelques années, dit Loyau d'Ambroise [1], à un spectacle qui laissera de longues traces dans ma mémoire. J'étais allé visiter l'abbaye de Meilleraie, asile où la prière s'était réfugiée, entourée de bois silencieux, de lacs bleus et mélancoliques, et d'où naguère elle se retira, chassée par des barbares et des impies. Le second jour que je passais dans ce lieu de paix et d'amour on vint m'avertir qu'un des religieux touchait à sa dernière heure. Je suivis la communauté, qui allait entourer son lit de mort. Couché sur la cendre, sur cette cendre qui lui rappelait les vanités auxquelles il disait adieu, on eût dit un bienheureux qui s'entretient avec l'Éternel. Que la mort était belle sur ses lèvres, s'endormant dans le sourire, et sur son front vénérable empreint de la paix du Seigneur !

« Mon fils, lui dit l'abbé, voici le pasteur et le troupeau qui viennent prendre congé de vous comme d'une brebis qui les quitte pour de meilleurs pâturages. Vous quittez les larmes et la fumée, vous allez vous rejoindre à celui que vous avez toujours aimé. Dites à ceux de nos frères qui n'ont point encore grandi dans la pénitence combien est douce la joie d'une telle mort. »

Après avoir dit ces mots il se mit à genoux auprès du mourant, et celui-ci, rompant pour la première fois le silence religieux du cloître :

« O compagnons de ma solitude, dit-il, je vais quitter le désert où j'ai laissé la trace de mes pleurs. Voici vingt années que je les offre à Dieu, dans cet asile dont les austérités m'ont paru plus douces que les voluptés de ma première vie. De quel œil je considère ce monde qui fut cher à ma jeunesse, et dont les molles séductions expirent au bord de mon tombeau ! Quand même j'aurais joui de ses grandeurs et de l'illusion de ses amours, le jour est venu que leur ombre ne me cacherait plus l'abîme de la mort, abîme qui me paraîtrait plein de terreurs, et que j'envisage maintenant comme un port tranquille où Dieu va récompenser son serviteur ! O mes frères, qu'il est doux d'avoir pleuré aux pieds du sanctuaire ! Qu'il est doux d'avoir caché sa vie à l'ombre du Seigneur ! »

Il était beau ce vieillard, se jouant doucement avec la mort et parlant de l'amour de Dieu en face d'un sépulcre. Eh ! quel tableau offraient les reli-

---

1. *Dictionnaire de la conversation*, extrait de l'article *Amour*.

gieux entourant en silence le lit du défunt ! O divin Lesueur, quand tes
pinceaux révélaient au monde les mystérieuses voluptés du cloître, tu
n'avais point rêvé tes figures célestes ! Je les retrouvais sous mes yeux,
sublimes de religion et d'espérance, belles d'un calme délicieux que le
siècle ignore et qui venge le ciel de nos mépris. Au signal de leur père,
ces fils de la solitude levèrent vers le ciel les yeux qu'ils tenaient fixés
vers le mourant. L'un d'eux, blanchi dans la prière, dit les premières paroles du *Magnificat*, et tous le répétèrent en chœur. Arrivé à ce verset si
consolant : *Esurientes implevit bonis*, le vieillard qui le murmurait encore,
ferma les yeux et s'endormit dans le Seigneur. Et moi je pensai que la
philosophie se trompe quand elle prétend que la religion n'a que des joies
sèches et arides et que l'amour de Dieu n'est qu'une illusion.

CXXVII

UN BIENFAIT N'EST JAMAIS PERDU

Quelques jours avant l'insurrection du 3 septembre, Beaumarchais vit
devant sa porte un pauvre grison chargé de légumes que vendait une
jeune fille de campagne. L'animal avait l'oreille basse, les os près de la
peau, ne paraissait pas bien ferme sur ses jambes, et cherchait de temps
en temps à tirer de la paille des sabots de sa conductrice, qui le rudoyait
pour toute aubaine. Beaumarchais sent son cœur ému ; il envoie un de ses
domestiques acheter des légumes à la jeune villageoise, fait approcher
l'âne de la grille de la maison et lui donne lui-même une botte de foin.
Quelques moments après, un de ses voisins vient le prévenir qu'on se propose de faire des visites domiciliaires, qu'il est désigné comme suspect, et
que, s'il ne veut pas être arrêté, il doit se disposer à fuir à l'instant. Beaumarchais hésite, se consulte, délibère, enfin laisse le temps aux gens
armés d'investir la maison. Il se cache dans une armoire. On entre, on
cherche partout, on approche de son asile, mais il échappe à l'œil des
inquisiteurs ; un seul homme entr'ouvre sa cachette et le reconnaît ; il se
croit perdu : heureusement cet homme est son meilleur ami, qui, dans
l'espoir de lui être utile, avait suivi les sbires révolutionnaires :

« On doit revenir cette nuit, lui dit-il tout bas, tâchez de ne pas attendre. »

Beaumarchais profite de l'avis, et dès que sa maison est libre, il s'esquive par son jardin. Mais il était nuit, les rues étaient remplies de patrouilles, comment n'être pas arrêté? Le plus sûr moyen était de sortir de Paris; il y parvient en se glissant par une barrière mal gardée. Le voilà dans la campagne, par une pluie horrible, sans savoir où trouver un gîte; il frappe inutilement à plusieurs portes. Enfin il aperçoit une lumière dans une vieille masure, il appelle et demande l'hospitalité.

« A l'heure qu'il est? répond un homme en se présentant à la fenêtre, cherchez vos dupes ailleurs! »

Beaumarchais prie, promet de payer son hôte.

« Passez votre chemin, » lui dit-on...

Il allait se retirer, lorsqu'il entend une jeune voix s'écrier:

« Ah! mon père, ouvrez vite, c'est le bon monsieur qui a donné du foin à notre âne. »

Aussitôt la porte s'ouvre, il est reçu, choyé; il confie ses inquiétudes à ces cœurs reconnaissants, et s'en sert avec succès pour trouver le lendemain un asile plus commode et plus sûr; il ne quitta pas ses hôtes sans visiter, à l'écurie, le pauvre baudet qui lui avait valu un accueil si amical.

ANONYME.

CXXVIII

LES ANIMAUX DE L'AUSTRALIE

Au temps de la découverte, il n'y avait sur le continent aucun quadrupède qui rappelât l'ancien monde, si ce n'est le chien, encore ce dernier y a-t-il plus d'analogie avec le renard et le cheval qu'avec l'espèce canine.

Le plus grand des quadrupèdes de l'Australie est le *kangarou* ou *kanguroo*, c'est un gibier très-recherché des naturels et même des Européens. Préparé à l'étuvée, il a un goût très-prononcé de venaison. On en compte dix à douze espèces, depuis le kangarou géant jusqu'au kangarou rat ou lapin, le plus petit de l'espèce.

Les kangarous ne font usage de leurs courtes jambes de devant que pour paître; ils se dressent alors sur les pattes de derrière et sur leur queue, tandis qu'ils portent en avant les pieds antérieurs; puis à l'occasion ils s'asseyent, et quand ils ont cueilli l'herbe ou la plante favorite avec une patte de devant, ils la mâchent lentement et la passent en jouant d'une patte à l'autre. Quand on les poursuit, ils sautillent sur leurs pieds de derrière et font des bonds d'une longueur étonnante, et, pendant qu'ils sautent ainsi, leur queue flotte çà et là et leur sert de balancier. Ils franchissent des ravins et descendent des pentes rapides, faisant des sauts de dix mètres. Il est rare que les chiens attaquent en petit nombre le grand kangarou, qui en emporte quelquefois trois ou quatre pendus à ses flancs.

Le *koula* (ou paresseux, ou ours indigène), est de la taille d'un chien ordinaire, avec un pelage de couleur sale et hérissé; il n'a point de queue et ressemble à l'ours par les pattes et les griffes. Il monte lestement aux arbres, dont il mange les feuilles; il devient gras et très-lourd.

Le *porc-épic* d'Australie donne un mets très-recherché des indigènes, ainsi que le *oumbat*, grand animal de la grosseur d'un mâtin, qui se loge dans la terre, se nourrit d'herbes et de racines, et acquiert une obésité remarquable.

Le *bandicout* a environ quatre fois la grosseur d'un rat. Il n'a point de queue et se fait des retraites dans la terre et dans le creux des arbres. Les écureuils volants sont d'une belle couleur d'ardoise, et leur fourrure est si fine, que, malgré la petitesse de cet animal, les chapeliers en achètent la peau très-cher.

Le *renard volant* est une immense chauve-souris d'un si horrible aspect, qu'il ne faut pas s'étonner de ce qu'un des matelots de l'équipage de Cook le prit pour le diable, quand il le rencontra dans les bois.

La Nouvelle-Galles possède des *opossums gris,* à queue arrondie, qui, pour sauter d'une branche à l'autre, entortillent cette queue autour de la branche d'où ils s'élancent, et, par ce moyen, bondissent sur celle qu'ils veulent atteindre.

On voit à la Nouvelle-Galles un grand pigeon nommé *ouanga-ouanga,* qui est un excellent manger. Il faut y ajouter deux variétés du beau pigeon à ailes bronzées, le pigeon à crête de l'Illanarra, et le grand pigeon vert du port Macquarie. Parmi les êtres singuliers, il faut compter des *cygnes noirs* et quatre variétés de *kakatoès,* à savoir : deux espèces noires, semblables à des aigles de petite taille, sans crête, ayant leurs ailes tachetées de jaune et la queue également tachetée de jaune ; puis le kakatoès à couleur d'ardoise et à crête rouge, et le kakatoès blanc à crête jaune.

Les *perroquets* sont d'une diversité infinie, et surpassent tous ceux du reste du monde par la splendeur de leur plumage.

Les *émus,* sorte de *casoars* sans casques, ont souvent la hauteur d'un homme; leurs jambes et leur cou, comme ceux de l'autruche, sont longs et leur corps massif. Ils sont dépourvus de langue et n'ont ni plumes ni ailes, mais ils sont couverts de quelque chose qui tient le milieu entre le poil et la plume, avec de très-petites miniatures d'ailes attachées aux flancs; ils ne peuvent donc que courir, et les chiens les chassent comme les kangarous. Ces animaux pondent à la fois six ou sept œufs, qui, en grosseur, égalent ceux de l'autruche et sont d'un beau vert foncé.

Nous terminerons cet article fort incomplet sur la zoologie de l'Australie par la description de deux des plus bizarres animaux que fournisse cette contrée, l'*échidné* et l'*ornithorhynque*.

L'échidné est une de ces espèces intermédiaires qui exerceront long-temps les recherches physiologiques de l'homme. Il ressemble au hérisson et au fourmilier; comme le premier, il a le corps couvert de piquants et possède la faculté de se rouler en boule; comme le second, il a le museau long, grêle, terminé par un petit bec et armé d'ongles fouisseurs qui lui servent à s'enterrer promptement. Il n'a pas de dents, et sa langue, fort extensible, saisit et retient facilement les insectes à l'aide de petites épines qui hérissent cet organe et dont la pointe est dirigée en arrière.

L'ornithorhynque est un animal plus extraordinaire, dont les savants n'ont pu jusqu'ici déterminer la nature; les uns le rangent parmi les ovi-pares, les autres parmi les mammifères, d'autres enfin le comprennent dans une classification complexe, d'où il résulterait qu'il est également ovipare et mammifère. L'ornithorhynque forme la nuance entre les phoques et les oiseaux; ses pieds réunissent des nageoires à des griffes, sa mâchoire se termine en bec de canard, et sa structure interne le rapproche des squales et des reptiles. Il a environ cinquante centimètres de long et il habite or-dinairement les lacs d'eau douce.

E. ROY.

CXXIX

DES AÉROSTATS OU BALLONS

On appelle AÉROSTATS des machines à l'aide desquelles on peut naviguer dans les airs.

Un aérostat se compose d'une enveloppe flexible, en papier, ou mieux en taffetas rendu imperméable à l'aide d'une dissolution de gomme élastique dans l'huile de térébenthine. Quand elle est gonflée, cette enveloppe pré-sente généralement une forme sphéroïdale. L'hémisphère supérieur est recouvert d'un réseau de cordes auquel se trouve suspendue une petite na-celle d'osier, destinée à porter l'*aéronaute*. On désigne, sous ce dernier nom, celui qui s'élève ainsi dans les airs.

La belle découverte des aérostats est due à Montgolfier, dont ils ont long-temps porté le nom. Il lança le premier ballon à Annonay, en 1782. Son appareil avait trente-six pieds de diamètre; l'enveloppe était de papier; de l'air raréfié au moyen d'un fourneau placé à sa base, le remplissait. Alors on vit sur la terre un spectacle nouveau, et bien digne d'exciter l'enthou-siasme : un globe immense qui s'élevait majestueusement dans les airs et qu'une puissance invisible semblait y soutenir.

Quoique cette découverte soit venue bien tard, le désir de se transporter dans les hautes régions de l'atmosphère a dû naître assurément à une époque fort reculée, et on a cru trouver le moyen de le réaliser en imitant le vol des oiseaux. Les poëtes nous en donnent la preuve dans le récit qu'ils font du voyage d'Icare. Selon eux, la chute de l'imprudent prove-nait, non pas de ce que les moyens employés étaient défectueux, mais de la faute du voyageur : Icare, en effet, s'étant trop approché du soleil, fit fondre la cire qui servait à fixer les plumes de ses ailes.

Dès le principe, on gonflait donc les ballons en brûlant, à leur orifice inférieur, de la paille hachée, de la laine, du papier ou tout autre corps combustible; l'air intérieur, étant ainsi rendu plus léger par sa dilatation, soulevait l'appareil et l'emportait dans les hauteurs de l'atmosphère. Mais un physicien célèbre, Charles, réfléchissant à tous les dangers attachés aux *montgolfières*, eut l'heureuse idée de substituer à l'air dilaté, l'hydro-gène, dont la densité est quatorze fois et demie moindre que celle du fluide vital.

Le procédé de Charles devait nécessairement triompher sur l'ancien système ; car le nouveau moteur, en vertu de sa légèreté spécifique, don-nait une force ascensionnelle considérable et toujours croissante, sans qu'il fût besoin de l'entretenir. On doit également à Charles l'usage des enve-loppes en taffetas.

Les aéronautes forcent leurs ballons à s'élever ou à s'abaisser selon leur volonté. Dans le premier cas, ils jettent du *lest* : ce lest est du sable con-tenu dans de petits sacs. Veulent-ils redescendre? ils rendent la machine plus pesante en laissant échapper du gaz au moyen d'une soupape disposée à la partie supérieure du ballon, et qui porte une corde dont l'extrémité pend dans la nacelle. En cas d'accident, l'aéronaute se munit d'un *para-chute*, espèce de vaste parapluie en toile vernie, d'une très-grande force, qui se déploie par la résistance de l'air, et ralentit progressivement la chute des corps qui y sont suspendus.

Pour concevoir la théorie des aérostats, rappelons-nous le principe d'Archimède, applicable aux fluides aériformes aussi bien qu'aux liquides, et en vertu duquel *tout corps plongé dans un fluide fait une perte de poids égale au volume du fluide déplacé.* Quand donc un corps qui baigne dans l'air pèse moins que le fluide déplacé, ce corps plongé s'élève, et sa force ascensionnelle a pour mesure l'excès du poids de l'air déplacé sur le poids du corps plongé. C'est ce qui arrive pour l'air chaud, la fumée, la vapeur d'eau. C'est aussi le cas des aérostats ou ballons. Ces appareils pesant moins que l'air qu'ils déplacent, montent par l'excès de l'énergie de la poussée du fluide sur leur propre poids. Toutefois, ils finissent par s'arrêter dès l'instant qu'ils ont atteint des couches d'air d'une densité égale à la leur. Une autre circonstance vient encore restreindre la possibilité de s'élever au delà de certaines limites. A mesure que la pression de l'air extérieur diminue, la force expansive du gaz enfermé va en augmentant, et à la fin, cette dernière vaincrait la résistance que pourrait lui offrir toute enveloppe, quelque solide qu'elle fût. Un ballon exactement rempli d'hydrogène serait immédiatement mis en pièces par le gaz, sitôt qu'il serait parvenu à une faible hauteur dans l'atmosphère, si l'aéronaute n'avait la précaution de laisser échapper, en ouvrant la soupape dont nous avons parlé, une partie du fluide emprisonné.

Parmi les voyages aérostatiques les plus célèbres, nous signalerons celui qu'entreprit Charles en compagnie de Robert, pour montrer la confiance que devait inspirer sa découverte. La capacité de son ballon était de 500 mètres cubes; l'appareil pouvait enlever un poids de 604 kilogrammes 85 grammes [1]. En quelques minutes l'intrépide aéronaute fut porté à la hauteur de 400 à 500 toises, et parcourut, dans cette région de l'atmosphère, plus de neuf lieues en moins de deux heures. Alors Robert descendit, et Charles, resté seul dans la nacelle, s'éleva de nouveau avec la rapidité d'une flèche jusqu'à la hauteur de 1,750 toises. C'est du milieu des Tuileries que Charles fit son ascension. Toute la population de Paris était en

---

1. On conçoit qu'il est facile, la pesanteur spécifique de l'air et de l'hydrogène étant connue, de calculer les dimensions que doit avoir le ballon pour s'élever dans l'air atmosphérique et emporter avec lui un poids donné. Ainsi 1 mètre cube d'air, au niveau de la mer et sous la pression atmosphérique ordinaire, pèse 1,299 grammes. Dans les mêmes conditions, une sphère d'air d'un mètre de diamètre pèsera 683 grammes environ. Si l'on admet que le gaz hydrogène employé à gonfler le ballon soit seulement vingt fois plus léger que l'air (nous prenons ce chiffre au lieu de vingt-trois, car le mode économique de sa préparation le donne fort impur), il en résultera que la force avec laquelle une sphère d'hydrogène de même diamètre tendra à s'élever dans les airs, sera de 615 grammes. Pour des sphères de différentes grandeurs, la force ascensionnelle se proportionnera à leurs volumes, c'est-à-dire aux cubes de leurs diamètres. Ainsi donc une sphère de six mètres s'élèvera avec une force égale à deux cent seize fois la première, c'est-à-dire avec une force de 133 kilogrammes, et une sphère de douze mètres avec une puissance d'impulsion de 1,062 kilogrammes. Mais on comprend que, pour se rapprocher de la vérité, il faut ensuite déduire des chiffres précédents, le poids du tissu de soie servant d'enveloppe.

mouvement; les places publiques, les sommets des édifices et tous les lieux élevés se trouvaient envahis par la foule immense des spectateurs. Un coup de canon fut le signal du départ. Aussitôt on vit monter le ballon comme un météore qui s'élève sur l'horizon. Au plus haut des airs on distinguait encore les banderoles flottantes éclairées par le soleil, et les navigateurs tranquilles qui saluaient la terre. Jamais expérience de physique n'excita tant d'admiration et un tel concert d'applaudissements.

Le premier physicien qui avait osé s'aventurer dans un ballon perdu, était l'infortuné Pilâtre de Rozier. Par la suite, il forma le projet éminemment hardi de passer de France en Angleterre par la voie des airs. Malheureusement dans la construction de son aérostat, pour lequel le gouvernement avait donné une somme de quarante mille francs, il eut l'imprudence de combiner la méthode de Montgolfier avec le procédé nouvellement imaginé par Charles, bien que ce dernier lui eût annoncé que c'était mettre un réchaud sur un baril de poudre. Pendant que Pilâtre suivait les préparatifs de son périlleux voyage, un autre aéronaute, Blanchard, l'inventeur du parachute, le prévint : il s'élança de Douvres, et s'abaissa sur les côtes de France, dans les environs de Calais. Devancé, mais non pas vaincu, Pilâtre fit aussitôt publier son projet, depuis longtemps conçu, de s'élever de Boulogne sur Mer pour passer en Angleterre. Il se rendit donc dans cette ville, et le 15 juin 1785, vers sept heures du matin, il partit avec le physicien Romain. Ils étaient à peine parvenus à une hauteur de deux à trois cents toises, quand le ballon s'enflamma : au bout d'une demi-heure les deux malheureux voyageurs furent précipités à terre. Ils allèrent tomber non loin du village de Vimille, tout près de l'endroit où Blanchard avait effectué sa descente. Pilâtre était sans vie; son compagnon expira au bout de quelques minutes. La France entière déplora la catastrophe de ce physicien, mort à l'âge de vingt-huit ans et demi seulement, victime d'un zèle trop ardent pour la science.

En 1804, un ballon, lancé à Paris, arriva en vingt-quatre heures à Rome, et y annonça le couronnement de l'empereur Napoléon par le pape.

En 1819, madame Blanchard fit à Paris une ascension nocturne : sa nacelle était pavoisée et garnie d'une brillante illumination; elle-même faisait partir des fusées. L'une de celles-ci, mal dirigée, perça sans doute le ballon et enflamma l'hydrogène. La malheureuse aéronaute tomba du haut des airs à la vue d'une foule de spectateurs terrifiés par cet affreux événement, et aux oreilles desquels parvenaient les cris déchirants qu'elle poussait dans sa chute. On retrouva son cadavre sur un toit, qu'elle avait enfoncé.

Dans un prochain entretien nous exposerons les curieux et intéressants détails relatifs aux ascensions de nos plus célèbres aéronautes. Nous parlerons du voyage entrepris par MM. Gay-Lussac et Biot. Nous n'aurons garde ensuite d'oublier M. et madame Poitevin avec leur vrai cheval en chair et en os, et ces sylphides légères que le cirque envoyait au ciel sous la surveillance de M. Godard.

En l'an II de la république française, Monge conçut l'idée de se servir des aérostats pour observer l'ennemi du haut des airs. Le premier essai eut lieu, en 1794, au siége défensif de Maubeuge, sous la direction du capitaine Coutelle. Les Autrichiens, qui assiégeaient la place, contrariés de l'espionnage exercé sur leurs immenses travaux, avancèrent pendant la nuit une pièce de dix-sept, l'appuyèrent au fond d'un ravin, et tirèrent la machine au vol ; mais tous leurs boulets la manquèrent. Le même aérostat figura à la bataille de Fleurus. Le capitaine Coutelle y resta neuf heures en observation. Son ascension paraît avoir eu quelque influence sur le succès de la journée, moins peut-être à cause de l'utilité des renseignements qu'il put transmettre au général en chef, Jourdan, qu'à cause de la confiance inspirée à nos soldats, par la vue de la machine, et de la frayeur qu'elle produisait sur les Autrichiens. L'aérostat fut ensuite mené au siége offensif de Mayence. Le capitaine Coutelle s'y éleva dans les airs à demi-portée de canon des remparts, domina la place de trois cents mètres, et découvrit toutes les dispositions de l'assiégé, ses réserves, ses batteries masquées, ses points de résistance.

En 1812, les Russes, pendant la fameuse expédition tentée contre eux, parurent songer un instant à recourir aux aérostats militaires, non comme moyen d'examiner les mouvements de nos troupes, mais pour effectuer des mitraillades aériennes. On lit, dans l'ouvrage du général Philippe de Ségur, que, par ordre de l'empereur Alexandre, un artificier allemand construisit, près de Moscou, un ballon monstrueux, dont la première destination était de planer au-dessus de l'armée française, d'y choisir un chef, et de l'écraser par une pluie de fer et de feu. On fit plusieurs essais de cette machine, mais ils échouèrent tous par suite de la rupture des ailes.

Tels sont à peu près les seuls résultats qu'ait amenés, pour les sciences et pour la vie pratique, la découverte des ballons. Le grand obstacle qui en paralysera longtemps l'utile emploi, vient de l'impossibilité où l'on est de diriger ces appareils. Il est bien certain que les aérostats doivent, comme les vaisseaux, trouver leur point d'appui dans le milieu où ils naviguent. Mais il y a, entre l'eau et l'air, des différences telles, que les principes hydrostatiques ne peuvent s'appliquer que très-imparfaitement à la direction des aérostats. Le gaz contenu dans le ballon, et dont la pesanteur spécifique a bien pu déterminer son ascension, devient lui-même à une certaine hauteur un élément de danger, si on ne peut lui donner issue à propos. A la difficulté de diriger les ballons dans une navigation *au long cours,* se joint celle de les maintenir contre le vent, lorsqu'ils sont captifs, cas particulier à ceux dont il fut fait usage à l'armée. On le voit donc, tout concourt à donner à la navigation aérienne les caractères de l'un des problèmes les plus propres à exercer la sagacité de l'intelligence humaine.

FERDINAND P. O.

CXXX

NAPOLÉON BONAPARTE

PREMIÈRE SUITE

Du siége de Toulon (1794) à la campagne d'Italie.

(Voir le premier volume, page 238.)

Les assiégés n'avaient songé qu'à fortifier Toulon et à garnir la ville de troupes. Ils avaient fait débarquer huit mille Espagnols, Napolitains et Piémontais, deux régiments anglais venus de Gibraltar, et avaient porté la garnison à quatorze ou quinze mille hommes. Les défenses furent perfectionnées, les forts armés, et surtout ceux de la côte, qui protégeaient la rade où leurs escadres étaient au mouillage. Ils s'étaient attachés particulièrement à rendre inaccessible le fort de l'Éguillette, placé à l'extrémité de la petite rade. Ils en avaient rendu l'abord tellement difficile, qu'on l'appelait dans l'armée le *petit Gibraltar*. Et pourtant efforts inutiles ! ouvrages de l'art destinés à crouler sous le travail du génie !... Ce que les coalisés n'avaient pas fait surtout, c'était de se mettre d'accord. L'orgueil britannique offensait les Espagnols, qui du reste se défiaient à bon droit des intentions de leurs alliés. On pouvait même déjà prévoir, vainqueurs ou vaincus, quelle serait la conduite de ces avides insulaires, et sentir en même temps, dit M. Thiers, combien avaient été aveugles et coupables ceux qui avaient livré Toulon aux plus cruels ennemis de la marine française.

Les républicains avaient réuni vingt-huit ou trente mille hommes ; ils commencèrent par serrer la place de près, et par établir des batteries contre les forts. Un plan d'attaque régulière avait été envoyé de Paris, où l'on ne savait pas que dans le conseil de guerre où ce plan fut discuté il se trouvait un jeune officier, homme d'une intelligence supérieure, qui, à l'aspect de la place, avait été frappé d'une idée que le conseil adopta. Cet officier, c'était Napoléon Bonaparte. Comme le fort de l'Éguillette était la clef de la place, on résolut de l'occuper. Ce n'était pas chose facile. Bonaparte, qui avait déployé jusque-là une grande énergie et couchait à côté de ses canons, fit, à la faveur de quelques oliviers qui cachaient ses hommes, placer une batterie très-près du fort Malbousquet, un des plus importants parmi ceux qui environnaient Toulon. Un matin, cette batterie éclata à l'improviste, et surprit les assiégés, qui ne croyaient pas qu'on pût établir des feux aussi près du fort. Le général anglais O'Hara, qui commandait la garnison, sortit à la tête de six mille hommes, s'élança à travers les postes républicains, s'empara de la batterie, et allait enclouer les pièces ; mais le jeune Bonaparte se trouvait non loin de là avec un bataillon. Un boyau conduisait à la batterie. Bonaparte s'y jeta avec son bataillon, se porta sans bruit au milieu des Anglais, puis tout à coup ordonna le feu ; le général O'Hara, étonné, crut que c'étaient ses propres soldats qui faisaient feu les uns sur les autres. Il s'avança vers les républicains pour s'en assurer, mais il fut blessé à la main, et pris dans le boyau même par un sergent. Au même instant, Dugommier, qui avait fait battre la générale au camp, ramenait ses soldats à l'attaque, et se portait entre la batterie et la place. Les Anglais, menacés alors d'être coupés, se retirèrent après avoir perdu leur général, et sans avoir pu se délivrer de cette dangereuse batterie.

Ce succès anima singulièrement les assiégeants et jeta beaucoup de découragement parmi les assiégés.

Cependant les républicains se préparaient à l'attaque si périlleuse de l'Éguillette. Un assaut fut résolu, le 18 décembre, et, à minuit, par un orage épouvantable, les républicains s'ébranlent, le combat s'engage. Au bruit de la mousqueterie, la garnison du fort accourt sur les remparts et foudroie les assaillants. Les Français reculent et reviennent tour à tour. Un jeune capitaine d'artillerie, nommé Muyron, arrive au pied du fort, s'élance par une embrasure ; les soldats le suivent, pénètrent dans la batterie, s'emparent des canons, et bientôt du fort lui-même.

Le général Dugommier et le commandant d'artillerie Bonaparte avaient été présents au feu et avaient communiqué aux troupes le plus grand courage. Dès que le fort de l'Éguillette fut occupé, les Français se hâtèrent de disposer les canons contre la flotte. Mais les Anglais ne leur en donnèrent pas le temps, ils se décidèrent sur-le-champ à évacuer la place ; mais avant de se retirer, ils résolurent de brûler l'arsenal, les chantiers, et les vaisseaux qu'ils ne pourraient prendre.

Enfin les républicains entrèrent dans Toulon, et trouvèrent la ville à moitié déserte et une grande partie du matériel de la marine détruit. De cinquante-six vaisseaux ou frégates, il ne restait que sept vaisseaux et onze frégates.

C'est dans la grande histoire de M. Thiers qu'il faut lire quelle fut la conduite odieuse des Anglais. Les pages 55, 56 et 57, tome VI, chap. II, font frémir d'horreur. Les habitants avaient été bien coupables, mais ils furent cruellement punis.

Nous nous sommes arrêté un peu longuement sur le siège et la prise de Toulon, parce que ce fut, pour ainsi dire, le premier théâtre où éclata ce génie qui devait porter si haut et si loin le nom et la gloire de la France.

Sa belle conduite avait valu à Bonaparte, après l'affaire du fort de Malbousquet, le grade de chef de brigade.

Bonaparte fut ensuite chargé de réarmer la côte de la Méditerranée et celle de Toulon, et le comité de la guerre lui donna le commandement de l'artillerie à l'armée d'Italie. Il reçut son brevet de général au milieu de la tournée qu'il fit en janvier et février 1794, pour l'armement des côtes.

Au mois de mars, le général arriva à Nice. Il avait pour aides de camp Muyron et Duroc, dont il avait apprécié le mérite pendant le siège.

Il employa une partie du mois de mars à visiter les positions de l'armée; un plan d'opérations conçu par lui fut adopté. Le succès du siège de Toulon attachait déjà un crédit populaire à ses conseils. L'exécution de ce plan commença le 6 avril. Le 9 mai, l'armée d'Italie se trouva en communication avec l'armée des Alpes. Le 12, la combinaison des deux armées françaises fut couronnée par la prise du col di Monte. Ainsi, dans l'espace de quelques jours, l'armée d'Italie se trouva maîtresse de toute la chaîne supérieure des Alpes et communiquait avec le col d'Argentière, premier poste de l'armée des Alpes. Le général en chef Dumerbion écrivit au comité de la guerre :

« C'est au talent du général Bonaparte que je dois les savantes combinaisons qui ont assuré notre victoire. »

Cependant la neutralité de la république de Gênes était une considération de la plus haute politique, tant pour la campagne actuelle que pour celle qui devait la suivre : aussi inspira-t-elle au général Bonaparte un second plan d'opérations qui, adopté comme le premier, eut bientôt le même succès. Le général en chef, à la tête de dix-huit mille hommes et vingt pièces de montagne, pénétra, sous la conduite du commandant de l'artillerie, dans le Montferrat, et, après avoir délogé de ses postes l'armée autrichienne, prit enfin position sur les hauteurs de Vado, qui furent liées par de forts ouvrages et des postes de communication avec les hauteurs du Tanaro. Alors fut établie la communication de Gênes et de Marseille, par les batteries qui régnaient sur toute la côte. Tels furent les avantages que la France retira du second plan d'opérations conçu par le général Bonaparte. Il voulait qu'on profitât de ce succès pour envahir l'Italie; mais la fortune réservait l'exécution de ce plan à celui-là seul qui l'avait proposé.

Pendant que le général Bonaparte cherchait à illustrer l'armée d'Italie, la Corse, par la trahison de Paoli, était tombée au pouvoir des Anglais, et la ville de Bastia, où la famine avait joint son fléau à celui d'un siége désastreux, capitula le 20 juillet 1794. Mais un événement de la plus haute importance venait de surprendre la France et l'Europe : le 9 thermidor, 27 juillet 1794, avait enfin noyé dans le sang qu'il avait fait couler à flots le terrible triumvirat de Robespierre, Couthon et Saint-Just. Toutefois les hommes qui, sur la proposition de Tallien, avaient abattu le tyran de la Convention, se déclarèrent ses héritiers, et la hache thermidorienne fut un moment suspendue sur la tête du général Bonaparte.

Pendant l'hiver de 1794 à 1795, il avait inspecté l'armement des batteries établies sur le littoral de la Méditerranée. A Marseille, le représentant du peuple redoutait quelques actes de violence de la société populaire; Bonaparte, pour le rassurer, lui remit un plan que la Convention qualifia de liberticide, et le général fut mandé à sa barre. La situation de Bonaparte était d'autant plus dangereuse que les vainqueurs de Thermidor n'avaient point ignoré les relations d'amitié qui avaient existé entre lui et Robespierre jeune à Toulon. Il était gardé chez lui, à Nice, par deux gendarmes. Heureusement les menaces du dehors vinrent à son secours, et les représentants du peuple, alarmés des mouvements de l'ennemi, écrivirent au comité de salut public qu'on ne pouvait se passer du général Bonaparte à l'armée. Le décret de citation fut rapporté. Sous Dugommier à Toulon, sous Dumerbion à l'armée d'Italie, Bonaparte était aux yeux de tous le véritable général en chef.

Une accusation non moins dangereuse que la première, à cette époque de réaction, pesait encore sur Bonaparte. Dans une course qu'il avait faite à Toulon peu auparavant, il avait sauvé de la fureur du peuple plusieurs émigrés de la famille de Chabrillant. D'un autre côté, les montagnards avaient pris parti contre les représentants en mission, et dans une émeute, ils demandèrent la mort des représentants thermidoriens et celle des émigrés. Le général parvint à sauver les uns et les autres. En fallait-il davantage pour que Bonaparte, conduit à la barre de la Convention, s'y entendît condamner.

La révolution du 9 thermidor avait déplacé les membres des comités. Aubry, représentant du peuple, ancien capitaine d'artillerie, avait obtenu la direction du comité de la guerre. Il ôta à son camarade Bonaparte, à peine alors âgé de vingt-cinq ans, le commandement de l'artillerie de l'armée d'Italie, pour lui donner une brigade d'infanterie dans la Vendée. Bonaparte se rend à Paris pour obtenir d'Aubry la conservation de son commandement. Aubry se montra inflexible, et Bonaparte, ayant refusé la brigade de l'ouest, rentra dans la vie privée.

Ses amis Sébastiani et Junot l'avaient accompagné. Ils prirent ensemble un petit logement rue de la Michodière. La détresse se fit bientôt sentir, le général aurait été tout à fait oublié, si Doulcet de Pontécoulant, qui avait remplacé Aubry pour les affaires de la guerre, n'eût fait appeler Bonaparte, dont il connaissait les talents et les services, et ne l'eût attaché au comité topographique, où se décidaient les plans de campagne et se préparaient les mouvements des armées. Ce service, peu connu peut-être, fut toujours présent au souvenir du général. Letourneur de la Manche, qui remplaça M. de Pontécoulant à la direction de la guerre, fut peu favorable à Bonaparte.

Si, pendant le temps de son inactivité, Bonaparte, sans fortune et sans traitement eut beaucoup à souffrir, sa détresse tourna peut-être au profit de son génie, absorbé dans de profondes méditations sur l'art de la guerre; c'est alors qu'il enfanta dans l'ombre l'admirable plan de campagne qu'il développa bientôt au comité, et qui éleva si haut la gloire de son auteur; mais il fallut une crise politique pour que Bonaparte, appelé par la Convention et mis en lumière par le succès, pût réaliser les grandes choses qu'il avait conçues.

Le 13 vendémiaire va paraître. Le 5 octobre 1795 s'annonce comme un terrible anniversaire du 5 octobre 1789.

Le 9 thermidor avait été le triomphe de la révolution sur la terreur, mais il n'avait été entrepris que par des ennemis qui avaient gagné de vitesse leurs adversaires. La Convention, après avoir été obligée de se mutiler pour son propre salut, se vit forcée de travailler à se détruire pour le salut de la république.

On se sentait naturellement porté à vouloir un état de choses totalement contraire à celui sous lequel on avait gémi trop longtemps. Une nouvelle constitution fut donc proposée; cette constitution donnait le pouvoir exécutif à un directoire de cinq membres, et la législature à deux conseils. Mais la Convention joignit deux lois additionnelles au nouveau pacte social.

Par l'une, la Convention formait les deux tiers de la législature; par l'autre, un tiers seulement des deux conseils était, pour cette fois, à la nomination des assemblées électorales. Quarante-trois sections de la garde nationale, sur quarante-huit, rejetèrent les deux lois additionnelles. La Convention n'en proclama pas moins, le 23 septembre, l'acceptation de la constitution par la majorité des assemblées primaires de la république.

C'était la guerre. Au milieu de ces grandes agitations, Bonaparte continuait les habitudes de sa vie privée. Il apprit, au théâtre Feydeau, les commencements de la lutte, puis courut aux tribunes de l'assemblée. Divers orateurs dénoncèrent hautement le péril public. Les opinions, partagées d'abord sur le choix d'un chef militaire, furent à la fin entraînées, soit par les représentants du peuple qui avaient pu juger des talents de Bonaparte, soit par les membres du comité de gouvernement, et elles se réunirent sur le jeune général. Caché dans la foule, et guettant la fortune, il assistait lui-même à cette délibération. Il se rend au comité de salut public. On l'y attendait. On donna le commandement en chef au représentant Barras, et le commandement en second à Bonaparte. Barras n'entendait rien à la guerre; mais il avait connu à Toulon le général Bonaparte, et il s'empressa de lui déléguer toute son autorité militaire. Le 13, à neuf heures du matin, l'artillerie était placée à toutes les avenues des Tuileries. Un parlementaire des sections, envoyé par Danican, leur général, traversa les postes, les yeux bandés, et vint sommer la Convention de retirer ses troupes. Le général Bonaparte fit porter huit cents fusils dans la Convention, pour armer les députés et former ainsi une réserve. A quatre heures après midi le feu commença, et, à six heures, après une faible résistance les sections furent mises en déroute. Il y eut quatre cents hommes de tués de part et d'autre. Le général et son artillerie sauvèrent le gouvernement. La Convention confirma sa nomination au grade de général en second de l'armée de l'intérieur.

Dès cette époque, le nom de Bonaparte devint populaire. Le général pourvut à la paix et à l'ordre public. Il était sans cesse au milieu du peuple, et prit sur lui un grand ascendant. Le désarmement des sections se fit sans obstacle, et son exécution devint la singulière occasion de son mariage avec la veuve du général Beauharnais, mort sur l'échafaud.

Sur la fin de son règne, la Convention chargea Bonaparte de réorganiser toute la garde nationale. Plus tard, il donna ses soins à l'établissement de la garde directoriale et à celle du corps législatif. De ce moment, tout ce qui portait un fusil dans la capitale appartint au général Bonaparte.

Le 16 octobre, il fut nommé général de division; le 26, la Convention termine son existence politique. Le conseil des *anciens* s'établit au château des Tuileries, celui des *cinq cents* à la salle du Manége, le *Directoire* au palais du Luxembourg. Bonaparte reçut le commandement en chef de l'armée de l'intérieur. Peu de jours après, marié avec madame de Beauharnais, sa première, peut-être son unique passion, il est nommé général en chef de l'armée d'Italie.

Cependant la conquête du Piémont est ordonnée à Bonaparte, comme une entreprise préliminaire dont le but est de forcer les Autrichiens à évacuer ce pays, et à se défendre dans leurs possessions. Ainsi l'occupation du Piémont, par la destruction de son armée et la prise de ses forteresses, doit seule ouvrir au général le véritable champ de bataille qui convient à la politique du Directoire. C'était le plan envoyé au comité de la guerre, en 1793, par le commandant d'artillerie de l'armée d'Italie, devenu général en chef de cette armée en 1796. Il partit de Paris pour Nice, où le quartier général résidait depuis quatre ans; il y arriva le 27 mars.

PH. T. L.

CXXXI

LE CRIME D'UN FORÇAT

Il m'arriva une fois, raconte un de nos écrivains les plus spirituels, de me trouver dans la vaste cour de la prison de Bicêtre. C'était par un beau jour de printemps. Le soleil, qui se levait à peine, dorait le ciel de ses premiers rayons. L'oiseau chantait déjà sa chanson matinale, l'alouette s'élançait dans les airs par bonds interrompus. Je n'avais jamais vu de matinée plus belle et plus riante.

Mais combien autour de moi le spectacle était différent ! La cour refluait de voleurs, de faussaires, d'assassins condamnés aux travaux forcés. Ces hommes, rebuts de la société, étaient à demi nus. Ils attendaient que le serrurier de la prison vînt leur river au cou un carcan de fer, que la plupart d'entre eux ne devaient quitter qu'avec la vie.

Au milieu de ces affreux apprêts, ces malheureux riaient cependant ! Ils chantaient et faisaient mille plaisanteries horribles sur leur nouvelle parure.

Dans le nombre des forçats j'en vis un tout jeune, d'une jolie figure, dont les manières étaient distinguées, dont la voix était douce, et qui souriait, de temps à autre, en homme comme il faut. Je fus curieux de savoir pourquoi il allait au bagne.

« Quel est votre crime? lui dis-je.

— Je suis un lâche ! me répondit-il... J'ai frappé ma mère ! »

A ces abominables paroles, je demeurai comme anéanti, car j'avais encore ma mère, hélas ! Et pour l'honneur du cœur humain, je ne fus pas le seul à éprouver ce douloureux étonnement. Les compagnons du jeune forçat, l'entendant ainsi parler de sa mère, le regardèrent avec horreur. C'étaient cependant, pour la plupart, de vieux galériens endurcis dans le crime, des scélérats consommés. Mais il avaient une mère, et maudire ou frapper leur mère, c'était le seul crime, c'était le seul blasphème devant lequel ils avaient reculé.

Extrait de JULES JANIN.

CXXXII

LA PATRIE

C'est, dit un de nos plus éloquents historiens [1], une grande gloire pour nos vieilles communes de France, d'avoir trouvé les premières, le vrai nom de la patrie. Dans leur simplicité pleine de sens et de profondeur, elles l'appelaient l'*amitié*.

La PATRIE, c'est bien en effet la grande amitié qui contient toutes les autres. Nos amitiés individuelles sont comme des premiers degrés de cette grande initiation; des stations par où l'âme passe et peu à peu monte, pour se connaître et s'aimer dans cette âme meilleure, plus désintéressée, plus haute qu'on appelle la patrie.

Patrie ! mot magique ! mot divin ! mot ravi aux cieux ! mot qui a engendré des merveilles ! mot qui a opéré des prodiges ! C'est le mot qui a changé la houlette de la bergère de Domremy en une épée flamboyante et invincible ; c'est lui qui naguère a fait jaillir du sol de la France quatorze armées pour combattre et vaincre l'Europe entière ; c'est lui qui a buriné dans l'histoire les noms à jamais mémorables d'Arcole, de Marengo, d'Austerlitz !

Patrie ! ce nom doit se trouver gravé là, dans le fond de notre cœur, là, tout près, tout à côté de celui de Dieu et de notre mère ! car elle est une mère aussi, une bonne mère, la patrie ! Que serions-nous, que serait l'hu-

1. Michelet, *le Peuple*.

manité sans elle, sans ses bienfaisantes institutions, si, au lieu d'être réunis en nation, de vivre à l'abri de lois sages et fortes, de nous aider mutuellement et de travailler tous au bonheur de chacun, nous errions isolés, sans autre secours que notre bras débile, sans autre défense que notre force individuelle, que notre courage?

Personne ne se bâtirait même une simple cabane, dans la crainte de là voir usurpée ; personne ne songerait à se vêtir, de peur d'être dépouillé ; personne ne cultiverait la terre, puisque les récoltes seraient la proie des brigands. On vivrait au jour le jour, cherchant des fruits faciles à cueillir, couchant sous la feuillée des bois, exposé à toutes les intempéries et presque sans défense contre les animaux féroces. Notre vie, hélas! serait bien pire que la leur, pire même que celle des pauvres créatures dont ils font leurs victimes ; nous ne pourrions pas nous entendre plus qu'elles ; notre intelligence, sans culture, nous élèverait à peine au niveau des singes, et nous n'aurions guère plus de moralité que les loups et les tigres.

C'est alors pour soustraire l'homme à cette dure existence des brutes sauvages, c'est surtout pour qu'il puisse développer, exercer les hautes facultés de son âme, et mériter, par la vertu, les récompenses célestes, que Dieu a mis dans notre espèce l'irrésistible besoin de s'agglomérer en sociétés, de former des nations.

C'est la patrie qui protége notre berceau, qui abrite dans ses plis tuté-laires nos jeunes années, et qui défend avec les cendres de nos pères le sol qui recevra un jour nos dépouilles mortelles. Combien ne devons-nous pas l'aimer! Quelle sainte indignation toute atteinte portée à son honneur ne nous doit-elle pas inspirer! Le patriotisme a toujours été la vertu des plus belles, des plus grandes âmes! C'est lui qui a enfanté les Miltiade, les Cimon, les Léonidas, les Épaminondas, les Bayard, etc. C'est l'honneur national méconnu qui a armé de faibles provinces contre des empires puissants et a fait crouler ces colosses aux pieds d'argile sous les coups redoutables de ces pygmées.

La patrie est donc comme un lien entre les hommes. Peuvent-ils ne point se sentir rattachés par quelque chose de fort, lorsqu'ils songent que la même terre qui les a portés et nourris étant vivants, les recevra en son sein quand ils seront morts. « Votre demeure sera la mienne; votre peuple sera le mien, disait Ruth à sa belle-mère Noémi ; je mourrai dans la terre où vous serez enterrée, et j'y choisirai ma sépulture. »

Joseph mourant dit à ses frères : « Dieu vous visitera et vous établira dans la terre qu'il a promise à nos pères : emportez mes os avec vous. » Ce fut là sa dernière parole. Ce lui est une douceur, en mourant, d'espérer de suivre ses frères dans la terre que Dieu leur donne pour

patrie, et ses os y reposeront plus tranquillement au milieu de ses concitoyens.

« J'étais devant le roi, dit Néhémias, et je lui présentais à boire, et je
paraissais languissant en sa présence, et le roi me dit :

— Pourquoi votre visage est-il si triste, puisque je ne vous vois point
malade?

Et je dis au roi :

— Comment pourrais-je n'avoir pas le visage triste, puisque la ville où
mes pères sont ensevelis est déserte et que ses portes sont brûlées? Si
vous voulez me faire quelque grâce, renvoyez-moi en Judée, en la terre
du sépulcre de mon père, et je la rebâtirai. »

Quel amour ne vouaient-ils pas à leur patrie ces Juifs qui, suspendant
aux saules plantés sur les rives des fleuves de Babylone, leurs instruments
de musique, autrefois leur consolation et leur joie, exhalaient ainsi dans
des larmes amères leur brûlant patriotisme :

« O Jérusalem! si jamais je puis t'oublier, que ma langue s'attache
à mon palais et que mon bras demeure immobile et desséché! Il est
temps, ô Seigneur! que vous ayez pitié de Sion; vos serviteurs en
aiment les ruines mêmes et les pierres démolies; et leur terre natale,
toute désolée qu'elle est, a encore toute leur tendresse et toute leur compassion! »

Et ces pauvres Polonais qui naguère allaient verser leur sang sur tous
les champs de bataille, dans l'espoir de recouvrer leur nationalité, quel
n'est pas leur amour pour leur malheureuse patrie! Honte et malédiction sur les barbares qui se sont partagé cette nation infortunée comme si
c'eût été un vil troupeau! Avoir dit aux enfants de la Pologne : Toi tu
seras Prussien, toi Autrichien, toi Russe! Vous n'aurez plus ensemble
rien de commun, pas même vos chaînes. Nous vous ferons, si cela nous
plaît, combattre les uns contre les autres. Si vous tournez vos regards au
delà de cette limite où nous plantons un écriteau, si vos mains se rencontrent et se cherchent, nous appellerons cela une trahison, et malheur à
vous! On pillera, on égorgera ceux qui étaient vos frères; ils tomberont
en vous appelant dans la langue maternelle. Vous ne répondrez pas; vous
n'entendrez rien... En vérité, depuis deux mille ans l'humanité n'avait
pas reçu un si sanglant outrage. La Pologne n'a pas été seulement asservie,
les misérables lui ont infligé le supplice autrefois inventé pour les parricides; on l'a, en quelque sorte, écartelée vive [1].

Après cela, qui n'aurait pitié des exilés, de ceux qui doivent dire adieu

1. *Encyclopédie du dix-neuvième siècle.*

pour toujours à tout ce qu'ils aiment ici-bas, à la maison où ils sont nés, au temple où ils allaient prier Dieu, aux compagnons qu'ils aimaient à voir réunis auprès d'eux, à la terre où reposent les cendres de leurs pères ! Nous nous souvenons tous d'avoir lu et admiré cette parole de ce sauvage que l'on forçait à abandonner son pays avec ses compatriotes, pour aller chercher des terres étrangères, et qui, sans force pour dire adieu à sa terre natale, s'écriait plein de désespoir : « Et quoi, dirons-nous aux ossements de nos pères : Levez-vous pour nous suivre ! »

La religion, suivant l'auteur du *Génie du christianisme,* est pour beaucoup dans l'amour de la patrie. C'est elle qui nous la rend chère et sacrée, c'est elle qui garde le respect des aïeux, c'est elle qui bénit le sol qui nous porte, c'est elle qui protége la terre qui doit nous recevoir ; ses monuments parlent à nos yeux, ses institutions sont des bienfaits ; ses temples sont des asiles ouverts à la douleur humaine. Si la religion n'était pour rien dans la patrie, la patrie ne serait qu'un peu de poussière.

L'amour de la patrie se manifeste surtout dans les affections douces et pures du premier âge. Il s'accroît avec l'étendue de l'horizon et s'augmente avec les années, comme un sentiment d'une nature céleste et immortelle. Il y a en Suisse un air de musique antique et fort simple, appelé le *ranz des vaches.* Cet air est d'un tel effet, qu'on fut obligé de défendre de le jouer, en Hollande et en France, devant les soldats de cette nation, parce qu'il les faisait déserter tous l'un après l'autre. Je m'imagine que ce ranz des vaches imite le mugissement des bestiaux, les retentissements des échos, et d'autres convenances locales qui faisaient bouillir le sang dans les veines de ces pauvres soldats, en leur rappelant les vallons, les lacs, les montagnes de leur patrie, et en même temps les compagnons du premier âge, les premières amours, et les souvenirs des bons aïeux.

L'amour de la patrie semble croître à proportion qu'elle est innocente et malheureuse. Voilà pourquoi les peuples sauvages aiment plus leur pays que les peuples policés ; et ceux qui habitent des contrées âpres et rudes, comme les habitants des montagnes, que ceux qui vivent dans des contrées fertiles et dans de beaux climats. Jamais la cour de Russie n'a pu engager aucun Samoyède à quitter les bords de la mer Glaciale, pour s'établir à Saint-Pétersbourg. On amena, le siècle passé, quelques Groënlandais à la cour de Copenhague ; on les combla de bienfaits, et ils y moururent de chagrin en peu de temps. Plusieurs d'entre eux se noyèrent en voulant retourner en chaloupe dans leur pays. Ils virent avec le plus grand sang-froid toutes les magnificences de la capitale du Danemark. Mais il y en avait un qui pleurait toutes les fois qu'il apercevait une femme portant un enfant dans ses bras : on conjectura que cet infortuné était père. Sans doute, la douceur de l'éducation domestique attache ainsi fortement ces peuples aux lieux qui les ont vus naître ; le sentiment de l'innocence en redouble l'amour, parce qu'il rend toutes les affections du premier âge pures, saintes et inaltérables.

Il faut avoir quitté la patrie pour connaître tout le charme que la Providence y attache. Rien, dit dans ses *Études de la nature* Bernardin de Saint-Pierre, auquel nous avons déjà fait de larges emprunts, rien n'est comparable au délire qui transporte les matelots, lorsque après une longue navigation ils approchent du pays qui a bercé leur enfance. Pour la plupart ils deviennent incapables d'aucune manœuvre. Les uns regardent la côte sans en pouvoir détourner les yeux ; d'autres mettent leurs beaux habits comme s'ils étaient au moment d'y descendre. Il y en a qui parlent tout seuls, et d'autres qui pleurent. A mesure que la distance diminue, le trouble de leur tête augmente. Comme ils sont absents depuis plusieurs années, ils ne peuvent se lasser d'admirer la verdure des collines, les feuillages des arbres, et jusqu'aux rochers du rivage couverts d'algues et de mousses, comme si tous ces objets leur étaient nouveaux. Les clochers des villages où ils sont nés, qu'ils reconnaissent au loin dans les campagnes, et qu'ils nomment les uns après les autres, les remplissent d'allégresse. Mais quand le vaisseau entre dans le port, et que ces matelots voient sur les quais, leurs amis, leurs pères, leurs mères, leurs femmes et leurs enfants, qui leur tendent les bras en pleurant, et qui les appellent par leurs noms, il est impossible d'en retenir un seul à bord ; tous sautent à terre, et il faut suppléer aux besoins du vaisseau par un autre équipage.

Aimer notre patrie, lui sacrifier tout, tranquillité, douces joies du foyer, la vie même, tel est le devoir de tout citoyen qu'enflamme la sainte ardeur du patriotisme.

FERDINAND P. O.

CXXXIII

MEURTRE D'ARTHUR DE BRETAGNE

Après le siége de Mirebeau, Jean sans Terre, vainqueur de son neveu Arthur, l'envoya au château de Falaise, où il fut enfermé. C'est là qu'il alla le voir pour l'exhorter à se désister de ses prétentions, et lui représenter la folie qu'il faisait de se fier à l'amitié du roi de France, l'ennemi naturel de sa famille. Le courageux jeune homme répondit à ses conseils qu'il n'abandonnerait ses droits qu'avec la vie. Jean se retira pensif et mécontent; Arthur fut transféré au château de Rouen, et renfermé dans un cachot de la nouvelle tour.

Jean conçut alors le plus horrible dessein, celui de faire périr son neveu. N'osant d'abord tremper lui-même ses mains dans le sang d'Arthur, il employa les caresses, les présents et les promesses les plus séduisantes auprès de ceux qu'il crut entièrement dévoués à ses intérêts, afin de les engager à commettre le crime qu'il méditait. Mais ne trouvant personne pour prêter sa main à cet affreux attentat, il se vit réduit à lui-même pour son exécution. Nous laisserons parler un chroniqueur contemporain, Guillaume le Breton :

« Le roi Jean, à qui seul la vie de son neveu était odieuse, qui seul était poussé par son esprit à commettre un tel meurtre, s'éloigne secrètement de tous les officiers de sa cour, se détermine à s'absenter pour trois jours, et va se cacher dans les vallées ombreuses de Moulineaux. De là, et la quatrième nuit étant venue, Jean monte dans une petite barque et traverse le fleuve, en se dirigeant vers la rive opposée. Il arrive à Rouen et s'arrête devant la porte par où l'on pénètre dans la tour, sur le port que la Seine envahit à de certaines heures, du reflux de ses ondes...

« Le roi... se tenant debout sur le haut de la poupe de sa barque, ordonna que son neveu sortît de la tour et lui fût amené par un page ; puis, l'ayant placé avec lui dans sa barque et s'étant un peu éloigné, il disparut enfin tout à fait. Alors l'illustre enfant, dans une pensée de douloureuse appréhension, s'écriait « Mon oncle, prends pitié de ton neveu ! épargne, mon « oncle, mon bon oncle, épargne ton neveu, épargne ta race, épargne le « fils de ton frère ! »

« Tandis qu'il se lamentait ainsi, l'impie, le saisissant par les cheveux, au-dessus du front, lui enfonça son épée dans le ventre, jusqu'à la garde, et là retirant toute humectée de ce sang précieux, la lui plonge de nouveau dans la tête et lui perce les deux tempes ; puis s'éloignant encore, et se portant à trois milles environ, il jette le cadavre de sa victime dans les eaux qui coulent à ses pieds (1203). »

Le corps d'Arthur fut trouvé par des pêcheurs, et enterré sans bruit dans le prieuré de Notre-Dame du Pré, dépendant de l'abbaye du Bec.

Éléonore, sœur de l'infortuné duc de Bretagne, communément appelée *la Vierge de Bretagne*, fut envoyée en Angleterre, et placée dans la retraite la plus rigoureuse, afin qu'elle ne pût, en se mariant avec un prince étranger, susciter un nouveau prétendant à la succession de son frère.

CH. BARTHÉLEMY.

CXXXIV

LE BAMBOU

SES NOMBREUX USAGES

Le bambou, végétal exotique dont quelques faibles échantillons sont importés chez nous pour certaines industries, est, pour quelques peuples de l'Asie, une plante de première nécessité; les habitants du céleste empire en font le plus grand cas. En effet, ce gigantesque roseau, dont les massifs ombragent les cours d'eau et les habitations champêtres des Chinois, leur rend de tels services, qu'il est considéré chez eux comme la plante nationale par excellence. On l'emploie pour le gréement des jonques et pour les conduites d'eau, il fournit le pinceau avec lequel on trace les caractères, et le papier sur lequel on écrit : ses feuilles servent à couvrir le toit du pauvre et à confectionner le manteau qui le préserve de la pluie; ses jeunes pousses, tendres et délicates, constituent un légume qui s'accommode de différentes manières ; elles valent nos asperges; bouillies, assaisonnées et confites, elles produisent des conserves si recherchées, qu'elles forment une branche importante du commerce intérieur; on en fait de fortes expéditions pour la capitale de l'empire, où elles figurent sur la table des grands.

Les prêtres de Bouddha, qui ont fait vœu d'abstinence et s'astreignent à un régime alimentaire purement végétal, trouvent dans ces mets des ressources égales à celles que leur offrirait le poisson. Sa tige, forte et légère en même temps, sert à confectionner en quelques heures des édifices pour les représentations théâtrales, et entre dans la confection de tous les instruments aratoires; c'est avec une perche de bambou que le *coolie* (portefaix) enlève son fardeau, c'est avec le bambou que sont faits le *tchih* (mesure de longueur), ainsi que le *taou* et le *ching* (mesures de capacité) des vendeurs de riz; puis le seau à puiser l'eau, la lance du soldat et la nervure des parasols; en outre la concrétion appelée *tabuxir*, que l'on trouve dans les cavités des nœuds, s'emploie dans certaines préparations médicales. C'est en bambou que sont tressés le chapeau de l'homme du peuple, les paniers et les corbeilles, et que sont faits les câbles pour la marine; enfin le lit, le matelas, la chaise, la table et la pipe du Chinois, le bois avec lequel il fait cuire ses aliments, les bâtonnets (*faï-tss*) dont il se sert pour manger, la baguette qu'emploie le musicien pour jouer du *hounghoo*, tout est dû au bambou.

D'après cet exposé succinct, on apprendra sans doute avec intérêt que d'heureuses tentatives ont été faites en Algérie pour y nationaliser cet utile végétal, et que la pépinière du gouvernement est déjà en mesure d'en fournir des milliers de boutures à ceux qui désireraient en planter chez eux. Puissent ces essais obtenir une complète réussite et procurer à nos colons les mêmes ressources qu'aux Chinois!

ANONYME.

CXXXV

LA FOUDRE

Lorsque deux nuages sont chargés d'électricité contraire, ou que seulement l'un d'eux est électrisé, l'autre le devient par *influence*[1]; et s'ils se trouvent à une distance assez petite pour que les électricités puissent en jaillir, ils produisent une explosion qu'accompagne une vive lumière; cette lumière, c'est l'*éclair; le bruit qui la suit, le *tonnerre*. Quand la recomposition des deux fluides a lieu entre un nuage électrisé et une partie du globe, on dit que le tonnerre *tombe*. La décharge d'un nuage orageux sur la surface de la terre constitue donc la FOUDRE.

La durée de l'éclair est presque instantanée; M. Weatsthone a démontré qu'elle n'égalait même pas un millième de seconde. La lumière électrique possède, comme celle du soleil, une énorme vitesse de propagation; le temps qu'elle met à venir d'un nuage orageux jusqu'à nous est inappréciable. Or, comme le son ne parcourt que trois cent quarante mètres par seconde, il doit s'écouler, entre l'apparition d'un éclair et la détonation qui le suit, autant de secondes qu'il y a de fois trois cent quarante mètres entre l'observateur et le lieu où la foudre éclate. De là, le moyen

---

1. Tous les corps possèdent en quantités égales et indéfinies les deux fluides électriques (positif et négatif), à l'état de combinaison ou de neutralisation mutuelle. Le frottement est l'une des causes les plus remarquables du développement de l'électricité naturelle. Mais il existe un mode particulier de la développer dans un corps, au moyen d'un autre corps préalablement électrisé. En effet, lorsqu'on prend un corps électrisé et qu'on le présente à un corps à l'état naturel, sans qu'il y ait contact entre eux ni déperdition du fluide dans le premier, le second accuse à l'instant les propriétés électriques : ce phénomène est ce qu'on appelle le développement de l'électricité par *influence*.

d'évaluer la distance où se trouve un nuage. Quand un éclair brille sans être suivi d'un coup de tonnerre, on peut conclure hardiment que le nuage où l'éclair a pris naissance, se trouve tellement éloigné de l'observateur, que le son s'éteint avant d'arriver jusqu'à lui. L'éclair se propage toujours en *zigzag*. En voici la cause : les masses de vapeur qu'il sillonne n'étant point un conducteur continu, l'étincelle électrique suit, non la ligne la plus courte, mais celle qui oppose le moins de résistance à l'écoulement du fluide. L'imparfaite conductibilité des nuages et la discontinuité des globules vésiculaires qui les constituent, expliquent encore les deux faits suivants : le premier, c'est qu'un même nuage peut donner naissance à plusieurs éclairs consécutifs, contrairement à ce qui arrive dans les conducteurs de nos machines électriques, qu'une seule étincelle suffit pour décharger à peu près complétement ; le second, c'est que l'éclair parcourt des distances énormes, quelquefois de plus d'une lieue, tandis que l'étincelle de nos machines est courte et part seulement des corps voisins. La différence tient à ce que l'air qui entoure nos appareils est ordinairement sec et mauvais conducteur ; au contraire, l'air qui sépare deux nuages se trouve toujours très-humide, et possède ainsi à un haut degré la faculté conductrice ; ces deux nuages communiquent donc à l'aide d'une série de vésicules discontinues, excellentes conductrices de l'électricité et parfaitement favorables à la décharge.

Le plus généralement le bruit du tonnerre est très-lent et très-grave ; quelquefois il a plus de violence que celui de la détonation simultanée de cent pièces de canon. Souvent l'explosion semble un roulement dont la durée et les variations nous étonnent. L'explication du bruit du tonnerre et de ses retentissements a été donnée par M. Pouillet de la manière suivante :

Toutes les fois qu'un ébranlement instantané a lieu dans l'air, il en résulte un bruit plus ou moins fort, dû au choc des couches d'air qui se précipitent pour combler le vide produit. Or toute étincelle électrique, celle d'une batterie par exemple, détermine dans l'air qu'elle traverse une expansion subite ; de là le craquement particulier qui la suit. Des circonstances toutes pareilles accompagnent nécessairement l'éclair. Quand celui-ci brille, il se montre à la même minute dans des points très-éloignés ; sur toute cette immense étendue, l'air et la vapeur sont au même instant déchirés, dilatés ; les molécules de matière pondérable ébranlées dans ce long trajet sont mises en vibration ; et la vaste détonation qui en résulte, répétée et agrandie par les échos des nuages, forme l'harmonie du tonnerre. Dans cette explication, le bruit du tonnerre a lieu simultanément sur toute l'étendue de l'éclair ; cela ne prouve pas néanmoins que les détonations doivent être instantanées; car le son se propage lentement, et le roulement excité dans tous les points de l'éclair n'arrive que successivement à l'oreille. Ainsi, supposons un observateur placé à trois cent quarante mètres des extrémités d'un éclair dont la longueur serait de trois mille quatre cents mètres, il est évident qu'il s'écoulera une minute entre l'apparition de la lumière et l'audition du bruit; de plus, le craquement excité à l'extrémité la plus éloignée de l'éclair ne parviendra à l'ouïe que dix minutes plus tard. Ainsi, pour cet observateur, le choc ne retentira qu'une seconde après l'éclair et il durera dix minutes. Il faut ajouter encore que l'éclat du tonnerre ne saurait avoir la même intensité sur tous les points où il prend naissance, et qu'en outre il doit nécessairement, pour arriver jusqu'à l'oreille qui le perçoit, changer de force, se renfler ou s'affaiblir à plusieurs reprises, en traversant des couches d'air dont la densité, la température et l'état hygrométrique sont très-variables.

Des éclairs sans tonnerre, pendant un orage, ne sont point un phénomène rare. Les tonnerres sans éclairs sont quelque chose d'assez peu commun. On les explique en admettant une disposition de nuages telle que quand l'orage vient à éclater dans un étage supérieur, la lueur de l'éclair se trouve interceptée par les couches sous-jacentes.

Tous les effets de la foudre sont produits pendant la durée presque insaisissable de l'éclair; une fois qu'il a sillonné l'espace et qu'il s'est éteint, tout le reste ne forme plus qu'un vain bruit. Ces effets sont d'ailleurs de la même nature que ceux de nos batteries, sauf l'intensité. Ainsi la foudre fond et volatilise les métaux ; déchire les corps mauvais conducteurs; enflamme les substances combustibles, la paille, le foin, les toits de chaume et déclare les incendies. Quelquefois, après avoir épuisé la longueur d'un corps doué de la faculté conductrice, elle brise les corps mauvais conducteurs qui se trouvent sur son passage, pour aller frapper une autre masse favorable à sa transmission; c'est alors qu'elle fait éclater les glaces, lézarde les murs, et arrache des pièces de métal de leurs scellements. Dans certains cas, la foudre transporte au loin des masses d'un grand poids. Des pierres ont été lancées à plus de cinquante mètres. On a vu des tours en maçonnerie très-solide, démolies par un coup de foudre, et des roches du poids de cent cinquante kilogrammes jetées à trois ou quatre cents mètres de distance. Il faut admettre dans la foudre une grande force expansive; mais on peut voir aussi que ces puissants effets sont dus à la vaporisation subite de l'eau et de l'humidité logées dans les fissures, les alvéoles des pierres et dans la couche terrestre qui sert d'appui aux maçonneries. Quelle puissance cette vapeur ne doit-elle pas posséder à la température de la foudre qui fait fondre le fer? Rien ne paraît indiquer plus clairement l'action de la vapeur aqueuse, que le singulier morcellement dont le bois est frappé quand la foudre le traverse. Il se fend, suivant sa longueur, en une multitude de lattes minces ou de filets encore plus déliés; mais nulle part on ne voit des traces d'inflammation ou de carbonisation. Enfin la foudre est capable de fondre ou de vitrifier les substances minérales sur lesquelles elles tombe. La surface des rochers présente souvent de ces traces de fusion qui ne sauraient être attribuées qu'à l'électricité. L'un des phénomènes les plus remarquables en ce genre, est celui des *tubes fulminaires.* Voici comment il convient d'en concevoir la formation. Lorsque, pour parvenir jusqu'à des masses liquides ou métalliques souterraines, la matière électrique se trouve obligée de traverser des couches de sable, elle y creuse des tubes qui peuvent avoir jusqu'à vingt ou trente pieds de profondeur. Leurs parois intérieures sont vitrifiées et brillantes; une croûte de grains de sable, agglutinés par la chaleur que le passage de la foudre a développée, se remarque à la surface extérieure. On imite les tubes fulminaires en déchargeant une forte batterie électrique sur du verre pilé.

La foudre frappe toujours les corps bons conducteurs de l'électricité, et particulièrement ceux qui sont le plus voisins des nuages orageux, comme les édifices élevés, les églises, les clochers, les arbres. Chez ces derniers, les feuilles et les branches font assez exactement l'office de pointes, tandis que les racines descendent profondément dans le sol. L'imparfaite conductibilité de ces divers corps rend leur abri souvent fatal aux personnes qui le recherchent; la matière électrique ne trouve pas, dans leur substance, un écoulement assez facile; aussi se déverse-t-elle sur les corps conducteurs voisins placés à sa rencontre. Lorsqu'on est surpris par l'orage en rase campagne, ce qu'on peut faire de mieux pour échapper aux atteintes du météore, c'est de se placer à une distance de huit ou dix mètres de quelque grand arbre. Mille exemples ont prouvé que la foudre ne tombe jamais sur un homme ou une femme, sans attaquer plus particulièrement les parties métalliques de leurs ajustements. Il est donc juste d'admettre que ces parties augmentent le danger d'être foudroyé. Les hommes et les animaux, dans l'état de vie, sont assez bons conducteurs de la matière fulminante; le péril devient d'autant plus imminent que le nombre des personnes qui se trouvent réunies est plus considérable. Voici, à l'appui des considérations précédentes, quelques exemples remarquables de fulmination. Le 27 juillet 1759 le tonnerre tomba sur le théâtre de la ville de Feltre, il tua un grand nombre de spectateurs et blessa plus ou moins les autres. Le 18 février 1770 un coup de foudre jeta à terre sans connaissance tous les habitants d'un village de Cornouailles, réunis pour le service divin. Le 11 juillet 1819 la foudre tomba pendant l'office sur l'église de Châteauneuf (Basses-Alpes), elle y tua roide neuf personnes et en blessa quatre-vingt-deux. En fait de navires, l'*Annuaire* cite soixante-quinze cas connus. Les poudrières méritent un article à part. Parmi les cas signalés nous citerons les deux suivants : En 1769 la foudre tomba sur la tour de Saint-Nazaire, à Brescia ; cette tour reposait sur un magasin qui contenait deux millions de livres de poudre. La masse inflammable prit feu tout entière. Une grande partie de la ville s'écroula et trois mille personnes y périrent. Le dégât matériel s'éleva à deux millions de ducats. En 1807 la poudrière de Luxembourg, contenant treize mille kilogrammes de poudre, fit explosion par une cause semblable. Deux cent cinquante personnes furent tuées ou blessées, et la ville basse n'offrit plus qu'un monceau de ruines.

Nous citerons encore, en particulier, la magnifique tour de la cathédrale de Strasbourg, frappée à plusieurs reprises. En juillet 1759 sa charpente fut complétement incendiée ; trois mois après, la foudre frappa l'un des piliers de la lanterne. Enfin, en 1843, pendant l'orage du 10 juillet, la tour, dans un intervalle de vingt minutes, a subi trois fois l'influence du feu électrique ; mais son paratonnerre l'a préservée de tout accident. Il est commun de voir des troupeaux entiers foudroyés ; il est aussi remarquable que les coups de foudre qui viennent frapper les réunions d'hommes et d'animaux, se portent de préférence sur les chevaux et les chiens. Lorsque la foudre tombe sur des hommes ou des animaux placés les uns à la suite des autres suivant une seule et même ligne, c'est aux deux extrémités de la file que ses effets sont généralement le plus terribles. A Rambouillet, la foudre tomba le 2 août 1785, sur une écurie où se trouvaient trente-deux chevaux ; trente furent seulement renversés du coup ; le cheval qui occupait l'une des extrémités tomba roide mort, celui qui se trouvait à l'autre bout fut grièvement blessé. La foudre dégage par son action, dans les lieux où elle éclate, souvent de la fumée, presque toujours une forte odeur comparée à celle du soufre enflammé. Cette fumée est quelquefois si épaisse, qu'il devient impossible de rien voir à travers. Jusqu'alors on n'a pu l'expliquer. Quant à l'odeur, sa nature n'est pas bien constante, et quelques physiciens l'assimilent à celle du gaz nitreux, dont on justifie facilement la présence par la combinaison des deux éléments de l'air. Sous la puissance de l'électricité, l'azote et l'oxygène peuvent effectivement être réunis en acide nitrique. Ce dernier produit se rencontre d'ailleurs en quantité plus ou moins abondante dans les pluies d'orage, mais combiné avec l'ammoniaque ou quelque autre base. Dans sa marche rapide, la foudre obéit ensuite à des influences dues à la nature des corps terrestres près desquels elle éclate; c'est ce qui explique beaucoup de bizarreries apparentes dans son action. On la voit circuler dans une chambre de la manière la plus capricieuse, sautant d'un objet sur un autre, mais suivant en général les corps métalliques et les meilleurs conducteurs. Elle suit les cordons de sonnettes, enlève les dorures, s'attache aux pincettes, aux clous de bottes, aux espagnolettes des croisées. Souvent elle creuse les murailles, puis s'échappe là où aucun conducteur apparent ne l'attire; mais en y regardant de près on trouve que, soit dans l'épaisseur, soit de l'autre côté de la maçonnerie, il existe quelque pièce de fer considérable; dès lors l'explication de la route suivie par le météore n'offre plus de difficulté. C'est ainsi qu'on a vu la foudre s'élancer sur certains hommes au milieu de beaucoup d'autres, comme par l'effet d'une préférence personnelle. Recherchait-on la cause de cette anomalie, on ne tardait pas à reconnaître que ces hommes se trouvaient appuyés à quelque mur dont l'intérieur contenait du fer précisément au lieu du contact. On cite un cas où la foudre, pénétrant dans une église, fondit ou noircit certaines dorures, grilla des burettes d'étain placées dans une petite armoire, et perça de deux trous ronds parfaitement réguliers une crédence de bois peinte en marbre. Tous ces dégâts furent réparés, on refit les dorures, on boucha les trous. Eh bien! environ un an après, l'église fut encore frappée, et la foudre vint passer précisément par le même chemin, enlevant les mêmes dorures, attaquant les burettes dans la même armoire, et mettant en liberté les trous qu'on avait bouchés et repeints! On sait que la foudre, quand elle pénètre dans l'intérieur du corps des animaux, provoque dans les organes des lésions assez graves pour amener subitement la mort : une prompte putréfaction est en général la suite du désordre qu'elle cause. L'électricité peut, il est vrai, glisser sur la surface des corps sans y pénétrer; elle y laisse alors des brûlures ou des escares plus ou moins profondes. Mais d'autres fois la foudre tuera sans laisser la moindre trace de plaie. On a constaté par l'autopsie de cadavres d'animaux privés de vie par le tonnerre, que les os seuls étaient fendus et les chairs nullement endommagées. C'est encore certainement là un effet bien singulier. On croirait ensuite au premier abord que la foudre doit mettre en pièces et détruire tout ce qui se trouve sur son passage; quelquefois, comme beaucoup d'exemples le prouvent, elle altère à peine des corps extrêmement fragiles. En 1778. elle tomba à Alexandrie sur une maison dont les vitres furent percées de plusieurs trous sans qu'une seule éprouvât la moindre fracture. Étrange phénomène, quand on songe aux désastres épouvantables produits la plupart du temps par le fluide fulminant.

Nous signalerons enfin, parmi les effets de la foudre l'altération complète du magnétisme de la boussole et l'aimantation plus ou moins forte de barres métalliques, auparavant complétement inertes. C'est ainsi que des marins, trompés par les fausses indications de leurs instruments, se sont jetés sur des écueils dont ils croyaient s'éloigner à toutes voiles.

La foudre, qui cause si souvent de funestes effets, peut être quelquefois salutaire. En voici un exemple : un pasteur de Kent, nommé Winter, homme robuste et bien constitué, fut frappé le 1er juillet 1761, à l'âge de cinquante-quatre ans, d'une attaque d'apoplexie, dont il resta paralytique. Les remèdes qu'on lui administra dans le cours de l'année le mirent en état de marcher un peu avec un bâton, et de s'aider de ses membres ; mais tous ses muscles étaient encore faibles ; il avait des palpitations violentes, des tremblements, de fréquents vertiges, et ses tendons éprouvaient des mouvements convulsifs. Une douleur vive et continuelle s'était fixée à la poitrine. Le 24 août 1762, à dix heures du soir, étant dans son lit, il fut éveillé par de grands éclats de tonnerre, et, à l'instant de son réveil, il ressentit une commotion aussi violente que s'il eût été frappé de la foudre; mais ce sentiment fut si rapide, qu'à peine il eut le temps d'y penser, et il compara cette secousse à celle d'une commotion électrique. Dans le même temps, sa chambre fut éclairée d'une lueur qui, tout rapidement qu'elle disparut, la remplit tout entière, et y laissa une odeur assez forte et assez analogue à celle du phosphore. Dès ce moment toutes ses facultés furent rétablies et ses sens avaient repris leur vigueur. Il lui sembla qu'on lui avait ôté de dessus la poitrine un grand poids, et qu'une partie très-tendue s'était subitement relâchée. Plein de joie, il médita toute la nuit sur cet heureux changement. Le lendemain, il se leva sain et vigoureux; tous ses membres obéissaient promptement; les tremblements, la roideur et les vertiges avaient cessé[1].

La foudre descend habituellement des nuages; mais comme le prouvent certaines particularités de l'observation, il existe aussi des foudres dites *ascendantes*, agissant dans la production de leurs effets par un mouvement de bas en haut. Ainsi on a rencontré des arbres frappés par le tonnerre et dont toutes les tiges et les feuilles se trouvaient couvertes de boue, uniquement à leur face inférieure. On cite l'exemple d'une chaumière dont le sol en terre glaise avait été lancé par la foudre vers le plafond supérieur, comme un crépissage. Quelquefois aussi on voit des globes de feu électrique s'élever de la terre ou de la mer, et éclater au milieu des airs avec un formidable retentissement.

1. Extrait des *Beautés d'histoire naturelle*.

Nous avons parlé des ravages de la foudre, des accidents affreux qui peuvent accompagner les orages ; en conclurons-nous que ces phénomènes ne sont qu'un désordre dans la nature et qu'ils accusent la sagesse de son auteur? Loin de nous une semblable pensée. Les orages, qui nous nuisent quelquefois, nous sont utiles le plus souvent; ils ont, dans l'économie générale de la création, une œuvre importante à accomplir. On sait que pendant les chaleurs de l'été, la terre exhale des miasmes putrides ; que, des ruisseaux taris, des eaux croupissantes, s'élèvent d'abondantes vapeurs qui infectent l'atmosphère, déjà altérée le plus souvent par les émanations incessantes des corps putréfiés. Sous ces influences funestes, l'air, on le conçoit, ne serait bientôt plus propre à la respiration, et, au lieu de vivi-fier l'homme, de lui procurer la santé et la force, il porterait dans son sein le germe des maladies pestilentielles les plus pernicieuses. La Pro-vidence, pour le sauver de ce danger, se sert des orages, qui purifient l'atmosphère, dont ils bouleversent les couches, dissipent et, consument les exhalaisons nuisibles, rafraîchissent le fluide vital et lui rendent sa salubrité et sa pureté primitives. Ajoutons que l'électricité de l'atmosphère, accrue par celle de la pluie qui tombe, agit d'une manière favorable sur les plantes, dont elle ranime la végétation languissante. Et si, dans une forêt, cette électricité a brisé et déraciné quelques arbres, en retour, elle pare tous les autres d'une plus fraîche verdure et leur redonne une vigueur nouvelle.

FERDINAND P. O.

CXXXVI

LES RÊVES D'UN ENFANT

Dans l'alcôve sombre,
Près d'un humble autel,
L'enfant dort à l'ombre
Du lit maternel.
Tandis qu'il repose,
Sa paupière rose,
Pour la terre close,
S'ouvre pour le ciel.

Il fait bien des rêves.
Il voit par moments

Les sables des grèves
Pleins de diamants,
Des soleils de flammes,
Et de belles dames
Qui portent des âmes
Dans leurs bras charmants.

Songe qui l'enchante!
Il voit des ruisseaux.
Une voix qui chante
Sort du fond des eaux.
Ses sœurs sont plus belles;
Son père est près d'elles;
Sa mère a des ailes
Comme les oiseaux.

Il voit mille choses
Plus belles encor;
Des lis et des roses
Plein le corridor;
Des lacs de délice,
Où le poisson glisse,
Où l'onde se plisse
A des roseaux d'or!

Enfant, rêve encore!
Dors, ô mes amours!
Ta jeune âme ignore
Où s'en vont tes jours.
Comme une algue morte
Tu vas, que t'importe!
Le courant t'emporte,
Mais tu dors toujours.

Sans soins, sans étude,
Tu dors en chemin,
Et l'inquiétude
A la froide main,
De son ongle aride,
Sur ton front candide
Qui n'a point de ride,
N'écrit point : demain!

Il dort, innocence!
Les anges sereins

Qui savent d'avance
Le sort des humains,
Le voyant sans armes,
Sans peur, sans alarmes,
Baisent avec larmes
Ses petites mains.

Leurs lèvres effleurent
Ses lèvres de miel.
L'enfant voit qu'ils pleurent,
Et dit : Gabriel !
Mais l'ange le touche,
Et berçant sa couche,
Un doigt sur la bouche,
Lève l'autre au ciel.

Cependant sa mère,
Prompte à le bercer,
Croit qu'une chimère
Le vient oppresser ;
Fière, elle l'admire,
L'entend qui soupire.
Et le fait sourire
Avec un baiser.

VICTOR HUGO.

CXXXVII

PHOTOGRAPHIE

C'était un grand et magnifique problème à résoudre que celui de fixer sur le tableau de la chambre *obscure* [1] le dessin si admirable de vérité,

---

1. La *chambre obscure* ou *chambre noire*, inventée par Porta, consistait dès l'origine en une chambre dont les murs étaient noircis, et qui n'avait d'autre ouverture qu'un trou pratiqué dans un volet, auquel on adaptait une lentille convexe. En plaçant une feuille de papier au foyer de la lentille, tous les objets extérieurs viennent s'y peindre avec leurs couleurs naturelles, mais renversés. On peut alors en dessiner les contours et en imiter les couleurs. De plus, rien n'est facile comme de redresser les images : il suffit pour cela de recevoir les rayons réfractés, avant ou après leur passage à travers la lentille, sur un miroir plan incliné de 45 degrés à l'horizon ; ce miroir substituera à l'image verticale une image horizontale par-

de fini, de perfection, que la lumière elle-même prend le soin d'y tracer. Il était réservé à un Français, à M. Daguerre, d'obtenir ce résultat et d'exciter ainsi l'admiration du monde savant et de l'Europe entière.

Le 15 juin 1839, le ministre de l'intérieur montait à la tribune de la chambre des députés et s'exprimait ainsi :

« Messieurs, nous croyons aller au-devant des vœux de la chambre, en vous proposant d'acquérir, au nom de l'État, la propriété d'une découverte aussi utile qu'inespérée, et qu'il importe, dans l'intérêt de la science et des arts, de pouvoir livrer à la publicité. Vous savez tous, et quelques-uns d'entre vous ont déjà pu s'en convaincre par eux-mêmes, qu'après quinze ans de recherches persévérantes et dispendieuses, M. Daguerre est parvenu à fixer les images de la chambre obscure et à créer ainsi, en quatre ou cinq minutes, par la puissance de la lumière, des dessins où les objets conservent mathématiquement leurs formes jusque dans les plus petits détails, où les effets de la perspective linéaire et la dégradation des tons provenant de la perspective aérienne, sont accusés avec une délicatesse inconnue jusqu'ici. Nous n'avons pas besoin d'insister sur l'utilité d'une semblable invention. On comprend quelles ressources, quelles facilités toutes nouvelles elle doit offrir pour l'étude des sciences; et, quant aux arts, les services qu'elle peut leur rendre ne sauraient se calculer. Il y aura pour les dessinateurs et pour les peintres, même les plus habiles, un sujet constant d'observations, dans ces reproductions si parfaites de la nature. D'un autre côté, ce procédé leur offrira un moyen prompt et facile de former des collections d'études qu'ils ne pourraient se procurer, en les faisant eux-mêmes, qu'avec beaucoup de temps et de peine, et d'une manière bien moins parfaite.

« L'art du graveur, appelé à multiplier, en les reproduisant, les images

faitement symétrique. Les chambres obscures varient beaucoup dans leurs formes et leur grandeur suivant l'objet auquel on les destine. La disposition la plus ordinaire, consiste en une caisse en bois noircie intérieurement; au fond, se trouve le carton sur lequel l'image vient se peindre. Le dessinateur introduit sa tête par une ouverture pratiquée à l'une des parois de la chambre, et la main par une autre ouverture. Ces deux espaces vides sont exactement refermés par des rideaux destinés à intercepter le passage à toute lumière étrangère, capable de troubler la netteté des images. Le tuyau qui porte la lentille est mobile; on peut toujours ainsi placer cette dernière à la hauteur convenable.

On a substitué avantageusement à la combinaison du miroir plan et de la lentille convergente un prisme *ménisque* qui tient lieu de l'un et de l'autre. C'est un prisme isocèle à angle droit; la face verticale tournée vers les objets est légèrement convexe; la face horizontale, mise en regard du carton blanc, légèrement concave. Les rayons lumineux, après avoir pénétré dans le prisme en se réfractant sur la face verticale, éprouvent sur l'hypoténuse une réflexion totale, puis émergent par la face inférieure. On a, de la sorte, le double avantage d'un mécanisme plus simple, joint à une plus grande intensité de lumière dans les images.

calquées sur la nature elle-même, prendra un nouveau degré d'importance
et d'intérêt. Enfin, pour le voyageur, pour l'archéologue, aussi bien que pour
le naturaliste, l'appareil de M. Daguerre deviendra d'un usage continuel
et indispensable; il leur permettra de fixer leur souvenir sans recourir
à la main d'un étranger. Chaque auteur désormais composera la partie
géographique de ses ouvrages; en s'arrêtant quelques instants devant le
monument le plus compliqué, devant le site le plus étendu, il en obtien-
dra sur le champ un véritable *fac-simile*. »

Cet exposé était suivi d'un projet de loi qui accordait à M. Daguerre une
pension annuelle et viagère de six mille francs, et à M. Niepce fils une
autre pension de quatre mille francs, à la charge par eux de céder à
l'État le procédé de M. Niepce père, avec les améliorations de M. Daguerre, servant à fixer les images de la chambre obscure. La loi fut adoptée par les deux chambres, et l'invention de M. Daguerre devint propriété
publique. La méthode toutefois ne conserve pas les couleurs : les tableaux,
les copies du daguerréotype, comme un dessin au crayon noir, comme une
gravure au burin, ou l'aqua-tinta, n'offrent que du blanc, du noir et du
gris; que de la lumière, de l'obscurité et des demi-teintes; en un mot, le
procédé crée des dessins et non des tableaux en couleur. Mais toutes les
épreuves daguerriennes supportent l'examen à la loupe, sans rien perdre
de leur fini et de leur pureté, du moins pour les objets demeurés immobiles pendant que leurs images s'engendraient. Le temps nécessaire à
l'exécution d'une vue, quand on veut arriver à de grandes vigueurs de
ton, varie avec l'intensité de la lumière et, dès lors, avec l'heure du jour
et la saison.

Le procédé de M. Daguerre n'a pas exigé seulement la découverte d'une
substance plus sensible à l'action de la lumière que toutes celles dont les
physiciens et les chimistes se sont déjà occupés; il a fallu encore trouver
le moyen de lui enlever à volonté cette propriété. C'est ce que M. Daguerre
a fait : ses dessins terminés peuvent être exposés en plein soleil sans en
recevoir aucune altération. L'extrême sensibilité de la préparation dont
M. Daguerre fait usage ne constitue pas le seul caractère par lequel sa découverte diffère des essais imparfaits auxquels on s'était livré jadis, pour
dessiner des silhouettes sur une couche de chlorure d'argent. Ce sel est
blanc, la lumière le noircit. La partie blanche des images passe donc au
noir, tandis que les portions noires, au contraire, restent blanches. Dans les
reproductions au daguerréotype, le dessin et l'objet sont tout pareils : le
blanc correspond au blanc, les demi-teintes aux demi-teintes, le noir au
noir. Sans parler des ressources que l'invention de M. Daguerre offrira
aux voyageurs, aux sociétés savantes, aux dessinateurs, ce nouveau réactif

semble devoir fournir aux physiciens et aux astronomes des moyens d'investigation très-précieux. M. Daguerre a jeté sur ses écrans l'image de la lune, formée au foyer d'une médiocre lentille, et elle y a laissé une empreinte blanche et évidente. Il est le premier qui ait réussi à produire une modification chimique sensible à l'aide des rayons lumineux de notre satellite.

Sa méthode, d'une exécution facile, conduit à des résultats infaillibles. Mais les divers phénomènes qui se passent dans le cours des opérations sont encore imparfaitement connus; aussi l'explication en est-elle incertaine. Nous nous bornerons à exposer sommairement le procédé, renvoyant le lecteur, pour la description complète de l'appareil et les détails de manipulation, à la brochure publiée par M. Daguerre lui-même.

L'écran destiné à recevoir l'empreinte des images est une feuille d'argent plaquée sur cuivre. Bien que le cuivre serve principalement à soutenir la feuille d'argent, qui doit être parfaitement plane, l'assemblage de ces deux métaux concourt à la perfection de l'effet. L'épaisseur des deux feuilles réunies ne doit pas dépasser celle d'une forte carte. On commence par brunir et polir la plaque d'argent le plus parfaitement possible à l'aide de l'huile d'olive, de l'acide nitrique étendu d'eau et de la pierre ponce pulvérisée, ou mieux du tripoli de Venise; substances que l'on étend alternativement et à plusieurs reprises sur la surface du métal, en la frottant légèrement avec des tampons de coton cardé très-fin. Une fois polie, la plaque métallique est fixée par plusieurs petits clous sur une planchette en bois, puis exposée, dans une boîte close, à de la vapeur d'iode formée spontanément à la température ordinaire. On arrête l'opération lorsque la couche d'iodure d'argent qui se produit, et qui doit être très-uniformément répartie sur la surface du métal, a acquis une belle couleur jaune doré. Si la plaque restait trop longtemps exposée à la vapeur d'iode, la couche prendrait une couleur violâtre qu'il faut bien éviter, comme entièrement insensible à l'action de la lumière; l'épaisseur de la couche d'iode la plus convenable n'est pas même d'un millionième de millimètre. Dans cet état de préparation, la plaque est alors apte à recevoir l'impression des rayons lumineux; il faut l'exposer au foyer de la chambre noire, au lieu exact où se produit l'image des objets que l'on veut dessiner. Lorsqu'elle a été soumise pendant le temps jugé convenable à l'action des rayons lumineux concentrés dans la chambre obscure (de 5 à 30 minutes), on retire cette plaque, en ayant soin de la soustraire à l'influence de la lumière du jour. Le dessin existe dès lors sur l'écran, mais il est encore invisible. Pour le faire paraître, on expose la plaque, dans une boîte rectangulaire, sous une inclinaison de 45 degrés, à la vapeur du mercure chauffé jusqu'à 65 ou 70° centigrades, et abandonné ensuite à un refroidissement spontané. Peu à peu le dessin se manifeste; la lumière a modifié de telle sorte les parties qu'elle a frappées, que le mercure pénètre jusqu'à l'argent, où il se condense en gouttelettes microscopiques plus ou moins serrées, suivant que l'action s'est trouvée plus ou moins puissante; partout ailleurs, l'argent reste intact. La durée de l'opération est le temps qu'un kilogramme de mercure contenu dans une capsule met à s'élever jusqu'à 75°, puis à redescendre vers 65°, quand on a retiré la petite lampe qui chauffait la capsule. Afin de rendre le dessin obtenu inaltérable à l'action ultérieure de la lumière, il ne reste plus qu'à enlever la couche d'iodure demeurée sur la plaque. Pour cela, on plonge cette plaque métallique d'abord dans l'eau distillée, puis dans une dissolution d'hydrosulfite de soude; enfin on verse dessus un litre environ d'eau distillée bouillante. Dès lors l'argent et le mercure restent seuls. Le mercure produit les clairs par un pointillé mat, l'argent forme les parties sombres; ce dernier métal, étant poli comme un miroir, ne peut en effet renvoyer la lumière que dans une certaine direction, où l'on a soin de ne pas se placer. Il faut d'ailleurs que le jour vienne d'un seul côté. L'épreuve, on le conçoit, ne saurait supporter le frottement, car les gouttelettes qui forment le pointillé se confondraient et s'étaleraient sur la planche; on doit mettre celle-ci sous verre et coller exactement les bords.

C'est dans cet état que la photographie sortit des mains de son inventeur, M. Daguerre; mais depuis la première révélation de ce bel art, il a reçu tant de perfectionnements, qu'il reste peu de chose du procédé primitif. Ainsi, la longueur du temps nécessaire pour former l'image, permettait seulement de recueillir les miniatures fournies par la nature morte; l'immobilité seule se prêtait à la représentation photographique. Mais le portrait, mais le mouvement de nos cités, et l'agitation du feuillage, et la poussière tourbillonnant dans nos plaines, et le ciel lui-même, qui, sous le mobile caprice des nuages, change à chaque instant d'aspect; en un mot, tout ce qui offre la variété et la vie, semblait inabordable à ce pinceau éthéré, car le moindre mouvement faisait tache sur le tableau. Aujourd'hui l'image se forme avec la rapidité du coup d'œil, et l'éclair lui-même se peindrait peut-être avec netteté. Ce dernier résultat provient essentiellement de l'augmentation de sensibilité de l'appareil, par suite de l'addition au sel d'argent d'une substance appelée *collodion*, qu'on obtient en faisant dissoudre du coton-poudre dans un mélange d'alcool et d'éther sulfurique. Enfin, un grand nombre d'expérimentateurs ont travaillé à perfectionner le daguerréotype, en cherchant les moyens de rendre les dessins plus

stables, de transporter les images sur verre [1], sur papier, et de détruire
ainsi le miroitage des plaques, ou de les graver sur la planche même où
elles ont pris naissance. Les plus heureux résultats ont été obtenus. Toutefois la moitié seulement du problème est résolue ; il reste un dernier
pas à franchir : reproduire les couleurs.

Nous devons, pour terminer cet article, signaler diverses applications de
la photographie, dont l'importance est de nature à surexciter au plus haut
point la curiosité et l'intérêt. Dans cette tâche nous mettrons à profit les
articles publiés sur cette matière par le *Musée des sciences* et la *Science
pour tous.*

La physique utilise, dans plusieurs circonstances, la découverte de Daguerre. Veut-on comparer les intensités de plusieurs lumières, le meilleur
moyen est d'observer le degré d'altération que font subir ces lumières aux
plaques daguerriennes exposées au foyer d'une chambre noire. On peut
ainsi comparer les rayons du soleil et les rayons trois cent mille fois plus
faibles de la lune, la lumière des étoiles et celle des planètes, la lumière
solaire et la lumière électrique produite par deux charbons communiquant
avec les pôles de la pile. L'intensité de cette lumière est le quart de celle
du soleil ; si l'on opère avec quatre-vingts couples de la pile de Bunsen,
elle équivaut à beaucoup plus de six cents bougies.

Concevons maintenant que l'aiguille d'une boussole vienne se peindre
sur la surface d'un cylindre sensible à la lumière et qui tourne d'un mouvement uniforme pendant les vingt-quatre heures, on pourra enregistrer
d'une manière continue les indications de l'aiguille.

C'est ainsi qu'on observe actuellement l'aiguille aimantée dans l'observatoire de Greenwich, en Angleterre. On n'est plus astreint à venir à des
heures déterminées. La lumière remplit le rôle de l'observateur, et cela à
chaque instant. De semblables moyens ont été employés pour enregistrer
les indications barométriques. Enfin l'astronomie elle-même a trouvé un
secours précieux dans la photographie. Au mois de juillet 1851 et en
mars 1858, on est parvenu à fixer sur une plaque daguerrienne les différentes phases des éclipses de soleil visibles alors à Paris. Et telle est l'importance de ce résultat, comme le fait remarquer M. Faye, qu'un coup d'œil

1. La photographie sur verre est due à M. Niepce de Saint-Victor, neveu du collaborateur
de M. Daguerre. La découverte date de 1848. — On étend sur la lame de verre une couche
d'albumine liquide ou blanc d'œuf. Une fois sèche, cette couche forme une surface d'un poli parfait. L'opération se continue ensuite comme dans le procédé ordinaire. Mais la grande fragilité
du verre offre un inconvénient grave ; il a été fait divers essais tendant à le remplacer par plusieurs substances polies. C'est dans ce but qu'on a imaginé de recouvrir le papier de cire ou
de gélatine. — M. Niepce, qui continue glorieusement les travaux de son oncle, a déjà pu reproduire isolément toutes les couleurs du spectre.

sur une épreuve photographique de l'image solaire, en apprendra bien plus que toutes les descriptions écrites ou verbales.

Mais c'est surtout à l'histoire naturelle que la photographie apporte un utile concours. On conçoit, en effet, qu'un art qui permet de reproduire en quelques instants l'image d'un objet jusque dans ses plus petits détails, doit être éminemment utile pour le savant qui se propose d'étudier toutes les particularités de la structure des différents êtres. Le microscope, en nous découvrant une foule de particularités, de phénomènes qui échappent à nos yeux, avait ouvert, à la vérité, tout un nouveau champ d'observations ; mais les images qu'il présentait n'avaient rien de persistant. Fixer ces images, les reproduire à l'infini, c'était alors permettre d'étudier à loisir ce monde si varié des infiniment petits, avec autant de facilité que nous le faisons pour les objets perçus à l'œil nu. De ce moment date une nouvelle science, appelée anatomie microscopique, pour les deux règnes, animal et végétal. La fidélité de l'image photographique est ici bien précieuse ; c'est l'objet lui-même transporté sur le papier ou sur le métal. A la vue simple, les détails de structure sont inaperçus ; mais lorsqu'on vient à examiner la planche photographique, à l'aide d'une loupe, on y retrouve les plus petites parties que cet instrument ferait apercevoir dans l'objet lui-même. Quand le naturaliste fait un dessin, il se borne à représenter ce qu'il remarque dans son modèle ; aussi l'image tracée par son crayon ne traduit-elle que l'idée plus ou moins complète qu'il s'est formée de la chose à reproduire. Il en est autrement de la lumière : son action nous initie aux plus minutieuses circonstances des êtres, et agrandit ainsi le cercle de nos observations.

Dès l'année 1855, M. Bertsch, habile photographe, le créateur en France de la photographie scientifique, avait, au moyen de ses lentilles grossissantes, mis au jour tout un nouveau monde inconnu, celui des infiniment petits, monde minéral, végétal et animal, comme le nôtre, sur lequel nous avions déjà quelques notions, mais presque toujours incomplètes ou fausses, tant notre œil est impuissant à en distinguer les contours et les formes. Ce monde est celui des infusoires, des insectes parasites, des molécules qui entrent dans la composition des minéraux, des tissus végétaux et animaux. Les dessins de l'atlas de Bertsch sont dignes des efforts qu'il a faits pour les obtenir ; ils représentent des créations naturelles à peu près inconnues aujourd'hui, et très-remarquables pour la plupart. Ainsi M. Bertsch possède des échantillons photographiés de trois variétés de l'*acarus* (animalcule qui cause les ravages de la hideuse maladie de la peau connue sous le nom de *gale*). L'une de ces variétés est celle qui s'attache à l'homme, l'autre au cheval, et la dernière au lapin ; il existe entre elles des points de dissemblance très-saisissables. A côté du pou et de la puce de l'homme, il a de même collectionné la puce de la souris, le pou du lézard de Fontainebleau et celui de la mouche domestique, considérablement grossis. Avec ces parasites, notre savant a également photographié les ongles d'une araignée microscopique, armés de dents mobiles assez semblables à celles de la patte d'un crabe, la larve du cousin, l'œil et la trompe de la mouche, l'appareil phosphorescent du ver luisant, la trachée du ver à soie, la peau et les stigmates d'une chenille, divers échantillons de bois, de feuilles, de paille, etc., toutes choses fort curieuses et très-peu connues, comme il est facile d'en juger par ce simple énoncé.

Cette reproduction des plus petits détails peut aussi être très-utile pour l'archéologue. En 1849, M. le baron Gros, alors ministre plénipotentiaire en Grèce, avait tiré, au moyen du daguerréotype, un point de vue de l'Acropole d'Athènes. De retour à Paris, à la fin de sa mission, il eut la fantaisie d'examiner à la loupe les détails de cette épreuve ; or, à sa grande surprise, la loupe lui fit reconnaître sur cette image une particularité qu'il n'avait point aperçue sur la nature. Sur une pierre située au premier plan, et parmi les débris antiques amoncelés et jonchant le sol, se trouvait, esquissé en creux, un lion dévorant un serpent; le dessin de cette figure remontait à un âge si reculé, que la science n'hésite pas à rapporter ce monument à l'époque égyptienne.

Que dire maintenant de la photographie, de cet art dont la magique puissance, comme un souffle divin, anime la matière qui nous semblait aride et desséchée? Et cependant ce n'est là qu'un des résultats de ce travail persévérant de notre raison, qu'on appelle le progrès.

Il est donc bien grand dans sa magnificence ce Dieu qui, en nous faisant si petits, nous a créés capables d'enfanter de tels prodiges !

FERDINAND P. O.

CXXXVIII

UTILITÉ ET NOMBRE DES RICHES EN FRANCE

Les accumulations de richesses, si apparentes aux yeux, ne sont ni aussi nombreuses ni aussi considérables qu'on se l'imagine, et s'il prenait fantaisie de les partager, on aurait procuré une bien petite portion aux copartageants. On aurait détruit l'attrait qui fait travailler, le moyen de payer les hauts produits du travail, effacé, en un mot, le dessein de Dieu sans enrichir personne. En effet, croyez-vous que les riches soient bien nombreux, et qu'ils soient bien riches? Ils ne sont ni l'un ni l'autre. Personne n'a compté les fortunes dans une société; mais dans un État comme la France, où l'on peut supposer douze millions de familles, en comptant trois individus par famille, on sait qu'il existe deux millions de familles qui ont à peine le nécessaire, et souvent même en sont privées; six millions qui ont le nécessaire, trois millions qui ont l'aisance, près d'un million qui ont un commencement d'opulence, et tout au plus deux ou trois centaines qui possèdent l'opulence elle-même. Supposez un partage égal, on ne disputera rien à ceux qui jouissent du nécessaire, on pardonnera peut-être à la simple aisance, même à la fortune qui commence, mais si on prenait la fortune des trois cents qui ont la véritable opulence, on ne payerait pas la moitié des dépenses de l'État pendant une année. On n'aurait pas ajouté une quantité appréciable au bien-être des masses, et on aurait supprimé le stimulant qui, en excitant le travail, produit l'amélioration de leur sort. Ces accumulations qui brillent aux yeux, qui en brillant contribuent à exciter l'ardeur au travail, qui servent à acheter les produits les plus raffinés d'une industrie en progrès, quelquefois à se répandre comme un baume bienfaisant sur le travail moins heureux; ces accumulations, réparties sur la masse, ne lui procureraient rien et auraient détruit tous les mobiles qui, en excitant l'homme à travailler, ont amené le meilleur état de l'espèce humaine. Il est bien certain qu'aujourd'hui le peuple est moins indigent qu'il y a quelques siècles; que les famines, par exemple, n'emportent plus des générations entières; que le peuple, mieux nourri, mieux vêtu, mieux logé (sans l'être aussi bien qu'on devrait le désirer), n'est plus exposé aux contagions résultant de la malpropreté, de la misère, comme en Orient ou au moyen âge. Comment cela s'est-il fait? Par l'ardeur que dans tous les siècles on a mise à devenir riche. Détruisez la richesse, et le travail cesse avec le stimulant qui l'excitait. Vous n'avez pas ajouté un millième peut-être à l'aisance actuelle de tous, et vous avez détruit le principe qui en cinquante ans peut la doubler ou la tripler. Vous avez, ainsi qu'on l'a dit, tué la poule aux œufs d'or.

Souffrez donc ces accumulations de richesses, placées dans les hautes régions de la société comme les eaux qui, destinées à fertiliser le globe, avant de se répandre dans les campagnes en fleuves, rivières ou ruisseaux, restent quelque temps suspendues en vastes lacs au sommet des plus hautes montagnes.

A. THIERS.

CXXXIX

UNE SINGULIÈRE CHARADE

Dans une nombreuse réunion, dont la charade était le jeu favori et où se trouvait un digne Allemand qui parlait français... comme les Allemands le parlent, l'étranger tout à coup prit la parole en disant :

« La gompagnie veut-elle me bermettre à mon tour de lui broboser une petite jarade ?

— Oui, certes, dites, dites, meinherr, s'écria-t-on de tous côtés avec l'empressement de la curiosité !

— Voici : mais pien sûr gu'on tevinera tout de suite, ces tames et messieurs savent si pien...

— Au fait, brave Germain, au fait, interrompit un artiste ; ne nous laissez pas languir plus longtemps.

> — Mon *bremier*, il a des griffes ;
> Mon *seconde*, il est un animal des pois (bois) ;
> Mon *troisième*, il a des dents ;
> Mon *tout*, il est une pien vilaine bassion. »

Chacun des invités aussitôt de s'évertuer pour trouver le mot de cette singulière énigme ; jeunes gens et jeunes demoiselles, papas et mamans même de se creuser à l'envi la cervelle, mais inutilement. Après une bonne demi-heure de cette recherche infructueuse, ce cri fut unanime :

« Nous y renonçons, nous y renonçons ! Cet Allemand sait-il donc mieux que nous le dictionnaire ? Meinherr, à vous la palme ! vous triomphez sur toute la ligne. Le mot donc, le mot de votre charade ?

— Le mot, messieurs et tames, dit le bon Germain radieux, le mot c'est *chat-loup-scie.*

— Hein ? firent les assistants ébahis en ouvrant de grands yeux.

— Comment dites-vous ? Quel diable de mot est-ce là ? » demanda l'artiste.

Puis, comme par une soudaine illumination :

« Ah ! j'y suis, j'y suis. Ah ! ah ! une vilaine bassion, c'est la jalousie que vous avez voulu désigner par là. Ah ! ah ! ah !

— Oui, la *chat-loup-scie.*

— Ah ! ah ! ah ! fameux, fameux, impayable ! à mettre sous verre ! »

Et le jeune homme riait à se tordre, et tous les assistants de l'imiter, à la grande stupéfaction de notre Allemand scandalisé et tout près de trouver ces Français peu polis.

A propos de charades, il m'en vient une assez baroque à l'esprit. Il plaît sans doute au lecteur de la connaître et je ne puis rien refuser à sa légitime curiosité. Voici la chose, mais je ne dirai pas le mot aujourd'hui, pour laisser aux amateurs du genre le plaisir de le trouver eux-mêmes :

> Dans mon *premier* on mange un mets fort délectable,
> Mais qui, le soufre aidant, peut être détestable.
> Petit mot, mon *second*, fort prisé des garos,
> A plus d'utilité quelquefois qu'il n'est gros.
> En brisant sa prison, où la nuit est entière,
> Mon *troisième* enfin sort et fête la lumière.
> Mon *tout*, formé des trois, d'usage assez banal,
> Sert à qualifier un sot original.

Cherchez, lecteurs.

L'Arc-en-Ciel.

CXL

TABLETTES MORALES

L'amour du bien sommeille quelquefois, mais Dieu en a déposé le principe dans tous les cœurs; ce qui le prouve, c'est l'émotion dont nous sommes pénétrés au récit d'une belle action.

—

Qui dit un homme, dit un être fort et bon, qui aime son père et son pays, qui défend sa mère au besoin, qui protége sa sœur, qui est utile à soi-même et aux autres, qui est actif, laborieux, sobre, honnête, qui va droit son chemin, sans mentir à personne, sans flatter personne, et qui commande à ses passions; voilà ce que c'est qu'être homme.

—

Voici un des traits touchants de la vie de Jésus-Christ, dont la citation se trouve dans les œuvres du chevalier de Méré :

Notre-Seigneur disait à une femme qui lui demandait une grâce et qui n'était pas Israélite, qu'il ne faut pas donner aux chiens le pain des enfants.

« Encore, Seigneur, répondit-elle, les petits chiens ne laissent pas d'amasser les miettes qui tombent sous la table des enfants. »

Cela ne se pouvait mieux dire ni mieux penser, et le Seigneur fit paraître la joie qu'il en eut et lui accorda ce qu'elle avait souhaité.

—

L'ouragan passe sur la fleur des champs, et la fleur qui a plié se relève.

—

Une parole brève, saccadée, tranchante, déplaît souverainement et nous attire ces railleries déguisées, ce sarcasme poli, ces humiliations sourdes, en présence desquelles la colère est impuissante et ne réussit qu'à nous donner les torts.

—

Le vrai artiste a les bras tendus vers tout ce qui est pur, vers tout ce qui est beau, vers tout ce qui est digne.

—

Une nouvelle pensée n'est, le plus souvent, qu'une expression nouvelle : c'est une ancienne monnaie qu'on frappe d'un nouveau coin, et qui recommence à circuler pour un certain temps.

—

Quand un mot est une fois échappé, un char attelé de quatre chevaux ne pourrait l'atteindre. Sachez donc veiller sur vos paroles.

—

Nous réservons notre indulgence pour les parfaits.

—

La passion peut bien tourner et faire une bonne fin ; le vice n'a qu'une issue : c'est le crime.

—

Le patriarche grec de Moscou, Platon, prêchait devant Catherine II, sur la vanité des grandeurs humaines. Tout à coup il s'arrête, descend de chaire, au grand étonnement de tout le monde, frappe avec sa crosse sur le tombeau de Pierre le Grand, l'invite à élever la voix pour apprendre à son auditoire ce qu'il pensait des grandeurs du monde. Le silence du mort glaça de terreur les vivants.

Frappez le coin de terre que foulent vos pieds; interrogez les morts qui y sont ensevelis, *car il y en a*, et entendez leur réponse!

—

Oui, je vous le dis, enfants, et vous le direz un jour : « Que le malheur soit béni! » C'est lui seulement qui élève l'homme au-dessus de tous les êtres animés. Le bien-être universel n'eût engendré que l'égoïsme et l'isolement; c'est à nos douleurs et à nos misères que nous devons le sentiment divin pour lequel il est encore doux de vivre et de souffrir : *la charité!*

—

Tout ce qui est à nous est à notre ami, excepté notre honneur.

—

Le don du cœur est une trop grande chose; se presser de le jeter est une imprudence coupable, c'est une indignité.

—

Vous n'avez donc jamais vu nos coteaux dorés par le soleil levant! Vous n'avez donc jamais vu la main du Seigneur couvrir de moissons et de fleurs notre sol embelli! Vous n'avez donc jamais entendu chanter la fauvette et le rossignol! Leur chant ne respire que l'amour... Mortels, pourquoi vous haïssez-vous?

—

La vraie route, celle où se complètent les joies, où s'adoucissent les amertumes, c'est la route du dévouement.

FERDINAND P. O. *Mes lectures.*

CXLI

CURIOSITÉS SCIENTIFIQUES

LE PRINCIPE D'ARCHIMÈDE

Suspendons au-dessous de l'un des plateaux d'une balance, à l'aide d'un crochet, un cylindre creux en cuivre, et au-dessous du cylindre creux un autre cylindre plein, qui puisse être contenu exactement par le premier. Établissons l'équilibre. Faisons ensuite plonger le cylindre plein dans un bain de liquide : aussitôt l'équilibre sera détruit, et, pour le rétablir, il nous faudra remplir d'eau le cylindre creux. Nous pouvons en conclure que la perte de poids que le cylindre massif a faite, par son immersion dans l'eau, est égale au poids d'un volume de liquide égal au sien.

Toute la théorie des corps plongés ou flottants dans les liquides, repose sur ce seul principe, qui est dû à Archimède, et dont voici l'énoncé :

« Tout corps, plongé dans un fluide, perd une partie de son poids égale au poids du volume de fluide qu'il déplace. »

Faisons maintenant connaître comment Archimède découvrit le principe qui porte son nom.

Hiéron, roi de Syracuse, avait remis à un orfévre une certaine quantité d'or, qui devait servir à la confection d'une couronne. A une partie de cet or, l'orfévre substitua une portion d'argent égale en poids, et rendit, pour de l'or pur un alliage d'or et d'argent. Hiéron se douta de la fraude; mais comme il ne voulait point gâter la couronne, qui était d'un travail exquis, il proposa aux physiciens et aux géomètres ce problème : « Sans fondre ni altérer en aucune manière une couronne, dire si elle ne renferme que de l'or pur, ou si c'est un alliage ; et, dans ce dernier cas, déterminer la proportion suivant laquelle l'or et l'argent s'y trouvent combinés? »

Après bien des méditations, Archimède désespérait de résoudre le problème, lorsque étant un jour au bain et réfléchissant sur ce qui arrive à un corps plongé dans l'eau, il trouva que ce corps perd sensiblement de son poids, et qu'il en perd précisément une partie égale à celui du volume de liquide déplacé.

Tout rempli de joie de cette découverte, il sortit brusquement du bain sans s'apercevoir qu'il était nu, et, parcourant ainsi les rues de Syracuse, il s'écriait :

« Je l'ai trouvé ! je l'ai trouvé ! »

Dès lors il put aisément constater la fraude de l'orfévre : il lui suffit de peser la couronne dans l'air et puis dans l'eau, afin de voir combien elle perdait ; de faire ensuite la même opération comparative sur un volume quelconque d'or pur, et de déterminer si la couronne diminuait de poids dans la même proportion que l'or.

Nous croyons sans peine qu'Archimède résolut le problème d'Hiéron, mais nous n'acceptons pas avec une confiance égale la fable qu'on a débitée à ce sujet. Archimède était accoutumé à trouver des choses curieuses et difficiles ; et, s'il eût éprouvé pour ses propres découvertes l'admiration qu'on lui prête, il n'aurait pas négligé de consigner dans ses écrits ces merveilleux appareils dont Plutarque et plusieurs autres historiens ont parlé avec tant d'enthousiasme.

Archimède, le plus illustre mathématicien et mécanicien de l'antiquité, perdit la vie dans le siége de Syracuse, que dirigeait Marcellus, général romain, l'an 542 de Rome, c'est-à-dire deux cent douze ans avant l'ère chrétienne. Entre différents récits, on rapporte qu'Archimède était allé lui-même trouver Marcellus, pour lui faire hommage d'une cassette remplie d'instruments de mathématiques, tels que des cadrans solaires, des sphères, et des angles avec lesquels on mesure la grandeur du soleil. Des soldats qui le rencontrèrent, croyant que c'était de l'or qu'il portait, le tuèrent pour s'en emparer. La mort de ce grand homme causa une vive douleur au général romain ; il eut horreur du meurtrier comme d'un sacrilége, et ayant fait chercher les parents de notre savant, il les traita avec une distinction marquée. Archimède avait une âme si élevée, si empreinte d'humilité et de modestie, qu'il ne voulut jamais, comme nous l'avons dit plus haut, rien laisser par écrit sur la construction de ces fameuses machines dont le souvenir est venu jusqu'à nous, et qui avaient fait attribuer à son auteur non une science humaine, mais une intelligence divine.

FERDINAND P. O.

CXLII

LA GLOIRE ET LA RÉPUTATION

Qu'est-ce que la gloire ? Le jugement de l'humanité sur un de ses membres ; et l'humanité a toujours raison. En fait, citez-moi une gloire imméritée ; de plus, *à priori*, c'est impossible ; car on n'a de gloire qu'à la condition d'avoir beaucoup fait, d'avoir laissé de grands résultats.

Distinguez bien la gloire de la réputation. Pour la réputation, qui en veut en a. Voulez-vous de la réputation? Priez tel ou tel de vos amis de vous en faire ; associez-vous à tel ou tel parti; donnez-vous à une coterie; servez-la, elle vous louera. Enfin il y a cent mille manières d'acquérir de la réputation : c'est une entreprise tout comme une autre; elle ne suppose pas même une grande ambition. Ce qui distingue la réputation de la gloire, c'est que la réputation est le jugement de quelques-uns, et que la gloire est le jugement du plus grand nombre, de la majorité dans l'espèce humaine. Or, pour plaire au petit nombre, il suffit de petites choses ; pour plaire aux masses, il en faut de grandes. Auprès des masses, les faits sont tout, le reste n'est rien. Les intentions, la bonne volonté, la moralité, les plus beaux desseins, qu'on n'aurait certainement pas manqué de conduire à bien, n'eût été ceci ou cela, tout ce qui ne se résout pas en fait est compté pour rien par l'humanité; elle veut de grands résultats ; car il n'y a que les grands résultats qui viennent jusqu'à elle : or, en fait de grands résultats, il n'y a pas de tricherie possible. Les mensonges des partis et des coteries, les illusions de l'amitié, n'y peuvent rien ; il n'y a pas même lieu à discussion. Les grands résultats ne se contestent pas : la gloire, qui en est l'expression, ne se conteste pas non plus. Fille de faits grands et évidents, elle est elle-même un fait manifeste aussi clair que le jour. La gloire est le jugement de l'humanité, et un jugement en dernier ressort : on peut en appeler des coteries et des partis à l'humanité; mais de l'humanité, à qui en appeler en ce monde? Elle est infaillible. Pas une gloire n'a été infirmée et ne peut l'être. De plus, sur quels faits l'humanité estime-t-elle et décerne-t-elle la gloire? Sur les faits utiles, c'est-à-dire utiles à elle. Sa mesure est sa propre utilité; et elle ne peut en avoir d'autre, à moins de s'abdiquer elle-même et de cesser d'emprunter à sa nature les principes de ses jugements. La gloire est le cri de la sympathie et de la reconnaissance; c'est la dette de l'humanité envers le génie ; c'est le prix des services qu'elle reconnaît en avoir reçus, et qu'elle lui paye avec ce qu'elle a de plus précieux, son estime.

Il faut donc aimer la gloire, parce que c'est aimer les grandes choses, les longs travaux, les services effectifs rendus à la patrie et à l'humanité en tout genre ; et il faut dédaigner la réputation, les succès d'un jour et les petits moyens qui y conduisent; il faut songer à faire, à beaucoup faire, à bien faire, et non à paraître; car, règle infaillible, tout ce qui paraît sans être, bientôt disparaît; mais tout ce qui est, par la vertu de sa nature, paraît tôt ou tard. La gloire est presque toujours contemporaine; mais il n'y a jamais un grand intervalle entre le tombeau d'un grand homme et la gloire.

v. COUSIN, Cours d'histoire de la philosophie.

CXLIII

ORIGINE DU MOT BUDGET

Vous avez souvent entendu votre papa, après avoir lu le journal et en conversant avec ses amis, prononcer le mot *budget*. Si vous avez écouté un peu la conversation, vous avez sûrement deviné que ce mot *budget* s'applique aux finances de l'État, et qu'il signifie le tableau de ses recettes et de ses dépenses de l'année. La chambre des députés discute le budget, c'est-à-dire qu'elle examine les dépenses que le gouvernement aura à faire, et qu'elle décide quelle sera la somme que nous aurons à payer pour subvenir à ces dépenses. Le résultat de ce travail est le budget.

Mais d'où vient ce mot *budget?* Il ne paraît pas français d'origine et il ne vient ni du latin ni du grec; d'où vient-il donc? Nous l'avons emprunté aux Anglais. Mais ce qui vous paraîtra étonnant, c'est que les Anglais nous l'avaient emprunté bien auparavant. Il nous ont emprunté bien d'autres mots. Quand les Normands s'emparèrent de l'Angleterre, et que leur chef monta sur le trône, ces grossiers vainqueurs dédaignèrent en quelque sorte la langue de leurs nouveaux sujets; ils continuèrent quelque temps, du moins à la cour, à parler leur langue, le français de cette époque, et vous pourrez remarquer que presque tous les mots employés, encore aujourd'hui, par l'autorité, sont d'origine française. A la vérité, messieurs les Anglais ont singulièrement changé ces mots, et nous avons bien de la peine à les reconnaître. Croiriez-vous que *budget* vient de *poche?* Voyons la route qu'il a suivie pour s'éloigner si bizarrement de son origine.

Le mot *poche* a fait le diminutif *pochette;* et, par la facilité qu'a le *p* de se modifier en *b*, ainsi que le *ch* de s'adoucir en *g*, *pochette* s'est insensiblement changé en *bogette, bougette*, vieux mots, dont le dernier a été conservé par l'Académie avec son augmentatif *bouge*, qui garde encore son acception primitive dans cette locution : *bien remplir ses bouges*, c'est-à-dire, bien garnir ses poches ou faire un gros gain, et qui partout ailleurs signifie un petit endroit propre à resserrer divers objets dans une maison, comme la poche dans un habit.

A présent, on doit trouver assez facile le passage de *bogette* en *budget*, surtout chez les Anglais, qui donnent à l'*u* le son de l'*o*; et il faut remarquer encore que les Languedociens, dans leur patois, ont toujours dit *lou budget*, pour désigner une espèce de réduit qui sert d'armoire.

ANONYME.

CXLIV

LE CHIEN DU LOUVRE

Le chien a eu ses poëtes; la poésie, qui chante les grandes actions et les beaux sentiments, ne pouvait pas oublier celui qui, de tous les animaux, possède au plus haut degré la valeur, la noblesse, le dévouement, la fidélité et la reconnaissance.

Le 29 juillet 1830, à l'attaque du Louvre par les Parisiens insurgés, un ouvrier tomba percé d'une balle; un chien qui l'accompagnait, son seul ami, resta près de son corps, et lorsque, quelques jours après, un vaste corbillard conduisit à leur dernière demeure les nombreuses victimes des trois journées, on vit un chien suivre le char funèbre, et demeurer dans le cimetière après la foule écoulée. Il disparaissait au point du jour et revenait le soir gémir sur la tombe de son maître; un matin, le gardien de la nécropole le trouva mort, mort de douleur!

Écoutez cette touchante élégie, composée par Casimir Delavigne :

> Passant, que ton front se découvre;
> Là, plus d'un brave est endormi.
> Des fleurs pour le martyr du Louvre,
> Un peu de pain pour son ami!
>
> C'était le jour de la bataille,
> Il s'élança sous la mitraille;
>   Son chien suivit.
> Le plomb tous deux vint les atteindre,
> Est-ce le maître qu'il faut plaindre?
>   Le chien survit.
>
> Morne, vers le brave il se penche,
> L'appelle, et de sa tête blanche
>   Le caressant,
> Sur le corps de son frère d'armes
> Laisse couler ses grosses larmes
>   Avec son sang.
>
> Des morts voici le char qui roule;
> Le chien, respecté par la foule,
>   A pris son rang,

L'œil abattu, l'oreille basse,
En tête du convoi qui passe,
    Comme un parent.

Au bord de la fosse, avec peine,
Blessé de juillet, il se traîne
    Tout en boitant :
Et la gloire y jette son maître,
Sans le nommer, sans le connaître ;
    Ils étaient tant !

Gardien du tertre funéraire,
Nul plaisir ne le peut distraire
    De son ennui ;
Et fuyant la main qui l'attire,
Avec tristesse il semble dire :
    « Ce n'est pas lui ! »

Quand sur ses touffes d'immortelles,
Brillent d'humides étincelles
    Au point du jour,
Son œil se ranime, il se dresse,
Pour que son maître le caresse
    A son retour.

Au vent des nuits, quand la couronne
Sur la croix du tombeau frissonne,
    Perdant l'espoir,
Il veut que son maître l'entende ;
Il gronde, il pleure, et lui demande
    L'adieu du soir.

Si la neige avec violence,
De ses flocons couvre en silence
    Le lit de mort,
Il pousse un cri lugubre et tendre,
Et s'y couche pour le défendre
    Des vents du nord.

Avant de fermer la paupière,
Il fait, pour relever la pierre,
    Un vain effort.
Puis il se dit comme la veille :
« Il m'appellera s'il s'éveille. »
    Puis il s'endort.

La nuit, il rêve barricade;
Son maître est sous la fusillade,
    Couvert de sang;
Il l'entend qui siffle dans l'ombre,
Se lève et saute après son ombre
    En gémissant.

C'est là qu'il attend d'heure en heure,
Qu'il aime, qu'il souffre, qu'il pleure,
    Et qu'il mourra.
Quel fut son nom? c'est un mystère;
Jamais la voix qui lui fut chère
    Ne le dira.

Passant, que ton front se découvre;
Là, plus d'un brave est endormi.
Des fleurs pour le martyr du Louvre,
Un peu de pain pour son ami!

CXLV

QUELQUES PRODIGES BIBLIOGRAPHIQUES

Il ne sera pas sans intérêt pour nos lecteurs de trouver exposés ici quelques-uns des prodiges enfantés par la bibliographie. Ces œuvres de patience sont de tous les temps et de tous les lieux. Cicéron nous dit avoir vu l'*Iliade*, poëme grec d'Homère, écrite sur parchemin et renfermée dans une coquille de noix. Ce fait rencontrera sans doute plus d'un incrédule. Et cependant, il a été démontré qu'un léger morceau de vélin, haut de vingt-sept centimètres, large de vingt et un, pourrait, à la rigueur, recevoir sur ses deux faces environ quinze mille vers et se loger dans une coquille de grandeur moyenne.

On cite ensuite un copiste qui écrivit un vers d'Homère sur un grain de millet. Suivant Élien, un autre copiste serait parvenu à renfermer un distique (assemblage de deux vers latins), tracé en lettres d'or, dans l'écorce d'un grain de blé.

—

En Angleterre, à Oxford, on montre à la curiosité des visiteurs un dessin de la tête du malheureux roi Charles Ier, composé non point de coups de crayon, mais de caractères calligraphiques si déliés qu'ils ressemblent à des traits de burin. Et que pensez-vous que ces caractères microscopiques reproduisent? Ni plus ni moins que les cent cinquante *Psaumes de David,* suivis du *Credo* et du *Pater.*

Autre merveille! A la bibliothèque impériale de Vienne, en Autriche, on admire une feuille d'environ cinquante-huit centimètres de hauteur et de quarante-quatre de largeur, qui contient, sur une seule de ses faces, cinq livres de l'Ancien Testament, écrits par un juif en diverses langues. Ainsi, le livre de *Ruth* est reproduit en allemand, celui de l'*Ecclésiaste* en hébreu, le *Cantique des cantiques* en latin, *Esther* en syriaque, le *Deutéronome* en français. C'est plus que de la patience, on l'avouera, qu'il a fallu ici; c'est tout à la fois de la science, de l'habileté et un goût exquis.

Il y a quelques années, on mit en vente à Bourges une singularité d'un autre genre : c'était un exemplaire unique des œuvres de Voltaire, en quatre-vingt-dix volumes, qu'un amateur avait enrichi de *douze mille huit cent soixante gravures* représentant toutes les personnes et tous les lieux dont il est parlé dans les ouvrages si variés du philosophe encyclopédiste. Les hommes les plus obscurs y ont leur place, aussi bien que les plus célèbres, et il n'est pas une bourgade, pas une habitation mentionnée dans le texte, qui n'ait son dessin à l'une des pages de l'immense album. — Un collectionneur du même genre, qui vit encore, s'est livré à un travail analogue, pour les lettres de madame de Sévigné. Il a déjà dépensé à cet objet plus de cent mille francs.

En 1829 M. Didot publia, en caractères microscopiques à peine lisibles à l'œil nu, les *Maximes* de la Rochefoucault. A son exemple, un éditeur a donné depuis divers auteurs classiques, notamment un *Horace,* dont il est impossible de se figurer, sans l'avoir vue, l'inconcevable ténuité.

Les États-Unis suivent une voie opposée. Ils montrent avec orgueil un manuscrit du *Pentateuque* de Moïse, en deux volumes, composés chacun d'une seule feuille déployée. Mais hâtons-nous d'ajouter que cette feuille a deux pieds de large et soixante de long!

Voici actuellement un fait qui pourra donner un aperçu du prix auquel s'élèvent quelquefois les livres curieux et rares. Le 17 juin 1812, nous dit l'*Ange gardien*, à la vente de la bibliothèque du duc de Roxburgh, le *Décaméron* de Boccace, en un volume in-folio, publié à Venise en 1471, fut poussé jusqu'à *cinquante-six mille cinq cents francs*. Ce prix sans exemple, pour un seul volume, parut une singularité si remarquable, que les amateurs, pour en perpétuer le souvenir, ont fondé une société sous le nom de *Roxburgh-Club*. Les membres de cette association ne parlent que bibliographie et célèbrent annuellement, le 17 juin, un banquet splendide. Chacun d'eux est ensuite, à tour de rôle, obligé de faire imprimer quelque ancienne rareté, mais à *trente et un exemplaires seulement*, nombre égal à celui des sociétaires.

En 1816, lisons-nous dans le *Jardin des racines grecques* de M. P. Larousse, à la vente publique de la bibliothèque de Maccarty, qui produisit plus d'un million, un des six exemplaires connus de la Bible dite aux *quarante-deux lignes*, imprimée à Mayence, a été acheté, par le roi Louis XVIII, moyennant la somme de *vingt mille francs*. Tout récemment un exemplaire authentique de la fameuse Bible anglaise, qui passe pour le premier livre imprimé en Angleterre, atteignit, sous le feu des enchères, la somme énorme de *soixante-dix mille francs*. Enfin, le célèbre missel de Marie Stuart, celui qu'elle tenait à la main en montant à l'échafaud, et qui porte, dit-on, une empreinte de son sang, vaut aujourd'hui plus de *cent mille francs !*

FERDINAND P. O.

CXLVI

HARMONIE

L'ATTRACTION, IMAGE DE L'AFFECTION UNIVERSELLE ET DE LA CHARITÉ

Newton a dit : « L'attraction est la loi générale des corps. » Eh bien, la loi universelle des esprits n'est pas autre. Aussi, de même que les corps s'attirent en raison inverse du carré des distances, de même les esprits tendent à se rapprocher suivant une proportion pareille.

C'est l'attraction qui réunit les molécules éparses pour former les corps et donner à chacun d'eux un caractère d'individualité; c'est l'amour du prochain qui rapproche les hommes; c'est l'amour-propre qui dépose dans chacun d'eux l'instinct de conservation.

C'est l'attraction qui soutient dans l'immensité les mondes que Dieu y a semés, les ramène à leur place malgré les perturbations qui semblaient devoir entraîner leur chute, et les rattache ainsi à un fil libérateur. C'est l'affection de nos parents qui affermit nos premiers pas dans le chemin de la vie, nous lègue un nom connu, une réputation faite, un crédit établi ; c'est l'amour du foyer qui rend si doux et si saints les noms de père, mère, enfants, frères, sœurs. C'est l'attachement à la patrie, qui, dans nos années d'effervescence, rappelle à notre cœur malade les lieux où, pour la première fois, nous avons senti, nous avons aimé, et nous assure de nouveau les tranquilles jouissances de la famille. C'est cette affection qui nous fait pleurer si amèrement quand on nous arrache de la chaumière de notre bonne nourrice et de son village, dont nous aimions tant le clocher. C'est ce même attachement qui donne du pain et un asile au pauvre, en dépit des distinctions fondées sur la naissance et sur la fortune. C'est encore cette puissance surnaturelle de l'amour du pays natal, qui cause la fièvre et les profondes souffrances de l'exil, qui rend si malheureux sur la terre étrangère. C'est l'amour de nos concitoyens qui, en un mot, donne la vie véritable; car qu'est un homme sans entrailles, dénué de compassion, de sympathies, sinon un cadavre qui se meut?

Enfin, par l'attraction agrandie, les différents groupes d'astres, avec les innombrables colonies d'êtres qui les peuplent, voguent dans l'océan de l'espace vers un centre immuable et éternel ; par l'amour, mais l'amour perfectionné, rendu divin par la grâce, nous aimons tous les hommes, principalement ceux qui ont la même foi que nous ou qui peuvent l'embrasser un jour. Nous aimons Dieu par-dessus toutes choses; et cet attrait nous unit tous à tous avec Dieu, et Dieu avec nous tous. Il forme ainsi un seul corps vivant des membres épars de l'humanité, et produit la grande famille, la patrie universelle des âmes.

Otons du cœur de l'humanité cette charité qui la presse, tout se désunira, tout se décomposera, tout se détruira : patrie, famille, individu même. Enlevons du sein de l'univers cette puissance mystérieuse qui soude, attire et harmonise, aussitôt les systèmes du monde cesseront de conspirer vers un même point, les légions d'astres se débanderont pour se choquer et se détruire; les êtres de toutes variétés et de toute grandeur se réduiront en poussière et iront se perdre dans les régions ténébreuses du néant.

FERDINAND P. 0.

CXLVII

MIGRATION DE QUELQUES PLANTES

Un naturaliste a fait la curieuse constatation que voici, et que reproduisaient dernièrement divers journaux; elle prouve que, comme les gens, les plantes font souvent, elles aussi, de longs voyages, de véritables expatriations, quand l'homme a intérêt à les acclimater sur son sol.

La garance nous vient de l'Orient;

Le céleri est originaire de l'Allemagne;

Le châtaignier vient de la Lydie, de Castanea;

L'oignon est originaire de l'Egypte;

Le tabac de la Virginie;

L'ortie de l'Europe;

Le citron de la Grèce;

Les oranges de l'Inde ou de Tyr;

La noix de l'Asie;

L'abricot de l'Arménie;

La figue de la Mésopotamie;

Le raisin de l'Asie.

Le navet et la betterave nous viennent des bords de la **Méditerranée.** On croit que la rave nous vient de l'Allemagne.

Le froment nous fut apporté des plateaux du centre du Tibet, où la plante primitive existe encore sous la forme d'une petite herbe **chargée de** grains beaucoup moins gros que ceux de nos blés.

Le riz tire son origine de l'Afrique méridionale, d'où il fut **transplanté** dans les Indes, pour passer de là en Europe et en Amérique.

L'avoine croissait d'abord dans l'Afrique septentrionale.

Le seigle nous vient de la Sibérie.

Le persil fut d'abord connu en Sardaigne.

Le poirier et le pommier sont des plantes de l'Europe.

Les épinards furent d'abord cultivés en Arabie, dans l'Asie **Mineure.**

L'héliante (soleil, tournesol) fut importé du Pérou.

Le mûrier est originaire de la Perse.

La courge est probablement une plante des pays orientaux.

La noisette vient du Pont, et la pêche nous vient de la Perse.

Nous avons tiré le concombre des Indes orientales, d'où il est passé **en** Espagne.

On suppose que les pois nous viennent de l'Egypte, ainsi que l'anis, lequel se trouvait également dans l'archipel grec.

Le cresson vient de Crète.

Le coing de l'île de Crète.

Le radis de la Chine et du Japon.

Le raifort vient de l'Europe méridionale, mais il est surtout bien cultivé dans le duché de Baden et dans les environs de Strasbourg.

La coriandre croît à l'état sauvage près de la Méditerranée,

Le réséda des teinturiers (genestrolle), est particulier au sud de l'Allemagne.

Le topinambour (que les Anglais appellent artichaut de Jérusalem) est un produit du Brésil.

Le chanvre est originaire de l'Inde et de la Perse.

La canneberge se trouve à l'état sauvage aussi bien en Europe qu'en Amérique.

Le panais est, dit-on, originaire de l'Arabie.

Tout le monde sait que la pomme de terre est originaire du Pérou, du Brésil et du Mexique.

La groseille à grappe et la groseille à maquereau sont originaires du sud de l'Europe.

Le colza et les choux croissent à l'état sauvage en Sicile et aux environs de Naples.

Le chou blanc vient du Nord.

Le sarrasin (blé noir) vient de la Sibérie et de la Tartarie.

Le millet (mil des oiseaux, panic d'Italie) fut d'abord connu dans les Indes et dans l'Abyssinie.

On pense généralement que la carotte nous a été apportée de l'Asie ; mais quelques auteurs prétendent qu'elle est un produit naturel des bords de la Méditerranée, comme le navet.

L'artichaut vient de la Sicile ;

Le cacao du Mexique ;

Le haricot de l'Inde ;

La lentille de l'Asie ;

Le lis de la Syrie ;

L'œillet de l'Italie ;

La tulipe de la Cappadoce ;

Le thé de la Chine ;

Le melon de l'Orient ;

L'échalote d'Ascalon (Syrie) ;

Le cerfeuil d'Italie.

On a trouvé l'orge à l'état sauvage dans les montagnes de l'Himalaya.
Le houblon, la moutarde et le cumin sont originaires de la Germanie.
Le cerisier du Pont, le prunier de la Syrie; l'olivier et l'amandier
nous viennent de l'Asie Mineure.

CXLVIII

PENSÉES DE M. L'ABBÉ DE LAMENNAIS

Je vois dans la génération nouvelle deux choses qui m'étonnent par
leur union. Elle ne trouve nulle part d'obscurités qui l'embarrassent, de
raisons assez fortes pour suspendre son jugement; elle décide sur tout,
elle sait tout, et en même temps elle ne croit à rien.

—

Il ne faut jamais demander : Ce livre vous a-t-il plu? mais y a-t-il
dans ce livre quelque chose qui vous ait plu? Aucun livre ne plaît à tout
le monde, et les meilleurs plaisent à chacun par des côtés différents.

—

Dites à une jeune fille, si jeune qu'elle soit : « Ma belle petite, » plutôt
que : « Ma bonne petite; » le contraire à un garçon.

—

La délicatesse en affaires est le point d'honneur de la probité. Ne pensez pas qu'elles puissent être séparées longtemps. Quand la première s'en
va, l'autre se lève pour la suivre.

—

Rien de dangereux comme de laisser le crime pourrir dans les con-
sciences ; c'est pourquoi le *principe* de la confession est bon. L'homme se
confesse naturellement. Il est soulagé quand il a dit sa faute. L'air qu'intérieurement l'âme respire a besoin d'être renouvelé.

—

O inertie du vieil âge, faiblesse terrible! Étendez une gaze sur un mort
et demandez-lui de la soulever. Ce n'est rien, la plus légère brise de printemps en se jouant l'enlèvera : sur le mort elle pèse comme une dalle de
marbre.

CXLIX

LA VALLÉE DE BARCELONNETTE

La vallée de Barcelonnette, la plus célèbre des vallées de nos Alpes françaises, forme dans toute sa longueur le bassin de la petite rivière d'Ubaye, bordée de chaque côté par des montagnes dont les plus hautes cimes conservent toujours quelques neiges. Leur élévation est de deux à trois mille mètres; elle augmente à mesure qu'on approche du mont Viso, qui est le point de jonction de ces montagnes, le nœud d'où commence la vallée.

La partie haute de la vallée prend le nom de Châteaux-Hauts ou de Val des Monts, et la partie basse le nom de Châteaux-Bas. A mesure qu'on s'élève, les villages disparaissent, et les pentes se couvrent de gras pâturages peuplés de troupeaux pendant la courte saison de l'été. Aux pâturages succèdent les sombres forêts de sapins et de mélèzes, et puis une région de rocs bouleversés, arides, sauvages, que couronnent les pics neigeux et inaccessibles du mont Viso.

La région moyenne, celle des pâturages, ou, comme on dit, les montagnes pastorales, est d'une incroyable richesse de végétation. D'un côté de ces immenses prairies où tout respire le bonheur et en présente l'image, on voit des milliers de moutons, entremêlés de chèvres, savourer ces gras pâturages, tandis qu'à l'autre extrémité on aperçoit des troupes de chamois qui viennent en bondissant y prendre aussi leur pâture, et qui, prompts comme l'éclair, disparaissent à la vue aussitôt qu'on fait mine de les approcher.

Et savez-vous d'où vient cette multitude de bestiaux qui affluent pendant l'été dans nos Alpes? De la contrée du Rhône à son embouchure, de la plaine de Crau et de l'île Camargue. On les appelle les troupeaux *trans-humants* ou voyageurs. Chaque année, dès les premiers jours du printemps, ils quittent la contrée qui les a vus naître, et se dirigent vers ces montagnes lointaines d'où ils ne sortiront pour la plupart que pour être livrés au couteau du boucher. Telle est l'excellence de ces pâturages, que ces malheureux animaux, qui arrivent exténués par les rigueurs de l'hiver e la fatigue de ce long voyage, reprennent en une semaine un embonpoint remarquable. On évalue à quatre cent mille têtes la quantité de ce bétail, qui se subdivise par troupeaux d'environ deux mille têtes. L'auteur du voyage à Barcelonnette nous apprendra qu'ils ne font que douze à seize kilomètres par jour ; encore leur marche se trouve-t-elle partagée par une station. Ils s'annoncent par le bruit d'énormes sonnettes, suspendues au cou des grands bœufs aux belles cornes contournées; ce sont eux qui viennent en tête et qui conduisent. Les bergers, vêtus d'une ample casaque, avec un large chapeau rabattu, et armés d'un long bâton ferré, se tiennent derrière le troupeau et stimulent les traînards. A leur côté sont leurs fils, qui font la route à pied dès qu'ils ont atteint l'âge de cinq à six ans. Sur les flancs courent de très-gros chiens, qui maintiennent l'ordre. L'arrière-garde se compose des mères, des jeunes filles et des enfants en bas âge. Ces femmes conduisent un troupeau d'ânes, qui portent les enfants trop petits pour marcher, les agneaux qui naissent en route, les bagages, les vases pour traire le lait, et enfin tous les ustensiles nécessaires pour la confection du fromage et du beurre.

Arrivés sur les montagnes, les bergers distribuent par quartiers les pentes et les plateaux garnis de pâturages. Ils suivent les troupeaux nuit et jour, et veillent sans cesse avec leurs chiens pour les garantir des loups. Le *bayle,* ou berger chef d'un troupeau, habite une cabane centrale d'où il peut tout diriger. Les femmes, les enfants, les vieillards, ont pour demeure une espèce de chaumière renfermant les bagages, les ustensiles, les provisions et la paille, lit commun de toute la famille. Leur principale nourriture se compose de pain et de lait; si parfois ils y joignent quelque peu de viande ou de lard, un peu de soupe ou une portion de légumes, c'est pour eux un régal extraordinaire. Les femmes préparent ces aliments, dont elles viennent tous les huit jours s'approvisionner dans les villages au fond de la vallée. A ces voyages près, ces familles de pasteurs n'ont aucune communication avec le reste des hommes. Ils passent l'été dans ces montagnes et l'hiver dans les plaines désertes de la Crau et de l'île appelée Camargue. Dans leurs voyages de l'une à l'autre de ces contrées, ils traversent notre civilisation sans s'y mêler en rien.

Leur existence est tout entière liée à la prospérité du troupeau à eux confié; leur unique fortune s'y trouve attachée, car elle consiste ordinairement en un certain nombre de têtes de bétail qui leur sont abandonnées en proportion de la force du troupeau. Pour l'ordinaire, c'est une sur trente. Les chèvres sont à eux, c'est leur spéculation particulière. Cette vie ne semble pas défavorable à leur santé. Les inflammations de poitrine sont chez eux la maladie la plus ordinaire. En gardant leurs troupeaux, ils s'occupent à faire des jarretières ou des cordons de laine, dont les couleurs sont mélangées; pour se distraire, ils ont de petites flûtes à six trous, sur lesquelles ils jouent quelques vieux airs rustiques assez jolis. A force d'observer le ciel, ils se font une sorte d'astronomie à leur usage, qui passe chez eux traditionnellement de père en fils. Ils connaissent parfaitement l'heure et prédisent assez bien le temps. Très-âpres en matière d'intérêt, ils n'en sont pas moins d'une probité rigide. Les jeunes gens se marient de très-bonne heure, et rarement en dehors de la profession pastorale. L'autorité paternelle existe là dans toute sa vigueur. Les grands-pères forment une sorte de magistrature dont les décisions sont toujours respectées. C'est un dernier reflet des antiques mœurs patriarcales : les patriarches étaient bergers encore plus qu'agriculteurs.

Tandis que les bergers viennent de loin peupler pour quelques mois les solitudes des montagnes, la population indigène des villages du fond de la vallée émigre, et vient chercher des moyens d'existence dans la basse Provence, sur toute la côte, depuis Nice jusqu'à Arles. Les hommes offrent leurs bras comme journaliers pour les rudes travaux agricoles, les femmes et les enfants cueillent des olives, filent le chanvre et la laine. Plusieurs se font commissionnaires dans les villes ; les plus industrieux, dès qu'ils peuvent réunir le moindre capital, se font colporteurs et voyagent au loin. Ils se distinguent en général par des mœurs honnêtes et une probité à toute épreuve. La pensée de tous est de revenir acheter un morceau de terre au pays. La population de la vallée de Barcelonnette émigre ainsi annuellement à peu près tout entière.

D'après l'ouvrage de M. HENRI sur les *Antiquités des Basses-Alpes*.

CL

L'ENTONNOIR MAGIQUE

Faites faire un double entonnoir de fer-blanc, dont les deux surfaces soient soudées ensemble, de manière que l'eau contenue entre elles ne puisse s'écouler que par une petite ouverture ménagée au point de jonction de la surface intérieure avec l'ajutage. Adaptez à cet entonnoir une anse vers le haut de laquelle vous réserverez pareillement un petit trou, qui communiquera au vide intérieur de l'appareil.

Lorsque vous emplirez d'eau cet entonnoir, en bouchant avec le doigt l'extrémité de l'ajutage, le liquide se répandra entre les deux surfaces. Si vous avancez ensuite le pouce pour fermer l'ouverture supérieure, en découvrant au contraire l'orifice de l'ajutage, l'eau contenue dans la partie évasée s'écoulera, et celle qui se trouve logée entre les deux surfaces restera suspendue tant que durera l'application du pouce sur le petit trou. Mais vient-on à déboucher ce dernier et à donner prise à la pression de l'air, le liquide s'échappera jusqu'à ce qu'on arrête l'écoulement en posant de nouveau le doigt sur le même trou.

On peut tirer de cet appareil, dont les effets sont dus à la pression de l'atmosphère, le parti le plus récréatif. Voici, parmi les expériences auxquelles il se prête, celle qui nous a paru la plus intéressante.

Remplissez l'entonnoir de vin, puis, le tenant par l'anse, bouchez le trou supérieur comme il a été dit. Laissez ensuite écouler la liqueur dans un verre, et buvez-la. Prenez enfin une espèce d'alène, dont la pointe rentre dans le manche, et frappez-vous-en le visage. Posez aussitôt sur ce dernier l'ouverture de l'entonnoir, et découvrez l'orifice que vous tenez fermé. Vous laisserez ainsi croire à la société que le vin que vous venez de boire s'échappe par la piqûre pratiquée à votre joue.

L'alène dont on fera usage est composée d'un manche creux et d'un fil d'archal bien droit dans sa partie extérieure, mais tourné en forme de vis dans la partie qui est dissimulée dans le manche.

Lorsque la pointe se trouve appuyée contre la joue, ou contre le front si on l'aime mieux, le fil d'archal entre dans le manche. Mais comme les curieux ne sont point initiés à ce mécanisme, ils s'imaginent que cette pointe a réellement pénétré les chairs. Lorsque ensuite on cesse de la pousser contre la tête, elle reprend, sous l'influence de l'élasticité du fil d'archal, sa position première.

FERDINAND P. O.

CLI

LA FÊTE-DIEU

La FÊTE-DIEU a été instituée pour rendre un culte particulier à Notre-Seigneur Jésus-Christ dans l'Eucharistie; elle est fixée au jeudi après le dimanche de la Trinité. Les processions qu'on fait ce jour-là ne datent que de 1316 et ont été ordonnées, par le pape Jean XII, comme un trophée de la foi triomphante de l'Église sur l'hérésie qui avait poussé l'audace et le blasphème jusqu'à attaquer l'auguste dogme de la *présence réelle*.

Aussitôt que l'aurore a annoncé la fête du Roi du monde, les maisons se couvrent de tentures, les rues se jonchent de fleurs, et les joyeuses clameurs des cloches appellent au temple la troupe innombrable des fidèles. Le signal est donné, tout s'ébranle, et la pompe religieuse commence à défiler dans un ordre solennel. Qui de nous ne se rappelle ces splendides processions où les petits enfants, vêtus de blanc, portent des corbeilles de fleurs ou des vases de parfums, où les âmes pures se retournent, au signal du maître des cérémonies, vers l'image du soleil éternel et font voler les roses effeuillées sur son passage, tandis que les enfants de chœur embaument l'air des feux odorants de l'encens.

Le chant des cantiques, la magnificence quelquefois royale ou bien la simplicité champêtre des reposoirs où Jésus-Christ daigne s'arrêter pour bénir son peuple, la présence même des guerriers qui accompagnent le cortége du Dieu des armées, et surtout la piété des fidèles, leur sainte joie, leur recueillement profond, leur respect, leur amour, leur empressement à répandre sur les pas de Jésus-Christ les branches de feuillage, et à y recueillir eux-mêmes ses bénédictions et ses bienfaits : tout cela forme un spectacle magnifique et délicieux tout à la fois, qui élève l'âme, attendrit les cœurs, et fait couler des yeux des larmes précieuses, mêlées de joie et de bonheur.

Toutefois, dit un pieux évêque, j'avoue que rien ne me touche autant que la bénédiction des petits enfants. Il me semble que Notre-Seigneur redit encore cette aimable parole : « Laissez, laissez venir à moi tous ces petits enfants : je les aime, je veux les bénir et leur donner le royaume des cieux. » Cette bénédiction dérange quelquefois l'ordre de la procession, importune les assistants, distrait les chrétiens sans ferveur; mais Jésus-Christ se plaît à cette familiarité; et ne pouvant plus, comme autrefois, presser les petits enfants contre son cœur, il semble heureux de venir lui-même à eux entre les mains de son ministre, ou se reposer sur leurs têtes innocentes. Et quelles grâces ne répand-il pas alors dans l'âme attendrie des enfants vraiment recueillis, vraiment fervents, et abîmés alors à ses pieds dans l'adoration et dans l'amour !

Remarquons, en terminant, que toutes les solennités du christianisme sont coordonnées d'une manière admirable aux grandes scènes de la nature. La fête du Créateur arrive au moment où la terre et le ciel déclarent toute leur puissance, où les bois et les champs fourmillent de générations nouvelles. La chute des feuilles, au contraire, amène la fête des morts pour l'homme qui tombe comme la feuille des bois.

Au printemps, l'Église déploie dans nos hameaux une pompe charmante; la Fête-Dieu convient davantage aux splendeurs des villes, et les Rogations aux naïvetés du village. L'homme rustique sent avec joie son âme s'ouvrir aux bénignes influences de la religion, et sa glèbe aux rosées du ciel. Heureux celui qui portera des moissons utiles, et dont le cœur humble s'inclinera sous ses propres vertus comme le chaume sous le grain dont il est chargé.

CÉCILE B.

CLII

REPAS EN FRANCE AU MOYEN AGE.

L'usage romain de se coucher à demi autour des tables avait été adopté par les Gaulois; mais il ne le fut point par les Francs. Même aux palais des rois, on s'asseyait d'abord sur de simples escabeaux de bois ou sur des bancs (d'où paraît être venu le mot *banquet*). Plus tard on couvrit ces siéges de tapis et de coussins; puis on substitua aux tabourets des fauteuils pour les grands personnages.

Les tables à manger étaient polies et vernies. Charlemagne avait trois tables d'argent massif admirablement sculptées : sur l'une, on avait représenté Rome; sur la deuxième, Constantinople ; sur la troisième, la carte de toute la terre connue.

Dans une pièce de vers adressée à la reine Radégonde, Fortunat dit : « La table, qui ordinairement est couverte par une nappe, était jonchée de roses. Les mets y reposaient sur des fleurs. »

Les rois et les seigneurs avaient coutume de faire annoncer leurs repas au son du cor. Cela s'appelait *corner l'eau,* parce que la première cérémonie avant de se mettre à table était de se laver les mains : on mêlait à l'eau ordinaire de l'eau de rose ou d'autres eaux aromatisées.

Longtemps on plaça autour de la table les convives par couples, c'est-à-dire que l'on faisait asseoir à côté l'un de l'autre un homme et une femme, et tous deux mangeaient dans la même écuelle ou assiette et buvaient à la même coupe ou au même *hanap* (grand vase monté sur un pied élevé).

On dînait vers dix heures du matin et l'on soupait entre quatre et cinq heures du soir.

> Lever à six, dîner à dix,
> Souper à six, coucher à dix,
> Fait vivre l'homme dix fois dix.

Avant de servir les viandes et le vin on s'assurait qu'ils ne pouvaient nuire à la santé. L'échanson faisait l'essai du vin, le panetier celui du pain, l'écuyer celui des viandes. On touchait le pain ou la viande avec une corne de licorne, parce que l'on croyait qu'elle préservait de tous les maléfices.

Nos ancêtres aimaient beaucoup la bouillie faite avec la farine de blé. On servait en même temps des légumes, oignons, pois, fèves, lentilles, laitues, cresson, chicorée, ail, ciboule, échalotes, cerfeuil, persil, navets, poireaux ou carottes, choux rouges et verts importés d'Italie, choux blancs venus du Nord, artichauts, que l'on nommait chardons.

Le porc avait été, dès le temps des Gaulois, un des mets préférés. Les viandes de bœuf et de mouton ne furent introduites que tardivement. Les langues de bœuf étaient réservées aux tables opulentes. Parmi les autres animaux qui composaient aussi le corps du repas, on trouve : le cerf, le lièvre, le lapin, l'oie, la poule, le canard, le paon, le faisan, le saumon, l'anguille, le maquereau, le flet ou limande, le marsouin, le chien de mer, la raie, la morue, le hareng. Les œufs, le beurre, les fromages de Brie, de Toulouse, de Nîmes, du Dauphiné, de Craponne en Auvergne, étaient les accessoires. Le miel, comme chez les Romains, servait de sucre. Les épices les plus usitées étaient : le safran, qui, de même qu'à Rome, entrait dans toutes les sauces; la moutarde, faite de temps immémorial avec la graine de sénevé et le vinaigre; le thym et la marjolaine.

Les boissons étaient nombreuses. On voit, d'après un fabliau du treizième siècle intitulé *la Bataille des vins*, que les vins de Champagne et de Bourgogne étaient très-estimés. On donnait aux domestiques une espèce de piquette appelée la buvande (*bibanda*). On faisait des vins cuits, des vins artificiels, dont le miel était un élément, comme chez les Romains; les plus recherchés étaient le médon ou madon, le nectar, le clairet, l'hypocras.

Magasin pittoresque.

CLIII

DEUX NOUVEAUX MÉCÈNES

M. M***, banquier fort riche et des plus habiles en affaires, visitait dernièrement l'atelier de M. A***, sculpteur distingué. Après avoir admiré tour à tour, de confiance, les divers ouvrages que le statuaire destine à l'exposition, il s'arrête tout à tout devant un petit groupe composé de deux figures.

« Ah ! voilà qui est fort *joli*, s'écrie-t-il... et, comme je ne veux pas être venu ici sans vous rien acheter, vous allez me dire le prix de *cette chose.* »

L'artiste donne son prix. M*** marchande un peu ; mais néanmoins, chacun y mettant du sien, le vendeur et l'acquéreur tombent bientôt d'accord.

« Eh bien donc, marché conclu ! dit M*** enchanté ; seulement je vous demanderai une chose... c'est de me couper cela par la moitié et de me séparer les deux *bonshommes*, j'en ferai les deux pendants. »

L'artiste, indigné de la proposition, rompit le marché ; et M***, en remontant en voiture, se disait sans doute à part lui :

« Sont-ils ridicules, ces artistes ! Qu'est-ce que cela lui faisait à celui-ci, je vous demande un peu, de couper la chose en deux ?... Cela se pouvait si facilement et cela ne détruisait rien. Il y avait toujours les deux figures, elles étaient séparées, voilà tout !... Et cela aurait si bien fait aux deux bouts de la console de mon grand salon !... J'aime les œuvres d'art, moi !... »

Et qu'on dise après cela qu'il n'y a plus de Mécènes !

En veut-on une seconde preuve ? Elle nous est fournie par la visite de M. D*** dans l'atelier de M. M***, peintre renommé.

M. D*** est un calculateur des plus distingués, qui ne se pique pas de grandes connaissances en fait d'art, mais qui sacrifie volontiers à la mode et veut faire comme tout le monde. Il a remarqué que plusieurs de ses amis couraient les ateliers depuis quelques jours, et il désire faire comme eux. Il se fait présenter chez M. C. M***, et, après les compliments d'usage, le voilà en face d'une grande toile, œuvre capitale de l'artiste. Le lorgnon sur l'œil et sifflotant entre ses dents, il considère le tableau sans mot dire.

« Oh ! oh ! se dit à part lui l'artiste, voilà un véritable connaisseur... au moins celui-ci portera un jugement sérieux de mon tableau. »

Un grand quart d'heure se passe ainsi dans cette contemplation muette, et, pendant tout ce temps, C. M*** ne le quitte pas du regard, afin de lire dans ses yeux les diverses impressions que ressent son juge. Enfin, celui-ci se tourne gravement vers l'artiste, et lui fait résolûment la question suivante :

« Vous avez dû, monsieur, employer pas mal de couleurs pour faire un tableau pareil ? »

L'artiste, étonné d'abord de cette demande, au moins bizarre, comprend bientôt qu'il s'était étrangement abusé à l'endroit de son visiteur, et qu'il a affaire à un ignorant en fait d'art. Il pense que le meilleur moyen de plaisanter ce maladroit questionneur est de prendre sa question au sérieux, et il lui répond aussitôt :

« Cinq cent trente-cinq vessies à cinquante centimes l'une dans l'autre.

— Cela ne m'étonne pas, reprend M. D***, la toile est si grande...

— Deux mètres vingt sur un mètre dix, continue l'artiste avec le plus grand sang-froid.

— Combien vous avez dû donner de coups de pinceaux pour en arriver là ! s'écrie D***, ne trouvant pas une meilleure façon d'exprimer son enthousiasme...

— Trois cent quarante-deux mille six cent vingt ! ajoute imperturbablement l'artiste.

— C'est prodigieux ! dit aussitôt D***, pro... di... gieux !... Merci mille fois du plaisir que vous m'avez procuré... »

Puis, après avoir salué, il se retire sans exprimer autrement son opinion sur le tableau. Mais le soir, après une heure ou deux passées dans le silence du cabinet, il apprenait à qui voulait l'entendre, qu'un centimètre carré de peinture employait tant de couleurs, contenait tant de coups de pinceau, et revenait à tant. Fier de ces connaissances, il se piquait de pouvoir estimer au juste le *prix de revient* d'un tableau, pourvu qu'il connût la grandeur exacte de la toile.

Où donc l'arithmétique ne va-t-elle pas se glisser ?

x***.

CLIV

DE LA DÉGRADATION DES LECTURES

L'homme ne peut lire que ce qu'il goûte, et ce qu'il goûte est la mesure de sa raison. Or, parmi les symptômes dont nous sommes témoins, il n'en est pas de plus visible, pas de plus triste non plus, que la passion des livres chimériques, c'est-à-dire des livres qui ne disent rien à la raison et ne s'adressent qu'à l'imagination et aux sens. Le nombre en est incalculable; on ne se contente même plus, et depuis longtemps, de les publier sous la forme matériellement sérieuse d'un volume, on les jette au monde par feuilles détachées, comme les oracles tombaient autrefois du chêne de

Dodone, et il n'est pas de journal ou de revue qui estime pouvoir vivre sans offrir à ses lecteurs ce puéril aliment. La France est inondée chaque jour de pages médiocres par le style et nulles par le fond, qu'un homme ne peut lire sans mépris pour lui-même, parce que leur lecture est un sacrifice fait au néant, et qui néanmoins trouvent un peuple d'adorateurs chez une nation que nulle autre, depuis la Grèce, n'a surpassée dans les dons de l'esprit. Cette profanation de l'intelligence correspond à l'abaissement du caractère et remonte à la même source. Là où la raison n'est plus soutenue par des livres sacrés, expression directe de la pensée de Dieu, elle perd l'habitude des hauteurs intelligibles; elle quitte la spéculation pour le métier, et se dédommage de la fatigue des affaires ou se préserve des assauts de l'ennui par une futile diversion. Qu'est-ce que la philosophie pour des contempteurs de la religion? Qu'est-ce que l'histoire pour des courtisans de la fortune, qui mettent le hasard au-dessus de la Providence? Sans doute l'incrédulité n'entraîne pas toujours l'infirmité de l'entendement; il est des hommes qui usent contre Dieu des priviléges qu'ils ont reçus de lui. Mais ce n'est là qu'une exception; la foule n'est jamais grande par elle-même, elle ne l'est que par une émanation d'en haut. Quand elle se retire du ciel elle ne rencontre sous ses pieds que la terre. Le génie ne lui vient pas en aide pour lui causer des vertiges et des illusions; elle demeure ce qu'elle est par nature, pauvre, ignorante, le jouet des nécessités qui la courbent et des erreurs qui la déçoivent. Elle se jette sur les plus vils pâturages, et le premier livre venu lui tient lieu de la Bible, comme le premier charlatan lui tient lieu de Jésus-Christ.

LACORDAIRE.

CLV

L'ENCRE DE CHINE

Nous empruntons à M. Marchal, de Lunéville, auteur d'un voyage dans le céleste empire, la description d'une fabrique d'encre de Chine.

Là, dit-il, il y avait de nombreux ouvriers qui faisaient plusieurs sortes d'encres, depuis la plus commune jusqu'à celle de Corée et de Hoeï-tcheou, qui a la plus grande réputation.

Dans la cour où l'on fabriquait l'encre commune, on voyait rassemblée dans une *resserre* une grande quantité de joncs et de branchages de

pin. Un fourneau percé de cinq à six petites cheminées, dans lequel on
fait brûler des joncs et des branches de pin, exhalait par ces soupiraux
une fumée épaisse qui allait s'arrêter sur des planchettes suspendues
autour et au-dessus des colonnes de fumée. Un ouvrier était occupé auprès
du fourneau à enlever la suie arrêtée sur les planchettes, et à la jeter dans
des jarres où l'on coulait ensuite de la colle de peau de bœuf. On ajoutait
à ce mélange une certaine quantité de musc et de camphre. Quand les
ouvriers ont réduit ce mélange en pâte, des femmes sont occupées à mettre
cette pâte dans des moules sur lesquels sont gravés le nom du fabricant et
la qualité de l'encre.

L'encre la plus estimée s'obtient autrement. Il y avait tout un côté de
la cour occupé par une suite de petites chambres, où l'on tient, dans chacune, des lampes allumées depuis le matin jusqu'au soir. Chaque chambre
était distinguée par l'huile qu'on y brûlait. Au-dessus de plusieurs mèches
allumées dans des vases d'huile sont posés des couvercles de fer faits en
forme d'entonnoir. Ils sont suspendus à une certaine hauteur, en sorte
qu'ils reçoivent toute la fumée. Quand ils en sont chargés suffisamment,
on la soulève avec les barbes d'une plume, on en balaye doucement le
fond, et l'on fait tomber le noir sur des feuilles de papier bien sèches et
bien fermes. Le noir qui ne tombe pas avec la plume et qui est fortement
attaché aux couvercles est plus grossier; on l'emploie à faire l'encre médiocre. Quand on a levé le noir, on le broie dans de petits mortiers de
marbre, en y mêlant du musc ou de l'eau odoriférante qui neutralise
l'odeur de l'huile, et de la colle faite de corne de cerf; lorsque le noir a
pris un peu de consistance par le travail, des jeunes filles aux doigts effilés
le mettent dans des moules, selon la forme qu'on veut lui donner, puis on
l'expose au soleil. Quand ces bâtons sont ainsi séchés, on les enrichit de
dorures variées.

On m'apprit là à distinguer les divers degrés de bonté de l'encre. Pour
cela, on mouille les bâtons d'encre avec la bouche, on les applique sur un
morceau de laque noire, quand les épreuves ont été exposées au soleil.
Les épreuves qui sont restées semblables au noir de vernis sont celles
d'une encre de première qualité. Celles qui sont devenues bleuâtres sont
inférieures. Si elles sont cendrées, elles dénotent une encre du plus bas
prix. En général, c'est la meilleure huile qui fait la meilleure encre. Les
Chinois ne semblent pas connaître l'huile d'olive, qui fournirait, comme
l'huile d'arachides, un noir très-fin.

Pour l'emploi, le fabricant m'expliqua qu'il ne fallait pas me servir d'eau non bouillie en délayant l'encre, ni exposer le bâton au soleil, ce qui le brise et le gerce. Quand il est cassé, il suffit de mouiller

les deux bouts avec de l'eau, de les rapprocher et de les faire sécher.

C'est au règne de Ven-ti qu'il faut rapporter la découverte de la composition de l'encre et du papier à la Chine.

En Chine, le pinceau, l'écritoire, le bâton d'encre et le papier sont ce qu'on appelle les *pao-ssée*, les quatre choses précieuses. Ce nom leur vient de ce qu'on les utilise à retracer les maximes des kings ou des philosophes, et qu'en les employant on peut parvenir aux plus hauts emplois de la vertueuse hiérarchie des pouvoirs. Il faut surtout s'abstenir de les employer à écrire des romans, parce que, suivant les écrivains chinois les plus renommés, le roman est un poignard, ou un poison, ou un mensonge.

CLVI

LE PEINTRE ORGAGNA

ANECDOTE

Orgagna, comme tous les artistes de son temps, était pauvre. Il vivait de peu et travaillait beaucoup. La foi le soutenait. Cependant il avait une nombreuse famille, et souvent la gêne la plus absolue était à la maison. Alors sa femme, douce et bonne créature, s'approchait de lui et lui présentait ses enfants, qui avaient faim. Orgagna, avec sa sérénité habituelle, nouait de grosses sandales à ses pieds, prenait sa palette et ses pinceaux et s'acheminait vers la ville. Il habitait un petit village aux environs de Pise.

Un jour, il venait d'achever ses cartons du *Jugement dernier*, auxquels il travaillait depuis longtemps, lorsque sa femme, son dernier-né dans les bras, s'approcha silencieuse pour lui donner le baiser du matin. Orgagna comprit ce silence et ces larmes. Il serra les cartons en paquet, mit dans sa main le bâton ami du voyageur et partit.

L'Église aussi était pauvre, et souvent, quand elle commandait ces travaux gigantesques qui font aujourd'hui sa gloire, elle ne savait pas comment elle rétribuerait l'artiste.

Orgagna arrive à Pise, et bientôt il est devant le prêtre auquel il a promis le *Jugement dernier*. C'était un auguste vieillard à la longue barbe blanche, amaigri par les jeûnes et les macérations, mais dont l'œil ardent montrait la haute intelligence.

« Mon père, dit le peintre, voici les cartons que vous m'avez demandés.

— Asseyez-vous, mon fils, reposez-vous; puis nous verrons votre travail. »

Quelques instants après les cartons étaient déroulés, et le prêtre n'avait pas assez d'éloges à donner à l'artiste. Toutes ces figures si diversement groupées devant le juge suprême et éternel, le Christ vengeur sur sa nue, les anges sonnant du clairon, les chœurs des élus, les groupes des damnés, les prophètes et les sibylles, excitaient l'enthousiasme pieux du saint homme, et il les voyait déjà resplendir d'une auréole immortelle sur les murs de son Campo-Santo. Le peintre écoutait ces éloges avec bonheur et il était fier de les avoir mérités. Il ne pensait plus alors à sa femme et à ses enfants, qui n'avaient pas de pain, et il reprit la route de son village le cœur joyeux, mais sans argent.

Cependant il avait faim. Depuis la veille il n'avait pas mangé. En passant devant une auberge, son estomac cria si fort qu'il entra et demanda à manger.

L'hôtelier était un de ces aubergistes de grand chemin, habitués à reconnaître les gens sur leur mise. Il devina le peintre du premier coup d'œil et en même temps comprit qu'il n'avait pas d'argent, chose fort rare alors. N'importe, il servit à l'artiste un festin de roi; car une idée, une idée sublime avait subitement germé dans sa tête.

Orgagna oublia tout devant les mets qu'on lui présentait, il oublia même sa femme et ses enfants, qui avaient faim; et pendant qu'il mangeait comme un homme à jeun depuis la veille, toutes ses pensées étaient au Campo-Santo et au *Jugement dernier*.

Vint enfin le terrible quart d'heure, qui existait alors comme aujourd'hui, quoique Rabelais ne lui eût point encore donné son gai nom de baptême. Orgagna devint triste après avoir dévoré ce succulent repas; il le devint plus encore quand il vit l'hôtelier s'approcher de lui avec une politesse obséquieuse.

« Votre seigneurie ne désire pas autre chose? demanda l'hôtelier.

— Rien, répondit l'artiste. »

Et ce rien fut accompagné d'un soupir étouffé qui ressemblait à un remords.

« C'est qu'il ne faut pas vous gêner ici, continua l'aubergiste. Considérez ma maison comme la vôtre; et si vous n'avez pas d'argent pour me payer, vous me rendrez un petit service en échange de celui que je vous ai rendu en apaisant votre faim et votre soif.

— Puis-je être assez heureux pour vous rendre un service, mon ami ? Parlez, quel qu'il soit, je suis prêt.

— Seigneur, vous êtes peintre ?

— Vous le voyez, j'ai mes pinceaux et mes couleurs.

— Eh bien ! il y a longtemps que je désire avoir une enseigne parlante, pour en orner la façade de ma maison. Une enseigne attire toujours les voyageurs.

— S'il ne faut pas autre chose pour vous rendre heureux, vous le serez bientôt.

— Dieu soit loué ! seigneur peintre.

— Mais il me manque une toile ; n'avez-vous pas une planche rabotée par là ?

— Voilà un tronc d'olivier ; mais il faudrait l'équarrir.

— Vite, arrangez-le, et apportez-le moi. »

Quelques instants après, Orgagna, près de la fenêtre, disposait les couleurs sur sa palette. En jetant les yeux dans la cour, il aperçut un âne qui broutait un chardon sur le rebord d'un fossé. C'était une de ces belles et intelligentes bêtes, au poil d'un noir luisant, comme on n'en rencontre qu'en Italie.

« Voilà mon sujet ! » dit Orgagna, et la planche ayant été apportée, il se mit à l'œuvre avec une ardeur qui doubla les heures, et bientôt son travail fut achevé.

Alors l'artiste se souvint de sa femme et de ses enfants. L'hôtelier était auprès de lui, le remerciant chaudement. Nulle phrase ne pourrait exprimer son bonheur.

« Mon ami, lui dit le peintre. j'ai une femme et des enfants qui ont faim, comme j'avais moi-même quand je suis entré dans votre auberge. Ils vivent de mon travail et habitent dans le village qui touche le vôtre. Ne pourriez-vous pas leur envoyer quelque chose de tout ce qui abonde ici, et je doublerai votre enseigne ?

— Oh ! seigneur peintre, commandez ici, et vous serez obéi. »

Et il appela ses domestiques, qui emplirent des paniers de provisions et allèrent consoler la pauvre femme et les enfants, qui étaient dans les larmes.

Pendant ce temps, Orgagna avait retourné la planche d'olivier, et il faisait une seconde édition de l'enseigne : A l'*Ane broutant*. L'aubergiste et lui devinrent amis, et depuis lors rien ne manqua plus au ménage de l'artiste.

L'enseigne d'Orgagna a décoré pendant trois siècles la façade de cette auberge de village. Elle y est encore, dit-on ; mais on dit aussi qu'il y a quelques années un de ces Anglais ennuyés, comme on en rencontre partout en Italie, passant par ce village, a vu la vieille peinture. On lui a raconté l'histoire que je viens de vous raconter moi-même. Alors il a voulu posséder à tout prix cette relique vénérable. La famille ne voulait pas s'en dessaisir. Elle considérait son enseigne comme un palladium qui devait préserver éternellement la maison de tout malheur. Mais l'Anglais s'est obstiné. Il était étonné de trouver chez des Italiens une telle résistance à sa volonté et aux moyens ordinaires des succès britanniques. Il a offert de couvrir deux fois d'or cette enseigne. Tant de richesse ne luit pas impunément aux yeux des pauvres gens, surtout quand elle se révèle tout à coup. On a trouvé un biais, et les héritiers de l'aubergiste hospitalier se sont enrichis, tout en gardant l'*Ane broutant*. On a scié en deux la planche, et pendant que l'Anglais emportait une des deux peintures, l'autre restait toujours pour indiquer le chemin de l'auberge aux voyageurs.

MÉRY, *Saint-Pierre de Rome.*

CLVII

LE SOUVENIR

Le souvenir est une des félicités de l'homme. Nous aimons ce qui parle des joies d'autrefois, et il est peu d'âmes qui ne soient atteintes, à quelque degré, de la maladie du vieillard d'Horace, donnant au temps écoulé la grande part de ses affections et de ses éloges, *laudator temporis acti*. D'ailleurs, le présent est parfois si triste, l'avenir toujours si incertain, que pour se consoler des angoisses de l'un et des incertitudes de l'autre, il faut bien se réfugier dans le passé, asile toujours ouvert pour qui attend la force et l'espérance. Et si ce retour au passé nous ramène à quelqu'une de ces époques de la vie comme Dieu sait en donner au jour de ses miséricordes ; s'il nous montre des horizons où tout souriait à notre jeunesse, des amis qui répondaient à tous les besoins de notre âme, des joies que le cœur s'avouait sans honte et sans remords, des travaux que soutenait l'espérance et que couronnait le succès, le souvenir n'est-il pas alors l'ange de la plus heureuse allégresse ? l'âme n'écoute-t-elle pas avec ravissement sa voix bien-aimée ? Quelle que soit l'heure, quel que soit le travail, peut-elle s'empêcher de dire avec transport aux images chéries qu'il évoque : « Il n'est pas tard, restez encore, restez longtemps, restez toujours ! »

L'Ange Gardien.

CLVIII

LA SÉRÉNADE

« Quel est ce concert qui m'éveille
Et calme toutes mes douleurs ?
Ma mère, entendez-vous ces accords enchanteurs ?
A leur charme prêtez l'oreille.
C'est l'heure des ravissements,
Où l'âme est rappelée et quitte enfin la terre.
Quels sons !... Ce n'est pas, ô ma mère,
La sérénade des amants ! »

« — Pauvre malade, quel sourire !
Quel sourire ! et tu te rendors !
Et tu rouvres les yeux, et de nouveaux transports
Te rejettent dans le délire !
O chère fille, calme-toi !

« — Ma mère, entendez-vous d'ici leur symphonie ?
Entendez-vous quelle harmonie
Prélude aux chants de mon convoi ?
C'est la divine sérénade :
Quels sons magiques ! Une voix
Me dit que je l'entends pour la dernière fois...
Je pars, je ne suis plus malade !
Comment rester en ce bas lieu,
Quand au-devant de moi les célestes phalanges
Viennent en chœur... Avec les anges
Je m'envole... Ma mère, adieu ! »

Et la veuve, l'âme navrée,
Recueillit son dernier soupir,
Resta seule près d'elle, et de l'ensevelir
Accomplit la tâche sacrée,
Et quand les voisins prévenus
Exposèrent enfin le cercueil sur la porte,
Quand on vint pour chercher la morte,
La pauvre mère n'était plus.

Imité de l'allemand.

CLIX

LA CLEF DES CHAMPS

La clef des champs! — Il y a dans ces mots un souffle de nature qui vous rafraîchit et vous fait du bien. La liberté, le repos, la campagne, les grands bois tout imprégnés d'ombre et de fraîcheur, les paysages riants, les courses à toutes jambes, les excursions lointaines, une chanson aux lèvres et dans le cœur, le dîner sur l'herbette, les enclos et les jardins ravagés, le nouveau, l'inconnu, voilà les splendeurs que contient cette douce phrase, la plus douce qu'ait jamais prononcée la bouche d'un écolier.

Je ne sais pas si le battement d'ailes de l'hirondelle venant du pays natal, ou plutôt si le grincement des verrous qui s'ouvrent pour livrèr passage et lâcher leur proie, a quelque chose de plus suave, de plus harmonieux à l'oreille du prisonnier. En vérité, le poëte populaire qui a créé cette phrase ne pouvait mieux réussir à éveiller en peu de syllabes tout un cortége de gaies espérances!

FIN DU DEUXIÈME VOLUME.

TABLE DES MATIÈRES

CONTENUES DANS CE VOLUME

N. B. Les noms des deux auteurs sont représentés, soit dans le cours de l'ouvrage, soit dans cette table, par les chiffres Ph. T. L. *et* Ferdinand P. O. — *Tous les morceaux qu'ils ont empruntés à d'autres, le plus souvent en les modifiant (voir l'*Avant-propos *du premier volume), sont signés du nom de leurs auteurs.*

PARIS. — TYPOGRAPHIE DE PILLET FILS AÎNÉ, RUE DES GRANDS-AUGUSTINS, 5.

Paris. — Imprimerie de PILLET FILS AÎNÉ, rue des Grands-Augustins, 5.